# LES SAVEURS DE LA VIE

Retour en Irlande
Noces irlandaises
Le Cercle des amies
Secrets de Shancarrig
Gens d'Irlande
Le Lac aux sortilèges
Portraits de femmes
Tout changera cette année
Cours du soir
Sur la route de Tara
Histoires de rencontres

M a e v e   B i n c h y

# LES SAVEURS DE LA VIE

Traduction de Marie-Pierre Malfait

*Roman*

Titre original : *Scarlet Feather*

© Maeve Binchy, 2000

© Presses de la Cité, 2001, pour la traduction française

ISBN 2-258-05638-1

A mon très cher Gordon, avec tout mon amour

# LE RÉVEILLON DU JOUR DE L'AN

A la radio, on demandait aux auditeurs quel genre de réveillon ils avaient envie de passer. Leurs réponses étaient prévisibles. Ceux qui restaient chez eux parce qu'ils n'avaient rien prévu désiraient faire la fête et, bien sûr, ceux qui étaient pressés parce qu'ils devaient sortir ou recevoir n'avaient qu'une envie : aller se coucher avec une bonne tasse de thé et s'endormir tranquillement avant le début des festivités.

Un sourire narquois étira les lèvres de Cathy Scarlet pendant qu'elle continuait à charger les plateaux dans sa camionnette. Qui, dans ce pays, répondrait en disant qu'il avait vraiment, sincèrement envie de passer son réveillon à superviser la réception de sa belle-mère ? Personne, c'était évident. Et pourtant, c'était la punition qui l'attendait ce soir : servir à dîner aux invités de Hannah Mitchell dans sa demeure d'Oaklands. Pourquoi avait-elle accepté cette corvée ? En partie parce que c'était un bon entraînement mais aussi parce que ce serait l'occasion de rencontrer des clients potentiels. Jock et Hannah Mitchell fréquentaient des gens qui avaient les moyens de s'offrir les services d'un traiteur. Mais, au fond d'elle-même, elle le faisait surtout pour prouver ses compétences à Hannah. Pour lui montrer que Cathy, la fille de cette « pauvre Lizzie Scarlet », la femme de ménage d'Oaklands, Cathy qui avait épousé Neil, le fils unique de la maisonnée, était tout à fait capable de gérer sa propre entreprise et pouvait être aussi fière d'elle que n'importe quel membre de leur petit clan.

9

Neil Mitchell se trouvait au volant de sa voiture lorsqu'il capta la même émission. Le sujet le contraria ; un froncement de sourcils assombrit son beau visage. Les gens avaient souvent l'impression de l'avoir déjà vu quelque part ; il faisait régulièrement des apparitions à la télévision, alors qu'il n'était pas acteur. On le voyait souvent, défenseur impétueux, généreux et bienveillant de la veuve et de l'orphelin, repousser la mèche rebelle qui lui tombait dans les yeux. Il avait le regard clair et perçant du croisé. Et ce genre de jérémiades radiophoniques avait le don de le faire sortir de ses gonds. Ainsi des gens qui possédaient tout — une maison, un emploi, une famille — se permettaient de téléphoner pour se plaindre des dures pressions que la vie leur infligeait ! Ils étaient bien trop égoïstes pour se rendre compte de leur chance. Contrairement à l'homme que Neil s'apprêtait à rencontrer, un Nigérian qui aurait donné sa chemise pour endosser les problèmes de ces idiots qui jacassaient sur les ondes. Ses papiers n'étaient plus valables, à la suite d'une série d'erreurs et de cafouillages, et il risquait d'être expulsé d'Irlande dans les quarante-huit heures. En tant que membre d'un cabinet d'avocats spécialisé dans la défense des réfugiés, Neil avait été convié à une réunion d'urgence. Peut-être durerait-elle plusieurs heures. Sa mère lui avait demandé de ne pas arriver trop tard à Oaklands ; c'était une soirée importante, avait-elle précisé.

« J'espère que cette pauvre Cathy sera à la hauteur, avait-elle ajouté.

— Je te conseille d'éviter de l'appeler "pauvre Cathy" si tu tiens vraiment à ce que tes invités dînent ce soir », avait répliqué Neil en riant.

C'était ridicule, cette guéguerre entre sa mère et sa femme. Son père et lui prenaient soin de rester en dehors de tout ça. De toute façon, il était clair que Cathy avait remporté la bataille, alors à quoi bon continuer ces chamailleries ?

Pour la énième fois, Tom Feather parcourut les petites annonces immobilières du journal. Une expression perplexe voilait son visage. Il se tenait sur le petit sofa, complètement recroquevillé pour caser ses longues jambes et son corps solidement charpenté. En plaçant une chaise à une extrémité pour poser ses pieds, il parvenait à un résultat relativement confortable. Un jour, il aurait une maison qui contiendrait un sofa assez grand pour l'accueillir. C'était plutôt plaisant de posséder une carrure de joueur de rugby, sauf quand on était obligé de se plier en quatre pour passer en revue les petites annonces. Il secoua le journal. Il y avait forcément quelque chose là-dedans qui lui avait échappé. Par exemple un local avec une pièce attenante qui pourrait être transformée en une cuisine à usage professionnel. Ils avaient travaillé dur, Cathy Scarlet et lui, pour concrétiser ce projet. Dès leur première année à l'école hôtelière, ils avaient décidé de monter ensemble la meilleure entreprise de Dublin. L'idée de servir de l'excellente cuisine à domicile et à des prix abordables les passionnait. Ils avaient travaillé dur et, à présent qu'ils avaient rassemblé les fonds et commencé à prospecter leur future clientèle, il ne leur restait plus qu'à trouver un local où s'implanter. La maison de ville que Cathy et Neil habitaient à Waterview, bien que très chic, était beaucoup trop petite pour les accueillir et l'appartement de Stoneyfield qu'il occupait avec Marcella ressemblait à un mouchoir de poche. Il fallait absolument qu'ils dénichent quelque chose. En même temps qu'il décortiquait les annonces, Tom écoutait la radio d'une oreille distraite. Qu'aimerait-il faire pour le réveillon du jour de l'An ? D'abord, trouver l'endroit idéal pour lancer leur affaire et ensuite rester à la maison avec Marcella, caresser ses magnifiques cheveux en parlant de l'avenir devant un bon feu dans la cheminée. Mais, bien sûr, ce n'était qu'un rêve.

Marcella Malone travaillait à l'institut de beauté du grand magasin Haywards. Elle était sans aucun doute la plus jolie manucure que les clientes aient jamais vue. Grande et élancée, couronnée d'une masse de cheveux sombres, elle avait le visage ovale et le teint mat dont rêvaient les collégiennes. En même temps, elle paraissait tellement calme, tellement inoffensive que toutes les personnes qui la croisaient, qu'elles soient vieilles, moches ou grosses, l'appréciaient aussitôt malgré sa beauté insolente. Quant aux clientes de l'institut, peut-être avaient-elles l'impression qu'un peu de sa beauté déteindrait sur elles, et Marcella prêtait toujours une oreille attentive à ce qu'elles lui racontaient.

La radio était allumée et les auditeurs continuaient à s'exprimer sur le sujet du jour. Intéressées, les clientes donnèrent leur avis ; aucune d'elles ne semblait satisfaite du réveillon qu'elle s'apprêtait à passer. Marcella, elle, ne disait rien. Penchée sur les ongles qu'elle était en train de vernir, elle pensa à la chance qu'elle avait, elle qui disposait de tout ce qu'elle désirait. D'abord, Tom Feather, l'homme le plus séduisant et le plus attentionné dont on pouvait rêver. Et puis elle avait récemment été photographiée au cours de deux manifestations susceptibles de donner un coup de pouce à sa carrière : cette opération de promotion pour la maille et puis ce défilé de mode auquel avaient participé des mannequins amateurs dans le cadre d'une action humanitaire. Il se pouvait bien que cette nouvelle année fût décisive pour elle. Son book était à présent bien rempli et Ricky, le photographe qui avait pris tous les clichés, donnait ce soir une réception très glamour. Il y aurait plein de journalistes, et Tom et elle faisaient partie des invités. Si tout allait bien, dans un an à la même époque, elle aurait un agent, de vrais contrats de mannequin professionnel... et ne serait plus obligée de vernir des ongles pour gagner sa vie !

Cathy aurait aimé que Tom l'accompagne à Oaklands. Un soutien moral et un peu d'aide dans cette cuisine qui lui rappelait tant de mauvais souvenirs auraient été appréciables, sans compter que la charge de travail aurait été divisée par deux. Hélas, Tom devait accompagner Marcella à une soirée, et c'était bien normal ; d'après ce qu'elle avait entendu, cette soirée aiderait la jeune femme à entamer sa carrière de mannequin. Elle était tellement belle, Marcella, d'une beauté qui accrochait tous les regards... Grande, mince, avec un sourire qui aurait illuminé la nuit la plus noire. Pas étonnant qu'elle veuille devenir mannequin ; en fait, c'était même surprenant qu'elle ne le soit pas encore. Heureusement, Neil avait promis de l'aider, et ils avaient également engagé Walter, le cousin de Neil, qui ferait office de barman. Cathy avait tenu à préparer des choses simples, rien de trop sophistiqué. Tom et elle y avaient passé toute la matinée.

« Ce n'est pas juste que tu consacres du temps à cette soirée, avait décrété Cathy. Elle ne nous paiera pas, tu sais.

— C'est un investissement... L'occasion, peut-être, de remplir notre carnet d'adresses, avait répondu Tom d'un ton enjoué.

— Il n'y a rien dans tout ça qui puisse rendre quelqu'un malade, au moins ? »

L'image des invités de Hannah Mitchell en train de se tenir le ventre, gémissant de douleur, victimes d'une affreuse intoxication alimentaire, avait brusquement traversé l'esprit de Cathy. Tom l'avait accusée de devenir de plus en plus bête, arguant qu'il devait être fou pour avoir choisi pareille associée. Personne n'aurait accepté de leur prêter de l'argent si on s'était aperçu que derrière la Cathy Scarlet si maîtresse d'elle-même se cachait une véritable boule de nerfs.

« Tout ira bien avec les autres. C'est Hannah le problème, avait assuré Cathy.

— Prends tout ton temps, arrange-toi pour y aller tôt, écoute de la musique légère au volant de la camionnette et appelle-moi demain, avait-il conclu d'un ton apaisant.

— Si je suis toujours en vie. Amuse-toi bien ce soir.

— Oh, c'est encore un de ces trucs bruyants au studio de Ricky.

— Bonne année, et souhaite la même chose à Marcella de ma part.

— Imagine-toi l'an prochain à la même époque...

— Je sais, l'histoire d'une réussite fulgurante », avait complété Cathy avec un entrain qu'elle était loin de ressentir.

Ce fut ainsi qu'ils se quittèrent. L'un gonflé à bloc, plein d'optimisme, tandis que l'autre restait pour le moins sceptique. Et maintenant, la camionnette était chargée. Neil n'était pas encore rentré, il avait dû se rendre à une réunion. Neil n'avait rien d'un avocat ordinaire, songea Cathy avec fierté ; il n'avait pas d'horaires rigides et ne pratiquait pas de tarifs exorbitants. Mais, si quelqu'un se trouvait en difficulté, il était là. C'était aussi simple que ça. Voilà pourquoi elle l'aimait.

Ils se connaissaient sans vraiment se connaître depuis qu'ils étaient enfants. Pendant toutes les années où la mère de Cathy travaillait à Oaklands, Neil était en pension. Par la suite, quand il entra à l'université, il ne rendait que de rares visites à ses parents. Dès qu'il fut intégré au barreau, il emménagea dans un petit appartement. Ce fut par un hasard extraordinaire que

Cathy le retrouva en Grèce. S'il avait choisi de passer ses vacances dans une autre villa, ou si elle avait travaillé sur une autre île ce mois-là, ils ne se seraient jamais rencontrés, ne seraient jamais tombés amoureux. Et Hannah Mitchell aurait été cent fois plus heureuse ce soir... Cathy s'efforça de chasser ces sombres pensées. Il était encore beaucoup trop tôt pour partir à Oaklands ; elle n'avait aucune envie que Hannah lui tourne autour en gémissant. Elle passerait d'abord chez ses parents. Juste pour essayer de se détendre.

Maurice et Elizabeth Scarlet, plus connus sous les diminutifs de Muttie et Lizzie, habitaient au centre de Dublin dans un demi-cercle de vieilles maisons à deux étages. L'endroit s'appelait St Jarlath's Crescent, en hommage au saint homme irlandais. Autrefois, les logements étaient occupés par des ouvriers que le hurlement d'une sirène tirait du lit tous les matins. De minuscules jardins d'environ trois mètres de long ornaient le devant de chaque maison et cela équivalait à un véritable défi de réussir à y faire pousser quelque chose.

C'était dans cette maison que la mère de Cathy avait vu le jour, dans cette maison aussi que Muttie l'avait épousée. Bien qu'elle ne fût qu'à vingt minutes de la maison de Cathy et Neil, on eût dit que des milliers de kilomètres séparaient les deux demeures et, pire encore, qu'un milliard de kilomètres la séparaient du luxueux univers d'Oaklands.

Lizzie et Muttie furent ravis de voir Cathy arriver à l'improviste au volant de sa fourgonnette blanche. Qu'avaient-ils prévu pour le réveillon ? Eh bien, ils iraient passer la soirée dans un pub du quartier en compagnie des associés de Muttie. Ces derniers étaient en fait les autres turfistes qu'il rencontrait en allant jouer aux courses chez Sandy Keane. Tous prenaient leur activité très au sérieux, et Cathy savait qu'il ne fallait pas plaisanter sur ce sujet.

— Il y aura de quoi dîner ? s'enquit-elle.

— A minuit, on nous distribuera du poulet, répondit Muttie, visiblement touché par la générosité du pub.

Cathy observa ses parents.

Son père était petit et replet. Ses cheveux se dressaient en touffes sur son crâne et un sourire permanent éclairait son visage. Il avait cinquante ans et elle ne l'avait jamais vu travailler. Son dos le faisait souffrir, pas au point de l'empêcher d'aller parier chez Sandy Keane, mais au point de le rendre inapte au travail.

Lizzie restait égale à elle-même, petite, vigoureuse et svelte. Quatre fois par an, elle allait se faire faire une permanente serrée au salon de coiffure que tenait son cousin.

« C'est aussi régulier que la permanente de cette pauvre Lizzie », avait une fois lancé Hannah Mitchell. Cette boutade avait rendu Cathy folle de rage ; le fait que Hannah Mitchell, qui dépensait une fortune dans ses rendez-vous hebdomadaires chez le coiffeur de Haywards pendant que Lizzie frottait à genoux les sols de sa demeure d'Oaklands, ose se moquer de la coiffure de sa mère l'avait mise hors d'elle. Mais à quoi bon ressasser tout ça aujourd'hui ?

— Tu es impatiente d'y aller, maman ? demanda-t-elle.

— Oh oui, et puis il y aura aussi un grand jeu avec plein de lots à gagner, répondit Lizzie.

Cathy ressentit une immense tendresse pour ses parents : un rien les contentait.

Ce soir-là, à minuit, dans la demeure d'Oaklands, la mère de Neil critiquerait tout ce que Cathy présenterait à ses invités, les lèvres pincées en un pli dur.

— Est-ce qu'ils ont appelé de Chicago ? reprit-elle à l'adresse de sa mère.

— Tous sans exception. Notre famille est bénie, répondit cette dernière avec fierté.

Cathy savait aussi qu'ils avaient tous envoyé de l'argent à leur mère, car c'était elle qui ouvrait le courrier. Inutile de tenter Muttie avec tous ces dollars alors que des chevaux fiables à cent pour cent n'attendaient que lui au bureau des paris de Sandy Keane.

— Tu sais, je donnerais tout pour venir avec vous ce soir. Au lieu de quoi, je m'apprête à décevoir Hannah Mitchell avec tous les plats que je présenterai à ses hôtes, déclara Cathy.

— C'est toi qui t'es mise dans ce pétrin, fit observer Muttie.

— Sois polie avec elle, Cathy, je t'en prie. Je sais d'expérience qu'il vaut mieux se plier à ses désirs.

— C'est effectivement ce que tu as fait pendant toutes ces années, maman, fit Cathy d'un ton empreint d'amertume.

— Promets-moi de ne pas t'emporter ce soir, hein ?

— Non, maman. Ne t'inquiète pas. J'ai accepté cette mission et, même si ça me coûte, je l'accomplirai consciencieusement, avec le sourire en prime.

— J'aurais préféré que Tom Feather t'accompagne ; lui, au moins, il aurait su modérer tes élans.

— Neil sera là, maman, il m'aidera à me contenir.

Sur ce, Cathy les embrassa et prit congé. En route pour Oaklands, elle s'entraîna à parfaire son sourire.

Hannah Mitchell faisait appel à une entreprise de nettoyage maintenant qu'elle n'avait plus cette « pauvre Lizzie Scarlet » à martyriser. Deux fois par semaine, quatre femmes investissaient les lieux, passaient l'aspirateur, frottaient les sols, repassaient le linge avec leur propre matériel, n'acceptant aucun conseil de qui que ce soit.

Leurs tarifs étaient une fois et demie plus élevés en cette veille de jour de l'An. Bien sûr, Hannah avait protesté.

« A vous de voir, madame Mitchell », avaient-elles répliqué d'un ton enjoué, sachant pertinemment qu'elles trouveraient une multitude d'autres maisons à nettoyer en cette occasion. Hannah avait vite cédé. Décidément, rien n'était plus comme avant. Dieu merci, elle en avait eu pour son argent ; la maison rutilait et elle n'aurait pas à lever le petit doigt. Avec ses beaux discours, Cathy serait-elle capable de servir un repas décent ? Elle ne tarderait pas à arriver au volant de sa vieille camionnette ; même les femmes de ménage qui venaient nettoyer sa maison se déplaçaient dans un véhicule plus présentable. Elle envahirait la cuisine en soufflant comme un bœuf, sans aucune grâce. La fille de cette « pauvre Lizzie Scarlet » se comporterait comme si cette maison lui appartenait. Ce qui, hélas, finirait bien par se produire un jour. Mais ce jour-là n'était pas encore arrivé, songea Hannah, les lèvres pincées en un pli dur.

En sortant du bureau, Jock Mitchell s'arrêta pour prendre un verre avant de rentrer chez lui. Il en avait grand besoin avant d'affronter son épouse. Elle était toujours nerveuse avant une réception mais, cette fois, ce serait pire que tout : l'idée que Cathy, la femme de Neil, ait préparé le dîner, la hérissait. Elle refusait obstinément d'admettre que le jeune couple était heureux, bien assorti — et pas du tout enclin à se séparer, en dépit de ses manigances. A ses yeux, Cathy resterait à jamais la fille de cette « pauvre Lizzie Scarlet », une sorte de diablesse qui avait séduit leur fils alors qu'il passait des vacances en Grèce. Elle avait cru que la jeune femme était tombée enceinte délibérément, pour le piéger.

Il sirota son whisky pur malt, plongé dans ses pensées ; si seulement il n'avait pas eu tant de soucis ! Jock Mitchell demeurait perturbé par une conversation qu'il avait eue aujourd'hui avec son neveu Walter. Celui-ci, fainéant invétéré, fils aîné de son frère Kenneth, lui avait confié qu'il y avait des problèmes aux Beeches, la demeure familiale. Il s'agissait même de sérieux problèmes. Walter lui avait dit que son père était parti pour l'Angleterre juste avant Noël sans laisser ses coordonnées. Sa mère, réputée pour sa faiblesse de caractère, tentait d'oublier dans la vodka ce brusque revirement de situation. Mais c'étaient leurs jumeaux de neuf ans, Simon et Maud, qui le préoccupaient le plus. Comment réagissaient-ils ? Walter avait haussé les épaules ; à vrai dire, il ne savait pas trop. Ils se débrouillaient, avait-il laissé entendre. Jock Mitchell exhala un nouveau soupir.

Cathy arrivait à Oaklands quand son téléphone portable se mit à sonner. Elle se gara et répondit.

— Chérie, je ne serai pas là pour t'aider à décharger, s'excusa Neil.

— Ce n'est pas grave, je savais bien que ta réunion se prolongerait un peu.

— C'est plus compliqué que ce que nous avions cru. Ecoute, demande à mon père de te donner un coup de main pour transporter tes containers, ne te brise pas le dos juste pour montrer à ma mère à quel point tu es formidable.

— Oh, mais elle le sait déjà, railla Cathy.

— Walter sera sans doute arrivé...

— Si je dois attendre Walter pour commencer à déballer, la soirée sera déjà bien avancée... Arrête de t'inquiéter et retourne à tes affaires.

Cathy tenta de se persuader qu'il ne restait plus que six heures avant que l'année se termine, six heures à se montrer sympathique envers Hannah. Quel serait le pire scénario catastrophe ? Le pire serait que les plats soient infects et que personne ne veuille y goûter, mais c'était impossible, car les mets qu'elle avait préparés étaient délicieux. Ensuite, il se pouvait qu'il n'y ait pas assez de nourriture, mais Cathy avait aussi songé à ça, et il y avait dans ce fourgon de quoi nourrir la moitié des habitants de Dublin.

— Aucun problème, affirma la jeune femme à voix haute en contemplant l'allée qui conduisait à la maison où Neil était né.

Une gentilhommière, vieille de cent cinquante ans, carrée et somme toute assez plaisante avec ses quatre chambres à coucher qui s'étalaient au-dessus de l'imposante porte d'entrée, flanquée de baies vitrées à chaque extrémité. Du lierre et de la vigne vierge tapissaient les murs et une grande cour gravillonnée s'étendait devant la façade, là où seraient bientôt garées une vingtaine de luxueuses voitures. Une maison aux antipodes de St Jarlath's Crescent.

Cadre chez Haywards, Shona Burke s'attardait souvent à son bureau ; elle possédait une clé et un code personnel pour pouvoir entrer et sortir à sa guise. Elle avait écouté l'émission à la radio. Avait-elle la possibilité de passer ce réveillon comme bon lui semblait ? Jadis, dans une vie plus heureuse, elle aurait envisagé une petite fête, mais cette époque était révolue depuis plusieurs années. Elle n'avait aucune idée de ce qu'avaient prévu ses frères et sœurs, elle ne savait même pas s'ils se rendraient à l'hôpital. Shona, quant à elle, irait par devoir, bien que ce fût parfaitement inutile ; sa présence ne serait même pas remarquée.

Ensuite, elle se rendrait à la soirée que Ricky organisait à son studio. Tout le monde appréciait Ricky. C'était un photographe agréable et chaleureux ; nul doute qu'une foule de gens répondrait à son invitation ; il avait dû leur concocter une fête à tout casser. Il y aurait des poseurs, de jeunes écervelés qui rêvaient de voir leur photo dans les rubriques mondaines des journaux... Shona n'y rencontrerait sans doute pas l'homme de sa vie ni même un compagnon de passage. Pourtant, elle choisirait sa tenue avec soin et participerait pour la simple raison qu'elle n'était pas le genre de personne à se morfondre seule dans son appartement du Glenstar.

La question continuait à la tarauder, lancinante : qu'aurait-elle aimé faire ce soir ? C'était une question délicate, car les choses avaient changé autour d'elle. Les jours heureux appartenaient au passé et elle était incapable de penser à une chose qui la rendrait heureuse. Par conséquent, il ne lui restait plus qu'à aller à la soirée de Ricky.

Marcella était en train de vernir ses ongles de pieds. Elle avait acheté une nouvelle paire de sandales de soirée dans une vente de charité. Elle les montra fièrement à Tom. Elles avaient été à peine portées ; leur précédente propriétaire avait dû s'apercevoir très vite qu'elles ne lui convenaient pas.

— Elles devaient coûter une petite fortune, lança-t-elle gaiement en les examinant sous toutes les coutures.

— Tu es heureuse ? demanda Tom.

— Très. Et toi ?

— Oui, très très heureux, répondit-il en riant.

Etait-ce la vérité ? En fait, il n'avait aucune envie d'aller à cette soirée. Mais le simple fait de la regarder l'emplissait de joie. Il n'arrivait toujours pas à croire qu'une fille si belle, une fille qui aurait pu avoir tous les hommes qu'elle désirait, le trouvât assez bien pour elle. Tom n'était pas conscient de son charme ; il se trouvait trop grand, trop maladroit. Il était persuadé que les regards admiratifs qu'on leur lançait lorsqu'ils se promenaient ensemble s'adressaient uniquement à Marcella...

— J'ai entendu une émission à la radio où les gens se plaignaient tous de ne pas pouvoir faire ce qu'ils désiraient pour le réveillon, reprit la jeune femme.

— Je sais, je l'ai écoutée, moi aussi.

— Je me suis dit que nous avions une chance inouïe, tous les deux ; Cathy et Neil, les pauvres, ne peuvent pas faire ce qu'ils veulent ce soir.

Marcella se leva, en string, et s'empara d'un tout petit vêtement posé sur le dossier d'une chaise.

— Oui. Cathy doit être là-bas à l'heure qu'il est, chez sa belle-mère, en train de dresser les tables. J'espère qu'elle saura garder son sang-froid !

— Elle y sera bien obligée, c'est le travail, c'est ça qu'on appelle la conscience professionnelle. On est tous obligés de travailler, répliqua Marcella.

Elle s'était déjà pliée aux volontés d'une multitude de patrons tyranniques au cours de sa vie. A présent, elle voulait sa place au soleil, et elle l'obtiendrait en arpentant les podiums des défilés de mode.

— Neil sera là-bas et il y aura aussi son jeune blanc-bec de cousin. Alors tout devrait bien se passer, fit Tom d'un ton peu convaincu.

Marcella avait enfilé le vêtement rouge : une robe courte et moulante qui épousait chaque courbe de son corps.

— Marcella, tu ne vas tout de même pas porter ça ce soir ?

— Elle ne te plaît pas ?

Son visage s'était assombri.

— Si, bien sûr que si, elle me plaît. Tu es magnifique. Je préférerais simplement que tu la portes ici, quand nous sommes tous les deux, et pas quand nous allons à une fête où il y aura un monde fou.

— Mais, Tom, c'est une robe de soirée ! s'écria-t-elle, mortifiée.

— Naturellement. Et tu seras la plus belle, c'est sûr.

— Que voulais-tu dire quand... ?

— Moi ? Oh, rien, rien du tout. C'est juste que... tu es tellement ravissante que je n'avais aucune envie de te partager avec d'autres personnes... Ne fais pas attention. C'est sans importance.

— Je croyais que tu serais fier de moi.

— Tu ne peux pas imaginer combien je le suis, assura-t-il.

Elle était superbe. Sa réaction avait été stupide.

Hannah Mitchell l'attendait, vêtue d'une robe en lainage bleu marine, ses cheveux impeccablement coiffés et laqués après son rendez-vous chez Haywards. Ses tenues donnaient toujours l'impression qu'elle se rendait à un déjeuner entre amies. Cathy ne l'avait jamais vue en tablier ni même vêtue d'une vieille jupe. Mais à quoi bon porter de tels vêtements quand on ne s'occupait d'aucune tâche domestique ?

Hannah regarda Cathy décharger toutes les boîtes et les caisses, une par une, gênant sa progression et chipotant déjà pour des détails. Elle ne lui proposa aucune aide. Au lieu de cela, elle espérait à haute voix que les containers n'abîmeraient pas le papier peint et se demandait où Cathy pourrait bien garer sa camionnette afin de la dissimuler aux regards des invités. La jeune femme alluma les fours, disposa ses torchons sur le dossier des chaises, plaça son sachet de glace dans le congélateur et entreprit de déballer les plats. Inutile de demander à Hannah Mitchell de la laisser seule. Pourtant, elle aurait pu monter se reposer un peu... Mais non, sa belle-mère semblait bien décidée à l'énerver jusqu'à l'arrivée des premiers convives.

— M. Mitchell sera-t-il bientôt là ? s'enquit Cathy, songeant qu'elle pourrait peut-être lui demander de l'aider à sortir les verres des cartons.

— Je l'ignore, Cathy. Ce n'est pas dans mes habitudes de contrôler les horaires de M. Mitchell.

Cathy sentit un flot de sang envahir sa gorge. Comment cette femme osait-elle se montrer si agressive, si condescendante ?

Elle se savait seule dans cette bataille sournoise. Neil se contenterait de hausser les épaules si elle lui en parlait. Quant à sa mère, elle la supplierait de cesser d'importuner Mme Mitchell. Même sa tante Geraldine, qui d'habitude la soutenait et l'encourageait dans les moments difficiles, lui conseillerait de laisser tomber. Le comportement de Hannah Mitchell prouvait simplement qu'elle manquait d'assurance et ça ne valait pas la peine de s'y attarder. Cathy ôta le film étirable des plats qu'elle avait préparés.

— Est-ce du poisson ? Tout le monde n'en est pas friand, vous savez.

Hannah Mitchell arborait une expression franchement inquiète.

— Je sais, madame Mitchell, certaines personnes n'aiment pas le poisson et c'est pour cette raison que vos invités auront le choix, voyez-vous.

— Peut-être ne s'en apercevront-ils pas.

— Je crois que si. Je le leur dirai.

— Ne s'agit-il donc pas d'un buffet ?

— Si, mais je me trouverai derrière pour faire le service. Je me chargerai donc de le leur dire.

— Le leur dire ? répéta Hannah Mitchell d'un air effaré.

L'espace d'un instant, Cathy se demanda si sa belle-mère n'était pas en train de perdre la tête.

— Je leur demanderai s'ils désirent du poisson mariné dans une sauce aux fruits de mer ou s'ils préfèrent goûter au poulet aux herbes ou encore au goulasch végétarien.

En dépit de ses efforts, Mme Mitchell ne trouva rien à redire.

— Oh, je vois, conclut-elle.

— Parfait. Pensez-vous que je puisse continuer, maintenant ?

— Cathy, ma chère, puis-je savoir qui vous en empêche ? répliqua Hannah, le visage sévère, visiblement peu encline à apprécier l'assurance de la « fille de cette pauvre Lizzie Scarlet ».

Neil consulta sa montre. Tous ceux qui se trouvaient dans cette pièce étaient attendus quelque part pour le réveillon, à l'exception de l'étudiant pour lequel ils s'étaient réunis. Ils auraient bientôt fini, mais personne ne semblait pressé de conclure. Ce serait terrible pour cet homme dont l'avenir était encore incertain de constater que les militants des droits de l'homme, travailleurs sociaux et avocats, étaient davantage préoccupés par leur soirée que par sa situation. Neil s'efforçait de réconforter le jeune Nigérian en lui affirmant que justice serait faite, que l'Irlande accepterait finalement de l'accueillir. En tout cas, il ne laisserait pas Jonathan tout seul à l'aube d'une nouvelle année.

— Quand la réunion sera terminée, vous viendrez avec moi chez mes parents, proposa-t-il.

Il était déjà en retard, mais il n'y pouvait rien.

Les grands yeux tristes le dévisagèrent.

— Vous n'êtes pas obligé, vous savez.

— Je sais bien et je vous préviens tout de suite que ce ne sera pas vraiment une partie de plaisir, mais c'est ma femme qui a préparé le buffet. Alors nous sommes sûrs, au moins, de bien dîner ! Les amis de mes parents sont... comment dire... un peu tristes.

— Tout va bien, Neil, sincèrement. Vous en faites tellement pour moi... Et cette histoire vous a déjà assez retardé...

— Reprenons tout une dernière fois. Ensuite, Jonathan et moi irons faire la fête, annonça Neil à l'intention de ses confrères.

Neil surprit leur regard plein d'admiration, un regard qui disait : « Neil Mitchell n'est vraiment pas comme les autres. » Il se sentait un peu coupable de ne pas être auprès de Cathy, comme il le lui avait promis, mais cette réunion était tellement plus importante — elle comprendrait. Cathy s'en sortirait. Son père et son cousin Walter devaient être en train de l'aider à cette heure-là... Tout irait bien.

Hannah s'attarda à la cuisine. Cathy fut donc obligée de parler, de répondre à des questions absurdes, d'apaiser des soucis inutiles et même de songer à des sujets de conversation pour ne pas passer pour une pimbêche.

— Il est presque sept heures et demie, Walter ne devrait plus tarder à arriver, fit Cathy, à bout de patience.

Elle aurait avancé beaucoup plus vite si elle n'avait pas dû subir l'examen scrupuleux des yeux les plus critiques de toute l'Europe occidentale. Elle aurait pu se servir de ses doigts plus souvent, les choses auraient pu être posées à la va-vite au lieu d'être soigneusement rangées.

— Oh, Walter ! Je suis sûre qu'il sera en retard, comme tous les jeunes d'aujourd'hui, lança Hannah Mitchell avec un petit reniflement à la fois désapprobateur et résigné.

— Je ne crois pas, madame Mitchell, du moins pas ce soir. C'est un rendez-vous professionnel et il sera rémunéré de sept heures et demie à minuit et demi. C'est un contrat de cinq heures. Je suis sûre qu'il ne nous oubliera pas.

En fait, Cathy n'était sûre de rien ; elle ignorait si Walter Mitchell était quelqu'un de fiable. Mais elle avait au moins insisté sur les clauses de son contrat. Et, s'il ne se manifestait pas, sa famille saurait qu'on ne pouvait pas lui faire confiance. A cet instant, elle entendit quelqu'un dehors.

— Ah, ça doit être Walter. Je savais qu'il serait à l'heure.

Ce n'était pas Walter, mais Jock Mitchell, qui entra dans la cuisine en se frottant les mains.

— Tout cela m'a l'air fantastique, Cathy ! Qu'en dis-tu, Hannah, ne trouves-tu pas cet assortiment de plats absolument épatant ?

— Si.

— Bienvenue chez vous, monsieur Mitchell. Je croyais que c'était Walter. Il doit travailler pour moi ce soir, précisa Cathy. Aurait-il quitté le bureau en même temps que vous, par hasard ?

— Une éternité plus tôt. Ce garçon n'en fait qu'à sa tête. Mes associés ne cessent de m'adresser des reproches à son sujet, répondit son beau-père.

Hannah Mitchell détestait débattre des affaires de famille en présence de Cathy.

— Pourquoi ne montes-tu pas te doucher, chéri ? Nos invités seront là dans une demi-heure, dit-elle d'un ton sans réplique.

— D'accord, d'accord. Vous n'avez pas besoin d'aide, Cathy ?

— Non... non, ça va aller. Mon sommelier devrait arriver d'un instant à l'autre.

— Et Neil ?

— Il est en réunion. Il arrivera dès que possible.

Voilà, elle était enfin seule dans la cuisine. Jusqu'à présent, elle ne s'en sortait pas trop mal. Mais il n'était que huit heures moins le quart. La soirée venait à peine de commencer.

La soirée de Ricky ne commençait qu'à neuf heures et ils s'y rendraient bien plus tard ; Tom Feather avait donc tout le temps de passer chez ses parents pour leur souhaiter la bonne année. Il attrapa le bus juste devant la résidence de Stoneyfield, celui qui menait directement à Fatima, la maison de ses parents, encombrée de statuettes et d'images pieuses. Il brûlait d'envie d'appeler Cathy pour savoir comment elle s'en sortait, mais elle lui avait dit qu'elle laisserait son portable dans la camionnette, car cet appareil avait le don d'irriter Hannah Mitchell au plus haut point. Et, comme Cathy n'apprécierait guère qu'il appelle Oaklands, il lui faudrait prendre son mal en patience.

Tom monta dans le bus, le cœur lourd. Il se sentait idiot d'être monté sur ses grands chevaux à cause du petit bout de robe qu'avait revêtu Marcella. C'était pour lui qu'elle avait choisi cette tenue ; elle l'aimait, lui, et personne d'autre. Cela ne lui disait

24

rien de passer une heure dans les transports pour aller s'asseoir dans un salon submergé de bibelots, chez ses parents. Ils se montraient tellement pessimistes, tous les deux, tellement prompts à ne voir que le mauvais côté des choses, contrairement à lui ! Et puis il était quelque peu préoccupé par cette histoire de local que Cathy et lui n'arrivaient pas à trouver. Ils finiraient bien par dénicher quelque chose, mais cela prendrait du temps, tout le monde le disait.

Sa mère lui confia qu'ils n'avaient reçu aucune nouvelle de Joe, son frère aîné, absolument rien, pas même pour Noël. Il y avait des téléphones à Londres, il aurait au moins pu les appeler. Le père de Tom raconta qu'il avait lu un article dans le journal selon lequel le secteur du bâtiment s'apprêtait à exploser ; Tom s'accrochait à des chimères en essayant de monter cette boîte au lieu d'entrer dans une entreprise déjà bien rodée. Tom s'efforça de rester gai et enjoué, et il parla tant et tant que sa mâchoire devint bientôt douloureuse. Puis il serra ses parents dans ses bras et prit congé.

— Je suppose que tu n'as toujours pas l'intention de faire de Marcella une honnête femme ? Ce serait pourtant une bonne résolution pour la nouvelle année, non ? lança sa mère.

— M'man, j'étais prêt à demander Marcella en mariage vingt-cinq minutes après l'avoir rencontrée. Depuis, j'ai dû lui demander une bonne centaine de fois...

Il écarta les mains dans un geste d'impuissance. Ses parents savaient qu'il disait la vérité.

Walter Mitchell regarda sa montre. Il prenait un verre dans un pub en compagnie d'un groupe d'amis pour fêter le réveillon du jour de l'An.

— Merde, déjà huit heures, marmonna-t-il.

Cathy serait furieuse... Heureusement, oncle Jock et tante Hannah prendraient sa défense. C'était ça qui était génial quand on faisait partie d'une grande famille.

Toujours aucun signe de Walter. Cathy commença à déballer les verres, les disposa sur un plateau, déposa un morceau de sucre au fond de trente flûtes et versa par-dessus une cuillerée à café de cognac. Plus tard, lorsque les invités seraient tous arrivés, elle remplirait ces verres de champagne. C'était ce jeune blanc-bec qui aurait dû préparer ça pendant qu'elle s'occupait des plateaux de canapés. Cathy surprit son reflet dans le miroir du hall. Elle était rouge et paraissait extrêmement agitée. Des mèches s'échappaient du bandeau qui retenait ses cheveux en arrière. Ce n'était pas bon. Pas bon du tout.

Elle descendit au vestiaire et appliqua du fond de teint liquide sur son visage et son cou. Puis elle mouilla légèrement ses cheveux et les noua plus fermement. A cet instant, elle aurait eu sacrément besoin de Marcella, juste pour mettre un peu de magie dans ses yeux. Elle fouilla dans son sac à main, dénicha un gros crayon marron et se maquilla rapidement. Elle enfila ensuite une chemise blanche toute propre et une jupe écarlate. Voilà qui était légèrement mieux. Ce serait tellement encourageant si elle parvenait à décrocher une foule de clients ce soir ! Elle devrait toutefois se montrer vigilante. Sa belle-mère ne supporterait pas qu'elle prospecte parmi ses invités, encore moins qu'elle distribue des cartes de visite. « Je vous en prie, Seigneur, faites que la soirée soit réussie », songea-t-elle. Sinon, des jours et des jours d'efforts soutenus, sans parler de l'argent, seraient réduits à néant. Tout cela serait un beau gâchis.

Le studio de Ricky se situait dans un sous-sol. Il s'agissait de trois pièces qui communiquaient entre elles : les boissons dans la première, les plats dans la deuxième et la piste de danse dans la dernière. On n'entrait pas « bêtement » chez lui ; on faisait une entrée remarquée en descendant un vaste escalier brillamment éclairé.

Tom et Marcella avaient laissé leurs manteaux au rez-de-chaussée. Tom sentit tous les regards converger vers sa compagne, dans sa petite robe rouge, tandis qu'elle descendait gracieusement les marches devant lui, avec ses longues jambes magnifiques et ses sandales dorées dont elle était si fière. Les autres femmes de l'assistance semblèrent tout à coup bien ternes.

Marcella ne mangeait ni ne buvait jamais rien à ces soirées-là. Il lui arrivait parfois de prendre un verre d'eau gazeuse. Mais elle n'avait pas faim, prétendait-elle avec une telle sincérité qu'on était obligé de la croire. Tom, en revanche, était impatient de découvrir le buffet afin de le comparer avec ce que Cathy et lui auraient proposé en pareille occasion. Pour une soirée de ce genre, ils auraient probablement présenté un choix de deux plats chauds avec, en guise de pain, des pitas grecques à profusion. Par exemple, quelque chose comme le poulet aux herbes et le plat végétarien que Cathy avait préparés pour la réception de ses beaux-parents. Le traiteur de Ricky, lui, avait opté pour une multitude de plateaux garnis de canapés et de petits fours informes et sérieusement fatigués. Il y avait du saumon fumé déjà racorni sur des tranches de pain de mie, une espèce de pâté étalé en fine couche sur des biscuits peu appétissants et des saucisses de cocktail tièdes, enrobées de graisse figée. Il goûta et examina tout minutieusement, reconnaissant ici un pâté du commerce, là une base de gâteau achetée en sachet. Il brûlait d'envie de savoir combien ils avaient demandé par personne. Il pourrait toujours poser la question à Ricky, mais pas ce soir.

— Tom, arrête de martyriser ces pauvres petites choses, murmura Marcella en pouffant.

— Regarde-les, tu veux ? Des gâteaux tout mous, trop de sel partout...

— Viens plutôt danser avec moi.

— Dans un instant. Je dois démasquer toutes les choses affreuses qui se tapissent dans ce buffet, répondit Tom en farfouillant parmi les assiettes.

— Accepteriez-vous de danser avec moi ?

Un garçon de dix-neuf ans contemplait Marcella d'un air médusé.

— Tom ?

— Vas-y. Je vole à ton secours dans une minute, ajouta-t-il avec un sourire.

Ce fut bien plus tard, et après trois verres de vin médiocre, qu'il trouva le chemin de la petite piste de danse. Marcella dansait avec un type doté d'une grande figure rougeaude et de grosses mains. Ces dernières étaient étalées sur les fesses de la jeune femme. Tom se dirigea vers eux.

— Je suis venu à ton secours.

— Hé, protesta l'homme. Vous n'avez qu'à vous trouver une autre cavalière.

— Il se trouve que c'est ma cavalière, répliqua Tom d'un ton ferme.

— Dans ce cas, faites preuve de courtoisie et laissez-nous terminer cette danse.

— Si vous n'y voyez pas d'inconvénient... commença Tom.

— Terminons cette danse. Ensuite, je danserai avec toi, Tom ; après tout, je t'ai attendu assez longtemps.

Tom s'éloigna, contrarié. C'était un peu sa faute si ce rustre posait ses grandes mains partout sur Marcella. Il aperçut Shona Burke, une fille sympa qui travaillait chez Haywards : l'une des nombreuses personnes à Dublin à qui ils avaient demandé de chercher un local pour leur boutique.

— Veux-tu que j'aille te chercher un verre d'encre rouge et un morceau de carton tartiné d'une larme de pâté ? lui proposa-t-il.

Shona éclata de rire.

— Attention, ce n'est pas une bonne stratégie de descendre en flammes les concurrents !

— Je sais, mais ça m'agace au plus haut point. Tout ça est tellement mesquin, tellement immonde !

Il reporta son attention sur Marcella, toujours en train de danser avec ce type horrible.

— Ne t'en fais pas, Tom, elle n'a d'yeux que pour toi.

Tom s'en voulut d'avoir trahi ses sentiments.

— Je parlais du buffet. C'est carrément indécent de faire payer Ricky pour ça. J'ignore combien on lui a demandé, mais de toute façon c'est du vol.

— Je sais bien que tu parlais du buffet ! remarqua Shona.

— Veux-tu danser avec moi ?

— Non, Tom, je refuse d'entrer dans ce petit jeu. Va plutôt chercher Marcella.

Le temps de la rejoindre, un autre homme l'avait déjà invitée tandis qu'au bord de la piste le type à la grosse tête et aux grandes mains l'examinait sans vergogne. Tom partit se servir un autre verre de ce vin innommable.

Walter arriva à huit heures et demie ; il y avait déjà dix invités dans le salon d'Oaklands. Plein d'entrain, il embrassa sa tante sur les deux joues.

— Laisse-moi te donner un coup de main, tante Hannah, dit-il avec un large sourire.

— Un garçon si gentil ! fit Mme Ryan à l'attention de Cathy.

— En effet, approuva la jeune femme au prix d'un effort.

Mme Ryan et son époux étaient arrivés les premiers. Elle ne ressemblait en rien à Hannah Mitchell et respirait la simplicité. Elle s'extasia devant les canapés et entretint la conversation avec Cathy.

— Mon mari était gêné d'arriver le premier, lui confia-t-elle.

— Il faut un premier partout. Je trouve au contraire que c'est agréable de faire partie des premiers arrivés.

Cathy avait un mal fou à se concentrer. Elle observait Walter, petit et séduisant comme tous les Mitchell, et s'efforçait tant bien que mal de contenir sa colère. Sa belle-mère et d'autres invités étaient en train de le flatter et de chanter ses louanges alors qu'il était arrivé avec une heure de retard. Elle écoutait à peine la gentille Mme Ryan, qui se plaignait d'être une bien piètre cuisinière.

— Ils me réclamaient toujours du strudel, et je ne savais jamais par où commencer.

Cathy reporta son attention sur Mme Ryan. Cette dernière recevait des collègues de son mari la semaine suivante pour le café. Cathy pourrait-elle lui livrer quelques gâteaux à domicile ? Bien sûr, elle ne resterait pas pour faire le service.

Cathy suivit des yeux sa belle-mère qui quittait la pièce avant de noter le numéro de téléphone de Mme Ryan.

— Ce sera notre petit secret, promit-elle.

Sa première commande ! Il n'était pas encore neuf heures, et elle avait déjà décroché un contrat.


— As-tu l'intention de passer la nuit à danser avec des inconnus ? demanda Tom à Marcella.

— Tom, enfin ! répondit la jeune femme en s'écartant avec un petit sourire d'excuse d'un homme qui portait des lunettes de soleil et une veste de cuir noir.

— Peut-être ne suis-je pas assez bien pour que tu acceptes de danser avec moi, insista Tom.

— Ne sois pas idiot et prends-moi dans tes bras.

— Dis-tu cela à tous les autres ?

— Pourquoi réagis-tu comme ça ? Qu'ai-je fait de mal ? protesta Marcella, visiblement peinée et irritée.

— Tu te trémousses à moitié nue avec la moitié des habitants de cette ville.

— Tu es injuste, riposta Marcella, piquée au vif.

— N'est-ce pas la vérité ?

— C'est une fête, les gens s'invitent à danser, c'est ainsi que ça fonctionne.

— Oh, très bien.

— Que se passe-t-il, Tom ?

Elle n'arrêtait pas de regarder par-dessus son épaule en direction de la piste de danse.

— Je ne sais pas.

— A toi de me le dire.

— Je te répète que je n'en sais rien, Marcella. Au risque de passer pour un rabat-joie, veux-tu rentrer à la maison avec moi ?

— Rentrer à la maison ? On vient à peine d'arriver ! s'exclama-t-elle d'un ton stupéfait.

— Non, bien sûr. Bien sûr.

— Et puis, on est là pour rencontrer des gens, se montrer un peu.

— Oui, je sais, répondit Tom, maussade.

— Tu ne te sens pas bien ?

— Non. J'ai bu trop de mauvais vin et j'ai avalé cinq trucs bizarres qui avaient un goût de ciment.

— Pourquoi ne t'assieds-tu pas un peu, jusqu'à ce que ça passe ?

Marcella n'avait aucune envie de s'en aller. Elle s'était habillée exprès pour l'occasion et attendait ce moment depuis longtemps.

— Je rentrerai peut-être avant toi, maugréa Tom.

— Ne fais pas ça, je t'en prie. Attends la nouvelle année ici, avec tous nos amis.

— Ce ne sont pas vraiment nos amis, nous ne les connaissons même pas, objecta Tom d'un ton morose.

— Avale un autre sandwich au ciment et reprends-toi ! lança Marcella en riant.

Cathy voulut montrer à Walter comment préparer les cocktails au champagne. Il la regarda à peine.

— Oui, oui, je connais, affirma-t-il.

— Dès qu'ils auront commencé à boire du vin pendant le dîner, il faudra débarrasser toutes les flûtes et les rapporter à la cuisine. Ensuite, il faudra les laver, car il y aura encore du champagne à minuit.

— Qui les lavera ? s'enquit-il.

— Toi, Walter. Je serai en train de servir le dîner... J'ai préparé les plateaux sur lesquels...

— Je suis payé pour faire le service, pas la plonge, protesta le jeune homme.

— Tu es payé pour faire tout ce que je te demanderai pendant quatre heures.

Cathy entendit sa voix trembler.

— Cinq heures, rectifia-t-il.

— Quatre. Tu es arrivé avec une heure de retard, répliqua-t-elle en le regardant droit dans les yeux.

— Je crois que tu...

— Quand Neil sera là, tu reparleras de tout ça avec lui, coupa-t-elle. En attendant, apporte ce plateau aux invités de ton oncle, s'il te plaît.

Cathy sortit les plateaux du four. Cette soirée finirait bien par se terminer. A un moment ou à un autre.


Shona Burke observa Tom qui se tenait dans un coin de la pièce, l'air sombre. Elle savait qu'elle n'était pas la seule femme à le regarder. Il était clair, en revanche, qu'il ne prêtait attention à aucune d'elles.

— Je crois bien que je vais rentrer, songea-t-il à voix haute avant de réaliser que telle était son intention.

Il alla trouver Ricky.

— Pourras-tu dire à Marcella, si jamais elle remarque ma disparition, que je suis rentré ?

— Oh non, pas de querelle d'amoureux une veille de jour de l'An ! protesta Ricky de cette voix légèrement efféminée qui faisait partie de son personnage.

Ce soir, cette voix-là irrita Tom.

— Non, ce n'est pas ça du tout ; j'ai ingurgité cinq bricoles qui ont fortement déplu à mon estomac.

— C'était quoi ?

— A toi de me le dire, Ricky, des sandwichs ou des trucs dans ce genre-là.

Ricky ignora le sarcasme.

— Comment Marcella rentrera-t-elle ?

— Je ne sais pas. Shona la raccompagnera peut-être... A moins que le type avec les deux pelles baladeuses en guise de mains lui propose de la ramener.

— Allez, Tom, il reste moins d'une heure avant minuit.

— Je ne me sens pas en forme pour faire la fête. Je ne fais que gâcher le plaisir des autres convives. Tu vois bien, j'ai une mine de déterré.

— Je veillerai à ce qu'elle rentre en bonne compagnie, assura Ricky.

— Merci, mon vieux.

Et il sortit dans les rues humides et venteuses de Dublin où les noceurs passaient de pub en pub lorsqu'ils ne recherchaient pas, en vain, un taxi. Les rideaux tirés laissaient filtrer des rais de lumière, témoins des fêtes qui se déroulaient à l'intérieur. De temps en temps, il s'immobilisait. N'était-il pas en train de commettre une bêtise ?... Trop tard pour faire marche arrière. Tout l'agaçait à la soirée de Ricky ; et comme il était convaincu qu'il ne méritait pas une fille comme Marcella, son manque d'assurance le taraudait horriblement. Non, il continuerait à marcher, sans but précis, en tentant de mettre de l'ordre dans ses pensées.

Neil put enfin s'échapper de la réunion. En ce réveillon du jour de l'An, Jonathan et lui roulèrent dans les rues de Dublin avant de déboucher sur l'avenue au bout de laquelle se trouvait Oaklands, illuminé comme un arbre de Noël. Il remarqua que Cathy avait rangé sa camionnette blanche le plus loin possible de la cour. Il gara sa Volvo et courut vers la porte de derrière. Cathy était entourée d'assiettes et de verres. Comment pouvait-on faire ce métier sans sombrer dans la folie... ?

— Cathy, je suis désolé, la réunion a duré plus longtemps que prévu. Je te présente Jonathan. Jonathan, voici Cathy.

Elle serra la main du grand Nigérian au visage las qui lui souriait poliment.

— J'espère que ma présence ici ne vous causera pas d'autres problèmes, fit ce dernier.

— Non, bien sûr que non, Jonathan. Soyez le bienvenu ; j'espère que vous passerez une bonne soirée. Je suis heureuse de vous voir tous les deux. J'ai eu peur d'être obligée de chanter *Auld Lang Syne*[1] toute seule.

Cathy était curieuse de voir la réaction de sa belle-mère.

— Bonne année, chérie.

Neil la prit dans ses bras. Elle se sentit tout à coup très fatiguée.

— On va s'en sortir, Neil, tu crois ?

— Bien sûr que oui ; nous avons étudié toutes les éventualités et la situation n'évoluera pas pendant le jour de l'An. N'est-ce pas, Jonathan ?

— J'espère que non, vous m'avez consacré tellement de temps ! répondit le jeune homme avec un sourire plein de gratitude.

Cathy comprit soudain que Neil avait cru qu'elle parlait de la procédure d'extradition. Enfin, il était là, voilà l'essentiel.

— Tout va bien, ici ? reprit Neil en désignant d'un petit signe de tête les pièces de devant.

— Je crois, oui, c'est difficile à dire. Walter est arrivé avec une heure de retard.

— Il sera payé une heure de moins.

Pour Neil, cela coulait de source.

— Il t'apporte une aide efficace, au moins ?

— Pas vraiment. Neil, va saluer tout le monde et présente Jonathan aux invités.

— Je pourrais peut-être vous aider, proposa ce dernier.

— Grand Dieu, non ! Si quelqu'un a besoin de faire la fête, c'est vous, après tout ce que vous avez enduré ! Allez, Neil, vas-y, ta mère meurt d'envie de te présenter à tout le monde.

— Tu es sûre que je ne peux rien faire ici pour... ?

1. Chant écossais traditionnel que l'on chante en chœur lors des fêtes, des cérémonies ou des réunions familiales en se tenant les mains. (*N.d.T.*)

— Va plutôt distraire ta mère. Empêche-la de venir à la cuisine, coupa Cathy d'un ton implorant.

Elle entendit des exclamations ravies quand les convives aperçurent le fils unique et seul héritier d'Oaklands. Tous se mirent à lui raconter qu'ils se souvenaient de lui quand il était enfant. Neil évoluait dans la pièce avec une décontraction naturelle, bavardant, saluant et embrassant au gré de ses rencontres. Il repéra Walter près du piano. Une cigarette à la main, son cher cousin était en pleine conversation avec une femme d'au moins vingt ans plus jeune que la moyenne des autres invités.

— Je crois que tu es attendu en cuisine, Walter, lui dit-il d'un ton abrupt.

— Certainement pas ! répondit le jeune homme.

— Tout de suite, je te prie, insista Neil avant de le remplacer auprès la jeune femme blonde.

Tom Feather ne regagna pas directement son appartement de Stoneyfield. Il arpenta de long en large des petites rues qu'il n'avait encore jamais empruntées, des allées, des venelles et même des arrière-cours. Dans cette ville d'un million d'âmes, il devait bien exister un endroit où Cathy et lui pourraient installer leur entreprise... Ce qu'il fallait, c'était quelqu'un qui disposerait d'assez de temps et de patience pour sillonner la ville. Et il avait tout son temps ce soir.

La sonnerie du téléphone retentit dans le hall d'Oaklands.

Hannah Mitchell se hâta d'aller décrocher ; elle avait besoin d'un petit moment de répit pour rassembler ses esprits. Elle se sentait en effet en proie à une grande confusion : Neil avait amené cet Africain à leur soirée de réveillon sans même les avertir. Non pas qu'elle eût quelque chose contre cet homme, non, ce n'était pas ça du tout. Pourquoi lui en aurait-elle voulu ? Ce qui l'ennuyait davantage, c'étaient tous ces gens qui lui demandaient qui il était, alors qu'elle n'en savait rien. « C'est un client de Neil », ne cessait-elle de répéter, avant d'ajouter que son fils s'investissait à fond dans son métier. Elle avait toutefois croisé quelques regards intrigués. Ce coup de téléphone lui permit de s'éclipser pour souffler un peu.

— Je suis sûre que c'est Amanda qui appelle du Canada pour nous souhaiter la bonne année, s'écria-t-elle.

On devina aussitôt à l'expression de son visage qu'il ne s'agissait pas de sa fille.

— Oui, en effet, tout cela est très embarrassant, mais pensez-vous que nous... ? Oui, je sais... Oui, bien sûr, c'est une situation délicate, mais le moment est terriblement mal choisi. Ecoutez, je vais vous passer votre frère... Oh, je vois. Votre oncle, alors... Jock, viens ici une seconde.

Cathy observait la scène.

— Ce sont les enfants de Kenneth. Apparemment, ils sont tout seuls chez eux. Parle-leur, veux-tu, je leur ai dit que Walter était là mais ils n'ont pas l'air de croire qu'il pourrait les aider.

— Et ils n'ont pas tort, marmonna Jock Mitchell avant de prendre le combiné d'un air las. Alors, alors, alors, quel est le problème ?

Cathy passait entre les invités, distribuant des petites assiettes garnies d'une part de gâteau au chocolat accompagnée d'une cuillerée de crème meringuée aux fruits, sans leur laisser le temps d'hésiter ni de choisir, puisque de toute façon tout le monde avait envie des deux.

Elle vit Jonathan, debout près de la fenêtre, mal à l'aise, alors que Neil continuait à saluer les invités de ses parents. Elle alla bavarder avec lui aussi souvent que possible tout en évitant de se montrer trop étouffante.

— Je pourrais vous aider en cuisine, c'est ma partie, proposa-t-il de nouveau d'un ton implorant.

— Je n'en doute pas une seconde, et vous vous amuseriez sans doute davantage, mais hélas, je suis obligée de refuser votre aide... pour mon propre salut. Je n'ai aucune envie d'entendre la mère de Neil crier sur tous les toits que je n'ai pas été capable de m'en sortir seule. Il faut que je fasse mes preuves ce soir... Vous comprenez ?

— Je sais ce que c'est, oui, répondit Jonathan.

Cathy continua le service et se retrouva bientôt à proximité de Jock, toujours au téléphone.

— Très bien, les enfants, je vais vous passer Walter et je viendrai vous voir demain. Soyez sages, d'accord ?

Neil venait tout juste de réussir à convaincre Walter de se mettre au travail et voilà que Jock s'apprêtait à le débaucher. Cathy l'écouta parler à son frère et à sa sœur, qui avaient une bonne dizaine d'années de moins que lui.

— Maintenant, *écoutez-moi*, je vais rentrer à la maison, je ne sais pas à quelle heure, parce que je dois encore passer quelque part en sortant d'ici, mais *je vais rentrer*, alors je ne veux plus vous entendre. Allez vous coucher, bon sang ! Ça fait une éternité que papa est parti et maman ne sort jamais de sa chambre, je ne vois pas quel est le problème ce soir.

Il pivota sur ses talons et croisa le regard de Cathy.

— Comme tu l'auras compris, il y a une situation de crise à la maison et je crains de devoir abandonner mon poste.

— C'est ce que j'ai entendu, en effet.

— Je prends ce qui me revient et...

— Je vais demander à Neil de te payer, coupa Cathy.

— Je croyais que tu te faisais un point d'honneur de gérer ton affaire toute seule ?

Insolent, de surcroît !

— C'est ce que je fais d'habitude, mais, en l'occurrence, Neil est ton cousin. Il saura combien te donner. Allons le lui demander tout de suite.

— Quatre heures feront l'affaire, murmura-t-il d'un ton bourru.

— Ça ne fait même pas trois heures que tu es là !

— Ce n'est tout de même pas ma faute si je suis obligé de...

— Tu ne rentres pas chez toi directement, tu vas faire la fête ailleurs. Mais cessons de nous chamailler, allons plutôt trouver Neil.

— D'accord pour trois heures, espèce de radine.

— Ça, certainement pas. Viens, ne nous disputons pas devant les invités, allons dans la cuisine.

Son cœur fit un bond dans sa poitrine lorsqu'elle vit toute la vaisselle sale, y compris les flûtes dont elle aurait besoin à minuit.

— Bonsoir, Walter.

— Bonsoir, Harpagon, lança-t-il avant de s'élancer dans la nuit.

Au bord du canal, Tom regarda deux cygnes glisser paisiblement.

— Les cygnes gardent le même compagnon toute leur vie, vous le saviez ? dit-il à l'adresse d'une fille qui traînait par là.

— Ah bon ? Les petits veinards !

Elle était petite et frêle ; une prostituée droguée, au visage anxieux.

— T'as pas envie d'une compagne de passage ? dit-elle d'un ton plein d'espoir.

— Non, non, désolé.

C'était un refus un peu brutal.

— Pas ce soir, ajouta-t-il, comme pour dire qu'en d'autres circonstances il aurait été ravi d'accepter.

La fille esquissa un sourire las.

— Bonne année quand même, dit-elle.

— A vous aussi, répondit Tom, en proie à une soudaine morosité.

Le carillon de la porte d'entrée retentit à Oaklands.

Hannah alla ouvrir, perchée sur ses hauts talons. Qui cela pouvait-il bien être ? Aussi tard ? Cathy prit appui contre une table au fond du hall pour soulager ses jambes fatiguées et aussi pour voir quel genre de nouveau tracas se préparait. Un retardataire à qui elle devrait servir le plat principal ?

Il s'agissait en fait de deux enfants qui n'avaient pas de quoi payer leur taxi. Cathy soupira. Elle aurait presque eu pitié de Hannah. Un étudiant nigérian et maintenant, deux gamins hagards... Que lui réserverait encore cette soirée ?

— S'il vous plaît, Cathy, allez chercher M. Mitchell immédiatement, ordonna Hannah.

— C'est la bonne ? s'enquit le garçonnet.

Très pâle, il devait avoir huit ou neuf ans. A l'instar de sa sœur, il avait des cheveux blonds et raides comme des baguettes de tambour, et tout le reste semblait de la même couleur : son pull, son visage, le petit sac en toile qu'il portait.

— On ne dit pas « bonne », le réprimanda la fillette.

Une expression apeurée se lisait sur son petit visage et de grands cernes sombres soulignaient ses yeux.

Cathy ne les avait encore jamais vus. Jock Mitchell et son frère Kenneth n'étaient pas très proches. Le stage de Walter au bureau de son oncle constituait sans doute la seule marque de solidarité entre les deux frères. Et, d'après ce que Cathy avait cru comprendre, cette opération était loin de ressembler à une réussite.

Jock était venu voir. Il ne se montra guère enthousiaste en les apercevant.

— Alors ? Que se passe-t-il ?

— Nous n'avions nulle part où aller, expliqua le garçon.

— Donc nous sommes venus ici, compléta la fillette.

Jock semblait médusé.

— Cathy, voici le frère et la sœur de Walter. Pouvez-vous leur donner quelque chose à manger dans la cuisine ?

— Bien sûr, monsieur Mitchell. Retournez à vos invités, je m'occupe d'eux.

— Vous êtes la bonne ? demanda de nouveau le garçonnet, comme s'il devait à tout prix mettre une étiquette sur tout le monde.

— Non, en fait, je suis Cathy, la femme de Neil, votre cousin. Ravie de faire votre connaissance.

Ils la regardaient d'un air solennel.

— Peut-être pourriez-vous me dire comment vous vous appelez ? suggéra-t-elle.

Il y avait Maud et il y avait Simon.

— Suivez-moi à la cuisine, reprit Cathy d'un ton las. Vous aimez le poulet aux herbes ?

— Non, répondit Maud.

— On n'en a jamais goûté, déclara Simon.

Cathy les vit enfouir des biscuits au chocolat au fond de leurs poches.

— Remettez-les là où vous les avez pris, ordonna-t-elle sèchement.

— Quoi ? fit Simon en levant sur elle un regard innocent.

— Je ne supporte pas le vol.

— Ce n'est pas du vol, on vous a demandé de nous donner à manger, répliqua Maud avec esprit.

— C'est bien ce que j'ai l'intention de faire. Alors remettez ça tout de suite en place.

A contrecœur, ils reposèrent les biscuits en miettes sur le plateau d'argent. Cathy leur prépara des sandwichs au poulet froid et leur servit à chacun un verre de lait. Ils mangèrent de bon appétit.

— On ne vous a jamais appris à dire « merci » ? s'enquit la jeune femme.

— Merci, dirent-ils avec une mauvaise grâce évidente.

— Tout le plaisir est pour moi, répondit Cathy, exagérément polie.

— Qu'est-ce qu'on va faire maintenant ? demanda Simon.

— Eh bien, vous n'avez qu'à vous asseoir et à attendre... A moins que vous n'ayez envie de m'aider à faire la vaisselle ?

— Je ne crois pas, pour être franche, répondit Maud.

— On devrait peut-être aller rejoindre les autres au salon ? fit Simon.

— Je ne crois pas, pour être franche, répondit Cathy en imitant Maud.

— Alors on va rester ici toute la soirée en attendant d'aller se coucher ? questionna cette dernière.

— Vous dormez ici ?

— Où, sinon ? lança Maud d'un air candide.

Hannah arriva dans la cuisine de son petit pas hésitant qui avait l'art de mettre les nerfs de Cathy à vif.

— Oh, vous êtes là, Cathy ! Je crois que les verres ont besoin de...

— En effet, madame Mitchell, je vais m'en occuper. Walter, qui était censé s'occuper de servir à boire, a disparu, et j'étais en train de faire dîner son frère et sa sœur, comme vous me l'avez demandé...

— Oui, bien sûr...

— Je vous laisse régler les derniers détails avec Maud et Simon, reprit Cathy en se dirigeant vers la porte.

— Les détails ? répéta Hannah d'un air inquiet.

Cathy s'immobilisa juste le temps d'entendre Maud demander de sa voix de crécelle :

— Dans quelles chambres on va dormir, tante Hannah ? On a apporté nos pyjamas et tout...

Puis elle alla remplir les verres des invités.

— Ne trouvez-vous pas tout cela complètement fou ? demanda-t-elle à Jonathan.

Il esquissa son petit sourire las.

— A l'école, mes professeurs étaient des prêtres irlandais. Ils m'ont longuement parlé de l'Irlande, mais je ne m'attendais pas à ce que le réveillon du jour de l'An ressemble à ça.

— Ce n'est pas censé ressembler à ça, croyez-moi, lança Cathy avec une moue ironique.

Elle continua le service, remplissant des verres ici, évitant délibérément le regard de certains invités là. La sympathique Mme Ryan avait déjà bien trop bu. Cathy fut surprise de voir que Maud et Simon s'étaient fondus parmi les invités le plus naturellement du monde, comme s'ils étaient chez eux.

Elle travailla sans relâche, débarrassa les assiettes, ramassa les serviettes froissées, vida les cendriers, veilla à ce que tout s'enchaîne en douceur. Bientôt, il serait minuit et l'animation commencerait à retomber. La plupart des invités avaient une soixantaine d'années ; ils n'auraient pas l'énergie suffisante pour faire la fête jusqu'à l'aube. Elle jeta un coup d'œil en direction de la fenêtre où elle avait laissé Jonathan. Il était en pleine conversation. Cathy regarda de nouveau. Les jumeaux discutaient avec lui avec entrain.

— Jock, qu'allons-nous bien pouvoir faire d'eux ?

— Calme-toi, Hannah, calme-toi.

— Ils ne peuvent pas rester ici.

— Pas pour toujours, ça, c'est sûr.

— Mais pour combien de temps, alors ?

— Jusqu'à ce que leur situation soit réglée.

— Ce qui veut dire : combien de temps ?

— Bientôt, bientôt.

— Et où...

— Installe-les dans la chambre de Neil et dans celle de Mandy, ou ailleurs si tu préfères. La maison n'est pas pleine de chambres libres ?

Visiblement agacé, il désirait rejoindre ses invités. Hannah s'approcha du petit groupe qui se tenait près de la fenêtre.

— Voyons, les enfants, n'embêtez pas le client de Neil, monsieur... euh...

— Oh, mais ils ne m'embêtent pas du tout... Leur compagnie m'est très agréable, assura Jonathan.

Après tout, ils étaient les seuls à lui adresser la parole normalement. Les seuls aussi à lui demander si sa langue était noire et s'il comptait beaucoup d'esclaves parmi ses amis.

— Vous habitez dans cette maison ? lui demanda Maud d'un ton plein d'espoir.

— Non. On m'a gentiment invité à dîner, c'est tout, répondit Jonathan en levant les yeux sur le visage blafard de la mère de Neil Mitchell.

— Il est l'heure d'aller se coucher, les enfants, déclara cette dernière.

— Est-ce que Jonathan pourra venir prendre son petit déjeuner avec nous demain ? suggéra Maud.

— Je ne suis pas sûre que... commença Hannah.

— J'ai été ravi de vous rencontrer, tous les deux ; peut-être aurons-nous l'occasion de nous revoir un jour, mais pas demain, s'empressa de répondre Jonathan.

Les deux enfants quittèrent la pièce avec une réticence évidente. Hannah les accompagna jusqu'au vaste escalier avant que d'autres invitations aient eu le temps d'être lancées. Elle leur montra leurs chambres et leur demanda d'y rester sagement jusqu'au lendemain matin, la maisonnée ne s'éveillant jamais très tôt après une soirée de ce genre.

— Tes nerfs sont en mauvais état, tante Hannah ? Comme les nerfs de notre mère ? s'enquit Maud.

— Bien sûr que non, répondit Hannah d'un ton abrupt avant de se ressaisir. Je sais que vous venez de traverser des moments très éprouvants mais tout va s'arranger. Votre oncle va y veiller, ajouta-t-elle avec fermeté.

— Laquelle des deux est ma chambre ?

— Celle que tu voudras.

Elle indiqua le couloir dans lequel se trouvaient les anciennes chambres de Neil et de Mandy, pleines de souvenirs qu'ils n'avaient pas emportés dans leurs nouvelles vies. Une salle de bains se trouvait entre les deux.

— Allez, bonne nuit, dormez bien. Nous reparlerons de tout ça demain matin.

Elle redescendit en soupirant longuement. Ses chaussures étaient trop justes, Neil était arrivé avec un Africain qu'il avait laissé au milieu des autres invités et Cathy se montrait insupportable. Qui avait dit qu'il était facile d'organiser une soirée ? Même avec un traiteur à domicile ?

— Quelle chambre tu veux ? demanda Simon.

Ils avaient effectué une visite complète.

— Je voudrais celle où il y a tous les manteaux, répondit Maud.

— Mais elle n'a pas dit...

— Elle n'a pas dit non plus : pas celle-ci, coupa Maud d'un ton résolu.

— C'est peut-être leur chambre, regarde, ça donne sur une salle de bains ; je ne crois pas que tu devrais dormir là.

— Elle a dit : où on voulait. On pourrait mettre les manteaux sur des chaises.

Ils contemplèrent un moment la grande chambre de Jock et de Hannah Mitchell.

— Il y a même une télévision, observa Simon.

— Oui, mais je dois enlever ces vieux manteaux, ces écharpes et tous ces trucs.

Pour Maud, cela servait de compensation. Ils posèrent quelques manteaux sur des chaises et le reste par terre.

— Regarde, elle a le même maquillage que maman avant que ses nerfs soient fatigués.

Maud prit un rouge à lèvres.

— Qu'est-ce que c'est, les trucs noirs ?

— C'est pour les sourcils.

Simon se dessina d'épais sourcils noirs, puis une moustache. Le tintement des cloches et les soudaines exclamations de joie le firent sursauter et le crayon cassa ; il en prit un autre. Maud se maquilla la bouche avec un rouge à lèvres cerise, puis se servit d'un blush rose pour dessiner de petits ronds sur ses joues. Elle s'empara ensuite d'un atomiseur en verre ciselé et entreprit de parfumer la chambre.

— Eh, tu m'en as mis dans l'œil ! lança Simon en attrapant ce qui ressemblait à une grande bombe de laque pour se venger.

Une espèce de mousse s'en échappa et se répandit partout sur la coiffeuse.

— Bon sang, qu'est-ce que c'est ?

— Peut-être de la mousse à raser, répondit Maud.

— Oui, ça doit être ça. Tu crois que c'est elle qui s'en sert ?

Il y avait de longues boucles d'oreille que Maud voulut essayer, mais elles étaient pour des oreilles percées ; aussi alla-t-elle dans la salle de bains, où elle dénicha du sparadrap. Elle s'admira dans le miroir. Simon avait trouvé une courte veste en fourrure qu'il enfila avec un chapeau d'homme. Ils sautaient joyeusement sur les deux grands lits garnis de courtepointes blanches lorsque deux femmes firent irruption dans la chambre.

Elles retinrent leur souffle en voyant les vêtements éparpillés sur le sol, puis l'une d'elles se mit à hurler quand elle aperçut Simon dans la veste en vison qu'elle avait fait recouper récemment. Ses cris terrifièrent Maud et Simon, qui se mirent à hurler à leur tour, et Hannah et Jock montèrent l'escalier en courant, talonnés par une petite troupe d'invités.

Neil se trouvait dans la cuisine.

— Qu'est-ce que c'est que tous ces braillements là-haut ?

— Reste en dehors de ça, lui conseilla Cathy d'un ton narquois. Si tu montes voir, tu seras vite pris à partie.

— Mais écoute-moi ça !

— Reste en dehors de tout ça, répéta-t-elle.

— Nous raccompagnerons Jonathan au moment venu, d'accord ?

— En ce qui me concerne, ce moment ne viendra que quand tout le monde sera parti. Tu devrais le raccompagner seul, et je rentrerai en camionnette quand je serai prête.

D'autres voix leur parvinrent de l'étage.

— Je ferais mieux d'aller voir ce qui se passe là-haut, déclara Neil avant de disparaître.

Jonathan apporta des cendriers à la cuisine et les nettoya.

— Une génération de gros fumeurs, remarqua Cathy en le gratifiant d'un sourire.

— J'aimerais m'éclipser maintenant. Pensez-vous qu'il me soit possible de trouver un taxi ?

— Pas ce soir, non, mais Neil a prévu de vous raccompagner.

— Je ne voudrais pas le déranger davantage.

— Ça ne le dérange pas du tout ; en revanche, il ne sera pas disponible tout de suite. Voulez-vous prendre le vélo qui se trouve dehors, derrière ?

— Vous croyez que c'est possible ?

Un immense soulagement se lut dans son regard.

— Bien sûr. C'est un vieux vélo ; il appartenait à Neil. Allez-y maintenant, Jonathan, pendant que la troisième guerre mondiale se déroule à l'étage.

— Je pourrais peut-être envenimer la situation en demandant le gîte pour la nuit ! lança-t-il.

— Oh, j'adorerais !

— Qui sont ces enfants, au fait ?

— C'est une longue histoire ; des cousins, les enfants de l'oncle et de la tante de Neil, de vraies tornades. C'est leur première nuit ici.

— Ça pourrait bien être la dernière...

Tom longea le canal, traversa les rues de la vieille ville et s'engagea dans une allée qu'il n'avait jamais arpentée. C'est là qu'il vit la bâtisse. Un portail en fer forgé donnait sur une cour pavée, au milieu de laquelle se dressait ce qui ressemblait à un ancien garage transformé en local commercial. Il poussa la grille et se dirigea vers la porte où une pancarte était accrochée. Sur le morceau de carton, on avait écrit : « A VENDRE. » Suivait un numéro de téléphone pour de plus amples informations. Les cloches sonnaient partout dans Dublin. C'était minuit, une nouvelle année commençait. Tom jeta un coup d'œil par les fenêtres. Il venait de trouver les locaux.

Mme Ryan confia à Cathy qu'elle ne se sentait pas très bien. Cette dernière lui conseilla de boire trois verres d'eau et de manger trois tranches de pain beurrées très fines — un remède infaillible. Mme Ryan mangea ses tartines, but consciencieusement les trois verres d'eau et déclara se sentir beaucoup mieux. Cathy prépara les flûtes de champagne pour minuit et, quand les cloches tintèrent dans la ville, tous les invités trinquèrent en chantant *Auld Lang Syne*. Hannah Mitchell paraissait presque heureuse. Cathy décida de la laisser savourer son plaisir et s'éloigna discrètement du cercle de convives qui se tenaient les mains.

A la cuisine, elle rangea, nettoya, essuya et referma les caisses, puis plaça au réfrigérateur plusieurs petits plateaux garnis d'un assortiment de douceurs que Hannah découvrirait le lendemain. Elle effectua plusieurs aller-retour entre la cuisine et la camionnette ; le plus gros du travail était fait. Il ne lui restait plus qu'à servir encore un peu de vin et de café. Elle récupérerait les tasses plus tard. La fatigue avait envahi chacun de ses membres. Elle entendit le téléphone sonner. Dieu merci. La sœur de Neil les appelait enfin. Puis elle entendit Hannah demander d'un ton incrédule :

— Cathy ? Vous voulez parler à Cathy ?

Elle sortit dans le hall. Sa belle-mère tenait le combiné à bout de bras, comme s'il risquait de lui transmettre une terrible maladie.

— C'est pour vous, déclara-t-elle, abasourdie.

« Pourvu que ce ne soit pas une mauvaise nouvelle », pria silencieusement Cathy. Que sa mère ou son père, par exemple, n'ait pas été transporté d'urgence à l'hôpital après avoir avalé la portion de poulet offerte par le pub. Pourvu que ce ne soient pas non plus de mauvaises nouvelles de Chicago, où vivaient depuis longtemps tous ses frères et sœurs.

— Cathy, fit la voix de Tom, je l'ai trouvé.

— Trouvé quoi ? demanda-t-elle, partagée entre le soulagement et la fureur, une fureur dirigée contre Tom qui avait osé l'appeler ici.

— Le local, répondit-il. J'ai trouvé le futur berceau de Scarlet Feather.

# 1

## JANVIER

L'année commença différemment pour tout le monde.

Tom Feather se réveilla dans son appartement de Stoneyfield avec les épaules douloureuses et la nuque raide... Le fauteuil ne l'avait pas épargné. Il trouva du jus d'orange dans le réfrigérateur et scotcha une fleur sur le verre qu'il avait empli. Puis il se dirigea vers la chambre d'un pas décidé.

— Bonne et heureuse année à la femme la plus ravissante, la plus gentille et la plus clémente du monde, lança-t-il.

Marcella se réveilla en se frottant les yeux.

— Je ne suis ni gentille ni clémente, je suis furieuse contre toi, commença-t-elle.

— Mais tu ne nies pas être la plus ravissante, et je t'ai bien pardonné, moi, répliqua-t-il gaiement.

— Que veux-tu dire par là ? Je n'avais rien à me faire pardonner.

Elle semblait effectivement très en colère.

— C'est vrai, et c'est la raison pour laquelle nous ne reparlerons plus de cette histoire. En fait, je devrais plutôt te remercier parce que j'ai trouvé le local hier soir.

— Tu as quoi ?

— Grâce à toi, j'en suis conscient : si tu ne t'étais pas comportée aussi mal, je n'aurais pas été obligé de quitter la soirée et, de ce fait, je n'aurais jamais déniché le local. Je t'emmène le voir dès que tu es prête. Alors, dépêche-toi de boire la boisson élégante que j'ai préparée spécialement pour toi et...

— Si tu crois vraiment que je vais sauter du lit pour...

— Tu as raison. Je n'y crois pas un instant. En fait, je crois plutôt que je vais sauter dans le lit. Quelle merveilleuse idée !

Tout en parlant, il avait ôté ses habits froissés.


Dans la maison de Neil et Cathy, à Waterview, le téléphone sonna.

— C'est ta mère qui veut nous annoncer que tous les invités sont morts de salmonellose, déclara Cathy.

— J'opterais plutôt pour un psy chargé de t'annoncer qu'on va t'interner pour cause de paranoïa aiguë, riposta Neil en lui ébouriffant les cheveux.

— Et si on ne répondait pas ?

— On a déjà fait ça ? fit Neil en tendant le bras sous le lit pour attraper le téléphone. De toute façon, ça doit être Tom.

Ce n'était pas Tom : c'était au sujet de Jonathan. Neil était déjà à moitié sorti du lit :

— Dites-leur que j'arrive.

Cathy prépara du café pendant qu'il s'habillait.

— Je n'ai pas le temps de prendre un café.

— Ecoute, j'en ai mis dans une thermos. Tu le boiras dans la voiture.

Il revint sur ses pas, prit la thermos et l'embrassa.

— Je suis désolé, chérie. Je tenais à aller voir cet endroit avec toi ce matin, tu le sais, n'est-ce pas ?

— Je sais, mais cette affaire est plus importante. Allez, file.

— Ne signe rien, ne t'engage surtout pas avant que nous ayons demandé à quelqu'un d'examiner les lieux.

— Bien sûr que non, monsieur l'avocat, tu sais bien que je ne ferai rien de tel !

— De toute façon, j'ai pris l'adresse pour le cas où les choses se termineraient vite. Je m'y rendrais directement.

— Ça ne se terminera pas vite, Neil, ça va durer toute la journée. Va vite lui porter secours avant qu'il soit trop tard.

Cathy le regarda par la fenêtre. Lorsqu'il posa la thermos sur le sol gelé pour ouvrir la voiture, il dut sentir qu'elle l'observait. Il lui adressa un petit signe de la main. Jonathan avait beaucoup de chance d'avoir Neil Mitchell de son côté. Neil s'occuperait de son dossier avec l'acharnement d'un chien qui ronge un os et il demanderait à l'un de ses confrères d'examiner attentivement tous les actes de propriété concernant le futur local de Scarlet Feather.

JT et Maura Feather se réveillèrent dans leur petite maison de brique rouge, baptisée Fatima et située dans une rue paisible. Il s'agissait autrefois de cottages ouvriers, mais les Feather avaient remarqué avec irritation qu'une vague de jeunes gens dans le vent étaient en train de racheter les maisons du quartier. Rien de tel pour attirer les voleurs.

— Je n'aurais jamais cru que nous passerions encore une année, JT. Dieu nous a épargnés pour une raison qui m'échappe, déclara Maura.

C'était une grande femme mince, dotée d'un long visage de madone affligée par la méchanceté du monde. Son mari était grand et costaud, endurci par des années de labeur dans le secteur du bâtiment. Son visage tanné n'avait pas changé au fil des ans.

— Ce n'est pas que nous soyons vraiment vieux, mais je comprends ce que tu veux dire, approuva-t-il.

Il se tourna vers la machine à thé installée entre leurs deux lits, un cadeau de Tom. Maura trouvait que ce n'était pas si pratique que ça. Il fallait toujours laver la verseuse et penser à monter du lait frais, mais ça leur évitait tout de même de devoir descendre dans la cuisine glaciale.

— Encore une nouvelle année et aucun d'eux ne semble vouloir entrer dans le bâtiment, ajouta-t-il avec un long soupir.

— Ou se marier selon la volonté de Dieu, renifla Maura.

— Ah, le mariage, c'est différent ! Chacun peut se marier ou non, s'il le désire. Nous, on a Joe, qui fait des vêtements pour dames à Londres, et Tom, qui fabrique des gâteaux. Il y a de quoi nous pousser dans la tombe plus tôt que prévu.

Maura détestait le voir devenir gris d'inquiétude.

— Combien de fois t'ai-je dit de ne pas faire grimper ta tension à cause de Tom ? Il est comme tous les jeunes, il cherche sa voie. Attends un peu qu'il ait des enfants et tu le verras rappliquer pour que tu le prennes dans l'équipe.

— Tu as peut-être raison, approuva JT, alors qu'au fond de lui-même il demeurait convaincu qu'aucun de ses deux fils ne lui demanderait d'ajouter « et Fils » à Feather sur l'enseigne de son entreprise de maçonnerie.

Muttie se réveilla en sursaut. Quelque chose d'agréable s'était produit hier soir et il n'arrivait plus à se souvenir de quoi il s'agissait. La mémoire lui revint tout à coup. Il avait eu un cheval gagnant dans le sweepstake organisé par le pub. C'était tout. La plupart des gens s'en seraient réjouis. Mais pour Muttie, parieur assidu, il n'y avait ni mérite ni talent dans ces jeux de hasard.

Il suffisait d'acheter un billet de loterie et ensuite, vingt et une personnes se voyaient attribuer un cheval, sans même pouvoir le choisir. Le sien s'appelait Lucky Daughter. Aucun pronostic, aucune information sur ce parfait outsider, qui courait peut-être sur trois pattes. Lizzie n'y comprenait rien. Elle était heureuse pour lui et déclarait qu'il connaîtrait l'excitation de la course sans avoir à dépenser une semaine de salaire.

Pauvre Lizzie. Impossible de lui expliquer quoi que ce soit à propos des chevaux. Et elle veillait à ce que rien de ce qu'elle gagnait ne termine dans les paris. Pour être honnête, c'était elle qui les faisait vivre et elle ne lui demandait pas grand-chose sur son allocation chômage. Muttie n'avait pas rapporté d'argent à la maison depuis longtemps. Il avait le dos fragile. Mais tout de même pas au point de ne pas se lever pour préparer du thé et apporter une tasse à Lizzie. Un peu plus tard, elle irait faire le ménage chez les autres, nettoyer les restes de leur réveillon du jour de l'An. Lizzie était un bel exemple pour eux tous, les enfants de Chicago et Cathy. Muttie esquissa un petit sourire, comme toujours lorsqu'il songeait au bon tour qu'avait joué leur Cathy en mettant le grappin sur Neil, le seul héritier d'Oaklands, la joie et la fierté de Hannah Mitchell. Même s'il n'avait pas apprécié ce garçon, Muttie aurait tout de même jubilé à l'annonce de ce mariage. La seule vue du visage dur, haineux de Hannah, lors de la cérémonie, les vengeait de tout ce qu'elle avait fait endurer à Lizzie dans cette maison. Mais Neil s'était révélé un chic type. Il n'y avait pas plus gentil que lui. La vie réservait de drôles de surprises, conclut Muttie en allant préparer le thé.

Hannah et Jock Mitchell se réveillèrent dans leur demeure d'Oaklands.

— Bon, commença Hannah d'un ton menaçant, voilà, demain est arrivé. Tu as dit hier que tu prendrais une décision « demain ».

— C'était une soirée très réussie, grogna Jock. Je ne le sens pas vraiment dans mes os mais plutôt dans la partie avant gauche de ma tête.

— Ça ne me surprend guère, lança Hannah, mais nous n'avons pas le temps de discuter de ta gueule de bois. Nous devons parler de ces enfants. Il est hors de question qu'ils passent une nuit de plus dans cette maison.

— Ne t'emballe pas.

— Je ne m'emballe pas. Je me suis montrée patiente avec toi et Neil lorsque vous avez décidé de les garder à la maison hier soir. J'ai réagi en véritable sainte, prenant sur moi pour ne pas leur tordre le cou quand j'ai découvert les dégâts qu'ils avaient causés dans notre chambre. Les taches sur la veste d'Eileen ne partiront jamais, tu m'entends, jamais. Dieu seul sait avec quoi ils l'ont badigeonnée...

— Ce n'est pas une si mauvaise chose. Elle ressemble à un campagnol, là-dedans, murmura Jock.

— Tu en as assez fait pour Kenneth durant toutes ces années...

— Ce n'est pas la question.

— Si, justement.

— Non, Hannah. Où vont-ils aller ? Ce sont les enfants de mon frère. Il semblerait qu'il les ait abandonnés.

Il esquissa une grimace de douleur.

— Tu exagères, protesta Hannah. De plus, ils se sont montrés très impolis, tous les deux. Ils ne se sont pas excusés et ils ont même prétendu que je leur avais dit de choisir la chambre qu'ils voulaient, ce qui expliquait pourquoi ils avaient jeté leur dévolu sur celle-ci. Avoue qu'il y avait de quoi s'énerver alors que nous étions censés passer une bonne soirée, une fête agréable.

— Ne te serais-tu pas quelque peu laissée aller hier soir ?

Il espérait qu'elle souffrait elle aussi d'une gueule de bois, ce qui lui aurait permis de tolérer qu'il boive un bloody mary au petit déjeuner.

— Il fallait bien quelqu'un pour superviser le déroulement de la soirée, répondit-elle d'un air pincé.

— Cathy ne s'en est-elle pas chargée à la perfection ? J'ai entendu de nombreux compliments sur...

— Que savent les hommes sur ce qui doit être fait dans de telles circonstances ?

— Elle a laissé la maison propre comme un sou neuf !

— Eh bien, c'est la preuve qu'une partie de ce que j'aurai appris à sa pauvre mère aura finalement porté ses fruits.

Hannah ne dirait rien de gentil au sujet de Cathy. Jock préféra abandonner. Certaines choses ne valaient pas la peine d'être discutées âprement, surtout avec ce martèlement dans la tête.

— C'est vrai, admit-il, conscient de trahir un peu la courageuse jeune femme.

Cathy, mieux que quiconque, savait qu'il était plus facile de feindre la soumission avec Hannah.

— Et dire qu'elle est partie comme une fusée quand tout a été terminé parce qu'elle a reçu un coup de fil en pleine nuit, au sujet d'un local pour ce projet complètement farfelu !

— Je sais, c'est ridicule, renchérit Jock Mitchell en se levant pour prendre de l'aspirine.

Il avait l'horrible impression de s'être glissé dans la peau de Judas.

Geraldine était debout depuis sept heures du matin. La piscine du Glenstar était déserte quand elle descendit nager. Un jour ordinaire, elle aurait croisé six ou sept personnes de la résidence qui appréciaient le charme de la piscine. Mais le réveillon du jour de l'An était passé par là. Geraldine fit ses douze longueurs puis, après s'être lavé les cheveux, étudia une dernière fois l'organisation du grand déjeuner de bienfaisance qui se tenait ce jour-là. Elle avait conseillé à une association d'organiser cette opération le 1er janvier car c'était en général une journée de repos durant laquelle les gens se remettaient des abus de la veille, entourés d'amis. Et, en effet, le nombre de réponses positives avait été impressionnant. Elle avait eu raison de quitter tôt la soirée de ce photographe, la veille. Elle n'avait eu envie de parler à personne, la plupart des invités étant beaucoup plus jeunes qu'elle. Elle s'était éclipsée discrètement avant minuit. Elle avait aperçu

Tom Feather et sa petite amie mais elle n'avait pas réussi à aller les saluer, tant la foule était dense. Cathy et Neil étaient également invités mais, bien sûr, Cathy s'occupait du buffet à la soirée des Mitchell ; Geraldine espérait que tout s'était bien passé et qu'elle avait pu établir des contacts utiles. Cathy détestait tellement sa belle-mère qu'il était devenu essentiel à ses yeux que cette soirée soit une réussite pour leur affaire. Pourvu qu'ils découvrent un local rapidement... Geraldine avait accepté de se porter caution pour le prêt qu'ils contracteraient le moment venu, comme l'avait fait Joe Feather, le frère aîné de Tom, un personnage plutôt insaisissable. Il ne leur restait plus qu'à trouver un endroit. Et alors la courageuse Cathy ne serait plus obligée de plaquer un sourire forcé sur son visage pour aller travailler dans la cuisine de sa belle-mère, chose qu'elle haïssait. C'était un des avantages du célibat, on n'avait pas de belle-mère à supporter, songea Geraldine en se servant un café.

Dans une autre aile de la résidence Glenstar, Shona Burke se réveilla et songea à l'année qui s'annonçait. De nombreuses femmes de vingt-six ans se réveilleraient aujourd'hui à côté d'un corps chaud et rassurant. Pour sa part, elle en avait plus qu'assez de tous ces gens qui lui demandaient quand elle allait enfin se décider à trouver un mari. Est-ce qu'elle leur demandait pourquoi ils n'avaient pas de bébé ou pourquoi ils n'optaient pas pour l'épilation du visage ? Elle ne cherchait jamais à savoir pourquoi Untel conduisait une vieille guimbarde ni pourquoi Unetelle restait avec un mari aussi bête. De quel droit se permettaient-ils de débattre ouvertement, et devant elle, des raisons pour lesquelles elle n'était toujours pas mariée ?

« C'est peut-être parce que tu sembles trop froide, trop sûre de toi. Les hommes n'osent pas te draguer, et encore moins te raccompagner chez toi ensuite », avait suggéré une de ses collègues, pleine de bonnes intentions.

La soirée de Ricky fourmillait de types qui l'auraient volontiers draguée et raccompagnée à la résidence Glenstar ; en fait, elle avait eu une proposition tout à fait directe et deux suggestions. Mais ce n'était pas le genre d'hommes à s'attacher. Pas le genre à qui elle pouvait faire confiance ni sur qui elle pouvait compter. Et elle avait un mal fou à accorder sa confiance. Elle ne tarderait pas à se lever, irait promener le chien d'une voisine jusqu'à Dun Laoghaire, puis rentrerait se préparer pour le déjeuner de bienfaisance. Etant donné qu'elle incarnait aux yeux des gens l'image publique de Haywards, elle recevait souvent des invitations pour ce genre de manifestation. Haywards était par excellence le grand magasin de Dublin. Il avait survécu aux OPA, aux multiples rafraîchissements et au temps qui passe. Ce déjeuner lui donnerait l'occasion de porter la nouvelle tenue qu'elle avait achetée à prix préférentiel chez Haywards. C'était ridicule de posséder autant de beaux vêtements à son âge et de ne pas sortir assez souvent pour pouvoir les mettre.

— Neil, puis-je te parler un instant ?

— Pas vraiment, papa, nous sommes au milieu d'une affaire très...

— Nous aussi, nous sommes au milieu de deux gamins en train de démolir la maison brique par brique.

— En ce qui me concerne, c'est une affaire très sérieuse. Je ne peux pas parler de Maud et de Simon pour le moment.

— Mais qu'allons-nous faire ?

— Nous allons nous occuper d'eux, c'est aussi simple que ça. Nous vous aiderons, Cathy et moi, et maintenant, si tu veux bien m'excuser...

— Mais, Neil...

— Je dois te laisser.

Jock Mitchell raccrocha d'un geste las. Les jumeaux avaient déballé tous les desserts que Cathy avait rangés dans le refrigérateur et les avaient mangés au petit déjeuner. Simon avait vomi. Sur le tapis.

Dans un appartement en rez-de-jardin à Rathgar, James Byrne était assis à son bureau. Depuis qu'il avait pris sa retraite, six mois plus tôt, il avait gardé la routine et les habitudes de la vie active. Petit déjeuner composé d'un œuf à la coque, d'une tasse de thé et de toasts, dix minutes de rangement minimum dans son trois pièces, une deuxième tasse de thé et enfin vingt minutes à son bureau : programme extrêmement bénéfique lorsqu'il travaillait au sein d'un grand cabinet comptable. A présent, bien entendu, ces priorités n'existaient plus. Il n'avait plus à décider s'il devait ou non s'opposer à un plan fiscal sous prétexte que cela constituait une fuite de capitaux. C'était à d'autres gens, plus jeunes que lui, qu'appartenaient ces décisions. Il avait de moins en moins de choses à faire, mais il trouverait toujours quelque chose. Il pourrait peut-être renouveler son abonnement à un magazine ou bien demander un catalogue.

A sa grande surprise, la sonnerie du téléphone retentit. Rares étaient les personnes qui l'appelaient et il s'attendait encore moins à recevoir un coup de téléphone à dix heures du matin le jour de l'An.

Une voix de femme s'éleva à l'autre bout du fil.

— Monsieur Byrne ? Est-il trop tôt pour vous parler ?

— Non, non. En quoi puis-je vous être utile ?

C'était une voix jeune et pleine d'entrain.

— C'est au sujet du local, monsieur Byrne, nous sommes très intéressés, extrêmement intéressés, même. Serait-il possible, par hasard, de le visiter aujourd'hui ?

— Le local ? répéta James Byrne, pris au dépourvu. Quel local ?

Il écouta les explications de son interlocutrice. C'était le vieux bâtiment des Maguire, l'imprimerie où ils n'avaient jamais remis les pieds depuis l'incident. Terriblement affectés et très déprimés, ils avaient refusé d'écouter les conseils qu'on leur donnait. Et voilà qu'à présent ils semblaient s'être volatilisés, laissant derrière eux une pancarte « A VENDRE » sur la porte du bâtiment, assortie du numéro de téléphone de James Byrne. Au cours de ses années de métier, James avait appris à ne jamais montrer son trouble ni sa nervosité à un client.

— Laissez-moi le temps de joindre les propriétaires, mademoiselle Scarlet, déclara-t-il. Je vous rappelle dans l'heure.

Cathy raccrocha lentement le combiné et promena un regard autour d'elle. Elle se trouvait dans l'appartement de Tom et le petit groupe avait écouté chacune de ses paroles. Tom était penché en avant, comme son père lorsqu'il suivait une course hippique à la radio. Marcella était vêtue d'une vieille chemise rose de Tom et d'un jean noir ; ses yeux sombres et sa crinière noire lui donnaient l'allure d'un de ces top models qu'elle brûlait de devenir. Geraldine, très élégante, prête pour son déjeuner chic, n'avait pas hésité un instant à venir assister au coup de téléphone tant désiré, porteur de tous leurs espoirs.

— Il n'est pas agent immobilier, il est comptable. Il connaît les actuels propriétaires et doit nous rappeler dans une heure, déclara Cathy, les yeux brillants.

Ils eurent du mal à la comprendre tant elle parlait vite.

Ils avaient l'impression que trois heures avaient passé, mais Geraldine leur dit que trente-six minutes seulement s'étaient écoulées. Le téléphone sonna enfin. Cette fois, ce fut Tom qui répondit. James Byrne, ex-comptable, avait joint ses amis en Angleterre. Ils lui avaient confirmé qu'ils avaient toujours la ferme intention de vendre. Ils avaient pris leur décision pendant les fêtes de Noël et étaient partis en Angleterre la veille, tout de suite après s'être décidés. James Byrne avait été chargé de s'occuper des transactions. Aussi vite que possible. Cathy regarda Tom d'un air incrédule. La vente allait vraiment se concrétiser : exactement l'endroit qu'ils voulaient. Et ils étaient les premiers acheteurs potentiels alors qu'ils étaient tombés là-dessus complètement par hasard. Tom pensait la même chose.

— Nous vous remercions de vous être renseigné pour nous, monsieur Byrne. A présent, si vous désirez que nous...

Son interlocuteur l'interrompit :

— Naturellement, vous comprendrez que je défende d'abord les intérêts des Maguire, les actuels propriétaires des lieux. Ils devront être représentés par un avocat, un commissaire-priseur et, pour ma part, je m'efforcerai de leur garantir le meilleur prix possible.

— Oui, naturellement, fit Tom d'une voix qui trahissait sa déception.

— Toutefois, je vous suis très reconnaissant, monsieur Feather, de m'avoir contacté pour cette affaire car plusieurs jours auraient pu s'écouler avant que...

Geraldine griffonna quelque chose au dos d'une enveloppe qu'elle lui montra.

— Vous serait-il possible de nous faire visiter les lieux ? demanda Tom.

Il y eut un silence.

— Bien sûr, répondit finalement James Byrne. Cela ne devrait poser aucun problème. Pour être franc, les Maguire étaient curieux de savoir qui avait pu découvrir l'écriteau aussi rapidement. Ils l'ont mis hier, juste avant de partir pour l'aéroport.

— Hier ? répéta Tom, stupéfait. Mais l'endroit donne l'impression d'être abandonné depuis longtemps.

— C'est exact. La famille a eu beaucoup de problèmes.

— Je suis désolé. Etes-vous de leurs amis ?

— D'une certaine manière. J'ai travaillé pour eux une fois. Ils m'avaient chargé d'un dossier.

Son ton était devenu grave. Tom désirait reparler de la possibilité de visiter l'endroit. A cet instant, M. Byrne s'éclaircit la gorge.

— Si nous nous retrouvions là-bas dans une heure ? suggéra-t-il.

La ville était encore en partie endormie, mais James Byrne se sentait parfaitement réveillé. Petit, d'allure soignée, il portait un pardessus bleu marine, des gants et un foulard de soie noué autour du cou. Agé d'une soixantaine d'années, il aurait été parfait dans le rôle d'un directeur de banque ou d'un homme d'Etat préoccupé. Il se présenta de manière formelle et serra la main à tout le monde comme s'ils se trouvaient dans un bureau et non dehors, dans le froid mordant de ce premier jour de l'année, devant une imprimerie délabrée. Au début, Cathy se réjouit de le voir retirer le bout de carton tout en se moquant de son allure négligée, mais il expliqua de nouveau que le bâtiment serait vendu dans les règles de l'art, peut-être même aux enchères. Le local pouvait donc encore leur échapper. Ils sentirent qu'il ne leur raconterait rien au sujet des Maguire, des peines et des déboires qu'ils avaient subis. Le moment était mal choisi pour en savoir plus.

Ils visitèrent les lieux, fascinés. Ils avaient sous les yeux l'endroit qui abriterait peut-être Scarlet Feather. Son premier toit.

Toute la partie centrale pouvait être transformée en cuisine principale ; ici se trouverait la chambre froide, là les vestiaires et les toilettes du personnel, ici encore le garde-manger. Et il y avait même une petite pièce où ils pourraient accueillir les clients. C'était presque trop beau : tout correspondait parfaitement à leurs attentes. En outre, l'état de décrépitude des lieux était tel qu'avec un peu de chance, les autres acheteurs éventuels ne se rendraient pas compte du potentiel. Cathy s'aperçut qu'elle avait joint les mains et fermé les yeux en entendant James Byrne s'éclaircir la gorge. Il paraissait inquiet de la voir si heureuse, si confiante. Elle se sentit obligée de le rassurer.

— Ne vous inquiétez pas, James, je sais bien que l'endroit ne nous appartient pas. Ce n'est que la première étape d'un très long parcours, ajouta-t-elle en lui adressant un sourire chaleureux.

Cela faisait trois quarts d'heure qu'ils discutaient avec cet homme et, pendant tout ce temps, ils l'avaient appelé « monsieur » Byrne. C'était un inconnu, deux fois plus âgé qu'eux, et elle venait de l'appeler James. Elle savait parfaitement pourquoi elle avait fait ça ; inconsciemment, elle rêvait de ne plus jamais se sentir inférieure, de ne plus jamais devoir ramper devant quelqu'un. Mais peut-être était-elle allée trop loin cette fois. Cathy soutint son regard sans ciller, priant pour qu'il ne s'offusque pas. James Byrne la gratifia d'un sourire.

— Le parcours sera peut-être moins long que vous ne le pensez, Cathy. Les Maguire sont impatients de régler cette affaire. Il se pourrait que tout aille beaucoup plus vite que vous ne semblez le croire.

Cathy ne rentra pas chez elle. Elle n'avait pas envie de rester seule alors que son esprit était en pleine effervescence — et il n'y avait pas beaucoup d'autres endroits où elle désirait aller. Tom et Marcella avaient besoin de se retrouver un peu seuls. Elle ne souhaitait pas aller voir ses parents à St Jarlath's Crescent pour écouter le récit détaillé de leur soirée au pub alors qu'elle brûlait d'envie de leur annoncer la grande nouvelle. Pas question non plus d'approcher d'Oaklands. Dans la grande maison, en ce moment précis, une terrible guerre devait faire rage. Ces drôles d'enfants, avec leurs visages graves et leur manque de respect total pour les biens et les sentiments d'autrui, devaient avoir mis la demeure à sac. Elle savait pertinemment que, tôt ou tard, Neil et elle devraient s'occuper d'eux à leur tour ; mais, pour le moment, il lui semblait plus sage de rester à l'écart.

Hannah Mitchell était probablement au téléphone avec ses amies, en train de rire, de gémir ou de se plaindre auprès de son mari parce que leur fille n'avait pas encore appelé du Canada. Sans doute n'avait-elle pas encore découvert dans son réfrigérateur les assiettes impeccablement protégées et étiquetées : poulet, légumes, desserts. Bien sûr, personne ne la remercierait pour ça. Cela ne faisait partie d'aucun contrat. La meilleure chose qu'elle pouvait espérer, c'était que Hannah Mitchell la laisse tranquille.

Non, c'était faux. La meilleure chose eût été que sa belle-mère tombe dans une bouche d'égout. Cathy se sentait agitée, elle avait besoin de marcher, de mettre de l'ordre dans ses pensées. Elle se surprit à quitter la ville par le sud, en direction de Dun Laoghaire et de la mer. Elle gara sa voiture et marcha le long de la jetée, croisant les bras sur sa poitrine pour se protéger du vent. En ce lendemain d'excès, de nombreux Dublinois semblaient avoir eu la même idée et se retrouvaient en train de prendre l'apéritif. Cathy sourit en son for intérieur : elle était sans doute la personne la plus sobre et la plus raisonnable de la ville. Un demi-verre de champagne à minuit, c'était tout ce qu'elle avait bu. Même sa mère, qui se vantait de ne jamais boire d'alcool, aurait siroté ses trois whiskies bien tassés pour célébrer la nouvelle année. Quant à son père, elle préférait ne pas imaginer combien de bières il avait avalées. Une chose était sûre, en tout cas : en ce premier jour de l'année, Cathy était la personne la plus heureuse de toute cette jetée. Elle allait gérer son entreprise. Elle serait sa propre patronne. La copropriétaire d'une affaire qui remporterait un énorme succès. Pour la première fois depuis que l'idée avait germé, elle réalisa qu'il ne s'agissait pas d'un rêve.

Ils peindraient leur logo sur la camionnette, ils longeraient ces drôles d'allées tous les matins, la porte du bâtiment porterait leur enseigne. Rien de tapageur ni de criard qui contrasterait trop avec l'ambiance du quartier. Peut-être même du fer forgé ? Tom et elle avaient déjà décidé de peindre les deux portails en rouge écarlate. Mais l'heure n'était pas encore à dénicher de jolies poignées de porte et des heurtoirs originaux. Ils n'avaient pas d'argent à dépenser dans leur image de marque pour le moment. Cathy ne calculait plus le nombre de fois où ils avaient compté l'argent dont ils disposaient. Ils n'avaient aucune intention de couler leur entreprise avant même de l'avoir lancée. L'un des invités présents à la soirée des Mitchell dirigeait une grosse imprimerie et Cathy pourrait peut-être lui demander un devis pour des brochures et des cartes de visite professionnelles. Cela ne les engagerait à rien mais ce serait l'occasion de se rappeler au bon souvenir de cet homme et de son épouse, manifestement adepte des mondanités.

Il y avait un milliard de choses à faire. Où trouveraient-ils la patience d'attendre la décision de ces gens bizarres qui semblaient avoir mis la clé sous la porte pour disparaître du jour au lendemain, sans se soucier de ce qu'il adviendrait de leurs bâtiments ? S'il n'y avait pas eu le très sérieux James Byrne, Cathy aurait craint d'avoir affaire à des hurluberlus incapables de conclure la vente. Mais il y avait quelque chose de rassurant chez cet homme. Quelque chose qui inspirait confiance tout en imposant une certaine distance. Ni Tom ni elle n'avaient osé lui demander où il habitait ni pour quelle société il travaillait avant de prendre sa retraite. Ils avaient son numéro de téléphone mais elle savait déjà qu'aucun d'eux n'appellerait pour accélérer les choses. Ils attendraient qu'il leur donne des nouvelles. Et de sa voix incroyablement courtoise, bien que légèrement monocorde, il leur avait confié que les choses évolueraient sans aucun doute plus rapidement que ce qu'ils croyaient. Cathy se demanda s'il était retourné chez lui, auprès de sa femme, qui lui avait préparé un bon repas. Ou peut-être avait-il prévu d'inviter sa famille au restaurant ? A moins qu'il n'ait pas de famille, qu'il soit célibataire et qu'il prenne tout en charge chez lui. Il lui avait semblé un peu trop soigné : chaussures cirées, col de chemise bien repassé. Peut-être n'apprendraient-ils rien de plus au sujet de James Byrne. Une fois qu'il les aurait mis en contact avec les Maguire, ces drôles de fugueurs, ils ne le verraient sans doute plus jamais. Il faudrait qu'elle lui demande son adresse à l'occasion ; comme ça, lorsque Scarlet Feather serait devenu une affaire florissante, elle passerait lui dire qu'il y avait contribué dès le début... Ce serait une réussite, Cathy en était convaincue. Ils n'avaient pas passé deux ans à tout orchestrer pour que cela échoue lamentablement, comme le prévoyaient ces statistiques idiotes qui recensaient le nombre d'entreprises en faillite.

Et Cathy Scarlet, devenue femme d'affaires, pourrait emmener sa mère faire des courses puis déjeuner dans un restaurant chic de la ville. Bientôt, l'envie brûlante de tuer Hannah Mitchell l'abandonnerait, et elle serait enfin capable de la considérer comme un membre tout à fait ordinaire, voire un tantinet pathétique, de l'humanité. De son côté, Tom Feather mourait d'envie de réussir pour des raisons personnelles, et Cathy partageait cette envie encore plus fougueusement pour d'autres raisons. Des raisons très compliquées, dut-elle reconnaître. Certaines étaient difficilement explicables à la banque, à Geraldine et même parfois à Neil. La plupart des gens estimaient qu'il serait beaucoup plus sage que Cathy utilise son immense talent en travaillant pour quelqu'un d'autre. Ce quelqu'un d'autre prendrait les risques à sa place, réglerait les factures, assumerait les pertes éventuelles. D'ordinaire, mais pas toujours, Cathy parvenait à rassembler suffisamment de passion et d'enthousiasme pour convaincre les autres de sa parfaite santé mentale et de sa lucidité. Personne ne lui résistait quand elle était au meilleur de sa forme.

Il lui était arrivé de douter d'elle-même lorsqu'elle ne réussissait pas à trouver le sommeil. Une ou deux fois, en observant la concurrence, elle s'était demandé si Tom et elle seraient capables de percer dans le secteur. Après de longues heures de travail dans un des restaurants de Dublin, elle avait quelquefois été tentée de rentrer chez elle pour prendre un bon bain au lieu de passer deux heures avec Tom à se demander combien la nourriture avait dû coûter, de quelle manière ils auraient pu l'accommoder, la présenter plus joliment et la servir plus rapidement.

Mais la veille, lorsqu'elle avait vu le bâtiment, et aujourd'hui, quand elle avait pris conscience qu'ils étaient à deux doigts de parvenir à leurs fins, tous ses doutes étaient partis en fumée. Cathy esquissa un sourire débordant de confiance.

— Voici au moins quelqu'un qui aura passé un bon réveillon, fit une voix.

C'était Shona Burke, la jeune et séduisante directrice des ressources humaines — ou quelque chose dans ce goût-là — de Haywards. Toujours très sereine et pleine d'assurance, elle était une amie de Marcella et Tom, et elle leur avait été d'une aide précieuse dans leur première prospection. Elle tenait au bout d'une laisse un impétueux setter roux qui brûlait manifestement de retrouver d'autres chiens ou d'aller aboyer sur la plage, face à la mer — il ne semblait guère disposé à écouter une monotone conversation d'êtres humains.

— Qu'est-ce qui te donne cette impression ? demanda Cathy en riant.

— Par rapport à tous les gens que j'ai croisés, tu es radieuse. Ils ont tous décidé de ne plus jamais toucher une goutte d'alcool ou ils ont été abandonnés par l'amour de leur vie... Certains ne se souviennent même plus où ils sont censés aller déjeuner.

— C'est qu'ils ignorent encore la signification du mot « épreuve »... Ils n'ont pas été obligés de superviser une réception chez Hannah Mitchell, eux ! répliqua Cathy en levant les yeux au ciel.

Shona connaissait probablement la redoutable Hannah, incontournable dans les présentations des collections et les soirées exclusivement réservées aux fidèles clients de Haywards.

— Et pourtant, tu es toujours en vie ; tout sourire, qui plus est.

— Ce n'est pas le souvenir de la soirée qui me faisait sourire, crois-moi. Tu n'aurais pas des poisons indétectables dans les rayons de ton magasin, par hasard ? Parlons d'autre chose, d'accord ? Alors dis-moi, qu'as-tu fait hier soir ?

— Je suis allée chez Ricky. J'ai croisé Marcella et Tom... enfin... Tom est parti très tôt.

Cathy demeura silencieuse. Elle aurait aimé pouvoir annoncer la nouvelle à Shona mais ils avaient décidé d'un commun accord de ne rien dire à personne jusqu'à ce qu'il y ait réellement quelque chose à annoncer. Geraldine et Marcella avaient promis de se taire. Cathy devait elle aussi tenir sa langue. Elle ne demanda pas non plus pourquoi Tom n'était pas resté longtemps à la soirée de Ricky.

— Comment était le buffet ? s'enquit-elle plutôt.

— Oh, non, pas toi ! Tom a examiné chaque canapé à la loupe.

— Désolée. Je sais que nous sommes très pénibles pour ça.

— Pas du tout, et pour être franche, le buffet était terriblement fade. Je leur ai demandé une brochure que je vous enverrai et j'ai également demandé à Ricky combien il avait payé pour tout ça. Tu vas être étonnée...

— Dans le bon sens ou dans le mauvais ?

— Dans le bon, j'imagine. Je sais ce que vous auriez pu faire tous les deux pour le même prix. Désolée, ce chien va me précipiter dans le port d'une minute à l'autre.

— C'est le tien ? Comment arrives-tu à faire entrer un animal de cette taille dans ton appartement ?

— Non, je l'ai seulement emprunté pour agrémenter ma petite promenade du matin.

Cathy prit soudain conscience qu'elle ne connaissait rien de la vie privée de Shona Burke. Les gens travaillaient peut-être trop pour avoir une vie privée. Ou plutôt, tout le monde travaillait trop pour spéculer sur la vie privée d'autrui.

— Je continue à chercher un local pour vous. Vous finirez par en trouver un au moment où vous vous y attendrez le moins, tu verras.

Cathy la remercia avec la désagréable impression de la trahir. Mais une promesse était une promesse. Elle observa les gens qu'elle croisait. Certains ne feraient jamais, au grand jamais, partie de leurs clients tandis que d'autres auraient peut-être besoin, un jour, de leurs services. Il y aurait des anniversaires, des remises de diplôme, des mariages, des anniversaires de mariage, des réunions de famille — et même des enterrements. L'idée selon laquelle seuls les gens riches pouvaient se permettre de faire appel à un traiteur était révolue. Les femmes avaient rangé au placard l'image absurde de la superwoman qui mettait un point d'honneur à préparer les repas tout en travaillant, en s'occupant des enfants et en tenant la maison. Aujourd'hui, au contraire, on passait pour quelqu'un d'intelligent si on était capable de déléguer un pan de sa vie. Quelques-uns de ces promeneurs perdus dans la contemplation de la mer demanderaient peut-être la brochure que Tom et elle concevraient bientôt. Le couple qui promenait ses deux épagneuls d'un pas vif pourrait solliciter leurs services pour une réception de départ à la retraite ou de noces d'argent. Cette femme élégante à l'allure dynamique désirerait peut-être organiser un déjeuner pour ses amies golfeuses. Ce couple qui se tenait par la main envisagerait peut-être un cocktail pour annoncer ses fiançailles. Même cet homme aux yeux rouges, dans un visage pâle, qui espérait vainement que le grand air réparerait les dommages qu'il s'était infligés la veille, était peut-être cadre supérieur dans une entreprise qui recherchait un traiteur pour ses repas d'affaires.

La liste des possibilités était inépuisable. Cathy resserra les bras autour d'elle, envahie par une bouffée d'optimisme. Son père disait toujours que la vie était magnifique tant qu'on ne baissait pas les bras. Non pas que son père eût montré beaucoup de dynamisme, sauf peut-être pour se rendre chez Sandy Keane ou Hennessy le bookmaker. Pauvre papa : il s'évanouirait s'il apprenait quelle somme Tom Feather et elle s'apprêtaient à dépenser pour acheter ces locaux. Quant à sa mère, elle blêmirait de stupeur. Lizzie se reprocherait toute sa vie que sa propre fille — la fille de la femme de ménage — ait réussi à séduire le fils unique des Mitchell, le jeune enfant prodige de Hannah. A ses yeux, cette union constituait un crime atroce, dix mille fois plus atroce que s'accorder une demi-heure pour boire une tasse de thé, fumer une cigarette et jeter un coup d'œil à un jeu télévisé. Impossible de la faire changer d'avis. Au début, Cathy avait essayé d'obliger les deux femmes à se rencontrer de manière informelle mais cela s'était avéré tellement éprouvant qu'elle avait vite renoncé — Cathy en était réduite à serrer les poings chaque fois que sa mère bondissait de table pour débarrasser les assiettes lorsqu'ils étaient invités à Oaklands. Neil s'était montré à la fois décontracté et indifférent par rapport à tout cela.

« Ecoute, aucune personne saine d'esprit ne peut s'entendre avec ma mère. Cesse d'obliger ta pauvre maman à faire des choses qu'elle déteste. Contentons-nous de rendre visite à ta famille quand nous sommes seuls ou invitons tes parents chez nous. »

Muttie et Lizzie étaient les bienvenus chez Cathy et Neil, au même titre que tous les jeunes juristes, politiciens, journalistes et autres militants des droits de l'homme qui se croisaient là-bas. De temps en temps, Neil passait voir ses beaux-parents tout seul. Il trouvait toujours quelque chose d'intéressant à leur raconter. Un jour, il leur avait rendu visite en compagnie d'un jeune homme que sa propre mère aurait qualifié de gitan. Neil, lui, disait qu'il faisait partie des gens du voyage. Il venait de gagner un procès dans lequel le jeune homme était accusé d'avoir volé un cheval et il l'avait invité à boire un verre de bière pour fêter leur victoire. Timidement, le garçon avait déclaré que les gens du voyage étaient rarement les bienvenus dans les pubs et, devant son refus obstiné, Neil lui avait proposé de le présenter à son beau-père : ils apporteraient quelques bouteilles de bière et parleraient chevaux. Cette journée resterait à jamais gravée dans l'esprit de Muttie, qui avait dû répéter un bon millier de fois à Cathy combien il avait été heureux de rendre service à Neil en distrayant ses « prisonniers ». Car c'était ainsi qu'il les appelait : des prisonniers, pas des clients.

Petit à petit, la mère de Cathy parvint à se détendre en présence de Neil. Si elle commençait à faire des manières, à vouloir jeter le thé parce qu'il était tiède, à recoudre un bouton à son manteau ou encore, comme elle l'avait fait une fois — quel terrible souvenir —, si elle lui proposait de cirer ses chaussures, il s'en sortait toujours avec diplomatie, sans entrer dans les confrontations que Cathy aurait provoquées. Neil trouvait cette situation plutôt normale, dans l'ensemble. Il ne voyait rien de bizarre à manger du bacon bouilli dans un cottage ouvrier de St Jarlath's Crescent en compagnie de ses beaux-parents, c'est-à-dire la femme de ménage de la famille et son fainéant de mari. Neil s'intéressait à tout et c'était précisément pour cette raison qu'il était si plaisant. Il ignorait ce que cela signifiait de vivre constamment sur la défensive, comme Cathy. Pour lui, tout cela n'avait pas d'importance. Et il avait entièrement raison, Cathy se l'était assez souvent répété. C'était seulement sa belle-mère qui rendait la situation grotesque, absurde. Cathy la chassa de ses pensées. Elle allait rentrer à Waterview et attendre le retour de Neil.

Leur maison, située au numéro 7 de Waterview, était décrite comme une maison de ville, appellation idiote qui ne faisait qu'ajouter plusieurs milliers de livres à leur petite bâtisse flanquée d'un minuscule jardin. Il y en avait trente autres, conçues pour des gens comme Neil et Cathy, de jeunes couples actifs et sans enfant. Ils pouvaient aller travailler à pied ou à vélo : situation idéale pour Neil et Cathy et vingt-neuf couples comme eux. Et lorsqu'ils désireraient vendre, ils n'auraient aucun mal à en trouver d'autres, impatients de prendre leur place. C'était un bon investissement au dire du père de Neil, qui s'y connaissait dans ce domaine.

Hannah Mitchell n'avait émis aucune opinion au sujet de Waterview, se contentant d'exhaler de longs soupirs lors de ses rares visites. Elle désapprouvait surtout le fait qu'ils n'aient pas de salle à manger. En effet, Cathy avait aussitôt décidé que la seconde chambre servirait de bureau et qu'ils prendraient leurs repas à la cuisine. Le bureau possédait trois murs couverts d'étagères pleines de livres et une fenêtre qui ouvrait sur le fameux plan d'eau ayant donné son nom au quartier : Waterview, « vue sur l'eau »... Cathy et Neil avaient deux tables tapissées de feutre vert et travaillaient ensemble jusque tard dans la nuit. L'un d'eux allait préparer du café et, un peu plus tard, l'autre annonçait qu'il était l'heure d'ouvrir une bouteille de vin. C'était une de leurs grandes forces, cette capacité à travailler côte à côte dans une ambiance détendue. Certains de leurs amis se querellaient ou se plaignaient parce que l'autre était toujours en train de travailler, au détriment du temps libre qu'ils auraient pu passer ensemble. Cathy et Neil, eux, n'avaient jamais rien éprouvé de tel. Depuis le moment où ils avaient appris à se connaître, en Grèce, depuis que Neil avait cessé d'être le fils à papa dont la mère terrorisait tout le monde... depuis que Cathy avait cessé d'être la sale gosse de cette gentille Mme Scarlet, ils ne s'étaient quasiment jamais disputés. Dès le départ, Neil avait compris que Cathy souhaitait monter sa propre entreprise. De son côté, Cathy savait que Neil avait une conception bien particulière de son métier d'avocat. Il n'y aurait pas de solutions de facilité pour Neil Mitchell, pas d'horaires de plus en plus souples, comme son père avait réussi à en négocier ; jamais il ne prétendrait qu'il concluait des affaires sur un parcours de golf ou dans un club de Stephen's Green. Le soir, ils discutaient longuement d'un accusé qui n'avait aucune chance de s'en sortir parce que tout se liguait contre lui. Ou bien ils reprenaient scrupuleusement le budget de Scarlet Feather et Neil sortait sa calculette, ajoutait, soustrayait, divisait, multipliait. Chaque fois que Cathy perdait espoir, il s'efforçait de la calmer en lui rappelant qu'il y avait cet associé de son père, un homme bourré d'argent, qui les guiderait dans toutes les démarches.

Cathy poussa la porte du 7, Waterview, et alla s'asseoir à la cuisine. C'était la seule pièce dans laquelle on pouvait voir des tableaux accrochés au mur. Il n'y avait pas de place dans le bureau, à cause de tous les livres, dossiers et documents. L'entrée et l'escalier étaient trop étroits, on ne voyait même pas ce qu'ils y avaient accroché, et les deux chambres, à l'étage, étaient garnies de placards encastrés et de commodes. Il n'y avait plus de place là-haut non plus.

Assise à la table de la cuisine, Cathy contempla leur collection. Tous les tableaux avaient été peints par quelqu'un qu'ils connaissaient. Le lever de soleil grec par le vieil homme de la taverne où ils avaient séjourné. La cellule de prison par une femme accusée de meurtre, que Neil avait fait acquitter. Le tableau de Clew Bay à Mayo par un touriste américain avec qui ils avaient sympathisé quand il s'était fait voler son portefeuille. La magnifique nature morte par une vieille dame de l'hospice qui avait organisé une exposition trois semaines avant sa disparition. Chacun avait une histoire, une signification. Neil et Cathy se fichaient bien de savoir si c'était du grand art ou de la camelote.

La sonnerie du téléphone dans une maison silencieuse pouvait ressembler à une sirène d'alarme. Sans qu'elle puisse s'expliquer pourquoi, en entendant simplement la sonnerie, Cathy sut qu'il ne s'agissait pas d'un coup de téléphone facile.

— Est-ce que Neil est là ? demanda sa belle-mère d'un ton sec.

— Il est parti s'occuper de Jonathan. On a voulu l'expulser ce matin même.

— Quand doit-il rentrer ?

La voix de Hannah était à peine audible.

— Dès qu'il aura terminé, mais j'ignore quand exactement.

— Je vais l'appeler sur son portable...

— Il le coupe pendant les réunions importantes, il ne pouvait pas...

— Où est-il, Cathy ? Il faut qu'il vienne immédiatement.

— Il y a eu un accident... ?

— Il y a eu un accident, en effet, le plafond de la cuisine s'est écroulé ! hurla Hannah. Ils ont laissé l'eau du bain couler, et avec le poids... Je veux que Neil vienne chercher ces enfants et les emmène où il voudra. Nous n'avons pas eu un seul moment de répit... Quant à vous, Cathy, sachez que ces deux monstres ont englouti une quantité incroyable de desserts beaucoup trop riches et qu'ils ont été malades. Je veux parler à Neil. Tout de suite.

Sa voix était dangereusement aiguë et tremblante.

— Je ne peux pas le joindre, je vous assure. En revanche, je sais ce qu'il vous dirait.

— Si vous vous apprêtez à m'exhorter au calme...

— Il vous dirait que nous allons les prendre chez nous. C'est donc ce que nous ferons, conclut Cathy dans un soupir.

— Vraiment, Cathy ?

Son soulagement était parfaitement audible.

— On leur a tout permis, vous savez, ils ont besoin d'être encadrés par des professionnels qui les ramènent à un comportement normal. Je ne veux surtout pas que Neil m'accuse de vous les avoir imposés...

— Il n'en fera rien.

— Je sais. Mais demandez-lui de me rappeler dès que vous l'aurez eu.

Cathy esquissa un sourire. Elle avait, comme aurait dit sa mère, « sauvé sa peau et sa conscience », elle avait proposé et sa proposition avait été repoussée — temporairement du moins.

Elle composa le numéro du portable de Neil et laissa un message :

— Excuse-moi de te déranger avec des détails aussi matériels mais il semblerait que les jumeaux aient démoli le plafond d'Oaklands. Appelle ta mère dès que tu pourras. J'espère que tout va bien pour Jonathan.

Elle se rendit ensuite dans la chambre inoccupée et prépara deux lits. Les jumeaux seraient ici avant la nuit tombée.

Tom appela pour lui demander s'il pouvait emprunter la camionnette.

— J'ai envie d'aller faire un tour à la montagne. Je n'arrive pas à penser à autre chose et j'ai peur de rendre Marcella complètement dingue avec mes histoires. Tu veux venir avec moi ? Neil arrive à te supporter, lui ?

— Il est encore parti défendre une bonne cause. Mais je ferais bien de rester à la maison... Figure-toi qu'une autre épreuve nous attend. Je t'ai parlé de ces deux petits diables qui ont débarqué à Oaklands hier soir ?

— Ils ont mis le feu à la maison ?

— Pas impossible à l'heure qu'il est. Non, en fait, ils doivent être en train de rassembler leurs affaires pour venir à Waterview.

— Dis-moi que ce n'est pas vrai ! s'écria Tom, abasourdi. Vous n'avez pas de place, en plus du reste.

— Comme si je ne le savais pas... Mais, comme dirait mon père, je te parie deux contre un qu'ils seront là ce soir.

— Alors, qu'est-ce que tu vas faire ?

— Décrocher les trucs, surtout. Ranger tout ce qui se casse. La base, quoi.

— Je me faufilerai juste dans la cour pour prendre la camionnette.

— Ne t'aventure même pas à regarder par la fenêtre, ils seraient capables de te lancer quelque chose à la figure, plaisanta Cathy.

— Juste un petit conseil, et ensuite je me tairai à ce sujet. Ne laisse pas Neil te les coller dans les pattes et partir ensuite défendre les victimes du monde entier.

Elle étouffa un soupir.

— A ton tour d'accepter un petit conseil de ma part. Tâche de conduire prudemment, nous n'avons pas encore remboursé la moitié de ce que nous avons emprunté pour cette camionnette, et je te connais : quand tu te laisses emporter, tu ne regardes plus la route et il t'arrive même de lâcher le volant.

— Quand notre affaire tournera, on achètera un char d'assaut, promit-il.

Cathy se prépara une autre tasse de thé et pensa à Tom. Ils s'étaient rencontrés le jour de la rentrée à l'école hôtelière. Avec son épaisse tignasse châtain foncé, il avait une façon unique, à la fois ingénue et gracieuse, de se déplacer. Son enthousiasme et l'étincelle de son regard les avaient soutenus pendant toutes leurs années d'études. Il n'y avait rien que Tom Feather n'osât tenter, suggérer, entreprendre.

Une fois, il avait « emprunté » la voiture d'un de leurs professeurs, qui l'avait laissée dans la cour de l'école pendant le week-end. Tom avait décidé de s'en servir pour embarquer six de leurs amis à Galway. Léger problème : là-bas, ils étaient tombés sur le professeur en personne, et la petite virée aurait pu très mal se terminer.

« Nous vous avons apporté votre voiture pour le cas où vous souhaiteriez rentrer chez vous », avait improvisé Tom avec un tel brio que le professeur l'avait à moitié cru et s'était presque excusé de leur avoir fait faire un voyage inutile car il avait déjà pris son billet de train pour voyager en compagnie de sa petite amie.

Il y avait eu tous ces pique-niques et ces barbecues où Tom, arguant qu'ils devaient se montrer à la hauteur de leur réputation, insistait pour confectionner des chiches-kebabs marinés alors que les autres se seraient volontiers contentés de saucisses calcinées. Cathy se remémorait encore les grillades, le vin sur les plages des alentours de Dublin et les soirées d'hiver dans le vieil appartement que Tom partageait avec trois autres garçons.

A l'époque, Cathy lui enviait sa liberté, elle qui devait rentrer tous les soirs à St Jarlath's Crescent. Car, même si Muttie et Lizzie lui accordaient beaucoup d'autonomie, elle habitait malgré tout chez eux.

« Tu pourrais venir habiter ici, lui avait proposé Tom plus d'une fois.

— Pour finir par faire votre repassage et ramasser vos chaussettes sales ?

— Tu as sans doute raison », avait-il admis à contrecœur.

Il n'était jamais à court de petites amies mais n'en prenait aucune au sérieux. Il avait une façon de regarder les gens qui leur donnait l'impression que personne d'autre n'existait. Il s'intéressait aux récits les plus insignifiants et ne craignait absolument personne. Il était gentil avec des parents plutôt difficiles et cela ne l'empêchait pas d'être toujours le premier à s'amuser. Le jour où ils avaient tous voulu se rendre à une soirée en smoking dans l'un des grands hôtels de Dublin alors qu'aucun n'avait les moyens de se louer une tenue de soirée, Tom s'était adressé à un ami qui travaillait dans une blanchisserie. Initiative spectaculaire et risquée qui avait mis en jeu au moins quatre emplois mais, comme Tom l'avait joyeusement déclaré par la suite : « Il n'y a pas de perdant, tout le monde est gagnant. »

Tom et Cathy parlaient de Scarlet Feather depuis les premiers temps de leur rencontre. Aucun autre mode de restauration ne les intéressait ; alors que leurs amis projetaient de travailler dans des hôtels, sur des bateaux de croisière, ou bien ambitionnaient de devenir des chefs célèbres, d'écrire des livres et de passer à la télé, Tom et Cathy rêvaient de servir des mets gastronomiques à domicile. Devant l'essor économique que connaissait l'Irlande, ils étaient convaincus d'avoir choisi la bonne voie.

Ils travaillèrent ensemble dans plusieurs restaurants pour se faire une idée de ce qu'appréciaient les consommateurs. La désinvolture avec laquelle Tom acceptait les compliments et les regards aguicheurs des clientes amusait beaucoup Cathy. Même la très sérieuse Brenda Brennan, de Chez Quentin, aurait avoué à plusieurs reprises qu'elle aurait adoré avoir vingt ans de moins.

Cathy était-elle tombée sous le charme de Tom, à l'époque ? Eh bien, oui, bien sûr, d'une certaine manière. Le contraire eût été impossible. Et leur complicité avait bien failli déboucher sur autre chose. Ce souvenir la fit sourire.

Tous deux avaient prévu de partir pour Paris sur un vol charter. Ils avaient préparé la liste des restaurants qu'ils comptaient visiter : certains qu'ils admireraient de l'extérieur, un dont ils visiteraient les cuisines car un de leurs amis communs avait décroché une place là-bas, et deux autres où ils dîneraient vraiment.

C'était la première fois qu'ils allaient à Paris. Ils parlèrent longuement de leur séjour, penchés au-dessus des cartes, tête contre tête, nuit après nuit. Lorsqu'ils seraient là-bas, ils iraient se promener ici, prendraient le métro là ; ce musée serait ouvert, celui-là fermé... même si c'était surtout la gastronomie qu'ils comptaient étudier.

Ils ne s'étaient pas avoué clairement qu'ils deviendraient peut-être amants pendant cette escapade. Mais l'idée flottait dans l'air. Cathy s'était fait épiler les jambes et avait acheté une nuisette en dentelle qui lui avait coûté une petite fortune. Le départ était prévu pour le vendredi après-midi et tous deux étaient fin prêts lorsque trois choses se produisirent le matin même.

Lizzie tomba d'un escabeau alors qu'elle était en train d'accrocher les rideaux de Hannah Mitchell à Oaklands et fut transportée d'urgence à l'hôpital.

On proposa à Tom de venir travailler chez Quentin pour le week-end parce que le sous-chef de Patrick était parti sans crier gare.

Cathy fut contactée pour passer un entretien en vue d'obtenir un poste de cuisinière dans une villa grecque pendant l'été.

Ils se dirent que Paris ne bougerait pas de sitôt.

Cathy décrocha le poste, partit sur l'île grecque et rencontra Neil Mitchell, un invité de la villa qui ne cessait de repousser son départ pour rester encore avec elle.

Et Tom rencontra Marcella Malone.

Et, bien que Paris n'eût toujours pas bougé, Cathy Scarlet et Tom Feather n'y étaient toujours pas allés.

Il lui arrivait de se demander ce qui aurait pu se produire pendant ce week-end. S'ils avaient été amants, ne fût-ce que brièvement, ils auraient eu du mal à oublier leur liaison une fois associés dans une entreprise florissante. Nul doute que c'était mieux ainsi : ils évitaient de traîner derrière eux un passé ambigu. En outre, il n'était rien arrivé entre eux qui puisse mettre Neil ou Marcella mal à l'aise.

Cathy entendit une clé tourner dans la serrure.

— Où sont les jumeaux ? lança-t-elle.

— Dans la voiture, répondit Neil d'un air penaud. Tu savais qu'ils viendraient ? Ma mère m'avait prévenu mais je ne l'ai crue qu'à moitié, pour être franc.

Son visage s'était éclairé, comme s'il s'était attendu à des reproches.

— Ça ne te dérange pas ?

— Je n'ai pas dit ça. Mais tu étais bien obligé de les ramener à la maison. Comment ça s'est passé pour Jonathan ?

— La situation semble s'arranger.

— Bravo.

— C'était un effort commun, le travail d'une équipe, fit-il observer, fidèle à ses habitudes. Je vais chercher les jumeaux... tu es un ange.

— Je le serai pendant quelques jours. Ils ne sont pas faciles à tenir... Ça va mieux à Oaklands ?

— Pas vraiment. Ils ont eu une grosse dispute avec ma mère juste avant de partir, ils ont même donné dans le couplet : « Il faut bien que quelqu'un s'occupe de nous », ce qui n'est pas faux, après tout, pauvres petits.

— Fais-les entrer.

Elle les regarda grimper les marches, les entendit marmonner que c'était une toute petite maison, se demander si Neil et Cathy avaient des enfants et s'il y aurait un téléviseur dans la chambre. Elle s'efforça de garder à l'esprit qu'ils n'avaient que neuf ans, qu'ils avaient été abandonnés par leur père, leur mère et leur frère, et que leur tante venait de les mettre à la porte.

— Voici le Saloon de la dernière chance, annonça-t-elle gaiement lorsqu'ils arrivèrent. Vous dormirez dans une petite chambre sans télé. Nous respectons un code très strict en ce qui concerne la salle de bains ; il faut la laisser propre, mais pas inondée pour la personne qui suit, et nous attendons aussi toute une flopée de « merci » et de « s'il te plaît ». A part ça, vous vous sentirez bien ici.

Ils la dévisagèrent d'un air sceptique.

— On mange drôlement bien, aussi, ajouta-t-elle.

— Ça, c'est sûr, renchérit Neil.

— Tu t'es marié avec elle parce qu'elle fait bien la cuisine ? demanda Simon.

— Ou bien tu as découvert seulement après qu'elle était bonne cuisinière ? ajouta Maud.

— Au fait, je m'appelle Cathy. Je suis la femme de votre cousin Neil et je n'ai aucune envie qu'on parle de moi avec des « elle » et des « la » ; est-ce clair ?

— Pourquoi tu ne portes pas le nom de Neil si vous êtes mariés ? s'enquit Maud, avide d'explications.

— Parce que je suis d'une nature farouchement indépendante et aussi parce que j'ai besoin de mon nom de famille pour mon travail, répondit Cathy.

L'explication sembla les satisfaire.

— Bon, on peut voir la chambre ? reprit Simon.

— Je te demande pardon ? fit Cathy, glaciale.

Il répéta sa phrase ; elle continua à le regarder d'un air interrogateur.

Il comprit enfin.

— Je veux dire : s'il te plaît, on peut voir la chambre ? Merci.

Il était pâle et paraissait fatigué ; sa sœur aussi. La journée avait été longue pour eux, pleine de drames et de récriminations. Leurs parents avaient disparu, leur avenir était incertain, le petit garçon avait vomi sur le tapis d'Oaklands, ils avaient saccagé le plafond de la cuisine et ne seraient jamais autorisés à retourner dans cette maison.

— Allez, venez, je vais vous montrer, dit-elle.

— Comment ça s'est passé, aujourd'hui ? demanda enfin Neil une fois que les enfants furent couchés et qu'ils eurent le temps de discuter, bien que Cathy fût presque trop fatiguée pour tout lui raconter.

— C'est exactement ce que nous voulions : le bâtiment est parfait, la situation idéale, il y a de la place pour garer la camionnette... Mais nous devrons attendre encore un peu. Apparemment, tout est une question de patience.

Les jours s'égrenèrent lentement. Ils attendirent, attendirent. Et puis, enfin :

— James Byrne à l'appareil, mademoiselle Scarlet.

— Monsieur Byrne ?

Ils avaient retrouvé un ton à la fois distant et courtois ; Cathy était bien trop nerveuse pour l'appeler James.

— Je vous avais dit que j'essaierais de vous donner des nouvelles sous quatre jours et je suis heureux de pouvoir le faire, annonça-t-il d'un ton satisfait.

— Merci infiniment, mais...

— Je suis tombé sur le répondeur de M. Feather mais vous m'aviez dit que je pouvais aussi vous appeler.

— Avez-vous des nouvelles, monsieur Byrne ?

Cathy avait envie de hurler dans le combiné tant cette diction lente et précise mettait ses nerfs à vif.

— Oui, on m'a donné l'autorisation d'agir pour le compte de la famille Maguire.

— Alors ?

— Alors ils vont accepter votre offre, sous réserve que...

— Ils n'iront pas aux enchères... Ils auraient pu obtenir un meilleur prix dans une vente aux enchères.

— J'en ai discuté avec eux, et aussi avec les gens de l'agence immobilière, mais ils préfèrent opter pour une vente immédiate.

— Monsieur Byrne, que devons-nous faire à présent ?

— J'imagine que vous devriez d'abord annoncer la nouvelle à M. Feather, mademoiselle Scarlet ; ensuite, il vous faudra prendre contact avec votre notaire et votre banque, et nous établirons l'acte de vente.

— Monsieur Byrne ?

— Oui, mademoiselle Scarlet ?

— Je vous aime, monsieur Byrne, déclara Cathy. Je vous aime plus que vous ne pourrez jamais l'imaginer.

A partir de là, les choses se mirent en route rapidement. Trop rapidement. Rétrospectivement, Cathy eut l'impression que les trois premiers jours de l'année s'étaient écoulés au ralenti. A présent, elle se rendait compte qu'il n'y avait pas assez de minutes dans une heure pour qu'elle puisse faire tout ce qu'elle avait à faire. Il aurait fallu qu'elle soit à trois endroits en même temps. Lorsqu'elle était en rendez-vous avec Geraldine et le directeur de la banque, elle aurait dû se trouver avec Tom et son père sur le chantier. Lorsqu'elle confectionnait des strudels pour Mme Ryan, elle aurait dû être en train de passer une visite médicale pour la compagnie d'assurance et, lorsqu'elle aurait dû lire chaque clause du contrat de vente avec son notaire, elle préparait des spaghettis à la bolognaise pour Maud et Simon, qui s'avéraient de véritables monstres.

Car, bien entendu, c'était au moment où cela l'arrangeait le moins qu'elle avait accepté de s'occuper d'une fillette et d'un jeune garçon. Cathy, qui connaissait par cœur tous ses oncles, ses tantes et ses cousins, eut à peine le temps de se demander pourquoi Kenneth et Kay ne faisaient pas partie de la scène familiale.

— Il n'a aucun revenu, expliqua Neil. Il prétend qu'il est dans les affaires, mais personne ne sait vraiment la nature de ses activités.

— Un peu comme mon père qui « part au travail », comme il dit quand il va voir ses bookmakers, et qui parle de ses « associés » quand il fait allusion à ses copains turfistes...

— Ce n'est pas aussi simple que ça. Quant à sa femme, je crois qu'elle s'éprend un peu trop de la bouteille de vodka en son absence. Voilà le problème : personne ne sait où il se trouve en ce moment et sa femme a été hospitalisée car elle ne sait plus très bien où elle en est, elle non plus.

Il exposait la situation avec un détachement étonnant, sans porter aucun jugement, sans s'impliquer non plus. Peut-être était-ce l'attitude à adopter quand on voulait être un bon avocat.

Cet incident n'aurait pu tomber plus mal. Pourquoi diable avait-elle accepté de prendre ces garnements pour trois nuits sous prétexte qu'un désaccord parental bouleversait leur équilibre ? Quel foyer ne connaissait pas de problème en ce début d'année ? A supposer que leur père se soit volatilisé et que leur mère ait été placée en hôpital psychiatrique, pourquoi Walter ne pouvait-il pas s'occuper d'eux ? Question idiote, bien sûr. Walter aurait été incapable de trouver leur paquet de cornflakes le matin, en admettant qu'il soit chez lui à l'heure du petit déjeuner. Quant à Hannah, elle avait bien fait comprendre que les enfants de son beau-frère n'étaient pas les bienvenus à Oaklands.

Ils avaient le teint pâle, ces enfants, ils arboraient des mines solennelles et avaient l'art de poser des questions déconcertantes.

— Tu as un problème avec l'alcool, Cathy ? s'enquit Simon peu de temps après son arrivée.

— Mon seul problème est de ne pas avoir assez de temps pour boire ces temps-ci, avait répondu la jeune femme, amusée, avant de mesurer le risque qu'il y avait à se montrer ironique avec les enfants. Pourquoi poses-tu cette question ? ajouta-t-elle, piquée dans sa curiosité.

— On dirait que tu es un peu nerveuse, expliqua Simon.

— Et il y a une grande bouteille de cognac sur la table, ajouta Maud.

— Oh ! Je vois... En fait, c'est du calvados, je dois en mettre dans les strudels de Mme Ryan et je m'en servirai aussi pour le glaçage. Ce n'est pas pour boire comme ça, c'est bien trop cher. Si vous me trouvez un peu nerveuse, c'est parce que je suis en train de monter une entreprise. Je ne pense pas que ça ait un rapport avec l'alcool. Enfin, sait-on jamais...

— Pourquoi tu montes une entreprise ? demanda Simon. Neil ne te donne pas assez d'argent ?

— Pourquoi tu ne restes pas chez toi pour faire des enfants ? renchérit Maud.

Cathy s'immobilisa et les considéra longuement. Avec leurs cheveux clairs et raides et leurs petits minois de papier mâché, ils ne possédaient rien du charme de leur frère aîné, mais, en revanche, ils ne portaient aucune trace de son égoïsme. Ils semblaient sincèrement concernés par ses problèmes et elle se sentit dans l'obligation de leur répondre avec franchise.

— Neil me donnerait volontiers la moitié de ce qu'il possède et c'est précisément pour cette raison que j'aimerais avoir moi aussi quelque chose à lui offrir. Voilà pourquoi je veux monter ma propre entreprise.

Ils hochèrent la tête. L'explication leur paraissait logique.

— Neil et moi avons bien l'intention d'avoir des enfants, mais pas tout de suite, parce que je vais devoir bouger beaucoup et travailler sans relâche. Peut-être dans quelques années...

— Tu ne seras pas trop vieille pour avoir des enfants ? demanda Maud, manifestement résolue à ce qu'aucun obstacle ne vienne contrecarrer de tels projets.

— Je ne crois pas, répondit Cathy. Je me suis renseignée et on m'a dit que tout irait bien.

— Imagine qu'ils arrivent avant, par accident. Est-ce que tu les abandonnerais ? demanda Simon en fronçant les sourcils.

— Ou pire ?

Maud semblait s'y connaître dans ce domaine.

— Nous avons fait en sorte qu'ils n'arrivent pas avant que nous soyons prêts à les accueillir.

Cathy arborait le sourire exagérément radieux de celle qui doit faire mille choses beaucoup plus importantes que suivre une conversation.

— Si je comprends bien, vous ne vous accouplez qu'une fois par mois, c'est ça ? reprit Maud.

— C'est à peu près ça, oui, fit Cathy.

Tom était plein de compassion à l'égard des jumeaux mais, le jour du rendez-vous chez le notaire, il fut soudain saisi d'une bouffée d'angoisse.

— Je me demandais si nous ne pourrions pas les laisser quelque part aujourd'hui, Cathy. Je sais que tu les emmènes presque partout, mais honnêtement...

— Où ? Ils sont interdits de séjour à Oaklands et Walter refuse de s'en occuper. Que puis-je faire d'eux ?

— Est-ce que Neil... ?

— Non, impossible. Est-ce que Marcella... ?

— Non, impossible.

— Tom, je ne peux pas laisser toute une journée deux gosses sans défense seuls dans une maison !

— Dois-je comprendre qu'ils vont venir négocier les points délicats du contrat avec le notaire ?

— Arrête de m'agacer. Tu es sur les nerfs, je suis sur les nerfs, il y a trop d'argent en jeu, trop de pièges à éviter. Calmons-nous un peu...

— Je ne suis pas sur les nerfs, et toi non plus, d'ailleurs. Le seul souci, ce sont les deux bombes à retardement que tu as installées dans la camionnette.

— Où puis-je les laisser, dis-moi ?

— Conduis-les chez ton père et ta mère.

— Pour que mon père leur prenne tout leur argent de poche afin de le placer sur une bestiole à trois pattes ?

— Parle-leur de ton père, mets-les en garde. Cathy, nous ne pouvons pas les emmener chez le notaire. C'est un des amis de Neil ; crois-moi, il n'apprécierait pas que ces deux garnements collent leurs doigts poisseux sur ses beaux meubles.

— D'accord. Mais souviens-toi, Tom : aujourd'hui, c'est ton caprice que je tolère car je le mets sur le compte de la nervosité ; demain ou après-demain, ce sera à mon tour.

— Marché conclu, déclara Tom.

— Comment vas-tu, Simon ?

Muttie le gratifia d'une poignée de main virile.

— Comment vous vous appelez ? demanda Simon d'un ton suspicieux.

— Muttie.

— Bon, comment va, Muttie ? lança Simon.

— Peut-être que « monsieur Scarlet » ferait l'affaire, suggéra Tom.

— Muttie, c'est bien, affirma le père de Cathy.

Simon afficha une expression triomphante.

— Et voici Maud. Soyez les bienvenus, les enfants.

— Alors, qu'est-ce qu'on va faire aujourd'hui ? s'enquit Maud avec une mauvaise grâce évidente.

78

Sur le point d'intervenir, Cathy se ravisa. Ils n'en auraient pas pour longtemps.

— Je pensais qu'on pourrait aller se promener tous les trois, commença Muttie. Vous comprenez, j'ai une ou deux petites choses à régler et peut-être pourrais-je vous convaincre de...

— Non, papa, protesta Cathy. Les enfants, n'oubliez surtout pas ce que je vous ai dit, hein ?

— Je sais, c'est un drogué, fit Simon.

Cathy ferma les yeux.

— Un quoi ? releva Muttie.

Simon lui rapporta les instructions qu'ils avaient reçues.

— Vous ne pouvez pas vous en empêcher, c'est comme une drogue. Dès que quelqu'un a une livre en poche, vous êtes obligé de la placer sur un cheval et Cathy nous a dit qu'on devait acheter des magazines ou des bonbons aussi vite que possible si vous nous proposez de jouer.

— Merci, Cathy, ironisa son père.

— Tu sais bien que je n'ai pas tourné les choses tout à fait comme ça, papa.

— Comme ça mot pour mot, Muttie, lâcha Tom.

C'était la première fois qu'il l'appelait par son prénom ; en fait, il n'avait aucune envie de se laisser distancer par le jeune Simon.

— D'un autre côté, si vous en trouvez un qui pourrait me porter bonheur en ce jour d'exception, le jour de la signature du contrat, accepteriez-vous de placer ça pour moi ? reprit-il en tendant un billet de dix livres à Muttie.

— Vous êtes un vrai gentleman, Tom Feather, je l'ai toujours dit.

Muttie lui serra la main chaleureusement.

Comme ils s'apprêtaient à partir, Cathy entendit Simon demander à son père d'un ton dégagé :

— Vous êtes également accro à l'alcool, Muttie ? Ma mère, oui, et c'est plus fort qu'elle, vous voyez.

Cathy bondit dans la camionnette blanche.

— Je veux être loin d'ici avant qu'il ne propose aux jumeaux de commencer leur petite sortie en allant boire une grande pinte de bière dans un pub sur les quais.

— A tout prendre, ce serait encore mieux que de les avoir dans le bureau du notaire.

Tom avait fait demi-tour et ils s'éloignaient à vive allure en direction de leur rendez-vous.

— Mieux pour qui ? lança Cathy.

Les choses se déroulèrent si facilement que Tom et Cathy s'en inquiétèrent. Il aurait dû y avoir un piège, une clause inacceptable.

— L'autre partie se montre incroyablement accommodante ; les vendeurs ont laissé des instructions pour que l'affaire puisse se conclure le plus rapidement possible. Bien sûr, nous allons devoir procéder à une enquête minutieuse pour le cas où ils auraient quelque chose à cacher.

— Bien sûr, approuvèrent Cathy et Tom sans enthousiasme.

Pour quelle raison les hommes de loi doutaient-ils toujours de la sincérité des gens, pourquoi n'acceptaient-ils pas tout simplement le fait que les Maguire étaient impatients de vendre afin de récupérer un peu d'argent et d'oublier leur ancienne vie ? Enfin, Cathy et Tom savaient que les choses devaient être réglées en bonne et due forme, même si cela prenait du temps et que le processus était laborieux. Tous deux trouvèrent un message sur leur téléphone portable lorsqu'ils regagnèrent la camionnette. Cathy devait rappeler sa tante Geraldine. D'urgence. Quant à Tom, c'était son père qu'il devait joindre. Ils passèrent leurs coups de téléphone, postés de chaque côté du véhicule. Quand ils eurent terminé, ils s'installèrent côte à côte, tous deux de bonne humeur.

— Toi d'abord, fit Tom. Il y avait un problème ?

— Absolument pas. C'étaient d'excellentes nouvelles, au contraire. Elle a appris qu'un restaurant vendait tout un lot de matériel de cuisine, des cuisinières comme neuves, un énorme congélateur. On peut aller regarder tout ça après être passés voir ton père.

Tom demeura silencieux.

— Et toi, alors ? reprit Cathy.

Son père avait accepté de se charger des travaux de gros œuvre mais, pour cela, il était obligé de décaler le chantier de quelqu'un d'autre. Si Tom parvenait à régler cette histoire en douceur tout en préservant la réputation de l'entreprise Feather, le marché serait conclu.

— Il est déjà sur le chantier avec deux de ses ouvriers. Les Maguire ont envoyé une autorisation ; ils veulent que leur équipement soit débarrassé et vendu. Papa et son équipe sont en train de vider le bâtiment. Crois-tu que tu pourrais faire un saut là-bas ?

— Bien sûr.

Cathy espérait seulement que cela ne les dérangerait pas de parler de leur travail à une femme.

— Il préfère encore parler du chantier avec une femme qu'avec moi, assura Tom.

— Et toi, tu as quelque chose de plus important à faire, c'est ça ?

— Oui. Je dois aller trouver un architecte et le persuader gentiment que mon père et son équipe ne sont pas une bande de rigolos.

— Que vas-tu lui dire ?

— La vérité. C'est peut-être surprenant, mais ça marche presque toujours. Je vais lui expliquer que le jeune Feather a une occasion unique de monter son entreprise. Peut-être même cette entrevue débouchera-t-elle sur de bons contacts pour nous... sait-on jamais.

Il avait un sourire tellement engageant... Cathy savait que cela marcherait.

JT Feather était un homme extrêmement respectueux de la loi. Les choses devaient se dérouler dans les règles, en accord avec la législation, sans contournement ni compromis.

Cathy gara la camionnette et constata avec plaisir que l'endroit paraissait déjà plus dégagé. Les ouvriers avaient travaillé dur.

— Vous savez que c'est tout à fait illégal de faire ça avant que le contrat soit signé ?

— Vous avez reçu leur fax, monsieur Feather. C'est ainsi qu'ils veulent procéder.

— Durant toute ma vie, j'ai travaillé selon le principe qu'on ne touche pas un endroit tant qu'on ne le possède pas légalement.

Il ne cessait de froncer les sourcils.

— Nous recevons le matériel cette semaine ; il faut bien que nous puissions le brancher quelque part.

— Ah, pas cette semaine, Cathy, soyez raisonnable, enfin ! Les sols doivent être refaits, on doit piquer les murs et les regarnir, il y a un gros travail de peinture... Il reste une bonne centaine de détails à régler.

— Nous discuterons des détails plus tard. Tom vous l'a expliqué, monsieur Feather, nous devons être opérationnels à la fin du mois.

— Ce garçon a toujours été un doux rêveur ; il n'a aucune notion du travail que ça représente. J'espère que vous n'avez pas pris son emploi du temps au sérieux, une fille raisonnable comme vous ?

— Son emploi du temps est aussi le mien, croyez-moi, et il se trouve que nous devons organiser une réception le dernier vendredi de ce mois.

— Ne nous précipitons pas, jeune fille, le travail doit être fait correctement.

— Non, nous n'avons pas le temps de le faire correctement. Trois autres traiteurs auront vu le jour et nous auront volé le contrat si nous n'agissons pas rapidement.

— Mais les normes, Cathy...

Il était pâle d'angoisse. Etait-ce mieux ou pire que son irresponsable de père, qui aurait hypothéqué sa propre maison pour miser sur la prochaine course ?

— Je ne voudrais pas vous retarder plus longtemps, monsieur Feather, il faut que je prenne des mesures pour le matériel que je vais acheter aujourd'hui.

— Aujourd'hui ?

Elle l'entendit suffoquer mais feignit de ne rien remarquer. Sortant son mètre, elle pénétra dans la pièce qui se vidait de minute en minute à mesure que les imposantes machines étaient chargées sur des remorques. Elle s'agenouilla pour calculer la place réservée au congélateur. Geraldine avait dit qu'il était immense sans pour autant préciser ses dimensions. La jeune femme était en train de noter les mesures dans son carnet lorsque le père de Tom la rejoignit, déboutonnant son col de chemise afin de pouvoir respirer plus facilement.

— Dites-moi que ça n'arrive pas aujourd'hui !

— Oh non, non, pas du tout. Je vais juste les voir aujourd'hui. La vente aux enchères a lieu demain, ils seront livrés à la fin de la semaine. Je vous dirai où placer les prises avant la fin de la journée. Vous pensez que l'électricien pourra venir demain matin, très tôt ?

— Le monde a bien changé, marmonna-t-il.

— A qui le dites-vous, monsieur Feather !

Tom l'appela.

— J'ose à peine demander... comment ça va ?

— Pas trop mal. Et de ton côté ?

— J'ai pris le temps de tout leur expliquer, je leur ai vanté nos compétences et je leur ai dit que nous leur enverrons une brochure. Redonne-moi l'adresse de l'endroit où se trouvent le congélateur et les cuisinières, et je te retrouve là-bas.

Son amie June l'appela pour l'inviter à prendre un verre dans un bar à vin.

— Je n'aurai peut-être jamais plus le temps de mettre les pieds dans un bar à vin, répondit Cathy en s'extirpant péniblement de l'endroit exigu qu'elle était en train de mesurer.

— Je sens que tu vas être très drôle quand tu seras femme d'affaires, répliqua June avec aigreur, avant de raccrocher.

Neil l'appela.

— Comment ça s'est passé avec le notaire ?

Elle lui répondit qu'il ne semblait y avoir ni piège ni problème.

— Il y a toujours des pièges et des problèmes dans le domaine juridique. C'est d'ailleurs grâce à ça que la plupart des juristes gagnent leur vie !

— Eh bien, nous n'avons rien remarqué pour le moment, insista Cathy, s'accrochant à l'espoir que, pour une fois, tout pourrait se dérouler sans anicroche.

— En tout cas, tu es en de bonnes mains.

— A quelle heure seras-tu à la maison ?

— Seigneur, je n'en sais rien. Pourquoi ?

— Comme ça. C'est seulement parce que les enfants...

— Oh, mon Dieu, je les avais oubliés, ces deux-là. Où sont-ils ?

— A St Jarlath's.

— Tu les as laissés chez tes parents ?

— Il fallait bien que je les laisse quelque part, Neil. Je ne pouvais tout de même pas les emmener chez le notaire avec moi ! Ni ici, sur un chantier plein de gravats, ni dans une vente aux enchères où je m'apprête à me rendre pour acheter du matériel de cuisine.

— Mais, Cathy...

— Quoi ?

— Rien... rien. A plus tard.

Très peu de gens étaient intéressés par le matériel de cuisine. Il y avait à peu près tout ce qu'ils voulaient.

— C'est triste, non ? fit Cathy dans un murmure.

— Je sais, dit Tom. J'étais justement en train de me faire cette réflexion. Les rêves de quelqu'un d'autre sont en train de partir en fumée.

— Ça ne nous arrivera pas, déclara Cathy avec une assurance qu'elle était loin d'éprouver.

Toute la journée, leurs portables continuèrent à sonner. Le notaire avait besoin d'un renseignement, JT Feather venait de découvrir un autre problème, Marcella leur proposait d'aller voir un film à la première séance, James Byrne réclamait une précision. Où qu'ils se rendent, ils ne trouvaient jamais de place pour se garer. Ils ne réussirent à joindre aucune des personnes dont ils avaient besoin. A quatre heures, affamés mais toujours aussi pressés, ils durent se contenter de deux barres chocolatées et d'une banane que Tom alla acheter à la hâte. La journée toucha malgré tout à sa fin et ce ne fut qu'en prenant la direction de St Jarlath's Crescent que Cathy réalisa qu'elle y avait laissé les enfants beaucoup trop longtemps. Une bouffée de culpabilité l'assaillit. Pour couronner le tout, elle n'avait rien acheté pour le dîner. Ils prendraient un plat à emporter sur le chemin du retour. Quel bel exemple pour un traiteur...

Ça lui faisait toujours drôle de longer cette petite rue bordée de maisonnettes où elle était née et avait passé la plus grande partie de sa vie. Son père lui racontait souvent avec une pointe de fierté le jour où il avait transporté leurs biens dans une carriole qu'il poussait devant lui. Maintenant, Cathy remontait tranquillement cette même rue au volant de sa camionnette blanche ou de la Volvo de son mari. C'était comme si elle contemplait son passé de très loin, un passé où tout aurait changé et, en même temps, où tout serait resté pareil. C'était l'endroit où sa mère s'évertuait encore à faire plaisir à Hannah Mitchell l'insatisfaite, bien qu'elle eût depuis longtemps cessé de travailler pour elle. L'endroit où sa mère était en admiration devant ces deux petits diables pour la simple raison qu'ils portaient le nom des Mitchell. Oh, pourvu qu'il n'y ait pas eu de drame ! Pourvu que sa mère n'ait pas ciré leurs chaussures et que son père ne les ait pas délestés de leur argent de poche !

Les jumeaux étaient tout seuls dans la cuisine, les yeux fixés sur le four. La table et leurs habits étaient couverts de farine. Ils avaient fait de la pâtisserie, lui expliquèrent-ils, parce que c'était tout ce qu'il y avait à faire ici, et la femme de Muttie les avait aidés à confectionner une tourte à la viande qu'ils emporteraient à la maison car c'étaient toujours les enfants du cordonnier les plus mal chauffés.

— Chaussés, corrigea Cathy.

— Chauffés, chaussés, ouais, peu importe, fit Simon.

— Vous vous êtes bien amusés ?

Comme elle avait aimé, elle, se tenir à cette même table pour aider sa mère à faire la cuisine !

— Pas vraiment, répondit Simon avec arrogance.

— Il dit que ce n'est pas un travail d'homme, expliqua Maud.

— C'est juste que je ne m'attendais pas à faire ça. On ne fait pas ça chez nous, se plaignit Simon.

— C'est toujours bon d'apprendre, intervint Cathy, refrénant son envie de le gifler.

Sa mère leur avait enseigné à préparer une tourte et il ne trouvait rien de mieux à faire que de se plaindre.

— Qu'avez-vous appris aujourd'hui ?

— J'ai appris qu'il fallait affûter les couteaux pour découper la viande. Tu as des couteaux bien affûtés pour ton entreprise de service ?

— Mon entreprise de restauration ? Oui, j'ai des couteaux bien affûtés, merci, Simon.

— La femme de Muttie a une manière drôlement efficace d'ajouter du sel et du poivre dans la farine, commença Maud. Elle secoue le tout dans un sachet en papier, tu le savais ?

— Oui, maman m'a appris à faire ça aussi.

— Moi, je n'avais encore jamais vu ça avant, observa Simon d'un ton suspicieux.

— Tu n'avais jamais fait de pâte avant que la femme de Muttie nous montre comment il fallait faire, lança Maud, méprisante.

— Pour l'amour du ciel, appelez-la Lizzie, s'écria Cathy, à bout de patience.

— C'est que... on ne connaissait pas son prénom, fit Maud, visiblement surprise.

— Elle nous a dit qu'elle travaillait pour tante Hannah comme bonne ou femme de ménage, un truc comme ça, ajouta Simon. Et on lui a expliqué qu'on détestait tante Hannah et qu'elle nous détestait aussi.

— Je suis sûre que votre tante Hannah ne vous déteste pas, vous vous trompez, murmura Cathy.

— Si, je crois qu'elle nous déteste vraiment. Parce que, sinon, pourquoi on serait en train de préparer une tourte chez Muttie et sa femme Lizzie au lieu d'être à Oaklands ?

Simon analysait la situation avec la plus grande désinvolture.

— En tout cas, on lui a dit qu'on était beaucoup mieux ici qu'à Oaklands pour plein de raisons, annonça Maud, et on lui a dit aussi qu'on pourrait peut-être revenir demain.

Cathy les considéra d'un air incrédule. Ces enfants étaient tellement détachés, tellement sûrs d'eux ! Voilà ce que c'était que de s'appeler Mitchell. Ils la dévisagèrent comme pour deviner ses pensées. Elle devait à tout prix se souvenir qu'ils n'avaient que neuf ans, que leur père avait déserté la demeure familiale et que leur mère était internée dans un hôpital psychiatrique. Quant à leur frère, on ne pouvait pas compter sur lui. Ils traversaient une période très difficile.

— On leur a vraiment dit ça, insista Maud.

— Dit quoi ? fit Cathy.

— Qu'on continuerait à venir les voir jusqu'à ce que tout soit rentré dans l'ordre aux Beeches, expliqua Simon.

— Et qu'ont-ils répondu ?

— Muttie a dit qu'il n'y voyait aucun inconvénient et sa femme Lizzie a dit que tout dépendrait de tante Hannah.

— Où sont-ils en ce moment ? demanda Cathy, saisie d'une sourde angoisse.

Etait-il possible que ces deux garnements déchaînés aient poussé à bout ses pauvres parents au point de les faire fuir ?

— Muttie a dit qu'il allait faire un tour chez le marieur... commença Maud.

— Le parieur, rectifia Simon.

— Un truc en « eur », en tout cas, et sa femme Lizzie est en haut au téléphone avec sa fille qui l'appelle de Chicago.

Cathy s'assit dans la cuisine. Ça aurait pu être pire, songea-t-elle.

— Il ne faut pas que tu nous déranges, on doit la surveiller jusqu'à ce qu'elle devienne brun doré, reprit Simon.

— Qui est ce parieur ? voulut savoir Maud. Et le cordonnier mal chauffé ?

— Est-ce qu'ils viennent dîner avec nous ce soir ? C'est pour ça qu'on a préparé la tourte ? renchérit Simon.

Cathy se sentait épuisée mais elle se souvint d'avoir posé des tonnes de questions à sa tante quand elle était enfant ; ce qu'elle appréciait par-dessus tout, c'était que sa tante s'efforçait toujours d'y répondre.

— Pour ce qui est du cordonnier, c'est un proverbe. Ce que maman voulait dire, c'est qu'un cordonnier fabrique tellement de chaussures pour ses clients qu'il n'a jamais le temps d'en faire pour ses propres enfants, qui sont obligés de rester pieds nus.

— Pourquoi ils n'achètent pas leurs chaussures dans un magasin ? questionna Maud.

— Mais est-ce qu'il va venir dîner, oui ou non ? insista Simon.

— Pas ce soir, répondit Cathy d'un ton las. Un jour, il viendra dîner avec nous, je pense, mais pas ce soir.

L'affaire que Neil avait défendue faisait la une de tous les journaux ; ils avaient gagné la bataille, pour le moment en tout cas. De célèbres militants pour les droits de l'homme avaient envahi le tribunal, on parlait d'une grande marche de contestation, un visa de trois mois avait finalement été accordé, ce qui était plus que ce qu'ils avaient espéré. Cathy eut à peine le temps de jeter un coup d'œil au journal du soir en conduisant les enfants à la cuisine. Après leur avoir donné des instructions sur la manière de mettre la table, elle alla prendre une douche. Neil avait laissé un mot pour dire qu'il était sorti boire un verre et manger une glace. Elle était en train d'enfiler un T-shirt propre et un jean quand il entra dans la chambre.

— Les deux en bas m'ont dit qu'ils avaient fait une tourte... C'est vrai ?

— Je crois que c'est plutôt ma mère qui a travaillé. Félicitations, j'ai vu dans le journal que tu étais un héros. Jonathan devait être ravi... ?

— Disons qu'il était plutôt abasourdi ; le point positif, c'est qu'on a réussi à mobiliser énormément de personnes autour de cette affaire. Ce ne sera pas aussi facile pour eux la prochaine fois ; ils ne pourront plus se débarrasser de lui comme d'un vulgaire paquet du jour au lendemain.

L'enthousiasme de Neil se lisait sur son visage. Il aurait pu en parler toute la nuit. Cathy inclina légèrement la tête de côté. En comparaison, sa journée lui parut tout à coup d'une banalité affligeante.

Il lui caressa la joue.

— Tu es adorable, tu sais. Dommage que nous n'ayons pas le temps de...

— Je crois que nous n'aurons plus le temps pour ce genre de chose à l'avenir. A propos, Maud a dit à ma mère que nous nous accouplions une fois par mois.

— Grand Dieu, c'est vrai ? Quelle drôle de réflexion !

— C'est pourtant une des choses les plus douces qu'ils aient dites. Allez, n'y pensons plus, allons dîner et boire pour célébrer ta victoire.

Simon avait mis la table.

— Le cordonnier ne vient pas, c'est sûr ? demanda-t-il d'un air soucieux.

— Le cordonnier ?

Occupé à déboucher une bouteille de vin, Neil suspendit son geste.

— Ne pose pas de question, je t'en supplie, ne pose pas de question, murmura Cathy.

— Les cuisinières vous ont plu ? voulut savoir Geraldine le lendemain matin.

— Elles sont parfaites ; nous allons en prendre deux, plus un réfrigérateur, un congélateur, une friteuse et un lot de casseroles.

— Formidable. Tom était content ?

— Il était ravi ; nous avons mis des prix défiant toute concurrence sur les choses qui nous intéressaient et ils doivent nous rappeler ce soir. Je ne peux pas y aller aujourd'hui parce que je dois rencontrer les électriciens. JT Feather a enfin déniché un électricien qui commence sa journée avant midi et je dois le rencontrer dans quelques minutes. Tom est parti voir d'autres fournisseurs.

— Tu as le temps de déjeuner ? Tu pourrais passer à l'hôtel. Des chefs étrangers doivent composer un buffet, tu pourrais toujours leur voler quelques idées.

— J'adorerais, Geraldine, mais je n'ai pas une minute à moi. On doit encore passer voir notre assureur, remplir d'autres formulaires, modifier la nature des locaux, et j'ai repéré quelques soldes intéressants. Je pensais y faire un saut juste avant notre rendez-vous avec James Byrne ; j'ai besoin de tissu pour les rideaux.

— Tu vas te tuer.

— Les débuts sont toujours fatigants.

— Peux-tu me dire pourquoi ces affreux gamins ne retournent pas dans leur famille ? demanda Geraldine.

— Parce qu'ils n'ont plus de vraie famille. Aux dernières nouvelles, on aurait aperçu leur père à Leeds. Du coup, leur mère a de nouveau perdu la tête.

— Puis-je savoir ce que font ma sœur et son énergique mari avec ces jumeaux infernaux toute la journée ?

— Tu connais maman, elle demande aux voisins de s'occuper d'eux quand elle part travailler et elle leur apprend à faire la cuisine.

— Sage initiative ; au moins, ils sauront se débrouiller s'ils retournent chez eux... Et qu'en pense Neil ? Ils sont sous sa responsabilité, après tout.

— Il dit qu'on ne peut pas les envoyer dans un foyer.

— Et donc, ils se retrouvent chez ta mère.

— Et chez nous le soir, observa Cathy.

— Ça doit être très drôle.

— Neil a du mal à travailler avec eux. Mais ne t'inquiète pas, ce n'est que temporaire.


— M. Feather n'est pas avec vous ? demanda James Byrne lorsque Cathy le rejoignit devant le bâtiment, comme convenu, en fin d'après-midi.

Le bruit des perceuses résonnait violemment à leurs oreilles.

— Pourriez-vous l'appeler Tom ?

Cathy espérait que son sourire éclatant compenserait la fatigue que trahissait sa voix.

— Bien sûr, si vous préférez, répondit James Byrne d'un ton poli.

— Vous comprenez, on a tellement de choses à l'esprit en ce moment que, quand vous dites « M. Feather », je songe immédiatement au père de Tom, qui est en train de travailler à l'intérieur, mort d'inquiétude pour le cas où les Maguire rentreraient d'Angleterre en hélicoptère et viendraient tournoyer au-dessus de sa tête en lui défendant de faire ci ou ça.

— J'ai réussi à le tranquilliser à ce sujet.

— Comment diable y êtes-vous parvenu ?

— Je me suis arrangé pour qu'il parle aux Maguire au téléphone.

Cathy et Tom n'avaient même pas eu droit à ce privilège. Elle s'abstint toutefois de questionner cet homme réservé, un peu bizarre.

— Parfait. Voilà qui explique le regain d'activité à l'intérieur. Voulez-vous voir ce que nous avons fait jusqu'à présent ?

— Et Tom Feather ?

— Il ne viendra pas aujourd'hui. Nous sommes obligés de nous partager le travail car nous ne pouvons pas nous trouver ensemble partout à la fois. Cela ne vous dérange pas que je sois seule ?

Elle était pâle et avait l'air épuisée. Contre toute attente, il se pencha vers elle et lui tapota la main.

— Tout va bien, Cathy, murmura-t-il.

— M'man, je me sens vraiment redevable à ton égard, déclara Cathy en se laissant tomber sur une chaise dans la cuisine de St Jarlath's Crescent.

— Il ne faut pas. Au moins, ils ont empêché ton père d'aller jouer aux courses.

Lizzie servit deux grandes tasses de thé.

— Tu veux dire qu'il les a emmenés pour la journée ?

— Au zoo, rien que ça. Ils n'y sont encore jamais allés !

— Et papa les y a emmenés avec son argent à lui ?

— Apparemment, il a gagné quelque chose aux courses hier.

— Ils ont été un peu plus polis, aujourd'hui ?

— Pas vraiment.

— Où sont-ils en ce moment ?

— Ils sont en train de dessiner ; on ne les entend plus.

Muttie leur avait donné des feuilles en leur demandant de dessiner l'animal qu'ils avaient préféré au zoo. Simon avait dessiné une dizaine de serpents, portant chacun un nom. Quant à Maud, elle avait choisi de dessiner six chouettes.

— Muttie dit qu'il ne voit aucun inconvénient à ce que nous prenions une chouette à la maison, lança-t-elle à l'adresse de Cathy dès qu'elle l'aperçut.

— Ah bon ? Eh bien, il ira dire ça à tes parents quand ils rentreront aux Beeches.

— Ils ne rentreront peut-être jamais, fit observer Simon d'un ton joyeux. Muttie dit que les serpents poseront peut-être plus de problèmes.

— Il a sans doute raison. Excuse-moi, Simon, pourquoi dis-tu que tes parents ne rentreront peut-être jamais ?

— Eh bien, on n'a aucune nouvelle de notre père et les nerfs de notre mère ne vont pas bien du tout, je crois.

— Je vois.

Cathy alla rejoindre sa mère à la cuisine.

— Qu'est-ce que je vais faire, maman ?

— Quelques jours, ça va, mais amener ces enfants ici plus longtemps, ça n'arrangerait pas tes affaires. Tu ne vois donc pas que ça ne fait que la contrarier, en plus de tout le reste ?

— Que veux-tu dire par là : en plus de tout le reste ?

— Ecoute, je te l'ai déjà dit mille fois, c'est cette histoire de création d'entreprise. Les gens comme eux, Cathy, ces gens-là s'attendent à ce que tu sois reconnaissante et heureuse d'avoir fait un aussi bon mariage. Tu devrais rester à la maison et remplir tes devoirs d'épouse auprès de Neil.

— Oh, maman, pour l'amour de Dieu...

— Non, c'est à ton tour de m'écouter, pour une fois. Je ne suis peut-être pas aussi intelligente ni aussi cultivée que toi. Je ne peux pas répondre aux gens comme tu le fais, mais une chose est sûre : je les connais bien. Je cire leurs parquets, d'accord, mais j'en profite pour les écouter parler et laisse-moi te dire une bonne chose : ils ne sont pas comme nous et nous ne sommes pas comme eux.

— Nous sommes mieux qu'eux, beaucoup, beaucoup mieux.

Le regard de Cathy lançait des éclairs.

— Je t'en prie, ne recommence pas...

— C'est toi qui as commencé, maman. Dis-moi ce que tu trouves de bon chez une vieille peau de vache comme Hannah Mitchell, une femme qui pointe le bout de son parapluie en direction des pieds des chaises pour te forcer à te mettre à quatre pattes, qui jette son sachet de thé dans l'évier que tu viens de nettoyer, qui prend les belles serviettes propres que tu viens de plier pour essuyer le parquet. Montre-moi ce qui est bon en elle, une seule qualité chez cette femme qui refuse d'accueillir deux pauvres gosses qui font partie de sa belle-famille.

— Chut, Cathy, ne parle pas si fort.

— Non, je parlerai fort si je veux. Je hais cette femme qui leur a tout bonnement tourné le dos et je méprise son mari ; ils sont sa chair et son sang, après tout. Je sais que ce sont de petits monstres et qu'ils sont complètement loufoques, mais ils ont un bon fond et ce n'est tout de même pas leur faute si tout le monde les a abandonnés et que personne ne veut d'eux.

Elle s'interrompit en voyant l'expression de sa mère se figer. C'était effectivement ce qu'elle redoutait. Simon et Maud se tenaient derrière elle, dans l'embrasure de la porte, bouche bée. Il ne faisait aucun doute qu'ils avaient tout entendu.

— Salut, Lizzie, c'est Geraldine.

— Désolée, Ger, elle vient juste de partir.

— Qui donc ?

— Cathy. Ce n'est pas à elle que tu voulais parler ?

— Non, c'est à toi. Comment allait-elle, au fait ?

— Pas très bien. Elle s'est énervée pendant qu'on discutait et elle a commencé à débiter des horreurs sur le compte des Mitchell devant ces deux gosses qui n'y sont pour rien. Et, bien sûr, ils n'en ont pas perdu une miette.

— Qu'est-ce qu'elle a fait, alors ?

— Elle leur a dit qu'elle leur expliquerait tout dans la camionnette, en rentrant à la maison. Dieu seul sait ce qu'elle compte leur expliquer. Elle risque plutôt de s'enfoncer, si tu veux mon avis.

— Tu ne les reprends pas demain ?

— Bien sûr que si, où veux-tu qu'ils aillent, sinon ?

— Comment les occupes-tu, si je puis me permettre ?

— Je leur ai dit d'apporter leur linge sale ; je vais leur montrer comment se servir d'un lave-linge et comment étendre leurs affaires...

— Pas possible...

— Ensuite, je dois aller faire le ménage dans des appartements et ils pourront nager un peu dans la piscine. Il n'y a personne dans la journée. Je suppose que tu ne...

— Tu supposes bien, quelle que soit la suite de ta phrase. Je t'appelais au sujet de Marian.

— Marian ?

— Lizzie, ton cerveau ramollit ou quoi ? Tu as une fille qui s'appelle Marian, qui vit à Chicago et qui vient te voir bientôt. Elle voudrait savoir si elle peut coucher avec son petit ami.

— Elle voudrait quoi ?

— Tu as bien entendu.

— Pourquoi me demande-t-elle la permission si c'est son intention ? De toute façon, ils font tous ça là-bas.

— Pas à Chicago, à Dublin, quand elle sera chez toi.

— Elle t'a appelée de Chicago pour te demander ça à toi ?

— Elle m'a chargée de te demander avec tact si Harry et elle pourraient coucher dans la même chambre quand ils viendraient te voir. Et c'est ce que je suis en train de faire... te le demander avec tact.

— Je ne sais pas, Ger, c'est une chose de faire l'autruche, c'en est une autre quand ça se passe sous ton propre toit. Je ne sais pas ce que Muttie en pensera...

— Muttie pensera avant tout à la somme qu'il lui faudra miser à Wincanton, ironisa Geraldine.

— C'est si évident que ça ?

— Dois-je lui dire que oui, ils auront une seule chambre ?

— Je ne sais pas.

— Et que tu ne sais pas si tu vas la repeindre en vert pâle ou en beige rosé ?

— Quoi ?

— Quelle couleur ? Personnellement, j'opterais pour du vert et je dirais à Marian de m'apporter un ensemble de serviettes de toilette vert foncé pour aller avec. Les Américains adorent offrir des serviettes de toilette, mais il leur faut la couleur.

— Mais, Ger, qui va se charger de la peinture ? Tu sais bien que Muttie a mal au dos.

— Bien sûr que je le sais. C'est nous qui allons nous en charger, toi et moi, et si nous disposons toujours de cette main-d'œuvre enfantine, nous ferons d'eux nos apprentis avant de les envoyer ramoner les cheminées.

— Ger, ne sois pas ridicule, fit Lizzie en riant malgré elle.

La bataille était gagnée.


La camionnette blanche s'arrêta devant un marchand de glaces. Cathy acheta trois cônes et ils s'installèrent confortablement sur la banquette avant pour les déguster.

— J'ai toujours pensé qu'on se régalait autant avec une glace en été qu'en hiver, commença la jeune femme.

— Pourquoi tu détestes notre père et notre mère ? demanda Simon.

Cathy haussa les épaules.

— Comment pourrais-je les détester ? Je les connais à peine. Ils ne sont même pas venus à notre mariage.

— Alors qu'est-ce que tu criais à Lizzie ?

— Vous savez très bien ce que je lui disais. C'est votre tante Hannah que je déteste. Ce n'est ni votre papa ni votre maman, il faut me croire.

— Pourquoi tu détestes tante Hannah ?

— Vous la détestez, vous aussi, vous l'avez assez souvent répété, se défendit Cathy.

— Mais toi, tu n'as pas à la détester, et en plus tu es mariée à Neil.

— C'est bien ça le problème. Elle n'a jamais approuvé notre mariage ; elle trouve que ma famille et moi n'avons aucune classe. Ça m'agace, vous comprenez.

— Tu aimerais avoir de la classe ? interrogea Maud.

— Non, oh non, ce n'est pas ça du tout. Je me fiche bien de ce qu'elle pense de moi, j'estime que j'ai suffisamment de classe comme ça. Mais elle méprise ma mère, et ça, je ne peux pas le lui pardonner.

— Tu veux qu'on ne le répète à personne ?

Les pupilles de Simon se rétrécirent car il entrevoyait déjà les avantages et le pouvoir fabuleux que ce secret lui octroierait.

— Répéter quoi ? s'enquit Cathy, les yeux écarquillés.

— Tout ce que tu as raconté sur notre père qui passe son temps à vagabonder et notre mère qui noie son chagrin dans l'alcool.

— Mais c'est la vérité, n'est-ce pas ?

— Oui, admit Simon, beaucoup moins assuré. Mais est-ce que tu veux qu'on ne répète à personne que tu détestes tante Hannah ?

— Dites-le à qui vous voudrez ; personnellement, je ne lui dirai pas que vous la détestez, c'est une simple question de politesse. Mais ce n'est pas un secret.

Simon vit son pouvoir occulte disparaître en fumée. Il fit une dernière tentative.

— Et si on le disait à Neil ?

— Neil en a marre de l'entendre, Simon, mais si tu veux le lui redire, vas-y, n'hésite pas. Bon, allons chercher quelque chose à manger pour ce soir... puisque vous ne nous avez pas préparé de tourte aujourd'hui.

Ils terminèrent leurs glaces et s'éloignèrent. Un petit sourire flottait sur les lèvres de Cathy.

Au restaurant chinois, les enfants étudièrent le menu avec attention.

— Neil et toi, vous êtes riches ou pauvres ? s'enquit Simon.

— Disons qu'on est sans doute plus riches que pauvres, mais, si je peux me permettre, c'est le genre de question qu'on évite de poser aux gens... A titre indicatif.

— Mais alors, comment on peut le savoir ? demanda Maud avec intérêt.

— Il faut parfois accepter le fait qu'on ne peut pas tout savoir.

— Mais là, j'avais besoin d'une réponse.

— Ah bon ?

— Oui, pour savoir combien de plats on pouvait commander, expliqua Simon comme si c'était la chose la plus naturelle.

— Oh, je vois. Eh bien, nous sommes quatre.

— On pourrait prendre le menu impérial A pour cinq, suggéra Maud.

— D'accord. Ce menu impérial A me plaît bien.

— Tu ne veux pas regarder le prix des plats avant ?

— Non, Simon, je ne veux pas.

— Alors tu dois être très riche, bien plus riche que ton père.

— Comment ? fit Cathy, épuisée.

— Muttie, ton père. Est-ce que tu entends des trucs dans ta tête, comme lui ?

— Je ne savais pas qu'il entendait des trucs dans sa tête.

— Si, tout le temps. Des bruits de sabots qui galopent, comme des coups de tonnerre.

— Oh, comme aux courses, bien sûr.

— Il dit qu'ils galopent au même rythme que son cœur. Tu savais ça, Cathy ?

Maud tenait toujours à partager ses découvertes.

— Je ne crois pas, non.

— Et Muttie dit aussi que ce bruit fait couler le sang plus vite dans les veines en même temps qu'il égaye la vie.

— Ah oui ? On devrait essayer ça, alors, déclara-t-elle en s'emparant de la carte afin de commander le menu impérial A pour cinq personnes.

— Je suis désolée pour vous, vraiment désolée, observa Cathy.

— Pourquoi ?

— Parce que ce bruit de sabots va finir par vous rendre sourds et que vous n'aurez jamais de temps ni d'argent pour faire autre chose, répondit-elle d'un air sévère.

De retour à Waterview, les jumeaux mirent la table, se lavèrent les mains et s'assirent sagement.

— Tu veux une canette de bière ? proposa Simon.

— Grand Dieu, non, merci quand même, Simon.

— C'est juste que Muttie dit que ça l'aide à se détendre.

— Je suis parfaitement détendue.

Le téléphone sonna. C'était Tom.

— Tout va bien ? demanda-t-il.

— Je m'accroche, Tom.

— Les gosses sont toujours avec toi, je suppose ?

— Tout à fait.

— Bon, le reste s'est bien passé ?

— Etonnamment, oui, il n'y a eu aucun problème. Et de ton côté ?

— Ça a été. Fatigant, mais sans désastre.

— Fatigant, oui, comme tu dis, renchérit Cathy en soupirant.

— Tu prendras un jour de repos la semaine prochaine, j'y veillerai.

— Je sais que je peux compter sur toi. Je suis heureuse que tout se soit bien passé. Bonne chance, Tom.

Elle raccrocha et retourna à table.

— Est-ce que Tom travaille comme serveur ce soir ? demanda Maud.

— Comme traiteur, corrigea Cathy.

— Oui, alors ?

— En quelque sorte, oui. Comment est la sauce aux champignons noirs ?

— Un peu salée mais ça va. On peut finir ça ?

Simon vidait à la cuillère l'une des petites boîtes.

— Bien sûr, j'ai assez mangé et j'ai mis la part de Neil au four.

— Et le marieur ne viendra pas ?

— Non, Simon, il ne viendra pas.

— J'espère qu'il ne viendra jamais, dit Simon. Tu te fâches toujours quand on parle de lui.


— Ils retournent à l'école la semaine prochaine, annonça Cathy à Neil un peu plus tard, quand ils furent couchés.

— Les choses devraient devenir un peu plus faciles.

— Dis-moi, Neil...

Il posa la revue juridique qu'il était en train de lire et se tourna vers elle.

— Je sais déjà ce que tu vas me demander, et la réponse est : aucun.

— Et que vais-je te demander ? lança Cathy en riant.

— Quels projets ai-je faits pour les jumeaux aujourd'hui ? répondit-il avec un sourire contrit. Chérie, j'ai eu une journée chargée.

— Je sais ! La mienne aussi a été plutôt remplie.

— Je sais, je sais, et puis je suis rentré tard mais, tu comprends, je n'arrive pas à travailler avec eux à la maison. Alors je suis resté dans un café. C'est quand même terrible de ne pas oser rentrer chez soi à cause de deux gamins qui n'arrêtent pas de poser des questions.

— Tous les enfants font ça, je crois.

— Dès demain, je lance la procédure pour qu'ils deviennent pupilles sous tutelle judiciaire, annonça Neil.

Elle le dévisagea, choquée :

— Mais ils vont être placés dans un établissement, un foyer, une famille d'accueil, chez de parfaits inconnus !

— Nous étions de parfaits inconnus pour eux il y a encore quelques jours...

— Ils font partie de la famille.

— Pas de la tienne ni de la mienne.

Neil s'efforçait de rester ferme et maître de la situation :

— Je ne peux pas supporter ça plus longtemps. J'ai rencontré ce petit imbécile de Walter aux Four Courts[1] aujourd'hui ; figure-toi qu'il prend tout ça avec le plus grand détachement. Il doit travailler, il doit voir ses amis, il doit partir skier, bref il ne peut rien faire pour nous.

— Tu lui confierais les jumeaux ne serait-ce que pour deux heures ?

— Ça n'affecte pas seulement mon travail, ça affecte aussi le tien. Je ne laisserai personne tout gâcher maintenant. Nous nous sommes trop investis pour que des gamins sabotent nos efforts en un rien de temps.

— Ce genre de choses arrive tous les jours, partout dans le monde.

1. Palais de justice de Dublin, composé de quatre tribunaux. (*N.d.T.*)

— C'est peut-être différent avec ses propres enfants, bien que cette expérience m'ait clairement prouvé que nous avions raison de ne pas en vouloir. Le simple fait de regarder Maud et Simon me conforte dans cette opinion.

— Nos enfants ne ressembleraient pas à Maud et Simon, intervint Cathy en pouffant.

— Je n'ai aucune envie de le savoir, en tout cas, fit Neil d'un ton boudeur. Ecoute-moi, Cathy, je te promets de te débarrasser d'eux au plus vite. On doit bien pouvoir trouver de l'argent là-bas, quitte à hypothéquer les Beeches, je ne sais pas. De cette manière, on pourrait continuer à avoir un œil sur eux.

— Tu sais tout comme moi que nous n'aurons pas voix au chapitre lorsqu'ils seront placés. Attends encore quelques jours. D'ici là, nous en apprendrons peut-être davantage.

Il l'attira contre lui. Et elle resta allongée, les yeux grands ouverts, un long moment après.

Geraldine continuait à se rendre à son bureau avant huit heures. Le matin, elle s'occupait des relations publiques et de la publicité pour la chaîne hôtelière tandis que trois autres employés se chargeaient du fichier de clients qu'elle avait constitué lorsqu'elle avait créé son entreprise. Elle jeta un coup d'œil à la liste pour voir si elle pourrait éventuellement en orienter certains vers Scarlet Feather. Le grand magasin Haywards avait prévu d'organiser un défilé de mode dans quelques mois mais désirait réserver un hôtel. Il n'y avait donc rien là pour Cathy. Le restaurant Chez Quentin proposait une présentation des prix culinaires, mais, évidemment, ils feraient appel à leurs propres chefs. Des fabricants de meubles de jardin souhaitaient organiser une exposition ; peut-être y aurait-il une possibilité ici, mais elle devrait d'abord se renseigner sur le lieu de l'événement — inutile d'envoyer ces deux jeunes gens dans un endroit affreux, rempli de tondeuses à gazon et de râteaux où personne ne prêterait attention à la qualité de leurs mets.

En quelques jours, une foule de choses avait avancé. Les appareils électriques avaient été installés, les étagères montées, et Tom et Cathy attendaient le reste du matériel. Les embrasures des fenêtres et la porte avaient été peintes en rouge vif.

James Byrne leur avait dit avec une gravité extrême que les Maguire s'étaient déclarés satisfaits du déroulement des opérations. Le notaire leur avait expliqué que, dans le domaine juridique, il était tout à fait normal que les choses progressent lentement, et qu'aucun élément fâcheux n'était apparu concernant les titres de propriété. Marcella les soutenait beaucoup et mourait d'envie de les aider concrètement. Geraldine leur avait déjà fourni des noms de clients potentiels. Cathy et Neil avaient décidé qu'ils ne pouvaient pas abandonner Maud et Simon comme cela mais qu'en même temps leur présence permanente à Waterview était trop pesante et qu'ils avaient besoin de respirer un peu, eux aussi. Lizzie et Muttie, de leur côté, semblaient satisfaits de la situation et leur trouvaient des milliers d'occupations dans la maison et ses environs. La semaine suivante, ils retourneraient à l'école. Tel était le compromis. Neil leur avait dit qu'une sorte d'allocation avait été octroyée par son père. En fait, il s'agissait de sommes d'argent que Jock et Hannah, assaillis par la culpabilité, verseraient jusqu'à ce que la situation se débloque. Ils étaient convenus que Muttie et Lizzie percevraient une somme fixe pour s'occuper de Maud et Simon après l'école, et que les enfants dormiraient alternativement à Waterview et à St Jarlath's. Deux maisons au lieu d'une. Maud et Simon donnèrent leur accord : ce nouvel arrangement leur convenait.

— Surveille tes manières, Maudie, gronda le père de Cathy.

Muttie avait une façon bien à lui de réprimander les extravagances des jumeaux, sans jamais paraître contrarié.

— Je ne te remercierai jamais assez, maman, déclara Cathy.

— Arrête tes sottises, Cathy, leur présence apporte une espèce de rythme aux journées de Muttie. Il les aime beaucoup.

— Je me demande comment c'est possible, ils sont odieux parfois. Veille bien à ce qu'ils fassent leurs lits, la vaisselle et le reste. Ils ont laissé des serviettes mouillées partout dans la salle de bains de Waterview. J'ai cru que Neil allait craquer.

— Non, non, tout va bien, assura sa mère. Et puis Neil nous donne tellement d'argent... Je vais pouvoir arrêter de travailler pour Mme Gray.

— Celle qui est aussi dure que Hannah ?

— Oh, cette pauvre Mme Mitchell est une véritable sainte par rapport à Mme Gray, répliqua Lizzie en riant.

Neil s'était tellement investi dans ses visites régulières à St Jarlath's Crescent que Cathy se sentit dans l'obligation de passer à Oaklands. Etait-elle la seule femme sur cette terre à être obligée de réfléchir à un prétexte avant de rendre visite à sa belle-mère... ? Elle ne voulait pas trahir son excitation liée aux premiers pas de leur entreprise ; elle ne voulait pas non plus parler des locaux qui se transformaient à vue d'œil, Hannah ayant ouvertement désapprouvé toute l'affaire. Elle ne tenait pas à aborder le sujet de la nièce et du neveu de Jock Mitchell, qui habitaient à temps partiel à St Jarlath's Crescent avec celui que Hannah avait coutume d'appeler le « bon à rien de mari » de cette « pauvre Lizzie ». Elle ne pouvait pas non plus lui raconter qu'elle avait confectionné des strudels pour Mme Ryan, car elle serait aussitôt accusée d'avoir prospecté des clients lors du réveillon. Mme Mitchell ne portait aucun intérêt à ce que Neil et elle avaient fait dans leur maison de Waterview, ce qui n'était pas plus mal, les choses n'ayant pas beaucoup avancé depuis quelque temps. Quoi qu'il en soit, elle se devait, au moins pour Neil, d'entretenir des relations avec sa belle-famille.

Au volant de sa camionnette, elle remonta l'allée d'Oaklands à quatre heures de l'après-midi, songeant déjà au petit reniflement dédaigneux de Hannah quand elle l'accueillerait. Mais aujourd'hui, Cathy était décidée à l'ignorer et à bavarder d'un ton léger, aussi brièvement que possible sans toutefois donner l'impression qu'elle était juste passée déposer quelque chose. Elle avait apporté une fougère au feuillage épais : une plante qui résisterait à la chaleur tropicale qui régnait à Oaklands. Elle frappa à la porte.

— Cathy.

Sa belle-mère n'aurait pas eu l'air plus étonnée si une troupe de danseurs de claquettes s'était tenue sur le perron.

— Oui, madame Mitchell, je vous ai envoyé un petit mot pour vous dire que je passerais aujourd'hui.

— Ah bon ? Oh, c'est bien possible...

— Mais peut-être avez-vous déjà de la visite...

— Non... non, je suis simplement surprise de vous voir. Entrez, je vous en prie.

— Je vous ai apporté ceci. Elle pourra...

Cathy s'interrompit et lui tendit la plante verte. Sa belle-mère devait avoir perdu la tête... Elle semblait tomber des nues alors même que Cathy l'avait prévenue de sa visite par courrier quelques jours plus tôt...

— Merci beaucoup, ma chère.

Sans même lui accorder un seul regard, Hannah Mitchell déposa la plante sur la table de l'entrée.

— Puisque vous êtes là, allons dans la cuisine, nous y serons plus à l'aise, déclara-t-elle en précédant Cathy.

Cette dernière serra les dents. Elle avait l'impression de sentir un nerf tressauter sur son front... ou bien était-ce un effet de son imagination ? Mme Mitchell recevait rarement dans la cuisine. Les invités, la famille, bref tous les visiteurs étaient reçus au salon. Cathy adressa un sourire grimaçant à son reflet dans le miroir. Son image la surprit ; ses traits étaient tirés, elle avait l'air épuisée, ses cheveux ternes étaient coincés derrière ses oreilles. Pour le lancement de Scarlet Feather, elle aurait intérêt à soigner davantage son apparence, ou les clients potentiels prendraient peur en la voyant.

— Vous avez vraiment mauvaise mine, commenta Hannah Mitchell.

— Je crois que j'ai attrapé une de ces grippes qui ne durent que vingt-quatre heures, répondit Cathy tout à trac.

Elle vit Hannah s'éloigner légèrement, comme si elle craignait d'attraper d'horribles microbes.

— Mais ce n'est pas contagieux, rassurez-vous, ajouta-t-elle d'un ton léger.

La conversation fut laborieuse. Cathy demanda des nouvelles d'Amanda, la sœur de Neil qui vivait au Canada et apprit qu'il y avait eu un problème avec la compagnie de téléphone de l'Ontario ; en outre, Amanda travaillait dans une entreprise qui ne possédait ni fax ni courrier électronique. Cathy parvint à demeurer impassible en écoutant les explications de sa belle-mère. Elle ignorait qui, d'Amanda ou de sa mère, avait inventé toute cette histoire. En tout cas, le résultat était là, et c'était bien triste. Si elle parvenait à garder ce mot-là à l'esprit, « triste », elle survivrait à cette visite.

Lizzie Scarlet, qui avait frotté des années durant ce parquet d'Oaklands ainsi que les pieds de la table de la cuisine, se trouvait à ce moment à St Jarlath's Crescent, en train de servir un verre de lait accompagné d'une part de gâteau sablé à Simon et Maud ; elle les aiderait ensuite à faire leurs devoirs. Plus tard, ils s'installeraient devant un jeu vidéo et, ce soir, apprendraient à repasser, suprême récompense... On étudierait les pronostics pour les courses hippiques du samedi, et quelques voisins passeraient à la maison. Il y aurait de l'animation. Cathy savait aussi que sa tante Geraldine devait se rendre à un dîner organisé par une ambassade dans la soirée. Pour l'occasion, elle s'était offert une tenue à couper le souffle chez Haywards. Les deux amies de Cathy, Kate et June, l'avaient invitée à une soirée qu'elles donnaient mais elle avait refusé ; elle préférait dîner en tête à tête avec Neil dans leur maison de Waterview... Peut-être auraient-ils ainsi la possibilité de « s'accoupler » plus d'une fois par mois. La description que Maud avait faite de sa vie sexuelle s'avérait hélas prophétique. Shona Burke, quant à elle, avait rendez-vous avec un homme qu'elle avait rencontré la semaine précédente, un homme dont elle ne s'attendait pas à ce qu'il la rappelle. Tom délaissait également Scarlet Feather, ce soir-là, pour emmener Marcella dans une boîte à la mode où elle pourrait être remarquée. Ricky leur avait confié qu'il y avait beaucoup de gens de la mode en ville. M. et Mme JT Feather se rendaient au concert d'un ténor irlandais et le très secret James Byrne avait laissé entendre qu'il allait au théâtre. Et en cette soirée froide et pluvieuse de janvier, Hannah Mitchell tapota ses cheveux et lissa son élégante jupe en laine. Elle n'avait personne à voir et nulle part où aller. Cathy garda cette réflexion à l'esprit tandis qu'elle se forçait à conserver un sourire poli et intéressé.

A leur grande surprise, les choses avancèrent plus vite que prévu. Ils prirent connaissance des normes sanitaires et remplirent un formulaire pour recevoir une attestation de conformité. Ils firent peindre leur logo sur la camionnette blanche : une longue plume rouge[1] qui donnait l'impression de s'envoler. Le nom de l'entreprise et son numéro de téléphone étaient inscrits au-dessous. Ils s'adressèrent à un imprimeur pour commander les cartes de visite, les brochures et les invitations à la soirée de lancement.

— Je connais cette adresse, c'est là-bas que se trouvait l'imprimerie Maguire, déclara le vieil homme qui les reçut pour convenir d'une police de caractères.

— C'est exact. Nous venons de racheter les locaux. Vous les connaissiez ? C'étaient de bons imprimeurs ?

— Ah, les meilleurs pendant un temps, mais ensuite les choses ont changé, et puis il y a eu cette histoire.

— Quelle histoire ?

L'homme les dévisagea à tour de rôle et parut se ressaisir.

— Je ne sais pas, je ne me souviens plus vraiment.

— Ils sont en Angleterre maintenant, l'informa Tom.

— Que Dieu veille sur eux où qu'ils se trouvent, marmonna le vieil homme.


Dans la camionnette, Cathy demeura silencieuse.

— On ne saura jamais, Cathy. Arrête d'y penser, fit Tom.

— On avait bien senti que quelque chose ne tournait pas rond mais, évidemment, ce n'est pas James qui nous en dira davantage.

— Ça ne fait rien.

— Tu ne veux pas en savoir plus ? Les hommes manquent tellement de curiosité, parfois !

— Disons plutôt que nous sommes plus terre à terre. Allons prendre un café. On en profitera pour faire la liste des choses qu'il nous reste à faire.

Ils en étaient arrivés à travailler hors de chez eux, Cathy ayant certains scrupules à occuper tout le bureau de Neil et Tom se sentant coupable de chasser Marcella de la cuisine ou du salon. Non pas que ces derniers leur aient adressé des reproches — en fait, aucun d'eux ne s'était jamais plaint, mais ils n'avaient pas le temps de les aider concrètement. Neil avait des réunions ou

1. En anglais, *scarlet feather* signifie littéralement « plume écarlate ». (*N.d.T.*)

des consultations presque tous les soirs de la semaine ; quant à Marcella, elle s'était inscrite à un stage d'aérobic aquatique en vue de tonifier sa silhouette déjà parfaite. Tous deux les auraient volontiers aidés s'ils avaient eu davantage de temps libre.

Ce fut ainsi que Neil se retrouva un soir perché sur un escabeau, un pinceau à la main. Un autre jour, ce fut Marcella qui les aida à coudre les rideaux. Et puis, il y eut la fameuse soirée où Neil et Marcella se tordirent de rire en lisant les normes concernant l'aération des locaux. Pliés en deux, ils énonçaient des phrases comme : « appareils dégageant de la vapeur » et « taille du filet 16, diamètre maximum des pores 1,2 millimètre obligatoirement traité contre les mouches ». Ayant déjà rencontré ce genre de consignes pendant leurs études, Cathy et Tom restèrent de marbre face à l'hilarité de leurs compagnons.

Il y avait aussi leurs principaux sponsors, toujours très bienveillants.

— Si je ne croyais pas en vous, je n'aurais jamais investi l'argent que j'ai gagné à la sueur de mon front, avait déclaré Geraldine.

— Comment peut-elle se permettre de nous donner un tel pactole ? demanda Tom un jour.

— Aucune idée. J'ai cru pendant un temps qu'elle se faisait entretenir par un vieil amant plein aux as mais, apparemment, ce n'est pas ça. Elle a dû faire des investissements intéressants, voilà tout.

— Jusqu'à présent, du moins, avait dit Tom en touchant du bois.

Joe Feather leur avait écrit de Londres.

— Pourquoi ne rend-il jamais visite à tes parents ? Ils aimeraient tant le voir... fit remarquer Cathy.

— Je ne sais pas, répondit Tom. Par égoïsme, peut-être.

Cathy leva les yeux vers lui. « La vie est décidément pleine de mystères », songea-t-elle tristement avant de dresser la liste des invités pour leur soirée d'inauguration.

— Ricky a des relations intéressantes, commença-t-elle.

— Je me suis conduit comme un sale rustre à sa soirée du réveillon, répondit Tom d'un air penaud.

— C'est tellement exceptionnel chez toi qu'il ne s'en souviendra sûrement pas, affirma Cathy.

— Peut-être que si.

— Je t'en prie, si c'était moi qui réagissais comme ça, tu me dirais d'arrêter de croire que le monde tourne autour de ma petite personne.

Tom ne put s'empêcher de rire.

— C'est vrai, tu as raison. Très bien, nous demanderons à Ricky d'ouvrir son carnet d'adresses, ainsi qu'à Shona et, bien sûr, à quelques personnes de notre promotion. A part ça, je crois qu'on devrait se borner à inviter les amis et la famille, qu'en penses-tu ?

— Tout à fait d'accord, bien qu'aucun de mes amis ni personne de ma famille ne soit susceptible de nous apporter des clients éventuels. Les bookmakers ne sont pas du genre à faire appel à un traiteur pour leur service du matin, les associés de mon père non plus, comme il se plaît à appeler ses copains turfistes.

— Pareil pour moi, fit Tom. Mais ce n'est pas le but non plus.

— Pouvons-nous conclure un petit marché, toi et moi ? Si tu n'invites pas tes beaux-parents, je n'invite pas les miens non plus, reprit Cathy d'un ton implorant.

— Je n'ai pas de beaux-parents, tu le sais pertinemment, et tu es obligée d'inviter les tiens, comme tu le sais également.

— C'était juste un rêve, soupira Cathy. Elle va gâcher la soirée de tout le monde si elle vient, et elle fera la tête pendant six mois si j'ai le malheur de ne pas l'inviter.

— Qu'en pense Neil ?

— Qu'en pense-t-il, à ton avis ? Il me dit que c'est à moi de voir. Comme si ça m'avançait...

— Alors on l'invite ?

— J'en ai bien peur. Marcella compte-t-elle dans son entourage des gens odieux qui pourraient gâcher la soirée ?

— Non, elle n'en a jamais parlé, en tout cas.

— Parfait ; si je comprends bien, je suis la seule à inviter le grand méchant loup, ironisa Cathy. Terminons cette liste. Devons-nous inviter des gens célèbres ? Peut-être viendront-ils, qui sait ?

— Excellente idée. Invitons des célébrités, approuva Tom, enthousiaste.

Et l'ombre de Hannah Mitchell s'éloigna rapidement d'eux.

— Qu'est-ce qu'on va faire pendant la soirée ? s'enquit Maud.

— Je ne crois pas que vous y assisterez, répondit Cathy.

— Mais où on ira, alors ? demanda Simon.

— Tu comprends, Simon, cette soirée est organisée pour des gens plus âgés.

— Je dirais plutôt : pour des gens de tous les âges, corrigea Simon, qui semblait avoir réfléchi à la question.

— Oui, mais pas pour des enfants de neuf ans, insista Cathy en s'efforçant de rester calme.

— Où on ira, alors ? Tu y vas, Neil y va, Muttie et Lizzie y vont, tante Hannah et oncle Jock aussi. Il n'y aura personne pour nous garder.

— En venant nous chercher à l'école, Muttie a dit que nous irions, nous aussi.

A bout de patience, Cathy remercia mentalement son père pour son précieux soutien. Puis elle se souvint que c'était lui qui allait attendre les jumeaux tous les jours devant les grilles de l'école, ce qu'aucun des Mitchell ne semblait disposé à faire. Il fallait qu'elle réfléchisse. Surtout, ne pas céder à la panique.

— Walter... C'est votre grand frère Walter qui vous gardera.

Cathy éprouva la même satisfaction qu'un magicien qui sort un lapin de son chapeau.

— Non, il a prévu d'aller skier ! s'écria Maud d'un ton triomphant.

— On pourrait s'occuper du vestiaire. Muttie pense que ce serait une bonne mission pour nous, intervint Simon.

— Ah oui ? Et vous aurait-il, par hasard, parlé de la mission qu'il me réservait pour cette soirée ou bien a-t-il uniquement programmé la vôtre ?

— Non, il ne nous a rien dit, répondit Simon, très sérieux. A mon avis, il doit penser que tu sais déjà ce que tu dois faire, comme c'est ton entreprise de serveurs.

— Traiteur, corrigea Maud d'un ton guindé.

Une pointe d'hystérie teinta le rire de Cathy.

Les Feather demandèrent à Tom s'ils auraient dû répondre à son invitation par écrit.

— Tu as réussi à garder ton calme ? s'enquit Cathy.

Elle était en train de préparer la pâte à choux.

— Très difficilement. Je m'en suis même voulu d'entendre le sarcasme dans ma voix lorsque je leur ai demandé s'ils avaient peur d'être refoulés à l'entrée.

— Ils n'ont pas l'habitude de sortir, c'est comme mes parents, remarqua-t-elle.

— Peut-être, mais les tiens, au moins, ne toucheront pas les murs du bout des doigts en déclarant à tous les invités qu'il aurait vraiment fallu passer une autre couche...

— Si ça peut te consoler, ma mère voulait apporter une blouse en Nylon jaune pour faire la vaisselle dans l'arrière-cuisine. On a eu trois grosses disputes à ce sujet. Quant à mon père, il veut apporter ses canettes de bière parce que le bon vin lui donne mal à la tête.

Cathy avait terminé de remplir les petits moules et elle régla le minuteur.

— Tu as Geraldine, qui veillera au bon déroulement des choses et se chargera de faire la conversation à tout le monde, observa Tom en découpant les poulets avec des gestes experts.

— Et toi, tu as ton frère, sexy en diable, qui séduira toutes les femmes de l'assistance. Je compte sur lui pour faire son petit numéro de charme, j'adore le voir passer à l'action. C'est fou de les voir toutes tomber dans le panneau.

— J'avais peur au début que Marcella succombe elle aussi à son charme ravageur mais, Dieu merci, ça n'a pas été le cas.

— Marcella ? S'éprendre de lui alors qu'elle t'avait, toi ?

— Il est très habile, tu sais.

Tom semblait encore inquiet.

— Je dirais plutôt très prévisible et ta Marcella est bien trop intelligente pour se laisser prendre.

L'attitude de cette dernière avait déconcerté Cathy, quelques jours avant leur grande soirée. Elle les avait énormément aidés en coulisse, rentrant le soir de Haywards pour enfiler un jean et une paire de gants en caoutchouc, indispensables pour le salut de ses mains : elle acceptait sans rechigner toutes les petites tâches qu'on lui proposait. En revanche, elle refusait obstinément de faire le service pendant la soirée.

« Ecoute, Cathy, tu es bien placée pour comprendre ce que c'est que d'avoir un rêve, un objectif, avait-elle tenté de lui expliquer. Tom et toi avez concrétisé le vôtre. Moi, non. Je veux être mannequin. Je sais que je peux y arriver, je suis aussi bonne qu'une autre et j'ai dépensé des fortunes dans des cours et des photos pour mon book. Mais je ne peux pas jouer le rôle de serveuse dans une soirée, ou bien c'est tout ce que je serai, manucure et serveuse.

— Il y a pire, avait répliqué Cathy d'un ton abrupt.

— Et toi, tu aurais pu être dactylo ou vendeuse mais tu voulais davantage », avait répliqué Marcella.

Elle avait également refusé de s'occuper du vestiaire ; elle serait là comme invitée, un point c'est tout. Bien sûr, elle les aiderait plus tard à tout ranger, mais pas pendant la soirée. Impossible de la faire changer d'avis. Cathy n'insista pas trop. Après tout, elle devait encore annoncer à Tom que les terribles jumeaux feraient peut-être partie des invités. C'était ça, être associés, il fallait prendre et donner.

James Byrne accepta l'invitation. Cathy fut à la fois étonnée et ravie.

— Bien entendu, s'il y a quelqu'un que vous... euh... que vous voulez inviter... commença-t-elle d'un ton hésitant.

— Merci, mais je viendrai seul.

Ils s'appelaient à présent par leurs prénoms, bien que cet arrangement ne semblât pas le mettre à l'aise. Il était tellement courtois, tellement « vieille école » ! Et tellement prudent ! L'affaire avec les Maguire était presque conclue. Pourtant Cathy et Tom n'avaient quasiment rien appris sur eux. En revanche, ils en savaient un peu plus sur James.

Il habitait un appartement en rez-de-jardin dans une grande demeure victorienne de Rathgar. Il avait été comptable dans une grosse ville de province et vivait à Dublin depuis cinq ans. Et, bien sûr, il était à la retraite. Ils ne cherchèrent pas à savoir comment il occupait ses journées ni s'il trouvait le temps long. Ils n'osèrent pas non plus le questionner sur son éventuelle famille. Leurs conversations, bien que chaleureuses et détendues, ne sortaient jamais du cadre professionnel. Un jour, Tom lui avait demandé s'il connaissait quelqu'un qui pourrait leur servir de comptable. Une matinée par semaine serait probablement suffisante pour commencer, peut-être même moins. Alors s'il avait une idée...

— Je serais ravi de m'en charger, répondit James Byrne.

— De trouver quelqu'un ? fit Cathy.

— Non, de faire votre comptabilité, si vous êtes d'accord. Deux heures par semaine seront assez au début.

— Mais, monsieur Byrne... James... on ne voudrait pas vous embêter avec ça... bredouilla Tom.

Consciente de sa solitude et de son inactivité forcée, Cathy avait décrété d'un ton ferme :

— Mais bien sûr, si vous acceptez de nous prendre à l'essai, cela nous enchantera.

Un sourire inhabituel éclaira le visage de James Byrne, le rendant séduisant. Encore grave, certes, mais vraiment très séduisant.

— J'ai acheté une robe pour ta mère et je lui ai pris un rendez-vous chez le coiffeur, déclara Geraldine.

— Tu vas te ruiner, protesta Cathy.

— Pas chez le coiffeur que ta mère tient à garder, coûte que coûte... si tant est qu'elle y aille vraiment.

— Mais la robe ?

— Je l'ai trouvée à Oxfam, fit Geraldine en la fixant de son regard bleu et limpide, un regard qui mentait.

— C'est faux. Elle vient de chez Haywards.

— Qu'est-ce qui te fait croire ça ?

— Shona Burke t'a vue en train de l'acheter.

— Petite curieuse ! s'écria Geraldine en riant.

— Si ma mère savait qu'elle va porter une robe de chez Haywards, elle se retrouverait directement à l'« hôpital pour les nerfs », comme dit Maud, dans le lit voisin du mien. Oh, Geraldine, que vais-je bien pouvoir faire de ces gosses ?

— On doit pouvoir trouver quelqu'un à St Jarlath's Crescent, une voisine.

— Il y aurait une bonne douzaine de personnes, c'est clair, mais maman émet des réserves au sujet de chacune d'elles et je ne veux pas qu'elle passe sa soirée à se demander ce qu'ils font et s'ils vont bien.

— D'accord, d'accord, tu n'as qu'à me les confier, déclara Geraldine. Je me débrouillerai pour qu'ils soient pris en charge par le service de garde d'enfants de l'hôtel Peter.

— Qu'est-ce que c'est que ça, exactement ?

— Pour eux, ce sera beignets de poulet et frites, film et baignade dans une piscine chauffée s'ils en ont envie.

— Tu ferais ça, vraiment ?

— Bien sûr que oui ; n'oublie pas que je dois veiller sur mon investissement demain soir !

— Ça n'a rien à voir avec un investissement, c'est un véritable salut que tu nous apportes, comme d'habitude, d'ailleurs.

Geraldine secoua la tête :

— Arrête tes bêtises. Tu es épuisée mais, tu verras, la soirée de demain sera un vrai succès. Et, si les sponsors sont confiants, tout le monde doit l'être. Reparle-moi du menu, tu veux ?

— Vous passerez la soirée à l'hôtel demain, déclara Cathy à l'adresse de Maud et Simon.

— J'aimerais autant aller à la fête, fit le garçonnet.

— Pour t'aider, compléta Maud.

— Je sais, c'est très gentil de votre part, mais, pour être franche, il n'y a pas tant de place que ça là-bas et, croyez-moi, vous allez beaucoup vous amuser à l'hôtel.

— Est-ce que Walter va à ta soirée puisqu'il ne va pas skier, finalement ? voulut savoir Maud.

— Je crois, oui. Il n'a pas répondu mais je pense qu'il viendra.

— Est-ce qu'il va travailler pour vous ? reprit Simon.

— Même si tous les invités gisaient sur le sol, complètement déshydratés, suppliant qu'on leur donne à boire, je refuserais que Walter Mitchell vienne me prêter main-forte, répondit Cathy.

— Quelle drôle de fête ! dit Simon à sa sœur. Tout bien réfléchi, je crois qu'on sera mieux à l'hôtel.

Neil était debout et habillé lorsque Cathy se réveilla en sursaut.

— Doux Jésus, quelle heure est-il ?

— Détends-toi, il n'est pas encore sept heures.

— Pourquoi es-tu déjà levé ?

— C'est le grand jour aujourd'hui, répondit Neil.

Mon Dieu, elle avait oublié. Aujourd'hui, Scarlet Feather deviendrait une réalité avec la soirée d'inauguration, la brochure... Bref, une entreprise toute prête à fonctionner.

— Je sais. J'ai encore du mal à y croire.

Dans sa chemise de nuit rayée, Cathy se leva. Elle se frotta les yeux et secoua ses cheveux.

— Je sais qu'il n'est encore que sous-secrétaire d'Etat, mais c'est formidable qu'il ait accepté de participer à ce petit déjeuner. Comme il est avide de publicité, ça risque d'attirer l'attention de pas mal de monde.

Cathy se souvint alors que c'était un grand jour pour Neil, lui aussi, certains de ses collègues ayant réussi à organiser un petit déjeuner-débat avec un responsable du gouvernement, au sujet des prisonniers politiques.

— J'espère que ça va marcher, dit-elle d'une voix monocorde.

Il lui jeta un regard surpris mais elle demeura silencieuse.

— Bon, il faut que je file...

— A ce soir, murmura Cathy.

— Ah oui, c'est vrai, votre soirée d'inauguration. Ce sera formidable, chérie, ne te fais pas le moindre souci.

— Non, bien sûr.

Toujours la même voix monocorde. Neil revint sur ses pas et la serra brièvement dans ses bras.

— Je suis très fier de toi, tu sais.

— Je sais, Neil.

Mais elle se surprit à songer que tout cela valait plus qu'une rapide étreinte et une caresse sur le dos.

Ricky envoya l'un de ses photographes une heure avant l'arrivée des invités, juste pour faire quelques prises de vue du buffet avant qu'il soit pris d'assaut. June et Kate, les amies de Cathy, étaient tirées à quatre épingles dans leurs chemises blanches ornées du logo de l'entreprise. L'équipe posa à côté des plateaux de saumon, des longs plats ovales garnis de poivrons grillés, de salades colorées et des corbeilles à pain.

A cet instant, eux seuls tournaient nerveusement autour du buffet et, l'instant d'après, la salle grouillait de monde. La pièce de devant, qui deviendrait plus tard l'accueil, resplendissait. Ils avaient bien fait de choisir des canapés et des fauteuils anciens.

Leur nouveau système de classement était ingénieusement dissimulé dans un bureau. C'était un endroit calme, paisible, où les clients prendraient le temps de s'asseoir pour discuter des menus, du moins l'espéraient-ils. On était loin du décor blanc et acier qui habillait les cuisines, parfaitement équipées ; tout cela se trouvait derrière la porte. Ils avaient également pensé à dégager des espaces pour permettre aux invités de danser, un peu plus tard. Ce soir, la pièce de devant faisait office de vestiaire. Deux grandes barres métalliques flanquaient les murs, et une ravissante jeune femme rousse qui travaillait avec Geraldine — et qui ne trouvait pas, elle, que tenir le vestiaire dans une soirée était une tâche dévalorisante — distribuait des tickets aux invités et accrochait délicatement leurs manteaux.

June et Kate proposaient aux nouveaux arrivants un cocktail de bienvenue, permettant ainsi à Tom et Cathy de saluer et d'accepter les flatteries et les exclamations admiratives.

Neil ne faisait pas partie des premiers arrivés. Cathy avait prévu de le placer tout à côté de la porte afin qu'il puisse accueillir sa mère dès que celle-ci daignerait faire son apparition. Les parents de Cathy étaient déjà là, ébahis et mal à l'aise. Son père tordait entre ses mains sa casquette qu'il avait, pour une raison obscure, refusé de laisser au vestiaire, et parcourait la pièce d'un regard anxieux, à la recherche de quelqu'un avec qui il pourrait discuter. Vêtue d'une jolie robe en lainage vert qui avait dû coûter une petite fortune à sa sœur, Lizzie n'avait aucune idée de l'image flatteuse qu'elle donnait. Au contraire... Elle semblait chercher désespérément un endroit où elle pourrait se cacher.

— Maman, tu es superbe, lui assura Cathy, sincère.

— Oh non, Cathy, ce n'est pas vrai. Je suis moche comme tout. Je n'ai rien à faire là, au milieu de tous ces gens. Crois-tu que... ?

Pourquoi se sentaient-ils à ce point déplacés, comme si, d'un instant à l'autre, on allait les démasquer et les renvoyer chez eux ? Cathy avait déjà éprouvé ce sentiment, elle s'était posé toutes ces questions si souvent qu'elle les savait complètement vaines. Tom, de son côté, devait faire face à la même situation. JT et Maura Feather ne semblaient pas beaucoup s'amuser, eux non plus. La solution était peut-être là... Elle s'excusa auprès de son compagnon, un homme très aimable qui dirigeait une entreprise de ménage et d'entretien d'habitations — tous deux avaient décidé de collaborer en se faisant mutuellement de la publicité —, et alla s'occuper des présentations. Son idée ne se révéla pas excellente : au lieu de se soutenir moralement, ils se rendirent encore plus nerveux les uns les autres. Par ailleurs, chacun d'eux tira une certaine force et un sentiment de solidarité en réalisant que l'autre couple était tout aussi mal à l'aise. Le père de Tom déclara que, si quelqu'un voulait son avis, eh bien, ce n'était pas la peine de faire tout ce tintouin pour quelque chose qui avait été monté avec trop de précipitation. Ce à quoi Lizzie répondit qu'elle craignait qu'ils aient eu les yeux plus gros que le ventre. Maura ajouta que Tom aurait pu entrer dans l'entreprise de son père sans même devoir se salir les mains : il aurait eu son propre bureau et se serait chargé de prospecter la clientèle. Comme tous ces gens tirés à quatre épingles qui devaient avoir de quoi agrandir leurs maisons et, pourquoi pas, construire des résidences secondaires. Muttie, quant à lui, déclara que si sa Cathy et leur Tom étaient d'aussi bons cuisiniers, ils auraient pu travailler pour d'autres personnes sans mettre en jeu leur propre argent et auraient gagné une petite fortune en un clin d'œil, mais bien sûr, les jeunes d'aujourd'hui refusaient obstinément d'écouter la voix de l'expérience.

L'ambiance se détendait de minute en minute. Cathy croisa le regard de sa tante et, l'instant d'après, Geraldine était là à bavarder joyeusement, à pousser des exclamations admiratives, élargissant considérablement le cercle d'invités qui gravitaient autour d'elle. Le brouhaha s'amplifiait de minute en minute. Cathy s'autorisa enfin à respirer normalement ; tout allait bien. Elle se risqua même à parcourir la salle du regard. James Byrne avait appelé au dernier moment pour dire qu'il ne pourrait pas venir. Marcella était resplendissante dans une veste en soie impeccablement coupée et une longue jupe noire. Elle ne portait aucun bijou, alors que n'importe quelle babiole aurait trouvé sa place autour de ce cou long et gracile. Elle était belle ainsi, au naturel. Elle était d'ailleurs l'objet de nombreux regards admiratifs et Tom la couvait des yeux avec fierté. Cathy se réjouissait qu'elle n'ait pas choisi d'arborer une tenue trop sexy ; elle connaissait trop bien la tête de Tom en ces occasions.

Les invités continuaient à arriver. Les parents de Neil firent enfin leur apparition. Jock, avec son beau visage impassible, donnait toujours l'impression qu'il aurait préféré se trouver ailleurs. Courtois et attentif, il n'était pas complètement convaincant. Et à côté de lui se trouvait Hannah. Elle portait une robe violet foncé, à la coupe stricte, qui semblait ôter toute couleur à son visage. Son expression était contrariée avant même qu'elle eût franchi le seuil de la pièce. Mais elle ne trouverait aucune faute de goût ici, songea Cathy, en proie à un sentiment de triomphe. Elle ne pourrait faire aucun reproche. Aucun. Il y avait même quelques personnalités du spectacle et de la télévision parmi les convives. Globalement, c'était une foule élégante de gens bien élevés qui constituaient un vivier de clients potentiels. Toutefois, connaissant Mme Mitchell depuis sa plus tendre enfance, Cathy savait parfaitement décrypter ses expressions. Et, ce soir, cette dernière cherchait le conflit. Elle ne lui donnerait pas ce plaisir.

Le buffet remportait un franc succès : ils avaient eu raison de préparer des mets sophistiqués. Cathy aperçut son père, en pleine conversation avec un journaliste sportif, et sa mère, assise à côté de Mme Keane, une voisine de Waterview. A sa grande surprise, Hannah Mitchell se dirigea droit vers elles.

— Ah, je suis bien contente de vous voir, Lizzie ; laissez-moi votre chaise, voulez-vous, et vous serez gentille d'aller me chercher un assortiment de ces bouchées, ou canapés, enfin peu importe leur nom...

Elle parlait d'un ton autoritaire, comme quelqu'un qui savait d'avance qu'on lui obéirait. C'est d'ailleurs ce qui se serait passé si Cathy n'avait pas assisté à la scène. Lizzie se leva en priant sa voisine de bien vouloir l'excuser. Elle se voyait encore en femme de ménage de Mme Mitchell, prise en flagrant délit de bavardage avec quelqu'un qui n'était pas de son monde.

— Oui, madame Mitchell, désolée, madame Mitchell, que désirez-vous exactement... un peu de tout ?

Les résolutions de Cathy fondirent comme neige au soleil. Une bouffée de fureur la submergea. Cette femme venait de franchir toutes les limites de la courtoisie et du savoir-vivre.

D'une voix glaciale, Cathy ordonna à sa mère de se rasseoir auprès de Mme Keane. Sous le choc, Lizzie lui obéit et, jouant des coudes, Cathy réussit à entraîner Hannah Mitchell de l'autre côté de la pièce. Du bout des lèvres, elle demanda à June de lui apporter un tabouret et à Kate de lui préparer un assortiment de canapés.

— Vous n'étiez pas obligée de me pousser comme ça à l'écart de tout le monde, Cathy, vraiment.

— Je sais, c'est affreux quand la foule devient dense à ce point, n'est-ce pas ? Mais vous désiriez vous asseoir et je tenais à m'assurer que vous trouveriez une chaise libre.

Elle sourit jusqu'à ce que son visage se crispe de douleur. Hannah Mitchell ne fut pas dupe.

— J'avais trouvé une chaise idéalement située là-bas.

— Hélas non, c'était la chaise de ma mère. A présent, si vous voulez bien m'excuser... J'espère que vous passerez un bon moment.

Et elle s'éloigna, secouée de violents tremblements. Neil n'avait rien remarqué ; il était en train de parler avec Walter, aussi agité que d'habitude. Joe Feather fit son apparition ; il leur avait apporté une horloge ornée de reproductions d'anciens ustensiles de cuisine.

— Je me suis dit qu'il serait malvenu d'apporter à manger ou à boire ici ! Vous avez fait du beau boulot, c'est superbe... Je flaire l'odeur de la réussite partout !

Tom et Cathy le gratifièrent d'un sourire radieux. Il avait l'art de prononcer les bonnes paroles au bon moment. Dès qu'il arrivait quelque part, les gens affluaient autour de lui, comme attirés par un aimant.

On baissa légèrement le volume de la chaîne hi-fi. C'était l'heure des discours. Tom et Cathy s'encouragèrent mutuellement en levant les pouces en l'air. Ils avaient imaginé ce moment tant de fois... Pas de remerciements interminables comme aux Oscars. Pas de projection prétentieuse concernant leur réussite. Avant même de trouver les locaux, ils avaient répété ensemble le discours qu'ils prononceraient le jour de l'inauguration de Scarlet Feather. Ils prendraient la parole deux minutes chacun puis remonteraient le volume de la musique. Les gens poursuivraient leur conversation sans avoir l'impression d'avoir été interrompus.

Tout se déroula comme prévu. Une soirée aussi réussie ne méritait pas d'être suspendue plus de quatre minutes, applaudissements compris. Quand ils eurent terminé, ils se regardèrent. Avaient-ils vraiment dit ce qu'ils avaient préparé ? Ils ne s'en souvenaient déjà plus. Les félicitations s'abattirent sur eux de tous côtés, ils n'en entendirent qu'une partie. Quelques couche-tôt allèrent récupérer leur manteau, mais le noyau dur des invités semblait bien décidé à rester plus longtemps. Beaucoup plus longtemps.

— Quel dommage que nous n'ayons pas pensé à apporter un magnétophone ! s'écria Cathy.

— J'y ai pensé, moi.

Geraldine était à côté d'elle.

— Vous avez été excellents, tous les deux.

— Maman va bien ?

— Oui, arrête de faire tant d'histoires.

— Vous avez beaucoup de chance de pouvoir parler comme ça à Cathy, Geraldine. Si je me risquais à lui faire ce genre de remarque, elle m'étriperait.

— Ah, ce sont les immenses privilèges de la famille, lança Geraldine avant de disparaître.

JT et Maura Feather s'apprêtaient à partir.

— Je crois bien qu'ils n'ont même pas vu Joe, qui est encore à l'autre bout de la pièce, observa Cathy.

— Ne t'en mêle pas, Cathy. Joe saura où les trouver quand il aura envie de les voir.

— Tout de même, ce serait dommage de...

— C'est dommage depuis toujours, mais c'est ainsi qu'il fonctionne. Il refuse de faire des choses qui l'ennuient ; passer voir les parents à Fatima l'ennuie, donc il n'y va jamais. Voilà.

— Eh bien, il les verra ce soir. Joe, je crois que tes parents sont sur le point de s'en aller...

Joe était bien forcé de les saluer. Il feignit à la perfection le plaisir et l'étonnement : il complimenta sa mère pour le choix de sa robe, félicita son père pour le travail qu'il avait accompli et les accompagna rapidement à la porte.

Geraldine avait réservé un taxi qui viendrait prendre Muttie et Lizzie et les conduirait à l'hôtel où ils récupéreraient Simon et Maud. Quand la voiture arriva, aucun des époux Scarlet n'avait envie de partir. Muttie avait pris rendez-vous avec le journaliste sportif pour la prochaine grande course hippique où il serait invité à la tribune de presse. Lizzie devait rendre visite à Mme Keane dans sa maison de Waterview pour jeter un coup d'œil au nouveau balai que celle-ci venait d'acheter. Apparemment, il n'était plus nécessaire de frotter les sols à genoux, ce qui se révélait préférable, car les genoux de Lizzie se rappelaient douloureusement à son bon souvenir depuis quelque temps. Ce qui avait débuté par une conversation anodine sur les derniers appareils électroménagers se terminait par une invitation amicale. Cathy enveloppa sa mère d'un regard débordant de tendresse. Un jour viendrait, elle se le promit, où Lizzie n'aurait plus jamais besoin de lessiver le sol ailleurs que dans sa propre maison. Au moment où les Scarlet passaient dans la pièce de devant, Hannah les rejoignit.

— Vous voilà enfin, Lizzie, allez me chercher mon manteau, voulez-vous, ma chère ?

— Bien sûr, madame Mitchell. Votre fourrure ?

— Certainement pas pour une soirée comme celle-ci, voyons. Non, c'est mon manteau en laine noir... Oh, mais peut-être étiez-vous déjà partie quand je l'ai acheté.

— Avez-vous votre ticket, madame Mitchell ?

— Je n'ai pas la moindre idée de ce que j'ai bien pu en faire ; débrouillez-vous sans, chère Lizzie, et vite ; je n'ai aucune envie de m'attarder ici plus longtemps que ne me l'imposent les convenances.

Cathy s'empressa d'intervenir, plaquant sur son visage un sourire forcé.

— Maman, le chauffeur de taxi s'impatiente ; je m'occupe du manteau de Hannah.

Avec l'aide de Geraldine, elle parvint à entraîner ses parents jusqu'à la voiture qui les attendait dehors. Ce ne fut pas une sinécure.

— Merci d'être venus, vraiment, et merci d'avoir parlé à tout le monde. Vous êtes formidables, tous les deux, et merci encore de vous occuper des petits Mitchell. Je ne sais vraiment pas ce qu'ils seraient devenus sans vous, conclut Cathy en haussant délibérément la voix.

— Doucement, Cath, murmura Geraldine. Peut-être auras-tu besoin de Hannah et Jock un de ces jours.

— Pour quoi, tu peux me le dire ?

— D'accord, d'accord, mais vas-y doucement quand même.

— Entendu, merci, Geraldine.

Cathy se dirigea vers la jolie rousse qui tenait le vestiaire et désigna le manteau de sa belle-mère.

— Il semblerait que cette dame ait perdu son ticket. Pourrais-je récupérer ce manteau noir, s'il vous plaît ?

Elle l'ouvrit mais Hannah refusa de l'enfiler. Cathy posa le manteau sur une chaise. Elles étaient seules dans l'entrée.

— Vous êtes allée trop loin, Cathy Scarlet. Vous regretterez l'attitude que vous avez eue ce soir, souvenez-vous bien de ce que je vous dis.

— Et j'espère de tout mon cœur que vous regretterez la vôtre, madame Mitchell, vous qui ne cessez d'humilier ma mère dans le seul but de me contrarier. Figurez-vous que vous avez gagné, car vous m'avez contrariée, mais vous n'avez pas réussi à l'humilier, c'est impossible. Ma mère est une personne respectable et généreuse qui, sous prétexte qu'elle a accepté votre argent en échange de travaux durs et dégradants, se croit encore redevable envers vous.

Son insolence fit blêmir Hannah.

— Votre mère, aussi limitée soit-elle, en vaut dix comme vous.

— Je suis entièrement d'accord. Et elle en vaut cent comme vous, madame Mitchell, c'est exactement ce que je lui ai dit l'autre jour. Elle n'a rien voulu entendre, naturellement, mais c'est pourtant la vérité.

Hannah Mitchell suffoqua. Cathy poursuivit :

— Croyez-moi, je suis ravie que nous ayons cette petite conversation. Sachez que l'époque où je m'efforçais d'être polie avec vous est révolue.

— Vous n'avez jamais été polie envers moi, espèce de sale petite... petite...

Les mots lui manquèrent, tout à coup.

— Quand j'étais enfant et que je venais jouer dans votre jardin pendant que maman travaillait chez vous, je n'étais guère polie, je vous l'accorde, mais, depuis que j'ai épousé Neil, je me suis efforcée de le rester, j'ai même fourni de gros efforts. Je ne voulais pas lui compliquer la vie et, en outre, je me sentais sincèrement désolée pour vous, qui étiez tellement déçue par la femme qu'il avait choisi d'épouser !

— C'est vous qui étiez désolée pour moi ! répéta Hannah d'un ton hautain.

— Et je continue à l'être, d'une certaine manière, mais je refuse de continuer à jouer la comédie. Vous n'avez pas l'air de comprendre que je n'ai jamais eu peur de vous, jamais. Vous n'avez aucun pouvoir sur moi. Votre heure de gloire est terminée, Hannah Mitchell. Nous vivons dans une Irlande moderne, un pays où les enfants du personnel ont le droit d'épouser qui ça leur chante, un pays où votre aristo de beau-frère, si tant est qu'il en soit conscient, est bien content que Muttie et Lizzie aillent récupérer ses enfants dans le plus grand hôtel de Dublin et les ramènent à St Jarlath's Crescent, où il ne serait pas improbable qu'ils passent les dix prochaines années de leur vie...

Hannah l'interrompit.

— Quand vous me présenterez des excuses, Cathy, car vous le ferez, je vous le garantis, je refuserai de vous pardonner ou de mettre cela sur le compte de l'excitation qui vous habite à cause de tout cela, fit-elle en jetant autour d'elle un regard méprisant.

— Oh non, Hannah, je ne vous présenterai pas d'excuses, je pense sincèrement tout ce que je viens de vous dire. En revanche, si vous décidez de m'en faire pour avoir offensé ma mère à deux reprises ce soir, je prendrai le temps d'y penser et je demanderai son avis à Neil. Sinon, nous nous comporterons de manière courtoise en public mais nous n'entretiendrons plus aucun rapport privé. Maintenant, allez rejoindre votre époux ou partez. Comme vous voulez.

Sur ce, Cathy tourna les talons et s'éloigna, tête haute. A l'intérieur, elle croisa le regard anxieux de Geraldine.

— Elle est encore en vie, Geraldine, ne t'inquiète pas.

Cathy se servit son premier verre de la soirée. Un grand verre de vin rouge. Elle prit peu à peu conscience de l'alternative qui s'offrait à Hannah. L'espace d'un instant, elle souhaita que son père soit là pour parier sur ses chances. Mais, comme Muttie le disait souvent lui-même, il y avait des moments où les pronostics ne servaient à rien, des moments où seul comptait l'instinct. En l'occurrence, son instinct lui soufflait que Hannah ne parlerait pas de leur altercation. Si elle se plaignait de l'insolence de sa belle-fille, elle mettrait inévitablement en lumière son propre comportement. Hannah ne s'y risquerait pas. Cathy n'aurait donc pas besoin de s'expliquer. Elle sourit à l'idée qu'elle avait gagné... complètement, définitivement. C'était presque aussi jubilatoire que le succès de cette soirée.

— Je n'aime pas te voir boire du vin toute seule dans ton coin avec ce petit sourire satisfait aux lèvres, lança Geraldine d'un ton désapprobateur.

La musique jouait plus fort. Tom s'approcha de Marcella, enveloppa de ses mains son beau visage et commença à danser avec elle. June et Kate étaient elles aussi rattrapées par l'alcool et la danse. Comme dans un rêve, Cathy tendit les bras vers Neil et ils s'étreignirent avec ardeur. Par-dessus l'épaule de son époux, elle aperçut Jock Mitchell qui scrutait la foule à la recherche de sa femme. Il se dirigea finalement vers la porte. Joe Feather s'éclipsa discrètement. Walter coinça une bouteille de vin sous son bras avant de partir. Cathy ferma les yeux pour danser avec l'homme qu'elle aimait.

— A quoi penses-tu ? lui demanda-t-il dans le creux de l'oreille.

Tant de choses peuplaient son esprit qu'elle préféra se taire.

# 2

## FÉVRIER

— Dis-moi que nous avons tout rangé hier soir, je t'en supplie, murmura Tom d'une voix ensommeillée. Dis-moi que nous n'avons pas laissé de bazar derrière nous.

Marcella pouffa.

— Tu n'as tout de même pas oublié ce que tu as fait : tu as prévenu tout le monde que deux taxis arriveraient une demi-heure plus tard et que, d'ici là, il fallait que tout soit propre et impeccable !

— Je me souvenais vaguement d'un truc de ce genre mais j'avais peur que ce ne soit qu'un rêve.

— Tu nous as fait courir dans tous les sens comme dans un film en accéléré et, quand les taxis sont arrivés, les restes étaient protégés par du film étirable, rangés au frais, et le lave-vaisselle tournait.

— Je suis génial, lança Tom d'un ton joyeux.

— Bien sûr, acquiesça Marcella. Tu as parlé d'une centaine de verres qu'il faudrait encore laver mais tu étais très fier de voir toutes les poubelles pleines et alignées sur le sol propre.

— J'ai peur d'avoir un peu trop abusé de la bouteille, murmura Tom, penaud.

— Juste un peu à la fin. Cathy et toi, vous avez sifflé chacun une bouteille de vin en l'espace de dix minutes ; vous le méritiez bien, certes, mais vous n'aviez rien bu ni rien mangé de la journée.

122

Elle lui caressa le front et fit mine de vouloir se lever.

— Tu ne comptes tout de même pas me laisser seul le matin de mon triomphe et de ma légère gueule de bois ? fit Tom, gagné par une vive déception.

— J'ai mon cours de danse.

— C'est vrai.

Il avait oublié. Marcella n'avait pas besoin d'aller se remuer deux heures durant tous les samedis matin ; elle n'avait pas non plus besoin des autres cours qu'elle suivait assidûment. Sculpturale, éblouissante, elle faisait déjà tourner toutes les têtes. Pourtant, convaincue que ces activités faisaient partie de son apprentissage, elle travaillait dur pour se les payer. Après sa journée de travail et très tôt le matin, elle passait plusieurs heures à garnir les rayons de l'épicerie de Haywards. Seuls les membres de l'équipe voyaient Marcella Malone se livrer à un travail aussi peu valorisant. Et, comme elle se plaisait à le répéter, ces gens-là ne comptaient pas pour elle : ce n'étaient certainement pas eux qui lui ouvriraient les portes d'une agence de mannequins. Les autres la voyaient soit en esthéticienne à l'institut de beauté chez Haywards, soit en divine créature mondaine, souvent photographiée aux conférences de presse et dans les boîtes de nuit.

Tom comprenait pourquoi Marcella refusait de travailler comme serveuse pour Scarlet Feather. Ce serait un peu la fin du rêve pour elle, comme si elle admettait qu'aucun autre avenir ne l'attendait. En revanche, il n'était pas sûr que Cathy comprenait. A plusieurs reprises, il avait cru déceler un soupçon d'impatience sur le visage de son amie lorsqu'il lui expliquait que Marcella ne pourrait pas les aider. Neil, lui, ne répugnait jamais à porter les plateaux ou à charger la camionnette quand il se trouvait dans les parages. Ce qui arrivait rarement, à vrai dire. De toute façon, c'était plutôt normal : il s'était déjà fait un nom dans son domaine d'activité. Jeune avocat brillant et réputé, son visage apparaissait régulièrement dans les journaux. Il avait atteint son objectif. Alors que Marcella, elle, avait encore tout à faire.

Tom devait se rendre sur place pour s'occuper de ces verres et vérifier que tout avait été correctement rangé mais il était encore tôt. Ils avaient tellement trimé pour que la soirée de la veille soit un succès ! Il méritait bien une autre tasse de café. Il contempla par la fenêtre le paysage hivernal, les arbres dépouillés de leurs feuilles et la place humide qui encerclait Stoneyfield. Son père disait toujours que c'était absurde de laisser tant d'espace inutilisé alors qu'on aurait pu y construire au moins trois bâtiments. Si encore il s'était agi d'un vrai jardin avec de belles pelouses... Chaque fois, Tom tentait de lui expliquer, en vain, que les gens de la résidence n'étaient pas du genre à entretenir une pelouse. Ce dont ils avaient besoin, en revanche, c'était d'espace pour pouvoir manœuvrer leurs voitures ou bien, pour les sportifs comme Marcella, attacher leurs vélos sous des abris élégamment habillés. JT Feather, entrepreneur en maçonnerie, témoin vivant d'une époque où le « toujours plus » régnait en maître, était incapable de comprendre ce nouveau concept. Pas plus qu'il ne pouvait imaginer le montant du loyer que payaient Tom et Marcella. Mieux valait ne pas l'accabler avec ce genre de détails.

Les pensées de Tom se tournèrent vers son frère. Joe lui avait dit qu'il l'appellerait avant de prendre le chemin de l'aéroport, mais Joe avait tendance à oublier pas mal de choses dès qu'il s'agissait de la famille. Tom composa le numéro de l'hôtel.

— Tu as cru que j'oublierais de t'appeler, déclara Joe d'emblée.

— Toi ? Oublier d'appeler la famille ? Jamais !

— Je l'aurais fait, tu sais. Je tenais à te dire que vous avez fait du beau boulot, vos locaux sont magnifiques, très professionnels. Geraldine et moi pensons sincèrement que c'est un des meilleurs investissements de notre vie. On se l'est répété plusieurs fois hier soir.

— Elle est vraiment extraordinaire, cette femme, non ? Grande classe. Elle n'est pas à côté de toi, par hasard ?

Avec son frère Joe, tout était possible.

— Non, elle n'est pas là. Pas elle.

Tom secoua la tête. Ainsi, Joe avait séduit une de leurs invitées et l'avait entraînée jusqu'à son hôtel !

— C'est juste parce que je suis un vieux type morose qui n'a pas la chance d'avoir une ravissante épouse, contrairement à toi.

— Ce n'est pas encore mon épouse.

— Je sais, mais c'est tout comme, à en juger par la façon dont elle te couve du regard.

Ces paroles réchauffèrent le cœur de Tom ; Joe le savait bien.

— Je la connais ?

— Ah ah, fit Joe.

— Elle est avec toi en ce moment ?

— Dans la salle de bains. Tu as le temps de prendre un verre avec moi avant que j'attrape mon avion ?

— Je dois passer à Scarlet Feather... Je ne veux pas laisser tout le boulot à Cathy.

— Bon, je te retrouve là-bas dans une demi-heure.

Quelques minutes plus tard, Tom était prêt à partir. La camionnette n'était pas devant chez lui, mais à Waterview, chez Cathy. Il trouverait un taxi dans la rue. Ce serait l'occasion de parler à Joe de leur parents ; peut-être réussirait-il à le convaincre de passer les voir plus souvent, même brièvement. Cela les rendrait tellement heureux et, en même temps, cela représenterait si peu d'efforts pour Joe ! En outre, le poids qui pesait sur les épaules de Tom s'allégerait considérablement.

La camionnette était déjà là lorsqu'il arriva. Tom en conçut une certaine irritation : non seulement il n'avait pas réussi à devancer Cathy mais il ne pourrait pas non plus parler à son frère en tête à tête. Peut-être parviendrait-il à l'emmener prendre un café ailleurs. Il revaudrait ça à Cathy un autre jour. Pourvu que Neil ne soit pas là... Sa présence ne ferait que souligner à quel point tous deux s'impliquaient dans l'entreprise, par rapport à Marcella, partie à son cours de danse, et à lui, qui s'apprêtait à s'éclipser avec son frère. Mais non, Cathy n'était pas avec Neil. Elle était avec ces étranges gamins qu'elle semblait avoir pris sous son aile. Ils avaient le regard perçant, empreint de gravité, et ils étaient surtout incroyablement mal élevés, même si on pouvait constater une légère amélioration dans leur comportement depuis quelque temps.

— Tu es en retard, déclara Simon.

— Où est ta copine ? demanda Maud.

Cathy fit son apparition et le serra dans ses bras.

— Quelle soirée mémorable ! lança-t-elle.

Baissant les yeux sur les enfants, elle continua d'une voix différente :

— Tom n'est pas en retard, nous sommes arrivés il y a à peine deux minutes, et son amie Marcella est à son cours de danse. De plus, je croyais vous avoir appris à dire bonjour poliment.

Ils baissèrent les yeux.

— Inutile de regarder par terre. Comment salue-t-on les gens dans une société civilisée ? Allez, j'attends.

— On dit bonjour et on fait mine d'être heureux de les voir, répondit Simon.

— On utilise leur nom si on les connaît, précisa Maud.

— Parfait. Désolée, Tom. Pourrais-tu sortir et entrer de nouveau ? Ils ont oublié les premières règles du savoir-vivre, mais ce sera différent à ton retour.

Tom ressortit, agacé. Son temps était déjà compté et voilà qu'il se retrouvait à jouer à des jeux ridicules sous prétexte qu'il fallait enseigner les bonnes manières à ces enfants terribles.

— Bonjour, lança-t-il en entrant pour la seconde fois.

Simon, arborant une affreuse mimique qui tenait à la fois de la grimace et du sourire forcé, s'approcha de lui et lui serra la main.

— Bonjour, Tom.

— Sois le bienvenu, Tom, récita Maud.

— Merci... euh... Maud et Simon, répondit Tom en serrant les dents.

C'était tout de même un comble que ces deux gamins lui souhaitent la bienvenue alors qu'ils se trouvaient chez lui !

— Merci beaucoup, reprit-il néanmoins. Que nous vaut l'honneur de votre compagnie ?

Les jumeaux le dévisagèrent d'un air perplexe. Cathy vint à leur secours.

— Ma mère ne se sent pas très bien ce matin.

— Elle a bu trop de vin hier soir, expliqua Simon.

Cathy s'empressa de l'interrompre.

— J'ai pensé qu'il valait mieux qu'ils viennent me donner un coup de main... Si tu n'y vois pas d'inconvénient, ils vont de ce pas décharger puis recharger les lave-vaisselle très précautionneusement. Maintenant ! aboya-t-elle à l'adresse des enfants qui s'éclipsèrent sur-le-champ. Désolée, murmura-t-elle à l'intention de Tom. Je n'ai pas pu faire autrement. C'est la première fois que je vois ma pauvre mère dans un tel état. Elle n'a pas l'habitude de boire, et puis c'est un peu ma faute. Cette vieille rosse de Hannah Mitchell m'a tellement énervée que je n'ai pas arrêté de remplir le verre de ma mère !

— Cathy, peu importe, vraiment, c'est juste que...

— Quoi donc ?

Ses yeux étincelaient tandis qu'elle le dévisageait avec attention comme pour deviner ses pensées.

— Eh bien, c'est juste que j'ai l'impression d'en faire beaucoup moins que toi, tu comprends. J'ai donné rendez-vous à Joe pour bavarder un peu avec lui, nous allons prendre un verre quelque part et ça ne me semble pas très loyal envers toi... Et puis, il y a aussi que...

— Allez, vas-y, cesse de tourner autour du pot. Demande-moi si ces gamins vont rester avec nous jusqu'à ce que Neil et moi soyons deux vieillards... La réponse, c'est que je n'en sais fichtre rien. Tout ce que je sais, c'est qu'on ne peut pas les laisser tomber. Ils vont s'acquitter consciencieusement de leur mission, ne t'inquiète pas, alors profite un peu de ton frère et, pour l'amour du ciel, cesse de répéter que tu me laisses tout le boulot, c'est ridicule. En fait, c'est le contraire.

Tom changea brusquement de sujet.

— C'était vraiment une belle soirée hier, hein ? Je crois que ça va marcher, pas toi ?

— Si tu veux mon avis, on sera bientôt milliardaires ! répliqua Cathy à l'instant où Joe franchissait le seuil.

— A la bonne heure ! C'est exactement ce que je désirais entendre ! s'écria le nouveau venu.

Il souleva Cathy dans ses bras et la fit virevolter dans la pièce.

— Bravo, Cathy Scarlet ! Toi et mon petit frère avez fait des miracles ici.

Cathy semblait ravie, remarqua Tom, comme toutes les femmes qui obtenaient les grâces de Joe Feather.

Attirés par l'animation soudaine, Maud et Simon apparurent sur le seuil de la cuisine.

— Bonjour, je m'appelle Maud Mitchell et voici mon frère, Simon. Soyez le bienvenu.

— Désirez-vous que je vous débarrasse de votre manteau ? intervint Simon.

— Bonjour, je m'appelle Joe Feather. Enchanté de faire votre connaissance.

— Etes-vous le père de Tom ? s'enquit Simon avec intérêt.

Cathy esquissa une grimace.

— Pas tout à fait, plutôt son frère, répondit Joe d'un ton courtois.

— Avez-vous des enfants, des petits-enfants ? insista Maud.

— Non, je suis célibataire ; en clair, vous avez devant vous un homme qui n'a pas encore eu la chance de rencontrer sa moitié, expliqua Joe comme s'il répondait à une interview. Je vis seul à Londres, dans un appartement d'Ealing. Je prends tous les jours la Central Line qui me conduit à mon bureau, d'Ealing Broadway jusqu'à Oxford Circus ; là, je marche jusqu'au quartier de la confection, où je m'occupe de vendre des vêtements.

Tom tombait des nues. Il ne savait rien de tout ça. Bien sûr, il connaissait l'adresse de son frère mais ignorait que le code postal correspondait au quartier d'Ealing... Il ne savait rien non plus du trajet quotidien en métro.

— Vous les vendez dans un magasin ou dans la rue ?

— Plutôt dans un bureau, en fait. On me les livre et je les réexpédie, expliqua Joe.

— Vous leur apportez des améliorations avant de les renvoyer ? voulut savoir Maud.

— Non, ils repartent exactement comme ils sont arrivés.

— Mais alors, c'est une perte de temps qu'ils passent par votre bureau, non ? fit Simon.

Il y eut un silence.

— Oui, d'une certaine manière, admit Joe. Mais ça fait partie du système, vous comprenez. C'est ainsi que je gagne ma vie.

Nouveau silence.

— Est-ce que nous parlons trop ? demanda Simon à Cathy.

— Non, pas du tout, mais pourquoi ne retourneriez-vous pas à la cuisine pour trier les couverts ? Tout de suite ! cria-t-elle, les faisant tous sursauter.

Maud et Simon battirent aussitôt en retraite.

— Ils sont extraordinaires, murmura Joe.

— Si on veut, marmonna Cathy.

— Qui sont-ils, exactement ?

— Ce serait trop long à t'expliquer. Allez, filez prendre un café pendant que nous remettons un peu d'ordre ici.

Joe ne semblait pas pressé de partir, remarqua Tom. Son frère avait toujours été un grand séducteur devant l'Eternel. Pourvu qu'il n'ait pas développé une soudaine attirance pour Cathy ! La vie n'était pas simple, certes, et il ne manquerait plus que son frère, convoité par toute la population féminine du pays, sème la pagaille au sein du couple le plus heureux du monde occidental... Ça non, il ne le permettrait pas !

— Viens, Joe, allons chez Bewley, suggéra-t-il en entraînant son frère vers la sortie.


— Dans quoi travaille Geraldine, au juste ? s'enquit Joe lorsqu'ils furent attablés devant des brioches aux amandes luisantes de sucre et deux tasses de café.

— Elle dirige une agence de relations publiques, tu le sais pertinemment.

— Je reformule ma question : où a-t-elle trouvé l'argent pour monter sa boîte et comment se débrouille-t-elle pour investir autant que moi ?

— C'est drôle, Geraldine m'a posé la même question à ton sujet. Elle voulait savoir où tu trouvais tout cet argent...

— Qu'a répondu Cathy ?

— Qu'elle l'ignorait et qu'à sa connaissance je n'en savais pas davantage.

— Alors, que veux-tu savoir ? Pose-moi des questions, je te répondrai.

— Tout d'abord, je ne sais pas vraiment ce que tu fais. Tu ne parles jamais de ton boulot.

Joe se pencha au-dessus de la table et le considéra d'un air étonnamment grave :

— Bon sang, tu sais bien ce que je fais ! Je loue deux bureaux dans le quartier de la confection, à Londres. Je fais fabriquer des trucs aux Philippines, je les importe, je les présente aux détaillants, ils achètent la marchandise et je commande d'autres trucs en Corée, que je montre ensuite à d'autres détaillants, qui achètent à leur tour et ainsi de suite.

— Et c'est tout ?

— C'est tout, oui, c'est tout. Qu'est-ce que tu t'imaginais ? Que je rackettais les vieilles dames, que je vendais du haschisch à la sortie des pubs ?

— Non, bien sûr que non.

— Alors quoi ? Tu sais bien ce que je fais pour gagner ma vie. Ça n'a jamais été un secret. Quand tu as commencé à bosser dans tous ces restaurants, je savais bien ce que tu mijotais. Je ne me suis jamais dit : mince alors, je me demande bien ce que Tom fabrique chez Quentin. Je savais bien que tu apprenais le métier sous les ordres du grand chef, Patrick... comment s'appelle-t-il, déjà ?

— Brennan. Patrick Brennan.

— Oui, c'est ça. Je vais souvent dîner là-bas ; sa femme, Brenda, est jolie comme un cœur. Quand tu suivais des cours à l'école hôtelière, je savais aussi ce que tu faisais. Pose-moi toutes les questions que tu voudras si mes activités te semblent encore un peu floues, conclut Joe avec un petit sourire narquois.

— Arrête, j'ai l'impression d'être du KGB. Excuse-moi.

— Et moi, j'ai l'impression d'être harcelé par un inspecteur des impôts, répliqua Joe d'un air faussement terrifié.

— A propos, nous avons un comptable très rigoureux et...

— Je vois où tu veux en venir, coupa Joe en riant.

— Non, ce que je veux dire, c'est qu'il pose des questions très pointues et puis, tu me connais, j'aime que les choses soient bien claires.

— Je possède un compte en banque parfaitement irréprochable, fais-moi confiance. C'est de celui-ci que proviennent les sommes que j'ai investies dans votre entreprise.

Tom n'insista pas, de peur de découvrir l'existence de comptes moins respectables et de détails qu'il préférait ignorer.

— Est-ce qu'il t'arrive de te déplacer là-bas, en Asie, pour voir dans quelles conditions travaillent tous ces gens ?

— Pas tant que je peux l'éviter. Je sais ce que tu penses, tu me prends pour un sale capitaliste mais, à la vérité, j'ai du mal à les voir si pauvres et si mal payés ; je préfère me contenter de réceptionner la marchandise dans les entrepôts.

— Oh, je n'ai plus le droit de mépriser les sales capitalistes dans ton genre, à présent que j'en suis devenu un moi aussi !

— Eh oui, les frères Feather passent à l'attaque, renchérit Joe avec un large sourire.

— Au fait...

— Oui ? interrompit Joe d'un ton soudain méfiant, comme s'il pressentait ce qui allait suivre.

— Je n'ai pas envie de te faire un sermon mais ne pourrais-tu pas rendre visite à papa et maman de temps en temps ? Tu ne les vois jamais et c'est toujours moi qui suis obligé de...

— Non, Tom, tu n'es pas obligé si tu n'en a pas envie. Je les ai vus hier soir, bon sang !

— Trente secondes au beau milieu d'une fête.

— Tu voudrais que je passe des heures à écouter maman me dire que j'irai brûler en enfer parce que je ne vais plus à la messe pendant que papa se plaindrait de ne pas pouvoir apposer mon nom à côté du sien sur l'enseigne de l'entreprise ? Désolé, j'ai ma vie maintenant.

— Moi aussi, figure-toi, et en plus, je suis obligé de te remplacer auprès d'eux... « Où est Joe, pourquoi ne nous donne-t-il jamais de nouvelles... »

Son frère haussa les épaules.

— Tu n'as qu'à dire que tu n'en sais rien.

— C'est ce que je dis, puisque c'est la pure vérité. Je ne sais absolument rien. Je ne sais pas pourquoi toi, qui es aussi généreux envers les autres, tu ne penses pas à leur envoyer une petite carte de temps en temps ou à leur passer un coup de fil.

— La prochaine fois que j'irai à Manille, je leur enverrai une carte, d'accord ? Tu me lâches un peu les baskets avec ça maintenant ?

— Une carte de Londres serait suffisamment exotique pour papa et maman, murmura Tom avant de changer de sujet.

Tom et Cathy passèrent des heures à peaufiner les menus pour le baptême, le cocktail de l'avant-première et le déjeuner d'affaires. Les trois missions étaient extrêmement importantes à leurs yeux, chacune à sa manière. Les invités du baptême seraient des gens fortunés, attachés aux apparences, enclins à dépenser beaucoup d'argent. Il leur faudrait être irréprochables, insister davantage sur la présentation. Ils disposaient d'un maigre budget pour le cocktail organisé par le théâtre ; l'équipe désirait quelque chose de plus original que les éternelles saucisses-chips, mais à un prix équivalent. Ce qui leur demanderait une bonne dose d'imagination. S'ils se débrouillaient bien, cette soirée déboucherait peut-être sur d'autres contacts, d'autres cocktails. Cathy avait déjà réfléchi à la question : quel genre d'amuse-gueule bon marché pourraient passer pour raffinés ? Des crostini, peut-être ? Et des pitas, accompagnées d'un assortiment de sauces. Etant donné que tout le monde appréciait les saucisses, malgré tout, ils en proposeraient peut-être avec un coulis de groseille, déglacées au miel. Cathy se doutait bien qu'ils ne réaliseraient pas de gros bénéfices sur cette opération mais Tom y attachait beaucoup d'importance.

De son côté, il tenait à l'aider pour le déjeuner d'affaires. Cathy rêvait d'acquérir la clientèle des banques et autres établissements financiers du centre-ville, à qui ils pourraient proposer des déjeuners à la fois légers et raffinés ; ils auraient ainsi la possibilité d'étendre leur notoriété lors de chaque repas. Ce qui signifierait également davantage de travail dans la journée, bien entendu.

Cathy avait demandé si Marcella accepterait éventuellement de les aider à assurer le service pour ce premier déjeuner, juste pour leur donner un coup de main. Personne n'oublierait ce repas si c'était Marcella qui emplissait les verres d'eau minérale en arborant son sourire éblouissant. Presque malgré lui, Tom se trouva dans l'obligation de refuser. Il savait que Marcella ne s'y résoudrait pas, et il n'aurait guère été loyal de sa part de le lui demander.

— Il faut à tout prix qu'elle arrive à percer comme mannequin, même si elle doit pour cela se tuer à la tâche. Je la vois à peine, tu sais.

— Je comprends, fit Cathy en haussant les épaules. Mais tu seras bien forcé de t'y habituer lorsqu'elle sera mannequin, parce qu'elle aura des défilés aux quatre coins du monde, et ce pendant toute l'année.

Tom prit conscience avec effroi qu'il avait jusqu'alors imaginé que Marcella n'y arriverait jamais. Il avait envisagé, sans vraiment s'en rendre compte, un avenir florissant pour Scarlet Feather, un succès explosif qui leur permettrait d'embaucher un gérant. Un avenir où Marcella l'épouserait et où ils auraient deux enfants. Mais peut-être se berçait-il d'illusions...

— Où en serons-nous dans dix ans, Cathy, à ton avis ? demanda-t-il à brûle-pourpoint.

— Au train où vont les choses, nous serons toujours en train de plancher sur ce fichu menu, le bébé sera presque un adulte et ses amis le traiteront de païen parce qu'il n'aura jamais été baptisé, répondit Cathy. Allez, Tom, finissons-en une bonne fois pour toutes. Disons un plat de saumon et un plat de poulet, ils veulent que les choses soient faites dans les règles de l'art et, apparemment, il n'y aura pas beaucoup d'autres baptêmes dans leur foyer.

— Ce sera trop cher ; ce sont toujours les riches qui chipotent sur les prix, tu le sais bien...

Ils étaient de nouveau plongés dans le travail. Occupés à se disputer dans leurs locaux flambant neufs, attablés devant de magnifiques mugs ornés de leur raison sociale. Marcella leur en avait offert six, peints spécialement à leur intention. June, qui les avait aidés la veille au soir, fit son apparition et déclara qu'elle était toute disposée à assurer le service de temps en temps. Peut-être pourraient-ils lui donner quelques précieux conseils dans ce domaine...

— Je ne suis pas sûre que nous les connaissions nous-mêmes, répondit Tom. Mais on peut toujours essayer...

June était un petit bout de femme au caractère enjoué que Cathy avait connue à l'école. Elle n'avait que seize ans lorsqu'elle était tombée enceinte et se réjouissait ouvertement de cette situation : maintenant qu'elle avait fondé une famille, elle était libre de faire ce que bon lui semblait. Aux yeux de Cathy, elle se sentait parfois même un peu trop libre, c'était aussi ce que lui reprochait son mari. Mais June s'en moquait ; elle répliquait en riant qu'elle était obligée d'aller danser en boîte : ces sorties lui avaient trop manqué quand elle avait dix-huit ans et qu'elle poussait ses landaus, consacrant tout son temps à ses bébés.

— J'essaierai de ne pas être trop directe, promit-elle à Tom, et si vous me dites comment il faut prononcer le nom de tous ces trucs, ce sera parfait. Je serai gaie, enthousiaste, ça c'est sûr. On dirait que tous les gens qui traînent dans ce genre de réceptions ont un manche à balai enfoncé là où je pense.

— Tu as raison, admit Tom.

— Mais bon, s'ils m'apprécient, moi, je n'y peux rien.

133

— C'est vrai, fit Tom.

— Quand est-ce que ton frère a l'intention de revenir dans le coin ? Il n'est pas tout à fait aussi beau que toi, mais c'est un dragueur invétéré, non ? reprit June en mordant dans un crostini.

— June, arrête de manger, tu es en train de grignoter nos bénéfices, protesta-t-il d'un ton ferme. Quant à Joe, il va et il vient, il n'est pas du genre à s'attarder dans un endroit. On apprend par hasard qu'il se trouve quelque part, et hop ! il a déjà filé.

— Très excitant, murmura June.

L'idée que June ait pu être la compagne que Joe avait ramenée à son hôtel après leur soirée d'inauguration traversa l'esprit de Tom. Mais non, ce n'était sûrement pas elle. Sa notion de liberté n'était tout de même pas large au point de lui permettre de découcher toute une nuit. Elle avait des enfants qui l'attendaient chez elle. Non, ce n'était pas June, voyons ; elle avait dansé jusqu'à la fin de la soirée, bien après le départ de Joe. Mais elle aurait pu le rejoindre plus tard à l'hôtel. Elle était plutôt sexy dans son genre. Impossible hélas d'interroger Cathy à ce sujet. A cet instant, il aurait eu grand besoin de ces deux gamins, les petits Mitchell. Eux auraient certainement su le fin mot de l'histoire. Pour une raison mystérieuse, personne ne semblait capable de leur résister.

A l'école hôtelière, Cathy et Tom avaient appris à tenir une comptabilité rigoureuse, avec une appréciation très précise du prix des ingrédients et du temps de travail global. Ils calculaient à l'avance la rémunération de chacun puis, seulement alors, retiraient leurs heures de travail. A la réception organisée pour le théâtre, ils essuyèrent un déficit de soixante-seize livres. La déception de Tom fut immense.

— Ça ne se reproduira pas, assura Cathy. Et puis, c'est un investissement. Il faudrait inscrire l'opération dans le budget de promotion.

— Nous n'avons pas de budget de promotion. Tout est passé dans la soirée d'inauguration, observa Tom d'un ton plaintif.

— Ça débouchera sur d'autres choses.

— Non, c'est faux ; c'était juste pour faire plaisir à mes copains du théâtre, c'est tout. Ils avaient invité la moitié du public, il n'y avait aucun client potentiel dans cette foule... et nous avons passé des heures à tout remettre en ordre.

— En plus, nous avons dû appeler un taxi pour que June rentre chez elle, à l'autre bout de la ville, concéda Cathy.

— Et il a fallu lui payer deux heures supplémentaires. Jamais je n'aurais cru que ça durerait aussi longtemps !

— Bon. On a trois contrats ce mois-ci et le premier nous aura fait perdre soixante-seize livres. A combien se chiffrera notre déficit à la fin du mois ? Si on se débrouille bien, nos livres de comptes serviront peut-être d'exemple dans un cours de marketing. Comment ne pas réussir en affaires !

— Il faudrait déjà qu'on en ait, de ces foutus livres de compte, parce que sinon, nous risquons de finir sur la paille, derrière les barreaux, de surcroît. Tout paraissait si simple en théorie, tu te souviens ?

— Ce qu'il nous faut, c'est un de ces coups de chance qui nous tombaient sans cesse sur la tête avant.

Au même instant, le téléphone sonna. Cathy décrocha.

— Oh, bonjour, James, comment allez-vous ?

Tom vit Cathy froncer les sourcils.

— Oui, bien sûr, James, avec plaisir.

Elle reposa le combiné.

— Tu ne devineras jamais ce que James vient de me demander.

— Plus rien ne peut me surprendre, tu sais. Ce n'est pas un de ces coups de chance que nous espérions ?

— Je ne crois pas, répondit lentement Cathy. Il souhaite que nous lui apprenions à préparer un dîner pour deux personnes, composé de trois plats. Il aimerait que nous achetions les ingrédients et que nous allions ensuite chez lui. Il nous paierait quinze livres de l'heure. Minimum quatre heures, courses incluses.

— Ce serait pour quand ? Nous sommes très pris cette semaine, il va falloir que nous...

— Non, la date est encore très éloignée, mais il veut nous payer d'avance pour confirmer la réservation. Il dit que c'est une pratique courante et il insiste pour que ça se passe ainsi, poursuivit Cathy, sachant pertinemment que James essayait par ce biais d'alimenter un peu leur maigre compte en banque.

— C'est plutôt bien. Soixante livres, ça comblera presque les pertes de la soirée du théâtre.

— Ecoute, il m'a dit que c'était quinze livres par heure et par personne.

— Il va dépenser cent vingt livres pour un simple dîner ? Il a perdu la tête !

— Je suppose que c'est pour une femme ; il m'a dit que la discrétion serait de rigueur.

— Très bien. Dans ce cas, n'en parlons surtout pas devant Maud et Simon ; avec eux, la nouvelle passerait forcément au journal télévisé !

Une fois par mois, Neil et Marcella préparaient le repas pour eux quatre. Tous deux étaient désespérément nuls en cuisine, et chaque fois Tom et Cathy brûlaient d'envie de se lever pour prendre les choses en main. Cela leur aurait demandé deux fois moins de temps pour un résultat bien meilleur.

Mais, en l'occurrence, ils étaient obligés de supporter en silence tout le cérémonial des sauces brûlées, des viandes desséchées et des salades gorgées de vinaigrette. C'était un rituel.

Puisqu'ils s'apprêtaient à donner une leçon à ce pauvre James Byrne, peut-être devraient-ils en faire profiter leurs compagnons, songea Tom. Mais comment le leur proposer sans les offenser ? Une telle suggestion revenait à critiquer ouvertement ce qu'ils avaient fait jusqu'à présent. Contre toute attente, ce fut Marcella qui lança l'idée. Lorsqu'elle apprit que James Byrne leur avait commandé un cours de cuisine, elle confessa que Neil et elle avaient songé à se rendre en secret Chez Quentin pour demander à Brenda et Patrick de leur donner quelques tuyaux. Etait-il possible que la solution se trouvât là ? Ce serait une sorte de répétition avant le cours de M. Byrne... Oui, l'idée était excellente.

— Si tu avais le même âge que James et que ce dernier ait l'intention de te séduire, qu'aimerais-tu qu'il te serve à dîner ? demanda Tom à Marcella.

— Elle est peut-être bien plus jeune que lui, objecta Marcella.

— D'accord, d'accord. Alors, quoi ?

— Des huîtres, un filet de sole grillé accompagné de haricots verts et une salade de fruits sans sucre, répondit Marcella sans la moindre hésitation.

— C'est parce que tu es au régime depuis l'âge de neuf ans, protesta Tom. C'est peut-être une grosse femme qui ne rêve que d'une tourte à la viande suivie d'une tarte aux pommes.

— Peut-être, mais ce n'est pas ce qu'elle voudra manger lors d'un rendez-vous galant ; elle préférera être traitée comme une créature fragile, même si ce n'est pas vraiment le cas.

Tom dut admettre que c'était une bonne idée, et Cathy se rangea à son avis.

— Nous devrions faire de Marcella notre psychologue de groupe, déclara-t-elle d'un ton approbateur.

Comme toujours lorsqu'on complimentait sa petite amie, le visage de Tom s'éclaira. Il adorait entendre les gens chanter les louanges de Marcella, surtout parce qu'il craignait qu'on reproche à cette dernière de ne pas suffisamment s'impliquer dans leur entreprise.

On parla beaucoup du cours de cuisine. Tom et Cathy durent reconnaître que Neil et Marcella étaient encore plus mauvais qu'ils ne l'avaient cru. L'opération allait leur prendre trois fois plus de temps que prévu ; ils ne manqueraient pas de s'embrouiller, de s'énerver. Le jargon culinaire, même les termes les plus simples, semblait les décontenancer. Tom et Cathy leur avaient communiqué leurs instructions et, manifestement, ces dernières manquaient de clarté. Ils ignoraient par exemple ce que signifiait « réduire » quelque chose. Pressé de partir, Neil parcourut brièvement la liste.

— Je suppose que « réduire » signifie qu'on doit jeter la moitié de ce qu'on a fait ? fit-il d'un ton absent en rassemblant ses papiers.

— J'ai du mal à croire que tes collègues te considèrent comme un adulte, répondit Cathy en riant. Bien sûr que non, ça ne veut pas dire ça, enfin ! Pourquoi en ferais-tu deux fois plus pour en jeter la moitié ?

Neil haussa les épaules.

— Tout ça me semble très étrange, en tout cas. Je te retrouve ce soir à Stoneyfield.

Il l'embrassa et disparut.

Cathy voulut lui crier de ne pas être en retard, car Marcella manquerait un cours de danse pour assister à cette leçon de cuisine. Mais cela lui parut tout à coup d'une affligeante banalité et elle se tut. Plus tard, Tom lui confia que, selon Marcella,

« réduire » quelque chose signifiait qu'on s'était trompé et qu'on devait tout recommencer dans de plus petites proportions.

— Ce ne sera pas une mince affaire, conclut-il tristement.

Cathy se gara devant la maison où sa mère travaillait ce jour-là. Le visage de Lizzie s'illumina dès qu'elle l'aperçut.

— Quelle bonne surprise ! s'écria-t-elle en grimpant dans la camionnette. J'ai l'impression d'être une grande dame là-dedans. J'espère bien que tout le monde me verra.

Cathy l'enveloppa d'un regard attendri. Elle connaissait beaucoup de gens qui auraient fait la grimace à l'idée de monter dans un gros fourgon de livraison alors que Lizzie, elle, considérait cela comme un privilège.

— Est-ce que les autres aimaient faire la cuisine quand ils étaient enfants, ou étais-je la seule ? demanda Cathy.

— Marian cuisinait très bien. Il faut dire qu'elle réussit tout ce qu'elle entreprend, ça lui vient instinctivement. Mais les autres n'avaient pas ton adresse. Ils sont partis tellement jeunes, tous ! Pourquoi seraient-ils restés ici, alors qu'il y avait des fortunes à faire là-bas ?

Lizzie soupira. Depuis que son premier fils avait émigré à Chicago, chez son oncle, et qu'il avait parlé aux plus jeunes des salaires qu'on gagnait dans l'Illinois, tous avaient attendu avec impatience le jour de leurs dix-huit ans pour prendre la direction de l'aéroport. Ils n'avaient pas caché leur stupéfaction devant l'indifférence totale de Cathy, qui n'avait jamais envisagé de suivre leurs traces. Sa mère paraissait épuisée, ce qui n'était guère étonnant après une journée de ménage.

— Les gosses ne te fatiguent pas trop, maman ?

— Non, je t'assure, j'apprécie leur compagnie et ton père est formidable avec eux. Il ne se laisse pas entourlouper, crois-moi. Personnellement, j'aurais tendance à être un peu plus...

— Je sais bien, m'man. Tu es trop gentille avec tout le monde.

— Mais c'est vraiment agréable d'avoir des enfants à la maison. J'étais déjà prête à garder des bébés quand Neil et toi... je veux dire : si Neil et toi...

— M'man, je t'ai déjà dit cent fois qu'il n'en était pas question, dans l'immédiat en tout cas, et peut-être même jamais. Nous sommes bien trop occupés pour le moment.

— Dieu bénisse le bon vieux temps où personne n'avait le choix dans ce domaine !

— On dirait la mère de Tom, toujours nostalgique du bon vieux temps. Ce n'était pas le bon vieux temps, maman, vous étiez onze enfants dans ta famille et ils étaient dix dans celle de papa. Qu'avez-vous eu comme possibilités d'avenir ?

— On ne s'en est pas trop mal sortis, répondit Lizzie d'une petite voix tendue.

De toute évidence, les paroles de Cathy l'avaient blessée.

— Je sais bien, maman. Je sais aussi que tu nous as merveilleusement bien élevés mais ça n'a pas été facile pour toi, voilà ce que je voulais dire.

— Oui. Oui, je comprends.

Elles venaient d'arriver à St Jarlath's Crescent. Sa mère était encore peinée par sa remarque irréfléchie. Cathy posa sur elle un regard implorant.

— Je suppose que tu ne tiens pas à m'inviter pour le thé ?

— Si, bien sûr, si tu as le temps.

— Et... tu crois qu'il restera une part de tarte aux pommes pour moi ?

— Oh, Cathy, je t'en prie, arrête de te comporter comme une gamine de cinq ans.

Déjà, Lizzie fouillait dans son sac à la recherche de ses clés, impatiente de mettre la bouilloire sur le feu. Quarante-cinq secondes. La bouderie la plus longue de sa mère. Cathy sentit des larmes lui picoter les paupières.

Ils se réunirent dans l'appartement de Tom, à Stoneyfield. Tous les ingrédients étaient étalés sur la table et Marcella les observait d'un air dubitatif. Neil n'était pas encore arrivé.

— Si nous commencions ? suggéra Tom.

Neil et Marcella étaient tellement lents qu'on ne mangerait pas avant minuit si on attendait plus longtemps. Avec une patience infinie, Tom et Cathy se lancèrent dans des explications détaillées et la pauvre Marcella entreprit de suivre leurs instructions avec application. Le portable de Cathy sonna. Neil était retenu, il arriverait dans une heure. Pouvaient-ils commencer sans lui ?

— Traître ! lança Marcella à travers la pièce.

— Promets-lui de ma part que je la rejoindrai bientôt et que je ferai ma part du travail, fit Neil d'un ton suppliant.

Mais Cathy avait reçu beaucoup trop d'appels de ce genre pour hasarder une telle promesse. Ils se retrouvèrent bientôt à court de vin et Neil, qui était censé se charger des boissons, n'était toujours pas là. Par peur qu'il oublie, Cathy l'appela. Derrière lui régnait un brouhaha de pub.

— Excuse-moi, chérie, j'arrive.

Il paraissait contrarié d'avoir été dérangé.

— C'était juste pour te rappeler de prendre le vin, déclara Cathy d'un ton froid.

— Bon sang, tu fais bien de me le redire ! J'avais complètement oublié. Vous n'avez qu'à ouvrir celui que vous avez, juste au cas où...

— C'est fait, coupa-t-elle sèchement.

— Très bien, Cathy.

Il les rejoignit à Stoneyfield une heure plus tard ; deux heures exactement après l'heure qu'ils avaient fixée. Il avait apporté une bonne bouteille de vin qu'il déboucha aussitôt avant de remplir leurs quatre verres. Au prix d'efforts considérables, Marcella avait réussi à leur concocter une entrée et un coq au vin, et elle se sentait épuisée.

— A toi de préparer le dessert, Neil, déclara-t-elle en se laissant tomber dans un fauteuil.

— Entendu ; je ferai aussi la vaisselle, ajouta-t-il en les gratifiant d'un large sourire. A propos, expliquez-moi un peu ce que signifie cette histoire de réduction. J'ai demandé à plusieurs personnes pendant ma réunion et elles m'ont dit que ça devait avoir un rapport avec les calories.

Ils lui livrèrent l'explication.

— Mais alors, pourquoi n'utilisez-vous pas des termes appropriés comme... euh... faire un concentré ? intervint Neil.

— Ou bien : faire cuire jusqu'à ce que ça diminue ? renchérit Marcella.

Tom et Cathy tirèrent plusieurs conclusions de cette première leçon de cuisine. Ils devaient changer radicalement de méthode avant de la proposer à James Byrne. La mousse au saumon était trop compliquée, ils l'élimineraient du menu. Le coq au vin était plutôt réussi, mais sa préparation trop longue.

Quant au tiramisu, son aspect et sa saveur se révélaient répugnants. Tom ne comprit pas bien pourquoi, mais le gâteau ressemblait à une éponge et n'avait rien à voir avec ce qu'ils escomptaient. Bref, le repas s'avéra un désastre mais la soirée n'en fut pas gâchée pour autant. Cathy remarqua que Marcella ne mangeait presque rien et se contentait d'avaler quelques gorgées de vin. Neil voulut tenir sa promesse et faire la vaisselle mais Tom et Cathy, conscients qu'ils seraient encore là à l'aube s'ils le laissaient faire, entreprirent de nettoyer la cuisine en un temps record.

— Beau boulot, non ? fit Cathy en admirant le résultat.

Tom promena son regard sur l'appartement.

— C'est très fonctionnel ici, mais je n'y resterai pas toute ma vie. J'ai l'impression d'être de passage.

Maintenant qu'il y faisait allusion, la décoration paraissait en effet très minimaliste. Des murs d'une blancheur immaculée et des plans de travail vides. Aucun tableau, peu de livres sur l'étagère, pas de bibelots sur le manteau de la cheminée ni sur le rebord de la fenêtre. Un peu comme une suite d'hôtel.

— Je sais, j'ai parfois la même impression à Waterview. Tu débarrasses tous les livres de Neil et le résultat est exactement le même. D'un autre côté, aimerais-tu vivre dans un endroit comme St Jarlath's Crescent, où il n'y a plus de place pour poser quoi que ce soit ? demanda Cathy.

— Ou Fatima. Je sais bien, admit Tom.

Le juste milieu était difficile à atteindre dans ce bas monde, conclurent-ils en chœur.

Jamais ils n'auraient cru qu'il était à ce point difficile de prospecter des clients. Il y avait ceux qui estimaient ne pas pouvoir s'offrir les services d'un traiteur et ceux qui en connaissaient déjà un dont ils étaient pleinement satisfaits. Geraldine et Ricky leur donnèrent quelques noms, mais ils essuyèrent refus sur refus. Tom ne baissa pas les bras pour autant.

— Ecoute, on va faire fabriquer des brochures et on demandera à un gamin d'en distribuer mille ou deux mille.

Si Cathy jugea en son for intérieur que c'était inutile, elle se garda bien de le dire. Parfois, après une journée de prospection infructueuse, elle se rendait compte que c'était Tom et son enthousiasme illimité qui la poussaient à avancer. Tout était sincère en lui, il croyait dur comme fer à leur réussite. Il n'essayait pas seulement de lui remonter le moral. Pour lui, les choses étaient simples : ils étaient excellents, ils débordaient d'imagination et ils travaillaient d'arrache-pied. Encore un peu de temps, et tout le monde en prendrait conscience et reconnaîtrait enfin leur valeur. Mais Tom n'était pas du genre à attendre que les choses lui tombent du ciel : toujours à pied d'œuvre, il passait son temps à observer, interroger, traquer.

— Désolé de vous faire perdre votre précieux temps, Geraldine, mais croyez-vous qu'il me serait possible de passer vous voir une petite demi-heure pour consulter de nouveau votre répertoire de clients ? Vous savez que nous sommes bons, vous ne prendriez aucun risque en nous recommandant.

— Qu'un séduisant jeune homme comme toi me rende visite chez moi accroîtra considérablement ma cote de popularité dans le voisinage. Viens me voir dimanche matin et on verra bien ce qu'on peut faire.

La résidence Glenstar était impeccablement entretenue. Les espaces paysagers étaient rafraîchis régulièrement, toutes les boiseries extérieures repeintes chaque année, le cuivre étincelait un peu partout et un concierge distingué se tenait dans le hall d'entrée. A combien pouvaient bien s'élever les charges dans une résidence de ce genre ? se demanda Tom. Au même instant, il s'exhorta à cesser de penser sans arrêt en termes de coût et de profit. C'était exactement ce que faisaient ses parents, et il n'avait aucune envie de leur ressembler. Sans doute étaient-ce les longues réunions épuisantes et fastidieuses avec James Byrne qui lui tapaient sur le système.

Ce dernier avait installé un meuble de rangement et ouvert des registres officiels à leur intention, en leur ordonnant de conserver chaque facture ainsi que le descriptif de tout le matériel acheté pour suivre correctement sa dépréciation. Il leur avait expliqué comment dresser des factures séparées pour le personnel de service afin que celui-ci soit directement payé par les clients, dans le but d'éviter d'éventuels tracas fiscaux. C'était fascinant d'écouter James Byrne. Tom avait l'impression que tout était possible, qu'ils étaient à l'abri de tous les pièges tendus par la TVA ou Dieu sait quel autre impôt. Trois contrats en février, ce n'était somme toute pas si mal que ça. Non ? Malgré tout, il était à l'affût d'autres missions et, en l'occurrence, il avait rendez-vous, ce dimanche matin, avec Geraldine O'Connor, qui allait feuilleter son carnet d'adresses pour décider qui pourrait être contacté et de quelle manière.

Geraldine, éblouissante, portait un survêtement en velours vert foncé et ses cheveux étaient encore légèrement humides après sa séance de natation à la piscine du Glenstar. Une bonne odeur de café emplissait son vaste salon. Les journaux du dimanche jonchaient la table basse qui trônait entre les sofas.

Elle se mit aussitôt au travail et ils passèrent l'heure suivante installés à la table de la salle à manger, à traquer la moindre occasion.

— Inutile de s'attarder sur l'hôtel de Peter Murphy, évidemment ; ils donnent toutes leurs réceptions dans leurs propres salons et font appel à leurs cuisiniers. La Jardinerie est trop près de ses sous, ils servent des dés à coudre de vin blanc tiède, c'est tout.

Il se pourrait — il se pourrait seulement — que les agences immobilières leur demandent d'envoyer leur carte accompagnée d'une lettre de présentation dans laquelle ils mettraient l'accent sur l'originalité et la saveur de leurs canapés, propres à garantir le succès de leurs futures réceptions.

— Soyons clairs, grâce à vous, les invités retiendraient peut-être quelque chose de ces épouvantables cocktails.

Tom l'étudia avec admiration. Cette femme ne craignait personne. D'où tenait-elle cette incroyable assurance ?

— Tom, j'ai ici quelque chose d'un peu plus réjouissant...

Elle lui donna l'adresse d'une entreprise d'import.

— Ils achètent beaucoup de vêtements, même à ton frère, c'est ce qu'il me disait l'autre soir. Ces gens-là n'ont aucune limite. Et puis, ils jouissent d'un statut parfaitement légal à présent, fini le marché noir. Je vais leur dire qu'ils devraient essayer de se faire connaître davantage. Il leur faudrait une réception très haut de gamme. Je leur ferai miroiter des acheteurs de Haywards s'ils sont partants.

— Et Haywards, justement ?

— Non, aucune chance. J'ai tourné le problème dans tous les sens avec Shona Burke. Elle a fait de son mieux mais ils possèdent leur propre cafétéria, tu comprends, ils ne voient donc aucune utilité de faire appel à quelqu'un d'extérieur.

— Je sais, c'est normal. C'est juste que ça aurait été une bonne référence pour Scarlet Feather.

Cela aurait également été une excellente chose pour Marcella, songeait-il secrètement. Si son compagnon avait été nommé traiteur officiel de l'élégant magasin, la jeune femme aurait profité de la situation.

Ils continuèrent à passer en revue les noms du fichier. Le laboratoire pharmaceutique : peut-être ; le projet culturel : aucune chance, les gens qui organisaient le grand concours littéraire étaient liés à une brasserie et connaissaient déjà un traiteur ; la mission de coopération transfrontalière n'avait pas d'argent. Tom admirait la manière directe et détachée avec laquelle Geraldine considérait son travail. Elle parlait affectueusement, discrètement de ses clients ; elle fit comprendre à Tom que leur conversation devait rester confidentielle, mais d'un autre côté, elle n'était nullement impressionnée par eux. Si elle avait choisi de le faire venir ici, chez elle, c'était parce qu'elle ne voulait pas que son personnel sache qu'elle divulguait les secrets de son fichier. Elle paraissait tellement à l'aise, tellement sûre d'elle, comme aucune autre femme de sa connaissance. Elle était tout le contraire de sa sœur, Lizzie, qui passait son temps à se ronger les sangs et à se confondre en excuses. Elle ne ressemblait pas non plus à Cathy, qui ne songeait qu'à épater Hannah Mitchell. Rien à voir non plus avec sa propre mère, qui ne voyait que le mauvais côté des choses et se reposait entièrement sur ses prières. Différente aussi de Shona Burke, qui arborait en permanence une expression distante, empreinte de mélancolie. Joe lui avait demandé comment Geraldine avait réussi à rassembler les fonds pour monter sa propre agence mais il n'osait pas lui poser directement la question, même si la splendeur de son appartement et son enthousiasme pour les épauler le laissaient parfois perplexe. Il fronça les sourcils. Non, il refusait de vouer un culte au dieu argent, comme tant d'autres.

— Tom, pourquoi fais-tu toutes ces grimaces ?

Rien n'échappait à Geraldine.

— Pour être franc, je pensais à l'argent ; il faut à tout prix l'empêcher de devenir une obsession mais, d'un autre côté, si on ne fait pas attention, on plonge rapidement dans le gouffre.

— Je comprends ce que tu veux dire. L'argent en lui-même n'est pas important mais, si tu veux mener la vie qui te plaît, tu as intérêt à tout faire pour en gagner un maximum avant de te reposer sur tes lauriers.

Son visage se ferma fugitivement.

Tom préféra ne pas insister. Il rassembla ses notes et se leva. Lorsqu'il apporta sa tasse vide à la cuisine, il y découvrit tous les ingrédients d'un repas.

— Vous attendez du monde ? demanda-t-il.

— Un ami pour le déjeuner, répondit-elle d'un ton bref. A propos, trouve-moi quelques canapés qui se congèlent bien et apporte-les-moi pour que je puisse vanter vos mérites concrètement.

— Bien sûr. Mais pourquoi ne voulez-vous pas qu'on vous prépare un déjeuner, un de ces jours ? Ce serait tout de même la moindre des choses.

— Je sais, Cathy me l'a déjà proposé. Vous êtes adorables, tous les deux, mais les hommes que je reçois se plaisent à penser que c'est moi qui ai tout préparé pour eux, de mes dix petits doigts habiles.

Shona Burke sortait juste de sa voiture et elle l'appela au moment où il quittait la résidence.

— Tu as le numéro de téléphone de ton frère à Londres ?

— Oh non, pas toi. Qu'est-ce que vous lui trouvez, toutes ? marmonna Tom.

— C'est juste pour le travail. De toute façon, tu es bien plus séduisant que lui. Haywards projette d'organiser une petite fête à l'intention de sa jeune clientèle au printemps et il m'a dit qu'il aurait peut-être une ligne de vêtements « fun » à présenter, selon ses propres termes. Maillots de bain, lingerie, tu vois le genre.

Il sortit une carte de Scarlet Feather et chercha le numéro de Joe dans son agenda.

— Tu ne connais pas son numéro par cœur ?

— C'est-à-dire que... je n'ai pas la mémoire des chiffres.

Elle hocha la tête.

Sur une impulsion, Tom ajouta :

— Et de toute façon, on s'appelle rarement, je ne sais pas trop pourquoi. Est-ce que tu as des frères et sœurs ?

Shona hésita.

— Eh bien, oui, d'une certaine manière, oui.

C'était une bien étrange réponse mais Tom n'insista pas. Certaines personnes détestaient parler de leur famille ; Marcella, par exemple. Sa mère était décédée. Quant à son père, il s'était remarié et ne s'intéressait pas à sa famille, du moins le prétendait-elle, et elle n'avait aucune envie que cela change. Cathy, elle, avait chaque jour quelque chose à raconter au sujet de ses parents : elle adorait Lizzie et Muttie. Elle parlait aussi volontiers de la mesquinerie innée de Hannah, de ses frères et sœurs qui vivaient à Chicago, et surtout de Marian, l'aînée, qui menait une brillante carrière dans le secteur de la banque. Elle avait connu de nombreux déboires sentimentaux mais c'était du passé : Marian s'apprêtait maintenant à épouser un certain Harry, beau comme un acteur. Et puis il y avait Joe, pour qui la notion de famille n'évoquait rien du tout.

Tom monta dans la camionnette en saluant Shona d'un petit signe de la main. Elle se tenait là, indifférente à la pluie qui commençait à tomber, sans même songer à se couvrir les cheveux comme l'auraient fait la plupart des femmes, dégageant cette étrange impression de solitude et de vulnérabilité. Elle n'était pas belle au sens propre du terme, mais plutôt pleine de charme. Marcella disait souvent que Shona Burke serait beaucoup plus jolie si elle se maquillait davantage et si elle se décidait à abandonner sa coiffure démodée. Ses cheveux ternes manquaient de volume. Mais elle avait un joli sourire. L'espace d'un instant, Tom se demanda si c'était elle, la femme que Joe avait ramenée à son hôtel après leur petite fête. Pourquoi pas, après tout ? Tous deux étaient libres. Elle n'était pas obligée d'en parler. Il se ressaisit rapidement. Ses spéculations étaient ridicules. Elle lui disait quelque chose ; il baissa la vitre de sa portière pour l'entendre.

— Je remarquais juste que tu es quelqu'un de très serein, Tom, un homme paisible et séduisant.

— Je cache bien mes pulsions de tueur, n'est-ce pas ?

— Oh, à merveille ! répliqua-t-elle en riant.

Le lendemain soir, Marcella rentra de l'institut de beauté avec des nouvelles étonnantes. Une femme était venue prendre rendez-vous pour une coupe de cheveux, une manucure, un soin du visage, bref le grand jeu ; elle leur avait raconté qu'elle était invitée à un baptême ultrachic le samedi suivant et avait précisé qu'un traiteur haut de gamme s'occupait de la réception. Tom n'en croyait pas ses oreilles. On parlait déjà d'eux en ville, alors qu'ils n'avaient pas encore réellement commencé ! Il brûlait d'envie d'appeler Cathy. Ce soir hélas, elle et Neil devaient emmener les deux gamins voir leur mère dans une espèce de centre de désintoxication. Tant pis, il attendrait le lendemain.

— On va fêter ça ? demanda-t-il à Marcella.

— Oh, chéri, il faut que j'aille à la gym !

— Tu ne pourrais pas... juste pour une fois... Histoire de trinquer à la santé de tous les BCBG de Haywards, pour qui nous sommes déjà un traiteur haut de gamme ?

— Tom, on était pourtant d'accord. L'inscription coûte tellement cher ! La seule façon de la rentabiliser, c'est d'y aller tous les jours.

— Je sais, tu as parfaitement raison. Et, dès que nous serons vraiment un traiteur haut de gamme, tu paraderas à chacune des réceptions chics dont nous nous chargerons, avec une nuée de photographes accrochés à tes basques.

— Je ne doute pas un instant de votre réussite prochaine... tu le sais, n'est-ce pas ? murmura Marcella. Ce ne sont pas des paroles en l'air...

— Je sais.

Il en était convaincu. Marcella leur avait souhaité le meilleur dès le départ.

— Je le sais bien, répéta-t-il en la serrant dans ses bras.

Il la relâcha et elle enfouit dans un sac son justaucorps, ses tennis et son flacon de lait pour le corps. Tom resta à la fenêtre jusqu'à ce qu'elle lui adresse un petit signe de la main en franchissant la grille de Stoneyfield, comme d'habitude. Devinait-elle seulement à quel point elle était belle, séduisante, même sans l'hygiène de vie impitoyable qu'elle s'infligeait ?

Ricky appela. Il avait les photos qu'ils lui avaient commandées, six clichés en noir et blanc, très artistiques, de mets choisis qu'ils voulaient exposer dans le bureau d'accueil de Scarlet Feather. Il les apporterait le lendemain matin si le support était installé. Tom avait-il besoin de leurs dimensions exactes ? Ce dernier acquiesça, attrapa un stylo et une feuille de papier.

— Je voulais te les apporter ce soir à la petite fête mais j'ai pensé que ce serait dommage de parler boulot à cette occasion, expliqua Ricky.

— A la petite fête ?

— Oui, tu sais bien, la nouvelle boîte de nuit ?

— Non, je n'en ai pas entendu parler.

— Oh, je l'avais dit à Marcella et elle m'a répondu que vous viendriez tous les deux, fit Ricky d'un ton perplexe.

Tom sentit son cœur battre plus vite.

— C'est sans doute un malentendu, marmonna-t-il.

— Oui. Bon, tous les clichés ont la taille d'un portrait. Je te donne d'abord la hauteur, puis la largeur. C'est ton père qui s'occupe d'installer une barre de support, n'est-ce pas ?

Ricky énonça les mesures et Tom nota une série de chiffres sur son bloc, mais son esprit fonctionnait en pilotage automatique. Il n'arrivait pas à croire qu'elle soit partie en faisant comme si elle allait à la gym alors qu'en réalité elle se rendait à une soirée sans lui. Comment justifierait-elle son retour tardif ? La trahison de Marcella le bouleversait tellement qu'il entendait à peine la voix de Ricky à l'autre bout du fil.

— Bon, je ferais bien d'aller me changer. Il faut être dingue pour organiser une fête à cette heure-ci. Personne n'est encore bien réveillé. Je te vois demain au QG, d'accord ?

— D'accord, Ricky, merci mille fois.

Il devait communiquer les mesures à son père. Les photos seraient accrochées à une barre incisée à intervalles réguliers et JT avait demandé qu'on le prévienne à temps afin que ce ne soit pas du travail bâclé. Les doigts gourds, il composa le numéro de ses parents, conscient qu'il lui faudrait jouer la carte de la gaieté et de la bonne humeur s'il voulait que son père accepte de noter les mesures. Pourvu que ce soit lui qui décroche... Il ne se sentait pas la force de simuler deux fois de suite s'il tombait sur sa mère.

Ce ne fut ni l'un ni l'autre mais une femme, qui aboya tellement fort qu'il faillit lâcher le combiné.

— Oui ?

— Excusez-moi, commença Tom, j'ai dû faire une erreur. Je cherchais à joindre les Feather.

— C'est ici. Qui est à l'appareil ?

— Tom, leur fils.

— Quel drôle de fils ! Vous n'avez jamais pensé à laisser votre numéro à côté de leur téléphone ?

— Mais ils connaissent mon numéro, protesta-t-il, piqué au vif par ce reproche injustifié.

— Ils ne le connaissent plus en ce moment, croyez-moi ! cria la femme.

— Que s'est-il passé... ?

Un sentiment d'angoisse s'empara soudain de lui. Tom entendait des voix en arrière-fond. Il s'était passé quelque chose, cela ne faisait aucun doute. Finalement, après qu'il eut assuré à son interlocutrice que son numéro de téléphone se trouvait en haut d'une liste, dans un carnet que sa mère, pour une raison obscure, rangeait dans le tiroir de la cuisine, la femme à la voix criarde accepta de lui raconter ce qui s'était passé. Son père s'était plaint de violentes douleurs à la poitrine et sa mère s'était précipitée dehors pour appeler du secours. Tous les habitants de la petite rue s'étaient retrouvés à Fatima et l'un d'entre eux était parti à l'hôpital lorsque l'ambulance était arrivée tandis que d'autres avaient préparé du thé pour la pauvre Maura, encore trop bouleversée pour comprendre ce qui venait d'arriver.

— Puis-je lui parler ?

— Pourquoi ne venez-vous pas ici, plutôt ? brailla la femme.

Ce qui semblait somme toute assez logique. Tom regretta de ne pas s'être montré plus gentil, plus patient avec son père. Il ramassa sa veste et ses clés de voiture. Puis il s'immobilisa un instant : devait-il laisser un mot à Marcella ? Tous deux communiquaient souvent par des lettres qu'ils laissaient sur la table. Mais il n'avait pas envie de la mettre au courant. En outre, il se sentait incapable de lui pardonner son mensonge. Car elle lui avait bel et bien menti. Elle lui avait paru bien enthousiaste en partant, elle sentait divinement bon et il avait vu des larmes dans ses yeux à un moment. D'un autre côté, elle ne devait pas non plus s'imaginer qu'il avait fui. « Mon père ne se sent pas bien. Suis allé le voir. Espère que tu t'es bien amusée à la soirée », écrivit-il. Ça lui apprendrait. Quelques instants plus tard, il prenait la direction de l'hôpital.

Si son père ne faisait pas d'autre attaque ce soir-là, le diagnostic serait encourageant, lui expliqua-t-on au service des soins intensifs. Des hommes et des femmes calmes et compétents, qui connaissaient tout sur les valvules et les artères. Une infirmière lui demanda gentiment s'il désirait s'asseoir dans le couloir. Tom se rendit compte qu'il devait gêner le passage depuis son arrivée.

— Il se repose en ce moment, il va bien.

— Je sais. Merci, fit Tom avec un sourire.

Elle lui sourit à son tour, un large sourire chaleureux. C'était une jeune femme solidement charpentée, criblée de taches de rousseur, dotée d'un accent du terroir et d'une chevelure légèrement indisciplinée. Tom reconnut le regard dont elle le gratifia : le genre de regard que presque toutes les Irlandaises adressaient à son frère Joe. Intéressé, curieux, un tantinet aguicheur. Il l'observa, le cœur lourd. Un joli brin de fille qui portait un cardigan blanc par-dessus son uniforme. Et pourtant, jamais il ne pourrait se sentir attiré par une femme comme elle, jamais. Comparée à Marcella, cette fille semblait venir d'une autre planète. Comme si elle appartenait à une espèce différente. Il sortit dans la nuit froide, désireux d'avaler une grande bouffée d'air, et téléphona à sa mère de son portable.

— Il va bien, maman.

— Comment ça, il va bien ? Ne l'ai-je pas vu de mes propres yeux les mains crispées sur sa poitrine, en train de suffoquer parce qu'il ne pouvait plus respirer ?

— On lui a administré des médicaments, maman, il respire de nouveau normalement.

Sa mère laissa échapper une sorte de gémissement et il entendit les voisins tenter de la réconforter.

— Je te rappelle dans une heure.

— Pourquoi ?

— Simplement pour te dire qu'il va bien.

— Il est fini, Tom, tu le sais aussi bien que moi. Il ne devrait plus monter en haut d'une échelle à son âge, il tenait tellement à restaurer cet endroit pour toi.

— Selon eux, ça n'a rien à voir avec le travail. Il va bien, vraiment, ils le disent tous ici.

— Oh, parce que bien sûr, tu t'y connais en médecine, toi qui n'as même pas voulu passer ton bac. Toi qui as refusé d'entrer dans l'entreprise de ton père pour lui donner un coup de main. Tu prétends tout à coup connaître la cause des crises cardiaques, c'est ça ?

— M'man, je te rappelle plus tard.

Il faisait un froid glacial dehors, mais c'était encore mieux que la chaleur, le bruit et les odeurs de l'hôpital. Il se dirigea vers un petit abri à vélos pour se protéger du vent, s'accroupit dans un coin, épaules courbées, et pria pour que son père aille mieux. Quand ce serait le cas, il lui parlerait d'homme à homme et ne partirait pas tant que la conversation n'aurait pas dépassé le stade des haussements d'épaules. Désormais, il insisterait pour que ses parents viennent régulièrement leur rendre visite à Stoneyfield. Il leur préparerait des plats qu'ils aimaient, du poulet grillé, du hachis Parmentier. Il demanderait à Marcella de leur parler de choses susceptibles de les intéresser.

Marcella. Tout lui revint brusquement en mémoire. Il se redressa et regarda les gens sortir et entrer, au volant de leurs voitures, dans l'immense parking bétonné. Quel endroit affreux ! Mais bien sûr, il préférait que l'argent de ses impôts serve à acheter les appareils qui contrôlaient le rythme cardiaque de son père plutôt qu'à créer de jolis jardins arborés. Il vit une femme qui ressemblait beaucoup à Shona Burke verrouiller sa voiture puis se diriger d'un pas décidé vers l'accueil. Elle portait un imperméable et un sac en bandoulière. C'était bel et bien Shona. Sur le point de s'avancer vers elle, il se ravisa. Il ne voulait pas lui parler de l'état de son père avant d'être fixé à ce sujet. En plus, il n'avait aucune envie qu'elle lui demande des nouvelles de Marcella. Car il eût été normal que sa compagne soit à ses côtés dans de telles circonstances. Mais au fond, qu'est-ce qui était normal avec Marcella ? Shona l'aperçut et s'approcha de lui.

— Tu trembles de froid, Tom.

— Je sais, mais il fait trop chaud à l'intérieur.

— Oh, je ne m'en rends même plus compte, je viens tellement souvent...

— Désolé, est-ce... ?

— Aucun souci, Tom.

Elle s'exprimait d'une voix douce tout en lui faisant comprendre qu'elle ne lui parlerait pas de la personne qu'elle venait voir.

— Toi, en tout cas, tu n'as pas l'air dans ton assiette. Viens un peu à l'intérieur.

— D'accord.

Ils pénétrèrent dans le hall côte à côte. Il y eut d'abord un silence. Finalement, elle se tourna vers lui.

— C'est grave ?

— Je ne sais pas. C'est mon père. Douleurs cardiaques, angine de poitrine... Tout va se jouer cette nuit ; s'il est encore en vie demain matin, il aura de grandes chances de se remettre.

— Mon pauvre Tom ! Quand est-ce arrivé ?

— J'ai appris la nouvelle il y a une heure environ. Ça a été un choc terrible ; ma mère est tellement bouleversée qu'elle devrait se trouver dans le lit voisin de celui de mon père.

— Tu viens juste d'être mis au courant ?

— Oui, j'ai encore du mal à réaliser.

— Si je comprends bien, Marcella ne le sait pas encore ?

— Non, répondit-il d'un ton morne.

— Oh, la pauvre ! J'ai proposé de la raccompagner en voiture en sortant de la gym mais elle a refusé ; elle voulait t'acheter une surprise, une plante verte, avant de rentrer en bus.

Au beau milieu du hall d'accueil bondé, Tom Feather embrassa Shona Burke en poussant un cri de joie.

— Elle était à la gym ? Ce soir ? s'exclama-t-il.

— Mais enfin, Tom, tu le sais bien... Elle m'a raconté que tu aurais voulu qu'elle reste à la maison pour porter un toast à ceux qui vous qualifient déjà de traiteur de luxe.

Il rentra chez lui si vite qu'il fut presque surpris de ne pas entendre de sirène de police siffler derrière lui tout le long du chemin. Il ouvrit la porte et la vit, assise devant la table, une grande fougère en pot posée à côté d'elle.

— Marcella !

— Comment va ton père ?

Son ton était glacial.

— Il va s'en remettre, il est en de bonnes mains... Tu étais à ton cours de gym ?

— Comme je te l'avais dit.

Son expression était de marbre.

— Marcella, si tu savais... J'ai cru que...

— Qu'as-tu cru ?

— Je me suis imaginé que tu étais partie à une soirée, dans une boîte de nuit...

Elle inclina légèrement la tête de côté, l'air interrogateur.

— Ricky m'a dit qu'il t'avait invitée.

— En effet, il m'a invitée. Mais je n'avais pas envie d'y aller, parce que tu es trop occupé et trop fatigué en ce moment, et puis je savais que ça ne te dirait rien, alors je suis allée à la gym, comme prévu.

Tom ne parvint pas à refouler les larmes qui lui montaient aux yeux.

— Je suis désolé. Tu comprends, je ne pensais pas que... Je ne pensais pas que tu m'aimais assez pour renoncer à ce genre de soirée juste pour moi.

— Et pourtant si, je t'aimais, tu vois, je t'aimais.

Elle parlait d'une voix contenue, sans paraître remarquer à quel point il était bouleversé.

— Tu m'aimes vraiment, je le sais maintenant.

— Non, Tom, j'ai dit que je t'aimais, pas que je t'aime.

— Ça n'a pas pu changer en si peu de temps. N'est-ce pas ?

Elle ramassa la feuille de papier et la lui tendit.

— Tu es l'homme le plus aigri, le plus soupçonneux que j'aie jamais rencontré. Comment une femme pourrait-elle t'aimer ?

Elle se leva et se dirigea vers la chambre à coucher.

— Marcella, tu n'as pas l'intention de partir ?

Son visage avait pris la couleur de la cendre.

— Parce que tu crois vraiment que je peux rester une nuit de plus avec un homme qui me prend pour une menteuse ?

Il s'immobilisa sur le seuil de la chambre, les yeux braqués sur elle.

Elle s'était déshabillée et s'emparait d'une de ces minijupes qu'il détestait la voir porter. Puis elle prit une paire de collants noirs dans le tiroir et se dirigea vers la salle de bains.

— Où comptes-tu aller ?

— J'ai des amis. Je trouverai bien quelqu'un qui acceptera de m'héberger.

— Je t'en prie, Marcella.

Elle appela un taxi avant de s'enfermer dans la salle de bains. Elle n'en ressortit que lorsque la sonnette de l'entrée retentit.

— Je suis sincèrement désolé, fit Tom.

— J'espère bien, parce que je t'ai toujours dit la vérité. Si tu crois qu'on peut mentir à la personne qu'on aime, c'est que tu as de sérieux problèmes.

Et elle partit. Un moment plus tard, le téléphone sonna. C'était sa mère.

— Tu avais dit que tu me rappellerais dans une heure. J'ai dû appeler moi-même l'hôpital.

— Comment va-t-il, maman ?

— Ça t'intéresse de le savoir ?

— M'man, je t'en prie !

— Il va mieux pour le moment. Tom, qu'allons-nous faire s'il meurt ?

— Je passe te voir à Fatima, m'man.

Il fit deux choses avant de partir. D'abord, il appela Joe à Ealing. Il tomba sur son répondeur.

— Joe, c'est Tom. Papa a eu une crise cardiaque. Je te laisse le numéro de l'hôpital. Tu n'as qu'à dire que tu es son fils et ils te donneront de ses nouvelles. J'espère que tu vas réagir, mais après tout, c'est ta vie, pas la mienne, alors je n'insisterai pas.

Puis il s'assit et écrivit quelques lignes qu'il laissa sur la table.

« Je prie de tout mon cœur pour que tu reviennes. Si ma prière est exaucée, chère, très chère Marcella, sache simplement que j'ignorais le sens du mot amour avant de te rencontrer et que ma vie ne vaut pas la peine d'être vécue sans ton amour. »

Tom laissa son portable branché toute la nuit. Il faisait à peine jour quand il s'arrêta chez un artisan pour commander la barre métallique qui servirait de support aux photos. Puis il prit la direction de Scarlet Feather. Cathy s'y trouvait déjà.

— A quoi ressemble l'autre type ? demanda-t-elle en le voyant.

— Quoi ?

— C'est une blague. C'est ce qu'on dit à quelqu'un qui s'est battu. On suppose que l'autre est encore plus amoché.

Il la contempla d'un air hébété.

— Bon sang, Tom, c'est pour rire. Tu es encore pire que Simon et Maud. Tu as pris une cuite au whisky ou quoi ?

— Non, je suis resté toute la nuit au chevet de mon père. Il a eu une attaque et Marcella m'a quitté.

Il avait parlé d'un ton étrange, comme s'il rapportait deux événements très ordinaires.

Cathy lui jeta un regard exaspéré.

— Que s'est-il passé ?

Elle se montrait à la fois compatissante et incrédule. Tom était sur le point de s'effondrer et d'éclater en sanglots, affalé sur la table, lorsque Ricky arriva avec les photos.

— Seigneur, tu as loupé une soirée d'enfer, lança ce dernier en se tenant la tête. Tu as été le plus sage de tous en refusant de venir, mon vieux, crois-moi.

— Eh oui, c'est bien moi, le plus sage, murmura Tom d'une voix triste en déballant le support que son père n'avait pu réaliser.

— Ça fait presque vingt-quatre heures que tu as eu ton attaque, papa, ce qui veut dire que tout va rentrer dans l'ordre, déclara Tom à son père dans l'après-midi.

— Tu ne peux pas imaginer ce que ça fait, c'est comme deux mains qui te serrent les côtes à les briser.

Son père avait meilleure mine aujourd'hui.

— On m'a dit que tu avais passé la nuit ici ?

— Ça t'étonne ?

— Mais... et Marcella ?

— Elle te fait ses amitiés, p'pa.

— Je sais bien, c'est une gentille fille. Une infirmière m'a raconté que vous étiez tombés dans les bras l'un de l'autre lorsque vous avez appris que j'étais sorti d'affaire, et ça, je ne l'oublierai jamais.

Tom dévisagea son père d'un air perplexe.

— C'est une chic fille, cette Catherine, elle était très déçue de voir que tu avais déjà une petite amie. Comme elle était de service, elle m'a tout raconté.

Son père lui tapota doucement la main et Tom lui sourit. L'infirmière au cardigan l'avait vu embrasser Shona Burke quand elle lui avait appris que Marcella était bel et bien allée à son cours de gym.

Cathy qualifia le baptême de réception infernale. On leur avait dit qu'il y aurait cinquante personnes mais ils constatèrent rapidement, à la vitesse à laquelle la pièce se remplissait, qu'il y en aurait en fait soixante-dix, au bas mot. La cuisine n'avait pas été correctement nettoyée ; Cathy, June et Tom passèrent donc vingt minutes à désinfecter les plans de travail. Quand ils ouvrirent les fenêtres pour se débarrasser de l'odeur de chlore, le père du bébé fit son apparition et se plaignit qu'une odeur d'urinoir flottait dans toute la maison. Et, lorsqu'ils voulurent dresser le buffet, les deux petits chiens de la famille prirent un malin plaisir à tirailler et à mordiller les nappes.

— Je ne supporte pas les gens qui n'aiment pas les animaux, déclara la mère du bébé, qui avait déjà ingurgité trois verres de gin avant de partir pour l'église.

La cérémonie avait duré quarante minutes de moins que ce qu'on leur avait indiqué. Résultat : le bar n'était pas tout à fait prêt quand les invités reparurent.

— On m'avait dit que vous étiez excellents, railla le père du bébé. Nous sommes aussi dans les affaires, vous savez, et nous n'avons pas l'habitude de payer pour un service médiocre.

Ils avaient préparé un *kedgeree*[1] comme entrée chaude. C'était un bon choix, mais, avant même qu'ils aient terminé de le servir, la mère du bébé se mit en tête d'avertir tous les invités : « Ne vous embêtez pas à manger tout ce riz et ce poisson, ils vont servir un bon rôti tout à l'heure. » De nombreuses personnes posèrent docilement leur assiette à moitié pleine. En cuisine, Tom et Cathy échangèrent un regard découragé. Ils avaient espéré que le *kedgeree* calerait la plupart des convives. A présent, il ne leur restait plus qu'à attendre qu'un miracle se

1. Pilaf de poisson avec des œufs durs. (*N.d.T.*)

156

produise, comme la multiplication des pains ou la pêche miraculeuse...

— Qu'allons-nous faire ? demanda Cathy.

— Je propose de tous les enivrer, suggéra Tom.

— Ce ne serait pas juste de notre part ; ils devraient payer toutes les bouteilles de vin supplémentaires.

— Qu'est-ce qui est juste sur cette terre, Cathy, tu peux me le dire ? Est-ce que tu trouves juste que mon père se retrouve dans un lit d'hôpital alors qu'il a trimé toute sa vie ? Est-ce que tu trouves juste que deux gamins que tu ne connais même pas atterrissent chez toi et chamboulent ta vie et celle de tes parents ? Est-ce qu'elle est juste, l'histoire de ce type qui aurait été chassé de ce pays comme un malpropre sans l'intervention de Neil ? Et tu les trouves justes, ces deux zozos qui nous ont dit qu'ils attendaient cinquante personnes alors qu'il y en a soixante-quinze ? Faisons-les boire, voilà ce que je dis.

C'est ce qu'ils firent. Avec brio.

Avant de mettre leur plan à exécution, Cathy Scarlet alla trouver le père du bébé et s'adressa à lui avec fermeté.

— Puis-je vous suggérer quelque chose ? Vos invités semblent beaucoup s'amuser et il se trouve que vous avez choisi de l'excellent vin.

— Oui, et alors ?

— Pour le cas où des doutes subsisteraient quant à la quantité de vin que nous devons servir, puis-je vous demander de signer une autorisation pour que nous en apportions davantage si cela s'avère nécessaire ?

— N'avions-nous pas prévu une demi-bouteille par personne ?

C'était un petit homme grassouillet, doté de minuscules yeux de cochon.

— C'est en effet ce que nous avions prévu mais la réception se passe tellement bien que nous aurions aimé avoir votre autorisation pour apporter davantage de...

— Faites comme vous voulez.

— Tout se passe comme vous le souhaitiez jusqu'à présent ?

— Oui, c'est pas mal... Continuez simplement à leur servir à boire.

— Merci. Vous êtes un hôte formidable, fit Cathy, les dents serrées.

Comment auraient-ils pu deviner que les choses se passeraient ainsi ? Tom se fraya un chemin dans la foule des convives, souriant et assurant à tous que le *kedgeree* était délicieux.

— Vous n'êtes pas mal non plus, lui répondit une femme toute barbouillée de chocolat.

Elle avait l'air ridicule et s'apprêtait à l'être encore plus. Tom la remercia du compliment.

— Votre robe est ravissante, ajouta-t-il. Vous l'avez trouvée chez Haywards ?

— Oui, en effet, répondit-elle, visiblement flattée.

— Approchez-vous un peu du miroir, vous avez quelque chose sur le visage.

Il lui tendit un mouchoir et elle se regarda. Horrifiée, elle s'empressa d'essuyer les traces de chocolat qui la défiguraient.

— C'était très sympa de ta part de lui rendre ce service, lui dit Cathy un moment plus tard.

— Les méchants, ici, ne sont que ces deux idiots de parents. J'ai déjà vu ce type quelque part mais je n'arrive pas à me souvenir où, et ça m'agace. Cette pauvre femme n'a fait de mal à personne, elle.

— C'est vrai, tu as raison. Dieu du ciel, il y a encore une nouvelle fournée d'invités à la porte. On va être obligés de leur faire manger le papier peint, si ça continue.

— Qu'est-ce qu'il fait comme boulot, ce type ? Je l'ai déjà rencontré quelque part, j'en suis certain.

— Peut-être dans un bar où nous avons travaillé. Ecoute, il faudrait que tu ailles donner un coup de main à June. Pendant ce temps, je vais appeler mon père pour lui demander de nous trouver plusieurs taxis.

— Muttie ? Des taxis ?

— Nous n'avons pas le temps de nous en charger nous-mêmes. La moitié des types avec qui mon père joue aux courses sont des chauffeurs de taxi.

— Tu es géniale, Cathy ! On va peut-être réussir à sauver les meubles, après tout. Dis-moi, est-ce que je perds la tête ou ce cher M. Riordan est-il bel et bien en train de me regarder comme s'il venait de tomber amoureux de moi ?

— Tu ne t'en rends peut-être pas compte mais tu es très séduisant, tu sais. Pourquoi M. Riordan n'aurait-il pas le droit de tenter sa chance, lui aussi ?

— Excusez-moi... ?

— Oui, monsieur Riordan ?

— Nous nous connaissons déjà, n'est-ce pas ?

— A vrai dire, monsieur Riordan, je suis le traiteur et...

— Nous nous sommes croisés à une soirée il y a deux mois de cela, pour le réveillon du jour de l'An...

— Ah oui ?

Tom ne l'écoutait pas vraiment ; il parcourait la pièce du regard, repérant les invités qui attendaient d'être servis.

— Je viens de m'en souvenir et je voulais simplement vous dire que ce genre de choses m'arrive rarement. C'est parce que j'avais trop bu, et je me suis senti tout chose après. J'ai l'impression qu'ils avaient délibérément mélangé les alcools à cette soirée. Une attitude tout à fait irresponsable de la part de ce photographe.

Tout à coup, Tom se souvint. C'était lui qui avait dansé très étroitement avec Marcella à la soirée de Ricky.

— Oh oui, bien sûr, monsieur Riordan, je me souviens de vous.

— Vous saviez qui j'étais depuis le début, railla Larry Riordan.

— Non, je viens juste de m'en souvenir.

— Allez, ça va, vous vous croyez tout permis depuis que vous avez franchi le seuil de ma maison ; vous saviez bien que je vous étais redevable.

— Tout ce que je savais, c'est que vous aviez commis une erreur en nous indiquant le nombre d'invités. J'ignorais jusqu'à cet instant que vous étiez l'heureux homme que j'avais croisé au réveillon du jour de l'An.

Il avait l'impression de grandir au fur et à mesure qu'il parlait. En face de lui, Larry Riordan se tassait sur lui-même.

— Toute cette histoire fut un énorme malentendu, bien sûr, entièrement dû à...

— Nous savons bien à quoi c'était dû, monsieur Riordan.

— Ce que je voulais vous dire, c'est que si vous vous êtes senti offensé...

— Oh, c'est bel et bien ce que j'ai ressenti ce soir-là.

— Mais plus maintenant, j'espère.

— A présent, j'aimerais poursuivre la tâche que vous et votre femme m'avez confiée. Et ce, malgré le fait que vous nous ayez annoncé cinquante invités alors qu'il y en a plus de soixante-dix dans cette maison.

— C'était également un malentendu.

— Décidément, il y en a eu pas mal entre nous... Je m'apprêtais justement à demander à votre épouse si...

— Inutile de lui demander quoi que ce soit. Adressez-vous plutôt à moi.

— Détendez-vous, monsieur Riordan, je voulais seulement lui demander si elle désirait qu'on réserve des taxis pour plus tard. Nombreux sont ceux qui devront laisser leur voiture ici.

— Faites comme bon vous semble, déclara le maître de maison en desserrant son col. Mais, croyez-moi, cet incident était tout à fait déplacé et j'espère qu'il n'a eu aucune conséquence. Je veux dire : j'espère que tout va bien dans votre...

— Tout va très bien, monsieur Riordan.

— Une jeune femme ravissante, pleine d'esprit... Je vous présente encore toutes mes excuses.

— Merci. Maintenant, si vous voulez bien m'excuser, j'aimerais continuer le service.

Et Tom s'éloigna. Ce type ne saurait jamais que Marcella l'avait quitté.

Pendant son absence, Cathy avait entrepris de recycler le *kedgeree* en lui ajoutant des champignons et des pommes de terre émincées. Elle expliqua à Tom que tout ce petit monde en aurait grand besoin pour éponger l'excédent d'alcool. Ils distribuèrent leur carte de visite à tous les convives et entreprirent de ranger la maison avec le plus grand soin. Lorsque les Riordan se réveilleraient le lendemain, tout serait impeccable. Ils découvriraient une bouteille de champagne et une brique de jus d'orange dans le refrigérateur. Tom et Cathy alignèrent les bouteilles vides dans le jardin, en rangs comme des soldats au garde-à-vous, de façon qu'il n'y ait aucun litige. Ils expliquèrent qu'ils viendraient les ramasser le lendemain après-midi, lorsqu'ils passeraient présenter la facture. Muttie avait envoyé cinq de ses amis chauffeurs de taxi. Ils effectuèrent un service de navette toute la soirée et furent généreusement rémunérés pour leurs efforts. Tom et Cathy payèrent à June trois heures supplémentaires ainsi que la course du taxi qui la ramena chez elle, avant de regagner ensemble le 7, Waterview.

— Entre un peu, proposa Cathy.

— Non, il est tard. Neil sera...

— Trois solutions : il est soit sorti, soit endormi, soit ravi de nous servir un verre, coupa Cathy. Ils gravirent l'escalier. Neil était assis devant sa table de travail, entouré de papiers.

— Oh, super, Cathy, je...

Il s'interrompit en apercevant Tom, visiblement pris au dépourvu.

— Ah, Tom, reprit-il en s'efforçant de masquer sa déception. Comment s'est passée la réception ? Allez, racontez-moi tout.

— Non, vraiment, Neil, il est déjà tard.

— Entre, maintenant que tu es là.

Il alla chercher trois bières et ils s'installèrent.

— Je vous écoute, fit Neil.

Mais le cœur n'y était pas. Tom décrivit brièvement la soirée avant d'avaler sa bière. Il s'apprêtait à prendre congé quand on frappa à la porte.

— Vous êtes saouls ? demanda Simon avec intérêt.

— Pas encore, répondit Tom.

— Où est Marcella ? voulut savoir Maud.

— Elle n'est pas là, intervint Cathy.

— Je n'aurais pas dû demander ça ? Je voulais simplement me montrer polie, comme tu me l'as appris, murmura Maud, confuse.

— Pas de problème, fit Cathy.

Il y eut un silence.

— Vous préférez qu'on retourne se coucher ? s'enquit Simon.

— Oui. Il fait nuit, au cas où vous ne l'auriez pas remarqué, précisa Cathy.

Maud et Simon s'éclipsèrent docilement, percevant une pointe de dureté dans sa voix.

Tom monta dans la camionnette et longea les rues sombres et désertes pour rentrer chez lui. Ces deux-là travaillaient vraiment comme des damnés — combien de couples étaient encore debout à cette heure-ci de la nuit ? Et ça ne devait pas être évident pour Neil d'avoir ces deux drôles de gosses dans les pattes. En plus d'une femme qui n'était jamais à la maison, trop absorbée par son activité professionnelle. Cathy avait été merveilleuse. Elle l'avait interrogé sur l'état de santé de son père mais n'avait absolument pas parlé de Marcella. Marcella qui l'avait quitté, qui refusait de prendre ses appels chez Haywards et qui n'était même pas venue chercher ses affaires.

— Quelque chose te tracasse, Neil ? demanda Cathy. Tu étais dans la lune pendant que nous te parlions de la réception.

— Désolé, mais franchement, avec ces gamins, je n'ai rien pu faire de toute la soirée. Ils n'ont pas arrêté de m'interrompre pour demander ci ou ça. D'abord, il y a eu les devoirs, et ensuite, ils voulaient savoir où ils devaient faire leur lessive.

— Il y a tout de même du progrès : à leur arrivée, ils se contentaient de jeter leur linge sale par terre.

— Ça ne peut pas durer. Il va falloir que nous augmentions la somme allouée à Muttie et Lizzie.

— Ils ne le font pas pour l'argent, et puis nous étions convenus de les laisser respirer un peu.

— Et nous, Cathy, peux-tu me dire qui nous laisse respirer un peu ? Nous avons beaucoup de choses à faire, à régler, et nous n'avons même plus le temps de parler.

— Très bien, on a un peu de temps maintenant.

— Un peu seulement.

— Ecoute, je serais ravie de discuter avec toi, là, tout de suite, ça me détendrait, tu comprends, mais si tu es fatigué...

— Il y a ce boulot...

— La grande affaire de la semaine prochaine... ?

— Non, ce n'est pas une affaire. C'est un poste. Il se pourrait que... Enfin, rien n'est encore sûr mais il se pourrait bien qu'on me propose ce poste extraordinaire...

Elle le regarda, bouche bée, pendant qu'il lui parlait d'une organisation qui travaillait en relation avec la Commission pour les réfugiés des Nations unies.

— Bon, ce n'est pas vraiment une nomination à l'ONU, c'est une organisation qui œuvre sous l'autorité de celle-ci...

162

Cathy l'interrompit.

— Excuse-moi, j'ai peur de ne pas comprendre. Est-ce que tu essaies de me dire que tu envisages d'aller travailler à l'étranger ?

— Ce ne serait pas pour tout de suite.

— Quand, alors ?

— Sans doute dans cinq, six mois. Si ça se fait, évidemment, mais je trouvais plus honnête de te mettre au courant.

— C'est une plaisanterie ?

— Non, je suis tombé des nues moi aussi quand j'ai entendu ça. En général, ils recrutent des gens beaucoup plus expérimentés, mais ils estiment que...

— Tu n'as tout de même pas l'intention de me demander de tout laisser tomber et de te suivre en Afrique parce qu'on t'a proposé un poste, comme ça, brusquement ?

— Ce ne sera pas forcément l'Afrique. Ça peut très bien être Genève, Strasbourg ou Bruxelles.

— Mais tu as déjà un travail. Tu es avocat, c'est ton métier. Défendre les gens, leur porter secours, les représenter. C'est ça, ton boulot.

— Mais c'est quelque chose de...

— On n'avait jamais envisagé ça, Neil, pas une seule fois.

— Tu ne sais rien de ce poste. Je suis sûr que tu adorerais ça, toi qui n'as jamais eu l'occasion de voyager.

— C'est faux. Je suis allée en Grèce, n'est-ce pas, et je t'ai rencontré là-bas.

— C'étaient seulement des vacances.

— C'étaient des vacances pour toi. C'était du travail pour moi. Je faisais la cuisine dans cette villa, tu te souviens ?

— Oh, chérie, c'était juste un petit boulot d'étudiante !

Le visage de Cathy se durcit :

— Ce n'est plus un boulot d'étudiante que je fais à présent, je dirige une entreprise.

— Mais tu ne peux pas t'imaginer que...

— M'imaginer quoi ?

— Le moment est mal choisi pour parler de ça, il est tard.

Il se leva.

— Tu n'as pas fini ta phrase. Tu disais que je ne pouvais pas m'imaginer que...

Elle leva les yeux sur lui.

— Je t'en prie, c'est ainsi que commencent les disputes.

— Non, les disputes commencent quand on ne finit pas ses phrases.

— Je ne sais même pas ce que je voulais dire, répliqua Neil, désireux d'en finir.

— Oh, tu veux que je la termine à ta place ?

Elle parlait d'une voix calme, trop calme.

— Ne nous disputons pas, Cathy.

— Non, non. Je crois que nous la terminerons ainsi : nous ne pouvions pas imaginer que tu me demanderais d'abandonner le travail et le rêve de toute une vie pas plus que je ne te le demanderais à toi. C'était quelque chose comme ça ?

— Nous avons besoin d'y réfléchir et d'en parler davantage.

— Tu as raison.

Sur ce, ils allèrent se coucher, tellement loin l'un de l'autre qu'ils ne s'effleurèrent même pas du bout de l'orteil.

Cathy fit semblant de dormir quand Neil quitta Waterview le lendemain matin, oubliant sa promesse d'emmener les jumeaux à l'école.

A Scarlet Feather, Tom avait meilleur moral : son père était sur la voie de la guérison. Sa mère lui avait demandé de l'excuser pour les propos un peu vifs que, sous le choc, elle avait tenus à son encontre. Les Riordan leur envoyèrent un petit mot pour dire que tout était en ordre et que la facture du baptême serait réglée dans son intégralité l'après-midi même. Il avait reçu une lettre de Marcella. Shona l'avait mise au courant pour la crise cardiaque de JT Feather ; elle lui envoyait ses amitiés et lui souhaitait un prompt rétablissement. Voilà pour les bonnes nouvelles. Pour les mauvaises, Marcella lui demandait de ne pas essayer de la joindre pour le moment. Joe Feather ne s'était toujours pas manifesté auprès de son père, qui aurait pu être mort et enterré à l'heure qu'il était. Et, lorsque Tom annonça à James Byrne que M. Riordan souhaitait les régler en liquide, le comptable réagit avec réticence.

— Je n'aime pas ça, déclara-t-il d'un ton bref.

— Je sais, mais que pouvons-nous y faire ?

— Il est d'usage de présenter une facture puis d'envoyer un reçu à la reception du règlement.

— Mais supposez que...

— Je suis payé pour faire votre comptabilité, Tom, par pour écouter vos suppositions, coupa James.

— Monsieur et madame Riordan, j'espère que notre prestation vous a apporté entière satisfaction.

— Les invités étaient ravis, répondit la mère du bébé.

— Ils n'ont cessé de chanter vos louanges, renchérit son époux.

Tom ne releva pas, car il ne voulait pas que ce type se remette à grimacer.

— Notre comptable préférerait un règlement par chèque.

— Pas de problème. C'était juste parce que certaines personnes préfèrent être payées en liquide pour échapper aux impôts, répondit Larry Riordan.

— Ce qui n'est absolument pas dans nos intentions, fit Tom en soutenant son regard.

— Non, bien entendu.

— Passons à côté pendant que je vais chercher mon chéquier, suggéra Larry Riordan.

Apparemment, il redoutait de laisser Tom seul en compagnie de sa femme, de peur qu'il se mette à parler de la fameuse soirée. Tom sortit sa calculatrice et son carnet de facturation :

— Le vin a été comptabilisé, les taxis et le personnel ont été payés. Il y a juste un petit problème au sujet de... Etes-vous sûrs de nous avoir donné le nombre d'invités exact ? Notre serveuse a recompté plusieurs fois les assiettes, vous comprenez, et...

— Ma femme m'a dit qu'il y avait eu une erreur. Elle pense que nous étions bien plus de cinquante.

— Bien plus de combien ? insista Tom, le regard froid.

— Plus près de quatre-vingts, selon elle.

— Parfait, fit Tom en leur signant un reçu.

De retour à Stoneyfield, il mit le disque de Lou Reed qu'il aimait beaucoup ; en l'écoutant, il savait qu'il n'était pas le seul à mener une vie compliquée. La sonnette de l'entrée retentit. Il répondit ; c'était Marcella.

— Tu as une clé, dit-il calmement dans le combiné de l'Interphone.

— Je ne m'en servirai que si...

Sa voix se brisa.

— Que si quoi, Marcella ?

Il était toujours aussi calme.

— Que si tu acceptes que je monte pour que nous parlions.

Il appuya sur le bouton. Mais elle n'entra pas.

— Je veux dire : que nous parlions vraiment, insista-t-elle.

— Ecoute, cela fait des jours, des heures, des minutes, des secondes que je t'attends, dit Tom. Je ne sais plus trop depuis combien de temps.

— Je le sais bien. Allez, nous savons tous deux que ça fait très très longtemps, dit-elle simplement.

— Marcella, vas-tu te décider à monter, oui ou non ?

Il osait à peine l'espérer.

— Tom, je voulais savoir comment s'était passé le baptême et te dire aussi que je sais que tu m'aimes, et que nous avons tous les deux commis des erreurs.

Il y eut un silence.

— Puis-je revenir à la maison, Tom ?

Il savait qu'elle pleurait et se fichait bien de pleurer devant elle lorsqu'il dévala l'escalier pour l'entraîner chez eux.

Le lendemain matin, ils reçurent un appel de la femme que Tom avait sauvée du ridicule au baptême. Elle voulait les remercier pour leur gentillesse et pour l'excellent repas qu'ils avaient préparé, et leur demander d'organiser une réception pour des noces d'argent qui auraient lieu dans plusieurs semaines. Geraldine leur commanda un déjeuner pour un groupement d'agences immobilières qui se lançait sur le marché des résidences secondaires et désirait un buffet de style espagnol. L'hôpital appela pour dire que le père de Tom allait de mieux en mieux ; M. JT Feather rentrerait chez lui dans la journée. Il y eut un message de Joe ; il se trouvait à Manille et on venait juste de le mettre au courant pour son père. Pouvait-on lui répondre par fax ? Car il devait rester encore deux semaines aux Philippines. James Byrne laissa un petit mot dans lequel il confirmait la date de son cours de cuisine et prenait soin de préciser qu'il avait l'habitude de payer d'avance et toujours par chèque, désapprouvant avec vigueur l'économie parallèle. Cathy reçut un e-mail de sa sœur Marian ; elle lui demandait de s'occuper de la réception d'un grand mariage prévu à Dublin au mois d'août. Le théâtre leur écrivit qu'il se pouvait qu'un autre cocktail eût lieu prochainement. Le dernier en date avait été apprécié par tous les invités, ajoutaient-ils. Tom accepterait sans doute de leur rendre ce service.

De son côté, Cathy reçut une lettre de Hannah Mitchell, portant la mention « confidentiel » ; sa belle-mère désirait l'inviter à déjeuner chez Quentin afin d'aplanir leurs différends. Lorsque Cathy appela Tom pour lui annoncer cette nouvelle stupéfiante, elle tomba sur Marcella, qui le lui passa.

— Tom, ton optimisme a payé. C'est toi qui nous as aidés à avancer. Je suis heureuse pour toi, sincèrement heureuse, murmura Cathy, la gorge nouée.

— Je sais, dit-il en gratifiant Marcella d'un sourire radieux.

# 3

## MARS

Cathy arriva chez Quentin en avance.

— On vient nous chiper des idées ? lança Brenda Brennan.

Cathy et Tom avaient tous deux travaillé en salle et dans les cuisines du meilleur restaurant de Dublin.

— Oh, on a déjà volé tout ce qu'il y avait à voler ici, répondit Cathy d'un ton rieur. D'ailleurs, les tartelettes à la tomate et au basilic font un malheur !

Brenda sourit ; la concurrence des traiteurs ne lui faisait pas peur. Les gens venaient chez Quentin autant pour l'ambiance que pour la carte.

— Où vais-je t'installer, Cathy ?

— Où ma belle-mère aime-t-elle s'asseoir ?

— Elle n'a pas vraiment de préférence, c'est une femme très difficile à satisfaire.

Brenda Brennan connaissait la chanson.

— Ne commence pas à me décourager, j'ai l'intention d'être aimable aujourd'hui, fit Cathy d'un ton implorant.

Elles choisirent la table qui conviendrait le mieux à Hannah et Cathy s'installa. Elle n'avait pas parlé de ce déjeuner à Neil. Ils observaient une trêve ces jours-ci ; ils discutaient normalement, prenaient leurs repas ensemble, mais l'espèce d'ombre menaçante qui planait au-dessus de leurs têtes n'était que temporairement ignorée. Ils étaient convenus de laisser passer un peu de temps avant d'en reparler à un autre moment qu'à deux

168

heures et demie du matin, dans leur petite maison qui abritait aussi Simon et Maud. Peut-être Hannah était-elle au courant des projets de son fils. C'était pourtant peu probable. Elle attendrait que sa belle-mère abatte ses cartes. Après tout, Hannah avait pris soin de préciser « confidentiel » sur l'enveloppe. Peut-être le coup de sang de Cathy avait-il porté ses fruits et Hannah souhaitait-elle lui présenter des excuses. Si tel était le cas, elle aurait la possibilité de le faire dignement, à l'abri des oreilles indiscrètes. Peut-être aussi s'agissait-il de Maud et Simon ? Apparemment, un contact avait été établi avec leur père. A moins qu'une des amies de Hannah n'eût besoin des services d'un traiteur ? Amanda, installée au Canada, songeait à leur rendre bientôt visite. Hannah souhaitait peut-être une réconciliation dans le seul but de sauver les apparences... Inutile de spéculer, décida Cathy. Dans un peu plus d'une heure, lorsque leurs assiettes seraient débarrassées, qu'elles refuseraient toutes deux de prendre un dessert et commanderaient directement un café, elle serait fixée.

Dans un box discret du restaurant, James Byrne était assis en face de son invité, Martin Maguire. Cette table avait la particularité d'offrir une vue d'ensemble sur la salle, sans que l'on soit repéré.

— Penchez-vous légèrement, Martin, et vous la verrez. C'est Cathy Scarlet assise toute seule, là-bas.

L'homme regarda dans la direction que son compagnon lui indiquait et aperçut la jeune femme blonde plongée dans un exemplaire de l'*Irish Times*.

— Elle est très jeune, fit-il observer à voix basse.

— Ils le sont tous, de nos jours, Martin.

— Non, elle ne tiendra pas le coup à la tête d'une entreprise ; trop de stress, trop de soucis.

— Elle doit avoir vingt-six ans, ce n'est pas si jeune par rapport aux critères actuels.

— C'est à peu près l'âge de Frankie.

James Byrne baissa les yeux sur sa serviette, cherchant désespérément quelque chose à dire. Finalement, il dit :

— Frankie repose en paix.

— Comment peut-on en être sûr ? demanda le père du jeune homme.

— Parce que Dieu est bon, suggéra James Byrne.

Les Riordan, qui avaient organisé la réception du baptême, reconnurent également Cathy.

— Je n'aurais jamais cru qu'ils avaient de quoi fréquenter ce genre d'endroit, déclara Molly Riordan d'un air pincé.

— Ne t'inquiète pas pour eux, leurs factures sont suffisamment salées. Pour quelle raison n'auraient-ils pas les moyens de venir déjeuner ici ? répliqua son mari, qui redoutait toujours que Tom Feather vende la mèche.

Au même instant, Hannah Mitchell fit son apparition : coiffure impeccable, tailleur en laine de couleur bruyère flambant neuf, elle était chargée de sacs Haywards. Elle pesta contre son manteau de fourrure, demanda trop obligeamment si la table convenait à Cathy. Avant de s'asseoir enfin.

— Bon sang, mais c'est la femme de Jock Mitchell, ils ont vraiment des relations, murmura Larry Riordan, étonné.

— J'ai toujours rêvé de faire sa connaissance. Hannah Mitchell organise un tas de tournois de bridge pour le bénéfice d'œuvres humanitaires. On voit leur photo partout dans les journaux. Je vais peut-être m'arranger pour passer à côté de leur table tout à l'heure, déclara sa femme.

— Oh, laisse tomber... Ces traiteurs ne sont rien. Nous n'avons pas besoin d'être présentés, s'empressa de conclure Larry Riordan.

— Madame Mitchell, mademoiselle Scarlet.

Brenda les salua de son ton calme et posé.

— Vous connaissez ma belle-fille ? s'étonna Hannah, agacée de ne pas avoir pu faire les présentations.

— C'est toujours un plaisir de vous recevoir toutes les deux, murmura Brenda en leur tendant la carte.

Elle se garda bien de dire que Cathy avait fait la plonge en cuisine, qu'elle avait servi en salle et qu'elle était beaucoup plus connue dans ce restaurant que ne le serait jamais l'élégante Hannah. Ici, Mme Mitchell n'était réputée que pour sa manie de changer sans cesse de table, de renvoyer les plats ou de demander l'addition d'un ton sec. Cathy, elle, avait tenu le restaurant de main de maître le soir où Patrick, le chef, s'était brûlé la main. Elle avait trouvé cinquante livres dans les toilettes pour femmes et réussi l'exploit de les rendre à la cliente qui les avait oubliées, sans que son mari s'en aperçoive. Elle était là aussi le soir où les toilettes s'étaient bouchées... Bref, Brenda Brennan avait une préférence marquée pour l'une des deux femmes assises l'une en face de l'autre.

— C'est appréciable de pouvoir prendre le temps de discuter un peu, commença Hannah Mitchell.

— C'est très aimable de votre part et c'est une coupure agréable pour moi, renchérit Cathy.

Elle s'était répété au moins vingt-cinq fois qu'il était inutile d'accepter ce rendez-vous si elle n'avait pas l'intention de rester calme et courtoise. La crise était passée, la confrontation avait eu lieu. Elle n'avait pas parlé à sa belle-mère pendant plusieurs semaines, jusqu'à ce qu'elle décroche son téléphone pour confirmer le jour du déjeuner que Hannah Mitchell lui avait proposé. A présent, elle devait écouter. Ecouter, et s'efforcer de ne pas s'emporter.

— Vous travaillez trop, c'est sûr. Vous devriez vous accorder davantage de temps libre, reprit Hannah.

— Sans doute.

— Vous reconnaissez donc que vous êtes surmenée, un peu tendue, prête à sortir de vos gonds pour un rien ?

Cathy comprit alors où sa belle-mère voulait en venir. Elle essayait de lui coller l'étiquette de furie névrosée, très fière de sa petite entreprise mais incapable de maîtriser ses émotions en public. Tiens, tiens. Il était toujours intéressant de savoir où on mettait les pieds.

— C'est drôle, c'est exactement ce que Neil et moi nous disions l'autre jour ; à notre âge, nous sommes obligés de travailler dur, sans relâche, pour pouvoir avancer. Quand nous aurons atteint le vôtre et celui de M. Mitchell, nous mènerons enfin une vie plus reposante.

— C'est ce que vous vous disiez ?

— Oui. Nous nous faisions la remarque que M. Mitchell avait bien de la chance de pouvoir passer tant de temps sur un terrain de golf pendant que vous vous consacriez pleinement à toutes ces œuvres de charité. Un jour viendra où, nous aussi, nous pourrons faire tout ça, conclut Cathy avec un large sourire.

Mme Mitchell perdit contenance. Elle n'avait pas du tout prévu que la conversation prendrait cette tournure.

— Vous avez raison, ma chère, mais ne pensez-vous pas qu'il se pourrait que... comment dire... que vous canalisiez trop d'énergie dans une seule direction ?

Cathy la considéra d'un air perplexe.

— Une seule direction ?

— Oui, cette entreprise de service.

Cathy partit d'un éclat de rire.

— Oh, c'est également ainsi que nous l'appelons, comme Simon et Maud. Ils sont vraiment bizarres, ces enfants, ne trouvez-vous pas ? Tellement graves et en même temps tellement naïfs.

— Je ne comprends pas ce que vous voulez dire, fit Hannah, sincèrement intriguée.

— Excusez-moi ; c'est juste qu'ils appellent eux aussi notre activité de traiteur une entreprise de service parce qu'ils ne comprennent pas bien de quoi il s'agit... J'ai cru que vous aviez fait exprès de les citer.

Son regard était dur et sa voix encore plus froide. Hannah réfléchit rapidement.

— C'était ça, en effet, affirma-t-elle.

— J'en étais sûre. Pour revenir à votre propos, madame Mitchell, vous avez probablement raison. Je consacre énormément d'énergie à cette entreprise, à l'instar de Tom Feather, mais je crois que c'est tout à fait naturel. Une fois qu'elle sera lancée, nous espérons pouvoir prendre un peu de repos, nous octroyer deux ou trois soirées libres par semaine.

— Enfin, ma chère, c'est tout à fait ridicule... Que faites-vous de votre vie, de votre vraie vie... Avec Neil, par exemple ?

— Neil travaille aussi presque tous les soirs, soit à la maison, soit en réunion. C'est comme ça.

— Je crois plutôt que c'est vous qui avez créé cette situation, ma chère.

Cathy connaissait bien ce ton. Elle utilisait le même pour s'adresser à sa mère. « Désolée, chère Lizzie, mais je crois que la salle de bains n'a pas vraiment été nettoyée à fond, qu'en pensez-vous ? » A l'époque, Cathy avait eu plusieurs fois envie de tuer cette femme. L'envie était presque aussi intense aujourd'hui. Elle émietta un morceau de pain aux olives entre ses doigts, réduisant la mie en fine poudre.

— Expliquez-moi ce que vous essayez de me dire, voulez-vous, madame Mitchell ?

— En fait, je me demande souvent ce qui pousse Neil à travailler autant, pourquoi vous n'avez aucune vie sociale, pourquoi vous ne recevez pas chez vous et aussi pourquoi vous ne fréquentez aucun club. Etes-vous au moins membre d'un club, dites-moi ? Vous savez, je suis toujours inquiète de voir qu'un jeune couple n'a pas de vie sociale à proprement parler. Les gens peuvent se poser des questions.

— Nous travaillons beaucoup tous les deux et Neil attache énormément d'importance à ses clients ; il tient à ce que justice soit rendue, ce qui lui demande naturellement beaucoup de temps. Il me semble que l'explication est là, ne croyez-vous pas ?

— Oh... oui, bien sûr, oui, cela va sans dire. Je me demandais simplement si... enfin, vous devriez peut-être essayer de... essayer pour voir si...

Elle semblait à court de mots.

— Que devrais-je essayer, madame Mitchell ?

Cathy était sincèrement intéressée à présent. Que diable allait-elle bien pouvoir lui proposer ? De nouvelles techniques sexuelles irrésistibles et ravageuses ? S'apprêtait-elle à lui suggérer d'organiser deux fois par semaine de grands dîners auxquels serait convié le gratin de la politique et des médias ? Elle attendit, piquée dans sa curiosité.

— Vous devriez essayer de prendre davantage soin de vous.

Mme Mitchell semblait gênée. Pourtant, une fois que les mots eurent franchi ses lèvres, elle n'en démordit pas.

— Sans doute avez-vous été trop prise par le travail et le reste... Vous n'avez pas eu l'occasion de souffler, de prendre le temps de vous regarder attentivement.

Cathy ne savait pas si elle devait se sentir humiliée ou amusée. Une femme qui conseillait à une autre de soigner son apparence paraissait toujours condescendante. Mais là, le conseil venait d'une femme de soixante ans qui portait un style de coiffure complètement démodé, boudinée dans un tailleur en laine trop petit pour elle et dont les ongles étaient vernis dans une teinte qu'on ne voyait plus depuis plusieurs décennies, sauf peut-être dans des spectacles pour enfants. Hannah Mitchell, dont le visage dur, trop maquillé et le manteau de vison faisaient d'elle une caricature, Hannah Mitchell prétendait donner des conseils de beauté à Cathy...

— Par quoi pensez-vous que je devrais commencer ? demanda-t-elle d'une voix atone.

— Par vos cheveux, bien entendu, et pour vous prouver à quel point je le pense sincèrement, je vous ai pris un bon pour le salon de coiffure de Haywards, ajouta Mme Mitchell en sortant une enveloppe de son sac.

— Je ne peux pas accepter, protesta Cathy.

— Mais si, voyons. Je ne crois pas vous avoir offert de véritable cadeau pour Noël, alors mettons que ce soit ça. Vous avez fait un travail merveilleux pour notre réception du réveillon, mes invités m'en parlent encore. Je me sens redevable envers vous et j'estime que c'est le moins que je puisse faire.

Cathy contempla l'enveloppe d'un air sombre.

— Demandez une séance de manucure en même temps, faites-vous poser des faux ongles, qu'en pensez-vous ? Les hommes adorent ça, les ongles longs et vernis.

— Ecoutez, madame Mitchell, je veux bien réfléchir pour une nouvelle coupe de cheveux mais je me passerai de la manucure. Vous comprenez, dans mon travail, il serait risqué de porter des faux ongles. Imaginez que je les perde en préparant une pâte à tarte.

Cathy s'efforça de rester enjouée. C'était le seul moyen de réprimer l'envie qui la tenaillait profondément : se lever brusquement et coincer sa belle-mère contre la table.

— Ah bon.

Hannah Mitchell semblait triste et déçue, comme quelqu'un qui avait fait de son mieux mais dont les efforts s'étaient soldés par un échec, à cause de la désespérante bêtise de Cathy.

— Mais je suis sincèrement touchée par votre gentillesse, madame Mitchell. Et aussi par votre invitation à déjeuner.

On venait d'apporter le poisson qu'elles avaient commandé et Hannah l'examina d'un air soupçonneux.

— A-t-on pris soin d'enlever toutes les arêtes ? demanda-t-elle au serveur.

— Oui, madame. Il se peut qu'une ou deux petites arêtes nous aient échappé mais un soin extrême a été apporté à sa préparation, vous le constaterez par vous-même.

Cathy adressa un clin d'œil au serveur pendant que Hannah continuait à scruter son assiette. Elle le connaissait bien, ayant travaillé de nombreuses fois en sa compagnie. Il resta de marbre. Brenda Brennan dirigeait son personnel d'une main de fer. Il ne voulait surtout pas être surpris en train de se moquer d'une cliente.

James Byrne s'approcha de leur table. Un homme plus âgé l'accompagnait.

— Mademoiselle Scarlet, je suis navré de vous interrompre, mais j'ai pensé que vous seriez heureuse de faire la connaissance de Martin Maguire, l'ancien propriétaire des locaux que vous avez achetés. Il est à Dublin pour quelques heures.

Cathy se leva d'un bond.

— Je suis ravie de vous connaître. Accepteriez-vous de passer chez nous tout à l'heure pour rencontrer Tom Feather ? Cela nous ferait très plaisir de vous montrer nos installations flambant neuves. Oh, permettez-moi de vous présenter madame Hannah Mitchell, qui m'a invitée à déjeuner aujourd'hui...

Hannah contemplait la scène, bouche bée. Jamais elle ne s'habituerait à ce que la fille de sa femme de ménage la présente avec une telle aisance à deux hommes élégants et d'un certain âge. D'où lui venait cette extraordinaire assurance ? M. Maguire promit de passer prendre le café à quatre heures puis les deux hommes prirent congé. Percevant l'irritation de sa belle-mère, Cathy s'empressa de changer de sujet.

— Ma sœur Marian se marie. Vous souvenez-vous d'elle ?

Les pupilles de Hannah Mitchell se rétrécirent à l'évocation du passé.

— Non, votre mère n'emmenait aucun de ses enfants à part vous.

— Marian est la plus autoritaire d'entre nous.

— Elle habite à Chicago, c'est ça ? Ils sont tous partis là-bas, je me souviens que votre mère m'en avait parlé.

— Ils s'y plaisent beaucoup. J'ai eu l'occasion d'aller les voir là-bas. Etes-vous déjà allée aux Etats-Unis, madame Mitchell ?

Avant que Hannah ait le temps de hausser les épaules d'un air dédaigneux — elle se moquait bien de connaître le pays d'adoption des enfants de cette pauvre Lizzie —, Cathy vit deux autres silhouettes s'approcher de leur table et, à son grand désarroi, elle reconnut le couple qui avait organisé le baptême infernal. Pour la deuxième fois, elle se chargea des présentations. Hannah Mitchell crut bon d'intervenir.

— Je suis la belle-mère de Cathy, expliqua-t-elle.

Une première.

— Oh, et est-ce que... Tom est... votre fils ? s'enquit Molly Riordan avec enthousiasme.

— Oh non, non, pas du tout. Mon fils est juriste, avocat plus précisément, répondit Hannah.

Ils les quittèrent enfin, après avoir laissé leur carte de visite à Hannah en lui promettant une contribution généreuse à la prochaine réception qu'elle organiserait en faveur d'une œuvre de charité.

— Je suis désolée, s'excusa Cathy.

— Non, il ne faut pas. En fait, je suis très étonnée. Si votre pauvre mère pouvait vous voir au milieu de tous ces gens...

— Madame Mitchell, c'est extrêmement aimable de votre part de m'inviter à déjeuner et de m'offrir ce coûteux rendez-vous chez le coiffeur, je suis touchée et reconnaissante, mais j'aimerais vous demander un service tout à fait personnel. Pourriez-vous, je vous prie, cesser dd dire « votre *pauvre* mère » ? Ma mère est loin d'être pauvre, elle est heureuse et gaie, et elle a la chance d'avoir des enfants et un mari qui l'aiment.

— Oui, bien sûr... je voulais seulement dire...

Cathy attendit.

Après un long silence, Hannah Mitchell acheva sa phrase :

— Je voulais seulement dire qu'elle ne possède pas votre assurance.

— Oh, l'assurance ne fait pas tout dans la vie, madame Mitchell.

— Ça pousse les gens vers de grandes choses, tout de même.

Sa bouche prit un pli dur.

Cathy aperçut Geraldine, que l'on conduisait à une table voisine. Elle était accompagnée de Peter Murphy, le directeur général de l'hôtel dont elle gérait les relations publiques. Leurs regards se croisèrent, et Cathy secoua imperceptiblement la tête. Captant le message. Geraldine s'abstint de venir la saluer. L'intervention d'un troisième client de Chez Quentin la placerait dans une situation délicate. Elle avait déjà montré trop de cette fameuse assurance à sa belle-mère. Il était temps d'écouter docilement les propos de cette dernière, qui lui vantait les mérites des soins du visage et la mettait en garde contre le relâchement musculaire prématuré. Cathy écouta tout en se demandant, comme d'habitude, comment cette femme futile, triste et cupide et son épicurien de mari avaient bien pu faire pour donner naissance à Neil. Neil qui défendait en ce moment même une cause désespérée, Neil qui serait étonné de savoir qu'elle avait déjeuné en compagnie de sa mère mais qui ne comprendrait jamais pourquoi les suggestions de cette dernière l'offensaient à ce point. A cet instant, Cathy se surprit presque à souhaiter qu'elles en soient restées aux rapports de franche hostilité qui les liaient jusqu'alors. C'était plus facile à vivre.

Peter Murphy et Geraldine O'Connor les virent quitter le restaurant.

— Grand Dieu, cette pauvre femme est ennuyeuse comme la pluie, remarqua Peter.

— C'est surtout une belle-mère redoutable, crois-moi, répondit Geraldine.

— Comment diable sais-tu cela ?

— Il se trouve que c'est ma nièce, Cathy Scarlet, qui sort du restaurant avec elle. C'est elle qui a la malchance de tenir ce rôle.

— Ça, je le savais. Elle a épousé le jeune avocat, n'est-ce pas ?

— Elle a aussi monté son entreprise, celle dont je ne cesse de te rebattre les oreilles alors même que tu ne cesses de me dire qu'elle ne présente aucun intérêt pour toi.

— En effet, elle ne présente aucun intérêt pour moi si ce n'est qu'elle constitue un concurrent de plus. Dis-moi, si elle accepte de déjeuner avec sa belle-mère, c'est qu'elle ne la déteste pas tant que ça.

— Pourtant si, crois-moi.

— Pourquoi ne les as-tu pas saluées ?

— Cathy m'a fait signe de ne pas m'approcher, expliqua Geraldine.

— Décidément, je ne comprendrai jamais les femmes, soupira Peter Murphy.

Il ne ménageait pourtant pas ses efforts, multipliant les liaisons et les aventures. Notamment avec Geraldine, quelques années plus tôt. Mais tout était terminé à présent. Aujourd'hui, ils n'étaient plus que de bons amis.

— Je regrette d'avoir accepté de retourner là-bas, confia Martin Maguire à James Byrne.

Les deux hommes se promenaient dans Stephen's Green, distribuant aux canards le pain que leur avait donné Brenda Brennan lorsqu'ils avaient quitté le restaurant.

— C'est pourtant une bonne idée, je vous assure. Ainsi, vous garderez en mémoire l'image que vous verrez aujourd'hui. Tout est neuf, rutilant, et très différent, déclara James.

Ils contemplèrent en silence une cane qui rassemblait ses petits pour les entraîner vers la distribution de pain.

— Regardez ça, murmura Martin Maguire, fasciné. Regardez combien ils aiment leurs parents et leur font confiance. Ça ne se passe pas comme ça chez les êtres humains.

— Cessez de vous torturer, je vous en prie, Martin. C'est inutile.

— Beaucoup de choses le sont, inutiles. Etes-vous sûr que vous ne leur avez rien raconté ?

— Je vous l'ai déjà dit.

— Ils ont dû se demander pour quelle raison j'étais si pressé de vendre. Ils ont dû vous poser des questions.

— C'est votre histoire, votre vie, Martin. Je ne me serais jamais permis de leur raconter quoi que ce soit. De toute façon, ces deux-là étaient bien trop impatients de monter leur entreprise pour s'interroger là-dessus. Ils ne m'ont jamais rien demandé, croyez-moi.

— Je ne peux pas aller là-bas. C'est aussi simple que cela. Pourrez-vous le leur dire ?

— Bien sûr, fit James Byrne en hochant gravement la tête.

— Tu te rends compte, elle est leur belle-fille et elle a un accent très ordinaire, lança Molly Riordan, stupéfaite.

— Moi, je savais qu'elle n'était pas mariée à ce grand dadais de Tom, avec sa tête de chanteur pour midinettes, fit Larry d'un ton contrarié.

— Personnellement, je l'ai trouvé plutôt mignon.

— Lui, en tout cas, ce ne sont pas les avocates qu'il fréquente. C'est autre chose qu'il recherche, crois-moi.

— Comment sais-tu tout cela, toi ?

— On me l'a dit, c'est tout.

Molly haussa les épaules.

— En tout cas, nos amis l'ont trouvé charmant. On dirait que tu as une dent contre lui. Pourquoi ?

Larry Riordan ne sut que répondre. Juste un de ces trucs instinctifs, songea-t-il.

Une fois le service du déjeuner terminé, Brenda Brennan se servit une tasse de café en cuisine.

— Patrick, on devrait essayer de faire de la publicité pour la boîte de Cathy et Tom. Les débuts sont toujours difficiles, tu le sais bien.

— Que suggères-tu ?

— Tu as sans doute remarqué que les gens nous demandaient souvent de nous occuper de funérailles... Et comme nous manquons de temps, nous nous contentons de leur envoyer des plateaux de saumon fumé.

— Tu as raison. La prochaine fois, nous les recommanderons. Demande-leur de nous laisser une carte.

— C'est déjà fait, répondit Brenda.

Tom et Cathy avaient préparé du café et des sablés pour quatre heures.

— Au fait, comment ça s'est passé chez Quentin ? s'enquit Tom. Le restaurant n'est plus qu'une grosse mare de sang ?

— Non, Hannah voulait simplement que je me fasse couper les cheveux.

Tom la dévisagea d'un air intrigué.

— Et elle n'a pas réussi ?

— Si.

Cathy tapota son sac à main.

— Elle m'a donné un bon pour l'institut de Haywards, je visiterai donc bientôt le domaine de Marcella. Tu trouves que ma coupe de cheveux a besoin d'être rafraîchie ?

— Je ne sais pas. Et toi, ça te fait envie ?

— Non, pas spécialement.

— Alors ne touche à rien.

C'était simple. Tellement simple pour un homme ! Tellement simple pour quiconque n'avait pas accepté l'argent de Hannah Mitchell !

Au même instant, ils entendirent James Byrne arriver.

— N'oublie pas, on ne doit surtout pas paraître trop reconnaissants si on ne veut pas qu'il nous reprenne tout, s'affola Cathy.

— L'affaire est conclue et signée, Cathy, ce n'est qu'une visite de courtoisie, murmura Tom avant d'ouvrir la porte.

James Byrne se tenait sur le seuil. Seul.

— Je suis désolé, M. Maguire a finalement décidé de ne pas venir et m'a chargé de vous transmettre toutes ses excuses.

Ils ne cachèrent pas leur déception.

— Pourquoi a-t-il changé d'avis ? demanda Cathy alors même qu'en formulant sa question elle savait déjà que James Byrne ne lui répondrait pas.

— Je lui ai simplement promis de vous dire qu'il était désolé.

Il semblait déçu lui aussi.

— Peut-être était-ce encore trop tôt pour lui ; il viendra un autre jour.

— C'est possible, en effet. Il sera soulagé de savoir que vous ne lui en tenez pas rigueur.

Sur ce, James Byrne prit congé.

— Nous n'en saurons jamais plus, se plaignit Cathy.

— Le point positif, c'est que personne ne réussira à lui soutirer nos propres petits secrets, répondit Tom.

— Nous n'avons pas de secrets, repartit Cathy en riant. Tout bien réfléchi, si, j'en ai un. Je vais donner le bon de l'institut de beauté à June.

Elle agita joyeusement la petite carte.

— C'est un bon de combien ? demanda Tom.

Lorsqu'elle lui indiqua le montant, il fit mine de s'évanouir.

— Y a-t-il vraiment des gens qui laissent tant d'argent chez le coiffeur ?

— Apparemment, répondit Cathy d'un ton amusé.


— Marian m'a encore parlé de sa cérémonie de mariage, dit Cathy à sa mère.

— Ils ont des idées bizarres, là-bas, lança Lizzie.

— Non, c'est simple comme bonjour. Rien d'extraordinaire : *Ave Maria* et *Panis Angelicus*, répondit Cathy d'un ton désinvolte.

— C'est étonnant que tu te souviennes encore du nom des prières, cela fait tellement longtemps que tu n'as pas mis les pieds dans une église.

— Arrête, maman, je raconte à tout le monde que tu es un modèle de tolérance...

— J'y suis bien obligée, soupira Lizzie.

— Ils veulent un garçon d'honneur, plus une fillette qui portera les fleurs. Ça, c'est un souci.

— Eh bien, ils ne les auront pas. Il faudra dire à Marian que ce n'est pas le Chicago chic, ici, et, de toute façon, on n'a personne de cet âge dans la famille.

— Il y a bien Maud et Simon, fit Cathy d'un ton songeur.

— Oh non, ça n'irait pas du tout !

— Pourquoi ? S'ils sont encore là, et quelque chose me dit qu'ils le seront, ça pourrait être amusant pour eux, non ? Marian les adorerait.

— Cathy, je t'en prie, ne commence pas à leur mettre ces idioties en tête, tu sais bien qu'*elle* n'approuverait pas, mais pas du tout, objecta Lizzie, faisant allusion à Hannah Mitchell.

— *Elle* n'a rien à voir là-dedans, maman. Parlons-en plutôt à Maud et à Simon. Ils ont beaucoup aimé *Riverdance*, ajouta Cathy.

— Tout le monde a adoré *Riverdance*, mais ils n'arriveront jamais à retenir toutes ces danses et, de toute façon, elle ne le tolérerait pas.

— Maman, ce n'est pas son avis qui compte. Posons la question aux enfants, je t'en prie.

— Ils ne sont pas là.

— Bien sûr que si, ils sont là, maman, ils sont toujours là, à écouter, épier, voler de la nourriture. Voilà ce qu'ils font à longueur de journée, je me trompe ?

— Tu es injuste : à t'entendre, on croirait que tu les détestes. Ce ne sont que de pauvres gosses qui n'ont pas la chance d'avoir un vrai foyer.

— Je ne les déteste pas, c'est faux. En fait, j'ai même appris à les apprécier un peu plus. Il n'empêche qu'ils volent de la nourriture. Sans doute parce qu'ils ne sont pas sûrs d'avoir de quoi manger au prochain repas. Et ils écoutent aux portes. N'est-ce pas, Maud ?

— Je ne faisais que passer, se défendit la pauvre Maud.

Derrière elle, Simon leva les yeux au ciel.


— Tom, c'est June. Puis-je te demander quelque chose ?

— Tout ce que tu voudras, du moment que ce n'est pas pour te désister du prochain contrat.

— Non... c'est juste que... Est-ce que Cathy se sent bien en ce moment ? Elle m'a donné un bon d'une valeur stupéfiante pour...

— Accepte-le, utilise-le, fais-toi plaisir.

— Elle ne risque pas de le regretter ?

— Non, c'est la mère de Neil qui le lui a offert. Elle ne la porte pas dans son cœur, alors va te faire couper les cheveux, Junie.

— J'avais bien envie de demander des mèches couleur prune sur une base plus claire, tu vois, mais il faut que ce soit impeccablement fait, sinon ça ne ressemble à rien.

— Lance-toi, June, fit Tom avant de raccrocher.

On pouvait perdre un temps fou à parler coiffure.


— Jamais je ne serai garçon d'honneur à un mariage, décréta Simon.

— Moi, j'aimerais bien être demoiselle d'honneur. Jamais personne ne nous a demandé de participer à ce genre de chose, intervint Maud.

— Il y en a beaucoup à l'école qui apprennent les danses irlandaises, c'est vrai, reprit Simon. On pourrait en profiter pour les apprendre gratuitement.

— Qu'est-ce que tu veux dire par là, gratuitement ? demanda Maud.

— Eh bien, papa et maman ne sont plus là pour nous payer quoi que ce soit, répondit Simon tristement.

— Mais Muttie n'a pas assez d'argent pour payer des leçons de danse, protesta Maud.

— Comment tu le sais ?

— Eh bien, il a des trous dans ses chaussures, il n'a pas de voiture ni de chéquier ni rien, fit Maud.

— Alors on ne prendra pas de cours de danse.

— Tu aurais aimé en prendre ?

— Ça ne m'aurait pas dérangé, admit-il.

— On n'a qu'à attendre qu'ils en reparlent.

— C'est dommage qu'ils aient découvert qu'on a pris de quoi manger, murmura Maud.

— On ne le fait pas chez Muttie et Lizzie, on l'a seulement fait chez Neil et Cathy, et seulement parce qu'on n'était sûrs de rien.

— C'est vrai, et puis Cathy a bien dit qu'elle nous appréciait maintenant, observa Maud, toujours pleine d'espoir.

— Un peu plus seulement, voilà ce qu'elle a dit, rectifia Simon, prudent.


— Qu'est-ce que c'est que ça ? demanda Muttie lorsqu'il pénétra dans la cuisine et vit une grosse brioche au centre de la table.

— C'est du bœuf Wellington, expliqua Simon.

— Ah oui, et puis-je savoir d'où il vient ? reprit Muttie.

— Je crois que c'est Cathy qui l'a volé pour nous chez des gens qui ont fait appel à son entreprise de service, répondit obligeamment Simon.

— Lève-toi, Simon, et quitte cette pièce tout de suite, ordonna Muttie.

— Qu'est-ce que j'ai dit ? Tu as posé une question, j'ai répondu.

— C'est faux. Ma Cathy n'a jamais rien volé de sa vie. En fait, les seules personnes dans cette maison à avoir déjà volé sont là, sous mes yeux : le neveu et la nièce de la grande Mme Mitchell, pour qui Lizzie s'est tuée à la tâche toutes ces années. Ce sont les deux seuls voleurs qui aient jamais franchi le seuil de cette maison.

— Muttie, c'étaient seulement quatre saucisses et deux paquets de corn-flakes au cas où...

— Au cas où quoi ?

— Au cas où il n'y en aurait pas d'autre, murmura Simon, livide, tandis que les larmes baignaient le visage de Maud, assise en face de lui.

— J'ai déjeuné avec Cathy aujourd'hui, annonça Hannah à Jock.

— C'est bien, chérie.

— A dire vrai, c'était plus agréable que ce à quoi je m'attendais.

— Tant mieux, tant mieux.

— Elle connaît tout le monde chez Quentin. N'est-ce pas étonnant, quand on pense à cette pauvre Lizzie ?

— C'était une autre époque, chérie.

— C'est évident.

— Que pense-t-elle des projets de Neil ?

— Des projets ? Quels projets ?

— Rien, chérie, je songeais à autre chose. Tu sais bien que je suis toujours ailleurs.

— Ça oui, je le sais, approuva Hannah d'un ton morose.

— Oui ou non, c'est aussi simple que ça : avez-vous envie de prendre des cours de danse ? Avez-vous envie de participer activement au mariage de Marian ? J'attends votre réponse, conclut Cathy.

— C'est un peu délicat, commença Simon.

— Non, c'est très simple, au contraire... Ça coûte cher de vous payer des cours de danse pour que vous appreniez trois chorégraphies, ça coûte à peu près le double de faire venir des danseurs professionnels. Mais nous pensons que c'est à vous de décider.

— Pourquoi ?

— Parce que vous faites partie de la famille, répondit simplement Cathy.

— Pas vraiment.

— Combien de fois devrai-je vous le répéter ? Vous habitez ici, dans la maison où Marian a vu le jour et vous êtes le neveu et la nièce de mon mari. Il vous suffit de dire oui ou non. Si c'est non, nous contacterons de vrais danseurs.

— Est-ce qu'on viendra quand même au mariage, sinon, je veux dire, comme invités ? demanda Maud.

— J'en doute.

— Mais tu as dit qu'on faisait partie de la famille, gémit Simon.

— Pas de la famille proche, tout bien réfléchi.

— Pourquoi tu es aussi méchante, Cathy ? reprit le petit garçon.

— Parce que vous êtes méchants tous les deux. Tu as dit à mon père que j'avais volé le bœuf Wellington, ce qui est entièrement faux. Je l'ai fait spécialement pour lui, pour le remercier de s'occuper de vous, tout ça parce que vous rendez la vie de Neil tellement insupportable qu'il n'arrive plus à travailler et que vous êtes terriblement mal élevés. Pour être franche, j'aimerais que votre père et votre mère viennent vous chercher sur-le-champ. Cette réponse vous convient-elle ?

Lizzie fit son apparition au même instant.

— Nous aimerions tous que M. et Mme Mitchell soient de retour aux Beeches et qu'ils puissent reprendre une vie de famille normale. Mais, en attendant que cela arrive, Simon et Maud sont les bienvenus chez nous, déclara-t-elle en parcourant la pièce du regard, et j'espère que tout le monde ici le comprend bien.

— Je suis désolée, maman.

— J'espère bien ! C'est injuste d'accabler comme ça des enfants innocents.

— Lizzie ?

Simon frappait à la porte de la cuisine. Ça aussi, c'était un progrès considérable ; jusqu'à présent, ils déboulaient partout sans crier gare.

— Nous aimerions faire ces numéros de danse, annonça-t-il.

— Je ne sais pas si ce sera possible, mon petit, objecta Lizzie. *Elle* ne sera peut-être pas d'accord.

— Elle ne nous connaît même pas, se lamenta Simon. Elle ne peut pas déjà nous détester.

— Elle ne peut pas refuser que nous dansions tant qu'elle ne nous a pas vus, renchérit Maud.

— Non, intervint Cathy, il ne s'agit pas de Marian. Maman veut parler de votre tante Hannah, n'est-ce pas, maman ?

— En effet, mais pas ici, pas comme ça, devant les... Est-ce que ça ne peut pas attendre que... ?

— Ne vous inquiétez pas, rétorqua Simon. On sait tout au sujet de tante Hannah, on sait que Cathy la déteste.

— Je ne la déteste plus, protesta Cathy. En fait, je l'apprécie, maintenant. J'ai déjeuné avec elle aujourd'hui, si vous voulez tout savoir.

— Je ne te crois pas.

— Et pourtant si, c'est vrai. Nous étions chez Quentin.

— En quel honneur ?

— Je n'en ai pas la moindre idée, maman, mais je crois que ça avait un rapport avec ma coupe de cheveux.

— Arrête tes bêtises, pour une fois, dit Lizzie en lui faisant signe de la suivre dans l'arrière-cuisine. Avez-vous parlé des enfants ? reprit-elle dans un murmure.

— Elle ne les a pas mentionnés une seule fois, répondit Cathy d'un ton léger, devinant que Simon et Maud s'étaient approchés de la porte pour les espionner. A propos de Marian, poursuivit-elle, je suis bien contente, au fond, qu'elle ait réclamé des petits danseurs. Tu sais, d'après ce qu'elle m'a dit, elle a décidé de sortir le grand jeu. Feux d'artifice, jongleurs, lions et tigres, ce sera un grand spectacle.

Le visage des deux enfants s'éclaira.

— Des tigres à un mariage ! C'est carrément génial ! s'écria Simon.

Cathy se souvint, encore trop tard, qu'elle avait décidé de ne plus plaisanter devant les enfants.


— J'ai déjeuné avec ta mère aujourd'hui, annonça Cathy à Neil dans la soirée.

— Oh, c'est bien, fit-il sans lever la tête de ses papiers.

— Ça ne t'étonne pas ?

Il était en train de lire un gros dossier mais, au ton de sa voix, il leva les yeux en prenant soin de poser un doigt sur la feuille.

— Pardon ?

— Ça n'arrive pas tous les jours. Je pensais que tu serais surpris et que tu me demanderais pourquoi.

— Oui, alors pourquoi ?

— Je l'ignore, répondit Cathy en haussant les épaules.

— Ecoute, Cathy, tu m'as dit que tu devais plancher sur un menu pour des noces d'argent et sur un buffet espagnol ce soir, alors j'ai apporté tout ce truc à la maison...

— Quel truc ? C'est au sujet de l'Afrique ?

— Non, bien sûr que non, je t'ai déjà dit que je mettais cette histoire de côté jusqu'à ce qu'on prenne le temps d'en discuter sérieusement tous les deux.

— Alors ?

— Alors tu m'as dit que tu devais travailler et j'ai plusieurs choses à faire de mon côté. Je leur ai promis de mettre ce dossier au propre.

— Désolée.

— Arrête.

— Je suis vraiment désolée, tu as raison, j'avais effectivement dit que...

Elle était sincère. Elle ne lui en voulait pas du tout. Pourtant, c'était une nouvelle tellement extraordinaire qu'elle venait de lui annoncer... et il ne semblait même pas curieux d'en savoir davantage. Hannah Mitchell, sa propre mère, la femme qui lui faisait la guerre depuis des années, l'avait invitée à déjeuner chez Quentin, bon sang ! Et Neil n'avait même pas réagi.

— Non, c'est moi qui suis désolé, j'ai été un peu brutal... Il ne s'agit pas seulement de l'affaire de ce malheureux Nigérian. C'est un autre cas fichtrement compliqué que nous présentons demain devant le tribunal. Je défends un locataire qui s'est cassé le dos dans un escalier délabré alors que les propriétaires de l'immeuble, soutenus par une équipe compétente, prétendent avoir effectué toutes les réparations nécessaires. Le problème, c'est que mon client parle comme un gangster et ressemble à un voyou tandis que le propriétaire est très posé, très cultivé et semble concerné par l'affaire. Bref, tout se ligue contre mon client. Je dois rechercher et consigner tous les jugements qui...

Cathy leva les mains en l'air. Elle se sentait confuse.

— Aucune importance, je dois sortir, de toute façon. Je suis juste passée déposer les courses. Je serai de retour dans deux heures environ et nous dînerons ensemble.

— Tu n'es pas obligée, chérie.

— Si, dit Cathy avant de s'en aller.

Elle n'avait pas eu l'intention de sortir ; en fait, elle avait plutôt prévu de prendre un bon bain avant de s'installer à son bureau pour feuilleter quelques livres de cuisine qui l'aideraient à établir tranquillement ses menus. Elle avait même songé à préparer une paella en guise d'entraînement pour le buffet espagnol mais elle avait senti que l'ambiance ne s'y prêtait pas. Neil se serait imaginé qu'elle tuait le temps en attendant qu'il soit enfin disponible. Mieux valait faire semblant d'avoir quelque chose à faire à l'extérieur. Mais quoi ?

Elle ne pouvait pas aller chez Tom : Marcella et lui allaient au cinéma, peut-être une occasion pour la jeune femme de se faire prendre en photo car c'était une avant-première. Cathy se dirigea vers la résidence Glenstar et appela Geraldine sur son portable. Le répondeur était branché. C'était idiot d'avoir fait tout ce chemin sans avoir passé un coup de fil d'abord. Au même instant, elle leva les yeux vers l'appartement de sa tante et vit les rideaux s'écarter. Il y avait deux silhouettes dans la pièce. Geraldine recevait quelqu'un. Un homme. Cathy s'apprêtait à partir lorsqu'elle vit que quelqu'un lui faisait signe. C'était Shona Burke.

— J'ai vu ta camionnette... Qui pourrait la louper ? s'écria-t-elle en riant. Veux-tu monter prendre un café ?

Cathy regarda autour d'elle pendant que Shona préparait la cafetière. C'était le même appartement que celui de sa tante, quoique plus petit et meublé dans un style différent. Beaucoup de tapis aux couleurs vives et de coussins brodés. Aucune photo de famille accrochée au mur, deux étagères de livres sur le commerce et la gestion du personnel, une mini-chaîne stéréo, pas de télévision. Cathy se demanda quel genre de personnes Shona recevait ici, et où elle trouvait l'argent pour payer le loyer et les charges. Glenstar était une résidence de standing. Certes, Shona occupait un poste important chez Haywards. Mais tout de même... Peut-être venait-elle d'une famille aisée. Shona ne se confierait jamais. Elle excellait dans l'art d'éviter les sujets qui touchaient à sa vie privée.

— Tu es dans les nuages, fit observer Shona en la rejoignant.

— Je pensais à Maud et Simon, mentit-elle.

— Qui est-ce ?

— Le neveu et la nièce de Neil. Il semblerait que nous les ayons adoptés, ma mère et moi.

Elle ponctua sa phrase d'un rire forcé avant d'expliquer la situation. A sa grande surprise, Shona ne la trouva ni amusante ni même touchante. Elle ne haussa pas non plus les épaules devant cette espèce de coup du sort ni ne la félicita comme le faisaient la plupart des gens. Elle écouta seulement, le visage dénué de toute expression.

— Alors voilà, conclut Cathy. Neil et son père ont reçu une sorte de procuration, enfin, je ne sais pas trop de quoi il s'agit exactement, mais ça leur permet de retirer de l'argent d'un fonds en fidéicommis. Une partie est versée à papa et maman, et je suppose que nous pourrions en recevoir aussi si le besoin s'en faisait sentir.

— Qu'en pense l'assistante sociale ?

— Notre arrangement a l'air de la satisfaire ; elle sait qu'ils sont en de bonnes mains. Leur mère ne va pas mieux. Quant au père, il ne manifeste aucune envie de regagner son domicile. Alors nous tenons bon.

— C'est injuste pour les enfants.

— La vie est injuste. Personnellement, je préférerais qu'ils aient une gentille maman et un gentil papa qui s'occupent d'eux, leur lisent une histoire tous les soirs avant de les border dans leur lit et les aiment tendrement, mais ce n'est pas le cas, alors nous nous contentons de recoller les morceaux.

— Puis ils retourneront auprès de ces parents qui ne s'occupent pas d'eux. Et après ?

— J'aimerais pouvoir te répondre, et si j'étais Tom Feather, je te dirais que les miracles existent. Il en est persuadé, lui, conclut Cathy avec une pointe de mélancolie dans la voix.

Elle rentra chez elle, en proie à un sentiment d'abattement qu'elle ne parvint pas à chasser. Elle ne savait pas pourquoi elle se sentait ainsi. Elle n'en voulait pas à Neil de s'être montré un peu abrupt — il avait parfaitement raison : c'était elle qui lui avait dit qu'elle devait travailler ce soir. Les attaques indélicates de sa belle-mère ne l'affectaient plus. La lâche humilité de sa mère ne la surprenait pas, elle l'avait toujours connue ainsi. Ils avaient su dès le départ que Maud et Simon seraient placés un jour ou l'autre dans un foyer d'accueil, ce n'était pas une surprise. Scarlet Feather marchait bien ces temps-ci, les contrats s'enchaînaient. Les livres de comptes rassureraient quelque peu James Byrne à la fin du mois. Malgré tout, son humeur morose refusait de s'évaporer.

A un feu rouge, elle retomba brutalement sur terre lorsque deux individus débraillés frappèrent à sa vitre avec insistance. Un homme et une femme d'une trentaine d'années, les yeux vides. Sa première réaction fut de vérifier que sa portière était bien fermée. Ils avaient l'air hagards et agressifs. Neil Mitchell, lui, se serait probablement garé sur le bas-côté pour leur demander ce qui leur était arrivé. Tom Feather leur aurait donné de quoi se payer à manger tout en s'efforçant de les persuader qu'ils connaîtraient bientôt des jours meilleurs. Cathy eut honte d'attendre avec impatience que le feu passe au vert afin de pouvoir partir loin de leurs visages tourmentés, torturés. Elle les entendait l'interpeller.

— Vous vivez bien, vous avez tout ce qu'il vous faut...

Le feu ne voulait pas passer au vert. Elle tenta de se convaincre que les services sociaux étaient efficaces, que ces gens-là n'étaient pas obligés de mendier dans la rue. Il existait des centres, des foyers, des équipes de secours partout dans la ville. Ces deux-là étaient ivres ou drogués. Elle devait absolument continuer à regarder droit devant elle comme si elle ne les voyait pas ; baisser sa vitre pourrait s'avérer dangereux.

— S'il vous plaît, suppliait la femme, vous avez tout, une jolie fourgonnette avec un dessin dessus, une maison, donnez-nous quelque chose.

Ce fut la « fourgonnette avec un dessin dessus » qui l'attendrit. Cathy leur adressa un petit signe de la main avant de se ranger sur le côté. Elle sortit de son sac un billet de dix livres, entrouvrit la vitre et le leur tendit. Ils la considérèrent d'un air abasourdi. C'était cinq fois plus que ce qu'ils espéraient. La femme semblait plus jeune de près, peut-être même était-elle plus jeune que Cathy. Ses cheveux étaient emmêlés et son visage barbouillé.

— Vous méritez bien votre bonheur, m'dame, dit-elle.

— Non, fit Cathy en pensant tristement : « Personne ne *mérite* le bonheur, il se présente simplement à certains. Ce qui est très injuste, au fond. »

Le feu passa au vert et elle démarra. Tout était une question de hasard, quand on y réfléchissait bien. Pourquoi cette fille mendiait-elle sous la pluie entre les files de voitures ? Pourquoi elle, Cathy, conduisait-elle une camionnette « avec un dessin dessus » en direction d'une confortable maison à Waterview ? Pourquoi Simon et Maud allaient-ils être obligés de vivre avec des gens qu'ils ne connaissaient pas ? Il n'y avait aucune logique là-dedans. Lorsqu'elle rentra enfin chez elle, Cathy trouva un petit mot plié en deux. Son cœur chavira. Il n'avait pas encore été appelé, pas ce soir ! C'était un dossier concernant une pension d'invalidité, nom d'une pipe, il ne s'agissait tout de même pas d'un réfugié politique ! Elle déplia la feuille et lut : « Désolé, Cathy. Serai de retour vers onze heures, ne m'attends pas. » Elle obéit.

Tom décréta que, pour la réception des agents immobiliers, il leur suffirait de créer une ambiance espagnole : le tour serait joué. Cathy était d'accord, mais elle voulut proposer aussi tout un choix de tapas en guise d'entrée. Suivrait une paella géante et résolument authentique. Tom fut tellement occupé à rassembler les coiffes espagnoles et les castagnettes puis à dénicher un guitariste et une danseuse de flamenco qu'ils ne trouvèrent pas le temps de débattre du menu. Cathy décida qu'il y aurait deux paellas, une aux fruits de mer et l'autre sans. Tous auraient adoré voir Marcella Malone évoluer dans la salle, c'était évident, mais Cathy n'osa même pas le suggérer à Tom. Ce fut donc June qui fut chargée de se trouver un costume d'Espagnole et apprit à lancer des « *arriba* » aux moments opportuns. Cathy voulait apposer de petites étiquettes sur les assiettes de tapas afin d'insister sur leur authenticité ; Tom lui répéta que les convives désiraient surtout avoir l'impression qu'ils étaient en Espagne et que l'ambiance était déjà là avec la sangria, le rioja et le cliquètement des castagnettes. Leur but était de séduire la presse et les clients potentiels. Malgré tout, Cathy tenait à ce que tout soit espagnol, jusqu'aux derniers détails ; il y aurait bien des gens, parmi tout ce monde, qui reconnaîtraient et apprécieraient cette authenticité.

— Tu crois qu'on pourrait apprendre des choses en allant à cette réception ? demanda Simon la veille au soir.

— Non, répondit Cathy d'un ton bref.

La déception se peignit sur le visage des enfants.

— Merci d'en faire la suggestion, mais ce serait ennuyeux et déprimant pour vous. Vous ai-je déjà menti ?

Ils réfléchirent en silence.

— Non, répondirent-ils enfin à l'unisson. Il y aura des restes, tu crois ?

— Pas à St Jarlath's, Maud. Ta tante Hannah doit venir dîner demain soir à Waterview.

— Est-ce que tu vas l'empoisonner ? demanda Maud.

— Bien sûr que non, je vais me contenter de leur servir à elle et à votre oncle Jock un excellent repas espagnol et je vais essayer d'arranger un peu mes cheveux.

— Pourquoi tes cheveux ? fit Maud.

— Je n'en sais trop rien, mais c'est comme ça, crois-moi. Et quand les gens veulent des choses plutôt faciles, mieux vaut essayer de les satisfaire, ça évite les problèmes à long terme.

— Où tu as appris ça... A l'école ? s'enquit Maud.

— Non, c'est ma tante Geraldine qui me l'a dit, il y a des années. C'est un conseil très précieux.

Les agents immobiliers adorèrent le déjeuner. Aucun d'eux ne fit allusion à la nourriture ; tous parlèrent plutôt de l'ambiance.

— Tu avais raison, une fois de plus, déclara Cathy, admirative.

Tom avait accompli un travail formidable, conscient dès le départ qu'ils vendraient plus l'atmosphère que la gastronomie espagnole. La plupart des convives ne goûteraient même pas la cuisine du pays s'ils décidaient d'acheter une villa là-bas.

— Les plats constituaient un soutien indispensable. S'ils n'avaient pas été aussi raffinés, on aurait entendu des critiques, crois-moi, concéda-t-il en l'aidant à ranger les restes.

Il y en aurait pour Fatima, où le père de Tom, sorti de l'hôpital, se remettait rapidement de son attaque. Une grosse corbeille de fruits avait été livrée là-bas, cadeau de Joe, qui se trouvait toujours en Extrême-Orient. Tom ne s'étendit pas sur le sujet

192

mais Cathy devina sa satisfaction. Elle prépara deux boîtes, une petite pour les jumeaux, qui comptaient bien sur quelque chose, et une autre, qui constituerait la quasi-totalité du dîner avec les Mitchell. Pourvu que Neil ne soit pas en retard ! Pourvu que Jock ne rencontre aucun de ces agents immobiliers qui lui parlerait du déjeuner espagnol d'aujourd'hui ! Et surtout, pourvu que Hannah Mitchell ne se mette pas en colère parce qu'elle n'était pas allée chez le coiffeur !

Les Mitchell arrivèrent à l'heure convenue et, bien entendu, Neil n'était pas encore rentré. Cathy avait disposé sur la table des petites assiettes d'olives noires.

— Je savais qu'on aurait droit à ça, lança Jock Mitchell en partant de son gros rire sonore. J'ai croisé quelques copains au club de golf et ils m'ont raconté que vous aviez organisé un excellent déjeuner ce midi. Sur le chemin, j'ai parié avec Hannah que nous goûterions un peu de cette bonne vieille *España* ce soir.

Le visage de Cathy resta impassible.

— J'espère pour vous que vous n'avez pas parié de l'argent, monsieur Mitchell, parce que vous avez perdu, répondit-elle d'un ton faussement triomphant. Vous ne goûterez qu'à ces délicieuses olives bien charnues. J'en ai mis quelques-unes de côté pour vous.

Il eut l'air déçu. De son côté, Hannah suspendait son manteau en regardant autour d'elle d'un air désapprobateur, comme chaque fois qu'elle venait chez eux. Finalement, son regard se posa sur Cathy.

— Oh, quel dommage, Cathy, vous n'avez pas encore eu le temps d'aller vous faire coiffer ? demanda-t-elle, plus peinée que furieuse.

La jeune femme eut soudain envie d'enfiler son imperméable et de s'enfuir à toutes jambes, dans n'importe quelle direction, pourvu que ce soit loin, très loin, de ces gens-là.

— Malheureusement non, madame Mitchell, mais j'y ai beaucoup pensé.

Neil arriva à ce moment-là.

— Eh, ça sent bon ici, commença-t-il.

Cathy posa vivement un doigt sur ses lèvres avant de prendre la parole d'une voix forte, complètement artificielle.

— Neil, c'est formidable que tu sois déjà là. Il me reste un tout petit travail à faire que je dois envoyer par taxi. Tes parents sont arrivés, pourrais-tu t'occuper d'eux un moment ?

— Bien sûr, répondit-il gentiment.

Mais, avant qu'ils ne les rejoignent, elle murmura dans le creux de son oreille :

— Nous ne mangeons pas espagnol ce soir, *pas espagnol*, est-ce clair ?

— Très clair, répondit-il en haussant les épaules, perplexe.

Cathy appela la compagnie de taxis du quartier et écrivit un petit mot à l'attention de Brenda Brennan.

« Vous êtes le Saloon de la dernière chance. Pourriez-vous me faire parvenir par retour de taxi quatre parts de je-ne-sais-trop-quoi, que je puisse présenter à ma terrible belle-mère ? Seule restriction, *rien d'espagnol*. Je paierai ce que vous voudrez, quand vous voudrez ou bien je travaillerai en échange dans les cuisines de chez Quentin. Amitiés de la part d'une Cathy désespérée. »

Puis elle rejoignit les autres et parla de la pluie et du beau temps pendant trois quarts d'heure, jusqu'à ce que le taxi revienne avec une succulente tourte à la viande, une grosse salade verte, de la purée et du pain aillé. Elle réussit à disposer le tout sur la table sans que l'on remarque rien et annonça d'un ton joyeux que le dîner était prêt.

— C'est délicieux, déclara Hannah.

Cathy esquissa un sourire radieux.

— Moi, je savais bien que vous ne nous serviriez pas un plat espagnol réchauffé, poursuivit-elle. Jock est parfois à côté de la plaque.

— Toutes mes excuses, intervint ce dernier. J'aurais dû savoir que j'avais affaire à une professionnelle.

Tout au fond d'elle, Cathy s'en voulait de se sentir aussi satisfaite, mais c'était plus fort qu'elle, elle était incapable de dissimuler son contentement.

Plus tard, pendant qu'ils faisaient la vaisselle, elle avoua à Neil son subterfuge.

— C'était in extremis mais ça a marché, conclut-elle, ravie de cette petite victoire.

— En effet.

Cathy savait qu'il tentait de modérer son enthousiasme.

— Franchement, Neil, tu ne trouves pas que c'était génial ?

— Ce n'était pas nécessaire, chérie.

— C'était indispensable, protesta Cathy avec une détermination farouche.

— Qu'essaies-tu de prouver ?

— Qu'elle n'a pas gagné.

— Mais tu l'as déjà prouvé, Cathy, il y a bien longtemps.

— Non, c'est faux.

— Je t'ai épousée, non ? Quelle autre bataille lui reste-t-il encore à livrer ?

Tom fut un merveilleux auditeur lorsque Cathy lui raconta toute l'histoire le lendemain matin. Ils étaient assis confortablement devant des tasses de café et goûtaient son nouveau pain aux dattes et aux noix.

— Comment as-tu fait pour qu'ils ne remarquent rien ?

Il ressemblait à un petit garçon assis sur son tabouret, enveloppé dans son tablier écarlate.

— J'avais placé un grand paravent près de la porte.

Cathy jubilait encore.

— Et les barquettes, le film étirable, ils n'ont rien vu ?

— Non, Brenda m'avait envoyé de vrais plats de service, je n'ai eu qu'à les disposer sur la table.

— Et qu'as-tu fait des spécialités espagnoles ?

— J'ai demandé au chauffeur du taxi de les emporter directement à St Jarlath's. Je me moque de ce que ça va me coûter, ça valait le coup. Tom, ça valait vraiment le coup.

Une minuterie sonna sur le mur de la cuisine. Cathy ouvrit la porte du four pour sortir un autre pain et laissa échapper un hurlement de douleur. Tom bondit de son tabouret.

— Je t'ai dit cent fois de mettre les gants longs, la rabroua-t-il.

— Je sais, je voulais seulement faire vite.

— C'est toujours ce que tu dis, et est-ce que ça va vraiment plus vite ? Allez, fais-moi voir ça.

Il l'entraîna vers l'évier et fit couler de l'eau froide sur les traces rouges qui marquaient ses doigts.

— Ce n'est rien, Tom, arrête de jouer à la mère poule.

— Il faut bien que quelqu'un s'occupe de toi, ou tu risques d'être aussi utile que la Vénus de Milo.

— Quoi ?

— Celle qui n'a plus de bras. C'était une boutade.

— Je sais bien, espèce d'idiot, c'est juste que Hannah et Jock en ont parlé hier soir.

— Dis donc, tu as des conversations très cultivées avec tes beaux-parents.

Il lui avait séché les bras et appliquait délicatement de la crème sur les brûlures.

— Si seulement... Il s'agissait en fait d'une dispute entre Neil et son père. Jock a acheté une sculpture pour son bureau et Neil prétend qu'elle est trop voyante et que c'est du gaspillage. Ce à quoi Jock a répliqué que si Neil recevait en cadeau la Vénus de Milo, il lui collerait une paire de bras et la vendrait pour récolter des fonds au profit des gitans et des étrangers. Voilà le genre de conversation cultivée...

Tom rit de bon cœur. Il apposa avec soin une bande de gaze sur les plaies. Puis il rangea le tout dans leur armoire à pharmacie.

— Et de quoi avez-vous parlé, Hannah et toi ?

— De mes cheveux, répondit simplement Cathy.

A son grand désarroi, elle sentit des larmes lui brûler les paupières. Elle ne voulait pas être aussi obsédée par son apparence que Marcella, mais elle tenait tout de même à être jolie.

— Oh, Cathy...

— Dis-moi franchement, Tom, de quoi ai-je l'air ? Moi, je n'en sais rien.

— Tu es sérieuse ?

— Bien sûr ! Si cette mégère me donne une petite fortune pour que je change de coiffure, c'est que je dois ressembler à un épouvantail.

— Mais si Neil te trouve jolie...

— Il dirait n'importe quoi pour avoir la paix.

— C'est faux, et tes cheveux sont superbes.

— Comment sont-ils exactement ? Allez, ferme les yeux et dis-moi.

Tom ferma les yeux.

— Voyons voir, ils sont blonds, de la couleur du miel, très épais et ils sont attachés dans ton dos... De petites mèches frisottent sur tes oreilles, ils sentent le shampooing et ils sont parfaits.

Peter Murphy appela Geraldine à son bureau.

— J'ai quelque chose de terriblement embarrassant à te demander, commença-t-il.

— C'est ma spécialité, les choses embarrassantes.

C'était facile pour elle de prendre un ton suave et détaché. Elle savait déjà ce qu'il allait lui demander. La femme de Peter Murphy était morte le matin même, une femme dont il vivait séparé depuis déjà quelques années. Il allait donc lui demander soit d'assister à l'enterrement, soit au contraire de s'abstenir. Elle s'en moquait éperdument et ferait ce que Peter souhaiterait. Leur liaison ne datait pas d'hier ; une pléiade de femmes avaient traversé sa vie depuis lors. Elle l'écouta et s'efforça d'émettre les formules appropriées, celles qui convenaient à une ex-maîtresse. Elle apprit que Quentin ne se chargerait pas de préparer le buffet qui suivrait les funérailles ; ils laissaient désormais ce genre de travail à Scarlet Feather. Cela posait-il un problème à Geraldine ?

— Absolument pas, je suis ravie au contraire qu'ils puissent t'aider, et je suis sûre qu'ils le feront très bien, répondit-elle d'une voix compatissante.

— Ça se passera samedi matin... euh... dans ce qui est... était... enfin, chez elle... Les enfants... Ses amis s'attendent à...

C'était la première fois qu'il se trouvait à court de mots, songea Geraldine. Des années durant, il avait vécu comme il le souhaitait. C'est en disparaissant que l'épouse triste, riche et ordinaire qu'il avait toujours réussi à ignorer perturbait légèrement le cours de son existence.

— Oui, Peter, et qu'est-ce qui serait le mieux... ?

Elle attendit. Comme il semblait incapable de se décider, elle prit la parole à sa place.

— Peut-être ne devrais-je pas venir. Après tout, je ne la connaissais pas personnellement.

A l'autre bout du fil, elle entendit un soupir de soulagement auquel elle fit écho. Geraldine n'avait aucune envie de faire semblant. En revanche, elle avait envie de voir qui viendrait à l'enterrement. Elle pourrait peut-être travailler en coulisse, jeter des coups d'œil discrets et voir sans être vue.


— J'ai une question à te poser, Simon, déclara Lizzie.

Le visage du jeune garçon s'éclaira.

— Est-ce au sujet du Yankee de Muttie ? Ça a marché, alors ? demanda-t-il, très excité.

— Le Yankee ? fit Lizzie.

— C'est un peu compliqué, c'est une manière d'augmenter sa mise, expliqua Simon avec obligeance.

— Je ne sais que trop bien ce que c'est, merci. Le problème, c'est que nous nous étions mis d'accord avec Muttie pour que l'argent du ménage ne finance plus jamais ce genre de chose.

La colère voilait le visage de Lizzie.

— Je suis sûr que ce n'était pas avec l'argent du ménage, s'empressa-t-il de rétorquer.

— Non, bien entendu. C'est sans doute avec ses revenus personnels, ses actions, ses obligations et ses dividendes !

— Ah bon, tout va bien alors, fit-il, soulagé.

Lizzie le considéra d'un air découragé.

— Ce n'était pas ma question, reprit-elle. Maud et toi, vous devez nous donner une réponse aujourd'hui pour le mariage de Marian. Si c'est oui, vous prenez des cours de danse et vous aurez des costumes. Si c'est non, tant pis. C'est à vous qu'appartient la décision, à vous deux.

— Alors moi, je dis non.

— Très bien, marmonna Lizzie sans insister.

— Comment ça, très bien ?

Il pouvait parfois se montrer très autoritaire.

— Tu as eu le choix, tu as dit non. C'est Maud qui va être déçue, elle avait dit oui, elle avait envie de se mettre sur son trente et un.

— Eh bien, pas moi.

— Parfait. Cathy sera soulagée.

Ces derniers mots faisaient partie du plan.

— Pourquoi ? demanda Simon, piqué au vif.

— Elle pense que vous n'auriez pas réussi. Muttie et moi n'étions pas d'accord avec elle et vous auriez passé une merveilleuse journée, mais bon, c'est ton choix.

— Je pourrais peut-être le faire, si Maud y tient tant que ça.

— Oui ou non aujourd'hui.

— Oh, d'accord, c'est oui.

— Tu acceptes donc de suivre les cours de danse et de porter un kilt ? insista Lizzie, désireuse de chasser tout malentendu.

— Eh bien, oui. Il n'y aura personne de l'école là-bas, ajouta-t-il comme pour se motiver.

Et là arriva l'argument décisif.

— Il y aura bien des tigres, au moins ? C'est toujours au programme ?

Il se souvenait parfaitement des paroles de Cathy, tout comme il se souviendrait de Lizzie mentionnant d'un ton bougon les actions et les obligations de Muttie.

— J'ai bien peur que non. Je crois qu'il y a eu un problème pour faire venir les tigres jusqu'à Dublin.

— Mais pourquoi, Lizzie ? Pourquoi ?

Elle hésita quelques instants avant de répondre.

— Je t'en prie, Simon, arrête de me poser sans cesse des questions. Je n'ai pas de réponse à te donner. Pourquoi Muttie dépense-t-il tout ce qu'on lui donne ? Pourquoi Geraldine vit-elle comme une milliardaire ? Pourquoi Cathy n'est-elle pas reconnaissante envers Mme Mitchell, qui lui donne tant ? Pourquoi Marian veut-elle qu'une partie de sa messe de mariage soit dite en langue irlandaise ? Pourquoi les femmes pour qui je travaille laissent-elles tant de choses pourrir dans leur frigo ? Je t'assure, Simon, je n'en sais rien.

— Tu sais quand aura lieu le mariage ?

— Oui, ce sera pendant l'été.

— Je pense qu'on devrait pouvoir apprendre à danser en quatre mois, déclara l'enfant, qui venait de découvrir que la vie lui réservait sans cesse des surprises.

— Dis-moi, pourrais-je vous donner un coup de main pour l'enterrement de la femme de Murphy, samedi ? Je veux juste rester dans la cuisine, à l'abri des regards, et beurrer du pain ou faire la vaisselle.

— Pourquoi ?

— Parce que tu es une femme d'affaires. Jamais tu ne trouveras une meilleure occasion, une paire de mains gratuite pendant quatre heures.

— Non, tu dois bien avoir une autre raison, une affreuse raison.

— Seulement de la pure curiosité. Tu n'es pas sans savoir que j'ai eu une liaison avec le veuf éploré. J'aimerais voir combien de personnes il y aura et qui viendra.

— Je ne suis pas pour, déclara Cathy.

— Je pourrais très bien m'adresser à ton associé, M. Feather.

— Comment te ferions-nous entrer ?

— J'arriverai avec vous pendant qu'ils seront tous à l'église.

— La cuisine ne sera peut-être pas assez grande pour que tu puisses t'y cacher.

— Elle l'est, affirma Geraldine.

Elle s'était rendue à plusieurs reprises dans cette maison lorsqu'elle abritait encore toute la famille, à des moments où la défunte ne s'y trouvait pas.

C'était leur premier enterrement et ils devaient faire leurs preuves. Brenda Brennan leur avait expliqué que c'était un secteur prospère. Il s'agissait juste de se montrer infiniment gentil et respectueux envers la famille en deuil, et de veiller à ce que tous aient toujours de quoi boire et manger. Le problème, évidemment, était qu'on ne pouvait savoir combien de personnes viendraient. Certainement pas M. Murphy, qui semblait embarrassé par cette affaire.

Ils prépareraient deux jambons, décida Tom, cuits et assaisonnés, en sortiraient un qu'ils découperaient dans la salle à manger et garderaient l'autre en réserve. C'était plus prudent. Ils avaient prévu des salades qu'ils prépareraient sur place, une sélection des pains de Tom qu'ils passeraient au four, le chutney fait maison de Cathy et des pickles servis dans de gros pots blancs frappés du logo de Scarlet Feather Il y aurait aussi des quiches aux asperges et de grands plateaux de fromages irlandais accompagnés de pommes et de raisin. De véritables desserts auraient

200

donné une impression de fête, de légèreté. C'était déplacé, comme ils ne cessaient de se le répéter. Malgré tout, il était étrange de rechercher l'approbation, le succès et éventuellement de nouveaux clients alors qu'une femme mal aimée venait de mourir et que ses parents et amis, coupables et pétris de remords, venaient lui faire leurs derniers adieux.

— Cette maison est immense, n'est-ce pas ? questionna Cathy tandis qu'ils gravissaient le perron, chargés de grosses boîtes.

Geraldine émit une sorte de petit soupir, comme pour faire comprendre qu'elle connaissait bien des secrets sur cette demeure mais n'en soufflerait mot à personne. June déclara qu'elle rencontrerait peut-être un type très riche au cours de cette réception. Walter, qui officiait de nouveau en tant que barman, décréta qu'il était tout à fait ridicule qu'une femme ait vécu seule dans une maison de cette taille. Tom s'extasia au contraire sur la grandeur des pièces ; avec sa stature, il avait parfois du mal à bouger dans certaines cuisines. Quant à Cathy, elle ne pipa mot mais se dépêcha d'aller chercher l'autre chargement de plateaux. Beaucoup de choses l'intriguaient. Pourquoi diable Geraldine avait-elle insisté pour les accompagner ? L'endroit ne devait lui remémorer que de mauvais souvenirs. Et de quoi parlait June en évoquant une éventuelle rencontre avec un homme riche ? Elle avait déjà rencontré un homme quelques années plus tôt et avait eu deux enfants avec lui. Pourquoi Walter se montrait-il si amer ? Tout allait pourtant très bien pour lui. Bon, mis à part peut-être des parents à problèmes qui avaient déserté le foyer. Mais il ne s'en était guère soucié, même lorsqu'ils étaient encore là. Comment pouvait-il reprocher aux autres de posséder des biens matériels ? Surtout à une femme décédée qu'il n'avait jamais rencontrée. Enfin, existait-il sur cette terre une personne aussi optimiste et enthousiaste que Tom Feather ? Ils étaient aidés de trois francs-tireurs aujourd'hui. Ils ignoraient s'il y aurait trente ou deux cents personnes à la réception, et malgré tout, il ne voyait que le côté positif de la situation, par exemple la vaste cuisine mise à leur disposition. Elle ne put s'empêcher d'esquisser un sourire en montant de nouveau les marches du perron.

— Ne commence pas à te moquer de moi, Cathy Scarlet... C'est toujours dans ces moments-là que tu te brûles ou que tu te coupes, l'avertit-il.

— Très bien, répliqua-t-elle. Visage fermé à partir de maintenant.

La famille de feu Mme Murphy arriva en premier. Cathy les débarrassa de leurs manteaux, qu'elle accrocha au portant à roulettes installé au fond de l'immense hall d'entrée. Puis Walter leur proposa à boire et ils pénétrèrent dans un vaste salon rarement utilisé.

— Voulez-vous que nous vous aidions à servir ? demanda l'une des filles avec une mauvaise grâce évidente.

— Non, non, nous nous occupons de tout. Vous verrez, nous avons dressé un buffet dans la pièce du fond.

Elles regardèrent autour d'elles. Pendant toutes les années où elles avaient vécu ici, jamais leur mère n'avait reçu de cette manière. Les grandes pièces étaient magnifiques ; les traiteurs y avaient apporté quelques touches supplémentaires, parvenant à mettre en valeur la vaste demeure. Quelle tristesse que la maison de leur mère n'apparaisse dans toute sa beauté que le jour de son enterrement !

— Ça doit être bouleversant pour vous toutes, murmura Cathy. Tant de souvenirs doivent resurgir !

Elles échangèrent des regards surpris.

— Je suis sûre qu'elle aurait été très heureuse de voir que vous aviez ouvert sa maison à tout le monde... C'est une jolie façon d'accueillir ses amis, poursuivit Cathy.

Elle les vit se détendre et, de nouveau, elle remercia Brenda Brennan de l'avoir mise en garde contre un excès de compassion. Dans la cuisine, Tom regardait par la fenêtre et commentait le déroulement des opérations.

— Ils arrivent très lentement, mais je crois qu'ils seront juste assez pour chasser l'impression de vide qui règne dans cette maison. Non, attends, trois autres voitures viennent de s'arrêter, on va peut-être avoir une vraie maisonnée, qui sait ?

— Doux Jésus, j'en vois déjà qui regardent leur montre, ils ne resteront pas longtemps. June, va prendre ton poste derrière le buffet. Est-ce que Walter est là-bas, ou est-il déjà parti aux toilettes pour son habituel quart d'heure de lecture ?

— Il est toujours dans le hall d'entrée. Je garde un œil sur lui.

— Geraldine, devons-nous présenter nos condoléances à M. Murphy, à ton avis ?

Occupée à tartiner du pâté sur des petits crackers avant de les garnir d'une rondelle de tomate, d'un brin de persil et d'une touche de crème fraîche, Geraldine marqua une pause.

— Je crois que la formule « c'est une journée éprouvante pour vous » devrait parfaitement convenir, répondit-elle avant de jeter un coup d'œil par le passe-plats. C'est intéressant, je ne vois quasiment aucun employé de l'hôtel Peter, ces gens-là ignorent les règles de base de la politesse.

Le déjeuner ne dura pas longtemps et, bientôt, les convives prirent congé. Peter Murphy était déjà parti après avoir embrassé chacune de ses filles. Il n'eut pas besoin de venir en cuisine et ignora donc tout de la présence de Geraldine sous ce toit qui avait jadis été le sien. La facture devait être présentée à l'hôtel et le règlement par chèque serait aussitôt acquitté. Cathy se demanda si Geraldine était heureuse ou déçue par le petit nombre de personnes présentes aux funérailles de celle qu'elle avait probablement haïe autrefois, quand elle était la maîtresse de Peter Murphy. De toute façon, les questions qui taraudaient Cathy restèrent sans réponse : Geraldine ne leur fit aucune confidence, se contentant de remarquer qu'il y avait là quelques amis des filles, mais presque aucune relation de Mme Murphy...

— Peut-être n'avait-elle pas beaucoup d'amis, fit observer Cathy en comptant les assiettes.

Ils ne factureraient que quarante-deux personnes.

— Tout le monde a des amis, surtout quand on vit dans une grande maison comme ça, intervint June en rangeant les couverts dans des paniers.

— Pas forcément, dit Tom, occupé à emballer précautionneusement le jambon intact. Je crois au contraire que les gens qui habitent d'aussi grandes demeures ont tendance à se couper du monde. Non pas que ça me soit déjà arrivé ou que ça risque de m'arriver, conclut-il avec un sourire d'autodérision.

— Cela n'a rien à voir avec la maison, affirma Geraldine. Cette femme se trouvait dans une situation inextricable. Seule, sans mari ni compagnon... Les gens redoutent les femmes qui ont été abandonnées par leur mari, ils s'imaginent que c'est contagieux. En plus, elle ne travaillait pas, n'avait aucun sujet de conversation et devait être triste comme la pluie.

— Quel portrait impitoyable ! commenta Tom en secouant la tête d'un air faussement réprobateur.

— La vie est impitoyable, Tom, tu ferais bien de me croire.

Et pendant quelques secondes, on eût dit qu'un masque de pierre avait figé son visage.


— A ton avis, allons-nous congeler le jambon ou le garder pour Mme Hayes ?

Tom et Cathy avaient déposé Walter en haut de Grafton Street, où il s'apprêtait à dépenser sa pitance, comme il se plaisait à appeler la rémunération de ses trois heures de travail. Ils ramenaient June avec eux. Sa pitance à elle représenterait cinq heures de travail car elle avait accepté de remplir les lave-vaisselle et de les aider à tout remettre en place.

— Pour qui ?

— La femme barbouillée de chocolat nous a confié une mission très intéressante, figure-toi, à l'occasion de ses noces d'argent, tout ça parce que je l'ai sauvée du ridicule.

— Oh, oui, bien sûr, tu joues de ton charme à la perfection. Personnellement, je congèlerais cette bestiole. Ils voudront des choses riches, des sauces bien crémeuses. Un bon jambon dégraissé leur paraîtrait beaucoup trop sain.

Cathy lui lança un regard interrogateur et il acquiesça d'un signe de tête. Comme souvent, ils étaient d'accord. Tom inscrivit le contenu et la date sur une petite étiquette et plaça le jambon emballé dans le congélateur. Ils écoutèrent le répondeur : trois demandes de brochures, une jeune fille qui désirait savoir s'ils embauchaient du personnel car elle souhaitait poursuivre une carrière dans la restauration à domicile.

— Poursuivre une carrière ! répéta Cathy en riant. Pourquoi les gamins parlent-ils ainsi ?

— Parce qu'ils s'imaginent que ça fait adulte, suggéra Tom.

Il y avait ensuite une commande, un déjeuner entre amies pour huit, à livrer simplement chez les Riordan.

— Pas d'adresse, pas de numéro de téléphone. Super. Les gens sont vraiment nuls, fulmina Tom.

— Calme-toi, Tom, nous les connaissons. Nous sommes déjà allés chez eux.

— Ah bon ?

Ils n'avaient pas visité tant de maisons que ça, bon sang ! Pas au point d'oublier déjà le nom de leurs clients.

— Tu sais bien, on a fait le baptême là-bas, tu n'arrêtais pas de le traiter d'imposteur.

— Oh, *lui*, oui, ça y est. J'avais dû rayer son nom de ma mémoire.

— Heureusement, notre ordinateur ne l'a pas rayé de sa mémoire, lui. Qu'allons-nous leur proposer ?

— Une conférence sur le thème : « Méfiez-vous des hommes », suggéra Tom.

— Non, idiot. Quel genre de menu allons-nous leur proposer ? Et, de toute façon, c'est faux, les hommes ne sont pas si mauvais que ça, au contraire. Figure-toi que mon père a décidé d'acheter un chiot pour les jumeaux, alors qu'il sera obligé de l'éduquer et de nettoyer ses saletés. Mon mari a réservé deux places à l'opéra pour ce soir, alors que ce n'est pas sa tasse de thé. James Byrne renonce à sa sacro-sainte matinée du dimanche pour mettre à jour nos livres de comptes parce que nous n'avons pas pu le voir aujourd'hui. Et mon associé, un homme, un vrai, va rester ici pour fermer à ma place. Je n'ai donc absolument rien à reprocher aux hommes en ce moment, acheva-t-elle en riant.

— Pourquoi vais-je rester pour fermer à ta place, rafraîchis-moi un peu la mémoire ?

— Parce que l'amour de ta vie sera à son cours de gym toute la soirée alors que l'amour de ma vie est probablement en train d'imaginer mille et une raisons pour ne pas aller voir *Lucia di Lammermoor*, et qu'il faut absolument que je file pour lui couper l'herbe sous le pied.

Il y avait un mot sur la table. « Je sais déjà que tu vas dire que je cherche toujours à me dérober quand il s'agit de culture, mais, quand tu sauras ce qui vient d'arriver, tu reconnaîtras que... »

Un cabinet de conseil juridique parfaitement légal était menacé de fermeture sans raison ; la présence d'un avocat du barreau était indispensable pour obliger les autorités à reconsidérer leur décision. Il y aurait peut-être une conférence de presse... Il était désolé... sincèrement désolé. Il trouverait un moyen de se faire pardonner. Les places étaient sur la table. Peut-être trouverait-elle quelqu'un pour l'accompagner ? Cathy était folle de rage. Comment trouverait-elle quelqu'un qui accepte de passer une tenue de soirée pour l'accompagner à l'opéra à cinq heures du soir ? Sur quelle planète vivait-il ? Elle sentit des larmes d'irritation et de déception poindre au coin de ses yeux et s'efforça de les refouler. Ce n'était pas dramatique... Ça n'avait rien à voir en tout cas avec tous les durs combats qu'elle avait dû mener par le passé... quand Hannah la toisait d'un air méprisant en déclarant qu'il faudrait d'abord que Cathy lui passe sur le corps, sur celui de son mari et de toutes leurs relations avant d'épouser Neil. Ce n'était pas aussi grave qu'entendre la même Hannah rire bruyamment dans son dos, pleine de pitié hypocrite pour la « fille de cette pauvre femme de ménage ». Ce n'était pas aussi important qu'accepter un poste à l'étranger. Après tout, il s'agissait seulement d'une sortie.

Mais tout de même, qui pourrait-elle inviter aussi tardivement ? June ? A l'opéra ? Pas question. Geraldine ? Avec la vie qu'elle menait, Geraldine était sûrement prise un samedi soir. Cathy s'empara du téléphone. Elle l'appellerait quand même.

— Geraldine ?

— Tu as un autre job à me proposer, c'est ça ?

— As-tu envie de remplacer Neil, qui m'a fait faux bond ce soir ? J'ai une place d'opéra en trop.

— Avec grand plaisir. C'est triste ?

— Plutôt dramatique, oui. L'héroïne épouse un type qu'elle n'aime pas et finit par le tuer. Celui qu'elle aime vraiment se suicide. Enfin, un truc dans ce goût-là, un manque de dialogue évident, assez typique de l'opéra, en somme.

— Assez typique de la vie, intervint Geraldine d'un ton bref.

— Je t'invite à dîner chez Quentin après.

— Marché conclu.

Elles reparlèrent avec Brenda Brennan de l'aventure de la tourte à la viande, riant toutes trois de bon cœur. Shona Burke dînait en compagnie de deux cadres de Haywards.

— Si seulement cette fille souriait davantage ! fit Geraldine.

— Elle aurait toutes les raisons de le faire, qui plus est. Un luxueux appartement au Glenstar, un bon boulot, un physique agréable. Tom m'a dit qu'il l'avait croisée à l'hôpital quand son père a eu son attaque. Elle rendait visite à quelqu'un. J'ai essayé de la questionner à ce sujet mais elle s'est refermée comme une huître.

— Elle est très compétente dans son travail mais ne dégage aucune chaleur humaine. Vous avez fait un boulot fantastique aujourd'hui, ajouta Geraldine. J'étais très fière de vous.

— Non, n'essaie pas de te dérober. Etais-tu satisfaite de voir que peu de gens s'étaient déplacés ?

— Ça m'est égal, franchement, j'étais juste intéressée d'un point de vue objectif, c'est tout.

— Si tu l'as aimé jadis, tu ne peux pas prétendre à une totale indifférence. Tu as tout de même dû... ressentir quelque chose.

— Je n'ai jamais aimé Peter Murphy, répondit Geraldine d'un ton désinvolte.

— Mais pourtant, tu étais...

Cathy ne termina pas sa phrase.

— Oui, bien sûr... pendant plus de cinq ans, mais ça ne veut pas dire que je l'aimais.

— A l'époque, vous deviez éprouver quelque chose qui ressemblait à de l'amour, insista Cathy.

— Non, pas moi, en tout cas.

— Mais alors qu'est-ce que... pourquoi... ?

Cathy s'interrompit de nouveau.

— Excuse-moi, Geraldine, ce ne sont pas mes affaires.

— Non, ça ne me dérange pas... Disons que je passais du bon temps auprès d'un compagnon agréable qui m'a présentée à beaucoup de monde et qui m'a aidée à monter mon affaire. Pourquoi ? Laisse-moi te répondre par : pourquoi pas ? En outre, c'est lui qui m'a offert mon appartement au Glenstar.

Cathy la dévisagea d'un air interloqué.

— Il te l'a offert ?

— Tu es une grande fille maintenant, Cathy, tu es à la tête de ton entreprise, cesse de faire l'innocente avec moi.

— Je ne fais pas l'innocente. Je suis juste surprise que tu acceptes un tel cadeau, un appartement de luxe, de la part d'un homme. C'est tout.

— Si on veut m'offrir des cadeaux, que suis-je censée faire ? Les refuser ?

— Bien sûr que non, mais il s'agit d'un appartement, Geraldine.

— C'est le même entrepreneur qui a construit le Glenstar et qui a réalisé l'agrandissement de son hôtel, ça ne lui a donc pas coûté autant qu'aux autres propriétaires. C'était tout de même très généreux de sa part et, comme tu le sais, nous sommes restés bons amis.

— Mais il ne continue pas à venir chez toi pour...

— Non, bien sûr que non, enfin, Cathy. Je t'en prie.

— C'est tout de même bizarre qu'il ait agi ainsi, tu ne trouves pas ? Je veux dire : la plupart des hommes ne feraient pas ça.

— En ce qui me concerne, je pense que si. Je reçois de nombreux cadeaux. Ma voiture en est un, ainsi que ce lecteur de CD qui te plaît tant.

— Ce sont des hommes différents qui t'ont offert toutes ces choses ? Je ne te crois pas ! Tu me fais marcher, c'est ça ?

— Pas du tout. Pourquoi plaisanterais-je à ce sujet ? C'est la réalité. Est-ce que je baisse dans ton estime ?

— Non, non, bien sûr que non, répondit Cathy avec emphase.

Mais elle mentait. Sa tante avait effectivement baissé dans son estime. Enormément. La tante qu'elle avait tant admirée, cette femme courageuse issue d'un milieu ouvrier qui avait réussi à s'approprier le pouvoir et l'élégance, cette femme-là était en fait ce qu'on aurait jadis appelé une courtisane. Elle recevait des cadeaux en échange de ses faveurs au lit. De là à être payée, il n'y avait qu'un pas.

— Tant mieux, cela me peinerait de t'entendre condamner mon style de vie.

— Te condamner, moi ? Jamais de la vie ! protesta Cathy avec un pâle sourire.

C'était Geraldine qui avait financé ses études secondaires alors que Muttie et Lizzie étaient encore persuadés qu'elle avait obtenu une bourse. Geraldine qui lui avait offert l'uniforme de l'école et l'avait écoutée avec une patience infinie lorsqu'elle lui avait expliqué qu'elle désirait apprendre le métier de traiteur en gravissant tous les échelons, Geraldine qui avait payé les frais de sa spécialisation le moment venu. Geraldine encore qui s'était aussitôt rangée à ses côtés à son retour de Grèce, lorsqu'elle leur avait annoncé l'incroyable nouvelle, son coup de foudre pour Neil Mitchell, le fils de Hannah la mégère ; et c'était toujours Geraldine qui l'avait aidée à réconforter Lizzie... Geraldine qui s'était portée garante sans l'ombre d'une hésitation lorsqu'ils avaient emprunté de l'argent aux banques pour la création de Scarlet Feather. Cathy ne pouvait décemment pas condamner le style de vie de sa tante. Impatiente de changer de sujet, elle posa les yeux sur le poignet de cette dernière.

— C'est une nouvelle montre ? Elle est magnifique.

— Elle est belle, hein ? approuva Geraldine en la tournant légèrement afin qu'elle capte la lumière. Un joli petit cadran cerclé de perles minuscules et garni d'un ravissant bracelet en or... C'est ce promoteur immobilier, Freddie Flynn, qui me l'a offerte la semaine dernière. Il est vraiment adorable.

— C'était bien... le concert de hiboux ? s'enquit Tom lorsqu'ils se retrouvèrent très tôt le lundi matin.

— Quoi ? Oh, oui, fantastique, vraiment fantastique.

— Est-ce que Neil en a profité pour rattraper un peu de sommeil ?

— Non, il n'aurait pas osé, fit Cathy.

Pourquoi mentait-elle, pourquoi n'avouait-elle pas que Neil n'était pas venu avec elle ? Bon, ce n'était pas vraiment un mensonge. C'était davantage une question de loyauté. Il eût été trop compliqué d'expliquer à Tom que Neil travaillait comme un forcené et qu'il avait été désolé de ne pas pouvoir l'accompagner à l'opéra. C'était plus facile de laisser couler. De toute façon, ce tout petit mensonge sans importance n'éclaterait jamais au grand jour.

Ils entreprirent de préparer tous les mets qui pouvaient se congeler pour la réception des noces d'argent.

— Allez, je t'offre une bière pour changer un peu d'air... suggéra Tom quand ils eurent terminé.

Au même instant, on frappa à la porte. Il alla ouvrir. C'était Neil.

— Je passais dans le coin, alors j'ai pensé que je pourrais peut-être inviter ma femme à déjeuner pour me faire pardonner de lui avoir fait faux bond l'autre soir, à l'opéra, lança-t-il d'un ton enjoué.

Cathy les rejoignit.

— Alors, suis-je pardonné ?

— Il n'y a rien à pardonner, je te l'ai déjà dit. Ce ne fut même pas un sujet de dispute, tu n'es pas obligé de faire ça, je t'assure.

Elle était tellement embarrassée qu'elle pouvait à peiner parler.

— Je me sens redevable envers toi. Je t'avais promis quelque chose que je n'ai pas pu tenir. Puis-je t'inviter à déjeuner à la place ?

— Vas-y, Cathy, dit Tom. Va déjeuner dans un des restaurants les plus chics de cette ville et profites-en pour leur voler des idées. Regarde s'ils ont une gamme de pains intéressante, commande une corbeille de dégustation et rapporte un morceau de tout ce qui te semblera original. D'accord ?

Cathy retira le tablier siglé Scarlet Feather, enfila sa veste et monta dans la fourgonnette.

— Nous pourrions peut-être prendre la voiture ? suggéra Neil.

— C'est un choix purement publicitaire, on la garera quelque part sur les quais pour que tout le monde la voie. A plus tard, Tom !

Ils se retrouvèrent face à face dans un endroit très en vogue. On leur donna une table uniquement parce que c'était un lundi et, peu à peu, Cathy surmonta le sentiment d'irritation qui la tenaillait. Ce n'était pas la faute de Neil. Il se sentait coupable de ne pas avoir pu l'accompagner. Elle lui répéta qu'elle avait apprécié de dîner avec Geraldine.

— Et maintenant, j'ai la chance de pouvoir déjeuner avec toi, je suis donc gagnante sur tous les tableaux, conclut-elle d'un ton enjoué.

— Que t'a raconté Geraldine ? demanda Neil.

— Oh, pas grand-chose, nous avons parlé de choses et d'autres.

Pourquoi n'évoquait-elle pas la vie peu banale de sa tante ? En général, elle disait tout à Neil. Cette fois pourtant, elle préféra se taire ; c'était encore une question de loyauté, sans aucun doute. Allait-elle se sentir obligée de mentir à tout le monde désormais ?

— On a reçu des nouvelles d'oncle Kenneth, le porté disparu.

— Je n'en crois pas mes oreilles ! Où est-il ?

— En mer, sur le chemin du retour, semble-t-il.

— Qu'en est-il de tante Kay dans sa maison de fous ?

— Il paraît qu'elle se rétablit à vue d'œil.

Cathy sentit une plaque de plomb lui peser sur la poitrine.

— Cela veut dire qu'ils seront suffisamment en forme pour reprendre Maud et Simon ? demanda-t-elle, redoutant la réponse.

— Eh bien, pas dans l'immédiat, mais il faudra bien qu'ils retournent chez leurs parents un jour, tu sais.

Des sentiments contradictoires envahirent la jeune femme. Ce serait merveilleux de ne plus avoir à se soucier de Simon et de Maud. D'un autre côté, ces gens ne seraient pas capables de s'occuper correctement de leurs enfants. Elle leur avait appris quelques règles de politesse et le respect des autres, et ses parents leur avaient fait découvrir l'amour et l'amitié. Quel gâchis épouvantable de voir tout cela partir en fumée avec le retour de Kenneth et de Kay ! Combien de temps se tiendraient-ils tranquilles, ces deux-là... ? Le retour des parents prodigues, elle l'avait pourtant espéré tant de fois... Mais à présent qu'il devenait réalité, Cathy n'était plus tout à fait sûre de ses sentiments.

— Ils vont bien, les parents, à ton avis ? demanda-t-elle.

— Aussi bien que possible. Voilà...

Elle comprit qu'il désirait changer de sujet et leva les yeux vers lui.

— Quoi qu'il en soit, rien de tout cela ne compte vraiment. Il faut que nous parlions de ce travail, poursuivit Neil.


— Tom, c'est Walter. Je peux te parler un instant ?

Tom engloutit le sandwich qu'il était en train de manger et appuya sur le bouton de l'Interphone. Il n'avait rien à craindre de Walter, songea-t-il. Certes, ce n'était pas un travailleur acharné, il était toujours un peu trop prompt à enfiler son manteau à la fin des réceptions, au lieu de les aider à transporter les assiettes et les verres dans la camionnette. Un peu méprisant aussi vis-à-vis de June et de sa façon de parler. Malgré tout, cela les arrangeait pour le moment de l'employer comme barman. Il présentait plutôt bien, charmait les jeunes invitées et, s'il avait été capable de se concentrer davantage, de se rappeler par exemple qui buvait quoi, il aurait été parfait. D'un commun accord, Cathy et Tom avaient décidé de ne pas le faire travailler aux noces d'argent des Hayes. Ils préféraient prendre à l'essai un barman qu'ils avaient rencontré dans un pub, Conrad, un jeune homme roux au sourire chaleureux qui leur avait donné l'impression d'aimer son métier.

— Cathy n'est pas là ? fit Walter en regardant autour de lui, les mains dans les poches.

Il semblait légèrement perplexe, comme si on lui avait posé un lapin. Tom se souvint d'avoir parlé avec Cathy de l'attitude quelque peu agaçante de Walter, une espèce de condescendance mêlée à un soupçon d'exaspération.

— Non, mais elle sera bientôt de retour.

— C'est la voiture de Neil dans la cour ?

— Oui, il sera là bientôt, lui aussi. Est-ce que je peux faire quelque chose pour toi en attendant ?

— Cette fête, ce truc... enfin... c'est à quelle heure ?

— Je ne te suis pas, répondit Tom.

— La grosse réception de mercredi. Je voulais savoir : est-ce que je dois porter une veste de smoking et à quelle heure dois-je arriver ?

— Je ne me rappelle pas t'avoir sollicité pour ce jour-là.

— Je me demandais simplement si vous pouviez me donner une petite avance tout de suite... pour louer le costume et tout.

Cathy n'aurait pas embauché le cousin de son mari sans lui en avoir parlé. En outre, c'était elle qui s'était montrée la plus critique envers Walter. Elle avait été choquée de l'entendre parler de sa « pitance ». Il s'agissait sans nul doute d'un malentendu. Il fut tenté un instant d'attendre le retour de Cathy pour régler cette histoire. Mais non, c'était à lui de prendre les choses en main.

— Nous ne t'avons pas demandé de travailler mercredi, déclara-t-il avec une assurance qu'il était loin d'éprouver.

— Comment ?

— Tu as parfaitement entendu. Nous ne t'avons pas demandé de travailler, il n'est donc pas question d'avance. Désolé si tu as mal compris.

— Je n'ai pas mal compris, vous en avez parlé devant moi, vous m'avez tout dit sur cette réception... Qu'étais-je censé comprendre ?

— Et nous, Walter, que sommes-nous censés comprendre ? Tu qualifies de pitance l'argent que nous te donnons. Tu n'aimes pas le travail. Comment aurions-nous pu deviner que tu avais envie de servir à la réception des Hayes ?

— Ah, c'est ça ! Mais c'était une plaisanterie, je faisais de l'humour, ça arrive à tout le monde, non ? Et on ne s'attend pas toujours à ce que les gens prennent les boutades au sérieux. Mais je comprends mieux, maintenant, il faudrait que je vous remercie du fond du cœur de l'immense privilège que vous m'accordez en m'autorisant à travailler pour vous, c'est ça ?

Cela faisait une éternité que Cathy était partie, songea Tom. Combien de temps un déjeuner en tête à tête pouvait-il bien durer ? Se déciderait-elle à revenir un jour ?

Au restaurant, Cathy planta son regard dans celui de Neil.

— Du travail ? De celui qu'on voulait te proposer à l'étranger ?

— Oui, de celui qu'on me propose toujours, d'ailleurs. Nous avions commencé à en parler dans de mauvaises conditions. J'aimerais t'expliquer de quoi il s'agit vraiment.

— Vas-y.

— Non, pas tant que tu prendras ce ton guindé avec moi.

— Neil, je t'ai simplement dit « vas-y », explique-moi.

— Je t'en prie, ne sois pas aussi hostile.

— Je ne sais pas comment te demander de me parler de ce poste sans te vexer ni t'offenser, alors, s'il te plaît, Neil, vas-y, je t'écoute.

Au même moment, ils durent passer leur commande. Neil se moquait de ce qu'il allait manger mais Cathy tenait à goûter plusieurs choses, aussi passa-t-elle du temps à faire son choix.

— Peu importe, répondit Neil à la serveuse qui leur demandait s'ils désiraient un cocktail.

— Je prendrais volontiers un de ces verres couronnés de sucre, intervint Cathy.

— Pourquoi tiens-tu à goûter ça ? demanda Neil, perplexe.

— A cause de cette réception pour des noces d'argent que nous organisons, tu sais bien, je t'en ai déjà parlé. Ce cocktail sera peut-être pile ce qu'il nous faut.

Cathy attendit pendant qu'il lui parlait d'un grand projet visant à bouleverser les fondements du droit sur l'immigration. C'était une idée neuve, passionnante, et ce serait formidable de pouvoir y travailler. Tant de choses restaient à faire sur le terrain dans tous les pays, et chaque individu devait se sentir concerné. Il s'agissait de mettre au point une politique appropriée, de faire appel aux institutions internationales en évitant de dépendre des politiques, dont les propres intérêts fluctuaient constamment ; il fallait plutôt impliquer des avocats et des travailleurs sociaux qui se sentaient concernés par la question. Cathy écoutait. Il arrivait trop souvent que des pays pourtant respectueux des droits civiques ferment les yeux lorsqu'il y avait du pétrole en jeu, ou bien lorsqu'ils vendaient des armes au pays incriminé ou encore étaient conscients que leur succès électoral dépendait du nombre d'étrangers qu'ils accueilleraient sur leur territoire. Cette agence se placerait au-dessus de tout ça, aurait une vocation internationale, bouleverserait la conception globale du monde.

— Et elle serait basée où ? demanda Cathy.

— Dans un premier temps, à La Haye, répondit Neil.

— Tu veux que nous allions vivre aux Pays-Bas ?

— Il y aura de nombreux déplacements, bien sûr, et tu pourras m'accompagner partout, tout est arrangé. Tu découvriras une foule d'endroits différents, dont tu ne soupçonnais même pas l'existence.

— Que feras-tu tous les jours ? Essaie de me décrire le déroulement type d'une de tes journées.

Sa voix lui sembla étrangement désincarnée. Elle avait besoin de gagner du temps pour réfléchir à tout ça. Il désirait vraiment, sincèrement partir et il s'attendait à ce qu'elle quitte tout pour le suivre. Elle ne l'écoutait plus lorsqu'il s'efforça de lui dépeindre la nouvelle vie qui se profilait pour eux. Elle se demanda plutôt s'ils se connaissaient réellement, tous les deux. L'homme assis en face d'elle avait défié ses parents avec une indifférence glaciale quand ces derniers avaient tenté de le dissuader de l'épouser, et à présent, ce même homme voulait l'arracher à l'entreprise qu'elle avait eu tant de mal à monter pour la transformer en une espèce de femme de diplomate. Les mots semblaient flotter tout autour d'elle tandis qu'elle goûtait au pain, qui lui parut d'une banalité insipide, et au beurre de tomate qui le recouvrait. Le cocktail se révéla une catastrophe — ils ne le proposeraient certainement pas pour l'anniversaire de mariage des Hayes.

— Tu es bien calme, conclut Neil.

— Je réfléchis, je laisse tout ça pénétrer tranquillement mon esprit.

— Je savais que tu réagirais ainsi, si nous prenions le temps d'en discuter. A Waterview, tu avais tout de suite enfilé tes gants de boxe, tu cherchais la confrontation, c'était mon-boulot-contre-ton-boulot, un truc comme ça. Mais il ne s'agit pas de ça, il s'agit de notre vie.

— Oui, oui, approuva-t-elle d'un ton rêveur.

— Oui-oui quoi, Cathy ?

— Eh bien, oui, tu as raison, il s'agit bien de la vie en général. Irais-tu vivre là-bas sans moi, seul, si je ne pouvais pas te suivre ?

— La question n'est pas là. Tu peux venir si tu le veux vraiment, déclara Neil, décontenancé.

— J'essaie de savoir comment tu envisages ta vie à toi. Partirais-tu seul ?

— Non, je ne ferais pas ça. Tu le sais bien, non ?

— C'était une simple question. Alors tu serais prêt à rester ici et à poursuivre ce que tu fais en ce moment ?

— Oui, mais, c'est-à-dire... Oui, je suppose.

— Je vois.

— Mais ce n'est pas ça, Cathy. Je t'assure que tu adorerais cette vie. Ils veulent que tu viennes passer une semaine avec moi là-bas. Très bientôt, juste pour voir où nous habiterions et quel genre de travail on attend de moi. Cathy, tu adores les défis, c'est inscrit dans chaque fibre de ton être...

— Nous avons encore besoin de discuter de tout ça, répondit-elle d'une voix qu'elle reconnut à peine.

— Naturellement, admit Neil en lui tapotant la main.

Apparemment, il estimait que la discussion avait été constructive. Il demanda l'addition et ils s'en allèrent. Cathy avait garé la camionnette en stationnement interdit à l'angle de la rue. Elle repéra une contractuelle qui lorgnait dans sa direction et courut jusqu'au véhicule.

— J'ai gagné ! lança-t-elle en riant avant de se glisser derrière le volant.

— Scarlet Feather, c'est quoi... des matelas ? voulut savoir la contractuelle.

— C'est le meilleur traiteur de toute l'Irlande, répondit Cathy en démarrant sur les chapeaux de roue.

A leur grande surprise, ils trouvèrent Walter chez Scarlet Feather et Cathy remarqua aussitôt l'air contrarié de Tom.

— Salut, tu vas mieux ? demanda Neil à son cousin.

— Ouais, ça va, répondit ce dernier en haussant les épaules.

— Qu'est-ce qui n'allait pas ? s'enquit Cathy.

— Il s'est fait mal au dos en tombant, expliqua Neil. Papa m'en a parlé ce matin. Il n'a pas pu venir travailler la semaine dernière.

Tom et Cathy échangèrent un regard. Ils savaient que cette chute était une pure invention mais ils s'abstinrent de tout commentaire. Au même instant, la sonnerie du téléphone retentit. Mme Hayes avait décidé qu'il serait plus sage d'avoir deux serveurs pour la réception de mercredi. L'un resterait derrière le bar, l'autre parcourrait la salle et se chargerait de remplir les verres vides. Cela posait-il un problème ?

— Aucun problème, madame Hayes, je m'en occupe immédiatement

Tom raccrocha. Il se tourna vers Walter.

— La pitance habituelle pour mercredi, Walter. Viens nous rejoindre ici à six heures et demie pour nous aider à charger la camionnette. Il n'y aura pas d'avance. Inutile aussi de louer une veste de smoking, tu en as déjà une. Compris ?

— Compris, approuva Walter, tout sourire. Je savais bien que vous aviez envie de me faire travailler.

— Ce n'est pas ça du tout, mais il se trouve que la situation vient de changer. Nous avons déjà engagé Conrad comme serveur pour mercredi, tu lui serviras d'assistant. Enfin, si ton dos te le permet d'ici là, bien sûr...

— Est-ce que tu retournes aux Four Courts ? demanda Walter à Neil. Si tu y vas, j'aimerais profiter de ta voiture.

— Dois-je comprendre que tu reprends le travail ? fit Neil, perplexe.

— Non, mais je dois voir quelqu'un dans le coin.

Tom éprouva un immense soulagement à l'idée que Walter ne s'attarderait pas.

— Vous avez bien déjeuné, tous les deux ? demanda-t-il à Cathy.

— Non. Les pains que nous avons goûtés, et Dieu sait que nous les avons bien goûtés... ne ressemblaient à rien comparés aux tiens, répondit la jeune femme d'un ton enjoué.

Neil marmonna son approbation.

— Excellente nouvelle, fit Tom, ravi. Que le spectacle continue !

Dès qu'ils furent seuls, Cathy s'assit et chercha le regard de son ami.

— Pardonne-moi, Tom.

— Pourquoi ? On sait bien que Walter n'est qu'un vaurien mais ils voulaient deux...

— Non, ce n'est pas pour ça. Pardonne-moi de t'avoir menti, de t'avoir dit que Neil m'a accompagnée à l'opéra alors qu'il n'est pas venu.

— Oh, ça...

Tom semblait avoir oublié cette histoire. Elle continua néanmoins.

— C'était idiot de ma part, mais tu sais à quel point je me réjouissais de cette soirée et je suppose que je... que je ne voulais pas que tu t'imagines qu'il m'avait laissée tomber.

— Le pauvre Neil s'est dégonflé au dernier moment à l'idée de devoir supporter tous ces ululements, c'est ça ? fit Tom avec la plus grande désinvolture. Pour être franc, ce n'est pas moi qui lui jetterais la pierre.

Cela faisait des semaines que Muttie préparait sa surprise. Et il tenait à réunir le plus grand nombre de spectateurs. Il demanda donc à Cathy et à Neil de passer aux alentours de six heures le mardi et convia également Geraldine. Cela n'arrangeait personne, mais ils firent tous un effort. Le petit labrador noir serait déjà dans la maison, caché dans la chambre à coucher, entouré de papier journal. On orienterait peu à peu la conversation sur les chiens. Maud et Simon répéteraient pour la énième fois qu'ils adoreraient avoir un chiot, ce à quoi Muttie répondrait que ça tombait bien, parce qu'il pensait en avoir un à leur offrir. Là-dessus interviendrait Lizzie : cette histoire était ridicule, s'il y avait un chien dans cette maison, elle le saurait, et là, enfin, Muttie irait chercher le petit animal...

Le mardi n'arrangeait pas Cathy parce que Tom et elle devaient aller récupérer leurs plats après le déjeuner entre amies de Mme Riordan, afin de pouvoir les utiliser pour les noces d'argent des Hayes. Un jour viendrait où ils posséderaient suffisamment de matériel pour se permettre de ne pas tout reprendre aussitôt la fête terminée. Mais ce jour-là n'était pas encore arrivé. Ça n'arrangeait pas Geraldine, parce que Freddie Flynn l'avait prévenue qu'il passerait peut-être chez elle après le travail. Mais Muttie et ce chiot à pedigree qui lui avait coûté plus de cent livres dégageaient une espèce de magie irrésistible. Aussi s'efforcèrent-ils tous d'être au rendez-vous. Lizzie se hâterait de rentrer après ses dernières heures de ménage. Geraldine avertit Freddie qu'elle aurait un peu de retard mais qu'elle serait chez elle à sept heures moins le quart. Neil promit d'essayer de passer mais repartirait à six heures et demie. Cathy décida de s'arrêter à St Jarlath's Crescent avec Tom avant d'aller récupérer leurs affaires chez Mme Riordan.

— Que se passe-t-il ? demanda Simon en les voyant tous assis autour de la table.
— Pourquoi cette question ? fit Lizzie.
— Eh bien, on dirait que vous attendez tous quelque chose, répondit le petit garçon.
— Non, Simon, nous prenons le thé, tout simplement.
Cathy poursuivait ses efforts afin de transmettre aux jumeaux les règles de base de la politesse.

— Et nous parlons de choses et d'autres au lieu de tout ramener à nous-mêmes. C'est ce qui se fait généralement, vous comprenez.

— Tout le monde prend du sucre et du lait ? s'enquit Maud docilement.

Muttie s'éclaircit la gorge.

— Il n'y a rien de mieux qu'une famille réunie autour d'une table, commença-t-il. Dans tout Dublin, des gens sont en train de prendre le thé sous l'œil attentif de leurs chats, leurs perruches et leurs chiens.

Il promena autour de lui un regard fier, comme si c'était la remarque la plus naturelle du monde... mais les enfants ne réagirent pas, se contentant de l'observer d'un air solennel.

Tom crut bon d'enchaîner :

— Vous avez tout à fait raison, Muttie, une famille peut être observée par toutes sortes de bestioles, un hamster, un lapin, enfin si la situation de son clapier le lui permet, et bien sûr, un chien.

Toujours aucune réaction de la part de Maud et Simon.

Muttie commençait à désespérer.

— Il n'y a jamais eu de chien dans cette maison. A vrai dire, nous ne sommes pas vraiment amateurs de ces bêtes-là.

— Non, c'est vrai ! s'écria Lizzie comme si elle donnait la réplique dans une pièce de théâtre.

A cet instant, les jumeaux bondirent de leurs chaises.

— C'est bien ça ! s'exclama Simon.

— J'en étais sûre ! piailla Maud.

Ils quittèrent la pièce en un éclair, montèrent l'escalier quatre à quatre et s'élancèrent vers la chambre à coucher.

On entendit des aboiements étouffés, des gémissements et des reniflements, puis ils réapparurent avec le chiot dans les bras. Il ressemblait à une peluche, petite boule de poil noir, queue battant l'air, langue pendante.

— Il est magnifique, murmura Maud.

— C'est un mâle, j'ai regardé, déclara Simon en vérifiant de nouveau. Il est pour nous ? reprit-il, osant à peine y croire.

— Pour vous deux, oui, répondit Muttie d'un ton bourru.

— On va le garder pour toujours ? reprit Maud, incrédule.

— Oui, bien sûr.

— On n'a jamais eu d'animal, de véritable animal.

— Il y avait une tortue aux Beeches mais elle est partie, ajouta Maud. Vous savez, on espérait bien que vous prendriez un chien, un jour. Et aujourd'hui...

— On a entendu des gémissements derrière la porte de la chambre, compléta Simon.

— Et j'ai dit : c'est peut-être un chiot.

Maud semblait très fière de sa perspicacité.

— Alors j'ai dit : oui, peut-être que Muttie a acheté un chien, mais c'est peut-être aussi une vieille personne qui grogne et qui gémit, allongée dans la chambre de Muttie, et on ferait mieux de ne pas rentrer.

Simon attendait visiblement des compliments pour la parfaite maîtrise dont il avait fait preuve.

— Mais on ne savait pas qu'il était pour nous, expliqua Maud.

— Pour toujours, renchérit Simon.

Sous le regard ébahi de Cathy, les jumeaux dévoilèrent une autre facette de leur personnalité. Les autres spectateurs de la scène semblaient aussi impressionnés qu'elle. La façon dont ils caressaient le petit animal et riaient à gorge déployée de ses cabrioles aurait fait fondre le cœur le plus endurci. Ils déposèrent le chiot sur la table et ce dernier s'effondra sur ses grosses pattes. Tom glissa une feuille de journal, in extremis, et tous s'empressèrent d'écarter leurs tasses de thé et leurs petits gâteaux.

— Il est tellement beau ! répéta Maud.

— Et il est aussi très intelligent. Tu l'as trouvé dans la rue ? s'enquit Simon innocemment.

— Oh, eh bien, disons que je suis allé le choisir quelque part, vous voyez, et maintenant, il est à vous, à vous deux, répondit Muttie, radieux.

— Papa est allé l'acheter dans un chenil spécialement pour vous, expliqua Cathy avec fierté.

— Et Lizzie a travaillé pour pouvoir payer la visite chez le vétérinaire avec les vaccins et tout le reste... intervint Geraldine.

— Et maintenant, nous allons vous montrer comment le dresser et lui apprendre la propreté, dit Lizzie.

— Il faut rapprocher chaque jour les journaux de la porte, en tout cas, c'est ce qu'ils faisaient à Oaklands.

— Et comment allez-vous l'appeler ? voulut savoir Tom.

Le chiot leva les yeux, comme si cette question l'intéressait lui aussi.

— Galop, répondit Simon tandis que Maud hochait la tête en signe d'approbation.

Il y eut un silence.

— Galop Mitchell, ajouta la fillette pour le cas où ils n'auraient pas bien saisi.

— Bien sûr, Maud, mais il est rare qu'on appelle un chien par son nom de famille, ce sera donc Galop, d'accord ? fit Cathy.

— D'accord, acquiesça Maud.

— Et... euh... d'où vous vient ce nom plutôt... original ? demanda Tom, formulant à voix haute la question que tous se posaient.

Les enfants parurent étonnés qu'ils ne comprennent pas une chose aussi évidente.

— Muttie dit toujours que c'est la meilleure chose au monde... les sabots d'un cheval au galop qui se marient avec les battements du cœur, expliqua Simon.

Muttie se moucha bruyamment.

— Quand les chevaux s'élancent au galop... ajouta Maud, ce martèlement vous transperce l'âme.

Neil appela Cathy sur son portable au moment où elle partait.

— Je suis vraiment désolé.

— Ce n'est pas grave, Neil, de toute façon, personne ne s'attendait à te voir et tout s'est merveilleusement bien passé, ils adorent ce petit chien...

— Je t'appelais justement pour ça, Cathy. Ils ne peuvent pas continuer à vivre dans ce paradis artificiel. Oncle Kenneth est en train de remettre de l'ordre aux Beeches, Kay doit sortir de l'hôpital ce week-end... Ça ne peut plus durer, cette petite mise en scène.

— Ce n'est pas une mise en scène, c'est un foyer. Quel genre de foyer ton oncle est-il en train de préparer pour ses enfants ?

— Selon papa et Walter, qui sont allés l'aider, il s'en sort plutôt bien. Walter lui a même suggéré de te commander quelques plats qu'il pourrait garder au congélateur.

— C'est ça, j'aurai deux mots à leur dire, si tu veux tout savoir, grommela Cathy.

— Je t'en prie, nous reparlerons de tout ça plus tard.

— J'y compte bien.

Geraldine s'apprêtait à partir, elle aussi.

— Je suis désolée de ne pas pouvoir rester plus longtemps, Cathy, mais Freddie doit venir prendre un verre à la maison. J'avais prévu de lui préparer un dîner gastronomique demain soir — il a l'habitude de passer me voir le mercredi — mais le pauvre chéri a une soirée.

— Je dois y aller, moi aussi. Dis-moi, veux-tu emporter quelques canapés ? Il y en a une boîte dans la camionnette.

— Tu es un ange, c'est tout à fait ce qu'il me faut.

Geraldine disparut en un éclair, au volant de sa jolie voiture rouge. Tom sortit à son tour du cottage et ils s'installèrent tous deux dans la camionnette.

— C'était fantastique de voir leurs visages se métamorphoser, déclara-t-il.

— Hum, oui.

— Que se passe-t-il ?

Elle lui parla du départ imminent des enfants.

— Le tribunal, les assistantes sociales ? demanda-t-il lorsqu'elle eut terminé.

— Ils privilégient manifestement les parents biologiques.

— Même s'ils ne sont pas très nets ?

— On dirait bien.

— Ils vont te manquer, dit-il simplement.

— Ils vont me manquer, c'est vrai... mais est-ce que tu imagines Muttie en train de promener seul ce chien tout pataud baptisé Galop ? Il va être bouleversé.

— Ils ne vont pas le prendre avec eux ? Le chien ?

— Non... ces deux-là risquent de perdre les pédales pour de bon s'ils doivent s'occuper d'un chien en plus de leurs enfants.

— Mais les petits continueront à venir souvent à St Jarlath's Crescent, non ?

— Les enfants de Kenneth Mitchell en visite dans un quartier ouvrier ? Tu plaisantes ! Ils auront bien trop peur que leurs gosses prennent l'accent du petit peuple et attrapent des puces !

— Ce n'est pas normal.

Ils étaient en train de remonter l'allée qui menait à la maison des Riordan, d'où s'échappaient des bruits de fête.

— Voilà encore une chose qui n'est pas normale, lança Cathy. Elles ont affirmé que tout serait fini à cinq heures. Que devons-nous faire, maintenant ?

— Laisse, je m'en occupe.

— Avec plaisir, à condition que tu me promettes de ne pas attraper M. Riordan par la peau du cou en le traitant d'imposteur.

— Ne t'inquiète pas, il n'est pas en cause aujourd'hui. Reste ici, repose-toi. J'en ai peut-être pour une demi-heure.

Elle l'entendit chercher quelque chose à l'arrière de la fourgonnette puis le vit gravir prestement les marches du perrons avec une boîte dans les mains. Elle ferma les yeux. La journée avait été longue, éprouvante, et les noces d'argent du lendemain la préoccupaient. Mais tout ça, c'était son choix, elle ne devait surtout pas l'oublier.

Mme Riordan fit son apparition. Elle posa sur Tom un regard égaré.

— Oh, mon Dieu, serait-ce déjà l'heure ?

— Vous avez dû passer un merveilleux après-midi, fit Tom en épinglant sur son visage son sourire le plus chaleureux.

— Pardon ? Oh oui, elles sont toutes très en forme.

— Puis-je leur dire un petit bonjour ? reprit-il d'un ton enjoué.

— Comment ? Oui, bien sûr, entrez.

— Bonsoir, mesdames, lança-t-il gaiement au groupe de onze femmes qui avaient bu trop de vin mais qui avaient aussi, pour son plus grand bonheur, mangé presque tout ce qu'ils leur avaient préparé. J'ai pensé que vous... commença-t-il.

— Un strip-teaser ! s'écria une invitée d'une voix enthousiaste.

— Malheureusement non, s'empressa-t-il de répondre. Je me suis fait mal au dos, je ne serais donc pas en mesure de vous donner un spectacle digne de ce nom ; en revanche, je vous ai apporté quelques petits fours et des chocolats pour remercier Mme Riordan d'avoir fait appel à nos services... Voici donc une boîte à partager entre vous.

Des exclamations ravies accueillirent ses paroles. Tout en faisant mine de lui reprocher de leur offrir des choses qui contenaient quatre cents calories par bouchée, les invitées engloutirent le tout en un clin d'œil.

— Pendant que je suis là, je vais en profiter pour ranger un peu afin de vous faire davantage de place.

Sur ce, il entreprit de débarrasser adroitement la table. Toutes s'empressèrent de lui venir en aide et, ensemble, ils raclèrent les assiettes. Dans la cuisine, Tom les empila dans une caisse.

— Nous devrions d'abord les laver, intervint Mme Riordan.

— Non, non, c'est nous qui nous chargeons de la vaisselle, cela fait partie du contrat, déclara Tom.

Elles insistèrent. Un évier d'eau chaude et savonneuse, un autre pour rincer, deux préposées à l'essuyage. La fête se déroulait à présent dans la cuisine.

— Votre dos ne me semble pas si mal en point que ça, lança la femme qui avait pris Tom pour un strip-teaser.

— Attendez de me voir en pleine forme, lui dit-il d'une voix rauque qui la fit rougir d'excitation.

Elles l'aidèrent à porter les cartons jusqu'à la camionnette. Cathy, interloquée, bondit de son siège pour participer. Au même moment, la voiture de M. Riordan s'engagea dans l'allée.

— Dieu merci, la maison ne ressemble pas à un champ de bataille, vous êtes des anges, tous les deux, dit Mme Riordan en leur tendant deux billets de vingt livres. Prenez-les, je vous en prie, et allez boire un verre à ma santé.

M. Riordan les gratifia d'un petit signe de tête.

— On dirait que le déjeuner fut une réussite, marmonna-t-il.

— Oh, elles ont apprécié le menu, mais je crois qu'elles m'ont surtout adoré en strip-teaser.

— Vous me faites marcher, bredouilla M. Riordan.

— Il est clair qu'elles ne vous avoueront pas ce qui s'est passé...

Cathy et Tom riaient encore en arrivant au centre-ville.


— Que dirais-tu de passer à la réception qui a lieu après l'intervention de Neil ? Il y aura du vin blanc tiède et des saucisses froides gracieusement offertes par la femme d'un des conférenciers, ajouta Cathy.

— D'accord, j'appelle Marcella. Elle doit être rentrée maintenant, on pourrait passer la prendre, elle appréciera sans doute de sortir un peu.

— Excellente idée.

Ils dépensèrent leurs quarante livres dans un restaurant chinois. Marcella mangea trois crevettes, pas de riz, de petits légumes sautés ni de porc à la sauce aigre-douce ; Cathy ne put s'empêcher de remarquer son appétit d'oiseau. De son côté, Tom écouta Neil s'inquiéter pour les serveurs chinois qui n'étaient probablement pas syndiqués. Ils lui racontèrent l'histoire de Galop.

— Les Beeches, ce n'est pas une grande maison avec un jardin ? s'enquit Marcella. Ils pourraient le prendre là-bas.

— Pas avant qu'il soit dressé, il irait directement sur la route et se ferait écraser, objecta Cathy.

— Peut-être ne resteront-ils pas là-bas très longtemps.

Neil déclara que les retrouvailles auraient lieu bien plus tôt qu'on ne le pensait ; en ce qui concernait le retour des enfants dans leur foyer, la loi était étonnamment rapide.

— C'est dommage s'ils se sentent heureux là où ils sont, intervint Tom, qui avait été touché par la scène familiale à laquelle il avait assisté à St Jarlath's Crescent.

— Ce n'est pas la question, répondit Neil avec fermeté. Il y a quelques années, on avait l'habitude de retirer les enfants de leur famille pour les confier à d'autres personnes censées les remettre sur le droit chemin... De nos jours au moins, l'importance des parents biologiques est effectivement reconnue.

Cathy estimait que, dans ce cas-là, le rôle des parents était peut-être excessif. Mais elle s'abstint de tout commentaire. Il y avait d'autres sujets de conversation à aborder avec Neil. Il ne fallait pas qu'un dîner à quatre se transforme en champ de bataille à cause de Simon et Maud.

La maison des Hayes brillait de mille feux quand Cathy et Tom arrivèrent à six heures et demie. Les deux fils de la famille erraient dans les pièces sans trop savoir quoi faire, la mine contrariée. Collée à une espèce de grand dadais que les parents ne semblaient guère apprécier, leur sœur répétait qu'il était inconcevable et intolérable qu'elle ne puisse pas utiliser la planche à repasser dans la cuisine, là où on avait l'habitude de s'en servir depuis toujours. Mme Hayes les pria de l'appeler Molly et son mari Shay. Ce dernier était un homme replet, légèrement nerveux, qui devait gérer ses affaires d'une main de fer et ressentait le besoin d'aboyer des ordres en permanence.

— Shay, puis-je préparer un café pour tout le monde avant de revoir avec vous le déroulement de la soirée ? demanda Tom.

Entre-temps, Cathy avait branché la bouilloire, demandé à June de l'aider à transporter la planche à repasser et le fer dans la chambre d'amis, chargé les garçons de mettre les deux chats persans dans une pièce avec une assiette de nourriture : une pièce d'où ils ne pourraient pas s'échapper pour grignoter de-ci de-là et laisser des poils sur le saumon. Avant que l'eau se mette à bouillir, elle avait réussi à persuader Molly d'aller se reposer un peu à l'étage en surélevant légèrement ses jambes. Elle avait même apporté un masque rafraîchissant pour les yeux qui faisait des miracles, affirma-t-elle.

— Mais, et pour tout installer... ? murmura Molly.

— C'est pour cela que vous nous payez généreusement, et, croyez-moi, vous ne serez pas déçus du résultat, coupa Cathy avec fermeté.

Elle entendit Tom expliquer à Shay qu'ils disposaient d'une série d'instructions et d'une liste personnelle, qu'ils avaient l'habitude de suivre la même méthode de travail et qu'il serait par conséquent plus sage de les laisser procéder seuls. Il recommandait toujours à la famille de descendre à sept heures et demie, une demi-heure avant l'arrivée des premiers invités, afin d'observer le résultat et de vérifier que tout était en ordre. Shay hocha la tête : c'était somme toute très logique. La famille Hayes, saturée de café, ne tarda donc pas à se retirer à l'étage. Tom et Cathy entrèrent aussitôt en action. Les plats furent déballés, les canapés joliment disposés par June et son amie Helen. Les buffets furent dressés, les cendriers placés dans le jardin d'hiver où il serait permis de fumer, et le gâteau trôna bientôt sur une sellette en argent. Le dessert à la crème orné d'amandes grillées qui formaient le chiffre 25 fut déballé, les salades emplirent les grandes coupes en verre qu'ils avaient récupérées la veille chez les Riordan. Tout se déroulait conformément à leur plan d'action. A sept heures tapantes, les deux barmen firent leur apparition : Conrad, plein d'entrain, et Walter, plus maussade et plus renfrogné que jamais.

— Ils prendront un cocktail au champagne pour commencer, expliqua Cathy.

— C'est d'un kitsch ! maugréa Walter.

L'expression de Cathy se durcit.

— J'ai toujours du mal à savoir ce que ce mot signifie. Tu sais comment les préparer. Ajoute le champagne juste avant l'arrivée des invités.

— Ou plutôt, ce qui passe pour du champagne, corrigea Walter en examinant une bouteille d'un air dédaigneux avant de la laisser retomber dans la caisse.

Cathy décida de s'adresser à Conrad, ignorant délibérément Walter.

— Il faudrait que vous prépariez quarante verres pour ces cocktails. Veillez aussi à ce que Walter débouche douze bouteilles de vin blanc et douze de rouge. Le blanc sera placé dans la grande glacière qui se trouve dehors, devant la porte de la cuisine. Dès qu'ils auront vidé quatre bouteilles, débouchez les autres quatre par quatre, ensuite il...

— Excuse-moi, Cathy, ça te pose un problème de m'adresser la parole ? Ma présence ici te gêne peut-être. Veux-tu que je m'en aille ?

Son arrogance lui donna envie de le gifler. Il savait pertinemment qu'elle ne pouvait se permettre de se passer de ses services, maintenant, juste avant l'arrivée des invités. Il pouvait donc se montrer aussi grossier qu'il le voulait. A moins que... ? Neil était à la maison ce soir... En cas de nécessité, il accepterait certainement de venir les aider. Elle s'écarta légèrement afin que Conrad ne soit pas témoin de leur querelle de famille.

— Soit tu changes d'attitude, soit tu prends ton manteau et tu t'en vas, dit-elle d'un ton sec.

— Je ne pense pas que tu sois en mesure de...

— Je suis en mesure de tout faire, c'est moi le patron ici.

— Et où trouveras-tu un remplaçant à cette heure-ci ?

— Ton cousin, répondit-elle simplement en sortant son portable.

— Neil ? Tu ne ferais pas ça.

Elle commença à composer le numéro.

— D'accord, d'accord, excuse-moi, je ne sais pas ce qui m'a pris.

— Non, Walter, je suis désolée mais je ne peux pas compter sur toi. C'est une soirée très importante pour nous.

Il réalisa tout à coup qu'elle était sincère. Elle s'apprêtait vraiment à demander à Neil Mitchell l'avocat d'enfiler une veste de smoking et de venir faire le serveur. Son oncle, qui était aussi son patron, le tuerait. Son père fraîchement reparu, qui était aussi son seul autre soutien financier, l'étranglerait.

— Je t'en prie, Cathy, je te donne ma parole, implora-t-il.

— J'espère pour toi que ta parole est fiable, répliqua la jeune femme avant de tourner les talons.


— Walter a l'air de travailler vraiment, ce soir, fit Tom d'un ton admiratif en le regardant déboucher les bouteilles de vin prestement, conformément à leurs instructions.

— Je lui ai mis la pression, lui confia Cathy d'un air satisfait. L'autre barman est très efficace, nous ferons de nouveau appel à lui. C'est la dernière soirée de Walter.

— Tu n'as pas peur de déclencher une querelle familiale ?

— Non, je suis plutôt en train de l'éviter. Comme ça, je ne succomberai pas à l'envie de l'étrangler de mes propres mains, ce qui ferait un peu désordre dans cette somptueuse cuisine, tu en conviendras.

— Préparer la cuisine est une activité qui requiert beaucoup de calme et de patience, souligna Tom. Tu n'as plus une seule cellule calme et patiente en toi.

— Il faut aussi une certaine fougue pour faire la cuisine, et j'en ai à revendre.

Au même instant, la famille Hayes apparut au rez-de-chaussée. L'atmosphère allait de nouveau se charger d'électricité.

— Nous avons une petite tradition qui consiste à prendre une photo avant l'arrivée des invités, pendant que la maison est paisible et que les buffets sont encore intacts, déclara Tom avant de les entraîner près du gâteau qui trônait à côté du buffet — l'occasion de leur proposer leur premier cocktail au champagne de la soirée.

Leurs hôtes commencèrent à se détendre, et, lorsque le premier convive arriva, ils avaient admis que la maison était splendide, le buffet magnifique et que la soirée s'annonçait agréable. Une heure plus tard, ils savaient que ce serait une véritable réussite. Même Walter évoluait de groupe en groupe, remplissant les verres et bavardant gaiement avec chacun.

— Délicieuses, ces petites choses, déclara Shay.

Il s'agissait de petits choux remplis d'une crème au raifort et d'une fine tranche de bœuf saignant froid. Tout le monde se jetait dessus.

— Est-ce vous qui avez imaginé la recette, Cathy ? lui demanda un des invités.

C'était Freddie Flynn, l'ami de sa tante. Mme Flynn l'accompagnait, frêle et couverte de bijoux. Cathy regarda son poignet ; sa montre était d'une sobriété exemplaire par rapport à celle de Geraldine. Elle leur sourit.

— Monsieur Flynn, madame Flynn, merci beaucoup, et non, hélas, la recette n'est pas de moi, je les ai goûtés quelque part et je m'en suis souvenue ! Cela vous plaît ?

— Beaucoup, répondit-il.

Il avait un sourire charmant.

— Chérie, je te présente Cathy Scarlet, la nièce de Geraldine, tu sais, celle qui se charge de nos relations publiques. Sois gentille avec elle et elle acceptera peut-être de travailler pour nous. Cathy, voici ma femme, Pauline.

— Vous pourrez peut-être vous charger de nos noces d'argent quand le moment viendra, lança Mme Flynn.

— Oh, bien sûr, nous en serions très honorés. J'ai été ravie de faire votre connaissance, et maintenant, si vous voulez bien m'excuser, je dois aller vérifier que tout le monde...

Elle s'éloigna, la rage au ventre. Il couvait sa femme comme un jeune amoureux transi. Ainsi, ils avaient l'intention d'organiser une réception pour célébrer leurs noces d'argent. Et, à entendre Geraldine, leur mariage était dans l'impasse. Raison pour laquelle le pauvre Freddie était en droit de s'amuser ailleurs puisqu'il n'y avait plus rien entre eux. Bon sang, c'était à vomir.

La réception fut réussie au-delà de toutes les attentes. Molly leur avait confié, avec un soupçon de mélancolie dans la voix, que son mari et elle se sentiraient probablement trop vieux pour danser, mais Tom avait tout de même apporté *Le Meilleur d'Abba*, au cas où ils changeraient d'avis. Il commença par mettre Leo Sayer et son *When I Need You* avant d'enchaîner sur *Don't Cry*

*For Me Argentina* et *Mull of Kintyre*. Tout doucement, pas trop fort, mais en insistant, et, lorsqu'il entendit les invités se mettre à chantonner et à reprendre les refrains en chœur, quand le buffet des desserts fut débarrassé, il choisit *Mamma Mia* et tous se levèrent comme un seul homme.

Tom et Cathy en profitèrent pour boire un café en cuisine. Autour d'eux, les plats avaient été ramassés et empilés. Les deux barmen avaient adroitement récupéré les verres frappés du logo de Scarlet Feather pour les remplacer par ceux de la maison. Bientôt, il serait minuit, l'heure de leur payer leurs cinq heures de travail. Shay Hayes avait également préparé une enveloppe pour le personnel, il y aurait donc d'excellents pourboires ce soir. Cathy avait apporté un torchon réservé à l'argenterie afin d'astiquer les quatre louches en argent massif que Molly Hayes avait tenu à utiliser. C'était un cadeau de mariage, avait-elle expliqué, aussi se sentait-elle obligée de les sortir.

La fourgonnette avait été chargée, les cendriers vidés, les bouteilles ouvertes demeuraient sur les tables, la cuisine était d'une propreté immaculée et seul un noyau dur de dix personnes continuaient à danser. Tom pourrait toujours récupérer ses disques lorsqu'il passerait le lendemain pour peaufiner le rangement et présenter la facture. Conrad demanda à lui parler un moment et l'entraîna un peu à l'écart.

— C'est un peu embarrassant, commença-t-il.

— Quoi donc ?

Tom espéra que Conrad n'allait pas lui demander un supplément d'argent ; il avait bien travaillé tout au long de la soirée. Ils n'auraient plus jamais besoin de faire appel à ce jeune blanc-bec de Walter.

— Eh bien... ce n'est pas facile à dire... mais je pense que vous devriez jeter un coup d'œil au sac de sport qui se trouve là-bas, si vous voyez ce que je veux dire. Bon sang, je déteste ça... mais je suis obligé de le faire.

Le jeune homme semblait désolé. Sans le questionner davantage, Tom ouvrit le sac. Là, posés sur le pull et le jean de Walter, se trouvaient quatre louches en argent, deux petites flasques et un cadre ouvragé. La peur lui noua la gorge.

— Merci, dit-il. Maintenant, partez, vite. C'est moi qui ai découvert le contenu de ce sac, vous comprenez, et merci encore, nous resterons en contact.

— Je suis désolé, monsieur Feather.

— Moi aussi, fit Tom.

Cathy pénétra dans la cuisine et retira son tablier.

— Tom, tu es génial, comment as-tu deviné que c'était le genre de musique qu'ils apprécieraient ? Ça marche du tonnerre, regarde-les sautiller gaiement sur *Dancing Queen*. Mince alors, j'espère pouvoir faire la même chose quand j'aurai leur âge.

— Cathy, Walter a volé de l'argenterie. Jette un œil dans son sac de sport là-bas.

Elle devint livide. Il détestait lui faire ça, mais il n'y avait pas d'autre solution. Il ne pouvait rien entreprendre tant qu'il ignorait ses intentions. Walter faisait partie de la famille de Cathy, pas de la sienne.

— Où est-il ?

— Encore au salon, en train de draguer la fille de Molly et de Shay sous le regard haineux du petit copain de cette dernière.

Cathy sortit son téléphone portable.

— Que fais-tu ? demanda Tom.

— J'appelle un taxi pour June et Helen ; il y a une station à quelques minutes d'ici, j'ai relevé son numéro.

— Et ensuite ?

— Nous allons régler cette histoire ici et appeler la police si c'est nécessaire, s'il s'obstine à nier les faits.

— Quelle sera la réaction de Neil ?

— Je ne sais pas, mais je vais dire à Walter de l'appeler, il aura besoin d'un avocat.

— Tu ne préfères pas rester en dehors de tout ça ? demanda Tom, surpris par son courage.

— Je le ferais si c'était possible.


— Walter, puis-je t'interrompre un instant ? J'ai besoin de toi en cuisine, ordonna Tom à voix basse.

— Eh, mes heures de servitude sont terminées, je suis ici pour le plaisir, maintenant.

— Tout de suite, s'il te plaît.

Dès qu'il aperçut le sac ouvert, Walter explosa.

— Comment osez-vous fouiller dans mes affaires... ?

— Une explication, Walter.

— Ce n'est pas moi qui ai mis ça là, c'est vous. Vous me détestez tous les deux.

— Nous n'avons rien touché. La police sera là bientôt et les empreintes seront rapidement identifiées.

— Vous n'allez tout de même pas appeler la police ?

Son visage était blême, mais il continuait à penser qu'ils bluffaient.

— C'est pourtant ce qu'il est recommandé de faire en cas de vol.

Cathy souleva de nouveau son portable.

— Tu vas les appeler tout de suite ?

— Non, je vais d'abord attendre que tu parles à ton cousin parce que tu vas avoir besoin de quelqu'un pour te représenter, Walter. Autant que ce soit Neil, s'il accepte de te défendre, naturellement.

Il la dévisagea, incrédule.

— Vas-y, appelle-le.

— Je ne connais pas le numéro.

— Il est en mémoire. Tu n'as qu'à faire le 1.

Ils s'assirent et l'observèrent pendant qu'il attendait que Neil décroche. La porte de la cuisine était fermée et le haut-parleur branché.

— Neil, excuse-moi... excuse-moi de te déranger, c'est Walter.

— Qu'y a-t-il ? Est-ce que Cathy va bien ? Que s'est-il passé ? Un accident ?

— Non, en fait, c'est moi, j'ai quelques soucis.

— Où est Cathy ?

— Elle est là, près de moi... Tu veux lui parler ?

Cathy secoua la tête.

— Non, désolé, Neil, c'est moi qui dois te parler, on dirait.

— Alors vas-y, fit Neil d'une voix sèche.

— Eh bien, il s'agit d'un léger malentendu... Nous sommes toujours à cette réception, tu vois... Tom a fouillé dans mon sac et il a trouvé, en tout cas c'est ce qu'il prétend, il a trouvé de l'argenterie... qui appartient aux propriétaires de la maison, semble-t-il...

Walter marqua une pause mais le silence qui accueillit ses paroles le força à poursuivre.

— Et maintenant, Neil, ils menacent d'avertir la police, je veux dire : Tom et Cathy. Oncle Jock va me tuer, il faut absolument que tu m'aides...

Même silence à l'autre bout du fil.

— Que dois-je faire ?

— Retire ta veste.

— Comment ?

— Retire ta veste et donne-la à Tom.

— Je ne pense pas que cela fasse avancer les choses. Pour quelle raison... ?

— Obéis, Walter.

Il obéit. Il y eut un bruit métallique lorsqu'il ôta péniblement sa veste de smoking avant de la tendre à Tom. Ce dernier la secoua. Dans la poche se trouvaient des cuillères à thé en argent, une montre et un coupe-papier.

— Ça y est ? demanda Neil.

— Oui, on dirait que...

— Je le savais, coupa Neil.

— Que va-t-il se passer maintenant ?

— Ce n'est pas de mon ressort, j'en ai peur.

— A qui dois-je m'en remettre ? demanda Walter d'un ton qui trahissait son angoisse.

— A Cathy, à Tom et aux propriétaires des objets que tu as volés. Sont-ils déjà au courant, au fait ?

— Non, mais, tu sais, ce n'est pas vraiment du vol.

— Bien sûr. Bonne chance.

— Qu'est-ce que ça veut dire, bonne chance, tu n'as pas l'intention de m'aider ?

— Non, je n'en ai aucunement l'intention.

— Neil, il le faut pourtant. Je fais partie de ta famille.

— Non, écoute-moi bien... Cathy est ton employeur, c'est elle que tu as volée. Tu aurais pu l'envoyer droit devant les tribunaux, espèce de sale petit con.

— Cathy est à côté de moi, Neil, laisse-moi te la passer... Je t'en supplie, Neil, parle-lui, parle-lui.

Des larmes baignaient son visage.

— Cathy et Tom ont une entreprise à gérer, Walter. Ils ont eu le malheur d'employer un voleur. J'approuverai toutes les décisions qu'ils prendront.

Et il raccrocha.

Tom et Cathy échangèrent un regard.

— Tes poches de pantalon, ordonna Tom.

Walter en sortit un briquet et d'autres cuillères à café. Il s'effondra, supplia, mais ils firent mine de l'ignorer totalement.

— Appelle-les, Tom, commença Cathy d'une voix très calme.

— Non. Je ne marche pas dans ce truc émotionnel. Franchement. Tu refuserais de t'en charger s'il s'agissait du cousin de Marcella.

— C'est vrai.

Il y eut un silence.

— Je crève d'envie de le faire payer pour ce qu'il a fait, chaque fibre de mon être en crève. Il y a juste deux choses qui me retiennent.

— Je suis de la famille, implora Walter d'une voix pleine de larmes.

— Arrête de parler de famille, trancha Cathy. D'une part, je n'ai pas envie de gâcher la soirée de Molly et Shay, et d'autre part, je ne me sens pas le courage de regarder ces deux gosses dans les yeux pour leur annoncer que c'est moi qui ai envoyé leur frère en prison, comme s'ils n'avaient pas déjà suffisamment de soucis, ces pauvres petits.

— Alors tu ne préviendras pas la police ? risqua Walter d'un ton plein d'espoir.

— Tom ?

— Je te suis, répondit ce dernier.

— Rends-moi l'argent qu'on t'a donné, ordonna-t-elle.

Walter s'empressa d'aller le chercher.

— Non, intervint Tom. Garde-le, tu as travaillé cinq heures, tu as gagné cet argent.

— Merci, Tom, murmura Walter en fixant le sol.

— Maintenant, va-t'en.

— Je suis désolé, Cathy.

— Tu es surtout désolé d'avoir été démasqué, Walter.

— Non, tu ne le croirais peut-être pas, mais je commençais à prendre goût à ce que je faisais ce soir ; pour la première fois, j'ai pris plaisir à suivre le déroulement de la réception.

Il parlait avec une sincérité troublante.

— Pourquoi as-tu fait ça ? Jock te paie largement.

— J'ai des dettes, avoua-t-il.

— Eh bien, regarde le bon côté des choses... Au moins, tu ne passeras pas la nuit au commissariat, lança la jeune femme.

— Je n'oublierai jamais, Cathy.

— Bien sûr.

Il partit. Elle resta assise, immobile.

— Tu as été formidable, déclara Tom. Et Neil aussi.

— Je savais qu'il refuserait de prendre la défense de Walter, avoua-t-elle.

— Pas moi.

Tom paraissait songeur.

— J'ai cru qu'il le considérerait comme une victime.

— Non, nous étions les victimes, Neil l'a tout de suite compris. Notre entreprise aurait pu couler à cause de son cher cousin.

— Il possède un sens de la justice extraordinaire, conclut Tom, admiratif.

— Toi aussi, tu sais. Je ne l'aurais jamais laissé partir avec son salaire. Et pourtant, c'est bien toi qui as raison, il a effectivement gagné cet argent avant de se mettre à chaparder.

— Viens, rentrons, suggéra Tom.

Au volant de la camionnette, il prit la direction de la petite maison de Waterview où Neil attendait certainement Cathy pour parler des événements de la soirée. Il regagnerait ensuite son appartement, où Marcella l'attendrait également, impatiente de savoir comment s'était déroulée la plus importante de leurs réceptions.

— As-tu l'impression, comme moi, que cette soirée a duré des jours et des jours entiers ? demanda Cathy d'un ton las.

— Oui, je dirais même des semaines et des semaines.

Le silence retomba. Finalement, Tom reprit la parole :

— Mais par rapport à tous les ringards au long cours que nous avons côtoyés ce soir, je crois que toi et moi sommes relativement vernis. Ou bien suis-je victime d'un trop-plein d'optimisme ?

# 4

# AVRIL

Molly Hayes déclara le lendemain midi qu'elle ne s'était jamais autant amusée. Toutes ses amies l'avaient déjà appelée pour la féliciter. Dire que cette soirée aurait pu tourner au drame...

Cathy et Tom avaient travaillé dur ce matin-là. Profitant d'un bref moment de répit, ils décidèrent d'aller voir les soldes de mi-saison chez Haywards. Ils y trouvèrent des stores blancs ourlés d'un discret liseré rouge et achetèrent aussi quelques néons supplémentaires. Tout était prêt pour les deux livraisons qu'ils devaient effectuer. Il y avait un thé raffiné à l'occasion d'une partie de bridge pour douze personnes : sandwichs miniatures et petits gâteaux à livrer chez un particulier. Ils avaient passé un temps fou à imaginer un moyen de créer sur chaque sandwich de petits motifs en forme de cœur, de carreau, de trèfle et de pique, et ils étaient parvenus à un résultat acceptable grâce à des radis et à des olives noires minutieusement découpés. Ils devaient également livrer en toute discrétion un dîner à une femme qui désirait faire croire à ses beaux-parents que c'était elle qui avait préparé le repas. Elle leur avait fourni la vaisselle, les avait payés d'avance en leur demandant simplement de lui laisser des instructions faciles à suivre et de ne jamais parler à quiconque de ce dîner. Ils avaient prévu une soupe aux épinards, un plat à faire mijoter longuement et une tarte au citron. Cette commande les avait beaucoup surpris, mais à aucun moment ils n'avaient songé à critiquer cette cliente. Après tout, elle appartenait à cette catégorie de gens grâce auxquels ils gagnaient leur vie. Ils eurent l'impression d'être deux enfants qui faisaient l'école buissonnière lorsqu'ils s'installèrent pour boire un café après leur shopping. Cathy aperçut Shona Burke qui lisait, seule à une table ; une petite salade et un verre de jus de fruit étaient posés devant elle.

— C'est une femme étonnante, tu ne trouves pas ? Sympathique un instant, complètement fermée l'instant d'après.

— Mmmoui, ça ne m'étonnerait pas qu'elle soit entretenue par un vieil amant très généreux, répondit Tom.

— Qu'est-ce qui te fait croire ça ?

— Comment pourrait-elle se permettre d'habiter le Glenstar si ce n'était pas le cas ?

— Elle n'occupe qu'un studio et, crois-moi, ils ne sont vraiment pas grands. De toute façon, elle est peut-être issue d'une vieille famille bourgeoise.

Cathy ne voulait pas que le fait d'habiter le Glenstar soit synonyme de vieux amants fortunés ou d'hommes mariés qui couvraient leurs maîtresses de cadeaux.

Shona semblait d'une nature solitaire. Et plutôt collet monté. Elle termina son assiette, referma son livre, consulta sa montre et s'apprêtait à retourner travailler lorsqu'elle les aperçut. Elle paraissait différente quand elle souriait.

— Tiens, tiens, Scarlet Feather en mission secrète dans notre café, lança-t-elle.

— Vos pains sont minables par rapport aux miens, plaisanta Tom.

Il fut surpris de la voir hocher la tête.

— Tu as raison, c'est la remarque que je faisais vendredi dernier en réunion, nous proposons des soupes et des salades délicieuses mais elles sont accompagnées par le pain le plus ordinaire et le plus fade que j'aie jamais mangé. D'ailleurs, c'est grâce à ça que je vais vous introduire ici. Ils pourraient indiquer sur une petite pancarte que toutes les variétés de pain sont réalisées par Scarlet Feather. Ecoutez, il y a une réunion demain à dix heures et demie. Si vous pouviez m'apporter une sélection de vos meilleurs pains, je me chargerais de leur présenter l'idée.

Ils parlèrent des prix, de la présentation, des quantités et du mode de livraison. Un enthousiasme débordant les animait. Shona s'efforça de tempérer les choses.

— Il ne faudra pas que vous soyez trop déçus si ça ne marche pas, mais je vais tout faire pour les convaincre. Je crois que ce serait un sérieux atout pour la cafétéria.

— Tu es un amour, Shona, déclara Tom en rassemblant leurs achats.

— Retournes-tu aux fourneaux de ce pas, pour préparer les pains ? demanda-t-elle en riant.

— Non, je dois d'abord passer voir mon père. Je préparerai tout demain matin, très tôt. Tu ne vas quand même pas proposer des pains d'un jour pour une présentation... Ce sera le grand jeu, des pains tout frais, à peu près cinq sortes différentes...

— Comment va ton père ? s'enquit Shona.

— Oh, il va mieux, merci. Tu as été très sympa avec moi l'autre soir, à l'hôpital. Il a l'air de prendre les choses avec plus de calme, ce qui est une bonne chose. Ma mère est persuadée que son rétablissement est uniquement dû à une prière qu'elle aurait dite... C'est un peu fatigant, toutes ces histoires, mais si elle y croit... pourquoi pas ? conclut-il en haussant les épaules.

Cathy l'approuva :

— Elle ne fait de mal à personne, et puis elle a prié comme une folle pour que notre entreprise réussisse, alors j'espère que tu lui diras que tout va pour le mieux en ce moment, d'accord ?

— Bien sûr, ne t'inquiète pas. Bon, je file à l'institut pour voir Marcella avant de me mettre en route.

— Ne lui parle pas encore de cette histoire de pains, lui dit Shona.

— Non, évidemment. Cathy, je te laisse payer nos cafés avec notre caisse secrète et je te rejoins à la camionnette dans dix minutes !

Il s'éloigna. Les deux jeunes femmes le suivirent des yeux, captant les regards admiratifs dont il était l'objet tandis qu'il se frayait habilement un chemin entre les tables, s'excusant d'un sourire s'il bousculait quelqu'un.

— Il ignore tout de l'effet qu'il produit, observa Cathy. Elles sont toutes folles de lui, où que nous allions ; les plus jeunes sont ravies d'apprendre qu'il n'est pas avec moi tandis que les plus âgées, ces pauvres chéries, tombent immédiatement sous son charme, et lui ne se doute de rien.

— Quand Marcella et lui sortent ensemble, ils ressemblent à un couple de stars de cinéma, renchérit Shona en se levant. Je vous offre les cafés.

— Non, non, protesta Cathy.

— Je t'en prie... Demain à la même heure, vous ferez peut-être partie de notre équipe de fournisseurs... Cela vous donne bien le droit à une tasse de café offerte par la maison.

Cathy s'inclina. En ramassant ses paquets, elle ne put s'empêcher de demander :

— Tom m'a dit que tu allais rendre visite à quelqu'un à l'hôpital quand son père a fait une attaque ?

— Oui, en effet.

— Ça va mieux... ?

Shona la regarda droit dans les yeux.

— Non... non, ça ne va pas mieux du tout. En l'occurrence, elle est décédée.

Elle parlait d'une voix plate, dénuée d'émotion.

— Etait-ce quelqu'un de proche ?

Il y eut un silence.

— Non, absolument pas.


Assise devant sa petite table, Marcella fixait des faux ongles à une femme élégante qui contemplait ses mains d'un air satisfait. Dès qu'elle aperçut Tom, elle bondit de son tabouret, ravie. Elle était à croquer dans son petit uniforme blanc frappé du logo bleu de Haywards, avec ses longues jambes fuselées gainées de collants bleu marine et sa masse de cheveux sombres qui encadrait son petit visage. Il avait parfois du mal à croire qu'une telle beauté puisse exister et sincèrement l'aimer, lui, rien que lui. Il remarqua tous les regards admiratifs qui convergeaient vers elle.

— Veux-tu que je loue une cassette ou préfères-tu sortir ce soir ? lui demanda-t-il à voix basse.

— Il y a le lancement de ce livre...

— Très bien, allons-y, fit-il avec un haussement d'épaules désinvolte.

Il s'abstint de lui demander de quel livre il s'agissait et quel en était le sujet. Pour elle, la parution d'un livre signifiait exclusivement l'occasion d'être prise en photo. Peut-être un photographe ferait-il un magnifique cliché d'elle qui paraîtrait ensuite à la page mondaine, dans la rubrique « Ils étaient là aussi »... Cliché qui, aussitôt découpé, irait rejoindre son book, de plus en plus épais. Il nota le nom de la librairie, l'heure du cocktail et convint de la retrouver là-bas. Inutile de l'inviter à dîner après. Marcella mangeait rarement le soir et, de toute façon, elle irait à son club de gym.

— Puis-je te laisser à Fatima et garder la camionnette pour la soirée ? demanda Cathy à Tom une fois qu'ils eurent fixé les deux stores et décidé de faire appel à un électricien pour installer les néons.

Il n'y voyait aucun inconvénient. Son rendez-vous avec Marcella était dans le centre-ville et il prendrait le bus pour la retrouver.

— Tu es sûr ? Sinon, je passe à la maison et je prends la Volvo, continua Cathy.

— Où dois-tu aller ?

— Je vais écouter le récit des nouvelles aventures de Galop le chien extraordinaire et essayer de rassurer un peu ces deux gamins qui s'imaginent déjà que leur vie sera brisée s'ils retournent auprès de leurs hurluberlus de parents.

— Tu ne seras pas un peu soulagée, tout de même ? Allez, tu peux être franche avec moi, je ne suis pas de la famille.

Il l'encouragea d'un sourire.

— Je n'ai jamais été aussi franche... Ça risque de leur faire beaucoup de mal de retourner dans ce contexte. On vient à peine de leur inculquer quelques bonnes manières, de leur proposer une apparence de normalité, ils ont un chien, ils ont deux foyers heureux rien que pour eux. Qu'est-ce qui fait croire à ces égoïstes qu'ils peuvent abandonner comme ça leur vie d'alcooliques pour reprendre leurs enfants ?

— Ce ne sera aucunement un soulagement pour toi, si je comprends bien.

— Non. Ça va me briser le cœur, si tu veux tout savoir.

— Comment va, p'pa ?

Le père de Tom était en train de lire une publication de l'Irish Heart Foundation qui traitait des méfaits du stress et des moyens de l'éviter.

— Tu peux me dire, toi, comment on peut éviter le stress ? Quand on dirige une entreprise, c'est impossible. Une entreprise, c'est un stress en soi. Comment fais-tu, toi, pour éviter le stress ?

— Tu sais, papa, beaucoup de gens s'étonnent de ne jamais me voir stressé, alors je n'ai pas besoin de l'éviter.

— C'est vrai, il faut reconnaître que tu as une vie professionnelle plus facile que si tu travaillais dans le bâtiment, mais tu dois tout de même te faire du souci pour savoir si tel boulot va bien marcher ou si vous allez décrocher tel ou tel contrat ?

— Bien sûr, p'pa, tous les jours. Aujourd'hui, je me demande si les pains que je fabrique plairont suffisamment à la direction de Haywards pour qu'elle décide de les commercialiser... A part ça, je m'efforce de ne pas trop y penser avant que ça se concrétise.

Son père émit un grognement.

— Oui, oui, c'est ce qu'ils conseillent là-dedans mais, dans ton cas, ce ne sont pas des soucis professionnels au sens propre du terme.

— Non, papa, dit simplement Tom.

Son père n'avait aucune idée de toutes les nuits qu'il avait passées à travailler dans des bars pour payer les frais d'inscription de l'école hôtelière, aucune idée des emprunts impressionnants qu'ils avaient été obligés de contracter pour la création de leur entreprise. Il ignorait qu'ils avaient dû demander à des tiers de se porter garants afin d'obtenir ces prêts, il n'imaginait pas non plus que le seul fait de regarder Marcella, la plus belle femme du monde, le poussait aussitôt à penser qu'un type bourré de classe finirait bien par la lui ravir. Non, pour son père, il n'avait aucune raison valable d'être stressé.

— Marcella t'envoie ses amitiés, mentit-il.

— Ça ne m'étonne pas ; c'est une chic fille, quoi qu'en pense ta mère.

— Qu'en pense-t-elle exactement, ces temps-ci ?

— Oh, tu sais, l'éternel couplet sur le mariage... Rien de neuf...

— Tu ne crois pas qu'elle aurait eu tout le temps de s'habituer à la situation, papa ?

— Les gens comme ta mère ne s'y habitueront jamais, fiston, tu n'as qu'à prendre l'exemple de Joe pour t'en rendre compte.

— Joe ? Que vient-il faire là-dedans ?

Sa mère fit irruption au même instant.

— Il se rétablit bien, n'est-ce pas, Tom ? Que disiez-vous au sujet de Joe ?

— Je disais que c'était gentil de sa part d'avoir envoyé la corbeille de fruits à papa, c'est tout, s'empressa de répondre Tom.

— Mmm, fit sa mère.

— Marcella trouve que c'est une merveilleuse idée de cadeau, c'est bien plus sain qu'une bouteille de vin ou une boîte de chocolats. Oh, elle vous embrasse bien tous les deux.

— Mmm, fit de nouveau sa mère avec le même air dubitatif.

— Tu dois être heureuse de voir papa en si bonne santé.

— Tout ça, c'est grâce à Notre-Mère.

— Bien sûr, m'man, et aussi à l'hôpital et au reste.

— L'hôpital aurait bien pu faire n'importe quoi, ton père ne s'en serait pas remis sans l'intervention de Notre-Mère.

Elle hocha la tête plusieurs fois comme pour approuver les propos d'autres personnes qui partageaient ses opinions. Son mari et son fils l'observaient d'un air désemparé. Un silence accueillit ses paroles.

— S'agissait-il de la Prière des trente jours ? demanda finalement Tom.

— On voit que tu n'y connais rien en matière de prières. Nous n'avions pas assez de temps pour la Prière des trente jours, idiot. Il a fallu que je trouve quelque chose de beaucoup plus rapide.

— Et elle l'a trouvé dans l'*Evening Herald*, précisa le père de Tom très sérieusement.

— Moquez-vous, vous deux, les rabroua-t-elle, vexée.

— Maura ! Est-ce que j'ai l'air de rigoler ?

— Non, mais tu n'en penses pas moins. C'était une prière qui ne rate jamais, et, lorsque ton vœu est exaucé, il faut la republier dans le journal afin que tout le monde se rende compte du pouvoir de notre Sainte Vierge dans les moments de crise et...

— C'est très intelligent de la part des journaux, qui se retrouvent avec des séries de prières dans leurs rubriques Petites Annonces, intervint Tom, admiratif.

Maura feignit de ne pas l'avoir entendu.

— Et la seconde chose que demande Notre-Mère, c'est de prendre le temps de s'asseoir avec une personne qui ne croit pas, juste cinq minutes, pour lui expliquer que son Fils a aimé le monde au point de...

— Oui, d'accord, maman, mais je passais juste prendre des nouvelles de papa...

— On pourrait le faire tout de suite, Tom.

— Mais, m'man...

— Je t'en prie, fiston, insista son père.

Tom s'assit docilement et écouta sa mère lui parler du désespoir de Notre-Mère à propos de sujets variés.

— Pourquoi ne veux-tu pas le croire, Tom ? Réponds-moi, je t'en prie, demanda-t-elle d'un ton pressant, comme si elle était capable de résoudre son problème sur-le-champ.

— Ce n'est pas que je n'y croie pas... commença-t-il.

— Mais alors, où est le problème ?

— Je te l'ai dit, m'man, ce n'est pas ça. Je crois à certaines choses, tu sais.

— Mais que crois-tu exactement, Tom ? Dis-le-moi.

— Eh bien, je crois qu'il y a quelque chose... quelque chose là-haut qui régente tout.

— Mais tu sais bien qui se trouve là-haut, Tom.

Son père avait les yeux rivés sur lui.

— Euh... oui, m'man.

Il laissa ses pensées vagabonder vers le genre de corbeille qu'il choisirait pour présenter ses pains le lendemain. Devait-il les envelopper dans les jolies serviettes brodées du sigle de Scarlet Feather ? Il prit soin de hocher la tête à chaque phrase prononcée par sa mère et lui accorda plus que les cinq minutes requises. Ravie d'avoir rempli le contrat qui la liait à Notre-Mère, celle-ci se dirigea vers la cuisine, tête haute.

— Merci, Tom, dit son père.

— Enfin, papa, tu n'as pas à te plier à tout ça, toi...

— Mais si, et ça s'appelle prendre et donner... Ta mère me donne énormément, et en échange, je lui donne un peu de mon temps en l'écoutant, voilà tout.

— Non, ce n'est pas tout, tu es obligé d'accepter des choses auxquelles tu ne crois même pas.

— Tu en ferais autant s'il s'agissait de Marcella, non ?

— Je supporte en effet toutes les soirées qu'elle passe à son club de gym alors qu'elle est déjà parfaite, mais je ne ferais pas semblant de croire à des choses qui ne me concernent pas. Non, ça, j'en serais incapable.

— Ne dis pas ça. Un jour viendra peut-être où tu feras semblant juste pour avoir la paix.

Les jumeaux étaient en train de faire leurs devoirs à la cuisine lorsque Cathy arriva à St Jarlath's. Sa mère avait commencé à confectionner leurs tenues pour le mariage et la machine à coudre ronronnait tranquillement. Quant à son père, il était dehors, en train de peindre la niche qu'un de ses amis turfistes avait fabriquée pour Galop. Un autre ami lui avait offert un vieux fer à cheval qu'il fixerait au-dessus en guise de porte-bonheur. Assis sur une feuille de journal, le chiot trépignait de plaisir dans la cuisine chaude.

— Sois la bienvenue, Cathy, dit Lizzie, mais tout le monde est au travail dans cette maison, tu sais. Il n'y a pas de pause avant six heures et demie, si tu vois ce que je veux dire.

Cathy voyait exactement ce qu'elle voulait dire. C'était déjà assez difficile de mettre Muttie à la peinture et les enfants à leurs devoirs sans qu'une visite inattendue vienne les perturber.

— Je vais en profiter pour faire mes comptes, déclara-t-elle en s'installant en face de Maud et de Simon. Salut, leur murmura-t-elle comme une écolière solidaire de leurs efforts.

— On doit préparer du thé ? chuchota Maud d'un ton plein d'espoir, la main devant la bouche.

Simon leva les yeux, sur le qui-vive.

— Non, pas avant six heures et demie, répondit Cathy à voix basse.

Ils se remirent tous les trois au travail. Elle ne voyait même pas les chiffres, tout était trouble sous ses yeux. Elle avait appelé Neil juste avant de venir. Les parents de Simon et Maud étaient très reconnaissants envers les gens qui avaient tant fait durant leur absence, mais tout était rentré dans l'ordre à présent. Ils étaient impatients de revoir leurs enfants et les attendaient chez eux ce week-end. D'autre part, Neil devait rencontrer le soir même quelqu'un qui lui en dirait davantage sur l'offre.

— Sur l'offre ? avait répété Cathy sans comprendre.

Oui, l'offre, le poste à l'étranger qu'on lui proposait. Apparemment, on allait lui dire combien de temps tiendrait la proposition.

A six heures et demie, ils allèrent tous ensemble admirer la niche blanche comme neige.

— Elle est magnifique, déclara Simon d'un air béat.

— Un vrai palais pour Galop, renchérit Maud.

— Bien sûr, il ne peut pas s'y installer tant que la peinture n'est pas sèche, expliqua Muttie.

— Sinon, il se transformerait en dalmatien, plein de taches blanches, plaisanta Cathy.

— Les dalmatiens sont blancs avec des taches noires, corrigea Simon avant de se souvenir qu'il était impoli de reprendre les gens. Enfin, je voulais juste dire que... que certains d'entre eux sont blancs avec des taches noires. Mais, bien sûr, ça peut aussi être le contraire.

— C'est bien, Simon, fit Cathy, les yeux brusquement embués de larmes.

Ils avaient beaucoup appris à ces enfants qui se montraient à présent sensibles et attentionnés. Et tout ça pour quoi ? Pour qu'on les renvoie à leurs déséquilibrés de parents ?

— Tu pleures ? demanda Maud, curieuse.

— En quelque sorte. Il arrive que les gens de mon âge pleurent parfois, de manière tout à fait inattendue. C'est très pénible, ajouta-t-elle d'un ton désinvolte avant de se moucher.

— Notre mère pleurait comme ça aussi à l'hôpital, et elle ne savait pas pourquoi non plus, fit observer Maud avec sympathie.

— Mais dans son cas, c'était vraiment dû à ses nerfs fatigués, ajouta Simon par souci de loyauté.

Elle ne s'était pas encore rendu compte à quel point ils allaient lui manquer. C'était absurde de croire qu'ils *appartenaient* à ce couple ridicule, le frère de Jock, Kenneth, et son épouse.

— Venez, les enfants, allons promener Galop. Je sais bien qu'il n'est pas à moi mais je me sens très proche de lui, même si je n'habite pas ici.

— Ce ne sera pas vraiment une promenade mais plutôt un tout petit tour pour prendre l'air, indiqua Maud avant d'aller chercher la laisse en courant.

Ils descendirent et remontèrent St Jarlath's Crescent, donnant des nouvelles du chiot à tous les gens qu'ils rencontraient. Ils se partageaient la laisse de manière très méticuleuse.

— Je n'aurais jamais cru qu'on aurait un chiot pour nous tout seuls, je m'étais toujours dit qu'on pourrait jouer avec celui des autres mais je n'imaginais pas qu'on en aurait un à nous, sous notre toit, déclara Simon lorsque ce fut à Maud de tenir la laisse.

— Oui, et en plus il vous appartiendra toujours. Ce n'est pas important de savoir où se trouve la vraie maison de Galop. Ce qui compte, c'est que ce chien soit bien à vous.

Simon leva les yeux vers elle, perplexe.

— Pourquoi tu dis ça ?

— Eh bien, tu sais, répondit-elle avec un petit haussement d'épaules.

— Je sais, oui.

Son regard avait déjà retrouvé sa gravité.

— Que sais-tu ? demanda-t-elle, pleine d'appréhension.

Maud les avait rejoints, et ses yeux naviguaient de l'un à l'autre. Simon parla avec une lenteur délibérée.

— Papa est rentré de voyage, maman sort de l'hôpital des nerfs, nous allons quitter Muttie et sa femme pour retourner vivre avec eux et laisser Galop derrière nous.

Maud leva les yeux, paniquée, attendant qu'on lui dise que ce n'était pas vrai.

— La femme de Muttie s'appelle Lizzie, corrigea-t-elle. N'oublie pas.

— C'est vrai, fit Simon d'une voix atone. Désolé. C'est Lizzie, je sais bien.

Il y eut un silence.

— C'est ton tour de tenir Galop, reprit Maud.

— Je n'en veux pas, Maud. Merci quand même, fit Simon en s'éloignant en direction de la maison.

Il marchait les épaules courbées, la tête basse. Cathy le laissa partir. Elle savait qu'il faisait un gros effort pour ne pas montrer à quel point il était bouleversé.

— C'est vrai, Cathy, on va vraiment devoir quitter St Jarlath's Crescent et toi et Neil ?

Le petit visage de Maud était plus pâle que jamais.

— Ce n'est pas réellement « quitter », tu sais bien que les amis ne se quittent pas. Vous reviendrez nous voir, et aussi papa et maman, et puis, qui sait, peut-être que tout va beaucoup mieux à présent et que vous pourrez prendre Galop avec vous.

— Tu ne connais pas maman, n'est-ce pas ?

— Non, pas vraiment.

— Ses nerfs ne supporteront jamais Galop, déclara Maud tristement.

Marcella était en pleine conversation avec Ricky, mais son visage s'éclaira quand Tom pénétra dans la librairie.

— Tu ne devineras jamais ce que Ricky va essayer de faire, lui dit-elle, tout excitée.

— Non, dis-moi.

Tom était épuisé. Sa mère l'avait fatigué, la passivité de son père l'avait déprimé et il craignait de ne pas avoir évalué correctement le prix de revient des pains pour la présentation du lendemain. Cathy l'avait appelé sur son portable pour lui dire que St Jarlath's Crescent était plongé dans la mélancolie et que le seul à lui remonter un peu le moral était le chiot noir... qui avait fait pipi plusieurs fois dans sa chaussure.

« Je me demandais si ça te dirait d'aller prendre un verre, histoire de se remonter le moral, avait-elle proposé.

— Je m'apprête justement à en prendre un, viens nous rejoindre. On pourrait peut-être s'immiscer dans le milieu des librairies, avait-il ajouté.

— Tu crois qu'on va me laisser entrer ? Je n'ai pas d'invitation.

— Je suis sûr qu'ils vont ratisser tout le quartier pour qu'il y ait plus de monde », avait assuré Tom.

— Tom, ne te retourne pas tout de suite, dit Marcella, mais cette femme là-bas avec un chapeau... C'est la rédactrice en chef de ce nouveau magazine dont je te parlais l'autre jour et Ricky pense qu'il pourrait lui présenter quelques photos pour faire un petit article. Imagine, de grandes et belles photos de toi... avec un pull beaucoup plus élégant que celui que tu portes aujourd'hui... Ce serait aussi un coup de pub formidable pour Scarlet Feather... Tu sais, à la maison et au travail, enfin, tu vois le genre.

— J'ai abordé le sujet avec elle et elle a paru intéressée, mais ces gens-là restent toujours dans le vague. Malgré tout, j'ai l'impression qu'elle va mordre à l'hameçon.

— C'est vrai, Ricky ?

Les yeux de Tom pétillaient. Ce serait merveilleux. Tous les gens susceptibles de louer les services d'un traiteur lisaient ce magazine. Il se voyait déjà, avec Cathy, en train d'apporter le plateau de pains chez Haywards dans leur petite camionnette frappée du joyeux logo de Scarlet Feather. Ils pourraient peut-être donner une recette assortie d'une appétissante photo du plat. Par exemple, les coquilles Saint-Jacques au gingembre que Cathy réussissait si bien : le rendu serait magnifique. Ils n'auraient jamais pu s'offrir une telle publicité. C'était adorable de la part de Marcella d'avoir suggéré cette idée à Ricky. Ce dernier parviendrait sans nul doute à persuader cette femme coiffée d'un chapeau ridicule.

— Il va lui proposer de venir faire ta connaissance dans une minute... Prépare-lui ton plus beau sourire, le pria Marcella.

Elle était superbe, encore plus radieuse que d'habitude dans une petite robe anthracite et blanc qu'il n'avait encore jamais vue.

— C'est nouveau ? demanda-t-il.

— Tom chéri, tu es merveilleux mais tu ne connais absolument rien en matière de vêtements. Cette petite chose m'aurait coûté la bagatelle de sept cents livres si j'avais dû l'acheter.

— Alors comment as-tu... ?

— De l'avantage de travailler à Haywards. Quelqu'un l'a rapportée au salon de couture à cause d'un défaut dans l'ourlet ou d'un truc comme ça. Tout ce que j'aurai à payer, c'est le prix du nettoyage à sec.

Elle ressemblait à une enfant invitée à un goûter d'anniversaire tant elle était excitée. Ce fut à cet instant qu'il aperçut Cathy, si terne dans son imperméable... et à la place du ruban de couleur vive qui maintenait d'habitude ses cheveux en arrière, elle avait mis un simple élastique. Elle n'était pas maquillée et des cernes soulignaient ses yeux. Il n'y aurait pas prêté attention si la salle n'avait pas été remplie de femmes très élégantes, sans compter Marcella, sophistiquée jusqu'au bout des ongles dans sa tenue de grand couturier.

Cathy esquissa un sourire.

— Conduisez-moi jusqu'à la bouteille de vin la plus médiocre et laissez-moi me noyer dedans, déclara-t-elle d'emblée.

— Pas si tu repars au volant de notre camionnette, hors de question, objecta Tom.

— Non, je l'ai laissée dans la cour de Scarlet Feather. Elle attend bien sagement le boulanger qui doit arriver à l'aube.

Elle était aussi fatiguée que lui. D'où diable tous ces gens tiraient-ils l'énergie de jacasser avec autant d'animation ?

— Mon Dieu, regarde Marcella ! Elle est éblouissante dans cette robe. Je parie qu'elle a dû coûter une petite fortune.

— Ne m'en parle pas, fit Tom.

— Oh, vous vous êtes disputés à ce sujet ?

— Non, ne m'en parle pas, parce que d'après ce que j'ai compris, ce vêtement a quitté un cintre de Haywards pour la soirée et doit absolument le retrouver demain.

— Je vois, il n'y a pas de mal à ça.

Malgré tout, Cathy était d'humeur enjouée.

— Doux Jésus, ce vin est ignoble, je serai ravie quand j'en aurai assez bu.

La femme au drôle de chapeau s'approcha d'eux et Ricky se chargea des présentations.

— Voici le fameux Tom Feather dont je t'ai parlé, annonça le photographe.

— Mmm, fit-elle en contemplant Tom de haut en bas.

— D'après ce que j'ai entendu, votre magazine rencontre un succès considérable, commença Tom.

— Tout comme votre entreprise.

De nouveau, elle laissa son regard errer sur le corps de Tom, très lentement, d'un air appréciateur.

— Oui, enfin, laissez-moi vous présenter l'autre moitié de Scarlet Feather, Cathy Scarlet.

— Enchantée, dit Cathy d'un ton jovial.

La femme sembla quelque peu désarçonnée.

— Moi aussi.

— Nous serions ravis de coopérer à... tout, reprit Tom en la gratifiant d'un de ses fameux sourires.

— Oh, voilà sans doute la proposition la plus intéressante qu'on m'ait faite ce soir, susurra leur interlocutrice.

Elle se comportait étrangement, cette femme chapeautée. Elle entretenait une espèce d'ambiguïté, comme si on était en train de lui faire la cour et qu'elle minaudait à dessein, feignant l'innocence. Cathy la trouva grotesque. Mais déjà elle s'éloignait, aussi ses impressions furent-elles de courte durée.

— Marcella... tu es magnifique, déclara-t-elle, sincèrement admirative.

— Tu es mignonne, Cathy. Après tout, ce ne sont que de jolies plumes, des plumes empruntées, qui plus est.

— Attends un peu de savoir ce qui va se passer, grâce à Ricky.

Tom était incapable de se taire plus longtemps.

— Quoi donc ? demanda Cathy, qui l'avait rarement vu aussi excité.

— Cette femme qui porte sur sa tête deux immeubles en carton-pâte collés à un cintre... eh bien, c'est elle qui dirige le nouveau magazine dans lequel nous voulions passer une publicité mais qui pratique des tarifs exorbitants. Alors, tiens-toi bien, une série de photos sur Scarlet Feather va paraître dans ce magazine.

— Euh, Tom... commença Ricky.

— Non ? Tu me fais marcher.

Cathy était à la fois enchantée et angoissée. Elle aurait beaucoup à faire pour se rendre présentable : changer enfin de coiffure, emprunter des vêtements, s'offrir une séance de maquillage en institut... Mais le jeu en valait la chandelle.

— Quand veulent-ils faire ça ? demanda-t-elle, aussi excitée que Tom.

— Eh bien, c'est-à-dire que... bredouilla Ricky, soudain mal à l'aise.

Marcella prit la parole.

— Ricky m'expliquait qu'elle était extrêmement difficile. C'est elle qui fait la pluie et le beau temps à la rédaction, nous n'en saurons pas davantage avant un moment, ni sur la date, ni sur la forme de l'article.

Elle fixait Ricky d'un air insistant tout en parlant.

— Bien sûr, approuva ce dernier au bout de quelques instants. Marcella a raison. Reste dans le coin, trésor, je vais demander à l'un des types du *Sundays* de venir te tirer le portrait.

— Les photographes adorent cette expression, et moi, je la déteste, bredouilla Marcella.

— Pourquoi Ricky a-t-il tourné sa veste aussi soudainement ? Il y a encore quelques minutes, il prétendait que l'affaire était dans le sac. Je n'y comprends plus rien.

Tom était à la fois intrigué et contrarié.

La femme au chapeau quittait la salle. Elle lui adressa un petit signe de la main.

— Bonsoir, Tom, soyez sage. Nous nous reverrons bientôt. Ricky est au courant de tout, lança-t-elle avant de disparaître.

— Voilà, fit Tom, triomphant. Je vais de ce pas trouver Ricky et lui raconter ça.

— Je t'en prie, Tom, c'est inutile.

Cathy leva les yeux en entendant le ton très sérieux de Marcella.

— Il y a eu un léger malentendu.

Marcella considérait tour à tour Tom et Cathy d'un air confus, comme si elle ignorait par où commencer.

— Raconte-nous, Marcella, intervint Cathy avec douceur.

— Ricky avait l'intention de lui vendre des photos pour une espèce de reportage sur les couples glamour... Tu vois le genre, toi, le grand cuisinier séduisant, et moi, le mannequin, notre appartement, des photos de nous sortant ensemble de Stoney-field, toi en train de me servir un repas, moi au club de gym, toi en pleine élaboration d'un dessert... moi en train de défiler au profit du foyer pour enfants... ce genre de choses... enfin, tu vois...

— Ce n'est pas du tout de Scarlet Feather qu'il s'agit, murmura Tom.

Il était amèrement déçu.

— Si, ça l'est, en partie... Après tout, l'article parlera de ta profession, les gens verront ton nom.

— Mais ce ne sera qu'une mise en scène. Je ne te prépare jamais de repas, Marcella... tu ne manges jamais.

Le visage de Tom était rouge d'indignation.

— Je t'en prie, insista Marcella, je croyais que tu serais emballé. Elle te trouve beau comme un dieu. Elle a dit ça à Ricky quand il lui a montré une photo de nous deux. C'est une chance que je ne peux pas laisser passer. Pourquoi rechignes-tu comme ça ? Ils ne peuvent pas publier un article sur votre entreprise, ce serait de la publicité pure et simple, et vos concurrents seraient fous de rage.

— Et que fais-tu des autres mannequins ou futurs mannequins. Ces filles ne seront-elles pas folles de rage lorsqu'elles découvriront un article entièrement consacré à toi ?

— A nous, Tom, pas rien qu'à moi, tu seras là aussi. Comment réussiras-tu à faire parler de Scarlet Feather, sinon ? Moi qui croyais que tu serais fou de joie !

Cathy se rendit compte que la discussion ne mènerait nulle part, si ce n'est droit à la dispute.

— Je trouve ça formidable, Tom. C'est la meilleure façon de nous faire connaître, c'est *exactement* ce qu'il nous faut.

Marcella lui lança un regard rapide, infiniment reconnaissant. Mais Tom n'était pas encore convaincu.

— Je trouve ça ridicule. Je ne suis pas mannequin, moi, je n'ai pas envie d'exhiber des modèles de vêtements, ni d'enfiler un joli polo pour te servir un plat en sauce que tu ne mangerais pour rien au monde...

— Ne dramatise pas, reprit Cathy. Par quel autre moyen pourrions-nous faire ce genre de publicité pour Scarlet Feather ? Dis-le-moi.

— On voit que ce n'est pas à toi qu'on demande de jouer le rôle d'un abruti.

— A toi non plus... Quoi qu'il en soit, je le ferais volontiers pour l'entreprise. Je n'hésiterais pas un instant si j'avais le profil de l'emploi et si le satané boulot de Neil le lui permettait. Mais tu sais bien comment sont tous ces avocats...

Elle avait réussi à désamorcer la situation.

— Alors, tu crois vraiment que... ?

— Bien sûr que oui... Mais écoute-moi bien, au bout du compte, la décision vous appartient à tous les deux, Marcella et toi. C'est à vous d'en parler ensemble. D'ailleurs, je crois que je vais vous laisser y réfléchir tranquillement. Sache toutefois qu'à mon avis ce serait une occasion extraordinaire pour notre entreprise.

Elle tourna les talons pour s'en aller et surprit son reflet dans une porte vitrée. Comme elle avait été stupide de s'imaginer qu'un magazine de luxe désirait publier un papier sur elle ! Elle s'était montrée encore plus naïve que Tom.

— Reste encore un peu, Cathy, tu voulais prendre un verre histoire de te remonter un peu le moral.

— Oh, c'est chose faite, je t'assure.

Ses yeux étaient beaucoup trop brillants.

— Nous allons profiter d'une publicité incroyable en échange de quelques sourires de ta part.

— Je suis désolé. Je pensais qu'il s'agissait de nous deux.

— Je ne suis pas... Je me sens terriblement soulagée, affirmat-elle avant de quitter la librairie.

— Crois-tu que maman nous autorisera à revenir ici, à St Jarlath's ? demanda Maud à Simon d'un ton plein d'espoir.

— Je ne crois pas, non, et toi ?

— Moi non plus. Ses nerfs ne le supporteront probablement pas, fit Maud.

Un silence suivit. Finalement, Simon prit la parole.

— Ce sera quand même bien de rentrer à la maison, dans un sens.

— Oui, fit Maud sans conviction.

— Au moins, nous n'aurons pas à changer d'école. Neil s'est occupé de ça.

— On devra sans doute rentrer tout seuls à la maison... Muttie et Galop ne pourront plus venir nous chercher.

— Non, dit Simon.

— C'est dommage que les nerfs de maman aient été soignés aussi vite, tu ne trouves pas ? reprit la fillette.

— Et qu'on ait retrouvé la trace de papa, renchérit Simon.

Ils se considérèrent d'un air coupable. Mais ce qui était dit était dit, impossible de revenir en arrière.

Cathy arriva à l'aube le lendemain.

— Je n'ai pas l'intention de te déranger... Je suis juste venue préparer du café et ranger quand tu auras terminé... Pour le reste, c'est à toi de jouer, conclut-elle.

Tom était ravi de la voir.

— Je suis heureux que tu sois là. J'ai brusquement de gros doutes à propos du pain aux fruits et aux noisettes.

— Tout le monde l'adore, protesta la jeune femme.

— Ils l'adorent quand ils l'ont payé d'avance, qu'il est chez eux et que, de toute façon, ils ne peuvent pas le rendre, mais l'aimeront-ils autant s'ils doivent débourser une fortune pour en manger une tranche... ? Et, comme c'est un pain sucré, ils risquent de regretter de ne pas avoir pris une grosse part de gâteau à la crème à la place. Je crois que ce n'était pas une bonne idée.

— Il est au four ? demanda Cathy en jetant un coup d'œil.

— Oui, mais...

— Personnellement, je trouve que c'est une excellente idée... Ce qu'il te faut, c'est un café bien corsé et une bonne dose de courage... Voilà les bons conseils que Geraldine me donnait quand j'étais adolescente. Comment va Marcella ?

Tom oublia aussitôt cette histoire de pain.

— Je l'ai encore demandée en mariage hier soir. Je lui ai dit que, quitte à faire cette grotesque séance photo, autant en profiter pour se fiancer, mais elle n'a rien voulu savoir.

— Tout à fait normal. Quel manque de romantisme ! le rabroua Cathy.

— Non, ce n'est pas ça... Elle dit qu'elle ne m'épousera pas tant qu'elle n'aura pas réussi professionnellement, tant qu'elle ne sera pas sûre de pouvoir m'offrir autant que ce que je lui offre.

— Elle est incroyablement directe, observa Cathy, admirative.

— Elle est la seule personne que je connaisse qui n'ait jamais menti.

— Et moi, alors ?

— Tu mens du matin au soir, tout comme moi. Nous sommes obligés, nous racontons aux gens que leur maison est magnifique même si elle est affreuse, nous leur disons que ce chardonnay est bien meilleur qu'un autre vin en fonction de ce que ça nous rapporte, nous remercions le boucher quand il découpe la viande à notre place même s'il ne le fait pas correctement, parce que, au moins, il fait un effort. On ment comme on respire tout au long de la journée.

La minuterie du four sonna ; il sortit les pains. Tous semblaient parfaits, alignés sur les grilles. Cathy lui serra solennellement la main.

— C'est magnifique, Tom, ils ne pourront pas faire autrement qu'accepter la proposition. Je sais déjà que nous allons pénétrer dans le sanctuaire de Haywards dès aujourd'hui. Je le sais !

Ils livrèrent les corbeilles à Shona juste avant la grande réunion. Celle-ci était très élégante dans son tailleur sombre et son corsage rose pâle, légèrement austère peut-être, mais très professionnelle. On ne devenait pas cadre chez Haywards en se contentant d'avoir un physique agréable.

— Ça sent délicieusement bon, mais vous savez déjà que la décision ne m'appartient pas. Tout ce que je peux faire, c'est croiser les doigts pour vous, dit-elle avant de disparaître.

Ils se retrouveraient au café à midi pour connaître le résultat. Leur emploi du temps était programmé à la seconde près : ils iraient d'abord au marché acheter les ingrédients nécessaires au cours de cuisine qu'ils donneraient à James Byrne dans la soirée. Ils en profiteraient aussi pour regarder le prix des panières… juste pour le cas où ils décrocheraient le contrat avec Haywards. Ils devaient également trouver une nouvelle blanchisserie et calculer combien leur coûterait le nettoyage de leur linge de table. Puis ils écumeraient les épiceries fines orientales, bloc-notes à la main, à la recherche de nouvelles idées. Tout cela leur permettrait de tuer le temps avant d'aller rejoindre Shona.

Elle arriva en courant, les pouces en l'air. Les gens de Haywards avaient accepté l'idée… et dévoré tous les pains pendant leur pause-café. De petites soucoupes de beurre accompagnaient les plateaux pour les encourager. Cathy et Tom commenceraient la semaine suivante pour une période d'essai de six semaines.

— Pouvons-nous utiliser notre nom ? demanda Tom.

— Oui, mais en légèrement plus petit que ce que vous souhaitiez… Ils veulent « confectionnés chaque jour spécialement pour Haywards », avec votre signature… Mais vous pourrez afficher votre logo, bien entendu, de la taille que vous voudrez.

Shona partageait leur enthousiasme. Cathy la prit dans ses bras.

— Nous ne te remercierons jamais assez, dit-elle d'une voix étranglée.

Puis ce fut au tour de Tom de l'enlacer.

— Je te promets de transformer l'essai en succès, pour ta réputation et pour la nôtre, déclara-t-il d'un ton bourru, débordant de gratitude.

— Vous pourrez vous vanter d'avoir ajouté quelques centimètres aux hanches de l'Irlande, tous les deux, plaisanta Shona. Vous auriez dû les voir se précipiter sur chaque variété de pain. Ils veulent doubler la commande de celui aux fruits et aux noisettes.

— Ils acceptent les tarifs ? s'enquit Tom, radieux.

— Oui, ils les trouvent tout à fait justifiés, mais ne soyez pas étonnés en voyant ce qu'ils prennent dessus. Ils n'ont pas fait fortune grâce à de petites marges, ajouta-t-elle sur un ton d'excuse.

— Nous t'aurions volontiers invitée à dîner ce soir pour te remercier mais nous avons du travail, lança Cathy.

— Inutile, croyez-moi, je suis devenue la mascotte du mois après le festin qu'ils ont fait en partie grâce à moi !

Tom et Cathy échangèrent des regards incrédules.

— Retournons tout de suite au marché, suggéra Cathy.

— Pour acheter les panières, compléta Tom avant de laisser échapper un grand cri de joie qui fit tourner toutes les têtes dans leur direction.


James Byrne leur avait expliqué qu'il désirait trois cours de cuisine. Son objectif était de maîtriser la préparation d'une entrée, d'un plat principal et d'un dessert à chaque leçon. Ainsi, il pourrait s'amuser à intervertir afin de pouvoir servir les plats qu'il préférait ou éventuellement ce qui lui paraîtrait le plus facile à réaliser, une fois le moment venu. Ils se gardèrent bien de lui demander ce qu'il entendait par « le moment venu ». Ce n'était pas le genre de question qu'on posait à James Byrne.

Il habitait une grande maison, en retrait de la rue, flanquée d'un parking impeccablement entretenu. Il leur avait dit d'appuyer sur la sonnette du rez-de-jardin. Des barres métalliques protégeaient les fenêtres. Typique de son attitude circonspecte. Toujours prévoir le pire. Les cambriolages, les clients bourrés d'argent blanchi, les inspections surprise du fisc, les voyous qui essaieraient de forcer les voitures, les cartes de crédit volées. James Byrne n'était pas du genre à croire d'office en l'honnêteté de son entourage.

Il leur ouvrit la porte et les gratifia de son habituel sourire empreint de gravité. Il portait une tenue élégante — ni pull ni pantalon de velours décontracté, même lorsqu'il restait à la maison. Chargés des sacs de courses qui contenaient les ingrédients du repas, ils traversèrent une entrée sombre et étroite. Sur la droite se trouvait un salon, sur la gauche une cuisine et, droit devant, probablement une chambre et une salle de bains. Tout était brun foncé. Même les rayons du soleil couchant de ce mois d'avril qui filtraient à travers les rideaux sombres ne rendaient pas l'endroit chaleureux. La cuisine comprenait de nombreux placards, tous de tailles différentes, une table affreuse, un vieux four, un évier inaccessible, un réfrigérateur très encombrant dont le contenu se résumait à une bouteille d'eau, une brique de jus d'orange, un demi-litre de lait et une plaquette de beurre. Cathy brûlait d'envie de tout chambouler. Un simple coup de téléphone, et une demi-heure plus tard deux ouvriers de JT Feather feraient leur apparition ; ils commanderaient ensuite de nouveaux appareils ménagers. Avec Tom, elle connaissait des magasins qui livraient et installaient un équipement en une journée. Mais inutile de rêver. Cet homme ne renoncerait jamais à sa vieille cuisine, pas fonctionnelle pour un sou. Quel âge pouvait-il bien avoir ? La soixantaine passée. Il ne leur avait jamais confié s'il était célibataire, marié, divorcé ou veuf. Son appartement ne révélait aucun indice sur son style de vie. Impossible de savoir dans quel fauteuil il s'installait le soir pour regarder la télévision. La regardait-il seulement ? Un petit poste trônait dans un coin, peu visible. Une pile de journaux et de magazines parfaitement rangés reposait sur une table basse. Attendaient-ils qu'on les lise, qu'on découpe certains de leurs articles ou simplement qu'on les jette à la poubelle ? Des photos de montagnes et de lacs ornaient les murs. Des clichés ternes, dépourvus de vie. Ornés de vieux cadres sans valeur. Il n'y avait que deux étagères de livres. Apparemment, ils n'étaient pas souvent dérangés. Dans un coin se dressait un bureau jonché de quelques papiers et tapissé d'un vieux sous-main, comme si on écrivait encore à l'encre de nos jours. Un pot en plastique contenait des stylos bille. Cathy s'aperçut que Tom regardait aussi autour de lui ; sans doute faisait-il les mêmes observations. Elle se ressaisit.

— Parfait. Le cours commence, James. Mettez votre tablier.

— J'ai peur de ne pas en avoir... commença-t-il.

— C'est bien ce que je pensais, aussi vous ai-je apporté l'un des nôtres !

D'un geste triomphant, elle brandit un tablier orné de la grosse plume rouge de Scarlet Feather. Il le noua autour de sa taille d'un air intimidé.

— C'est très aimable de sa part, n'est-ce pas, Tom ? Les femmes ont toujours ce genre d'attentions délicates.

— C'est faux. Ne laissez surtout pas les femmes s'imaginer qu'elles ont le monopole de la délicatesse. Regardez ce que je vous ai apporté, moi, un bon gros gant de cuisine qui vous évitera de vous brûler comme certaines personnes de ma connaissance.

Ravi, James l'enfila et plia son bras plusieurs fois.

— On dirait que ça va être plus intensif, pour ne pas dire plus dangereux que ce que je pensais, commenta-t-il.

La conversation semblait détendue. Pourquoi n'osaient-ils pas lui demander pour quelle raison il les payait autant pour un cours de cuisine ? A qui avait-il l'intention de servir ce repas ? Pour une raison qu'ils avaient du mal à définir, ils savaient qu'il leur était impossible de poser de telles questions ; s'y seraient-ils aventurés qu'ils n'auraient pas obtenu de réponse.

En entrée, ils préparèrent de petits ramequins de maquereau fumé. Cathy écailla adroitement le poisson puis ajouta les champignons finement émincés et la crème.

— Il est préférable de parsemer le dessus de fromage fraîchement râpé, précisa-t-elle, mais vous pouvez toujours utiliser du parmesan en sachet.

James Byrne arborait une expression dubitative.

— Personnellement, je me sers toujours de parmesan en sachet pour des petites bricoles comme ça, mentit Tom.

— Ah oui, c'est vrai ? fit Cathy en riant.

— Tout à fait. Ça me permet de gagner un temps précieux, c'est toujours ça de pris.

— Ça a l'air facile à faire, intervint James Byrne, soupçonneux.

— Et quand on le mange, on a l'impression qu'il s'agit d'un plat très sophistiqué, je vous assure, répondit Cathy.

— J'en ai déjà commandé au restaurant et, c'est vrai, j'étais persuadé qu'il s'agissait d'une préparation terriblement compliquée alors qu'en réalité il suffit de couper un poisson fumé et de le recouvrir de crème.

Il secoua la tête d'un air incrédule.

— Attendez un peu qu'on dissèque sous vos yeux la recette du poulet à l'estragon, lança Tom d'un ton jovial. Vous ne regarderez plus jamais un cuisinier de la même manière.

Ils s'installèrent et dînèrent ensemble. Cathy avait pris soin de noter chaque étape dans les moindres détails. James décréta que tout était délicieux et, plus important, qu'il se croyait capable de refaire ce repas seul. Dans une ambiance détendue, ils parlèrent de théâtre. Cathy et Tom lui racontèrent l'époque où ils ne rataient aucune pièce à Dublin. Aujourd'hui, hélas, ils ne trouvaient plus le temps d'en voir une seule.

— Allez-vous au théâtre de temps en temps ? s'enquit Cathy.

James y allait très souvent, presque toutes les semaines. Pourquoi aucun d'eux ne se sentit-il le cran de lui demander s'il s'y rendait avec un groupe d'amis, seul ou avec une compagne ? Ils abordèrent de nombreux sujets : la politique, la situation des prisons, le problème de la drogue et, finalement, l'opéra. James leur confia qu'il était très souvent allé à l'opéra lorsqu'il était étudiant mais, bizarrement, depuis... Il n'acheva pas sa phrase. Ni l'un ni l'autre ne lui demanda pour quelle raison il avait cessé de s'y rendre, encore moins ce qui s'était passé durant toutes ces années.

— Vous en écoutez encore chez vous ? demanda Cathy en désignant la chaîne hi-fi un peu vieillotte.

— Non, ça fait longtemps que je n'en ai pas écouté. Il faut être dans un état d'esprit particulier pour pouvoir apprécier.

— Non, je ne suis pas d'accord, il suffit de mettre le disque... C'est la musique elle-même qui vous transporte. J'écoute de l'opéra en faisant la vaisselle quand je suis seule. A propos, si nous mettions un disque pour faire la vaisselle, ce soir ?

— Non, je vous en prie, je n'ai rien de bon, protesta-t-il, en proie à une angoisse manifeste.

Cathy n'insista pas.

— Très bien, comme vous voudrez.

Elle avait pourtant repéré des piles impressionnantes de cassettes d'opéra dans le salon mais, de toute évidence, il n'avait pas envie de les écouter.

— Ce n'est pas grave, allons faire la vaisselle sans aria.

— Non, non, ne vous sentez surtout pas obligés de...

— Règle numéro un : ne jamais refuser quand quelqu'un propose de faire la vaisselle. N'est-ce pas, Tom ?

— Absolument, et surtout laisser votre invitée vous aider à faire la vaisselle si elle vous le propose, ajouta Tom.

— Qu'est-ce qui vous fait croire qu'il s'agit d'une femme ? repartit James.

— Un homme se moquerait bien de savoir ce qu'on va lui servir pour dîner ; en fait, il n'y prêterait même pas attention. Croyez-moi, je cuisine pour eux, je sais de quoi je parle, ajouta Tom, maudissant intérieurement son manque de tact.

Cathy le gratifia d'un regard approbateur.

— Tout à fait exact, renchérit-elle. Non, James, la première chose à faire, c'est de préparer une bassine d'eau chaude avec du liquide vaisselle pour y plonger les couverts après chaque plat. Il faut prévoir également un endroit où vider les assiettes. Ensuite, c'est l'affaire de deux minutes.

— Je n'ai pas de lave-vaisselle, vous savez, avoua-t-il d'un ton penaud, pour le cas où ils ne l'auraient pas remarqué.

Cathy balaya la cuisine du regard. Pas de batteur électrique, pas de mixeur, pas de véritable planche à découper. Alors un lave-vaisselle...

— Pas besoin de lave-vaisselle, les mains sont tout aussi efficaces. Ça va nous prendre cinq minutes, au grand maximum, qu'en penses-tu, Tom ?

— Six si nous le faisons scrupuleusement, répondit Tom en s'attaquant à la poêle.

Joe sonna à la porte de Fatima. Il tenait à la main une bouteille de xérès et une boîte de petits gâteaux. Il entendit sa mère bougonner pendant qu'elle venait ouvrir la porte : « C'est bon, JT, j'y vais, je me demande qui peut bien venir chez les gens à cette heure-ci. » Il était sept heures, un soir d'avril. Ce n'était pas comme s'il avait débarqué au beau milieu de la nuit. Il s'efforça de réprimer son agacement.

— Comment vas-tu, maman ? lança-t-il avec un entrain factice.

Sa mère le détailla de la tête aux pieds. Elle paraissait vieille et fatiguée, elle ne ressemblait plus à la femme qu'il avait aperçue au mois de janvier, lors de la soirée d'inauguration de Scarlet Feather. Elle arborait alors une robe en lainage vert. Ce soir, elle portait un vieux tablier et des pantoufles éculées. Ses cheveux étaient plats, gris, mous. En pensant à ce que les autres femmes de son âge pouvaient faire pour s'arranger, Joe sentit son cœur s'alourdir. Maura Feather avait cinquante-huit ans. Elle en paraissait plus de soixante-dix.

— Qu'est-ce qui t'amène ici ? questionna-t-elle.

— J'avais envie de te voir et je venais aussi prendre des nouvelles de papa, répondit-il en conservant son sourire.

— Tu sais comment il va. On t'a envoyé un petit mot de remerciement pour la corbeille de fruits.

Le visage de sa mère était fermé.

— Oui, oui, je sais bien. Votre lettre m'a beaucoup touché.

Joe savait pertinemment que c'était Tom qui l'avait rédigée, tapée et envoyée. Il aurait tout fait pour entretenir les relations entre les membres de sa famille.

— Bon, maintenant que je suis là, maman...

Il commença à franchir le seuil.

— Qui t'a demandé d'entrer, Joe ?

— Ne me dis pas que tu veux que je reparte tout de suite ? fit-il en inclinant légèrement la tête de côté, de cet air implorant qui marchait à tous les coups.

Sauf qu'aujourd'hui il était à Fatima.

— Qu'est-ce qui te fait croire que ta présence est souhaitée dans cette maison ? Tu viens souvent à Dublin mais tu ne passes jamais nous voir. Je t'ai même vu un jour descendre d'un bus au coin d'une rue, tu étais en train de rigoler. Pourquoi devrions-nous t'accueillir à bras ouverts ?

— Je suppose qu'un fils qui vient s'enquérir de l'état de santé de son père à peine remis d'une crise cardiaque est le bienvenu dans son ancien foyer.

Le charme légendaire de Joe Feather ne fonctionnait pas sur sa mère.

— Il m'a fallu supporter les conséquences de ton égoïsme au fil des ans, ton père n'ayant personne pour le seconder dans son travail.

— M'man, tu sais bien que je n'avais aucune envie d'entrer dans l'entreprise de papa.

— Non, je ne le sais pas. Quel bel exemple tu as été pour ton frère...

— Tom ne le souhaitait pas non plus, maman...

— Ce n'était pas assez bien pour toi, hein, c'était tout juste bon pour payer tes frais de scolarité ou t'acheter des vêtements, des chaussures de foot et un vélo, mais pas assez bien pour...

— Pourrais-je voir papa ? coupa-t-il.

— Qu'est-ce qui te fait croire que ton père sera content de te voir, après tout ce temps ?

— J'espérais que vous seriez tous les deux heureux de me voir.

Un nerf tressautait sur son front. Pourquoi faisait-il tant d'efforts ? Un nouveau refus et il partirait, mais il tenait à voir son père avant de s'en aller. D'un geste à la fois doux et ferme, il écarta sa mère et se dirigea vers la pièce où se trouvait son père, assis dans le fauteuil, l'oreille tendue pour ne rien perdre de la conversation. Il avait le teint blafard, le visage parcheminé. Malgré tout, il y avait quelque chose d'engageant dans son expression, quelque chose que Joe n'avait pas vu chez sa mère.

— Joe, ça fait plaisir de te voir, fiston.

— Moi aussi, ça me fait plaisir, p'pa ; ça fait un petit bout de temps, je sais, mais je tenais à m'assurer que tu te portais aussi bien que ce qu'ils prétendent.

— Ils ? répéta sa mère sur le seuil de la pièce.

— Tom d'abord, Cathy Scarlet ensuite, et Ned, de ton entreprise. Tous ceux qui t'aiment.

— Pfff, fit Maura Feather.

— Ecoute, je suis vraiment soulagé de voir que tu te portes bien, et toi aussi, m'man, tu as l'air en forme. Je suis de passage à Dublin et, comme je ne suis pas venu depuis ton séjour à l'hôpital, j'ai pensé que ça nous ferait du bien de parler un peu.

— Tu as entièrement raison, Joe, fit son père en tendant la main vers lui.

Joe feignit de ne pas voir son geste, conscient de la présence de sa mère, hostile à ce genre de démonstration d'affection.

— J'ai apporté une bouteille de xérès doux et quelques gâteaux. Peut-être maman nous préparera-t-elle du thé et des scones lors de ma prochaine visite...

Sans la regarder, il déboucha la bouteille et sortit des verres du placard.

— J'espère que cette prochaine fois ne tardera pas trop. Si vous saviez à quel point la vie est difficile à Londres...

— Si mes souvenirs sont bons, personne ne t'a forcé à partir là-bas.

Maura Feather n'avait pas encore rendu les armes.

— J'appréciais ce type de vie quand j'étais jeune et insouciant, m'man. On adore ce genre d'endroit où tout est possible à cette période-là... Mais les gens ne sont pas vraiment heureux là-bas, comme dans toutes les grandes villes.

— Que veux-tu dire par là ?

— Vous savez bien. Vous le voyez aussi à Dublin, même si Londres est bien plus grand. Les gens des villes sont toujours en mouvement. Ils sont à la recherche de quelque chose qui leur explique ce qui se passe vraiment...

Ses parents le considéraient d'un air perplexe.

— La première fois que j'ai débarqué à Londres, les églises étaient vides... Aujourd'hui, certaines personnes s'y rendent pendant leur pause-déjeuner, le soir aussi, et elles cherchent, elles sont toutes en quête de réponses.

— Comment sais-tu ça, toi ? s'enquit Maura, méfiante.

— Je le sais parce que j'y vais aussi de temps en temps, ainsi que dans les temples, les mosquées et les synagogues... Il n'y a pas qu'un seul Dieu, maman, comme quand on était enfants.

— Il n'y a qu'un seul vrai Dieu, riposta sa mère.

— Je sais, je sais, mais franchement, c'est quand même mieux qu'avant, maintenant que chacun respecte les croyances des autres, non ?

— Tu respectais très peu de croyances, Joe, la dernière fois que nous t'avons vu.

Elle l'avait appelé par son prénom. C'était déjà un progrès. Il remplit les verres et les gratifia tous deux d'un sourire. Son fameux sourire. Il n'éprouvait rien pour eux — c'étaient de parfaits étrangers, un homme faible, une femme aigrie. Certes, il avait ressenti un élan de pitié en apprenant que son père luttait contre la mort. Pour sa part, il aurait préféré continuer à envoyer un petit cadeau lors de ses périples à l'étranger, une fois de temps en temps. Mais il avait promis à Tom de faire un effort. Et, pour une raison qu'il ne s'expliquait pas, il se sentait redevable envers Tom.

Tom avait raison, il ne l'avait guère aidé à Fatima. En tant que frère, il avait très peu partagé le poids que représentaient des parents âgés et usants. Et maintenant, il fallait qu'il continue à sourire et à discuter de sa quête du sens de la vie en leur servant du xérès. Il remarqua que sa mère s'était détendue et que son père semblait touché par ses attentions. Il faut dire qu'il n'avait pas ménagé sa peine, c'était bien plus éprouvant que d'essayer de vendre une ligne de shorts à un homme d'affaires endurci. Il resterait encore une demi-heure.

La séance photo dura une éternité. Tom avait du mal à croire que des adultes puissent passer tant de temps à des choses aussi triviales. Marcella avait pris deux jours de congé et était arrivée chez eux avec toute une sélection de vêtements empruntés à Haywards. Le pull et la veste qu'elle avait choisis pour lui coûtaient une fortune.

— Tout ça avec la bénédiction de Shona... Pour eux, c'est comme de la publicité gratuite. Et puis tu es tellement beau là-dedans que je vais avoir un mal fou à les éloigner de toi, les maquilleurs, les coiffeurs, les gens de la lumière... Et je ne te parle que des hommes, ajouta-t-elle avec un petit rire joyeux.

Les choses commençaient enfin à bouger pour elle. Le rêve devenait réalité, comme ce qu'il avait vécu au début de l'année. Tom ferait son maximum pour rester souriant et paraître viril, il se prêterait à tout ce qu'on lui demanderait pour aider Marcella à se lancer dans le métier.

L'homme censé savoir combien de temps tiendrait la proposition n'en savait finalement rien, au dire de Neil. C'était un poste nouveau, rien n'était encore fixé, aucune date n'était établie. Ils avaient encore tout le temps d'en parler.

— Parfait, fit simplement Cathy.

Muttie et Lizzie parlaient à voix basse dans la chambre plongée dans l'obscurité.

— Ils seront partis d'ici la fin de la semaine, murmura-t-elle.

— Je sais. Dire que je commençais tout juste à les apprécier, répondit Muttie.

Neil les informa que Kenneth et Kay Mitchell étaient de retour chez eux et que tout était en ordre ; ils étaient prêts et attendaient leurs enfants.

— J'ai prévenu l'assistante sociale qu'il serait difficile pour les petits de réintégrer leur foyer tout d'un coup et elle est d'accord avec moi. Elle est très sympa, à propos, je suis sûr que tu l'apprécieras ; elle s'appelle Sara. Elle pense qu'il serait plus raisonnable de les emmener voir leurs parents une ou deux fois avant de les laisser là-bas. Elle viendra avec nous.

Cathy ressentit un pincement de jalousie. C'était ridicule, certes, mais elle ne pouvait s'empêcher de penser que c'était elle et ses parents qui avaient accueilli les enfants à bras ouverts lorsque personne ne voulait d'eux. Maintenant, tout le monde semblait désireux de s'en occuper : un père farfelu et volage, une mère irresponsable et alcoolique, une assistante sociale autoritaire, prénommée Sara.

— Parfait, je fixerai un jour pour les emmener à la Maison des Horreurs, déclara Cathy à Neil.

— Garde-toi bien de prononcer ce nom devant ces deux-là. Tu sais bien qu'ils n'en loupent pas une.

— Tu as raison. Je vais regarder à quel moment je pourrai prendre une heure pour les accompagner là-bas.

— Il va falloir trouver un moment que te convienne, qui convienne à Sara et qui me convienne.

— Neil, ce ne sera peut-être pas avant l'an prochain ! Il ne s'agit pas d'organiser une conférence, mais simplement d'emmener ces deux gamins dans la maison où ils vont vivre, sans les affoler. Il s'agit d'instaurer une espèce de climat de normalité, pas d'échanger nos emplois du temps respectifs.

— Chérie, je comprends bien ce que tu veux dire, mais dans ce genre de situation, il est préférable de respecter la procédure à la lettre. La présence de l'assistante sociale est indispensable. Comme ça, si la situation se dégrade, personne n'aura rien à nous reprocher.

— Nous savons pertinemment que la situation va se dégrader... Au bout d'un moment, Kenneth se laissera séduire par les appels insistants des contrées lointaines, l'odeur de la vodka viendra chatouiller les narines de Kay et nous retournerons à la case départ.

Tom n'avait encore jamais vu Ricky au travail. Il ne connaissait que l'homme décontracté qui observait tout et connaissait tout le monde. Il n'aurait jamais imaginé l'importance des préparatifs pour une séance qui aboutirait à cinq ou six photos dans les pages d'un magazine. Il était médusé. Il y avait eu une erreur, ce n'était pas possible autrement, il s'agissait en fait du tournage d'un film à gros budget dans leur petit appartement de Stoneyfield. Et, au milieu de toute cette agitation, le calme olympien de Marcella demeurait une énigme pour lui. Elle servait inlassablement des tasses de café et des verres d'eau minérale. Lorsqu'on lui demandait de sourire, elle s'exécutait avec un naturel qui le laissait sans voix. Le nombre de fois importait peu, c'était toujours le même sourire frais et radieux qui semblait venir du cœur. Elle était assise, parfaitement immobile, tandis qu'on rectifiait son maquillage, qu'on lui remettait du rouge à lèvres et qu'on laquait ses cheveux pourtant impeccables. De son côté, Tom plaisantait, déambulait sans but, mal à l'aise, renversait des accessoires et passait son temps à s'excuser. Il avait l'impression que la journée ne finirait jamais. Aucune nuit de travail dans un pub bruyant, aucune journée passée à monter des plateaux dans les étages ou à slalomer dans d'étroits couloirs en prenant soin de ne pas abîmer les plats ne lui avait paru aussi épuisant que ça. Quand ils se retrouvèrent enfin seuls, en jean et T-shirt, avec tous les beaux vêtements au pressing, prêts à être remis sur leurs cintres dès le lendemain, Tom s'allongea sur le sofa, la tête posée sur les genoux de Marcella. Elle lui caressa le front. Fraîche comme une rose, les yeux pétillants de joie.

— Merci, très cher Tom. Je sais que tu as détesté tout ça, dit-elle doucement.

— Je n'ai pas détesté, on ne peut pas dire ça, mais c'était stressant ! J'ai été nul.

— Tu as été merveilleux. Tout le monde l'a dit.

— Où trouves-tu toute cette patience ?

— Je te demande toujours comment tu as la patience de faire toutes ces petites choses minutieuses... Ces minuscules canapés parfaitement décorés, ces tout petits sushis enroulés sur eux-mêmes... J'en serais bien incapable, crois-moi.

Elle continuait à lui caresser le front et il eut envie de s'endormir là, tout de suite.

— C'est parce que tu ne manges pas, répliqua-t-il en lui décochant un sourire. Contrairement aux gens plus gros que toi, tu n'éprouves aucune attirance pour la nourriture.

— J'en ai peut-être éprouvé autrefois.

Tom savait que c'était faux. Les rares photos qu'il avait vues d'elle enfant montraient une fillette chétive. Marcella n'avait jamais aimé manger.

— Je dois y aller, hélas, déclara-t-il en se redressant.

— Ah bon ? Après tout le travail que tu as déjà abattu aujourd'hui ?

— On a une réception ce soir. Cathy a passé la journée à tout préparer pendant que je faisais le guignol devant l'objectif. Il faut que j'aille l'aider à servir.

— Très bien. Mais sache que ton travail de guignol, comme tu l'appelles, te vaudra sans aucun doute encore plus de contrats.

— Marcella, ne te moque pas moi, je t'en prie !

— Je n'ai jamais été aussi sérieuse. De quoi s'agit-il, ce soir ?

— Des Filles de Notre-Mère.

— Quoi ?

— Je ne sais pas vraiment, en fait. C'est un groupe d'anciennes élèves. Il y a vingt ans qu'elles ont quitté le collège et, à cette époque, elles s'étaient juré de se retrouver aujourd'hui si elles étaient encore en vie.

— Elles ne s'appellent pas comme ça, rassure-moi ?

— Un truc dans ce goût-là, si. Allez, il faut que je file. Ma tenue n'est pas trop décontractée, à ton avis ?

— Tu veux vraiment mon avis ? Les Filles de Notre-Mère vont te sauter dessus en te voyant, répondit Marcella en l'enveloppant d'un regard admiratif.

— Doux Jésus, Cathy, quelle journée... Je suis désolé de t'avoir laissée en plan.

— Pas de problème... Pour être franche, j'étais plutôt heureuse d'être occupée ; les gamins doivent rencontrer une assistante sociale prénommée Sara demain et je dois les emmener en visite dans cette maison de fous... Inutile de te dire que je préférais m'absorber dans la préparation du saumon en croûte...

Ils ne surent jamais comment ils parvinrent à tenir toute la soirée. Tom, quasi mort d'épuisement après avoir souri plus de sept heures devant l'objectif et conscient que la même chose l'attendait le lendemain, réussit néanmoins à garder le sourire, à rire et à flatter toutes ces femmes en leur disant que non, il devait y avoir une erreur, cela ne pouvait pas faire vingt ans qu'elles avaient quitté le collège. Cathy, quasi morte d'inquiétude à la pensée de devoir affronter la terrible Sara, parvint à se frayer un chemin entre toutes ces femmes hystériques qui se remémoraient les anecdotes cocasses de leur passé. Elles étaient presque au complet, confièrent-elles à Cathy, seules trois d'entre elles n'avaient pas pu venir. Janet qui habitait en Nouvelle-Zélande, Orla qui vivait dans une drôle de communauté dans l'ouest de l'Irlande et Amanda qui tenait une librairie au Canada avec son ami. S'agissait-il par hasard d'Amanda Mitchell ? demanda Cathy. Ce serait une sacrée coïncidence... Il s'avéra que oui, il s'agissait bien de la même Amanda ! Elles étaient un peu fâchées contre Amanda, elle qui avait toujours eu beaucoup d'argent — sa famille possédait une immense propriété à Dublin : Oaklands —, elle aurait tout de même pu faire un effort pour les rejoindre ce soir-là. Elle savait pourtant qu'aucune d'entre elles ne ferait le moindre commentaire au sujet de son ami.

— Pourquoi, qui est-il ? s'enquit Cathy par politesse.

— Ha ha, ce n'est pas « il », pas du tout, c'est « elle ». Imaginez un peu ! Amanda Mitchell est la seule dans une classe de vingt-huit filles à préférer les femmes aux hommes. Qu'est-ce que ça donne en termes de statistiques ? lança l'organisatrice de la soirée.

Cathy alla s'asseoir en cuisine. Sa belle-sœur était lesbienne. Quelle autre nouvelle lui réserverait cette journée ?

— Elles étaient vraiment sympas, déclara June en les aidant à ranger la camionnette.

— Je crois qu'elles étaient heureuses de leur soirée, ajouta Tom en bâillant.

— En plus, elles m'ont donné un bon pourboire et quatre d'entre elles m'ont demandé où j'avais fait faire mes mèches.

— Alors elles ont aimé ? fit Cathy, encore réservée au sujet des surprenants reflets mauves qui striaient la chevelure de June.

— Elles ont adoré, oui, et elles ont paru très impressionnées quand je leur ai dit que c'était l'œuvre des coiffeurs de Haywards. Merci encore, Cathy, c'était un cadeau génial.

— Ce n'était rien du tout ; maintenant, ce sont mes cheveux à moi qui me posent un problème vis-à-vis de Hannah.

Ils déposèrent June à une station de taxis.

— Vous savez, je mène une vie épatante grâce à vous, déclarat-elle avant de s'éloigner d'un pas léger.

Le reste du trajet se poursuivit en silence.

— Je ne pensais pas que ce serait aussi épuisant, avoua Cathy.

— Moi non plus. Le problème, ce n'est pas la nourriture, ce sont les gens.

Ils passèrent une heure et quarante minutes à décharger la camionnette, remplir les lave-vaisselle, emballer les restes pour les congeler et préparer la cuisine pour la fournée de pain du matin. Ils travaillaient en parfaite harmonie, sans parler, soucieux d'économiser le peu d'énergie qu'il leur restait. Lorsqu'ils eurent terminé, Tom prit le volant de la camionnette et s'engagea lentement dans la rue.

— J'ai l'impression d'être un zombie, dit-il. Peux-tu veiller à ce que je ne m'endorme pas ?

— La seule idée que tu puisses t'endormir suffira à me maintenir éveillée, c'est sûr.

— C'est bientôt le mois de mai, reprit Tom.

— Exact.

Il y eut un silence.

— Pourquoi dis-tu ça ? demanda finalement Cathy.

— Je ne me souviens plus.

— Deviendrions-nous séniles avant l'âge ? On ne se dit plus rien, tu as remarqué ? fit Cathy d'un ton inquiet.

— Il n'y a pas grand-chose à dire si ce n'est que mon frère est devenu une véritable plaie, répondit Tom.

— Et il semblerait que ma belle-sœur réserve une belle surprise à ses parents.

Elle se tourna vers Tom.

— Inutile de t'en apprendre plus pour le moment. Enfin, comme tu dis, c'est bientôt le mois de mai. J'ai le pressentiment que quelque chose d'important nous attend ce mois-ci.

— Quelque chose de bon ou de mauvais ?

— Seigneur, si seulement je le savais... je régnerais en maître sur le monde, conclut Cathy avant de s'endormir pendant que Tom la reconduisait à Waterview.

# 5

## MAI

Ils racontèrent à Galop qu'ils partaient faire une petite promenade et qu'ils reviendraient un peu plus tard.

— Je sais que ça peut paraître idiot, mais j'ai l'impression qu'il comprend, observa Maud.

— Pourquoi ne comprendrait-il pas ? N'est-ce pas un chien de race, avec un pedigree ? releva Muttie.

— Est-ce que les gens possèdent aussi un pedigree ? voulut savoir Simon.

— Non, dit Cathy. Tous les hommes naissent égaux, ce sont eux qui se fabriquent eux-mêmes leur propre pedigree.

Elle surprit le regard de ses parents posé sur elle et prit conscience de la futilité de ses propos. Elle était incapable d'appuyer Neil lorsqu'il insistait pour rendre les enfants à leurs parents biologiques. Personne n'arriverait à lui faire croire que c'était une bonne décision. Pourtant, elle était bien forcée de se plier cette idée.

— Allez, les enfants, en voiture, indiquez-moi le chemin jusque chez vous. J'ai envie de voir où vous habitiez quand vous étiez bébés.

— Est-ce que Muttie et sa femme peuvent venir aussi ? demanda Maud.

— Ils vous accompagneront un jour mais aujourd'hui il n'y a que nous, répondit Cathy en évitant de regarder ses parents, qui assistaient au départ.

Les Beeches se trouvaient dans une rue où de nombreuses demeures avaient été transformées en appartements mais elle trônait toujours sur son propre terrain... C'était une vaste maison délabrée, mal entretenue, vieille de cent cinquante ans, une gentilhommière qui avait sans nul doute connu des jours meilleurs. Moins imposante qu'Oaklands — elle n'était pas précédée par une allée en demi-lune — mais pleine de charme, avec de bonnes proportions et du lierre qui grimpait entre les fenêtres. Un court de tennis abandonné et un abri de jardin en piteux état témoignaient encore de sa splendeur passée. Avant que les parents de Walter, Simon et Maud se désintéressent du sort de leur demeure... Les jumeaux observaient Cathy d'un air anxieux tandis qu'ils approchaient de la maison, guettant sa réaction.

— Quelle charmante maison ! lança-t-elle, le cœur serré. Ce doit être agréable de grandir ici.

Ils considérèrent leur demeure, dubitatifs.

— Je suis sûre que ça a dû être agréable aussi de grandir à St Jarlath's Crescent, remarqua Simon.

Dire que ces gamins étaient odieux quand elle les avait rencontrés, quelques mois plus tôt : volant de la nourriture, la prenant pour une domestique, jetant leurs vêtements par terre... Cathy s'efforça de garder une voix ferme.

— C'est vrai, Simon, merci de le souligner, j'ai effectivement passé une enfance très agréable là-bas. Et maintenant, allons trouver votre père et votre mère.

Kenneth Mitchell les accueillit comme s'ils étaient des invités de marque plutôt que deux enfants qu'il avait abandonnés, accompagnés par la femme de son neveu à qui il n'avait jamais prêté attention auparavant.

— C'est fabuleux, lança-t-il lorsque Cathy se présenta à lui avec les jumeaux.

— Bonjour, papa, fit Simon.

— Simon, mon bonhomme. Un bon petit gars, fit son père, et voici Maud, bien sûr, formidable.

Il enveloppa Cathy d'un regard vague comme s'il s'efforçait de la situer. Il ressemblait beaucoup à son frère Jock, en moins enrobé. Son rythme de vie de nomade, quelle que fût la manière dont il le décrivait, l'avait empêché de prendre du ventre. Il n'y avait aucun signe de sa femme. Cathy décida de l'appeler par son prénom.

— Eh bien, Kenneth, comme vous dites, tout ceci est formidable. Devons-nous attendre Kay et Sara avant de commencer la visite ?

— La visite ? Sara... Kay ?

Il semblait perdu. Ce fut au tour de Cathy d'afficher une grande perplexité.

— Kay, votre épouse.

— Oh, oui, elle sera là dans un petit moment, elle est en train de se préparer.

Aucune parole de bienvenue, aucune chaleur et, en ce qui concernait leur mère, pas même une apparition. Maud paraissait mal à l'aise.

— A quelle heure Sara doit venir ? demanda-t-elle.

L'incompréhension se peignit sur le visage de Kenneth Mitchell.

— Sara ?

— L'assistante sociale, expliqua Cathy d'une voix atone.

— Mais je croyais que c'était vous, l'assistante sociale.

— Non, Kenneth, je suis Cathy Scarlet, la fille du couple qui s'est occupé de vos enfants pendant votre absence. Je suis aussi l'épouse de Neil, le fils de votre frère Jock. L'assistante sociale s'appelle Sara, elle est censée nous retrouver ici...

S'il éprouva de l'embarras, il fut sauvé par le carillon de la porte d'entrée. Ils l'entendirent accueillir l'assistante sociale dans le hall, à grand renfort de charme, en proie à une confusion grandissante. Elle semblait plus âgée que ses vingt ans : une grande fille ravissante, dotée d'une crinière flamboyante et chaussée de hautes bottes à lacets. Elle paraissait également beaucoup trop sûre d'elle.

— Bonjour, Maud et Simon, tout va bien ?

— C'est-à-dire que, Sara, tu comprends... commença Simon tandis qu'une bouffée de jalousie assaillait Cathy.

— Alors, avez-vous vérifié qu'il ne manquait rien dans vos chambres ?

Elle était si décontractée, si peu intimidée par Kenneth Mitchell, si proche des enfants...

— Ça ne fait pas longtemps qu'on est arrivés, répondit Simon.

— Nous n'avons même pas encore vu maman, ajouta Maud.

— OK, allez voir vos chambres et revenez me voir après.

Ils montèrent docilement à l'étage. Sara entreprit de se rouler une cigarette.

— Je fumerai dans le jardin, si vous préférez, monsieur Mitchell, proposa-t-elle avec un froncement de sourcils si menaçant que Kenneth se remit à paniquer.

— Non, non, je vous en prie, je veux dire : comme vous voulez...

— Comment ça va, Cathy ? D'après ce qu'on m'a dit, vous ne me portez pas dans votre cœur, reprit Sara d'un ton désinvolte.

— Vu votre métier, vous devez savoir que les enfants exagèrent toujours, rétorqua Cathy avec un sourire forcé.

— Votre mari aussi ? Selon lui, vous avez du mal à accepter qu'ils regagnent leur maison.

— Non, Sara, je n'y vois aucun inconvénient.

Cathy poursuivit d'un ton grave :

— Je les ai accompagnés ici en visite et leur père, qui est aussi le frère de mon beau-père, m'a prise pour l'assistante sociale. Avouez tout de même que c'est un peu surprenant. Quant à leur mère, elle n'est même pas là pour les accueillir, et je trouve ça bizarre.

— Neil m'a raconté que vous vous êtes énormément investis pour les jumeaux, reprit Sara en la considérant avec attention.

— Il fallait bien que quelqu'un s'investisse pour eux, rétorqua Cathy, exaspérée. Ecoutez, je ne fais que respecter la procédure au pied de la lettre. Ils sont là pour leur visite. Pourquoi ne faites-vous pas le tour de la maison ? Je vous demande simplement de me laisser en dehors de tout ça. De toute façon, je ne serai plus concernée dès qu'ils reviendront habiter ici.

Kenneth Mitchell les avait observées à tour de rôle comme s'il assistait à un match de tennis. Lorsqu'elles se turent, il leur proposa une tasse de thé et sembla surpris par leur refus brutal.

— J'ai déjà préparé le plateau, insista-t-il d'un ton peiné.

— Très aimable de votre part, Kenneth, fit Cathy sur un ton qui lui attira un nouveau regard de Sara.

— Et où est Walter ? demanda cette dernière en consultant son dossier.

— Walter ? répéta Kenneth d'un air absent.

— Votre fils aîné, intervint Cathy obligeamment.

— Toute la famille était censée être présente, reprit Sara.

— Il doit être au travail.

Kenneth semblait désireux de se rendre utile, conscient que la situation lui échappait. Il était sans cesse sauvé par de nouvelles arrivées. Au même instant, les enfants firent leur apparition, tenant leur mère par la main. Kay Mitchell était si frêle qu'un coup de vent aurait pu l'emporter. Elle possédait un joli sourire.

— Bonjour, quel plaisir de vous voir ! dit-elle à l'adresse de Cathy.

— Vous semblez avoir repris des forces, fit cette dernière.

— Vraiment ? Tant mieux. M'avez-vous rendu visite à l'hôpital ?

— Oui, de temps en temps, mais les visites de vos enfants comptent davantage.

Cathy glissa un regard en direction de Sara dans l'espoir que rien ne lui échapperait.

— Je vivais la plupart du temps dans une espèce de brouillard, un peu comme si ce n'était pas vraiment moi, expliqua Kay Mitchell en les gratifiant d'un sourire radieux.

— Des nouvelles de votre frère ? demanda Cathy aux jumeaux.

— Il a fait nos lits, si on peut dire, répondit Maud.

— Enfin, pas vraiment, il a posé les draps et les taies d'oreiller au pied de chaque lit et...

— Ils étaient mouillés, alors maman nous a aidés à les mettre dans le sèche-linge, compléta Maud.

— Ce n'est pas vraiment un travail pour Walter. N'y a-t-il pas quelqu'un pour faire les lits ? intervint Kenneth, perplexe.

— Mme Barry, d'après ce que je lis dans le dossier, précisa Sara.

— Bien, il ne manque plus que Walter à présent, c'est ça ?

— Il était censé venir, fit Sara d'un ton réprobateur.

— Bien sûr... Il s'agit probablement d'un malentendu. Peut-être devrions-nous l'appeler, qu'en pensez-vous ? suggéra Kenneth.

— C'est préférable, en effet.

Sara ne mâchait pas ses mots.

— Euh, est-ce que quelqu'un... Je veux dire où... exactement ? bredouilla Kenneth.

— Au bureau de votre frère, le cabinet Mitchell.

Cathy s'efforça de dissimuler l'ironie qui teintait sa voix. Mais Sara esquissa l'ombre d'un sourire. Personne ne vint en aide à Kenneth pendant qu'il feuilletait nerveusement l'annuaire. On lui répondit que Walter était déjà parti et qu'il ne tarderait pas à arriver.

— Walter habite ici ? C'est sa maison ?

— Oui, enfin, c'est un adulte maintenant, il n'est plus obligé de rentrer tous les soirs.

— D'après mes informations, il couche parfois chez des amis, lâcha Sara en prenant des notes.

— Mais sa chambre est ici... à sa disposition, bien entendu.

— Fermée à clé, intervint Simon.

— Comment le sais-tu ? demanda Sara, piquée par la curiosité.

— On avait un cheval à bascule et une vieille télé en noir et blanc. J'ai pensé que Walter les avait peut-être empruntés pendant que nous étions chez Muttie et Lizzie... Ça ne nous aurait pas dérangés.

Simon parlait d'une voix claire et posée. Il ne voulait surtout pas créer d'ennuis à quiconque.

— C'est bizarre de fermer une chambre à clé dans une maison familiale, observa Sara.

— Quand viendrons-nous habiter ici pour de bon ? s'enquit Maud.

— Quand vous voudrez, dit son père, radieux.

— Le plus tôt sera le mieux, renchérit sa mère avec un grand sourire.

— Lorsque toutes les formalités seront accomplies, intervint Sara.

— Cathy, tu as eu le temps de parler à Sara des visites de Galop et du mariage de la fille de Lizzie avec cet homme qui partage son lit à Chicago ?

— Je pense que... commença Kenneth.

Une fois de plus, il fut sauvé par l'arrivée de Walter. Le cheveu en bataille, le souffle court, ce dernier était venu à vélo.

— Salut, les enfants, maman, papa, Cathy.

Il les gratifia d'un petit signe de tête avant d'esquisser le fameux sourire Mitchell.

— Et vous devez être Sara ? N'êtes-vous pas terriblement jeune et, euh... ravissante pour occuper un poste pareil ?

Cathy le considéra d'un air désespéré. Pourvu que Sara ne se laisse pas berner par son numéro de petit garçon égaré, la mèche dans l'œil, l'admiration béate.

— Il y a trois quarts d'heure que nous vous attendons, rétorqua Sara, imperturbable.

Il garda son sourire.

— L'essentiel, c'est que je sois là, n'est-ce pas ?

Sara reprit les choses en main en toussotant.

— Si Maud et Simon reviennent vivre ici, pourrions-nous régler ensemble quelques détails ?

— Quels détails, au juste ? demanda Kenneth, dépassé par les événements. Je suis là, leur mère est là, et ces... euh, ces aimables personnes qui se sont occupées d'eux lorsque j'étais retenu à l'étranger et que Kay était malade nous les ont envoyés. C'est tout, je pense, non ?

— Non, monsieur Mitchell, ce n'est pas tout. Vous le savez bien. Nous avons déjà discuté de tout ça. Maud et Simon demeurent sous notre responsabilité tant que nous ne serons pas certains de ce qui est le mieux pour eux à long terme... Parlons d'abord de l'école, proposa Sara en consultant son dossier. En septembre dernier, les jumeaux ont rencontré un problème à ce sujet. Il fallait que quelqu'un les conduise à l'école et il se trouve que personne n'était disposé à le faire. Ils ont multiplié les absences. Mais, depuis qu'ils habitent à St Jarlath's Crescent, tout se passe bien. Vous avez donné votre accord pour qu'ils continuent à fréquenter le même établissement, ils se sont fait des amis là-bas et ils pourront prendre le bus si personne ne va les chercher.

— C'est bon de se familiariser avec les trajets en bus, commenta Kenneth.

— Tout à fait. Passons aux repas. Vous sentez-vous prête à faire la cuisine, madame Mitchell ?

— Bien entendu, et puis il y a cette Mme... Mme Machin qui doit venir m'aider pour ces horribles corvées, n'est-ce pas ?

— Oui, Mme Barrington, chérie, intervint Kenneth.

— Mme Barry, corrigèrent Cathy et Sara à l'unisson.

— Désolé, l'erreur est humaine.

— Bien sûr. Maintenant, parlons du couchage. Vous avez parlé de draps mouillés sur les lits.

— Qui seront aérés, naturellement, avant que les enfants soient de retour, assura Kay.

— Naturellement. D'autre part, il y a cette histoire de cheval à bascule et de télé en noir et blanc qui ont disparu.

— Je n'ai pas dit qu'ils avaient disparu. Ils se trouvent peut-être dans la chambre de Walter, expliqua Simon par souci de clarté.

— Qui est fermée à clé, ajouta Cathy.

— J'ai le droit de fermer ma chambre à clé, tout le monde a ce droit.

— Certes, mais pourrions-nous vérifier si les affaires des enfants s'y trouvent ?

Les pupilles de Cathy s'étaient rétrécies. Elle percevait la peur de Walter. A l'évidence, il y avait quelque chose dans cette chambre qu'il tenait à dissimuler.

— Excuse-moi, Cathy, c'est toi qui mènes les débats, maintenant ? Je croyais que c'était le travail de Sara.

— Avez-vous entendu parler d'un cheval à bascule et d'un poste de télévision ? lui demanda cette dernière d'un ton abrupt.

— Oh, ça... C'étaient de vieux machins qui avaient fait leur temps. Je les ai donnés à des amis il y a un bon bout de temps. Désolé, mais vous avez passé l'âge, tous les deux, de jouer avec un cheval à bascule. Je ne pouvais pas me douter que vous le réclameriez.

Il les avait vendus, Cathy en était convaincue.

— Mais on n'a pas passé l'âge de regarder la télé, fit remarquer Simon.

— Et j'aimais bien ce cheval à bascule, se plaignit Maud.

— Ecoutez, peut-être que Walter a des cadeaux pour vous dans sa chambre... ? suggéra Cathy.

— Dites-moi, Sara, c'est la chasse aux sorcières ou quoi ? Vous êtes ici pour vous assurer que le contexte familial est suffisamment solide pour accueillir Simon et Maud... Et voilà qu'on me demande d'ouvrir ma chambre pour voir si j'ai fait mon lit ou non. Je vous en prie...

Il avait l'air tellement contrarié, tellement vexé que Sara se rétracta, au grand dam de Cathy.

— Bien sûr que non, nous n'allons pas inspecter votre chambre. Ce que nous aimerions savoir en revanche, c'est ce que vous êtes prêt à faire en vue du retour de votre frère et de votre sœur.

Walter prit le temps de décocher à Cathy un grand sourire triomphant. Il ne serait pas obligé d'ouvrir sa chambre. Puis il se tourna vers Sara.

— Maintenant que notre famille est à nouveau réunie, j'aimerais sincèrement que nous apprenions tous à mieux nous connaître. J'aimerais découvrir leurs centres d'intérêt, leurs préoccupations... Ça m'éviterait par exemple de me débarrasser d'un cheval à bascule. Tu comprends, Maud ?

— Ou d'une télévision, rétorqua cette dernière.

A cet instant, Cathy éprouva un élan d'amour incontrôlé pour la fillette. De nombreux autres points furent abordés ; les parents y répondirent vaguement tandis que le frère aîné parlait avec chaleur et enthousiasme. Il fut bientôt l'heure de raccompagner Maud et Simon à St Jarlath's Crescent. Il n'y eut pas de démonstration d'affection. Kay les embrassa tous les deux sur la joue en les contemplant d'un air à la fois lointain et fier. Sara et Walter étaient déjà dehors, en train de comparer leurs vélos. Celui de Sara était pliant.

— C'est pratique à caser dans un taxi quand on est fatigué ou qu'on a trop bu, expliqua-t-elle.

— Voulez-vous que je vous raccompagne au bureau ? J'ai la camionnette, vous mettrez votre vélo à l'arrière, proposa Cathy sur une impulsion.

— Oh, non, refusa Sara.

— Elle n'est pas encore saoule, observa Simon.

— Non, mais elle risque de se fatiguer ; et puis, comme ça, nous nous arrêterons à St Jarlath's Crescent et vous la présenterez à Galop.

— Je connais déjà St Jarlath's Crescent, et je suis tout à fait consciente du merveilleux accueil que leur ont réservé vos parents, objecta Sara.

— Mais vous ne connaissez pas Galop, Sara. Allez, dites oui. Simon et Maud seront ravis de vous montrer leurs costumes.

— C'est une idée géniale, Cathy, approuva Simon en grimpant dans la camionnette. Comme ça, elle verra les choses qui comptent vraiment.

Cathy et Sara échangèrent un regard. Et elles éclatèrent de rire.

Le deuxième cours de cuisine de James Byrne était fixé au jeudi.

— A-t-il dit ce qu'il voulait ? demanda Tom à Cathy, qui se trouvait en cuisine.

— Non, il nous laisse choisir le menu. Oh, merde.

— Tu t'es encore brûlée ?

Tom arriva en courant. Cette fois, elle s'était coupé le doigt en ouvrant une boîte de conserve.

— Ça t'apprendra à utiliser des conserves. Nous ne sommes pas dans un fast-food ici.

— Alors dis-moi comment ajouter du coulis de tomates sans avoir à ouvrir une boîte ?

Elle leva son doigt en l'air pour l'examiner.

— Tu n'auras pas besoin de points de suture, viens par là, je vais te nettoyer ça. Si tu prenais un tube de sauce tomate, il te suffirait de le presser mais, si tu tiens à ta boîte de conserve, tu n'as qu'à te servir du machin électrique fixé au mur plutôt que de la massacrer avec cet ouvre-boîte préhistorique.

— J'étais pressée.

— Bien sûr, et maintenant, tu arbores un joli pansement. Excellente publicité pour l'entreprise, grommela-t-il en lui pansant le doigt. Viens t'asseoir un peu à l'accueil pour te remettre du choc.

— Je ne suis pas en état de choc, protesta Cathy.

— Moi, si. Allez, viens.

— Revoilà la vieille mère poule prête à couver, le taquina Cathy.

— La prochaine fois, tu panseras toi-même tes plaies !

Ils adoraient s'installer dans la pièce d'accueil et se relaxer dans les grands sofas que Lizzie avait recouverts de chintz. Cathy posa ses pieds sur la table basse, garnie de revues culinaires.

— On trouvera bien le temps de les lire, un jour.

— La gastronomie sera passée de mode d'ici là, répondit Tom.

C'était agréable de rester là, à admirer les assiettes qui s'alignaient sur les étagères et à contempler le discret meuble de classement qui passait aux yeux des visiteurs pour un élégant bureau dans une maison raffinée. Joe l'avait déniché dans une vente aux enchères, c'était en tout cas ce qu'il leur avait raconté. Ils avaient émis quelques soupçons à ce sujet à une ou deux reprises.

« Je sais qu'il n'aime pas du tout payer ses impôts mais je ne pense pas qu'il irait jusqu'à faire du trafic de meubles volés, avait objecté Tom à l'époque.

— Ce n'est pas du tout son genre », avait renchéri Cathy en caressant le bureau d'un geste affectueux...

Il était tout simplement parfait.

Un des « associés » de Muttie travaillait dans un magasin de tapis, aussi en avaient-ils trouvé un qui convenait à la pièce. Il y régnait une atmosphère accueillante et chaleureuse qui séduisait les visiteurs. Si seulement ces derniers avaient été plus nombreux...

— Qu'allons-nous faire pour James ? demanda Tom.

— C'était poisson fumé et poulet à l'estragon la dernière fois... Il faut quelque chose de plus rouge, de plus violent, me semble-t-il.

Cathy réfléchit.

— Jambon de Parme et figues en entrée, filet de bœuf accompagné d'une sauce à la crème et aux champignons comme plat de résistance ? proposa Tom.

Elle secoua la tête.

— Il va nous dire que l'entrée est trop simple et il aura trop de mal avec la viande.

— Non, il s'en sort beaucoup mieux depuis que tu lui as expliqué qu'il pouvait retirer la poêle du feu à n'importe quel moment. Apparemment, il n'y avait jamais songé. Imagine... murmura Tom, encore stupéfait.

— Je me demande s'il a des enfants...

— Pourquoi ?

— Je ne sais pas, c'est drôle, mais j'ai l'impression que ce dîner n'est pas destiné à quelqu'un qu'il désire séduire... Ce serait plutôt pour une personne jeune à qui il souhaite prouver quelque chose...

— Je ne sais pas d'où tu sors ça. Tu devrais peut-être apporter une boule de cristal au prochain cours.

Il arrivait souvent à Tom de penser que les femmes étaient compliquées mais les suppositions de Cathy lui parurent grotesques.

— Non, prends le temps d'y penser. Tu sais toi aussi qu'il fait quelque chose pour épater quelqu'un qu'il apprécie, et ce n'est pas facile pour lui parce qu'il est coincé.

— Et toi qui n'es pas du tout coincée, pourquoi ne lui poses-tu pas carrément la question ? lança Tom sur un ton de défi.

— Tu sais très bien que c'est impossible. J'ai passé tant de temps à inculquer les bonnes manières à Simon et Maud qu'ils ont fini par déteindre sur moi. J'espère que cela ne détruira pas ma véritable personnalité.

— Aucun signe de mutation pour le moment, crois-moi. Mais je vais rester vigilant.

— Idiot ! Qu'allons-nous lui proposer comme dessert ?

— Une glace au pain bis ?

— Parfait, il ne me reste plus qu'à lui vendre le menu. Allez, Tom, la convalescence est terminée, il est temps de se remettre au travail, ajouta-t-elle en regagnant la cuisine pour téléphoner.

James Byrne contesta tous les plats, mais ils restèrent sur leurs positions.

— Tout me paraît bien trop simple, comme si ça sortait tout droit d'une boutique, objecta-t-il.

— Ecoutez, nous vous montrerons comment couper les figues, comment disposer les tranches de jambon.

— Mais les steaks, c'est trop... trop...

— C'est un plat délicieux, et vous pouvez prendre de petits steaks. Attendez de goûter la sauce.

— Elle croira que j'ai acheté la glace dans une épicerie fine, argua-t-il.

Ils savaient au moins avec certitude qu'il s'agissait d'une femme. C'était déjà un progrès.

— Pas quand vous lui aurez expliqué comment vous l'avez faite. Franchement, c'est une recette très agréable à réaliser, répondit Cathy.

Elle avait bien trop de choses en tête pour laisser leur comptable chipoter au sujet d'un menu tout à fait convenable. Son doigt lui faisait mal, le sort de Simon et Maud lui fendait le cœur, Freddie Flynn et son épouse venaient de leur commander un dîner, c'était son tour d'inviter Hannah Mitchell à déjeuner. Elle n'avait aucune idée de ce qu'ils allaient préparer pour le grand mariage de sa sœur Marian, qui devait avoir lieu dans un peu plus de deux mois. L'image de son pauvre père en train de promener le chien chaque jour jusqu'au PMU et de l'attacher devant la porte de la boutique la hantait. Ses cheveux étaient affreusement plats et ternes. Hannah Mitchell avait raison. Bref, elle n'avait aucune intention d'écouter davantage les réticences de James Byrne.

— James, commença-t-elle d'une voix qui claqua comme un coup de fouet.

Tom leva les yeux de sa pâte à pain, interloqué.

— James, avons-nous déjà contesté un bilan ? Non. Avons-nous déjà prétendu que tel ou tel formulaire de déclaration de TVA n'était pas correctement rempli ? Non, parce que nous partons du principe que vous êtes l'expert en la matière et que nous vous payons pour bénéficier de vos services. En l'occurrence, nous sommes les experts et vous nous payez pour nos conseils. Oui, parfait. A jeudi, James.

Elle reposa le combiné d'un coup sec. Sans même lever les yeux, elle savait que Tom l'observait, bouche bée.

— Quoi ? lança-t-elle d'un ton belliqueux.

— C'est donc ça !

— Que veux-tu dire ?

— Simplement que ta personnalité n'a pas bougé d'un iota, répondit Tom.

Elle partit d'un éclat de rire et il traversa la pièce pour la prendre dans ses bras. Tom était un compagnon tellement facile à vivre, et il avait dédramatisé tant de situations...

— Tom, j'ai besoin de ton avis.

— Tu as plutôt l'air d'avoir besoin d'un calmant bien costaud, mais mon avis suffira peut-être.

— Que dois-je faire pour Hannah ? J'essaie désespérément d'ériger une haie entre nous mais ce n'est pas simple.

— Neil, qu'en pense-t-il ?

— Il me dit de laisser tomber. Il hausse les épaules. C'est un homme.

— Enorme désavantage, nous le savons tous. Bon, ce serait pour vous deux seulement ?

— Oui. J'arrive encore à supporter une heure et demie de bavardage condescendant mais je ne supporterais pas ça en présence d'une tierce personne.

— Veux-tu qu'elle passe un bon moment, ou désires-tu simplement lui en mettre plein la vue ?

— Bonne question. A vrai dire, j'aimerais qu'elle passe un bon moment.

— Dans ce cas, pourquoi ne l'invites-tu pas ici ?

— Ici, sur notre lieu de travail ?

— Oui, invite-la à déjeuner lundi prochain. Nous n'avons rien de prévu, ce sera tranquille, intime. Je vous servirai puis je brancherai le répondeur avant de m'éclipser.

— Elle va trouver ça minable.

— Pas du tout, au contraire. Le décor est raffiné, cela fait presque six mois que nous existons. Si je me souviens bien, elle ne nous donnait pas plus de six jours la dernière fois qu'elle a mis les pieds ici.

— Oh, mon Dieu, c'est vrai, la soirée d'inauguration ! J'avais presque oublié l'altercation que nous avions eue ce soir-là.

— Elle n'a rien oublié, j'imagine. Vraiment, Cathy, tu la recevrais en terrain neutre, propice à l'apaisement. Vas-y, appelle-la tout de suite. Invite-la.

— J'hésite encore.

— C'est bien toi qui viens de dire qu'il faut toujours suivre les conseils d'un professionnel ? Appelle-la !

— Tu n'es pas professionnel dans ce domaine-là.

— Tu crois ça ? Je t'entends parler de Hannah Mitchell depuis l'école hôtelière. Allez, appelle-la maintenant.

— Très juste. Passe-moi le téléphone.

Hannah Mitchell accepta l'invitation. C'était une charmante idée. Bon nombre de ses amies connaissaient à présent Scarlet

Feather. Elles seraient très curieuses de savoir à quoi ressemblait l'envers du décor.

— Maud et Simon vont probablement regagner leur foyer la semaine prochaine, l'informa Cathy.

— Oui, Dieu merci, quel terrible épisode pour tout le monde ! Cette pauvre Lizzie a été merveilleuse de s'engouffrer ainsi dans la brèche.

Cathy laissa délibérément le silence se prolonger. Assez longtemps pour que Hannah se reprenne.

— Enfin, oui, je voulais simplement dire que... euh, Lizzie et... euh, Muttie ont été formidables avec les enfants pendant que Kenneth et Kay réglaient leurs problèmes...

— Ça s'est bien passé ? s'enquit Tom.

— Oui, mieux que ce que j'avais osé espérer.

— Tu n'as plus qu'à dire « merci, Tom », alors.

— Merci, Tom.

C'était extraordinaire de ne plus éprouver aucune crainte devant cette femme, après toutes ces années.

Tom alla chercher Marcella à l'institut.

— Ton frère est passé aujourd'hui, l'informa-t-elle.

— On le voit souvent en Irlande, ces temps-ci. Que se passe-t-il ?

— Il est en train d'organiser un défilé... Feather Fashions... Ce sera aussi bien pour les professionnels que pour le grand public. Il a plein d'idées et il venait voir Shona. Je crois qu'il doit également rencontrer Geraldine pour qu'elle se charge des relations publiques.

— Il compte venir nous voir, nous aussi ?

Contre toute attente, il éprouva une pointe de jalousie à l'idée que son frère était en ville et prévoyait de rencontrer un tas de personnes sauf lui.

— Evidemment. Il est passé me voir en coup de vent parce que... Tom, tu ne le croiras jamais, il songe sérieusement à me faire embaucher comme mannequin pour le défilé.

Ses yeux brillaient d'excitation. Tom n'avait jamais rien dit qui lui fasse autant plaisir.

— J'espère de tout mon cœur que ça marchera, déclara-t-il simplement.

— Je suis désolé de ne pas avoir pu te rejoindre aux Beeches, le procès n'en finissait pas, s'excusa Neil.

— Ça ne fait rien, je ne t'attendais pas, de toute façon.

Cathy était en train de préparer le dîner dans la cuisine.

— Un empêchement est vite arrivé, reprit-elle sans aucune trace d'agacement dans la voix.

Dans le cas de Neil, les empêchements faisaient partie du quotidien.

— De toute façon, ta présence n'aurait pas servi à grand-chose... Ils se sont comportés comme une famille de cauchemar, et pourtant les enfants retournent vivre chez eux. Spectacle garanti sous l'œil des assistantes sociales.

— Tu as vu Sara, elle est formidable, n'est-ce pas ? lança-t-il avec enthousiasme.

— Tout à fait. J'ai eu peur un moment qu'elle se laisse prendre au jeu mais rien ne lui a échappé. Il n'y a que Walter qui ait réussi à la berner.

— Je dois avouer qu'elle m'a beaucoup impressionné. C'est elle qui va collaborer à ce projet pour les sans-abri dont je t'ai parlé. C'est important d'avoir une assistante sociale dans l'équipe, elle possède des statistiques très intéressantes...

L'enthousiasme de Neil serra le cœur de Cathy. Elle s'apprêtait à lui parler de la chambre à coucher de Walter fermée à clé, de l'invitation de sa mère, des menus de rêve qu'ils concoctaient pour le mariage de sa sœur Marian. Mais tout cela lui parut soudain d'une banalité consternante, d'une futilité extrême comparé au projet de Neil pour les SDF. Celui auquel participerait Sara avec ses grandes bottes et ses cigarettes à rouler. Il fut un temps où Cathy aurait assisté aux réunions, pris des notes et tapé des courriers ; mais c'était avant qu'elle mène sa propre carrière.

Le samedi suivant, Cathy avait retrouvé le moral et se sentait prête à affronter tout ce qui se profilait à l'horizon, notamment la deuxième visite des enfants chez eux. Elle passa les prendre à St Jarlath's Crescent.

— Maman, quel âge aura Geraldine l'automne prochain ? s'enquit Cathy lorsqu'elles se retrouvèrent seules, les enfants ayant décidé d'aller promener Galop.

— Voyons voir, je suis l'aînée, et ensuite... eh bien, figure-toi qu'elle va fêter ses quarante ans. Je n'en reviens pas, le bébé de la famille aura bientôt quarante ans ! s'écria Lizzie, un sourire aux lèvres.

— Crois-tu qu'elle aimerait organiser une grande fête ? demanda Cathy.

— Tu la connais mieux que quiconque. Qu'en penses-tu ?

— Je ne la connais pas si bien que ça, beaucoup de choses m'échappent encore. Apprécierait-elle que tout le monde sache qu'elle fête ses quarante ans ? Là est la question.

— Vous êtes toujours fourrées ensemble, observa Lizzie, étonnée.

— C'était peut-être vrai avant, mais plus maintenant. Maman, était-elle jolie quand elle était jeune ?

— Jolie comme un cœur et toujours prête à faire les quatre cents coups... Tu n'imagines même pas... Après mon mariage, chaque fois que je retournais à la maison avec Muttie, ma mère me débitait une liste de reproches longue comme le bras, et tous concernaient Geraldine : elle sortait jusqu'à pas d'heure, elle ne faisait pas ses devoirs, elle s'habillait comme une clocharde... Je voudrais que ma pauvre mère soit toujours en vie pour voir ce qu'elle est devenue. Une vraie lady, à tu et à toi avec tous les notables du coin.

Lizzie parlait d'un ton émerveillé, sans aucune pointe de jalousie.

— Et quand a-t-elle changé si radicalement ?

— Oh, elle avait un ami, je ne me souviens plus de son nom. Un homme très élégant, beaucoup plus âgé qu'elle. Elle a commencé à revoir un peu sa conduite pour pouvoir sortir avec lui. Après cette histoire, elle a repris ses études. Ma pauvre mère a cru à l'époque qu'elle désirait se cultiver pour montrer à Teddy — voilà, c'était son nom : Teddy — qu'elle n'était pas n'importe qui mais je lui avais dit que, de toute façon, c'était trop tard. Leur histoire n'a pas duré et on n'a plus jamais entendu parler de lui. Teddy ! Ça faisait une éternité que je n'avais pas pensé à lui.

Etait-ce également le cas de Geraldine ? songea Cathy. Elle avait prévu de passer voir sa tante plus tard, après leur deuxième visite aux Beeches. Ce qu'elle avait dit à sa mère était entièrement vrai. Sur de nombreux, très nombreux points, Cathy ne connaissait rien de cette femme soignée, raffinée, pleine d'assurance qui acceptait que des hommes mariés lui offrent des voitures, des montres luxueuses et même un appartement. La preuve : elle ne savait même pas si Geraldine souhaitait célébrer son quarantième anniversaire.

Cette fois, le plateau du thé était sur la table lorsqu'ils arrivèrent. Kay s'empara de la lourde théière et fit le service d'une main fine et tremblante. Kenneth semblait plus sensible à son environnement et paraissait avoir pris conscience que ses enfants, qu'il avait abandonnés pendant plusieurs mois, ne lui seraient pas rendus automatiquement. Il savait désormais que la balle était dans son camp.

— Deux charmantes jeunes femmes et mes jumeaux adorés... Quel bonheur ! susurra-t-il.

Les enfants le considérèrent d'un air stupéfait.

Sara parla la première.

— Pourrions-nous aborder quelques points essentiels, monsieur Mitchell ?

— Chère madame, demandez-moi tout ce que vous voudrez, tout.

Au même instant, Kay arriva en trombe.

— J'ai préparé des scones, s'écria-t-elle d'un ton triomphant.

— Mais maman, tu ne... commença Simon.

Cathy fronça les sourcils d'un air sévère et il s'interrompit au beau milieu de sa phrase. La jeune femme contempla les petits scones industriels que Kay Mitchell venait de réchauffer pour faire croire que c'était elle qui les avait confectionnés, comme dans n'importe quel autre foyer. Une boule lui noua la gorge. Kay avait donné naissance à Simon et Maud neuf ans plus tôt. Elle devait forcément éprouver quelque chose à leur égard, même dans la confusion qui l'habitait. Elle avait l'air pitoyable à l'hôpital ; en la voyant dans cet état, Cathy avait douté sérieusement de ses capacités à gérer sa maison.

— Votre neveu Neil m'a parlé de vos arrangements financiers hier soir, reprit Sara. Il semblerait que son père ait réussi à hypothéquer votre maison afin de constituer un fidéicommis.

— C'était très aimable à Jock de régler tout ça, commenta Kenneth en hochant la tête, tout sourire.

— Il m'a transmis quelques chiffres ; il est convenu qu'une partie sera allouée à l'achat de vêtements, fournitures scolaires, livres, cartes de bus, etc. Une autre somme servira à l'entretien de la maison, incluant le salaire de Mme Barry, trois fois par semaine, et celui d'un jardinier, une demi-journée par semaine.

— Tout ceci me semble parfait, déclara Kenneth.

— Quelle sera la contribution de Walter en ce qui concerne les dépenses du ménage ?

Sara demeura impassible en posant cette question presque risible.

— Oh, le pauvre Walter n'a pas d'argent, répondit sa mère avec un petit rire.

— Mais pour sa chambre et les repas qu'il prend ici ? Après tout, il travaille et perçoit à ce titre un salaire, insista Sara.

— Il doit être très pauvre, parce qu'il travaille de temps en temps dans l'entreprise de Cathy et Tom, expliqua Maud avec bonne grâce.

— Il ne travaille plus pour nous depuis déjà quelque temps, intervint Cathy d'un ton abrupt.

Sara lui adressa un sourire. Elle était vraiment jolie quand elle souriait. Sa drôle de coiffure ébouriffée et ses bottes paraissaient incongrues quand son visage s'illuminait de la sorte.

— Vous pourriez toujours louer sa chambre s'il n'habitait pas ici ? suggéra-t-elle, une lueur d'espièglerie dans les yeux.

— Oh, non, ça restera toujours son domaine, répondit Kenneth. A propos, il vous a laissé un mot au sujet de sa chambre...

Il lui tendit une feuille sans enveloppe.

— Un mot destiné à tout le monde.

Sara lut donc à voix haute :

— « Chère Sara, je suis désolé de ne pas pouvoir me libérer aujourd'hui. Lors de votre précédente visite, la femme de mon cousin semblait sous-entendre que je refusais délibérément de vous montrer ma chambre. L'idée que le retour de mon petit frère et de ma petite sœur puisse être repoussé à cause d'un détail aussi absurde m'est insupportable. Je l'ai donc rangée et elle est prête pour l'inspection. Sentez-vous libre d'y aller si vous le souhaitez. »

Tous avaient écouté avec attention.

— Ce ne sera pas nécessaire, bien sûr, mais c'est très courtois de sa part, murmura Sara.

— Pas nécessaire dans l'immédiat, ajouta Cathy entre ses dents.

Il était clair que Walter avait déménagé toutes les choses qu'il cachait dans sa chambre, tout le matériel volé. Ils firent le tour de la maison, inspectèrent les chambres, constatèrent que les draps avaient été aérés, la salle de bains soigneusement nettoyée. Sara était très méticuleuse ; elle s'assura que le lave-linge fonctionnait bien, passa en revue les denrées dans les placards et vérifia les dates de péremption des aliments rangés au réfrigérateur. Elle posa des questions concrètes sur les tâches réservées à Mme Barry, examina les produits d'entretien et le matériel de ménage, et alla jusqu'à inspecter l'abri de jardin.

— Il n'y a rien pour tondre la pelouse, fit-elle remarquer.

— Nous avions une grosse tondeuse électrique, rétorqua Kenneth, interloqué. Elle était toute neuve, à dire vrai. Tu t'en souviens, chérie ?

Kay se concentra.

— Pas vraiment, pas depuis l'été dernier... Les enfants, vous souvenez-vous de la tondeuse électrique ?

— Walter l'a prise pour la faire réparer, répondit Simon.

— C'était quand, Simon ? demanda Cathy.

— Il y a un bon bout de temps, on habitait encore ici. Je crois que c'était un secret.

— Pourquoi dis-tu ça ?

— Je ne sais pas. Je pense que c'est lui qui l'a cassée, vous comprenez, en tondant la pelouse, et il voulait la faire réparer avant que papa et maman s'en aperçoivent.

Le petit visage de Simon était tellement innocent que Cathy eut soudain envie de pleurer.

— Ça s'est passé quand, tu t'en souviens ? insista Sara.

— Oh, l'été dernier, il y a longtemps, répondit Simon, qui ne s'était jamais demandé pourquoi l'engin n'avait pas regagné l'abri de jardin et ne semblait guère s'en soucier.

— Devons-nous attendre l'arrivée de Neil avant de décider s'ils peuvent ou non revenir habiter ici ? demanda Sara à Cathy tandis qu'elles se frayaient un chemin au milieu de l'abondante végétation qui envahissait le jardin.

— Neil ?

— Oui, il m'a dit qu'il viendrait.

— Oh, bien sûr.

Cathy était certaine qu'il ne viendrait pas. Lorsqu'elle avait quitté Waterview, il était au téléphone, occupé à régler une nouvelle situation d'urgence.

— Walter a vendu la tondeuse. Et les affaires des gamins, déclara-t-elle.

— Nous n'avons aucune preuve, Cathy.

— Le croiriez-vous si c'était Neil qui l'affirmait ?

— Mais il ne pense tout de même pas que... ? commença-t-elle, abasourdie.

— Posons-lui la question dès qu'il arrivera, suggéra Cathy.

« S'il arrive », pensait-elle plutôt en son for intérieur. Mais elle avait tort : lorsqu'elles regagnèrent la maison, Neil se trouvait là, aussi professionnel que Sara.

— Oncle Kenneth, as-tu vérifié que rien n'avait disparu dans la maison pendant votre absence ? demanda-t-il d'un ton bref.

— Comment aurait-ce été possible ? Walter a toujours été là.

— Tu sais bien qu'on ne peut plus compter sur les jeunes. Des objets comme des horloges, ou même de l'argenterie ?

— Je me suis en effet demandé où nous avions bien pu ranger la petite pendulette pour que je ne la retrouve pas, confia la pauvre Kay.

— Impossible de remettre la main sur mes brosses en argent, déclara Kenneth, intrigué.

— Nous devrions peut-être dresser une liste, lança Neil.

— Oh, tu crois ?

— Oui, répondit-il d'un ton ferme. Vous comprenez, nous avons pris en considération vos biens matériels lorsque nous avons estimé la valeur de votre propriété. Il faudra revoir ce chiffre à la baisse s'il s'avère que certains objets ont disparu, et puis vous allez devoir fournir une liste à la police si vous voulez être dédommagés par la compagnie d'assurances.

— Il faudra aussi la montrer à Walter, intervint Cathy, parce qu'il se pourrait qu'il ait pris quelques-uns de ces objets pour aller les faire réparer.

— Réparer ? répéta Neil.

— Oui, Simon nous a raconté que Walter avait très gentiment emporté la tondeuse pour la donner à réparer à la fin de l'été dernier... et il semblerait qu'elle ne soit pas revenue depuis.

Il hocha la tête.

— Vous avez bien tout suivi, n'est-ce pas, Sara ? demanda-t-il.

— Tout à fait.

— Parfait, nous allons faire le tour de la maison et tâcher de repérer les choses qui ne sont plus où elles devraient être... Pouvez-vous nous aider, Maud et Simon ? Vos jeunes yeux de lynx nous seront précieux, ce sera comme un jeu.

— J'ai l'impression que l'échiquier en marbre n'est plus à sa place... je ne le vois pas, en tout cas, déclara Simon.

— Pourrais-je avoir un bloc comme Sara pour écrire ? demanda Maud. S'il vous plaît, enfin... si c'est possible, ajouta-t-elle vivement.

Sara arracha aussitôt plusieurs feuilles et tendit son bloc-notes à la fillette. Neil la gratifia d'un sourire reconnaissant et Cathy surprit le regard que la jeune femme lui adressa en retour. Un regard d'admiration béate.


— Cathy, c'est Geraldine.

— Je sais qu'on dit toujours ça, mais j'avais justement envie de t'appeler il y a cinq minutes.

— Tu ne pensais pas à un repas dominical, demain midi, par hasard ?

— Non, mais tu seras la bienvenue. Ça nous obligera à préparer quelque chose au lieu de piocher de-ci de-là et, en plus, nous serons ravis de te voir. Excellente idée.

— Je voulais dire : chez moi, pour un déjeuner de travail... Je pense qu'il est grand temps que quelqu'un s'occupe sérieusement du mariage de Marian. Les réservations d'hôtel sont faites mais le reste, non... Nous devrions organiser un conseil de guerre.

— On a déjà la salle. La présence de Tom est nécessaire, à ton avis ? demanda Cathy.

Elle détestait l'idée de devoir perturber son week-end tout autant que le sien et celui de Neil. Ils avaient peu de temps à se consacrer, les uns et les autres. Aussi fut-elle soulagée lorsque Geraldine lui répondit qu'il n'était pas nécessaire de le déranger.

— Sa présence n'est pas indispensable pour le moment... Il ne s'agit que d'échanges d'idées et de suggestions. Shona sera là, elle est toujours de bon conseil pour ce genre de choses, et Joe Feather doit venir pour parler d'un défilé de mode qu'il a l'intention d'organiser. Il aura peut-être quelques idées pour la réception.

Une immense fatigue envahit brusquement Cathy. Trop de choses la préoccupaient, d'innombrables soucis encombraient son esprit.

— Super, Geraldine ! Veux-tu que j'apporte quelque chose ?

— Non, non.

Son ton manquait de conviction.

— Je peux passer prendre quelque chose au congélateur, insista Cathy.

— Eh bien... Si tu avais un dessert, ce ne serait pas de refus.

— Un roulé au chocolat ? suggéra la jeune femme — il en restait plusieurs au congélateur.

— Parfait. Alors à demain, armée de ton bloc-notes et d'un stylo.

Tom savait-il que son frère organisait un défilé de mode ? se demanda Cathy après avoir raccroché. Et Marcella ? Mais on était samedi soir, tout doux, tout doux. Il y avait assez d'histoires dans sa propre famille. Pourquoi diable se mêler de celles des autres ?


— Joe est venu nous voir deux fois en un mois, Maura, ce garçon est en train de se racheter une conduite, fit remarquer JT tandis qu'ils prenaient leur repas dominical.

— Je l'avais invité à venir déjeuner avec nous aujourd'hui, mais il était déjà pris ; sans doute allait-il dans un endroit plus chic, répliqua Maura.

— Il est en train d'organiser un défilé de mode. Il doit déjeuner avec des gens susceptibles de l'aider.

— On ne travaille pas le jour du Seigneur !

— Ce n'est pas vraiment du travail, mais plutôt des discussions, si tu veux mon avis.

— Que connais-tu aux défilés de mode, toi, JT ? Comment peux-tu savoir s'ils travaillent ou s'ils discutent ?

— Que sais-je de tout ça, en effet ? Tout ce que je sais, c'est que la vie que je mène me rend très heureux : une femme merveilleuse, une jolie maison, une entreprise qui marche plutôt bien et un délicieux repas, là, sur ma table... N'est-ce pas mieux que tout ce que possède Joe ?

Il fut récompensé. Maura retourna à la cuisine et lui coupa une autre tranche du rôti de bœuf qu'elle avait laissé trop longtemps au four. Petit à petit, elle pardonnait à ce fils qui lui avait fait tant de mal durant toutes ces années en ignorant les siens et en oubliant sa foi.


— Non, chérie, je ne peux pas y aller, déclara Neil.

— Très bien.

— Cathy, ne réagis comme ça...

— Neil, j'ai dit « très bien ». Je suis un peu déçue que tu ne m'accompagnes pas, c'est vrai, j'avais même prévu d'aller au cinéma après le déjeuner... Mais si tu as trop à faire, je comprends.

Elle voulut appeler Geraldine pour lui dire d'ôter un couvert, mais la ligne était occupée. Tant pis, elle la mettrait au courant en arrivant.


Lorsque Cathy pénétra dans l'appartement du Glenstar, la table était dressée pour quatre personnes seulement.

— Joe ne vient pas ? s'enquit-elle en déposant le gâteau roulé sur un plat.

— Si, il est en route. J'ai bien mis quatre couverts, n'est-ce pas ?

— Oui, c'est ça, fit Cathy, perplexe.

— Toi, moi, Shona, Joe ?

Elle sortit de la cuisine et recompta les assiettes.

— Neil t'a appelée ? insista Cathy, intriguée.

— Neil ? Non, pourquoi ?

— Pour te dire qu'il ne pouvait pas venir. Il était sincèrement désolé...

— Je ne comptais pas sur sa présence... déclara Geraldine.

— Alors ça tombe bien. Autant pour moi, j'avais cru que...

— Il était invité, évidemment, mais il ne vient jamais, de toute façon, coupa Geraldine en regagnant la cuisine.

— C'est faux, tu aurais dû le voir avec les jumeaux hier, il a été merveilleux. Il ressemblait à un chien qui a trouvé un os. Rien ne l'aurait empêché d'aller jusqu'au bout de sa mission. Il honore toujours ses rendez-vous.

— Si j'avais besoin d'un avocat, ce serait le premier que je contacterais.

— Mais il ne s'agissait pas d'une affaire, c'était pour la famille.

— Sa famille, Cathy. Il est toujours trop occupé pour le reste.

La sonnette retentit et Shona fit son apparition, suivie quelques minutes plus tard de Joe. Ils s'installèrent et parlèrent de leurs projets. Cathy dut faire un effort pour suivre la conversation. Pourquoi n'avait-elle pas insisté pour que Neil l'accompagne aujourd'hui ? Il serait venu si elle lui avait dit qu'elle avait besoin de lui. Et si elle couvait quelque chose, une grippe peut-être ? Cela faisait plusieurs jours qu'elle se sentait fatiguée, à bout de nerfs. Tout à coup, une pensée terrifiante traversa son esprit. Se pouvait-il qu'elle soit enceinte ? Elle attrapa son agenda et chercha les petites croix qui indiquaient la date approximative de ses règles. Elle avait trois jours de retard. Mais cela arrivait souvent, se persuada-t-elle avant de se concentrer sur la conversation. Elle tournait autour du défilé de mode, des différentes façons d'en faire la publicité. Dès qu'ils auraient terminé, ils l'aideraient à organiser le mariage de sa sœur. Et elle repenserait au reste plus tard. Il n'y avait aucun souci à se faire.

Sur le pas de la porte d'Oaklands, Hannah considérait Jock d'un air contrarié pendant que ce dernier enfournait ses clubs de golf dans le coffre de la voiture.

— Je ne savais pas que tu jouerais aussi le dimanche, lança-t-elle d'un ton plaintif.

— Tu n'avais rien prévu ? demanda son époux.

Jock était d'un tempérament sociable ; l'arrivée imminente d'invités l'aurait retenu à la maison.

— Non, mais...

Hannah se mordit la lèvre.

— Alors tout va bien. A plus tard.

— Ce sera quand, « plus tard » ?

— Si seulement je le savais !

Il parlait d'un ton laconique.

— Mais le déjeuner, Jock ? Seras-tu de retour ?

— Grand Dieu, non, c'est un tournoi. Je rentrerai dans la soirée. Au revoir, chérie.

Et il s'éloigna.

Hannah rentra dans la maison. Elle prendrait les journaux du dimanche et s'installerait dans le jardin pour les lire. Elle n'appréciait guère de s'asseoir sous un arbre sur la belle pelouse d'Oaklands. L'admettre lui répugnait, mais elle se sentait très seule. Qu'était donc devenue cette maison où Lizzie frottait et cirait, jadis, où Neil entrait et sortait avec des copains, où Amanda ramenait ses amies de l'école et où les collègues de Jock s'arrêtaient pour prendre un verre ? Si elle avait lancé des invitations pour le déjeuner, aujourd'hui, Jock n'aurait pas fui à son club de golf. Mais il ne se donnait plus la peine de rester avec elle s'ils étaient seuls. Peut-être devrait-elle demander à Cathy de lui préparer quelques plats simples qu'elle garderait au congélateur. Oui, voilà ce qu'elle ferait dès le lendemain. Elle songea au frère de Jock, Kenneth, et à son épouse. Hannah se félicitait d'être restée en dehors de toutes ces histoires. Elle avait failli se retrouver avec ces gosses sur les bras. Son regard erra sur le grand jardin vide.

— Neil ? C'est Simon. Est-ce qu'on a de l'argent à nous, quelque part, tu sais, de l'argent de poche ou un truc comme ça ?

— On ne vous donne rien chaque semaine ?

— Si, mais c'est seulement une livre et ça ne suffit pas.

— Ça ne suffit pas pour quoi, Simon, au juste ?

— On voulait acheter un cadeau pour Muttie et sa femme Lizzie... pour les remercier quand on va partir.

— Oh, mais ils ne vous demandent rien, assura Neil.

— Je sais, mais c'est nous qui aimerions leur offrir un cadeau. Ils ont été très gentils avec nous et ils ont acheté Galop, qui coûte beaucoup d'argent, tu sais : tous les gains que Muttie a touchés en une semaine.

— Oui, je sais, mais ils savent aussi que vous n'avez pas d'argent...

— Nous avons beaucoup plus d'argent qu'eux, notre maison est immense. Et puis il y a l'argent de la banque et tout le reste. La maison de St Jarlath's Crescent est toute petite.

— Tu n'as tout de même pas l'intention de leur acheter une nouvelle maison ? fit Neil en riant.

— Non, ils aiment trop la leur. On voulait acheter à Muttie un beau stylo pour son travail au PMU, il coûte à peu près deux livres, et on voulait trouver un caleçon pour la femme de Muttie, Lizzie.

— Un caleçon ?

— Elle a mal aux genoux et elle croit que c'est à cause du froid et de l'humidité. Si on lui offre un caleçon en laine rouge, elle aura chaud et ses genoux ne lui feront plus mal.

Neil avala sa salive.

— Le caleçon coûte quatre livres ; ensuite, on voudrait acheter quelque chose à Cathy, pour la remercier de nous avoir conduits partout. Maud pense qu'elle aurait besoin d'une bombe de laque, c'est une espèce de colle qui fixe les cheveux. Il y en a à tous les prix. On ne lui prendra ni la moins chère ni la plus chère, il faut compter à peu près deux livres.

— Ça fait environ huit livres en tout. Ça te va ? s'enquit Neil.

— A peu près, oui, fit Simon d'un ton peu convaincu.

— Il y a encore autre chose ? Parle, je t'écoute.

— Nous aimerions laisser une boîte de nourriture pour Galop et il faudrait aussi qu'on t'offre quelque chose. Je sais bien que tu n'en as pas fait tant que ça, mais on a tout de même décidé de te faire un cadeau... un petit cadeau.

— Eh bien, c'est très gentil de votre part, déclara Neil en s'efforçant de masquer son agacement.

— Alors, qu'en penses-tu ? relança Simon, refusant de se laisser distraire.

— Je crois que douze livres devraient suffire, il vous restera même un peu d'argent, répondit Neil d'un ton ferme.

— Ça m'a l'air parfait, merci bien, Neil.

Simon, qui se serait satisfait de dix livres, était ravi.

— Maintenant, il s'agit de transférer les fonds, reprit Neil avec gravité.

— C'est quoi, au juste ?

— Eh bien, vous n'avez pas de compte en banque, je ne peux donc pas vous envoyer un chèque. Nous allons devoir procéder à un versement en liquide.

— Une enveloppe avec de l'argent dedans, c'est ça ? Super !

— Pas de problème, c'est votre argent. Vous l'aurez aujourd'hui.

— C'est Cathy qui nous l'apportera ? Parce que, tu comprends, on ne voudrait pas qu'elle soit au courant...

— Elle n'est pas là. Je ne lui dirai rien et c'est moi qui vous l'apporterai, promit Neil.

Il raccrocha et demeura immobile un moment, ses pensées tournées vers eux. C'étaient de drôles de gamins, sans aucun doute, et Cathy avait accompli des miracles avec eux. Mais s'occuper d'eux était un travail à plein temps. Grâce à Maud et à Simon, ils avaient compris à quel point étaient sages leurs décisions concernant leur propre avenir. Faites plaisir aux enfants des autres, mais gardez-vous bien d'en avoir à vous.

Joe Feather montra une grande concentration tout au long du déjeuner. Il ne perdit jamais le fil des projets qu'ils tentaient de faire avancer, pas un seul instant. Il avait l'esprit vif, qualité appréciable en affaires, mais il confessa qu'il manquait d'imagination et qu'en outre il avait perdu tout contact avec l'univers de la mode à Dublin. En premier lieu, il lui fallait identifier ses concurrents, savoir dans quels domaines ils excellaient, dans quels autres ils échouaient. Il devait aussi définir les tendances sur le marché du prêt-à-porter, qui pouvaient très bien ne pas être les mêmes à Dublin que dans les villes de province. Il désirait savoir pourquoi Haywards avait choisi de diffuser une ligne plus accessible alors que le magasin commercialisait les grands noms de la mode et disposait d'une clientèle aisée. Il écouta attentivement les explications de Shona. Haywards avait décidé de s'adresser à un public plus jeune, aux femmes d'une vingtaine d'années qui s'achèteraient trois ou quatre tenues pour l'été ou bien une garde-robe de vacances complète plutôt qu'à celles qui étaient prêtes à dépenser une fortune pour deux articles. Geraldine exposa plusieurs stratégies de communication. La première, extrêmement coûteuse, comprenait des déjeuners avec les journalistes de mode et les acheteurs ainsi que des interviews dans la presse financière à propos des rouages de l'importation en matière de vêtements.

— Trop cher et trop générateur de questions délicates, commenta Joe en gratifiant Geraldine d'un sourire entendu.

— Tu as raison, admit-elle. Mais il fallait bien que je te fasse plusieurs propositions. Bon. Voici comment je vois les choses.

Elle parla de son projet de réception réservée à la presse avant le défilé, des photos que Ricky aurait prises à l'avance et qui seraient envoyées aux journaux et aux magazines, des mannequins, des maquilleurs et des coiffeurs. Joe Feather nota le tout, approuvant une idée, en contestant une autre. Il leur fallut une demi-heure et un verre de vin chacun pour régler l'affaire.

— Tu as mon feu vert sur tout pour le moment, mais je ne représente que le tiers de l'entreprise. Crois-tu qu'il te serait possible d'exposer tes plans à mes deux associés si je leur demande de t'appeler ? s'enquit Joe.

— Bien sûr que oui, répondit Geraldine, mais laisse-moi d'abord rédiger une proposition que je leur enverrai par e-mail afin que les choses soient claires pour tout le monde ; ça nous fera gagner du temps. Ils l'auront dès demain, avant onze heures du matin. Ça te va, Joe ?

— Tu es la reine de l'efficacité, répondit-il en levant son verre à son intention.

— Oh, à propos, Joe, ne ménage surtout pas tes efforts lorsque tu contacteras les journalistes. Certaines d'entre elles sont extrêmement capricieuses. Un séduisant jeune homme comme toi, avec un accent irlandais et des compétences incontestables, devrait arriver à les amadouer.

— Moi ?

Il semblait sincèrement surpris. Cathy ne put s'empêcher de sourire. Les frères Feather n'avaient aucune conscience de leur apparence, ce qui ne faisait qu'ajouter à leur charme.

— Elle a raison, Joe, je ne suis pas du tout sensible à ton physique mais tu possèdes cette espèce de charme à la fois superficiel et irrésistible qui les fera toutes tomber de leur piédestal pour se rouler à tes pieds ! renchérit Cathy en riant.

— Ah, Cathy, tu me peines profondément... Ainsi, tu me trouves superficiel... Tu n'es pas sensible à mon physique ?

Ils furent de très bon conseil pour le « mariage Chicago », comme ils l'avaient baptisé. Cathy regretta que Tom ne soit pas là pour prendre part à cette conversation animée. Sa main courait fébrilement sur le bloc-notes, comme celle de Joe un peu plus tôt. Ce dernier voulut en savoir davantage sur la salle qu'ils avaient louée... C'était l'ancienne salle paroissiale d'un village dont James Byrne connaissait le curé. Trop heureux de pouvoir collecter un peu d'argent pour son église, ce dernier leur avait proposé un prix raisonnable. Cathy et Tom étaient allés voir la salle et l'avaient trouvée à leur goût. On pourrait la diviser en deux parties, l'une dans laquelle serait servi l'apéritif et l'autre dans laquelle se déroulerait le repas. Entre-temps, la première serait débarrassée et transformée en piste de danse. Elle accueillait facilement cent personnes et disposait d'une belle cuisine et d'un grand vestiaire. Ils pourraient la décorer à leur guise ; Marian avait suggéré un thème américano-irlandais et peut-être des drapeaux. Joe trouvait déplacée l'idée d'habiller la salle de drapeaux américains et irlandais. Shona, au contraire, était sûre que ce décor leur plairait, puisque c'était ce qu'ils souhaitaient. La famille américaine allait parcourir des milliers de kilomètres pour assister à la cérémonie ; il fallait qu'elle soit grandiose.

Geraldine demanda si le budget avait été fixé. Cathy répondit par l'affirmative mais, bien sûr, ils n'hésiteraient pas à le dépasser s'il s'agissait de faire plaisir à Marian. Joe aborda la question des buffets. Selon lui, c'était la meilleure formule : ainsi, on ne risquait pas de rester coincé avec quelqu'un. Geraldine n'était pas d'accord. Pour elle, le but de ce genre de réception était au contraire de provoquer des rencontres entre les convives ; dans cette optique, il semblait préférable d'élaborer un plan de table longuement réfléchi. Shona déclara que la tendance actuelle consistait à ne pas mélanger les familles et à laisser chacun s'asseoir parmi les siens. Geraldine avait assisté à un mariage très chic où tous les invités changeaient de place après chaque plat. Ainsi, tout le monde avait l'occasion de faire connaissance. Joe, quant à lui, était allé à un mariage où la famille qui recevait était installée sur une petite estrade entourée de fleurs. D'après Cathy, Marian souhaitait un mariage typiquement irlandais, dans le respect des traditions ; c'était souvent la réaction des gens qui avaient quitté leur pays. Restait évidemment à définir ce qu'on entendait par « traditions ».

— Tu es la seule personne mariée autour de cette table, Cathy, lança soudain Joe. Qu'est-ce qui te ferait plaisir, à toi ? Comment s'est passé ton mariage ?

— Oh, le récit de mon mariage n'a rien de passionnant, croyez-moi, répondit Cathy avec une moue contrite.

— Ça ne s'est pas si mal passé que ça, intervint Geraldine.

— Parce que tu étais là, c'est tout, fit Cathy, reconnaissante à sa tante d'avoir sauvé cette journée-là. La réception se déroulait à l'hôtel Peter, je me souviens d'un saumon exquis, on avait dû bourrer ma mère de tranquillisants et acheter le silence de mon père. Les parents de Neil sont restés trente-cinq minutes en tout et pour tout. Le prêtre qui nous a mariés était très bien, Dieu merci. Il a eu un mot gentil pour tout le monde. Le problème, c'est que personne n'écoutait. Le nez de Hannah s'est relevé d'un cran tandis que la tête de ma mère se rapprochait encore plus du sol.

L'image fit rire ses compagnons mais elle poursuivit avec le plus grand sérieux :

— C'était tout à fait ça, je n'exagère pas. Nous voulions nous marier discrètement, peut-être à Londres, avant de retourner en Grèce, mais nous nous sentions redevables envers nos parents. Neil est le seul garçon de la famille Mitchell et j'étais la seule Scarlet à ne pas avoir quitté le nid. Nous ne voulions surtout pas les décevoir. Mon Dieu, comme nous avons eu tort !

Geraldine se chargea de détendre l'atmosphère.

— En ce qui concerne Marian, elle agit comme bon lui semble. Elle se moque bien de savoir ce que préférerait la vieille génération.

— Mais sait-elle vraiment ce qu'elle veut ? L'Irlande, pour elle, ce sont des danseurs qui sautent en l'air, et deux d'entre eux s'appellent Simon et Maud. Elle a sûrement raconté à ses amis américains que l'endroit ressemble à un décor de *L'Homme tranquille*.

— Eh bien, faites-lui plaisir, déclara Joe comme s'il s'agissait d'une évidence.

— Le client a toujours raison, renchérit Shona.

— L'ambiance compte plus que le menu, je l'ai toujours dit, conclut Geraldine.

— Merci pour le traiteur, plaisanta Cathy.

— Arrête, idiote, tu sais très bien ce que je veux dire.

Avec concision, Geraldine énuméra toutes les remarques générées par chaque proposition. Pas étonnant qu'elle ait si bien réussi en affaires, elle possédait un formidable esprit de synthèse. Cathy se retrouva finalement avec un plan concret.

A eux quatre, il ne leur fallut que quelques minutes pour débarrasser la table. Shona et Joe prirent congé peu de temps après pour retourner au travail. Cathy les regarda partir par la fenêtre. Geraldine était installée sur l'un des sofas lorsqu'elle se retourna. Elle avait servi deux verres de vin.

— Je ne sais pas si... commença Cathy.

— Assieds-toi, s'il te plaît.

Le ton était ferme ; ce n'était pas une invitation mais un ordre.

— D'accord.

— Qu'y a-t-il, Cathy ? Explique-moi, je t'en prie.

— Que veux-tu dire, au juste ?

— Ne me prends pas pour une idiote. Je te connais depuis que tu es née. Ce jour-là, j'ai fait l'école buissonnière pour aller voir Lizzie à l'hôpital. La pauvre, tu la terrifiais déjà avec tes pleurs et tes hurlements... Alors, je t'en prie, ne fais pas comme si tout allait bien, nous avons vécu trop de choses ensemble pour nous mentir. De deux choses l'une : soit c'est moi qui t'ai blessée par un geste ou une parole, soit ça n'a rien à voir avec moi, et là, tu es dans un sacré pétrin.

Assise sur le sofa, les jambes repliées sous elle, elle paraissait dix ans plus jeune que son âge. Impeccable, comme d'habitude, vêtue d'un ensemble crème et bleu marine comme si elle s'apprêtait à aller déjeuner chez Quentin.

— Tu préférerais que ce soit quoi ? demanda finalement Cathy.

— Je préférerais que ce soit une chose que j'ai dite ou faite afin que je puisse m'expliquer et te présenter des excuses s'il le faut, plutôt que d'apprendre que tu es malade ou que ton mariage bat de l'aile.

Cathy demeura silencieuse.

— Puis-je te reposer la même question : qu'y a-t-il ?

— Ni l'un ni l'autre et les deux à la fois.

Geraldine attendit.

— D'accord, capitula enfin Cathy. Tu vas trouver ça ridicule, mais tu m'as terriblement déçue quand tu m'as dit que tu acceptais volontiers les cadeaux que te font les hommes.

Geraldine la dévisagea.

— Tu ne parles pas sérieusement ?

— Si, très sérieusement. De là à accepter des chèques, il n'y a qu'un pas... C'est tellement vulgaire, Geraldine ! Tu n'as pas besoin de ça. Tu es un exemple pour nous tous, un modèle, nom d'un chien !

— Ton opinion sur moi a changé depuis que je t'ai dit que Freddie m'avait offert cette montre...

— Eh bien, oui, et aussi que Peter t'avait acheté l'appartement, qu'un autre t'avait fait cadeau de la chaîne hi-fi, un autre encore du tapis et, apparemment, de tout ce qui se trouve ici.

L'expression de Geraldine était glaciale.

— Si je comprends bien, j'ai baissé dans ton estime. Moi, ton amie, tout ça parce que j'accepte les cadeaux qu'on me fait.

— Oui, c'est bien ça, c'est tellement vulgaire, tellement superflu ! Tu n'es pas amoureuse de tous ces hommes qui t'entretiennent, tu n'en as pas aimé un seul, ce sont juste... juste... comment dire, des espèces de mécènes, sauf que tu n'as pas besoin de ça, bon sang, tu diriges ton entreprise !

— Vas-y, continue.

— Je n'aurais pas dû commencer, je me sens déloyale, assise là, en train de t'accabler de reproches, de t'envoyer à la figure toute la générosité dont tu as fait preuve envers moi, envers ma famille...

Geraldine demeura immobile, imperturbable.

— C'est toi qui m'as forcée à te dire tout ça. Je comprends mieux maintenant pourquoi tu ne ressentais aucune gêne à te trouver dans la maison de Peter Murphy... Tu n'as jamais éprouvé de sentiments pour lui ni pour aucun autre, pas le moindre, c'était seulement pour tout ça...

Cathy balaya la pièce d'un geste ample. Elle avait les joues en feu, son expression exprimait la contrariété.

— Qu'as-tu à me répondre, maintenant ? Tu voulais que je te confie ce qui me taraudait, eh bien, voilà, c'est fait. As-tu l'intention de t'enfermer dans un silence de mort ?

— Non, Cathy, mais je n'ai pas non plus l'intention de te présenter des excuses.

— Tu es fière de tout ça ?

— Je n'éprouve ni fierté ni honte, c'est ma façon de vivre, point final.

— Et tu n'as jamais aimé aucun d'eux ?

— J'ai aimé Teddy, murmura Geraldine.

— Teddy ?

— Oh, j'étais très amoureuse de Teddy et il m'aimait aussi, mais pas au point de quitter sa femme pour moi.

— C'était il y a longtemps. Ça ne se faisait pas, à l'époque.

— C'était il y a vingt-deux ans, ça ne remonte tout de même pas à l'âge de pierre, et certaines personnes osaient quitter leur foyer et commencer une nouvelle vie. Teddy m'avait promis qu'il le ferait et j'étais persuadée qu'il tiendrait sa promesse, surtout quand je suis tombée enceinte.

Cathy la considéra d'un air interdit. Elle parlait d'une voix atone. La jeune femme osait à peine respirer.

— D'un commun accord, nous avons décidé que le moment était mal choisi, je ne me souviens plus trop pourquoi, un de ses enfants entrait à l'école, ou en sortait. Un truc dans ce genre-là. Quelle importance ?

Cathy reprit son souffle. C'était affreux.

— Quoi qu'il en soit, il ne devait pas y avoir de bébé.

Long silence.

— J'aurais pu garder le bébé, c'est vrai. Mais, dans ce cas, je savais que je perdrais Teddy, alors j'ai préféré perdre le bébé à la place. Il avait un ami médecin, pas très compétent, et j'avais attendu trop longtemps, ce qui n'a pas arrangé les choses. Pour couronner le tout, je pense que ce médecin n'était pas vraiment à jeun quand il s'est occupé de moi. Alors, après ça, il était hors de question que j'essaie d'avoir un bébé. C'était fini, pour toujours.

— Geraldine...

Cathy était horrifiée.

— Comme tu peux l'imaginer, j'étais déprimée ; j'espérais que Teddy serait là pour me consoler mais je me trompais. Il était inquiet. J'étais devenu un danger à ses yeux, aussi a-t-il préféré s'exiler à l'étranger avec sa famille. Voilà, Cathy, ça fait un peu mélo, je sais, mais je peux te dire que, depuis, j'ai soigneusement évité de m'engager dans des histoires sentimentales. Les hommes que j'ai connus et qui sont devenus mes amis apprécient ma compagnie et ma conversation tout autant que mon lit et ma lingerie en dentelle. Je n'ai jamais dépendu d'aucun d'eux pour quoi que ce soit. Ils ne peuvent m'offrir ni relation durable ni foyer. Alors, à la place, ils me donnent des montres ou ce tapis en soie que tu vois là, devant toi. Je suis désolée si ça te déçoit, si je baisse dans ton estime et si tu trouves ça *vulgaire*. C'est tout ce que je peux dire. Désolée si ça te déplaît.

— J'ai tellement honte que j'aimerais mourir, murmura Cathy.

Geraldine soupira.

— Arrête, Cathy. Tu as eu le cran de t'exprimer, je t'en félicite. Quelle est cette autre chose qui te tracasse, celle qui n'avait rien à voir avec moi ?

Cathy parla avec une lenteur délibérée.

— L'instant est mal choisi pour t'annoncer ça, mais je crois que je suis enceinte, et c'est la dernière chose au monde que je souhaite en ce moment.

# 6

# JUIN

— A quelle heure doit-elle arriver ? demanda Tom.

— Qui ça ? questionna Cathy.

— Excuse-moi, je croyais que tout ce tralala — le grand ménage de printemps, l'argenterie et la nappe irréprochable — visait à faire bonne impression sur ta belle-mère.

— Oh, désolée, j'étais dans les nuages. Hannah doit venir vers midi et demi.

— Alors accélérons un peu la cadence et allons préparer la soupe, suggéra Tom.

Cathy se leva d'un bond, en proie à une vague de culpabilité. Tom était là depuis cinq heures du matin alors qu'elle-même avait eu un mal fou à venir pour neuf heures. Il avait livré le pain chez Haywards, s'était arrêté chez le poissonnier sur le chemin du retour, avait acheté tous les légumes ainsi qu'un os d'agneau pour une grosse commande de soupe et lui avait déjà servi deux tasses de café tandis qu'elle n'avait absolument rien fait. Bien entendu, elle n'avait rien dit à Neil, la veille au soir. Le moment opportun ne s'était pas présenté. Après avoir sangloté des heures durant chez Geraldine, elle était rentrée chez elle complètement vidée. Plongé dans ses livres, Neil l'avait à peine remarquée. Et puis, comme l'avait répété Geraldine pour essayer de la rassurer, peut-être s'agissait-il d'une fausse alerte. Avant toute chose, elle devait acheter un test de grossesse à la pharmacie. Ensuite, elle irait voir le médecin. Et alors seulement, elle se déciderait à en parler à Neil.

— Tom, je suis vraiment désolée. Tiens, passe-moi le couteau, je vais couper le basilic et les tomates.

— Elle risque de croire que c'est une boîte de conserve, objecta-t-il.

— Bien sûr que non, et quand bien même ?

— Tu fais preuve d'un sacré courage, tout à coup.

— Non, elle me terrifie toujours autant, mais je sais maintenant qu'elle n'est jamais satisfaite, alors ça m'aide un peu.

Les yeux de Cathy étaient trop brillants.

— Si tu veux mon avis, tu devrais éviter de te servir d'un couteau ce matin, fit Tom. Tu ne seras plus que lambeaux lorsqu'elle arrivera. Laisse-moi me charger des opérations dangereuses.

— Super. Qu'est-ce que je fais, alors ?

— Mets la table, va chercher des fleurs.

Ils avaient toute une sélection de pots de fleurs disposés dans une brouette, dans la cour. Quand ils avaient besoin d'un centre de table, il leur suffisait de choisir un pot de primevères, de pensées ou de bégonias et de le placer dans un joli cache-pot en cuivre. A la fin de la réception, les plantes retournaient dehors.

— C'est tout ?

— Entraîne-toi à sourire. Te souviens-tu de la dernière fois où Hannah Mitchell a mis les pieds ici ? Tu lui criais dessus comme une poissonnière...

— Oh, nous nous sommes tous radoucis depuis, lança Cathy avec légèreté.

— Forcés et contraints, c'est vrai, renchérit Tom, qui avait déjà versé les ingrédients dans la cocotte.


— Tu te rends compte, on va prendre le bus pour rentrer à la maison aujourd'hui, dit Simon à Maud.

— Tout seuls, sans Muttie.

— Il a dit qu'il passerait peut-être à l'école de temps en temps et qu'il nous accompagnerait jusqu'à l'arrêt de bus, reprit Simon.

— Mais s'il va chez le marieur ou le parieur, ce ne sera pas vraiment son chemin, observa Maud, inquiète.

— Quand on verra Galop, alors ? demanda Simon en échangeant avec sa sœur un regard plein d'angoisse.

Le sujet n'avait pas été clairement abordé, mais ils savaient que leurs visites à St Jarlath's Crescent s'espaceraient.

— Tu es une femme adorable, Geraldine, déclara Freddie tandis qu'ils buvaient un café dans le bureau de cette dernière.

Il était venu parler de la présentation des villas italiennes qui aurait lieu bientôt. Mais ils avaient également évoqué la réception qu'il donnait à titre personnel, pour laquelle Cathy et Tom prépareraient le buffet.

— Je sais, fit Geraldine. Je suis absolument merveilleuse, mais que me vaut l'honneur d'un tel compliment, en l'occurrence ?

— Tu espères autant que moi que la soirée que nous organisons, Pauline et moi, sera réussie, répondit-il, en proie à un étonnement sincère.

— Pourquoi cela te surprend-il, Freddie ? Je ne veux rien de toi, mis à part ce que j'ai déjà, ta compagnie, l'intérêt que tu me portes, ta sollicitude, ta passion dévorante... Pourquoi ne devrais-je pas souhaiter que votre soirée soit une réussite ?

— Tu es stupéfiante. Le pire, c'est que tu penses vraiment ce que tu dis.

C'était la première fois que Freddie Flynn rencontrait une femme comme elle.

— Tu sais probablement ce que les Français disaient jadis au sujet d'une maîtresse. Elle se doit d'être discrète, et surtout ne jamais, au grand jamais, entreprendre quoi que ce soit qui puisse offenser la famille de son amant, ses enfants et ses biens...

Elle ponctua ses paroles d'un petit rire de gorge.

— Tu es tellement peu exigeante, Geraldine ! s'écria Freddie d'une voix rauque.

— Ce n'est pas vrai, et puis, sincèrement, je possède déjà tant de choses...

D'un geste ample, elle désigna le bureau dans lequel ils se trouvaient, l'entreprise qui était la sienne. A son poignet brillait une montre sertie de pierres précieuses.

— Cathy passera donc à la maison pour régler les détails avec Pauline ?

— Oui, Cathy ou Tom, ils le font à tour de rôle. Il est tout aussi compétent.

Elle espérait secrètement que ce serait Tom qui effectuerait la visite. Vu la façon dont la pauvre Cathy se comportait en ce moment, elle serait incapable de prendre les choses en main.

— Quel plaisir de vous voir, madame Mitchell, vous avez une mine superbe !

— Merci, Shona.

Hannah tapota légèrement ses cheveux.

— Je viens de passer une heure exquise à l'institut de beauté. Je dois déjeuner en compagnie de Cathy, aujourd'hui, et j'aurais aimé lui apporter un petit cadeau. Auriez-vous une idée ?

— Pour quelqu'un d'autre, je vous aurais proposé sans hésiter l'un de ces excellents pains fabriqués pour nous par Scarlet Feather, mais vous allez y goûter, de toute façon... Les fleurs font toujours plaisir, ou un joli savon, peut-être ?

— Le pain marche bien, alors ?

— Il disparaît à la vitesse de l'éclair. J'ai déjà prévenu Tom que nous allions lui faire une proposition très alléchante pour qu'il intègre notre équipe à plein temps.

— C'est incroyable, fit Hannah, abasourdie.

— Appréciez bien votre déjeuner, madame Mitchell. De nombreuses personnes donneraient cher pour être à votre place, vous savez.

— Oui, je commence à m'en rendre compte, conclut Hannah avec une pointe de réprobation dans la voix.

Elle avait encore du mal à admettre qu'elle avait effectivement beaucoup de chance d'être invitée à la table de la fille de son ancienne femme de ménage. Mais il ne fallait surtout pas qu'elle reste dans cet état d'esprit, car sinon une petite remarque lui échapperait, comme ça, sans raison, et tout le monde en prendrait ombrage. Neil laisserait échapper un soupir, Jock l'imiterait et Cathy sortirait de ses gonds. Surtout, surtout, ne pas dire « *pauvre* Lizzie ». C'était une simple expression, mais difficile d'expliquer ça à Cathy.

James Byrne avait décidé de préparer un dîner ce soir-là. Pas le vrai, celui pour lequel il s'entraînait, non ; cette fois, ce serait juste une répétition. Ça tombait bien, Martin Maguire serait à Dublin aujourd'hui. Il lui servirait de cobaye. James sortit les instructions détaillées de Cathy et Tom — ils avaient même tapé quelques conseils au sujet des ingrédients à acheter. On était lundi matin, il n'avait rien d'autre faire, il se rendrait donc au marché qu'ils lui avaient indiqué. Martin Maguire serait probablement épaté par ce repas de gastronome. Et ce serait un fabuleux entraînement pour James. Il avait énormément apprécié ces deux soirées en compagnie de Tom et Cathy et il aurait aimé trouver un prétexte pour les faire revenir. D'un autre côté, il devait garder à l'esprit que ce genre de chose l'avait déjà amené à sa perte autrefois. Devenir trop proche des gens, trop dépendant d'un point de vue personnel. Il ne fallait surtout pas que cela se reproduise.

— Cette maison ne sera plus jamais la même, déclara Muttie lorsque les enfants furent partis à l'école. Ces gens-là ne les aideront pas à faire leurs devoirs aussi bien que nous.

Il secoua tristement la tête.

— Ils sauront mieux que nous, objecta Lizzie.

Cela l'avait toujours angoissée de s'occuper de ces enfants. Muttie, lui, ne s'en était jamais inquiété.

— C'est une question de discipline, déclara-t-il avec fermeté. Cette maison a de vraies lois, un vrai règlement.

Sur ce, il ouvrit le journal et parcourut les pages des courses tandis que Galop posait sa petite tête triste sur ses genoux. Quant à celle que les enfants continuaient à appeler la « femme de Muttie », elle s'apprêta à quitter cette maison avec ses vraies lois et son vrai règlement pour aller faire le ménage dans des maisons et des appartements en ville.

Joe Feather appela son frère :

— Puis-je t'inviter à partager une bonne bière et quelques saucisses à midi ?

— Avec grand plaisir, mais ce sera un déjeuner tardif. Je suis en train de préparer un repas pour la belle-mère de Cathy !

— C'est un gros truc ?

— Non, juste elles deux.

— Mince alors, les temps sont durs pour vous, préparer un déjeuner pour deux personnes... Aurais-je par hasard investi dans une entreprise de pacotille ?

— Mais non, imbécile, c'est un déjeuner de courtoisie.

Ils se fixèrent rendez-vous.

— Salue bien Cathy de ma part. Et remercie-la encore pour hier, lança Joe avant de raccrocher.

— Tu ne m'avais pas dit que tu avais vu mon frère hier ! s'écria Tom.

— Je n'ai rien dit de la matinée. J'ai l'impression d'être un zombie. Je l'ai vu chez Geraldine et j'avoue qu'il a été d'une aide précieuse pour le mariage américain. C'est vrai, tu sais, j'avais l'intention de t'en parler. J'ai pris plein de notes.

— Chez Geraldine, rien que ça ?

— Oui, mais ils ne se voyaient pas pour nous retirer leur soutien financier, rassure-toi, ils parlaient du défilé de mode qu'organise Ricky.

— Je sais, Marcella va faire partie de l'équipe de mannequins. N'est-ce pas formidable ?

— Formidable, approuva Cathy tout en se demandant si Tom savait que sa compagne n'arborerait que des pièces de lingerie.

— Entrez, madame Mitchell.

Le sourire de Tom ratait rarement sa cible.

— Oh, bonjour euh... Tom, c'est ça ?

— Tout à fait, madame Mitchell, votre coiffure vous va très bien, si je puis me permettre.

Elle tapota de nouveau ses cheveux. C'était une bonne chose d'aller régulièrement chez le coiffeur. Cathy était trop têtue pour ça, comme pour tant d'autres choses, d'ailleurs.

— Je ne savais pas que nous serions tous... je veux dire...

— Oh non, non, je me contente de vous servir avant de m'éclipser.

— J'ai entendu dire que vous faisiez des pains exquis pour Haywards.

— Merci beaucoup, ils sont trop aimables. Je vous ai préparé une corbeille de dégustation et aussi une boîte que vous emporterez chez vous.

Le sourire de Tom Feather fit enfin son effet. Hannah Mitchell sourit à son tour.

— Vous êtes gentil, déclara-t-elle.

Tom ne répondit pas. Combien de femmes d'âge moyen et de classe moyenne avaient prononcé les mêmes paroles au cours des mois passés ?

Cathy attendait, vêtue d'une robe d'été lilas et rose qui ne la flattait guère, pâle comme un linge, ses cheveux retenus en arrière avec un élastique.

— Soyez la bienvenue, Hannah, annonça-t-elle d'un ton neutre.

— Je suis ravie d'être là. Cet endroit est un régal pour les yeux !

Elle balaya la pièce du regard et Tom croisa les doigts pour que Cathy l'accueille chaleureusement ; sinon, tous leurs efforts tomberaient instantanément à l'eau. A son grand soulagement, il la vit sourire.

— C'est la pièce où nous recevons nos clients, c'est ici que nous tentons de les persuader d'organiser des réceptions bien plus grandioses que ce qu'ils avaient prévu, expliqua-t-elle.

— Très joli, fit Hannah en examinant la pièce avec une admiration toute relative. L'harmonie des couleurs est très agréable.

— C'est ma mère qui a confectionné les rideaux et les jetés de canapé, déclara Cathy avec fierté.

Hannah les contempla d'un air stupéfait.

— Oh, Lizzie a toujours été... très habile de ses mains, compléta-t-elle finalement.

Tom poussa un soupir de soulagement. Puis il leur servit un xérès et retourna en cuisine.


— Je t'en prie, Tom, mange ce sandwich ou jette-le, mais, pour l'amour du ciel, cesse de l'analyser sous toutes ses coutures, fit Joe pour taquiner son cadet, occupé à décortiquer les ingrédients de son sandwich.

— Tu as vu combien ils vendent ça ? Non, vraiment, regarde un peu ! Une tomate rabougrie, un morceau de fromage qui ressemble à du plastique, une feuille de laitue flétrie, la moitié d'un œuf dur incolore... une touche de vinaigrette sans goût... Dire qu'ils osent appeler ça le « sandwich estival aux crudités ». Que doivent penser les touristes ?

— Oh, tais-toi et prends autre chose, répondit Joe d'un ton jovial.

— Comme ces saucisses calcinées que tu es en train d'englou-
tir ? Les gens ne respectent plus les valeurs, continua Tom avec
obstination.

— Que vais-je faire pour maman ?

— Pourquoi me demandes-tu ça ?

— Eh bien, j'ai rendu visite aux parents à plusieurs reprises,
ces derniers temps, commença Joe.

— Je suis au courant, ça compte énormément pour eux...

— Mais ils n'arrêtent pas de me dire que tu viens les voir tous
les deux jours...

— Je m'arrête à Fatima quand je passe dans le coin, c'est vrai...

— Tom, on ne passe pas à Fatima par hasard...

— Je me sens obligé de le faire, Joe, et ça n'a aucune importance.

— Excuse-moi de t'avoir laissé gérer ça tout seul.

— De toute façon, tu étais à Londres, et ce qui compte, c'est
que tu te rattrapes maintenant. Ça me soulage un peu.

— D'accord. Alors, que vais-je faire pour maman ? Elle veut
venir au défilé.

— Eh bien, tu n'as qu'à l'inviter, ce n'est pas possible ?

— Bien sûr que non.

— Je m'occuperais d'elle.

— Non, non, il ne s'agit pas de ça. C'est à cause des vêtements.
Il ne faut pas que maman voie ça.

— Pourquoi ? Elle est bien venue à notre soirée d'inauguration. Je ne crois pas qu'elle se soit beaucoup amusée mais elle
était contente d'être là...

— Enfin, Tom, la collection...

— Quoi, la collection ?

— C'est une collection de maillots de bain, de lingerie, avec
des filles à demi nues qui défileront autour d'elle... Maman risque d'avoir une attaque.

— Il n'y a pas que ça, n'est-ce pas ? demanda Tom, l'estomac
noué.

— Si, presque.

Joe scruta le visage de son frère.

— Marcella t'en a parlé, non ?

Neil pénétra chez Quentin et chercha des yeux l'élégante Brenda Brennan.

— Je dois déjeuner avec un vrai gangster, Brenda, il va essayer de me faire boire, c'est certain. Pourriez-vous verser un peu de tonic dans mon verre de vodka chaque fois qu'il commandera... pour qu'il ne se doute de rien ?

— Ce ne serait pas honnête de ma part de lui facturer les consommations, monsieur Mitchell.

— Vous trouverez bien un moyen de vous arranger, d'enlever autre chose pour compenser... Je vous fais confiance.

— Il est vrai que j'officie depuis assez longtemps pour connaître toutes les ficelles du métier. Par conséquent, monsieur Mitchell, si vous voulez bien garder les yeux baissés, je vais tout de suite vous conduire à votre table sans que vous soyez forcé de croiser votre père, qui s'apprête tout juste à sortir d'un box.

Neil lui emboîta le pas sans protester.

— C'est à vous qu'on devrait confier la gestion de notre planète, Brenda ! lança-t-il après avoir aperçu son père quittant le restaurant en compagnie d'une blonde deux fois plus jeune que lui.

— C'est aussi ce que je pense, répondit Brenda Brennan dans un soupir.

— C'était délicieux. Cette soupe à la tomate était d'une douceur incroyable. Quant à ce pain... mon Dieu, c'est une pure merveille... Vous en avez à peine mangé, ajouta Hannah.

— J'en mange jour et nuit, Hannah... Tom en est si fier ; et puis il ne se contente plus de faire du pain aux olives, il mélange à présent les olives vertes et les olives noires... C'est un tel perfectionniste...

— Que mangeons-nous, maintenant ?

L'époque où elle haïssait cette femme avait-elle réellement existé ? Tout cela semblait tellement loin !

— De la lotte, je crois que ça va vous plaire, une petite part seulement afin de laisser un peu de place pour le dessert.

— Tenez, je vous ai apporté ceci, déclara Hannah d'un ton bourru en lui tendant un petit paquet enveloppé du papier cadeau de chez Haywards.

Cathy était consciente qu'il fallait qu'elle l'ouvre, même si le moment était mal choisi ; il y avait la lotte et sa sauce au safran, les petits pois accompagnés de minuscules lardons et d'amandes grillées, les pommes de terre au gingembre dont les effluves envahissaient la pièce. C'était l'heure de savourer un bon repas, pas d'ouvrir des cadeaux. Pourtant, elle s'empara du luxueux paquet et défit l'emballage. L'odeur corsée, entêtante de l'encens s'en échappa. Cathy fut prise de nausée.

— C'est ravissant, Hannah, de quoi s'agit-il exactement... ?

— C'est une huile aromatique puissamment parfumée qu'on utilise pour se doucher ; apparemment, c'est très en vogue chez les jeunes gens... commença Hannah.

C'était trop, le parfum capiteux de cette huile mêlé aux effluves du repas. Portant ses mains à son ventre, elle quitta la table en courant et alla vomir dans les toilettes. La voix de sa belle-mère lui parvint de l'autre côté de la porte.

— Cathy, laissez-moi entrer, vous allez bien ?

Occupée à ranger les flacons de vernis à ongles, Marcella leva les yeux et aperçut Joe Feather qui pénétrait dans le salon.

— Tu es très, très jolie, dit-il d'une voix étrange.

— Joe ? fit Marcella, en proie à une vague d'appréhension.

— Excuse-moi, j'énonçais simplement une vérité... parce que c'est la vérité... Sinon, j'ai laissé entendre devant Tom que les vêtements que tu porterais pour le défilé étaient plutôt sexy... Et, très franchement, je crois qu'il n'était pas au courant.

Elle le considéra avec stupeur. Joe regretta soudain d'avoir abordé la question.

— Bon, je reste en dehors de tout ça et je te passe le flambeau, Marcella... d'accord ?

— Bien sûr.

Elle était parfaitement calme.

— C'est juste que... Il t'adore, tu comprends.

— Oui, évidemment.

Joe haussa les épaules.

— Sincèrement, je crois que Tom est tombé des nues.

— Merci, Joe, dit-elle d'une voix qui le fit se sentir tout petit.

— Je suis désolée, Hannah, il va falloir me pardonner. Voilà pourquoi je n'ai presque pas mangé de pain. Je me sentais un peu barbouillée, vous comprenez.

— Vous auriez dû me le dire, voyons, nous aurions annulé notre rendez-vous...

— Non, Hannah, je vous en prie, regardez, je vais déjà beaucoup mieux.

Cathy se força à avaler une bouchée de lotte qui laissa dans sa bouche un goût de savon. Elle avait rangé l'huile de bain dans un coin de la cuisine. Au bout d'un moment, elle se sentit mieux. La conversation s'avéra quelque peu laborieuse. Le moindre sujet traînait un lourd passé derrière lui ; la moindre remarque avait une histoire. Ils parlèrent des jumeaux qui s'apprêtaient à regagner leur foyer. Lizzie s'était montrée d'une gentillesse infinie. D'une gentillesse et d'une générosité incroyables, les termes furent soigneusement choisis. Hannah remarqua que Cathy n'avait pas encore trouvé le temps de prendre rendez-vous chez Haywards. Sans ciller, Cathy lui promit qu'elle le ferait bientôt. Puis elles parlèrent de Neil, de son travail qui l'accaparait tant ; Cathy avait encore de la chance que Neil ne joue pas au golf comme son père, sinon, elle se retrouverait presque veuve. Et tout à coup, à brûle-pourpoint, Hannah parla d'Amanda.

— Cathy, puis-je vous poser une question... A votre avis, Amanda a-t-elle une raison particulière de ne pas venir nous voir ?

A cet instant, Cathy eut le choix : soit elle arrondissait les angles, soit elle provoquait un scandale ; il lui fallait rester sur ses gardes. Elle se souvenait à peine d'Amanda Mitchell. Autoritaire, distante, elle avait deux ans de plus que Neil. Elle n'était pas venue à leur mariage mais leur avait offert de magnifiques cadeaux — un atlas de luxe et un poste de radio haut de gamme qui captait toutes les fréquences, le tout accompagné d'une carte qui disait : « Puissiez-vous découvrir le monde et apprendre à l'aimer. » Cathy avait trouvé l'idée merveilleuse. A présent, cette petite phrase lui semblait un peu trop prophétique, si Neil continuait à vouloir l'entraîner dans des pays lointains dont il tomberait amoureux à plein temps. Elle avait souvent demandé des nouvelles d'Amanda. Jusqu'à présent, sa belle-mère était restée vague et dédaigneuse. Amanda était bien trop prise par sa librairie, qui marchait bien là-bas, au Canada, pour rester en contact avec sa belle-sœur, qu'elle connaissait à peine. Quant à Neil, il n'avait pas su répondre aux questions qu'elle se posait. Selon lui, Amanda était quelqu'un de formidable, elle avait son caractère, certes, mais elle était formidable ; non, bien sûr que non, il n'avait pas l'intention de l'appeler, que diable se diraient-ils ? C'était tout de même étonnant de ne rien avoir à dire à sa propre sœur... Cathy, elle, était toujours d'humeur à bavarder pendant des heures avec ses sœurs installées à Chicago. Et maintenant, que devait-elle faire, que devait-elle dire au sujet d'Amanda, Amanda qui entretenait une relation homosexuelle à Toronto ?

— Peut-être a-t-elle rencontré quelqu'un là-bas, suggéra-t-elle.

— Je ne pense pas, non. Amanda n'a jamais vraiment été intéressée par les hommes. Elle n'a jamais ramené de petit copain à la maison... Nous l'avons toujours imaginée en femme d'affaires dynamique.

Hannah restait songeuse.

— C'est peut-être ça, alors, elle est trop prise par sa carrière, trop accaparée par les connaissances qu'elle a faites là-bas. Les autres femmes qui dirigent la librairie avec elle. C'est sa vie, maintenant.

La conversation s'étiola. Hannah se prépara à partir.

— Vous ne prenez pas un autre café ?

— Non, merci. C'était parfait, vraiment. J'ai passé un très bon moment, et vous avez déjà meilleure mine, ma pauvre chérie.

— Oui, je suis navrée... et merci encore pour ce magnifique flacon d'huile de bain.

Le seul souvenir de son parfum lui souleva de nouveau le cœur mais elle fit un effort pour se ressaisir. Elle regarda Hannah traverser la cour pavée à petits pas. Durant toutes ces années d'affrontement avec cette femme au visage pincé, elle n'aurait jamais pu envisager une journée comme celle-ci. Un jour où elle se tiendrait sur le seuil de son entreprise, un jour où elle porterait le petit-fils ou la petite-fille de cette femme... Il n'y avait presque plus de doute à ce sujet.

Simon et Maud n'en croyaient pas leurs yeux. Devant le portail de l'école Muttie et Galop les attendaient, comme d'habitude.

— J'ai pensé que vous auriez besoin de quelqu'un pour monter dans ce bus, expliqua simplement Muttie.

Ils le dévisagèrent, ravis.

— Le premier jour, en tout cas, jusqu'à ce que vous preniez le pli, ajouta-t-il tandis que le petit groupe se dirigeait joyeusement vers l'arrêt de bus.

Assise dans le jardin, Sara était en train de rouler une cigarette quand Neil arriva. Il la rejoignit sur le vieux banc en bois.

— Comment ça se passe à l'intérieur ? s'enquit-il en pointant le menton vers la maison.

— Ça va... pour le moment... mais votre oncle donne l'impression d'être prêt à disparaître d'un instant à l'autre ; la situation actuelle ne semble guère le satisfaire.

— Il a toujours été comme ça, fit Neil d'un air contrit.

— Je surveillerai ça de près. Ce n'est pas parce que des enfants vivent dans une grande et belle maison comme celle-ci qu'ils n'ont besoin de personne pour s'occuper d'eux.

— Ils devraient la vendre et prendre quelque chose de plus petit, de plus fonctionnel, mais ils refusent d'en entendre parler. Tout dans l'apparence, la grande classe et la frime, mais rien pour assumer derrière.

— Vous ne portez pas Kenneth Mitchell dans votre cœur, on dirait.

— Il n'a jamais travaillé de sa vie. Mon père semble prendre les choses à la légère aujourd'hui, mais lui, au moins, a passé une bonne partie de sa vie dans un bureau. Quoi qu'il en soit, je trouve ridicule qu'à notre époque une seule famille s'obstine à vivre encore dans une maison aussi grande !

— Cathy et vous n'habitez pas dans une grande maison ?

— Grand Dieu, non ! Nous avons un petit truc à Waterview.

— Oh, je connais ces maisons, elles sont très jolies. Mais elles ne sont pas conçues pour de vraies familles.

— Nous n'avons pas d'enfant, répondit Neil en sortant un dossier de son attaché-case.

Il voulait préciser avec Sara les grands traits de sa collaboration au rapport sur les sans-abri. Ils tirèrent vers eux la table de jardin écaillée et se mirent au travail avec entrain. Derrière une fenêtre de la maison, Kenneth Mitchell les observait d'un air absent, indifférent à ces gens qui se trouvaient chez lui. Postée devant une autre fenêtre, Kay Mitchell regardait dehors d'un air angoissé. Les enfants n'allaient plus tarder à rentrer et elle avait suggéré à Mme... Mme Barry de leur préparer des sandwichs. Mme Barry lui avait demandé si elle devait enlever la croûte des tranches de pain. Incapable de répondre, Kay avait finalement décidé qu'il faudrait deux assiettes, une avec et une sans.

— S'il te plaît, Muttie, rentre avec nous, demanda Maud d'un ton suppliant.

— Non, ma petite fille, vraiment. Galop et moi allons repartir par le prochain bus, répondit Muttie avec fermeté.

— On voudrait te montrer notre maison, insista Simon.

— Une autre fois, fiston, pas le premier jour.

— Galop pourrait courir dans le jardin, notre jardin... S'il te plaît, Muttie.

Il demeura inflexible. Ce ne serait pas raisonnable, le premier jour. Il y aurait sûrement des gens qui feraient un rapport, il ne voulait pas donner l'impression que Lizzie et lui essayaient de s'imposer, d'empiéter sur la vie des jumeaux.

— Mais tu rentreras avec nous un jour, hein, Muttie ? reprit Simon sur un ton implorant.

— Bien sûr que oui, fiston, quand vous serez tout à fait installés et que Galop aura appris les bonnes manières.

— Et nous allons passer le week-end à St Jarlath's Crescent, hein, Sara est d'accord, ajouta Maud avec une pointe d'appréhension dans la voix.

— Bien sûr que oui, ma petite fille. Lizzie et moi attendons le week-end avec impatience.

— J'aimerais... commença Maud.

— Allez, rentre chez toi, comme une grande fille, coupa Muttie avant que chacun ait le temps de dire ce qu'il souhaitait.

— Des sandwichs ! s'écria Simon avec enthousiasme.

— Merci beaucoup, maman, dit Maud.

Ils s'attablèrent sous l'œil admiratif de leurs parents. Neil et Sara étaient rentrés du jardin.

— Combien on a le droit d'en manger ? s'enquit Simon.

— Eh bien, ils sont tous pour vous, naturellement, répondit Kay Mitchell avec fierté.

— Mais ça ne risque pas de nous couper l'appétit pour le thé ? reprit Maud.

— La femme de Muttie, Lizzie, nous donne seulement un petit gâteau chacun quand nous rentrons de l'école pour que nous ayons encore faim à l'heure du thé, expliqua Simon.

— Mais c'est justement l'heure du thé, bégaya la pauvre Kay.

— Non, je voulais dire le *vrai* thé, tu sais, le thé avec du bacon et des œufs, insista le garçonnet.

— Ou des haricots à la sauce tomate, des choses comme ça, fit Maud d'une toute petite voix, prenant conscience que quelque chose clochait.

Kay regardait à tour de rôle son mari et Sara, complètement perdue.

— Personne n'a mentionné le bacon et les œufs, il fallait simplement que le thé soit prêt, et il est prêt.

Elle semblait au bord des larmes.

— Ce n'est pas grave, maman, intervint Simon. On mangera tous les sandwichs, voilà.

— Ça me suffira, affirma Maud.

Sara et Neil échangèrent un regard. Kenneth Mitchell se tourna vers la fenêtre, comme si l'inspiration et la solution à ses problèmes allaient surgir du fouillis végétal qui s'étalait sous ses yeux.


— J'ai déjeuné avec Hannah aujourd'hui, déclara Cathy lorsqu'elle retrouva Neil à Waterview dans la soirée.

— Bravo.

Il ouvrit le réfrigérateur et servit deux verres de chardonnay.

— Elle était très en forme. Elle a beaucoup parlé d'Amanda.

— Excuse-la, elle est capable d'en parler pendant des heures. Tiens, mais tu ne bois plus du tout ou quoi ? C'est le deuxième verre de vin que tu refuses ; toi, tu dois être en train de couver quelque chose.

— Je n'en ai pas envie pour le moment, c'est tout. Neil, est-ce que tu savais qu'Amanda était lesbienne ?

— Non, je l'ignorais. C'est ma mère qui t'a dit ça ? J'ai du mal à le croire.

Cette seule pensée le laissait bouche bée.

— Bien sûr que non, ce n'est pas elle.

— Et depuis quand ?

— Je n'en sais rien. Les femmes qui nous avaient demandé d'organiser leur réunion l'autre jour en ont parlé et j'en ai eu la confirmation par une autre, qui la connaissait quand elle travaillait dans une agence de voyages à Dublin. Cette femme est lesbienne elle aussi, et elle m'a dit que c'était tout à fait exact. Amanda a trouvé une amie merveilleuse et elles travaillent ensemble dans une librairie...

— Ça alors, tu imagines ! Manda, qui l'eût cru ? Je lui souhaite bonne chance.

— Moi aussi, c'est tout ce que je lui souhaite, et tous nos amis en feront autant, c'est sûr... Mais je ne crois pas que vos parents se montreront aussi compréhensifs.

— Non... tu as raison, admit-il avec un sourire contraint.

— Bref, j'ai jugé bon de te mettre au courant.

— Comment as-tu fait pour annoncer la nouvelle à ma mère ? J'ai plaidé pas mal de causes désespérées au cours de ma carrière, mais j'avoue que là je suis impatient de savoir comment tu t'y es prise.

Cathy éclata de rire.

— Oh, je n'ai même pas essayé. As-tu l'intention de t'asseoir pour boire ton vin ou comptes-tu te mettre au travail tout de suite ?

— Je pars travailler... enfin, dans la pièce voisine. Il me reste une tonne de choses à revoir pour le dossier des sans-abri... Au fait, j'ai vu Sara et les jumeaux aujourd'hui. Elle m'apporte un soutien précieux...

— Oh, comment ça s'est passé ? Raconte-moi tout, vite. Allez, assieds-toi une minute, va.

Neil obéit.

— C'était très instructif. Elle m'a expliqué qu'il existait bel et bien des fonds mais que personne ne pouvait y accéder. Il s'agit donc de mener une enquête auprès des responsables... Elle m'a communiqué une mine d'informations.

— Des fonds ? répéta Cathy, interloquée.

321

Il se lança dans la description détaillée d'une bourse allouée par la Communauté européenne pour les sans-abri, que la commission ad hoc devrait garder sous son contrôle une fois que le projet aurait avancé. Après de longues minutes passées à écouter ce plan de bataille, Cathy parvint enfin à glisser un mot au sujet de Maud et Simon.

— Oh, ils allaient bien, répondit-il en se levant.

— Non, assieds-toi et réponds-moi, Neil. Ont-ils reçu un accueil chaleureux, y avait-il un repas pour eux ?

— Oui, il y avait des sandwichs.

— C'est tout ?

— Les jumeaux se comportaient bizarrement, ils n'arrêtaient pas de parler d'un vrai thé. Sara s'est occupée d'eux, tout est rentré dans l'ordre.

Ce fut tout ce qu'il lui raconta. Ce n'était pas encore la soirée idéale pour lui parler de son autre préoccupation.

Tom cherchait un moyen d'aborder habilement le sujet du défilé avec Marcella. Un moyen qui ne trahirait pas le malaise qui le tenaillait à l'idée qu'elle s'apprêtait à arpenter un podium à moitié nue devant une foule d'inconnus. Il savait pourtant que sa jalousie avait déjà failli détruire leur couple. Il devait absolument se maîtriser. Elle n'aimait que lui, il le savait, bon sang. Mais pourquoi ne pouvait-elle pas simplement garder ses vêtements et venir travailler avec lui ? Ces pensées le taraudaient, le détruisaient à petit feu. Jamais il ne saurait pourquoi quelqu'un qui prétendait s'épanouir pleinement dans une relation de couple s'obstinait à vouloir déambuler en sous-vêtements et maillots de bain. Mais il devait avant tout demeurer vigilant. C'était ce comportement soupçonneux et possessif qui avait poussé Marcella à partir une première fois. Il marchait sur des œufs. Aussi fut-il très surpris lorsqu'elle aborda elle-même le sujet.

— Tu ne devineras jamais quelle gamme de couleurs a choisie Feather Fashions pour le défilé : du vert citron et du fuchsia... Qui peut avoir envie de porter des sous-vêtements de cette couleur, dis-moi ?

Tom expira lentement. Elle lui disait enfin la vérité.

— Moi, je suis plutôt pour la sobriété, la dentelle noire me convient parfaitement, déclara-t-il dans un sourire.

— Tu te rends compte... c'est tout de même drôle, non ?

— Oui.

Il avait le cœur lourd. Elle était en train de l'amadouer.

— Et les maillots de bain, de quelle couleur sont-ils ? s'enquit-il.

Elle parut soulagée qu'il soit au courant, pour ça, au moins.

— Dans les mêmes tons vifs, complètement fous, presque fluorescents... Soit Joe est totalement inconscient, soit il vise en plein dans le mille... La frontière entre les deux est très étroite.

Tom la considéra d'un air incrédule. Le monde de la mode la fascinait. Sa passion ne se limitait pas à un défilé de lingerie. Il devait à tout prix garder cette idée en tête.


— Chérie, tu ne devineras jamais qui je viens d'avoir au téléphone ! annonça Kenneth Mitchell à son épouse en revenant du hall d'entrée.

— Qui était-ce, chéri ?

— Ce vieux Barty, sorti de nulle part.

— Barty... notre témoin de mariage ! s'exclama-t-elle, enchantée.

— Oui, je lui ai dit qu'il pouvait venir passer quelques jours à la maison. Il a une vieille voiture des années vingt, ou des années quarante, peu importe... Il vient pour participer à une exposition.

— Qu'est-ce qu'il a sorti de nulle part ? demanda Simon, qui n'avait pas suivi toute la conversation.

— Pardon ?

Son père l'enveloppa d'un regard absent.

— Le vieux Barty propose de nous emmener faire un tour en voiture samedi. Vous aussi, les enfants.

Il guetta leur réaction, fier de la nouvelle.

— Mais on doit aller à St Jarlath's Crescent, samedi, protesta Maud.

— Pour voir Galop, Muttie et la femme de Muttie, Lizzie.

— Non, mes chéris, vous irez un autre jour. Ces gens n'y verront pas d'inconvénient, déclara leur mère.

— On ne peut pas leur faire ça ! Je suis sûre qu'ils ont déjà tout prévu. Ils vont nous faire un vrai thé et nous leur avons demandé des saucisses.

Maud était au bord des larmes.

— Tu n'as qu'à leur téléphoner et leur dire que c'est annulé, comme une grande fille, intervint son père d'un ton sec.

— Pourquoi c'est moi qui dois le faire ? riposta Maud, sur la défensive.

— Parce que je ne les connais pas, ma chère enfant, contrairement à toi.

— Pourquoi est-ce que Simon ne s'en chargerait pas, lui ?

— Les filles sont plus douées pour ce genre de choses, chérie, répondit son père.

— Ils vont être très déçus, déclara Maud à Simon, un peu plus tard.

— Moi aussi, je suis déçu, répondit Simon. J'avais envie de voir Galop, j'ai un nouveau tour à lui apprendre.

— Ce n'est pas juste.

— Pas juste du tout.

Leurs regards se soudèrent.

— Appelons Cathy, décidèrent-ils en chœur.

Cathy leur répondit qu'elle se chargerait de régler la situation ; ils n'avaient qu'à prétendre qu'ils avaient téléphoné à St Jarlath's et qu'ils étaient tombés sur elle, ses parents n'étant pas là.

— Ce n'est pas tout à fait la vérité, observa Simon. On t'a appelée à Waterview.

— Oui, mais j'aurais très bien pu me trouver à St Jarlath's Crescent. C'est un détail sans importance, d'accord ?

— Un mensonge pieux, suggéra Simon.

— Même pas un vrai mensonge, assura Cathy.

— Neil, ça ne se passera pas comme ça ! fulmina Cathy.

— Eh, du calme, du calme... Je suis de ton côté ; bien sûr que non, ça ne se passera pas comme ça.

— Dans ce cas, qui va se charger d'en parler à ton oncle ? Toi ou moi ?

— Je vais appeler Sara, répondit Neil. C'est son boulot, elle leur expliquera.

— Elle ne doit plus être au bureau à cette heure-ci.

— J'ai son numéro de portable, déclara Neil à la grande sur-prise de Cathy.

Le vieux Barty arriva sans sa voiture et il n'y eut donc pas de sortie.

— C'est aussi bien que les enfants soient allés chez ces gens, opina Kenneth Mitchell.

— Chez qui sont-ils partis ? demanda Barty en s'asseyant à table.

Kay s'affairait fébrilement, apportant d'abord une assiette de pain, puis une soucoupe de beurre avant de remporter le pain pour le toaster.

— Oh, chez un couple qui vit dans un quartier épouvantable, mais ils se sont montrés très gentils envers les jumeaux...

— Ils sont de la famille ?

— Non, ou plutôt si, d'une certaine manière, par alliance. C'est une histoire assez compliquée...

Sur ce, Kenneth s'empressa de changer de sujet afin de ne pas être obligé d'admettre qu'il ne savait pas pourquoi son fils et sa fille s'étaient retrouvés pendant plusieurs mois chez un couple portant des noms aussi originaux que Muttie et « femme de Muttie ».

— Qu'est-il arrivé à ta voiture, Barty ? demanda Kay.

— Eh bien, c'est un peu difficile à expliquer... Comme dirait ce bon vieux Ken, c'est une histoire assez compliquée.

Kay retourna à la cuisine pour continuer ses préparatifs. D'une voix basse, rapide, Barty en profita pour expliquer à Ken qu'il avait perdu la voiture en jouant aux cartes ; Ken pourrait peut-être l'aider à la regagner... ? De la même voix basse et rapide, Kenneth Mitchell lui expliqua que les choses n'étaient plus comme avant. Maintenant, ils étaient tenus par un budget, un budget serré, établi par Neil, son neveu, et contrôlé par l'épouse de son neveu et une assistante sociale. Il devait rendre compte de la moindre dépense. Ses revenus, qu'il tirait de plu-siéurs postes d'administrateur et de la location d'une propriété, étaient directement affectés à un fidéicommis tandis qu'il per-cevait une allocation chaque mois pour entretenir sa famille. Tout à fait dégradant, c'était le moins qu'on puisse dire. Le vieux Barty ne désarma pas tout de suite. Ne pourraient-ils pas emprunter sur l'allocation du mois prochain ? Kenneth avait bel et bien changé sur ce point...

— La situation est trop précaire, argua-t-il. Désolé, Barty, mon vieux, c'est impossible.

— Le professeur de danse doit venir ce soir, annonça Lizzie aux jumeaux.

— Oh, super, est-ce que nous mettrons nos costumes ? voulut savoir Simon.

— Non, je n'ai pas envie que vous les abîmiez, je vous ai cousu des kilts et des capes de fortune pour que ça tourne quand même...

Le visage de Lizzie rayonnait de fierté.

— Le professeur dit que vous aurez besoin de vous entraîner un peu ; vous pourriez emporter une cassette chez vous et répéter dans la cuisine, qu'en pensez-vous ?

— Oui... oui, on pourrait faire ça, répondit Simon sans conviction.

— Ça posera un problème ? demanda Muttie.

Simon lui lança un regard reconnaissant.

— C'est à cause de papa... Il ne comprend pas pourquoi les gens aiment danser, c'est ce qu'il dit, et il ne comprend pas non plus qu'il s'agit d'un mariage de famille. Je lui ai expliqué qu'il s'agissait de nos cousins de Chicago, mais il n'a pas semblé comprendre.

Simon paraissait embarrassé de devoir raconter tout ça, aussi Muttie s'empressa-t-il de le rassurer :

— C'est-à-dire qu'un homme comme ton père, habitué à voyager partout dans le monde, a dû perdre un peu le fil de ce qui se fait ou non. De nos jours, les gens aiment danser et donner des spectacles pendant les mariages, expliqua-t-il d'un ton enjoué.

— Mais il s'agit bien d'un mariage de famille, n'est-ce pas ? insista Maud, toujours aussi désireuse de chasser le moindre malentendu.

— D'une certaine manière... bredouilla Lizzie.

Elle n'allait pas revendiquer un lien de parenté quelconque avec la grande famille Mitchell.

— Bien sûr que oui, c'est un mariage de famille. Cathy n'est-elle pas la sœur de la mariée ? Et elle est aussi l'épouse de Neil, votre cousin germain. Est-ce que ça ne suffit pas ? conclut Muttie.

Cette explication apporta entière satisfaction aux jumeaux et ils sortirent en courant, pressés d'apprendre leur nouveau tour à Galop avant l'arrivée du professeur de danse.

Muttie et Lizzie se regardèrent.

— Nous n'aurions jamais dû les prendre ici, déclara Lizzie.

— Nous n'aurions jamais dû les laisser partir, fit Muttie.

Neil entra dans le cabinet de son père. Etabli depuis de longues années, celui-ci brassait de nombreux dossiers et s'adressait à un large public. Les associés transmettaient rarement des dossiers à Neil Mitchell, défenseur acharné des causes perdues, mais ce dernier n'avait pas besoin d'eux. Il avait assez de travail comme ça. La visite de Neil n'était pas professionnelle ; cette fois-ci, il s'agissait de la famille. Il aperçut Walter et s'immobilisa un instant. Logiquement, ce dernier aurait dû être informé, mais en pratique il les gênerait plutôt qu'il ne les aiderait. Walter leva les yeux.

— Neil ? fit-il avec une mauvaise grâce évidente.

— Tu es content d'avoir récupéré les enfants ? s'enquit ce dernier.

— Comment ? Oh oui, ils sont adorables, répondit Walter d'un ton absent.

— Pas de problème avec tes parents ?

— Non, non, ils me laissent tranquille, je leur en suis reconnaissant... Et puis, je ne suis pas toujours là-bas.

— Je faisais allusion à tes parents et aux jumeaux, corrigea Neil froidement.

— Je vois. Evidemment. Non, je ne pense pas. Pourquoi, il devrait y en avoir ?

Neil serra les dents. Walter était devenu un monstre d'égoïsme. Il ne pensait qu'à sa petite personne. Neil se souvint tout à coup de lui avoir prêté récemment des jumelles très coûteuses pour les courses. Il les lui avait déjà réclamées à deux reprises, sans résultat.

— Au fait, Walter, peux-tu me rendre les petites jumelles que je t'ai prêtées l'autre jour ? Tu m'avais dit qu'elles étaient restées au bureau.

— Tu as fait tout ce chemin pour les récupérer ? fit Walter d'un ton sarcastique.

— Puis-je les avoir, je te prie ?

— Détends-toi.

Il se leva et se dirigea vers un tiroir qu'il voulut tirer, sans succès. Le tiroir était fermé à clé.

— Tu vois, ce n'est pas faute d'avoir essayé.

Il avait l'air tellement condescendant, tellement sûr de lui que Neil sentit ses poings de crisper.

— Tu fermes tout à clé au bureau, comme ta chambre, c'est ça ?

— On n'est jamais trop prudent, répliqua Walter d'un ton enjoué avant de décrocher le téléphone pour lui signifier la fin de leur conversation.


— Papa, il faut que nous nous occupions sérieusement de Kenneth et de ce qui se passe là-bas, déclara Neil.

— Ah bon ?

Jock Mitchell ne cacha pas sa déception. C'était une belle journée ensoleillée et il avait prévu de s'éclipser dans un petit moment. Ses clubs de golf se trouvaient déjà dans le coffre de sa voiture, il attendait seulement que la voie soit libre pour partir.

— Accompagne-moi jusqu'à la voiture, Neil, nous en discuterons en chemin.

— Non, papa, j'aimerais que tu lui écrives une lettre sur le papier à en-tête du bureau.

— A quel sujet ?

Une vague d'irritation le submergea. Il avait soigneusement organisé son départ vis-à-vis de ses clients et de ses associés, et il fallait que son frère vienne bouleverser ses plans à la dernière minute.

Avec beaucoup de patience, Neil entreprit de lui expliquer que Kenneth Mitchell risquait de perdre la garde de ses enfants à tout moment. Une famille d'accueil ou même un foyer pour enfants serait désigné s'il s'obstinait à rompre les termes de l'accord.

— Ce n'est pas ce qu'il fait déjà ?

— Eh bien si, figure-toi, il ne respecte rien : il n'aide pas ses enfants à faire leurs devoirs, il oublie de leur donner leur argent de poche et il a tenté de les empêcher d'aller voir les Scarlet samedi. Cathy m'a dit que les jumeaux n'étaient pas correctement nourris là-bas : ils mangent des chips, des corn-flakes et des sandwichs.

— Tu ne crois pas que Cathy prend tout ça un peu trop à cœur ?

— Non, je ne crois pas. Pour couronner le tout, ils ont décidé de partir en vacances au moment où doit avoir lieu ce mariage au cours duquel les enfants exécutent un numéro de danse ; ça fait des mois qu'ils répètent ce fichu quadrille.

— Pour le mariage de la fille de Lizzie ?

— Oui, pour le mariage de ma belle-sœur, c'est bien ça, et il est hors de question qu'ils n'y aillent pas, fais-moi confiance.

— Calme-toi, Neil.

— Autre chose : pour quelle raison ce jeune coq de Walter ferme-t-il à clé tous les tiroirs de son bureau ? Il m'a emprunté mes jumelles pour suivre une course de chevaux il y a six semaines et il prétend qu'il n'arrive pas à ouvrir ses tiroirs.

— C'est absurde, Neil, tous les dossiers sont informatisés de nos jours, tu es bien placé pour le savoir. On ne ferme plus les tiroirs à clé.

Neil vit son père consulter sa montre.

— Si tu dictais la lettre tout de suite, papa, tu la signerais et nous pourrions reprendre nos activités sans plus tarder, quelles qu'elles soient.

Avec une mauvaise volonté manifeste, Jock Mitchell prit quelques notes et appela sa secrétaire.

— Désolé, Linda, mon fils insiste.

Muttie raccompagna les enfants en bus.

— Ça ne me dérange pas du tout, sincèrement. J'apprécie le trajet et puis, vous comprenez, ça nous permet de nous voir sans embêter Sara, Cathy ou Neil, leur expliqua-t-il.

— Si tu avais été riche, tu aurais eu une voiture, tu crois ? s'enquit Simon.

— Bien sûr que oui, j'aurais acheté une grosse BMW rouge. Muttie sourit à cette pensée.

— Qu'est-ce que c'est, comme voiture ? voulut savoir Maud.

— Une berline. Non, en fait, j'aurais plutôt choisi un break, une grosse voiture qui aurait pris toute la longueur du trottoir devant la maison...

— Mais vous n'êtes que deux, objecta Simon.

— Pense un peu à tous les habitants de St Jarlath's Crescent que je pourrais conduire là où ils veulent, répondit Muttie.

— Tu es vraiment très gentil, remarqua Maud.

— Tu mériterais bien de gagner aux courses, renchérit Simon.


Walter rentra chez lui le samedi soir pour découvrir que le vieux Barty était toujours là. Les présentations furent vagues. La bonne bouteille de whisky qui trônait sur la table semblait causer du souci à sa mère.

— Papa, ne crois-tu pas que... ? N'étions-nous pas censés... ?

— Taratata, Kay sait bien qu'elle ne doit pas y toucher ; quant à moi, je n'ai aucune intention de partir, nous sommes ici pour vivre en famille.

Son père paraissait déjà bien éméché.

— Les jumeaux ne vont pas tarder à rentrer. Ils risquent d'être escortés par leur armée privée, observa Walter.

— Un bon point pour toi, délaissons cette bouteille un petit moment, déclara Kenneth en la faisant disparaître. Tu tombes bien, je me demandais si le vieux Barty ne pouvait pas s'installer dans ta chambre, comme tu n'es jamais là... Il occupe pour le moment la petite pièce qui donne sur l'escalier mais ça ressemble plus à un box qu'à une vraie chambre.

— Oh non, pas question, bredouilla Barty.

— Désolé, papa, je vais rester quelques jours à la maison mais j'ai prévu ensuite de partir en Angleterre pour suivre les courses. Ma chambre sera alors à votre entière disposition.

Il ponctua ses propos de son fameux sourire. Barty protesta vivement : de toute façon, il serait parti d'ici là. Kenneth protesta à son tour : où diable Barty pourrait-il bien aller, lui qui venait de perdre au jeu sa voiture fétiche ? Barty répondit que tout rentrerait bientôt dans l'ordre, il avait toutes les chances de la récupérer. Walter prit une chaise et s'assit avec eux pour discuter... Ce sujet semblait lui tenir très à cœur.

Cette fois-ci, les jumeaux réussirent à convaincre Muttie de rentrer dire bonjour. Lui qui craignait de ne pas être à sa place se trompait lourdement. Kay Mitchell était déjà couchée et les trois hommes attablés dans la cuisine levèrent les yeux à leur arrivée, manifestant un vague intérêt poli.

— Vous avez dîné chez... euh, commença Kenneth.

Lorsque Maud et Simon se lancèrent dans la description de tout ce qu'ils avaient mangé en plus des saucisses, notamment des champignons émincés et des pommes de terre au four, l'intérêt de Kenneth Mitchell se relâcha.

— C'est vraiment très aimable de votre part de vous occuper d'eux comme ça, dit-il à Muttie en lui serrant fermement la main.

Muttie ouvrit la main. Une pièce d'une livre s'y trouvait, même pas le montant de son trajet en bus. Un flot de sang envahit son visage, descendit jusque dans son cou.

— Merci beaucoup, monsieur, articula-t-il au prix d'un effort.

Simon et Maud écarquillèrent les yeux, frappés de stupeur.

— A samedi prochain, Muttie, fit Maud. Merci beaucoup pour cette merveilleuse journée.

— Et merci aussi de nous offrir les cours de danse, Muttie, ça ne doit pas être donné, ajouta Simon.

Muttie s'apprêtait à partir.

— Tu veux voir nos chambres ? lui demanda Maud.

— Une autre fois, Maud, merci quand même.

— Jette au moins un coup d'œil au jardin ; on pourrait mettre une niche pour Galop s'il venait vivre ici, insista Simon.

— Non, vraiment, la prochaine fois, Simon, merci. Bonne chance à vous tous.

Et il s'en alla.

Les jumeaux avaient prévu de répéter leur numéro de danse ce soir-là. Ils avaient apporté une cassette. Ils danseraient devant un nouveau public. Mais ils remarquèrent la bouteille de whisky sur la table. Il était clair que leur père, leur frère et le vieux Barty souhaitaient parler d'autre chose que de danse. Les trois hommes semblaient attendre qu'ils aillent se coucher, par cette belle soi-rée d'été, alors qu'ils avaient espéré veiller encore un moment. Après un bref échange de « bonne nuit », ils montèrent à l'étage d'un pas traînant. La porte de la chambre de leur mère était fermée.

Ils auraient mille fois préféré dormir dans la même chambre, comme à St Jarlath's Crescent. Mais tout était différent.

Cathy décréta qu'il leur serait impossible de préparer un déjeuner pour les trente participants d'une conférence sur les techniques de marketing le même jour que la réception de Fred-die Flynn.

— Ce sera un jeu d'enfant, insista Tom. Ces gens-là sont de vrais esclavagistes, ils n'ont pas l'habitude de traîner, tu sais, ils ne boiront pas, ce ne sera pas comme un déjeuner normal. Fais-moi confiance, ils se remettront au travail à deux heures pile et nous quitterons les lieux une demi-heure plus tard.

— Arrête de me sourire comme ça, Tom Feather, ça ne marche pas avec moi, protesta Cathy. Si nous voulons réussir la récep-tion des Flynn, nous ne pouvons pas prendre le risque d'accepter autre chose le même jour.

— Voulons-nous, oui ou non, que cette entreprise décolle ?

— Bien sûr que oui, mais pas en nous tuant à la tâche.

— Allez, je t'en prie, je pourrai m'occuper du déjeuner avec June pendant que toi et Conrad bouclerez les derniers prépara-tifs ici. Nous serons de retour avant trois heures. C'est d'accord ?

— Nous surestimons nos forces.

— Nous exploitons nos forces, corrigea-t-il.

Ils se mesurèrent du regard.

— C'est de l'argent facile, de bons contacts, insista Tom.

Au fond de lui, il songeait déjà que les quelques livres de béné-fice qu'il tirerait de ce déjeuner lui serviraient à emmener Marcella en week-end dans un grand hôtel équipé d'une piscine, d'un centre de remise en forme et d'une boîte de nuit où elle pourrait se montrer le soir venu.

— On s'était toujours dit que les gens qui en faisaient trop n'arrivaient à rien parce qu'ils étaient obligés d'abaisser leurs cri-tères de qualité.

La vérité, c'était qu'elle pouvait à peine assumer leur charge de travail actuelle, ses nausées continuaient à la perturber, elle n'arrivait pas à dormir la nuit et elle n'avait toujours pas trouvé le temps d'annoncer la nouvelle à Neil. Le test de grossesse qu'elle avait acheté à la pharmacie s'était révélé positif, mais tout le monde savait que ces tests n'étaient pas fiables à cent pour cent. Elle avait donc pris rendez-vous chez le médecin pour la semaine suivante. Ce n'était peut-être rien, et il était bien trop tôt pour souffrir déjà de nausées, à supposer qu'elle fût enceinte.

— Remettons notre sort au hasard, décida Tom.

Dans le tiroir de la table de cuisine, ils prirent la pièce qu'ils utilisaient chaque fois qu'ils se trouvaient dans une impasse. D'un air solennel, ils la regardèrent tournoyer et attendirent qu'elle retombe. Tom s'en empara.

— J'ai gagné, mais je te promets que tu ne le regretteras pas.

— J'en suis sûre, marmonna Cathy en se forçant à sourire.


— On peut partir en Angleterre avec toi pendant les vacances ?

Simon se tenait sur le seuil de la chambre de Walter.

— Bien sûr que non, répondit ce dernier d'un ton impatient

— Mais alors, nous n'aurons pas de vacances, lança Maud.

— Vous êtes à la maison... et vous n'allez pas à l'école, c'est bien ça, les vacances, non ?

— Muttie nous emmenait à la campagne quand nous habitions à St Jarlath's Crescent, fit Simon sur un ton de défi.

— Vous n'habitiez pas là-bas, corrigea Walter, vous ne faisiez qu'y séjourner.

— C'était comme si on y habitait, déclara Maud.

Walter continua à préparer sa valise. Les jumeaux ne bougèrent pas.

— Muttie allait souvent à la campagne, mais il disait qu'il ne fallait pas y rester trop longtemps, expliqua Maud.

— Il trouvait que c'était trop calme, qu'on n'entendait que les oiseaux qui chantaient, perchés dans les arbres, continua Simon d'un ton empreint de nostalgie.

— Les enfants, je suis désolé, je ne peux pas vous emmener.

— Tu pars aujourd'hui ? demanda Maud, déçue.

Il y avait tout de même plus d'animation quand Walter était à la maison.

— Ce soir ou demain. J'ai un petit travail à faire avec papa et Barty.

— Papa ne travaille pas.

Simon se montrait sans pitié lorsqu'il s'agissait de tirer les choses au clair.

— Bien sûr que si, protesta Walter, contrarié. Il assiste à des réunions et assume des responsabilités.

— Avec Barty ? voulut savoir Maud.

— Pas toujours, mais aujourd'hui, oui.

— Mais si papa sort et que maman va se coucher... Qu'est-ce qu'on va faire, nous ?

Simon et Maud se considérèrent d'un air perplexe. Il y avait toujours tant de choses à faire lorsqu'ils étaient à St Jarlath's Crescent ! Et tant de personnes, y compris Galop, pour s'occuper d'eux !

— Vous pourriez vous trouver un petit boulot, suggéra Walter.

— Je ne crois pas qu'on ait l'âge, remarqua Maud.

— Je voulais dire : un boulot réservé aux enfants. Mettre des choses en rayon, rassembler les chariots dans un supermarché, nettoyer le jardin d'un voisin, ce genre de trucs, fit Walter d'un ton laconique, n'ayant lui-même jamais expérimenté aucun de ces menus travaux.

— On pourrait faire la vaisselle pour Cathy et Tom, suggéra Simon avec entrain.

— Vous n'avez pas choisi le plus facile, objecta Walter.

— Ça vaut quand même le coup d'essayer, affirma Maud.

— Vous vous rendez compte, plus d'école jusqu'au mois de septembre ! s'écria Cathy quand les jumeaux arrivèrent.

— Ça ne me dérange pas trop, d'aller à l'école, répondit Maud. Il ne faut pas le dire, bien sûr, mais j'aime plutôt ça.

— Moi non plus, ça ne me dérangeait pas, fit Cathy. Je me sentais obligée de bien travailler pour Geraldine et je prenais du plaisir à obtenir de bons résultats.

— Pourquoi pour Geraldine ? demandèrent-ils en chœur.

Cathy se souvint à temps que les jumeaux avaient la fâcheuse habitude de ressortir des informations gênantes au mauvais moment.

Elle était censée avoir décroché des bourses tout au long de sa scolarité. La générosité de Geraldine n'avait jamais été mentionnée devant Lizzie et Muttie, qui continuaient à tout ignorer de sa participation financière.

— Parce que c'est elle qui me poussait à bien travailler pour que je puisse obtenir des bourses d'études, vous comprenez.

— Tu les as obtenues grâce à de brillants résultats ?

— A des résultats pas trop mauvais, répondit Cathy, gagnée par un léger sentiment de honte.

Elle s'efforça de trouver quelque chose que les jumeaux pourraient faire sans provoquer de dégâts.

— Essuyer les verres ? suggéra Conrad.

— Non, ils les saliraient, répondit-elle dans un murmure.

— Emincer des légumes ?

— Ils sont encore pires que moi, le sang coulerait à flots dans la cuisine. Je sais : ils peuvent faire briller l'argenterie et compter les fourchettes.

Maud et Simon s'installèrent dans ce qui s'appellerait bientôt la deuxième cuisine mais qui n'était pour le moment qu'une simple remise. Ils se mirent à bavarder joyeusement. De temps en temps, Cathy s'appuyait contre la porte et tendait l'oreille. Elle entendit quelques bribes de conversation concernant les affaires de leur père et de Barty. Puis ils parlèrent de Sara. Elle avait eu une idée géniale en demandant à Mme Barry de dresser une liste avant d'aller faire les courses. Sara connaissait un endroit où ils pourraient apprendre à jouer au tennis mais leur père avait décrété que les cours coûtaient trop cher. Muttie accepterait-il de revenir chez eux après ce qu'avait fait leur père ? Cathy étouffa un soupir. Dire qu'elle avait éprouvé pour eux une véritable hostilité à peine quelques mois plus tôt, et ce surtout parce qu'elle savait que Jock et Hannah s'en étaient tout bonnement débarrassés. Mais les choses avaient tellement changé depuis ! Qui aurait pu imaginer qu'elle tomberait enceinte ? Une fois de plus, elle tenta de se souvenir de la date à laquelle cela avait bien pu se produire. Neil serait furieux. Pourquoi n'était-ce plus comme avant, entre eux ? Autrefois, elle aurait été incapable de cacher à Neil une nouvelle de cette importance. Elle lui parlerait ce soir.

Tom et June débordaient d'enthousiasme lorsqu'ils rentrèrent du déjeuner d'affaires. Cinquante personnes, toutes aussi dociles que des agneaux, avaient commencé à déjeuner, continué à déjeuner, terminé de déjeuner. Si seulement le monde entier pouvait tourner comme ça...

— Mais ça doit être horrible, déclara Cathy en frémissant.

— Peut-être, mais c'était tellement facile, Cathy, tu ne peux pas imaginer. Ils auraient mangé une assiette en papier tartinée de confiture, je t'en donne ma parole.

— Ils devaient avoir *drôlement* faim, s'écria Maud, choquée.

— Tiens, tiens, bonjour, je vois que nous avons du renfort, lança Tom, agréablement surpris.

— Ils nous aident énormément, tu sais. Je t'en prie, Tom, explique-leur que l'histoire de l'assiette à la confiture est une plaisanterie, ou ils risquent de raconter à tout le monde que c'est notre plat fétiche.

— Arrête de les prendre pour des idiots, enfin ! Tu savais que c'était une blague, Maud, n'est-ce pas ? s'enquit Tom.

— Je n'en étais pas tout à fait sûre, admit la fillette.

— Eh bien si, c'en était une. Ces gens-là n'accepteraient jamais de manger une assiette en carton et, qui plus est, ils en seraient incapables. Pourquoi ? Parce que nous n'utilisons jamais d'assiette en carton, est-ce clair ?

Une expression faussement sévère assombrissait son visage et les enfants s'empressèrent de hocher vigoureusement la tête. C'était très clair, confirmèrent-ils.

— On a frotté toute votre argenterie, fit Simon.

— Tu pourrais voir ton visage dans le saladier, déclara Maud avec fierté.

— Eh bien, c'est merveilleux, parce que tout ce que nous possédons, tous nos biens les plus précieux sont enfermés entre ces quatre murs.

— Quoi, c'est tout ce que vous avez ?

— Oui, c'est ici que se trouvent nos trésors, parfaitement, approuva Tom.

— Est-ce que tout a de la valeur ? s'enquirent-ils.

Occupée à remplir le lave-vaisselle, June leva les yeux au ciel.

— Eh bien, disons que certaines pièces sont irremplaçables, comme ce saladier que vous avez si bien nettoyé, répondit

Cathy. Je l'ai gagné à un concours à l'école, c'était le premier prix pour un punch aux fruits d'été et nous l'utilisons très souvent.

— Apparemment, les Flynn n'en auront pas besoin ce soir, remarqua Tom sans réfléchir, après tous les efforts qu'avait fournis Maud. Ce qui veut dire qu'il brillera de mille feux en attendant sa prochaine sortie, et c'est formidable.

Le visage de Maud s'illumina.

— Et quel est l'objet le plus précieux après celui-ci ? s'enquit Simon.

Tom, Cathy et June se mirent à plaisanter à ce sujet. Etait-ce le disque dur de l'ordinateur qui contenait les recettes et leur carnet d'adresses, le double four ou le congélateur ? Ils rirent en dressant la liste de leurs biens.

— Jamais nous n'aurions imaginé posséder tout ça un jour, conclut Cathy.

— Tout comme Muttie pense qu'il ne gagnera jamais le gros lot aux courses, lança Simon.

— Il ne gagnera jamais, Simon ! s'exclama Cathy d'un ton implorant.

— Je suis sûr qu'on vous avait dit la même chose, à toi et à Tom, que vous n'auriez jamais rien, répliqua Simon, défendant âprement les rêves de Muttie.

— Nous avons travaillé pour avoir tout ça, chaque soir pendant de longs mois...

— Muttie aussi travaille beaucoup, il étudie les pronostics, il essaie d'obtenir de bons tuyaux et il se laisse guider par le bruit de galopades.

— C'est vrai, dit Tom, indulgent.

— Etes-vous assurés, au cas où quelqu'un viendrait vous prendre vos trésors ? s'inquiéta Maud.

— Nous possédons une excellente assurance, répondit Cathy, désireuse de couper court. James Byrne veille sur nous comme une vraie mère poule.

— Cathy veut dire que James est un homme formidable qui nous a conseillé la meilleure police d'assurance possible, expliqua Tom.

Simon continua à froncer les sourcils.

— Vous fermez toujours bien les portes à clé en partant ?

— Oui, Simon, nous avons deux serrures, une alarme avec un code et tout le tralala.

— Et vous n'oubliez jamais le code ?

— Nous avons dû en choisir un facile à retenir pour Tom, précisa Cathy.

— Les hommes ont du mal à se rappeler les trucs trop compliqués, renchérit June.

— Est-ce que c'est votre date d'anniversaire ? voulut savoir Simon. Ou vos numéros porte-bonheur ?

— Non, on nous l'a déconseillé, répondit Tom.

— Nous nous sommes donc rabattus sur les initiales de Scarlet Feather.

— Vous avez le droit de prendre des lettres ?

— Non, rien que des chiffres ; le S, c'est 19, et le F, 6. Si jamais on oubliait, il nous suffirait de réciter l'alphabet pour nous en souvenir. Même les hommes sont capables de retenir ça.

— Très franchement, je ne crois pas que les hommes soient plus bêtes que les femmes, déclara le petit garçon d'un ton songeur.

— Bien parlé, Simon, approuva Tom.

Ils décidèrent de raccompagner les jumeaux chez eux avant de se rendre chez Freddie Flynn. D'un air solennel, Simon et Maud les regardèrent brancher le système d'alarme.

— Quelle idée géniale ! murmura Simon.

— Personne ne penserait à ça, convint Maud.

— Tu te rends compte, reprit Simon à l'intention de sa sœur, on va voyager dans la camionnette, avec toute la nourriture pour une soirée chic.

— Et avec toutes les belles fourchettes étincelantes que vous avez nettoyées.

— Pourquoi ils n'ont pas demandé des couteaux, aussi ?

— Bonne question. Ils nous avaient assuré qu'ils possédaient suffisamment de couverts mais nous savons d'expérience que les gens n'ont jamais assez de fourchettes. Je suis allé vérifier ; j'avais raison, il manquait des fourchettes.

— Il faut être drôlement intelligent pour faire ce travail, hein ? fit observer Simon.

— Eh oui, approuva Tom en vérifiant une dernière fois sa liste. C'est bon, Cathy, tout est là. En route.

— OK, Tom, OK, June, cérémonie des clés.

Fascinés, Simon et Maud les regardèrent suspendre les clés de Scarlet Feather à un crochet caché à l'arrière de la camionnette.

— Pourquoi vous les laissez là ?

— Parce que celui qui ramène la camionnette doit pouvoir ouvrir la porte sans problème ; d'où la cérémonie des clés... expliqua Cathy.

Ils arrivèrent aux Beeches. Les enfants se précipitèrent dans la grande maison au jardin abandonné.

— Dis donc, ça m'a tout l'air d'une grosse maison bourgeoise, lança June.

— Ouais, fit Cathy, une grosse maison bourgeoise mortellement ennuyeuse.

— Il faut bien qu'ils vivent avec leurs parents naturels, non ? intervint Tom.

— Pour être franche, je n'ai jamais vraiment compris pourquoi, décréta Cathy avant d'appuyer d'un coup sec sur l'accélérateur.


Freddie Flynn leur réserva un accueil chaleureux.

— Ne vous inquiétez pas, je ne vous embêterai pas, annonça-t-il. Votre tante m'a expliqué que vous détestiez que les gens vous disent : « Alors voilà la cuisine ; ça, c'est le robinet d'eau chaude, ça c'est le robinet d'eau froide... »

— Vous n'oseriez pas nous faire ça, monsieur Flynn, susurra Cathy en le gratifiant d'un sourire enjôleur.

Dès qu'il fut parti, Tom laissa échapper un petit sifflement :

— Et on dit que c'est moi qui abuse de mon charme... J'avoue que ta prestation était excellente.

— J'ai promis à tante Geraldine que nous le gâterions...

— Oh, je vois.

Au même instant, Pauline, une petite femme ronde, s'approcha d'eux.

— J'ai promis à mon mari de ne pas venir vous ennuyer mais ça m'embête de tout vous laisser faire, expliqua-t-elle.

Un profond malaise s'empara de Cathy. Cette femme était trompée par son mari, Frederick Flynn, homme d'affaires respecté dans tout Dublin, celui-là même qui avait offert une montre pavée de diamants à sa tante.

— Ne vous inquiétez surtout pas pour nous, madame Flynn, vous nous payez largement pour les services que nous vous offrons et nous avons bien l'intention de faire en sorte que cette soirée soit un succès. Votre époux m'a dit que vous ne vouliez pas que quelqu'un s'occupe des manteaux de vos invités. M'accorderez-vous le droit de m'en charger ?

— Vous comprenez, nous sommes en été et je ne crois pas que mes invités s'embarrassent de manteaux... En outre, nous avons fait refaire l'étage et j'espère les entraîner là-haut pour qu'ils puissent admirer le résultat.

— Oh, vous avez bien raison ; montrez-moi où je dois les conduire.

Cathy gravit l'escalier devant Pauline Flynn et découvrit la chambre splendide dont cette dernière venait de parler. Elle était décorée dans des tons de bleu et de vert pâles. Une élégante coiffeuse trônait dans un coin. Le lit n'était pas vraiment un lit à baldaquin, mais plusieurs épaisseurs de voilages tombaient en cascade d'un anneau fixé au plafond. Un édredon en crochet blanc et des oreillers bordés de dentelle complétaient le tableau. Une porte à double battant ouvrait sur une vaste salle de bains garnie de serviettes moelleuses, blanches ou bleu layette. Cathy porta une main à sa gorge. Geraldine ne se doutait certainement pas que le mariage de Freddie agonisait dans ce décor de rêve.

— C'est magnifique, déclara-t-elle d'une voix rauque.

— Je suis heureuse que cela vous plaise ; je suis vieille et ridicule, je sais, mais j'ai toujours rêvé d'une chambre comme celle-ci. Freddie semble l'apprécier lui aussi, et ça, c'est ce qui m'enchante le plus.

Cathy s'empressa de regagner le rez-de-chaussée.

— Salut Walter, lancèrent les jumeaux, surpris de trouver leur frère aîné à la maison.

N'était-il pas censé être déjà parti pour l'Angleterre ?

— Salut, marmonna Walter.

— Tes affaires se sont bien passées ?

— Quelles affaires ?

— Tu avais dit que tu avais des affaires à régler avec papa et Barty.

— Ah oui, pour ça, j'en avais des affaires à régler.

— Alors ça n'a pas marché ? Comme dirait Muttie, il y a des jours où on gagne, d'autres où on perd.

— Qu'est-ce qu'il en sait, ton Muttie ?

— Il sait pas mal de choses, figure-toi, répliqua Maud. Enfin, je pense, ajouta-t-elle, soudain dubitative.

Il y eut un silence.

— On a trouvé un travail, comme tu nous l'avais conseillé, reprit finalement Simon.

— Tant mieux pour vous. Où ça ?

— Chez Cathy et Tom... Ils possèdent une petite fortune dans leurs locaux, tout plein de trésors, ajouta-t-il, désireux d'impressionner son grand frère.

— C'est ça, oui, railla Walter.

— C'est vrai, je t'assure, ils gardent tous leurs biens là-bas, ils ont deux clés et une serrure avec un code pour le cas où un voleur essaierait de rentrer.

— Ah ouais, parce que, bien sûr, tout le monde meurt d'envie d'aller voler leurs assiettes et leurs serviettes de table, fit Walter, toujours ironique.

— Ils ont un saladier à punch en argent massif qui vaut une petite fortune, et plein d'autres choses, insista Maud.

— Je ne doute pas un instant que ce soit très impressionnant, mais maintenant, si vous voulez bien me laisser un peu tranquille, j'ai besoin de calme pour réfléchir.

— D'accord, firent les jumeaux.

— Vous ne réclamez même pas à manger, ni rien ? s'étonna Walter.

— Non, Cathy nous a donné un plat à réchauffer au micro-ondes.

— Qu'est-ce que c'est ?

— Des pâtes. Il faut les faire chauffer quatre minutes, puissance maximum, expliqua Maud. Tu en veux ? Il y en a assez pour trois, tu sais.

— Merci, répondit Walter d'un ton bourru.

Ils passèrent à table tous les trois. Walter restait perdu dans ses pensées pendant que les jumeaux parlaient joyeusement de la soirée qu'organisaient Tom et Cathy.

— Ils doivent vraiment avoir de l'argent à jeter par les fenêtres, les Flynn, fit observer Maud.

— Tu sais, je ne crois pas qu'ils jettent l'argent pour de vrai, c'est une expression, c'est tout, expliqua Simon.

— Oh, peu importe, fit Maud avant de s'adresser à son frère aîné. A ton avis, Walter, est-ce qu'on devrait installer une alarme ici ?

— Y a rien à voler, bougonna Walter.

— On la mettrait en partant et on la débrancherait quand on rentrerait, insista Maud, que l'idée séduisait.

— Est-ce que tu crois que papa et maman y penseraient ? Tu crois vraiment que Barty arriverait à débrancher une alarme ? Ce serait comme dans un film de gendarmes et de voleurs ; on aurait la police en permanence ici.

— C'est pourtant très simple, intervint Simon. On a vu Cathy et Tom le faire une seule fois et on serait capables d'entrer dans leurs locaux.

— D'accord, mais vous n'avez pas les clés, fit observer Walter en allant poser son assiette dans l'évier.

— Peut-être, mais on sait où elles se trouvent.

Walter retourna à table et s'assit avec eux.

Chez les Flynn, la soirée battait son plein. A deux reprises, Freddie passa la tête par la porte de la cuisine pour les féliciter.

— Tout le monde se régale. Bravo.

— Pourquoi donc un type extra comme lui ne vient-il pas me dire qu'il n'a qu'une seule envie, faire partie de ma vie ? demanda June après le départ de Freddie Flynn.

— Je serais bien incapable de te répondre, fit Cathy.

Elle ajouta un peu de crème fraîche sur les petites crêpes au sarrasin qui disparaissaient des assiettes à une vitesse vertigineuse.

— J'ai du mal à croire qu'une femme comme Mme Flynn lui suffise, reprit June avant de s'éloigner avec un nouveau plateau.

Tom et Cathy échangèrent un regard.

— La vie est tellement bizarre, parfois, n'est-ce pas, Tom ? lança cette dernière en le gratifiant d'une moue ironique. C'est mon avis, en tout cas.

— Si tu veux le mien, les femmes dégoulinent d'intuition et c'est injuste, répliqua Tom.

Walter chercha l'adresse des Flynn dans l'annuaire. Ils n'habitaient pas très loin. Un de ses amis avait accepté de lui prêter sa voiture pour quelques heures. Il se gara à côté de la camionnette et trouva les clés à l'endroit que les jumeaux lui avaient indiqué. Il les vit tous par la fenêtre : Tom, Cathy, June et cet abruti de Conrad.

Geraldine faisait les cent pas dans son appartement. C'était la première fois qu'elle éprouvait cela. Elle avait pourtant été sincère en disant que la vie privée de Freddie devait précisément rester privée... et que cela ne la concernait pas. C'était comme ça, la vie... Et puis elle n'avait rien prévu de particulier ce soir-là. Elle avait apporté un peu de travail mais ne se sentait pas d'humeur à s'y mettre ; à la télévision, aucun programme ne la tentait. Geraldine se sentait seule.

Le téléphone sonna.

— Tu me manques, dit-il.

Elle se força à prendre un ton enjoué.

— Tu me manques aussi. Comment ça va ?

— Merveilleusement bien. Ils sont bourrés de talent, ces deux gosses, tout se passe comme sur des roulettes.

— Je suis ravie pour toi, Freddie, sincèrement.

Il raccrocha. Un court moment volé à ses convives et à son épouse. Il en avait toujours été ainsi et ça ne risquait pas de changer. Alors de quoi se plaignait-elle, exactement ? Elle connaissait pourtant les termes du contrat.

Les mains protégées par des gants de coton noir, Walter entra et tapa le code pour désactiver l'alarme. Où se trouvaient donc tous ces trésors dont lui avaient parlé les gamins ? Il devait agir vite puis stocker la marchandise dans l'abri de jardin, replacer la clé dans la camionnette et rendre la voiture à son copain, qui en avait besoin aux alentours de dix heures.

Tout était comme dans son souvenir : une grande cuisine sans attrait, pleine d'acier inoxydable, avec des torchons qui séchaient sur le dossier des chaises, des étagères garnies de vaisselle en porcelaine sans aucune valeur, des tiroirs remplis de couverts en pacotille. Il ramassa quelques objets, au gré de son inspection : un grille-pain, un gril électrique, un four à micro-ondes. Mais tout ça ne valait pas grand-chose. En tout cas, ça ne suffirait pas à payer ses dettes. Tout cet argent qu'il avait perdu avec cet idiot de Barty, qui connaissait soi-disant un jeu formidable... Sur la table, il découvrit le gros saladier que les enfants avaient mentionné. Ce n'était absolument pas de l'argent massif et il l'écarta d'un geste méprisant. Il y avait des cartons de matériel, des casseroles et des poêles neuves dans la remise ; peut-être pourrait-il en tirer quelque chose s'il tombait sur la bonne personne. De toute façon, il avait besoin d'argent, même cent ou deux cents livres, ce serait déjà un début. Il entreprit de traîner les cartons dans l'entrée, renversant sur son passage un plateau de verres. Des éclats jonchaient toute la pièce. Cathy et Tom deviendraient fous en découvrant ça. Quelque chose se déclencha en lui, et il renversa une étagère pleine d'assiettes. Un sentiment de satisfaction l'envahit. Il continuerait un peu plus tard.

Il s'activa pendant près de quarante minutes, dévissant et emportant tout ce qui pouvait éventuellement trouver acquéreur sur un marché à la sauvette. Puis, de la pointe du coude, il souleva l'extrémité d'une étagère garnie de vaisselle, qui s'effondra sur le sol dans un fracas assourdissant. Il alla ensuite débrancher le congélateur et sortit quelques plats au hasard. Il remarqua, contrarié, que la réserve d'alcool était limitée et se rappela qu'ils avaient l'habitude de faire livrer le vin directement chez leurs clients. Il trouva néanmoins une bouteille de cognac et quelques liqueurs de mauvaise qualité. De quoi remercier le propriétaire de la voiture. Il se souvint aussi du jour où ils avaient tergiversé des heures durant sur le genre de message qu'ils devaient laisser sur leur répondeur. D'un geste rageur, il décrocha l'appareil du mur et le piétina violemment. Il brisa ensuite toutes les ampoules à l'aide d'une canne, s'écartant vivement quand les morceaux de verre retombaient en pluie sur le sol. Il chargea tout dans la voiture et, sur une dernière impulsion, s'empara du saladier à punch. On lui en donnerait peut-être vingt livres et, ces temps-ci, un sou était un sou. Quels idiots d'avoir raconté aux gamins que tous ces trucs étaient des trésors ! Ils étaient tellement sûrs d'eux, ces deux-là... Voilà qui leur donnerait une bonne leçon.

# 7

## JUILLET

Même s'ils n'avaient pas été obligés de raconter l'histoire des dizaines de fois, ils n'auraient jamais oublié le moment où ils ouvrirent la porte de Scarlet Feather ce soir-là. La soirée des Flynn avait remporté un succès fracassant, ils en riaient encore.

— On s'améliore de jour en jour, déclara Tom en cherchant les clés de la porte.

— J'espère que tu dis vrai. Il m'arrive parfois de penser que nous prenons simplement plus d'assurance, que nous ne faisons que colmater les brèches, en réalité.

— Non, vous êtes vraiment meilleurs, affirma June. J'ai croisé les Riordan ce soir, vous vous souvenez d'eux, les gens du baptême... Ils m'ont dit que le buffet était encore plus sensationnel que pour leur réception.

Tom et Cathy échangèrent un sourire ; l'enthousiasme de June les enchantait, elle se sentait partie intégrante de l'entreprise et Conrad commençait à s'investir de la même manière. Ils ouvrirent la porte. Les victimes d'un cambriolage éprouvent souvent la curieuse sensation d'avoir été violés. Ce fut exactement cela. En pénétrant dans la pièce d'accueil, Cathy découvrit l'horloge que Joe leur avait offerte, brisée en mille morceaux. Tom aperçut le grand vase que Marcella avait choisi avec tant de soin, par terre, en trois morceaux, à côté de la table renversée. Il n'y avait plus aucune assiette sur les étagères. June vit que les tiroirs avaient été ouverts et leur contenu éparpillé partout dans la pièce ; le téléphone et le répondeur avaient été arrachés du mur. Cathy s'aperçut rapidement que son saladier, le seul prix qu'elle ait jamais gagné, avait disparu. Ils mirent du temps avant de réagir. Tom fut le premier à prendre la parole.

— Les salauds, murmura-t-il. Les salauds ! Ils n'ont rien trouvé, alors ils ont cassé tout ce que nous possédions...

Sa voix se brisa et il s'effondra, trouvant refuge dans les bras de Cathy et de June.

La police afficha la plus grande perplexité. Il n'y avait aucun signe d'effraction et personne d'autre qu'eux n'avait accès aux clés. Qui aurait bien pu vouloir leur nuire ? Personne. Ils ne comptaient pas d'ennemi dans leur entourage. Non, vraiment, ils ne voyaient personne. Des concurrents, peut-être ? Non, leur structure était trop petite pour faire de l'ombre à qui que ce soit. L'un des jeunes enquêteurs aborda pour la troisième fois la question de l'assurance.

— Je vous l'ai déjà dit, répondit Tom avec une pointe d'impatience dans la voix. Notre comptable nous a poussés à choisir une police d'assurance que nous jugions exagérée, mais le problème n'est pas là... Ce n'est pas ça qui va élucider le mystère.

— Je sais, monsieur. De toute façon, elle réglera ça avec vous, déclara le jeune policier.

— Qui donc ? fit Tom.

— Votre compagnie d'assurances, monsieur.


Neil dormait lorsque Cathy téléphona.

— Neil Mitchell à l'appareil, annonça-t-il d'une voix ensommeillée.

— Neil, nous avons été cambriolés.

— Cathy ? fit Neil, surpris de ne pas la trouver à côté de lui, au lit.

— Oh, Neil, les voleurs... Ils ont tout saccagé, murmura-t-elle d'une voix étranglée.

— Il y a des blessés ?

— Non, mais c'est affreux.

Elle l'imagina en train de se lever, comme il le faisait si souvent quand on l'appelait en pleine nuit pour régler une affaire urgente.

— Tu veux que je vienne ? demanda-t-il d'un ton résigné.

— La police est sur place, c'est très impressionnant.

— J'arrive.

— Ça ne te dérange pas ?

— Bien sûr que non.

— Tu as appelé Neil, il arrive ? s'enquit Tom quand elle eut raccroché.

— Oui. Tu veux avertir Marcella ?

— Non, je préfère la laisser dormir. De toute façon, elle sera au courant bien assez vite.

Pourquoi diable n'avait-elle pas fait la même chose ? se demanda Cathy l'espace d'un instant.

Neil ne tarda pas à arriver, vêtu d'un pull et d'un pantalon délavé, mais aussi impressionnant et professionnel que s'il avait arboré la panoplie complète de l'avocat, costume et attaché-case. Les questions étaient nombreuses, aucune piste ne se profilait. Apparemment, aucune bande de délinquants ne semait la terreur dans le quartier, la police ne connaissait aucun spécialiste de ce genre d'effraction. De fil en aiguille, ils abordèrent de nouveau la question des clés.

— Tout ce que je peux vous conseiller, c'est de présenter les choses le plus clairement possible, conclut le jeune policier.

— Que voulez-vous dire, au juste ? questionna Tom. C'est bien ce que nous nous efforçons de faire, non ?

— Avec la compagnie d'assurances.

— Le plus important n'est-il pas d'abord de trouver qui a fait ça ? lança Tom en désignant la pièce d'un geste désespéré.

Neil intervint d'une voix sèche, concise :

— Ce que le policier essaie de dire, Tom, c'est que, comme il n'y a aucun signe d'effraction, aucune serrure forcée, la compagnie d'assurances va essayer de savoir s'il ne s'agit pas d'un acte délibéré commis par une personne de l'entreprise.

Un silence tendu s'abattit sur la pièce. Ils croyaient que le pire s'était produit... Ils s'étaient trompés.


Ils passèrent une bonne partie de la nuit à préparer la fournée de pain pour Haywards, dans le petit four de Stoneyfield, avec l'aide de Marcella, puis dans la cuisine mieux équipée de Waterview, avec le concours de Neil et June.

— Que va dire Jimmy pour ton retard ? s'enquit Tom.

— Oh, il est habitué ; il croira que je suis allée faire la fête, une fois de plus, répondit-elle succinctement.

La nuit s'acheva, le pain fut livré à l'heure et ils regagnèrent Scarlet Feather.

Petit à petit, ils déblayèrent les débris de verre et les éclats de faïence, s'arrêtant parfois pour soupirer, parfois pour verser une larme sur un trésor cassé. Tom obligea Cathy à enfiler les gros gants épais qu'ils utilisaient pour sortir les plats du congélateur.

— Je ne sens rien avec, gémit-elle.

— Tu risques de te couper si tu ne les mets pas.

— Mais non.

— Ecoute, Cathy, si nous arrivons à nous sortir de là, c'est tout ce qui nous restera, nos mains. Alors autant les garder en bon état.

La véracité de ses propos lui fit l'effet d'une gifle. Ils ne se remettraient peut-être jamais de ce cambriolage. Celui qui avait fait ça avait détruit des années d'efforts, leur rêve, leur unique chance de diriger une entreprise. Elle ramassa un grand morceau de verre et alla le mettre sur le tas qui grossissait à vue d'œil, dans la cour. C'était la porte vitrée d'une étagère d'angle qui ornait naguère l'accueil. Les grandes assiettes de couleur qu'elle contenait étaient cassées, tout comme celles de leur vieux vaisselier.

Une vague de tristesse l'envahit.

Que ses mains soient en bon état ou non, ils ne pourraient jamais remonter leur entreprise ; rien ne serait plus pareil. Elle mourait d'envie de s'asseoir dans un coin, comme un enfant malheureux, et de laisser couler ses larmes.

Ils avaient réparé le téléphone et sa joyeuse sonnerie déchirait de temps en temps le silence. Les gens qui les appelaient n'avaient aucune idée du chaos qui régnait dans les locaux. Molly Hayes désirait un dîner pour douze personnes. C'était l'anniversaire de Shay.

— Pouvons-nous vous rappeler avant la fin de la journée, madame Hayes ? s'enquit June de sa voix claire et courtoise.

— Vous êtes débordés ?

— Vous ne croyez pas si bien dire, madame Hayes.

Cathy considéra son amie avec fierté. En l'espace de six mois, elle avait acquis de l'assurance, de la classe, ainsi qu'une foule d'autres atouts qui ne plaisaient probablement pas à son plombier de mari, taciturne à souhait. Toujours est-il qu'elle était à présent capable d'expliquer clairement et précisément aux clients la différence entre une pâte feuilletée et une pâte à choux... Elle pouvait disserter sereinement sur les œufs de caille et les langoustines. Cathy déglutit péniblement à la pensée que l'avenir professionnel de June était réduit à néant, à l'instar du leur. Elle regarda Neil, venu les aider à nettoyer : une expression de profonde contrariété se lisait sur son visage tandis qu'il travaillait méthodiquement, sans relâche, alors qu'il était attendu au tribunal plus tard dans la matinée. Elle avait espéré lui annoncer la nouvelle de sa grossesse... mais il faudrait attendre encore un peu. Elle suspendit son geste et l'observa pendant qu'il se tenait devant le fourneau avec Tom, s'efforçant d'évaluer les dégâts. Elle n'entendait pas ce qu'ils se disaient, mais elle les voyait désigner des boutons à tour de rôle. Elle distinguait le visage concentré de Neil pendant que Tom lui expliquait quelque chose qui lui échappait.

Certains plats congelés semblaient intacts mais ils ne pouvaient pas prendre le risque de les recongeler, faute de savoir à quelle heure les vandales avaient opéré. Entre six heures du soir et trois heures du matin... Les produits pouvaient être restés douze heures hors du congélateur. Alors, que faire ?

Ils appelèrent un taxi pour June. Marcella se changea et se rendit chez Haywards. Là-bas, elle enfila sa blouse blanche et s'occupa des ongles de celles qui avaient de l'argent et du temps à revendre. Malgré les tristes événements de la nuit, elle se sentait le cœur plus léger que d'habitude. Elle ne passerait pas le restant de sa vie à limer et à vernir des ongles. D'ici à la fin du mois, elle aurait décroché son premier contrat de mannequin professionnel en plus d'une présentation à un agent. Elle pouvait bien sourire et dorloter ses clientes. Sa vie allait bientôt changer.

De son côté, Neil rentra, revêtit sa tenue d'avocat et se rendit au tribunal, où il devait représenter deux hommes victimes d'un licenciement abusif. Tout le monde disait qu'il n'avait aucune chance, que ces deux-là semaient la zizanie depuis déjà pas mal de temps, que le dossier était truffé de zones d'ombre. Neil, lui, savait que l'entreprise qui les avait licenciés se trouvait dans une position délicate, traînant derrière elle une réputation d'antisyndicalisme. Il gagnerait le procès et enfoncerait du même coup cette boîte. Oh, cette affaire ne s'inscrirait certainement pas dans les annales du droit et ses clients n'étaient peut-être pas tout blancs, mais c'était une question de principe.

Tom et Cathy se considérèrent en silence, les yeux rougis de fatigue.

— Ils ne pensent tout de même pas que c'est nous qui aurions pu faire ça ? murmura finalement Cathy.

C'était au moins la dixième fois qu'ils formulaient la question.

— Ils peuvent nous soupçonner de l'avoir fait dans le but de récupérer la prime.

— Franchement, Tom, comment aurions-nous pu nous infliger ça ? reprit-elle en désignant la pièce.

— Ça s'est déjà vu, quand les entreprises vont mal.

— Mais ce n'est pas notre cas... James pourra le leur dire, c'est sûr !

James ! Ils l'avaient complètement oublié.

— James Byrne à l'appareil.

Il fit preuve d'un sang-froid et d'un détachement extraordinaires en apprenant la nouvelle. Il leur posa toute une série de questions. Le coffre ? Ouvert, avec les documents éparpillés un peu partout. Oui... oui. La police ? Des pistes ? Non, non. Et les équipements, cuisinières, congélateur... Est-ce que Scarlet Feather pourrait continuer à fonctionner ? Difficile à dire. Très bien, très bien. L'assurance ? Oui, tout était en ordre, leur assura-t-il. Ils rentreraient largement dans leurs frais. Ils lui précisèrent qu'il n'y avait eu aucune effraction, aucune serrure forcée.

— Je vois, fit James Byrne.

— Mais vous savez bien que nous n'y sommes pour rien, n'est-ce pas, James ? s'écria Tom.

— Oui, je le sais. Bien sûr. Moi, je le sais.

— Mais eux non, c'est ça ? reprit Tom d'une voix sourde.

— Disons qu'ils risquent de mettre plus de temps pour vous dédommager.

Très calme, il réfléchissait. Par une curieuse coïncidence, il avait dîné la veille avec Martin Maguire ; ce dernier lui avait dit qu'il souhaitait que ces deux jeunes gens réussissent dans leurs nouveaux locaux, sincèrement... Même s'il demeurait convaincu qu'une espèce de malédiction pesait sur ce bâtiment. Quelque chose qu'ils ne parviendraient jamais à apprivoiser ni à dominer. James s'abstint de leur en parler. Ils avaient suffisamment à faire pour le moment.

Shona Burke leur accorda l'autorisation d'utiliser les cuisines de Haywards pour fabriquer leurs pains ; cette nouvelle organisation fonctionna tellement bien que les responsables du magasin parlèrent de la conserver. Tom travaillait jusqu'à l'ouverture des portes ; il leur assura qu'il n'utiliserait pas les cuisines pour son propre compte.

— Tout est rentré dans l'ordre, chez vous ? lui demandait-on parfois.

— Mais oui, mentait invariablement Tom.

Personne ne devait être mis au courant du chaos total qui régnait encore dans les cuisines de Scarlet Feather.

Cathy se chargea entièrement du dîner d'anniversaire des Hayes ; elle confectionna chez elle le gâteau au chocolat pour Shay et personne ne s'en porta plus mal. Personne sauf Neil, obligé d'enjamber cagettes et cartons à chaque fois qu'il se déplaçait, si bien qu'il finit par installer une table et une chaise dans la chambre à coucher pour pouvoir travailler.

— Une maison de ville me semblait déjà trop petite, j'ai maintenant l'impression de vivre dans une chambre de bonne, marmonna-t-il.

Il résolut donc de sortir tous les soirs afin de la laisser travailler tranquillement.

Tom et Cathy avaient oublié à quel point il était difficile de cuisiner dans un espace aussi restreint. Très vite, ils n'eurent plus de place pour poser leurs affaires. Toutes les chaises, tous les tabourets et même les valises furent réquisitionnés comme plans de travail. Ils se bousculaient sans cesse, heurtaient les plateaux ; le réfrigérateur et le freezer se remplissaient trop vite ; la glace fondait, les couverts tombaient par terre. Chaque jour devenait de plus en plus cauchemardesque.

June et Cathy travaillèrent d'arrache-pied, comme jamais encore. Elles préparèrent un pique-nique pour Freddie et Pauline Flynn ; deux buffets de première communion le même jour, assurant une navette entre les deux, en compagnie de Conrad. De son côté, Tom s'occupait de remettre de l'ordre dans leurs affaires. C'était loin d'être une partie de plaisir, tout le monde le savait. Une équipe d'ouvriers dépêchés par JT Feather vint nettoyer les locaux après le passage de l'expert de la compagnie d'assurances, contacté par James Byrne. Ce dernier insista également pour prendre des photos des dégâts avant que tout soit déblayé. Remettre la cuisine en état de marche leur reviendrait à plus de deux mille livres, sans compter toute la vaisselle et les verres qu'il faudrait remplacer. Ils avaient jeté la totalité des plats surgelés ; de longues semaines de travail étaient parties en fumée en quelques secondes.

Parmi les premières personnes qui auraient dû être averties se trouvaient Geraldine et Joe, leurs garants. Pourtant, ni Cathy ni Tom n'avaient envie de les mettre au courant avant que tout soit rentré dans l'ordre. Pas avant d'y voir plus clair. Ils avaient toujours l'horrible impression qu'ils ne se remettraient pas de ce cambriolage. Et ils n'étaient pas encore prêts à partager ce sentiment d'échec. Pour Cathy, il était hors de question d'en parler à sa tante, de lui demander de mettre une fois encore la main à sa poche alors qu'elle venait de critiquer ouvertement son mode de vie. Par fierté, la jeune femme s'était fait un point d'honneur de rembourser intégralement l'investissement de Geraldine lorsque leur affaire tournerait. Geraldine qui lui avait tant donné, sans rien lui demander en échange, si ce n'est la satisfaction de la voir s'épanouir dans son entreprise. Sa tante qu'elle avait blessée en portant un jugement sur sa façon de vivre. D'un autre côté, elle redoutait que Geraldine lui conseille de saisir l'occasion pour tout abandonner, puisqu'elle était enceinte. Qu'elle lui laisse entendre que cette mésaventure tombait plutôt bien. Et ça, elle n'était pas prête à l'entendre.

— Vois-tu un inconvénient à ce que nous ne mettions pas tout de suite Geraldine au courant ? demanda-t-elle à Tom.

— C'est drôle, je voulais justement te demander la même chose pour Joe.

Il ne lui expliqua pas ses raisons ; ils n'avaient pas besoin de tout se dire. En fait, Joe était bien la dernière personne à qui il avait envie de parler en ce moment. Joe qui avait proposé à Marcella de se pavaner à moitié nue sur un podium, devant tout Dublin. Joe qui avait fait tourner la tête de Marcella en lui racontant qu'il la présenterait à un agent qui la mettrait dans son fichier et lui proposerait des contrats « de l'autre côté », comme il disait. Tom détestait cette expression. S'il voulait parler de Londres ou de Manchester, pourquoi ne le disait-il pas clairement ? Il ne supportait pas d'entendre sa jolie Marcella répéter toutes ces balivernes comme un perroquet. Joe qui avait été à la fois clairvoyant et généreux envers eux. Joe qui rendait régulièrement visite à leurs parents, allégeant de moitié le poids qui pesait jusqu'alors sur les épaules de Tom. Joe qui, se sentant malgré lui coupable au sujet de ce défilé de mode, mettrait volontiers la main au portefeuille pour les tirer de ce mauvais pas... et se racheter du même coup une conscience. Tom n'avait aucune envie de lui confier les lourds problèmes qui les accablaient.

Par conséquent, s'ils ne voulaient pas que Geraldine et Joe soient au courant, ils devaient garder l'information secrète. Shona et June promirent de tenir leur langue. Ils n'en parlèrent pas non plus à Muttie ni à Lizzie. Pourtant, Cathy brûlait d'envie de confier ses soucis à sa mère, dans cette cuisine qu'elle connaissait par cœur, et de pleurer pendant que Lizzie lui caresserait les cheveux. Mais, si elle cédait, la nouvelle se répandrait comme une traînée de poudre.

Fidèle à ses habitudes, James Byrne leur avait enjoint de garder la plus grande discrétion pendant que Neil Mitchell leur affirmait qu'il ne permettrait pas à cette compagnie d'assurances tentaculaire de se réfugier derrière de belles paroles. Il se sentait très concerné par cette affaire et se battait en leur nom contre tous ces bureaucrates anonymes qui détenaient en otage l'argent des plus démunis. Déjà, il compulsait la jurisprudence dans ce domaine, en quête de précédents, résolu à gagner. Il les soutenait à cent pour cent, certes, et pourtant, Cathy aurait préféré qu'il la soutienne d'une autre manière. Qu'il la prenne dans ses bras, qu'il la caresse tendrement. Qu'il lui dise qu'il l'aimait et qu'ils s'en sortiraient, ensemble. Alors — alors seulement — elle lui annoncerait qu'elle attendait un bébé.

— Est-ce qu'on va prendre des cours de tennis ? demanda Simon au petit déjeuner.

— De tennis ?

Sa mère posa sur lui un regard absent, comme si ce mot lui disait quelque chose mais que sa signification lui échappait pour l'instant. Elle versa du lait sur les corn-flakes, beaucoup trop, si bien qu'elle noya les céréales. Il ne restait plus de lait pour leur thé.

— Voilà, c'est parfait, murmura-t-elle.

— Oui, maman, fit Maud d'un ton contrit.

— Sara nous a dit que nous prendrions des cours de tennis, insista Simon.

— Oh, Sara, oui, cette pauvre fille, intervint son père.

— Celle avec les bottes et la casquette à l'envers ? Mon Dieu, mon Dieu, renchérit Barty.

— J'ai son numéro de téléphone. Je pourrais l'appeler, suggéra Simon. Elle saura nous dire quand et où.

Kenneth Mitchell laissa échapper un soupir.

— Je dois avoir l'adresse quelque part par là, inutile de la déranger. Tu n'as qu'à téléphoner et commencer les cours quand tu voudras.

— Mais, papa, qui paiera l'inscription et les leçons ? s'enquit Simon d'un air inquiet.

— Ne te fais pas de souci pour ça.

— Je préfère appeler Sara, déclara Simon.

— Bon sang, c'est incroyable, c'est moi qui paierai ces foutus cours. Cesse t'embêter tout le monde avec tes histoires, tu veux, nous avons d'autres chats à fouetter, figure-toi.

Kay Mitchell se mit à trembler. Elle détestait voir son mari en colère.

— Je suis désolé, papa.

— Non, ce n'est pas grave. Vous n'avez qu'à sortir vos raquettes de l'abri de jardin et vous entraîner ici, sur la pelouse, d'accord ?

Les jumeaux baissèrent les yeux. Ce n'était pas le moment de dire à leur père que l'abri était fermé à clé.

— Cathy, on peut passer aujourd'hui pour travailler et faire briller vos trésors ? demanda Maud.

— Non, Maud, désolée, pas aujourd'hui.

— Mais on ne demandera rien en échange, même pas à manger, insista Maud d'un ton implorant.

— Ma chérie, j'aimerais pouvoir te dire oui, vraiment, mais ce n'est pas possible. Vous viendrez une autre fois, d'accord ?

Et elle raccrocha.

— Elle m'a raccroché au nez, murmura Maud, interdite.

— Elle avait l'air en colère ? lui demanda Simon.

— Un peu, oui. Qu'est-ce qu'on a bien pu faire ?

— On aurait peut-être dû lui écrire un petit mot pour la remercier de nous avoir donné les pâtes, l'autre jour.

— Sara, je t'appelle d'une cabine téléphonique, c'est Simon. C'est papa qui doit payer nos leçons de tennis ?

— Oui, il le sait bien.

— Je crois qu'il est un peu à court d'argent.

— Les leçons de tennis sont comprises dans l'allocation qu'il perçoit pour vous... Inscrivez-vous, je veillerai à ce que tout soit réglé.

— Sara, tu comprends... Papa est un peu...

— Ne t'en fais pas, je saurai me montrer diplomate.

— Et, Sara, nos raquettes sont enfermées dans l'abri de jardin.

— Walter ? demanda la jeune femme.

— Je suppose, mais ils se mettent tous en colère dès qu'on leur demande quelque chose.

— Ne leur demandez rien, je m'en occupe.

— Est-ce qu'elle était en colère, elle aussi ? voulut savoir Maud lorsque Simon eut raccroché.

— Oui, mais pas contre nous... Je ne crois pas, en tout cas.

— Walter Mitchell ? Je suis Sara, l'assistante sociale qui s'occupe de Simon et de Maud.

— Je sais qui vous êtes, fit Walter en la gratifiant d'un sourire chaleureux. Nous recevons rarement d'aussi jolies visiteuses dans nos bureaux.

Cette fois, son charme manqua sa cible.

— Pourquoi avez-vous fermé l'abri de jardin à clé ? demanda-t-elle d'emblée.

Le beau sourire de Walter disparut d'un coup.

— Je ne vois pas en quoi cela vous regarde, répliqua-t-il.

— Ecoutez, je me moque bien de savoir que vous y entreposez toute une collection de revues porno. Tout ce que je veux, c'est que vous rendiez aux jumeaux leurs raquettes de tennis.

— Vous êtes venue jusqu'ici pour me dire ça ? Pourquoi ne me l'ont-ils pas demandé directement ?

— Il semblerait que les occupants du foyer qu'ils ont regagné grâce à mes efforts soient d'une humeur massacrante. Les enfants ne souhaitaient pas aggraver les choses.

— Alors bien sûr, ils vous ont appelée à la rescousse, railla-t-il.

— Je sers à quelque chose, au moins. Allez-vous me donner cette clé pour que j'aille chercher leurs raquettes ou bien... ?

— Je m'en charge, coupa-t-il.

— Mais... et votre travail ?

— Je suis mon propre patron. Je suis libre de gérer mon temps comme bon me semble, déclara-t-il en se levant.

— Merci, Walter.

— De rien, Sara.

Elle vit qu'il jetait un coup d'œil dans le couloir avant de quitter son bureau ; et, au lieu de prendre l'ascenseur, comme les autres employés, il s'engouffra dans la cage d'escalier. De toute évidence, M. Walter Mitchell n'était pas aussi libre de ses mouvements qu'il voulait bien le faire croire.

La maison de St Jarlath's Crescent n'avait jamais été aussi jolie. De nouveaux rideaux et de belles jardinières ornaient les fenêtres. La chambre des jeunes mariés était décorée avec soin.

— La maison nous paraît vide, tu sais. Ces enfants me manquent terriblement, confia Lizzie à sa sœur. Et le pauvre Muttie est complètement déboussolé.

— Ils viennent souvent vous voir ?

— Tous les samedis. Ils aimeraient venir plus souvent mais, apparemment, ce n'est pas possible.

— Cathy ne pourrait pas vous les amener de temps en temps ? Quand elle décide quelque chose, en principe, rien ne lui résiste, et les Mitchell ne lui font pas peur.

— Cela fait plusieurs jours que je n'ai pas de nouvelles de Cathy.

— Je crois qu'elle est très occupée en ce moment, dit Geraldine tout en se demandant pourquoi Cathy ne l'avait pas rappelée pour lui décrire la réaction de Neil à l'annonce de la grande nouvelle.

Il y avait une répétition pour le défilé de Feather Fashion. Joe s'arrangea pour avoir une petite discussion avec Marcella.

— Tom est au courant, n'est-ce pas ? Pour tout ça, tu sais... ajouta-t-il en montrant d'un geste vague les filles en petite tenue qui gravitaient autour de lui.

— Bien sûr. Il est d'accord, affirma Marcella.

— C'est juste que...

— Quoi ?

— Eh bien, ça fait un petit moment que je ne l'ai pas vu et j'espère qu'il ne m'en veut pas de t'avoir entraînée dans cette histoire.

— Oh non, bien sûr que non. Il ne t'en veut absolument pas. C'est juste qu'il est débordé en ce moment. Si tu veux tout savoir, nous nous voyons à peine tous les deux !

— Salut, Cathy, c'est Geraldine.

— Oh oui, Geraldine. Oh... murmura Cathy, prise de court.

— Excuse-moi, je te dérange ?

Elle n'aurait pu choisir plus mauvais moment. La pièce était bondée, chargée d'électricité. James Byrne, Neil et l'expert étaient en train d'inspecter les locaux. Elle se trouvait en compagnie de June et de Tom, et tous trois ressassaient l'épisode pour la énième fois.

— Pour être franche, un peu, oui. Je te rappelle, d'accord ?

— Tu aurais dû le faire bien plus tôt, répliqua Geraldine d'un ton tranchant. Je n'ai pas eu de nouvelles depuis la soirée de Freddie.

— Je sais, je sais.

— Dis-moi au moins comment Neil a réagi.

— Je ne lui ai pas encore parlé.

— Mais ça fait une éternité...

— Je t'en prie, Geraldine, je te rappellerai, l'interrompit Cathy d'une voix étrangement enrouée.

— Très bien.

Intriguée, Geraldine resta un long moment assise, les yeux rivés sur le téléphone.


— Il risque de s'écouler plusieurs mois avant que la compagnie vous dédommage, déclara Neil après le départ de l'expert. Si nous arrivons à la faire payer avant la fin de l'année, nous pourrons nous estimer heureux.

— Quelle somme nous faut-il ? demanda Tom, le visage sombre.

— Je dirais un peu moins de vingt mille livres, répondit le comptable. Peut-être davantage si vous ne trouvez pas de matériel d'occasion.

James Byrne procéda ensuite à une rapide estimation des traites qu'ils devraient rembourser à la banque... si cette dernière acceptait de leur prêter de l'argent.

— Ils ne peuvent pas vous refuser un prêt parce qu'ils savent que la compagnie d'assurances finira par vous dédommager et qu'ils rentreront du même coup dans leurs frais, mais malgré tout, c'est beaucoup trop.

— Nous ne gagnerons pas la moitié de ça en une semaine, et puis nous avons tous les autres crédits à rembourser, intervint Tom d'un ton grave.

James reprit la parole.

— Avant de vous décider, accordez-moi vingt-quatre heures pour revoir les chiffres et redéfinir les options qui s'offrent à nous.

Il était conscient qu'ils avaient tous besoin de souffler un peu. La peine de Tom et de Cathy, le sentiment d'échec qu'ils éprouvaient étaient encore trop cuisants pour qu'ils puissent réfléchir calmement.

— Je suis désolé, chérie, murmura Neil dans la voiture, sur le chemin du retour.

— Est-ce que tu es là ce soir ? coupa Cathy.

— Non, chérie, tu le sais bien ; je dois assister à cette réunion pour les sans-abri, c'est ma dernière chance de leur donner quelques tuyaux avant mon départ pour la conférence.

La conférence ! Comment avait-elle pu oublier que Neil et quatre autres avocats devaient représenter l'Irlande à l'occasion d'un forum international sur les réfugiés, en Afrique ? Il partait le lendemain soir.

— Reste à la maison ce soir, il faut que je te parle.

— Tu n'as qu'à me parler dans la voiture, chérie, tu sais bien que je ne peux pas laisser tomber tous ces gens.

— Sara se chargera de leur transmettre tes conseils.

— Je t'en prie, Cathy, sois raisonnable. Sara est une jeune assistante sociale, elle n'est pas avocate.

— A quelle heure penses-tu être de retour ?

— Comment le saurais-je ? Quand la réunion sera terminée, c'est tout ce que je peux te dire.

— Je t'en prie, ne passe pas la nuit à jacasser dans un de ces cafés miteux après la réunion.

L'impatience s'inscrivit sur le visage de Neil.

— Cathy, j'ai passé ma journée entière, une journée que j'aurais dû consacrer à la préparation du forum, dans ton bureau à essayer de clarifier la situation. Je ferais n'importe quoi pour toi, tu le sais bien, mais je ne peux pas leur faire faux bond ce soir. Et cesse de croire que mon travail consiste à jacasser toute la nuit dans des cafés miteux. Je n'ai jamais déconsidéré ton métier, moi.

— Neil ! s'écria Cathy, hébétée.

— Non, je suis sincère, nous avons conclu un marché, toi et moi, nous sommes partenaires dans le meilleur sens du terme. L'estime que nous portons au travail de l'autre est réciproque et nous nous aidons volontiers dès que cela est possible. Dans quelques années, nous pourrons nous permettre de lâcher la bride pour souffler un peu.

— Quand ?

— Pas ce soir, c'est sûr... Pas tant que ton entreprise ne sera pas en état de marche... Pas tant que je n'aurai pas réalisé mes projets professionnels.

— Ça prendra peut-être cinq ou six ans.

— C'est bien ce que nous avions prévu, non ?

Un silence suivit ses paroles.

— Je n'ai pas envie de me disputer avec toi, Cathy, surtout avant de partir.

— Moi non plus, je n'ai pas envie que nous nous disputions, murmura-t-elle d'une petite voix.

— Nous sommes sur les nerfs, c'est tout.

— C'est tout, convint-elle.

— J'essaierai de me libérer aussi vite que possible, promis, reprit Neil en lui souriant.

— Très bien.

Elle se força à lui rendre son sourire.

— Ecoute, à mon retour d'Afrique, nous irons chez Holly, tu sais, le petit hôtel sympa, à Wicklow, où nous avions déjeuné un jour. Nous dînerons en tête à tête et nous passerons la nuit là-bas.

— Super !

Lorsqu'il rentra cette nuit-là, elle était au lit, parfaitement réveillée. S'il ne semblait pas trop fatigué, elle se lèverait et lui annoncerait enfin la nouvelle. Il ne pouvait pas partir pendant neuf jours sans être au courant. A travers ses paupières mi-closes, elle le vit ôter sa chemise d'un geste las. Il se dirigea vers la salle de bains, se brossa rapidement les dents et passa un gant de toilette sur son visage et ses aisselles. Elle aperçut son reflet dans le miroir ; il était épuisé, tendu. Quand il se glissa à côté d'elle, il murmura :

— Désolé, chérie, comme tu l'avais prévu, on a beaucoup jacassé après la réunion.

— Veux-tu que je te prépare une tasse de thé ?

— Je dormirai avant même de pouvoir avaler la première gorgée...

Quelques instants plus tard, il dormait à poings fermés. Cathy se leva et se rendit à la cuisine. Quand le jour se leva, elle était toujours là, plongée dans ses réflexions, taraudée par les mêmes questions sans réponse. Leur couple était solide, harmonieux, un partenariat dans tous les sens du terme. Etait-il possible qu'elle ait peur de lui parler ? Peur de lui annoncer la meilleure nouvelle dont on puisse rêver ?

Elle l'entendit se lever. Il avait dormi cinq heures et demie, et pendant tout ce temps elle était restée assise à cette table. Même s'il avait un moment pour l'écouter, ce qui était peu probable, elle était trop fatiguée, trop désorientée pour choisir les bons mots. Après son départ, elle irait chez le médecin pour avoir la confirmation de ce que lui avait indiqué son test de grossesse. Le temps jouait contre eux. Assurément.

— Vous êtes vraiment fatigants, tous les deux, vous savez, déclara Walter en retrouvant les jumeaux à la maison.

Simon et Maud étaient penauds.

— On croyait que ce serait plus facile. Elle nous a dit de l'appeler en cas de problème.

— Mais il n'y avait pas de problème, vous auriez pu attendre que je rentre du bureau, enfin.

— On croyait que tu étais parti en Angleterre ; tu ne nous dis jamais ce que tu fais, répliqua Maud, sur la défensive.

— Bien sûr, tu n'es pas obligé, intervint Simon.

— C'est bon, taisez-vous ; je vais vous chercher vos foutues raquettes et vous l'appellerez ensuite pour lui dire que vous êtes fin prêts pour Wimbledon.

— On peut venir avec toi pour voir si on a besoin d'autre chose dans l'abri ?

— Non. Asseyez-vous et taisez-vous.

— Mais comment tu vas les reco... ?

— Il va toutes les sortir et on choisira, coupa Simon, refroidi par l'expression qui assombrissait le visage de son frère.

— Tu comprends quand tu veux, Simon, railla Walter. Ça rentre doucement, mais ça rentre quand même.

Martin Maguire avait regagné l'Angleterre sans qu'on le mette au courant de l'incident qui s'était déroulé dans ses anciens locaux. Cette fois, James Byrne n'avait pas insisté pour qu'il rende visite aux nouveaux occupants des lieux. Martin Maguire avait éprouvé tant de chagrin dans cet endroit que James ne le sentait pas encore assez fort pour rencontrer ces deux jeunes gens accablés par le sort.

Geraldine appela Joe Feather au sujet de la conférence de presse qu'il devait tenir à la fin de la semaine suivante. Elle avait besoin d'une photocopie de son discours.

— Je préfère improviser, lui répondit Joe.

— C'est ce que tout le monde préfère, mais il faut donner quelque chose aux journalistes pour qu'ils puissent commencer à rédiger leurs articles, une espèce de déclaration d'intention, un peu de politique, un brin de patriotisme...

— Oh, je t'en prie, protesta Joe en riant.

— Je suis très sérieuse. Explique-leur pourquoi tu es revenu en Irlande, à quel point tu aimes les Irlandaises, leur audace et leur élégance en matière vestimentaire... Complimente un peu le gouvernement qui encourage ci et ça...

— Tu es sérieuse, vraiment ?

— Vraiment.

— Tu ne voudrais pas l'écrire à ma place ?

— Je ne peux pas, je dois sortir aujourd'hui. Allez, tu rédiges le premier jet, tu me l'envoies par fax ou par mail, comme tu préfères, et je te rappelle demain matin.

— D'accord. Au fait, as-tu eu des nouvelles de Cathy ou de Tom récemment ?

— Non, pourquoi ?

— Parce qu'on dirait qu'ils se sont volatilisés. J'essaie désespérément de joindre Tom depuis quelques jours. Marcella prétend qu'il va bien mais, dans ce cas, pourquoi ne me rappelle-t-il pas ?

— Je te tiendrai au courant si j'ai des nouvelles.

Après avoir raccroché, elle quitta son bureau et héla un taxi. Elle n'avait pas l'intention d'attendre davantage, elle. C'était tout de même une bien étrange coïncidence qu'aucun des deux ne se manifeste. Quelque chose ne tournait pas rond, c'était évident. Et elle allait éclaircir ce mystère sur-le-champ.

Les débris de verre, de porcelaine et autres objets cassés avaient été déblayés. En grande partie, en tout cas.

Ils continuaient à retrouver de tristes souvenirs du cambriolage, des morceaux de verre cassé derrière le tiroir à couverts. Le grand plat qu'ils avaient cru en bon état se révéla complètement craquelé ; lorsqu'ils voulurent le soulever, il éclata en mille morceaux, emportant avec lui le saumon entier qu'ils venaient de préparer. Ils ne purent rien sauver ; poisson et porcelaine allèrent droit à la poubelle.

— Des heures de travail, se lamenta June.

Des heures de travail, sans compter que le plat principal d'un déjeuner qu'on leur avait commandé venait de disparaître. Avec un soupir las, Cathy appela le poissonnier. Pourrait-il préparer un saumon qu'elle passerait prendre dans deux heures ?

— Ça va vous coûter cher, Cathy, répondit le commerçant sur un ton d'excuse.

— Ça nous coûtera moins cher que si nous n'honorons pas notre commande, répliqua-t-elle.

Elle croisa le regard de Tom. Ils étaient tellement occupés à rassurer les autres, à maintenir un semblant de normalité qu'ils avaient à peine le temps de se parler.

— Est-ce qu'on va s'en sortir, Tom, à ton avis ? demanda-t-elle tristement.

— Je ressens la même chose que toi, tu sais.

Ils se dévisagèrent, en proie à une terrible angoisse. S'ils cédaient à la panique, ils étaient perdus. Seul leur optimisme les maintenait à flot.

— Cela dit, c'est déjà beaucoup mieux que lundi, reprit Cathy.

— Et beaucoup mieux qu'hier, renchérit Tom.

Les ouvriers de JT Feather avaient passé une nouvelle couche de peinture sur les murs. Tom avait fait promettre à son père de ne parler à personne de leur mésaventure. Ce genre d'incident pouvait nuire gravement à la bonne marche de leur entreprise. Son père avait hoché la tête gravement. La nouvelle ne devait pas s'ébruiter, Tom avait raison. Mais JT Feather ne soupçonna pas un seul instant qu'il était également censé taire la vérité à Joe. Aussi, lorsque son fils aîné passa les voir dans l'après-midi, s'empressa-t-il de lui raconter le triste épisode par le menu.

— Pourquoi Tom ne m'a-t-il rien dit ? demanda Joe, profondément choqué.

— Il préfère ne pas en parler pour ne pas nuire à la bonne marche de son entreprise, répondit JT.

— Je vois.

— C'est tout de même bizarre qu'il ne t'ait rien dit, à toi, tu n'es pas une relation de travail, après tout.

— C'est pourtant ainsi qu'il me considère, apparemment, fit Joe, songeur.

— Que veux-tu dire par là, fiston ?

— Rien, p'pa. Je radote, c'est tout. Ne lui dis surtout pas que tu m'as tout raconté. Il m'en parlera quand il se sentira prêt.

Geraldine sortit du taxi au bout de l'allée et s'avança lentement. Elle franchit la grille qu'elle avait huilée au mois de janvier, pendant que Tom et Cathy s'affairaient comme des fous à l'intérieur, juste avant l'inauguration. Cathy ne lui aurait jamais rien caché à l'époque. Tout avait tellement changé depuis... Pourquoi ? Elle jeta un coup d'œil par la fenêtre, s'attendant à voir la petite table carrée sur laquelle trônaient normalement le saladier en argent et un bouquet de fleurs. Il y avait aussi ces jolies assiettes de toutes les couleurs qui ornaient un pan de mur. La pièce ressemblait à un petit havre paisible et chaleureux qui dissimulait l'activité frénétique des cuisines ultramodernes. Geraldine aimait beaucoup l'ambiance de cette réception, tellement accueillante avec son canapé et ses fauteuils moelleux. Ces deux-là fonctionnaient aux coups de cœur, et leur instinct ne les trompait jamais. Mais aujourd'hui, tout était différent. Il n'y avait rien d'autre sur la table que des appareils électroménagers endommagés, rangés en ligne. Par la porte grande ouverte, elle vit que la cuisine était en travaux. Elle avait du mal à distinguer ce qui se tramait précisément, mais elle remarqua que les appareils avaient été arrachés du mur. Que s'était-il passé ici depuis sa dernière visite ? D'une main hésitante, elle appuya sur la sonnette. Ce fut Cathy qui ouvrit la porte. Elle avait l'air épuisée.

— Oh, Geraldine ! dit-elle d'un ton morne, sans même l'inviter à entrer.

— Eh oui, c'est bien moi, fit Geraldine en avançant d'un pas.

— Tu tombes mal, je suis désolée.

— C'est drôle, je tombe toujours mal ces derniers temps. C'est d'ailleurs la raison pour laquelle tu me promets de me rappeler... mais tu ne le fais jamais.

— Je t'en prie, Geraldine... Je passerai chez toi ce soir et nous discuterons tranquillement. J'ai un tas de choses à te dire.

Geraldine jeta un coup d'œil par-dessus l'épaule de sa nièce. On eût dit qu'un ouragan s'était abattu dans la pièce. Gentiment mais fermement, elle écarta Cathy de son passage.

— Geraldine, n'es-tu pas celle qui clame haut et fort qu'on ne doit jamais s'immiscer dans la vie privée des autres ? Je ne te rends pas visite sans te passer un coup de fil avant... Qu'as-tu fait de tes beaux principes ?

Trop tard. Geraldine était déjà à l'intérieur, en train de contempler les dégâts d'un air éberlué.

— Oh mon Dieu ! s'écria-t-elle. Oh mon Dieu, ma pauvre, ma pauvre chérie, qui a bien pu vous faire ça ?

Cathy soutint son regard, bouleversée.

— Quand cela s'est-il passé ? Il y a combien de temps ?

— Pendant la soirée de Freddie.

— Il ne m'a rien dit.

— Il n'est pas au courant. Personne ne le sait.

— Mais pourquoi, bon sang ?

— Nous tenions à éclaircir un peu la situation avant d'en parler.

— Mais enfin Cathy, je suis ta meilleure amie, n'est-ce pas ?

— Oui.

— Alors, pourquoi ne m'as-tu rien dit, à moi ?

— Tu sais parfaitement pourquoi, rétorqua Cathy en baissant la tête.

— Non, je ne sais pas... Si quelqu'un avait pillé mon appartement ou mon bureau, je t'aurais tout de suite avertie... Jamais je n'aurais pu te le cacher, c'est complètement ridicule, voyons !

— La différence, c'est que ce n'est pas moi qui ai payé ton bureau, lança Cathy, les yeux toujours rivés au sol.

— Enfin, Cathy, ça n'a rien à voir ! Qui a fait ça, dis-moi, qui a bien pu faire ça ? Y a-t-il des suspects ?

— Ils croient que c'est nous, Geraldine. Nous sommes leurs principaux suspects. Ils s'imaginent que nous avons mis à sac notre propre lieu de travail pour toucher la prime d'assurance.

Marcella versa quelques gouttes d'huiles essentielles dans le bain de Tom. C'était un cocktail relaxant, censé chasser la tension musculaire et nerveuse. Toutes ses clientes se l'arrachaient.

— Elles ne se lèvent pas tous les jours à cinq heures du matin pour aller faire du pain chez Haywards et ne passent pas non plus leur journée à traîner de gros sacs de matériel endommagé sur leur lieu de travail, observa Tom d'un ton grognon.

Tout en parlant, il entendit la voix geignarde de celui qui s'apitoyait sur son sort, le genre de personne qu'il détestait, en général. Marcella se rembrunit.

— Je sais que tu traverses une période difficile, commença-t-elle, mais je pensais que ça te soulagerait peut-être un peu.

Elle avait dépensé une petite fortune pour acheter cette huile et voilà comment il la remerciait : en se plaignant.

— Crois-tu qu'il te serait possible de masser un peu les épaules de ce vilain garçon ? demanda Tom d'un ton radouci.

— Avec plaisir, mais le vilain garçon doit d'abord rester dix minutes dans le bain pour que l'huile pénètre bien, répondit Marcella en retrouvant son sourire.

— Je n'y vois aucun inconvénient.

Il lui rendit son sourire avant d'aller se glisser dans l'eau.

Un moment plus tard, Marcella vint s'asseoir au bord de la baignoire et posa les mains sur ses épaules.

— Après un quart d'heure de relaxation, tu dois déjà te sentir mieux, murmura-t-elle.

Tom s'abstint de répondre. Il avait passé ce quart d'heure à se demander comment il parviendrait à affronter ce qui l'attendait dans sa vie privée et professionnelle.


— Je suis sûr que tu aimerais le tennis, Muttie, déclara Simon le samedi suivant.

— Ce n'est pas un sport pour nous autres, fiston.

— Je croyais que tout le monde avait le droit de faire ce qu'il voulait, intervint Maud.

— Je n'en suis pas si sûr que toi. Ce serait formidable, c'est vrai, mais hélas, ça ne marche pas encore comme ça.

— C'est pourtant ce que Cathy nous a dit, expliqua Maud.

— Oh, elle, elle s'imagine qu'elle peut faire n'importe quoi ! Elle serait même capable de sauter du toit du Liberty Hall, maugréa Lizzie.

— Ce qui est sûr, c'est que Cathy pourrait abattre des montagnes, fit Muttie.

— Je crois qu'elle est en colère contre nous, confia soudain Maud.

— Pourquoi donc ? demanda Lizzie. C'est bien elle qui vous a emmenés ici au tout début, non ?

— Peut-être, mais maintenant, elle ne nous emmène plus nulle part, dit Simon.

— Probablement parce que vous êtes censés rester chez vous, aux Beeches, expliqua Muttie. Ils ont fixé des tas de règles et de consignes sur l'endroit où vous devez vous trouver, quel jour, à quelle heure, et elle ne veut sans doute pas avoir l'impression de s'imposer.

— Nous ne la voyons plus du tout. Je crois vraiment qu'on a fait quelque chose qui l'a vexée, insista Maud.

— Nous aussi, nous la voyons très rarement ces temps-ci, les enfants, déclara Lizzie. Son travail l'absorbe complètement, vous savez, et s'ils continuent comme ça, Tom et elle seront à ramasser à la petite cuillère d'ici la fin de l'année.


— Joe, es-tu au courant de ce qui est arrivé à Cathy et à Tom ?

Joe et Geraldine travaillaient ensemble sur le communiqué de presse.

— C'est-à-dire que... oui, je suis au courant, mais ce ne sont pas eux qui me l'ont dit, si c'est ce que tu veux savoir.

— Et moi, j'ai été obligée de leur arracher la vérité... Je crois qu'ils avaient peur que nous proposions de les aider... financièrement.

— Oui, c'est aussi mon impression. Pourtant, je suis disposé à leur prêter un peu d'argent s'ils en ont besoin. Et toi ?

— Bien sûr, mais ils sont terriblement susceptibles à ce sujet, tous les deux. Si tu veux mon avis, il vaut mieux attendre qu'ils nous en parlent.

— Cathy est toujours d'humeur égale ; ce n'est pas elle que je trouve susceptible.

— Elle a pourtant ses propres soucis, Joe, tu peux me croire.

— Ça tombe plutôt mal, parce que mon petit frère semble drôlement contrarié que Marcella participe à ce défilé. Pour être franc, il m'arrive parfois de regretter de l'avoir pistonnée auprès des types du casting.

— Ne dis pas ça, c'est tout de même une aubaine pour elle, non ?

— Tu parles ! Marcella a vingt-cinq ans. Elle est déjà beaucoup trop âgée pour devenir mannequin. C'est à seize ans qu'elle aurait dû commencer.

— Elle en est consciente ?

— Si elle possède un tout petit brin de clairvoyance, oui, elle le sait.

— Viens voir la répétition de demain, Tom, je t'en prie, supplia Marcella.

— Non, je ne veux pas causer de dérangement.

— Tu ne nous dérangeras pas, je t'assure, toutes les autres filles amènent leurs amis. Eddie et Harry trouvent que c'est important pour nous de répéter devant un public.

Tom n'avait aucune envie d'y aller. Ce serait déjà assez dur d'assister au vrai défilé le soir venu ; il ne pouvait se résoudre à aller voir les répétitions... Il aurait eu l'impression d'assister à un strip-tease.

— Chérie, je te promets de venir si j'arrive à me libérer, mais la journée de demain s'annonce très chargée pour nous.

— Mais enfin, Tom, de toute façon, tu seras au magasin pour préparer ton pain. Ce n'est quand même pas difficile de monter au quatrième pour venir me voir. Ça me ferait vraiment plaisir.

Il finit par céder.

— Tu as raison, au fond. Pourquoi ne profiterais-je pas du spectacle en avant-première ? lança-t-il avec entrain tandis que le beau visage de Marcella s'illuminait.

Shona vint le trouver en cuisine le lendemain matin.

— Sais-tu que ta cote de popularité ne cesse de grimper dans les couloirs de Haywards ?

— C'est vrai ? fit-il, dubitatif.

Shona lui livra les dernières impressions du personnel. Alors qu'au départ tous redoutaient de laisser une personne étrangère au magasin investir leur territoire, ils trouvaient à présent formidable d'entrer le matin dans une cuisine déjà bourdonnante d'activité. Tom avait pris l'habitude de leur préparer du café et laissait toujours une miche de pain frais à leur intention. Tout le monde l'appréciait, et le système fonctionnait à merveille.

— Ça fait plaisir à entendre, dit Tom d'un ton absent.

Il pensait à Marcella, qui patientait au quatrième étage pour la répétition. Marcella et son nouveau travail... Shona hésita quelques instants avant de reprendre :

— Je voulais te dire... enfin, c'est assez délicat mais sache tout de même que, si vous n'arrivez pas à remonter la pente, Cathy et toi, à cause de ce cambriolage, un emploi à plein temps t'attend ici.

Il déglutit péniblement. De toute évidence, Shona ne mesurait pas l'impact de ses paroles. Elle venait de formuler clairement ce qu'ils redoutaient le plus : que Scarlet Feather ne se remette pas de cet incident. Ils n'avaient jamais osé envisager cette éventualité aussi crûment. Et voilà que Shona lui proposait une issue de secours. A lui seul. Il inspira profondément avant de répondre :

— C'est vraiment gentil de ta part et ce serait un grand honneur pour moi mais Cathy et moi sommes bien décidés à tout faire pour sortir Scarlet Feather de ce mauvais pas.

— Je suis sûre que vous y arriverez, murmura la jeune femme avec tact.

— C'est notre rêve, tu sais. Et on ne peut pas vivre quand on n'a pas de rêve.

— Je ne sais pas.

— Tu as un rêve, toi aussi ?

— J'en ai eu un.

— Et tu l'as réalisé ?

— Oui. Je rêvais d'habiter au Glenstar, avoua Shona d'une petite voix.

Quel drôle de rêve... Mais après tout, s'acharner à vouloir monter une entreprise de restauration à domicile pouvait également paraître bizarre aux yeux de certains.

— Et l'amour ? demanda-t-il d'un ton léger.

— Il y a bien longtemps que j'ai fait une croix dessus, répliqua-t-elle sur le même ton mais Tom sentit qu'elle parlait très sérieusement.

Une partie du quatrième étage était dissimulée par des rideaux pour la répétition. Tom hésita avant d'écarter un pan de tissu. Une foule s'affairait autour du podium. Certains réglaient l'éclairage, une bande son se déclenchait et s'arrêtait sans cesse, Ricky indiquait leurs places aux photographes. Il n'y avait aucun signe des filles ni des vêtements. Elles étaient probablement en train de se préparer en coulisse, derrière l'arcade qui ouvrait sur le podium. Il sentit son estomac se nouer à la pensée que Marcella allait participer à tout ça. Il aperçut Joe de l'autre côté mais son frère ne le vit pas. Enfin, les mannequins furent appelés pour défiler sur la musique.

— Je vais vous demander beaucoup de concentration maintenant, expliqua Joe. Tout doit être chronométré avec précision. Si l'une d'entre vous trébuche ou si une lumière s'éteint, continuez d'avancer... Parfait, on commence dans dix secondes.

Deux hommes s'installèrent à côté de Tom. Il leur sourit et se poussa pour leur faire de la place.

— Merci, mon vieux, fit l'un d'eux.

C'était sans doute les associés londoniens de Joe. Ils attendaient également le directeur d'une agence de mannequins. Marcella ne parlait que de lui. « M. Newton en personne », répétait-elle sans cesse avec une sorte de déférence qui avait le don d'irriter Tom. Peut-être M. Newton était-il l'un de ces deux types.

— Monsieur Newton ? risqua-t-il.

— Il est là-bas, mon vieux, répondit son voisin en désignant d'un signe de tête un petit homme installé dans un fauteuil de réalisateur.

A la grande satisfaction de Tom, le fameux M. Newton ressemblait à un affreux petit cochon. Le jeune homme s'adossa à son siège et regarda les filles arriver une à une sur le podium. Elles étaient très jeunes, à peine formées pour la plupart : des collégiennes en maillot de bain. Elles avançaient en dansant et se lançaient un ballon sur le rythme de la musique. Marcella fermait la marche. Elle ne dansait pas avec les autres mais ondulait entre elles avec une moue hautaine, comme si ces jeux enfantins l'agaçaient. Elle portait un bikini blanc composé d'un soutien-gorge et d'un string minuscule qui ressemblaient à des coquillages. Son ventre plat et ses longues jambes bronzées paraissaient à la fois familiers et étrangers dans ce décor. Une brusque envie de pleurer saisit Tom à la gorge. Elle lui avait dit que Joe avait insisté pour qu'elle soit mise en valeur à chacune de ses apparitions et c'était réussi. Lorsque les plus jeunes envahirent le podium, vêtues de courtes robes de plage dans des tons pastel, Marcella fit son apparition dans une robe noire décolletée jusqu'au nombril. Du coin de l'œil, il vit ses voisins la détailler d'un air admiratif.

— Je la connais, ne put-il s'empêcher de dire. Elle est jolie, n'est-ce pas ?

— Superbe, répondit l'un d'eux.

— Il y a quand même de sacrés veinards en ce bas monde, lança l'autre.

— Vous croyez qu'elle deviendra top model, un jour ? reprit Tom en s'efforçant de garder un ton neutre.

Il désirait malgré tout que le rêve de Marcella devienne réalité.

— Oh, elle fait ça pour s'amuser, c'est tout, répondit son voisin.

— C'est une amie de Joe Feather, c'est lui qui lui a décroché le contrat, renchérit l'autre.

— Je crois qu'elle aimerait en faire son métier, insista Tom.

Ils secouèrent la tête.

— Impossible.

— Elle est beaucoup trop âgée.

— Elle a vingt-cinq ans, intervint Tom.

— Justement, répliqua son voisin avant de reporter son attention sur le podium où les filles venaient de faire leur apparition en nuisettes.

Marcella n'aurait pas été plus exposée si elle avait arpenté le podium en tenue d'Eve. Le tissu fluide et transparent qui flottait artistiquement autour d'elle mettait en valeur chaque partie de son anatomie, chaque courbe de sa silhouette irréprochable.

Il laissa un petit mot pour lui dire qu'elle avait été époustouflante, que le défilé était réussi et qu'il était très fier d'elle. Puis il prit la camionnette et se dirigea vers le canal. Là, il resta une bonne dizaine de minutes à admirer un couple de cygnes qui flottait gracieusement sur l'eau. Il se rendit compte qu'il pleurait au moment où il voulut redémarrer, lorsqu'une grosse larme s'écrasa sur ses doigts. Il était en train de perdre la tête...

En arrivant à Scarlet Feather, il trouva deux lettres glissées sous la porte. L'une de Geraldine à l'attention de Cathy, claire et concise. Elle désirait procéder à un nouvel investissement dans leur entreprise et répétait à Cathy qu'il serait ridicule de sa part de refuser son aide. Toutefois, si cette dernière s'obstinait à camper sur ses positions, elle joignait à sa lettre quelques informations concernant la location de matériel de cuisine.

Cette solution leur reviendrait cher, mais elle leur éviterait au moins de nouvelles dépenses.

Cathy appela sa tante pour la remercier. Elle tomba sur le répondeur.

— Nous pensons tous les deux que c'est une excellente idée. Si nous louons pour quelques mois seulement, nos dépenses seront rapidement amorties. Merci encore, Geraldine. Tu es géniale.

L'autre lettre était de Joe Feather, à l'adresse de Tom. Il avait appris qu'ils avaient été cambriolés et proposait de les dépanner tout de suite, en liquide. Ils n'avaient pas de temps à perdre avec la paperasserie. Qu'ils acceptent simplement les mille livres qu'il leur offrait de bon cœur. Et, bien sûr, il leur réglerait aussi en liquide le buffet qu'ils prépareraient à l'occasion du défilé. Tom appela son frère et laissa un message sur son répondeur.

— Nous tenons à te remercier du fond du cœur, Cathy et moi, nous accepterions volontiers l'argent que tu nous proposes mais, malheureusement, tout doit se faire dans la légalité la plus totale. Si tu connaissais notre comptable, tu comprendrais vite pourquoi. Merci quand même, Joe, c'est vraiment sympa de ta part. Au fait, j'ai assisté à la répétition ce matin, c'était super.

— C'est vrai, ça ? s'enquit Cathy lorsqu'il eut raccroché.

— Pourquoi, tu ne me crois pas ?

— Disons que... tu manquais d'enthousiasme en disant ça.

— Si, le défilé était bien, articula Tom à contrecœur. Voilà, c'est tout.

— J'espère que tu as d'autres adjectifs en réserve pour décrire la prestation de Marcella ?

— J'en ai quelques-uns, en effet, convint-il en esquissant un sourire. Bon sang, Cathy, comment allons-nous faire pour préparer le buffet du défilé si nous n'avons pas de matériel ?

— On va en louer, répondit la jeune femme en s'emparant du téléphone. Ce sera notre première grosse réception à Haywards. Il est hors de question que nous leur demandions de nous prêter des plateaux ou des verres. C'est à nous de les impressionner.

— C'était bien, sincèrement ? lui demanda Marcella le soir même.

Joe et ses associés étaient allés prendre un verre pour peaufiner quelques points de détail, et M. Newton s'était joint à eux.

— C'était donc « M. Newton en personne » ? fit Tom, regrettant aussitôt son ton railleur.

Mais Marcella ne parut rien remarquer.

— Oui. Il est vraiment adorable, tu sais, et très simple. Quand tu penses à toutes les célébrités qu'il a côtoyées ! Mais il te met tout de suite à l'aise ; c'est un plaisir de travailler pour lui.

— J'imagine.

— Il n'a pas tari d'éloges sur le défilé, poursuivit Marcella. Joe était aux anges.

— Formidable. Super.

— Je n'arrive toujours pas à croire que c'est vendredi le grand jour.

Il la considéra sans mot dire. Et si les associés de Joe avaient raison ? Si Marcella était effectivement trop âgée pour commencer une carrière de mannequin ?

— Et ce M. Newton pourra te décrocher des contrats par la suite, c'est ça ? demanda-t-il avec détachement.

— C'est-à-dire que... Je ne veux pas me réjouir trop vite mais j'en ai bien l'impression. Pour le moment, il n'a assisté qu'à deux répétitions et il semblerait que tout dépende de la prestation finale... Certaines filles perdent tous leurs moyens lorsqu'elles se retrouvent face à un public.

— Il y avait beaucoup de monde aujourd'hui et tu t'en es très bien sortie.

— Peut-être, mais on attend plus de trois cents invités vendredi soir, répondit Marcella en croisant les bras sur sa poitrine. Je pense pouvoir y arriver. Toutes ces filles plus jeunes que moi me donnent beaucoup d'assurance... C'était formidable de travailler avec elles.

— Elles sont plus jeunes que toi ? fit Tom en feignant l'étonnement.

— Tom, je t'en prie ! Ça saute aux yeux. Certaines d'entres elles ont huit ou neuf ans de moins que moi. Ne fais pas l'idiot.

— Je n'ai rien remarqué, vraiment. De toute façon, tu étais la plus jolie... Mais ne crains-tu pas que M. Newton porte plutôt son choix sur certaines d'entre elles ? Ou bien sont-elles trop jeunes, au contraire ?

Marcella fronça les sourcils.

— Si tu veux tout savoir, j'y ai songé, effectivement. Mais il a dit à Joe qu'il avait plusieurs contrats sous le coude qui me conviendraient tout à fait.

Elle se tut un instant.

— C'est merveilleux, n'est-ce pas, Tom ? J'ai encore du mal à y croire.

Les lettres, les fax et les e-mails arrivaient en flot continu de Chicago, portant tous la simple mention : *Mariage*.

— A croire que personne ne s'est jamais marié avant Marian Scarlet, marmonna Cathy en lisant le dernier message.

— Et alors, de quoi te plains-tu ? Ils veulent du raffinement et de la sophistication, nous allons leur en donner, répliqua Tom avec entrain.

— Non, attends un peu...

— Franchement, Cathy, ce n'est pas parce qu'il s'agit de ta sœur que tu dois faire toutes ces manières. La salle paroissiale sera magnifique une fois que nous l'aurons décorée, je t'assure, Ricky va prendre quelques photos et...

— Attends, tu ne sais pas tout...

— Le prêtre est ravi, il va se faire une jolie petite somme, et nous aussi, poursuivit Tom. Les ouvriers de mon père ont déjà repeint les murs et le prêtre a demandé à ses paroissiens d'installer des jardinières de fleurs. Ce sera...

Il s'interrompit devant l'expression consternée de Cathy.

— Que se passe-t-il, à la fin ?

— Ils souhaitent un mariage irlandais traditionnel, ils veulent que nous servions du corned-beef et du chou.

— Pourquoi, grand Dieu ?

— Parce que pour eux c'est ça, la cuisine typiquement irlandaise.

— Mais enfin, Marian a grandi à St Jarlath's Crescent, comment peut-elle avaler ça ? s'écria Tom, interloqué.

Cathy haussa les épaules.

— Elle vit depuis longtemps dans l'Illinois.

— Il est hors de question que nous leur servions du corned-beef et du chou, décréta-t-il.

— Je sais.

— Qui va se charger de le lui annoncer ?

— Tu es beaucoup plus diplomate que moi, observa Cathy.

— C'est ta sœur, nom de nom !

— Que pourrions-nous lui proposer de typiquement irlandais, à part ça ?

— Ce n'est pas le choix qui manque ! Nous avons l'agneau de Wicklow, le saumon irlandais, le homard, les moules ; on pourrait réaliser un centre de table avec tous les coquillages irlandais. Moi qui croyais qu'ils commanderaient des grosses côtes de bœuf bien juteuses ! La ville de Chicago est réputée pour ses parcs à bestiaux et ses abattoirs, non ? Ils doivent avoir l'habitude de manger beaucoup de viande, là-bas.

— Justement, ce qu'ils veulent, c'est du dépaysement. Des danses folkloriques, des gourdins irlandais, des jeunes filles rousses et pimpantes qui leur souhaiteront la bienvenue.

— Je n'y crois pas...

Cathy lui agita la lettre sous le nez.

— Et pourtant, c'est la vérité... Les parents et les amis de Harry sont impatients de découvrir les coutumes irlandaises, de s'imprégner de notre culture, de goûter la cuisine simple et naturelle du terroir.

Tom enfouit son visage dans ses mains.

— Concentrons-nous un peu, Cathy. Qu'allons-nous leur proposer ? Dire qu'on avait cru que ce serait un jeu d'enfant...

— On peut dire qu'on était à côté de la plaque, oui, murmura Cathy avec un soupir à fendre l'âme.

Tom leva les yeux vers elle.

— Tout va bien ? demanda-t-il d'un ton inquiet.

— Non, ça ne va pas. Ça ne va pas du tout. Il faut arrêter de se leurrer, Tom. Nous ne pourrons jamais nous occuper de ce mariage.

Les épaules courbées, le visage enfoui dans ses mains, elle s'effondra, le corps secoué de violents sanglots.

— On ne peut pas continuer comme ça, ça devient grotesque...

— Cathy, Cathy...

Il vint s'agenouiller auprès d'elle.

— On trouvera une solution, ne t'en fais pas...

— Tu parles ! murmura-t-elle entre deux sanglots. Marian a perdu la tête, nous n'aurions jamais dû l'écouter, nous aurions dû lui dire que nous étions débordés, que nous ne pourrions pas nous occuper de son mariage. C'est ridicule de faire semblant...

— C'est pourtant notre seul moyen d'avancer, répondit-il en lui caressant les cheveux d'un geste apaisant.

— Nous sommes fichus, Tom, tu m'entends...

Elle se redressa soudain et le considéra avec gravité, les yeux rougis par les larmes.

— Il faut regarder la vérité en face, non ? On s'endette chaque jour un peu plus, on n'a plus rien, Tom, plus rien...

Tom la prit dans ses bras.

— Nous traversons une période difficile, Cathy, c'est vrai, mais tu ne dois surtout pas baisser les bras, tu m'entends ? Ça ne te ressemble pas.

Elle continua à pleurer pendant qu'il lui caressait les cheveux. Quel soulagement de pouvoir enfin donner libre cours à ses sentiments, de laisser tomber le masque d'entrain forcé qu'elle se devait d'arborer devant les autres...

Tom l'étreignit jusqu'à ce que les larmes se tarissent. Elle murmura quelque chose qu'il n'entendit pas, blottie contre lui.

— Que dis-tu ?

— Ça y est, Tom, c'est fini, nous devons être forts et nous battre jusqu'au bout.

Il la dévisagea avec attention.

— Rassure-moi, tu n'étais pas sérieuse quand tu parlais de tout laisser tomber ?

Un pâle sourire flotta sur les lèvres de Cathy.

— Non... bien sûr que non.

— Je préfère ça.

Elle se moucha.

— Très bien. Puisqu'on reprend tout à zéro, on ferait mieux de remettre au point certaines choses.

— Par exemple, établir un menu typiquement irlandais dont Scarlet Feather n'aurait pas à rougir, c'est ça ? enchaîna Tom en guettant sa réaction.

Elle allait déjà mieux. Les affaires repartaient.

Coup de chance extraordinaire, leur ordinateur était toujours là, intact, pour la simple raison qu'il se trouvait en réparation le jour du cambriolage. Cathy s'installa devant l'écran.

— Nous allons lui envoyer un e-mail. Tu te charges de la partie créative, professionnelle, et je m'occupe du couplet sentimental, la famille passe avant tout et patati et patata.

— Il faut lui donner l'impression que tous ses souhaits seront exaucés, observa Tom, plongé dans ses pensées.

— Comment avons-nous pu croire un seul instant qu'un traiteur s'occupait simplement de nourrir les gens ? lança Cathy en riant.

— C'est réservé aux professionnels, maman, expliqua Joe Feather à sa mère pour la énième fois.

— Mais j'ai lu dans le journal que c'était ouvert à tout le monde.

— A tous ceux qui gravitent dans le milieu de la mode, maman, insista Joe. Crois-moi, je t'inviterais volontiers si je pensais que cela pourrait t'intéresser.

Il était sincère. Sa mère n'avait probablement aucune envie de voir sa future belle-fille, qu'elle avait déjà beaucoup de mal à supporter, arpenter un podium à demi nue. Elle n'apprécierait pas non plus de voir son fils Tom se décomposer au fil de la soirée. Joe l'avait aperçu lors de la répétition et il avait compris à quel point cette situation était difficile pour lui. De toute façon, il n'avait pas trop de soucis à se faire. Marcella n'avait aucune chance de devenir mannequin professionnel. C'était une jeune femme ravissante, certes, mais elle était raide comme un piquet. En outre, son corps splendide attirait les regards au détriment des vêtements qu'elle portait. Non, ce métier n'était pas fait pour elle. Tom n'était pas assez bête pour croire à ces hypothétiques contrats de « l'autre côté ». Non, certainement pas.

Tom aida Cathy à décharger la camionnette quand elle rentra des courses.

— Tu as reçu un message : Simon et Maud ne t'aiment plus.

— Simon et Maud ? Qu'est-ce que je leur ai fait, encore ?

— C'est plutôt ce que tu n'as pas fait. Ils veulent venir nettoyer tes trésors.

— Mais nous n'avons plus de trésors, gémit Cathy.

— Nous n'en avons jamais eu, d'ailleurs.

— S'ils découvrent ce qui s'est passé, nous sommes cuits. Tout le monde sera au courant dans la demi-heure qui suit. Muttie et Lizzie seront aux quatre cents coups, la famille de Chicago annulera, nous n'aurons plus un seul client...

Elle se sentait coupable vis-à-vis des jumeaux, mais il n'y avait pas d'autre solution.

— Ils pensent que tu es furieuse contre eux. Ils aimeraient savoir pourquoi.

— Merde ! lâcha Cathy. On n'a vraiment pas besoin de ça maintenant.

Tom ne releva pas. Il continua à vider la camionnette, imperturbable.

— Très bien, très bien, message reçu. Pour être honnête, ils ont aussi leur part de soucis. Je vais leur concocter une petite sortie.

— J'ai laissé leur numéro sur le bureau, déclara Tom. Pauvres petits diables... Si tu veux mon avis, la vie n'est pas rose pour eux aux Beeches.

Cathy partit téléphoner. Elle tomba sur le père des jumeaux. Comment l'avait-elle appelé lors de leur précédente entrevue... Monsieur Mitchell ou Kenneth ? Impossible de s'en souvenir.

— Cathy Scarlet à l'appareil. J'aimerais parler à Maud ou à Simon, s'il vous plaît.

— Ah oui, oui... bien sûr... nous nous sommes déjà rencontrés, si je ne me trompe, répondit-il.

Il appela les enfants. Une nouvelle vague de culpabilité envahit Cathy lorsqu'elle entendit leurs voix excitées.

— C'est pour nous ? demanda Simon d'un ton incrédule.

— Qui est-ce ? s'enquit Maud.

Comme elle n'obtenait pas de réponse, elle s'empara du combiné.

— Allô... oui. C'est Cathy ! s'écria-t-elle.

Cette dernière lutta contre une soudaine envie de pleurer.

— Que diriez-vous d'aller au cinéma et de manger un hamburger après le film ? Je vous raccompagnerai chez vous ensuite, proposa-t-elle.

— Tu veux qu'on passe te chercher à Scarlet Feather ? suggéra Simon.

— *Oh non !* Non merci, Simon. Vous n'avez qu'à prendre le bus jusqu'à O'Connell Street... Je vous rejoindrai pour la séance de quatre heures.

— Viens avec nous, proposa Cathy à Tom.

— Non, le défilé a lieu dans deux jours, Marcella est sur les nerfs et elle m'a dit qu'elle voulait me parler ce soir.

— D'accord. J'ai pensé tout à coup que tu aurais bien besoin d'un break, toi aussi.

— C'est vrai. Mais nous traversons une période de stress intense, c'est comme ça. Au fait, tu n'as pas oublié que nous dînions tous ensemble après le défilé ?

— Bien sûr que non. Où as-tu réservé ?

— Au petit restaurant italien. Geraldine sera là. Ricky et Joe aussi, je crois, s'il arrive à se libérer. Et puis il y aura Shona et six ou sept autres personnes. On n'aura pas besoin de repasser par ici pour déposer le matériel. Haywards nous prête ses cuisines ; je remballerai tout samedi matin, en allant préparer le pain.

— Tu travailles trop, observa Cathy.

— Toi aussi. Il y avait beaucoup de monde au magasin ?

Elle lui coula un regard en biais. Son expédition avait été épuisante, elle avait mal au dos et la seule vue de certains produits l'avait écœurée.

— Ça allait encore, aujourd'hui, mentit-elle.

Comment réagirait-il lorsqu'elle lui annoncerait qu'elle était enceinte... que, dans quelques mois, elle devrait partir en congé maternité ? Elle verrait bien le moment venu.

— Tu es vraiment sûre qu'on n'a rien fait de mal ? insista Maud.

Le film était terminé. Ils étaient en train de manger un hamburger.

— Non, Maud. Souviens-toi que vous n'êtes pas le centre du monde.

— Je sais, mais on avait peur que tu penses...

— Pour être franche, je ne pensais pas du tout à vous, nous étions très occupés.

— Alors comment on peut savoir si quelqu'un est en colère contre nous ou s'il ne pense pas à nous, tout simplement parce qu'il est occupé ? demanda Simon, perplexe.

— Tu apprendras avec le temps, ne t'en fais pas.

— Est-ce que tu étais plus jeune ou plus vieille que nous quand tu l'as appris, toi ? insista le garçonnet.

— Un peu plus vieille... J'avais six mois de plus que vous, il me semble, répondit Cathy, en proie à une grande fatigue.

Plus les enfants parlaient d'une espèce d'hurluberlu prénommé Barty, des drôles de repas qu'ils mangeaient chez eux, de leur mère qui passait le plus clair de son temps au lit et de leur père qui sortait toujours à la nuit tombée, plus elle était convaincue qu'ils avaient commis une grossière erreur en renvoyant ces enfants chez eux sans protester. Neil s'était trompé, pour une fois. Elle en était intimement persuadée. Peu importaient les liens du sang, Muttie et Lizzie auraient été pour ces enfants de bien meilleurs parents que ceux qui leur avaient donné le jour.

— Pourquoi ne passerions-nous pas voir Galop avant de rentrer ? suggéra-t-elle à brûle-pourpoint.

Les jumeaux échangèrent des regards embarrassés. Maud s'agita sur sa chaise tandis que Simon détournait les yeux en direction de la porte.

— Qu'y a-t-il ? fit Cathy en les dévisageant à tour de rôle.

— Tu sais bien... Nous n'avons pas le droit d'aller à St Jarlath's Crescent en dehors des samedis, commença Simon.

— Mais vous êtes en vacances maintenant...

— Sara a dit que c'était la même chose pendant les vacances.

— Ce sera juste une petite visite. Puisque vous avez le droit de sortir avec moi, je peux vous emmener où bon me semble, non ?

— Il vaut mieux pas, Cathy... Sara a dit que papa et maman étaient un peu jaloux des bons moments qu'on a passés chez Muttie et sa femme Lizzie... Ils n'aiment pas qu'on retourne là-bas... Ils s'imaginent que c'est ce que nous préférons.

— Et c'est vrai ?

— Tu nous avais dit de ne jamais parler de ce qu'on préférait. Tu disais que c'était très impoli, répondit Maud, décontenancée.

— J'ai dit ça, moi ? Oh, je devais être très intelligente, à l'époque.

— Ça ne fait pas si longtemps que ça, intervint Simon. Tu n'as pas pu devenir moins intelligente en si peu de temps.

— Je t'aime, Simon, lâcha soudain Cathy. Et je t'aime aussi, Maud. Bien, si tout le monde a fini, je vous raccompagne chez vous.

Cathy s'absorba dans les préparatifs du départ afin de ne pas voir l'expression bouleversée des jumeaux. On ne leur avait jamais dit qu'on les aimait comme ça, avant. Ils ne savaient pas du tout comment réagir.

— Rentre avec nous, implorèrent-ils lorsqu'ils arrivèrent aux Beeches.

— Je crois qu'il vaut mieux éviter cela, franchement.

— Mais tu n'as pas peur d'eux, toi, tu n'es pas comme Muttie ! s'écria Simon.

— Et on pourrait répéter notre numéro de danse devant toi, suggéra Maud.

— Très bien, je vous accompagne, déclara Cathy en pénétrant dans la maison d'un pas décidé. Kenneth, Kay, merci de m'avoir prêté vos délicieux enfants pour la soirée, nous avons passé un excellent moment... C'est mon impression, tout du moins.

— Le film était super, renchérit Maud.

— Et Cathy nous a offert deux hamburgers chacun, fit Simon.

— Ils n'auront pas besoin de dîner.

Cathy promena un regard autour d'elle. Il était huit heures du soir et, apparemment, personne n'avait préparé quoi que ce soit pour les enfants.

— Il y a du jambon au réfrigérateur, lança Kay, sur la défensive.

— Oh, je n'en doute pas une seconde, Kay. Sans doute aviez-vous prévu un bon repas pour vos enfants, conformément aux termes de l'accord, mais très sincèrement, je ne pense pas qu'ils auront encore faim ce soir.

— Non, c'est vrai. Merci, fit Simon.

— Est-ce qu'on peut aller chercher nos chaussures et le magnétophone maintenant ? voulut savoir Maud.

Sous le regard ahuri de leurs parents, Simon et Maud attendirent, pointes de pied en l'air, le départ donné par la musique. Puis ils se lancèrent dans la danse d'un air solennel. Ils avaient énormément progressé depuis que Cathy les avait vus pour la dernière fois, à St Jarlath's Crescent, secouée d'un fou rire nerveux et persuadée que Marian l'étranglerait sur place si elle les laissait évoluer devant ses invités.

— Ce serait donc pour un mariage, si j'ai bien compris ? fit Kenneth Mitchell après avoir applaudi parce que sa femme et Cathy l'avaient fait avec enthousiasme.

— Oui, pour le mariage de ma sœur, qui a lieu le mois prochain... Ils seront les vedettes du spectacle.

— Le problème, c'est que je ne suis pas sûr de...

Cathy serra les poings. Ce grand escogriffe n'allait tout de même pas recommencer !

— Kenneth, voyons, vous ne vous souvenez donc plus de ce que vous a dit Jock... que ce mariage faisait partie des termes de l'accord ?

— Si, si, bien sûr.

— A propos, je voulais que vous sachiez à quel point vos enfants étaient respectueux de toutes les règles qui leur sont imposées. J'avais oublié que vous vous opposiez à ce qu'ils aillent chez mes parents plus d'une fois par semaine et je m'apprêtais à les y conduire pour qu'ils voient un peu leur chien...

— Ce chien n'est pas vraiment à eux.

— Si... si, ce chien est vraiment à eux, mon père l'a acheté spécialement pour eux et il s'en occupe volontiers entre leurs visites hebdomadaires. Mais vous m'avez interrompue. J'étais en train de vous dire que vous pouviez être fier de vos enfants ; ce sont eux qui m'ont rappelé les termes de l'accord. Pour être franche, je trouve ça un peu regrettable, mais leur attitude se révèle exemplaire, puisque tel semble être votre souhait.

— C'est-à-dire que... oui... bien sûr...

— J'ai donc pensé que, comme ils faisaient preuve d'une obéissance et d'une générosité admirables, vous pourriez leur rendre la pareille en leur autorisant quelques visites supplémentaires au cours du mois prochain, juste avant le mariage, afin qu'ils fassent connaissance avec toute la famille.

— Nous allons y réfléchir... commença Kenneth.

— Bien sûr, je savais que je pouvais compter sur vous, fit Cathy en gratifiant les jumeaux d'un sourire radieux. Vous voyez, les enfants, je vous avais bien dit que votre père ne verrait aucun inconvénient à ce que vous assistiez aux réunions de famille qui auront lieu avant le mariage... Dès que Neil rentrera d'Afrique, son père et lui vous contacteront pour officialiser tout ça.

Les enfants la contemplaient, bouche bée.

— Merci beaucoup ; ce fut un plaisir de vous revoir.

Et elle prit congé. Elle ralentit le pas dans le hall, curieuse d'entendre le commentaire de Kenneth Mitchell.

— Quelle jeune femme étonnante ! murmura-t-il et, sans même le voir, elle l'imagina en train de secouer la tête.


— Trésor, avant que tu ouvres la bouche, j'aimerais te dire que ce sera toi, la star du défilé, déclara Tom.

Une expression troublée voilait le visage de Marcella ; on eût dit qu'elle ne l'écoutait pas.

— Marcella, cesse de te faire du mauvais sang, tu veux ? Sois réaliste : tu es belle, tu fais de l'ombre aux autres filles dès que tu entres en scène, tu es sûre de toi... C'est juste un peu de trac, rien de plus... Je connais ça aussi, tu sais.

— Ce n'est pas la question.

— Ecoute, tu n'as qu'à te dire que demain soir à dix heures tout sera terminé et que la vie reprendra son cours normal.

— C'est justement ça le problème. Je ne pourrai pas y retourner, pas après ça.

— Retourner où, je ne comprends pas...

— A l'institut pour jouer à la manucure.

— Mais tu décrocheras d'autres contrats une fois qu'on t'aura vue défiler...

— Il ne se passera rien d'autre tant que je n'aurai pas un agent.

— Tu m'as dit que M. Newton...

— Paul Newton serait d'accord pour me représenter, c'est vrai, mais rien n'est sûr... Ça dépend.

— Ça dépend de ta prestation le soir du défilé, c'est ça ? Tout se passera bien, Marcella, c'est évident, tu es comme un poisson dans l'eau lorsque tu défiles, insista Tom avec ferveur.

— C'est un type coriace, égoïste, habitué à obtenir tout ce qu'il veut.

— Quand il te verra sur le podium demain soir, il saura que tu es celle qu'il lui faut.

— Ce n'est pas si simple.

— Comment ça ?

— La balle est dans son camp, tu comprends. Ma carrière repose entre ses mains ; si j'accepte les règles du jeu, la partie est gagnée. Sinon, ce sera tant pis pour moi.

Elle se triturait nerveusement les doigts. Tom la dévisagea, perplexe.

— Et alors ? Je ne vois pas où est le problème. Si tu lui en mets plein la vue sur le podium demain soir, ce dont je ne doute pas un instant, la partie sera gagnée, comme tu dis.

— Il nous a demandé d'assister à la petite fête qu'il donne demain soir, débita-t-elle d'un trait, les yeux rivés au sol.

— Une fête ?

— Oui, à son hôtel.

— Ce n'est pas possible, tu sais bien que j'ai réservé une table dans ce petit restaurant italien. Tout le monde sera là. Tu n'as qu'à lui dire que nous sommes désolés, que nous avons prévu autre chose.

— Il ne s'agit pas de toi. Juste de moi.

Tom crut qu'elle plaisantait et partit d'un éclat de rire.

— Il joue les prolongations, c'est ça ?

— Je ne plaisante pas. Si je vais à cette soirée, il me prend dans son fichier. Voilà, c'est aussi simple que ça.

Le sourire de Tom s'évanouit. Elle semblait très sérieuse. Et elle était en train de lui dire que ce type lui avait fait une proposition malhonnête. Tu viens faire la fête dans ma chambre d'hôtel... ou tu peux dire adieu à ta carrière. C'était grotesque.

— C'est normal que les hommes déraisonnent en ta présence, tu es beaucoup trop jolie, répliqua-t-il d'un ton faussement léger.

— Il ne déraisonne pas. Il est très sérieux.

— Dans ce cas, tant pis pour lui. Je vais dire à Joe qu'il ferait mieux de te laisser tranquille demain soir, un point c'est tout.

En temps normal, Marcella s'autorisait une ou deux cigarettes par jour ; elle savait que le tabac ternissait le teint et jaunissait les dents. Mais là, elle ne put s'empêcher d'en allumer une.

— Arrête ton cinéma, Tom. Tu ne diras rien à Joe. Ton frère a besoin de collaborateurs comme Paul Newton pour promouvoir sa ligne de vêtements. Laisse Joe en dehors de tout ça. Il s'agit de la proposition de Newton, conclut-elle avec fermeté.

Il la considéra d'un air incrédule. Puis il se mit à rire, d'un rire spontané, sincère. Elle plaisantait, il ne pouvait en être autrement. Mais alors, pourquoi ne riait-elle pas avec lui ?

— Ote-moi un doute, tu ne parles tout de même pas sérieusement ? demanda-t-il tout à coup.

— Je n'ai jamais été aussi sérieuse. C'est d'ailleurs pour cette raison que je tenais à te parler ce soir.

— Arrête tes bêtises, tu n'es pas une espèce de call-girl qu'il peut acheter avec de vagues promesses de contrat !

— Ce ne sont pas de vagues promesses mais de vrais contrats.

— Et tu accepterais de coucher avec lui pour ça ?

— Ça n'ira pas jusque-là, j'en suis sûre. Il s'agit simplement d'une petite fête avec des filles et du champagne. C'est ce qu'il aime, tu comprends.

— Arrête, j'ai failli tomber dans le panneau.

— Je ne t'ai jamais menti, Tom, jamais trahi. Pourquoi le ferais-je aujourd'hui ?

Elle parlait de cette voix étrange, presque mécanique qu'elle avait déjà prise le jour où il croyait qu'elle était partie faire la fête au lieu de se rendre à son cours de gym.

— Il te fait marcher, tu ne vas tout de même pas mordre à l'hameçon... Tu es trop intelligente pour ça, nom de Dieu !

— La décision m'appartient, il s'agit de mon avenir, c'est à moi de choisir ce que je veux : commencer ma carrière dans une véritable agence de mannequins ou laisser passer ma chance pour de bon.

Il contempla son visage empreint de gravité.

— Si je comprends bien, tu ne me demandes pas mon avis, tu m'informes simplement de tes projets. C'est ça ?

— Non, ce n'est pas ça.

— C'est quoi, alors ?

— C'est juste que je ne tiens pas à agir dans ton dos, comme j'aurais pourtant très bien pu le faire.

— J'aurais préféré, si tu veux tout savoir.

— Ne dis pas ça. Nous nous sommes juré de toujours nous dire la vérité, tu te souviens ? Je n'aurais jamais cru qu'on en arriverait là.

— Attends une seconde. Réponds-moi franchement : ça ne te ferait rien si je devais agir de la même façon dans le cadre de mon travail ?

— On est obligé de se montrer agréable avec les gens qu'on côtoie en affaires. Tu le sais parfaitement, enfin, c'est ce que tu fais tous les jours. Souviens-toi de cette horrible femme qui dirige le magazine pour lequel nous avons fait la séance photo... Elle te draguait ouvertement, admets-le. Si elle t'avait invité à dîner ou à l'accompagner à une soirée pour le travail, je l'aurais parfaitement compris.

Tom partit d'un nouvel éclat de rire, toujours persuadé qu'elle le menait en bateau. Une fois encore, elle demeura de marbre.

— Donc, tu admets qu'il te drague ?

— Disons plutôt qu'il m'admire, et puis, je suis la plus âgée de toutes. C'est juste une soirée, Tom. Très franchement, je n'aurais vu aucun inconvénient à ce que tu ailles à une soirée en compagnie de cette femme.

— Jamais je n'aurais accepté ! Même si ma vie en dépendait... Alors, pour le boulot, encore moins...

— Je suis désolée, Tom.

Ce qu'il s'apprêtait à dire pouvait changer le cours de sa vie, il en était tout à fait conscient. Il devait se montrer extrêmement vigilant. Il se tenait dans le petit salon alors que Marcella restait assise devant la table. L'image s'incrusta dans son esprit. La nappe framboise écrasée que Cathy leur avait offerte à Noël, la grande coupe blanche garnie de pêches et de raisin noir... Les derniers rayons de soleil caressaient la chevelure de Marcella, formant un halo autour de son visage. Comme s'il s'était agi d'une sainte... Elle portait un jean et un vieux sweat-shirt noir. On lui aurait donné dix-huit ans. Ses grands yeux l'observaient, scrutaient sa réaction.

— Alors, Tom ?

— Alors, Marcella ?

— Qu'as-tu à me dire ?

— Comme tu l'as fait remarquer si justement, c'est ta décision, ton choix, ta carrière. Rien de ce que je te dirai ne pourra t'influencer.

Il parlait d'une voix douce ; il se pencha vers elle pour lui prendre la main.

— Mais... ? continua-t-elle.

— Mais ça me fendrait le cœur de te voir courir vers lui comme n'importe quelle fille qu'il aurait ramassée dans la rue. La dignité, le respect que nous nous portons mutuellement, plus rien de tout cela n'existerait. Et, malgré ce que tu sembles croire, tu n'as pas besoin de faire ça. En d'autres circonstances, je suis sûr que tu n'y accorderais même pas un instant de réflexion mais le grand jour approche, tu es stressée, angoissée pour demain soir.

Il baissa les yeux vers elle, attendant qu'elle se blottisse dans ses bras et qu'elle le remercie pour sa clairvoyance et sa compréhension. Il y eut un long, très long silence.

— Alors, mon amour, tu viendras dîner avec tous tes amis, tous ceux qui trinqueront à ta réussite et à ta future carrière ?

— Merci pour tout, Tom. Merci pour ton calme et ta délicatesse. Je ne voulais surtout pas que tu t'imagines que je puisse te mentir.

— Je sais que tu n'en serais pas capable, murmura-t-il d'un ton apaisant.

Mais elle n'avait pas répondu à sa question. Il devait la laisser réfléchir seule, à tête reposée. Au fond d'elle-même, elle n'avait certainement aucune envie de se rendre à cette petite fête, elle s'en rendrait compte bien assez vite. Il se félicita in petto de lui avoir parlé avec franchise, d'avoir su résister à l'envie qui le tenaillait d'enfoncer son poing dans la porte. Elle fit le tour de la table, l'enlaça et l'entraîna vers le sofa. Ils restèrent assis sans mot dire dans la lumière du soleil couchant, main dans la main, la tête de Marcella posée sur son épaule, pendant un long moment.

On était en train d'installer le matériel de location dans les cuisines de Scarlet Feather. Les livreurs allaient et venaient, les bras chargés de cartons. Le vacarme était assourdissant. La seule pensée de ce que tout cela allait leur coûter donnait le vertige à Tom et Cathy. Cette dernière supervisait avec June l'installation du matériel tout en préparant les canapés pour le buffet du défilé.

— De toute façon, personne ne mangera ; les top models en herbe ont un appétit d'oiseau, c'est bien connu, se plaignit June.

— Peut-être, mais le public, lui, sera composé d'une majorité de femmes bien trop vieilles et trop grosses pour pouvoir porter les vêtements présentés. Ma belle-mère sera là, par exemple.

— Hannah risque de faire une attaque en découvrant la collection de Joe, intervint Tom. Parfait, c'est l'avant-dernier plateau. Plus qu'un et je commence à charger la camionnette.

— Pendant ce temps, je me mets au travail pour Minnie la Foldingue, lança June avec entrain.

— Chut, June ! Un de ces jours, elle débarquera à l'improviste, t'entendra dire ça et nous serons bien avancés.

Minnie faisait croire à son mari qu'elle était une excellente cuisinière ; tous les vendredis, elle venait donc chercher un plat frais et cinq repas surgelés pour deux. A plusieurs reprises, Cathy avait proposé de lui apprendre à réaliser quelques plats simples mais elle refusait obstinément. Alors, chaque fois qu'ils préparaient un bœuf bourguignon ou un poulet à la provençale, ils prenaient soin d'en garder deux parts pour Minnie.

— Quelle vie monotone ils doivent mener, ces deux-là ! fit observer Cathy d'un ton compatissant. Ils ne sortent jamais, ils ne reçoivent jamais.

— Pourquoi ne commande-t-elle que pour six jours ? s'enquit June. Ote-moi d'un doute, il y a bien sept jours dans une semaine ?

— Oui, mais ils prennent un plat au Fish and Chips du coin une fois par semaine, c'est ainsi que son mari la remercie pour tous les efforts qu'elle fait en cuisine durant la semaine.

— Ça doit être un abruti fini, lança June. Si tu veux mon avis, elle a bien raison de lui cacher la vérité. Moins tu en dis à ton homme, mieux tu te portes, voilà ce que je pense.

— Je trouve ça dingue, quand même, de mentir pour des choses aussi stupides que ça.

— Fais-moi confiance, Cat, j'ai une longue expérience en la matière. « Ne dis rien et fais ce que tu veux », c'est ma devise.

Tom s'empara des plateaux et sortit, l'air sombre. June n'avait pas complètement tort. Si Marcella lui avait dit qu'elle devait assister à une réunion de travail après le défilé, il l'aurait crue et il ne serait pas en train de se demander ce qu'elle allait choisir ce soir : la petite fête de M. Newton ou la soirée qu'il avait organisée avec amour en son honneur. Lorsqu'il regagna la cuisine, Cathy contemplait avec dégoût le plateau qui se trouvait devant elle.

— Qu'est-ce que c'est que ça ? demanda-t-elle à June.

— Je n'arrive pas à croire que tu me poses cette question ! Ce sont des poussins, des petits poulets, si tu préfères, que je vais préparer pour Minnie. Tu perds la tête ou quoi ?

— Pose-les là-bas, tu veux ? Je ne supporte pas de voir ça, ça me rend malade, tu comprends... On dirait qu'ils sont, je ne sais pas, presque humains.

— Bien sûr, fit June avec une pointe d'amusement dans la voix. Tu sais quoi ? Je crois qu'on devrait préparer un menu de Noël longtemps à l'avance, une sorte de panier que les gens pourraient déguster tranquillement chez eux. Par exemple des petits canapés, des feuilletés à la viande...

— Des paniers qu'on pourrait leur livrer directement à domicile ? coupa Cathy, enthousiaste.

— J'adorerais ça, faire la tournée des maisons en souhaitant à tout le monde Joyeux Noël, un peu comme le Père Noël. Mais est-ce que tu travailleras encore à Noël ? demanda June d'un ton désinvolte.

— Que veux-tu dire par là ?

— Je veux dire, quand comptes-tu prendre ton congé ? On a besoin de savoir, Tom et moi, n'est-ce pas, Tom ?

— Evidemment, répondit ce dernier sans comprendre.

— A propos, quand avais-tu l'intention de nous annoncer la bonne nouvelle ? Tu nous aurais demandé de faire bouillir de l'eau et de compter les contractions le jour venu, c'est ça ?

Haywards bourdonnait comme une ruche. Tom se sentait au bord de la nausée et ce soir, exceptionnellement, l'opinion que les invités porteraient sur Scarlet Feather s'avérait le cadet de ses soucis. Il aida Conrad, June et Cathy à préparer le buffet pour les journalistes puis s'éclipsa pour déposer un petit bouquet de roses dans les vestiaires. Sur la carte, il écrivit : « Chère et tendre Marcella, bonne chance pour ton grand soir, bonne chance pour tout. » Sa main tremblait légèrement lorsqu'il la posa contre le vase. Les filles était sur le podium pour une séance photo. Elles se mêleraient aux gens de la presse plus tard. Tom erra quelques instants dans le vestiaire. Au fond de lui, il savait que toute cette histoire était ridicule. Marcella était sur les nerfs, elle ne pensait pas un mot de ce qu'elle avait dit. Simplement, il aurait tout donné pour oublier la voix étrange, monocorde, presque désincarnée qu'elle avait prise la veille. Elle lui avait fait penser à une somnambule. A quelqu'un qui ne contrôlait plus ses nerfs.

La réception réservée à la presse se déroula merveilleusement bien ; trois journalistes prirent la carte de Scarlet Feather en même temps que le dossier de presse de Feather Fashions. Les deux frères furent photographiés ensemble, bras dessus, bras dessous.

La perspicacité de June avait pris Cathy de court. Elle avait tenté de se justifier tant bien que mal ; le médecin venait tout juste de lui confirmer qu'elle était enceinte et elle n'avait pas eu le temps de l'annoncer à Neil avant son départ. D'où la nécessité de rester discret à ce sujet. Ils ne devaient surtout pas ébruiter le nouvelle. Tom et June s'étaient montrés très compréhensifs.

— Une nouvelle paire de mains sera la bienvenue ici. Si le bébé accepte de se mettre au boulot à l'âge de six mois, le sujet est clos, avait plaisanté Tom.

— Motus et bouche cousue, avait renchéri June. Annonçons seulement la nouvelle à Maud et Simon, qu'en pensez-vous ? avait-elle ajouté, pince-sans-rire.

Cathy pouvait compter sur leur discrétion. La journée serait longue et elle devait ménager ses forces. La première réception était réussie. Il y aurait ensuite ce défilé qui mettait le pauvre Tom dans tous ses états, suivi du buffet, puis il faudrait tout entreposer dans les cuisines de Haywards. Et, enfin, ils iraient tous dîner dans le petit restaurant italien que Tom avait retenu. A plusieurs milliers de kilomètres, sous le ciel limpide de l'Afrique, Neil était un sacré veinard. Il n'avait aucun souci, il assistait à une conférence passionnante. Il n'imaginait même pas dans quel genre de problèmes elle se débattait !

Tom assista au défilé comme dans un rêve. Il se souvint seulement de quelques exclamations stupéfaites et d'un tonnerre d'applaudissements. Il vit Joe lever les pouces dans sa direction lorsque Marcella arpenta le podium et se força à sourire. Il repéra rapidement Paul Newton, assis au premier rang, suçant un stylo à la place de son cigare. Un sentiment de haine indicible l'emplit à la vue de cet homme. « Mon Dieu, faites que Marcella trébuche, qu'elle rate son entrée, qu'elle loupe sa prestation. » Il regretta aussitôt ses mauvaises pensées. C'était odieux de souhaiter du mal à quelqu'un qui s'apprêtait à réaliser son rêve, surtout quand on aimait cette personne de tout son cœur. Le défilé s'acheva sous une salve d'applaudissements tandis que les acheteurs commençaient à faire la queue devant Joe et ses associés, Brendan et Harry, le tout sous l'œil attentif de « M. Newton en personne ». Tom évoluait parmi les convives comme un automate, présentant ici des beignets de crevettes, là des galettes de poisson à la thaïlandaise. « Ravi que cela vous plaise ; vous trouverez près de la porte une petite fiche de recettes que nous avons préparée à votre attention, si cela vous intéresse. » C'était une de ses idées, de proposer aux gens quelques entrées faciles à réaliser, accompagnées de cinq ou six hors-d'œuvre plus sophistiqués. En ajoutant à cela les coordonnées complètes de Scarlet Feather, c'était un magnifique coup de publicité... Ils les voyaient toutes enfouir le prospectus dans leur sac à main. Il continua à s'activer autour de la pièce. Tout à coup, une main de femme s'abattit sur son bras. C'était la rédactrice en chef du fameux magazine, cette femme au visage dur, de quinze ans son aînée... celle qui l'avait dragué ouvertement, au dire de Marcella.

— Oh, bonjour, lança-t-il avec un entrain forcé. Je ne vous ai pas vue à la conférence de presse.

— Pourquoi, vous me cherchiez ?

Il préféra fuir et croisa le regard de Marcella, tout sourire, qui leva son verre dans sa direction. Verrait-il jamais la fin de cette soirée ? Petit à petit, la foule s'éclaircit.

— Ne remplissez plus les verres, Conrad, ils ne vont jamais partir sinon...

— Comme vous voulez, monsieur Feather, répondit le jeune homme avant de ramasser les verres vides.

— June, peux-tu débarrasser les restes ? Il paraît que la fête est finie, annonça Cathy.

— Si tu veux mon avis, on ne pourra pas récupérer grand-chose.

— Je me moque bien de savoir ce qu'on fera de ces restes, nous ne leur servons plus rien, répondit Cathy en affichant un sourire de circonstance pendant que Hannah Mitchell s'approchait d'elle.

— Le buffet est magnifique, vous avez fait d'énormes progrès, Cathy.

— Merci beaucoup, murmura-t-elle du bout des lèvres.

— Toutes mes amies sont du même avis ; en fait, c'est bien la seule chose qui ne nous fait pas regretter d'être venues ici.

— Vous n'avez pas aimé le défilé ? s'enquit Cathy avec candeur.

— Doux Jésus, non, c'était affreux, tellement vulgaire, tellement provocant, aux antipodes du style de Haywards ! Il faut absolument que j'en touche deux mots à cette sympathique Shona Burke.

— Neil rentre d'Afrique dimanche, annonça Cathy, désireuse de changer de sujet. Apparemment, la conférence est passionnante.

— Quel dommage que vous n'arriviez pas à passer davantage de temps ensemble, tous les deux !

Naguère encore, Hannah Mitchell n'aurait jamais prononcé cette phrase. Décidément, les choses changeaient.

Les lave-vaisselle de Haywards furent chargés, les verres rincés. Tom récupérerait le tout le lendemain. Conrad et June veillèrent aussi à vider les cendriers et à nettoyer le plus gros de la salle. Tom rassembla le petit groupe qu'il devait conduire au restaurant. Joe lui avait assuré que la prestation de Marcella avait été brillante, c'était elle la véritable star du défilé. Il aurait aimé se joindre à eux pour fêter cela mais, hélas, il était obligé de rester avec ses collègues.

Au bout d'une éternité, ils furent enfin prêts. Le restaurant se trouvait à quelques pas du magasin. Tom demanda à Cathy d'escorter la petite troupe et de commander des cocktails maison en attendant qu'il les rejoigne.

Les lumières clignotaient à l'intérieur du magasin. C'était l'heure de la fermeture. Les agents de sécurité étaient en train de vérifier qu'aucune cigarette ne brûlait plus dans les gros cendriers. Tom les connaissait presque tous depuis qu'il arrivait le premier pour sa fournée de pain.

— Je file aux vestiaires, Sean, lança-t-il à l'un d'eux. Je vais chercher Marcella.

— Il n'y a plus personne là-bas, Tom, les lumières sont éteintes, tout le monde est parti.

— Marcella était en train de se changer. Elle doit encore y être.

— Je t'assure qu'il n'y a plus un chat, insista l'agent de sécurité.

Tom regagna le rez-de-chaussée, intrigué. Sans doute était-elle directement partie au restaurant mais pourquoi ne lui avait-elle rien dit ? Il croisa Shona.

— Viens vite, je suis sûre qu'ils sont déjà tous là-bas.

— Je cherche Marcella.

— Oh, elle est partie il y a une demi-heure. Elle était avec Joe, ses deux associés et M. Newton.

Tom crut défaillir.

— Excuse-moi, où sont-ils partis ? articula-t-il à grand-peine.

Shona posa sur lui un regard inquiet.

— Ils allaient à une soirée, je crois. Je lui ai dit que je croyais que nous allions tous fêter sa réussite chez l'Italien mais elle m'a répondu que tu savais qu'elle devait se rendre là-bas. C'est la vérité, n'est-ce pas ?

— Oui, tout au fond de moi, je le savais, répondit Tom.

# 8

# AOÛT

Tom entra dans l'appartement, le cœur lourd. Comment avait-il réussi à faire bonne figure toute la soirée, à parler de la pluie et du beau temps en évitant soigneusement de mentionner Marcella ? Marcella qui n'était pas venue à sa propre soirée... Les autres avaient aussitôt compris la situation et tous avaient été formidables. C'était *Hamlet* sans le prince ; la vedette de la soirée les avait tout bonnement dédaignés pour filer avec les gens importants. Tous avaient essayé de le convaincre que c'était normal, que sa carrière en dépendait, après tout. L'envie de pleurer qui le tenaillait avait été si forte qu'il se demandait encore comment il n'avait pas craqué.

Le dîner s'était déroulé dans une ambiance joyeuse et décontractée. Tom avait insisté pour qu'ils prennent un dernier verre. Il n'avait aucune envie de regagner l'appartement vide, d'attendre des heures durant le retour de Marcella. Il était incapable de se rappeler ce qu'il avait mangé et même combien il avait payé. La soirée lui avait laissé un goût amer dans la bouche et au fond du cœur.

Lorsqu'ils se séparèrent, Cathy lui murmura à l'oreille :

— Je suis sûre qu'elle est déjà rentrée, furieuse de ne pas avoir pu se joindre à nous.

— Tu as sans doute raison, dit-il avec un semblant de sourire alors qu'une douleur atroce lui tordait le cœur.

Bien sûr, elle n'était pas rentrée. Il était une heure du matin ; la petite fête de M. Newton ne faisait que commencer. Il se laissa tomber sur une chaise et avala plusieurs verres d'eau. Il finit par s'assoupir, assis à la table de la cuisine. La sonnerie du téléphone le réveilla en sursaut. Il était trois heures vingt.

— Tom ?

— Oui, Marcella ?

— Ecoute, Tom...

— Oui ?

— La fête vient tout juste de commencer. Je voulais juste te prévenir que je rentrerai tard ; désolée, tu sais comment ça se passe, ces soirées-là.

— Figure-toi que non, je ne sais pas comment ça se passe, ces soirées-là. Il est presque quatre heures du matin. Tu ne rentreras pas à la maison ? Est-ce pour cela que tu m'appelles ?

— Je ne rentrerai pas dans l'immédiat. En fait, les filles et moi, on pensait partager une chambre d'hôtel et peut-être rester ici pour...

— Je t'en prie, Marcella, reste là-bas.

— Ce serait plus sage, tu comprends, à cause des taxis et...

— Bonne nuit.

— Tu es en colère ?

— Non, ce n'est pas le mot, répondit-il simplement.

— Tom, je t'en supplie, dis-moi que tu comprends ; c'est pour le travail, tu sais.

— Reste là-bas, Marcella, s'il te plaît. Reste là-bas.

— Ne prends pas ce ton froid, ne me jette pas la...

— Reste là-bas, répéta-t-il avant de raccrocher.

L'instant d'après il décrocha le combiné, au cas où elle essaierait de rappeler.

Ce fut un samedi matin tout à fait singulier. Tom s'affaira en s'efforçant de ne pas penser à Marcella ni à la grossesse de Cathy et à ses répercussions sur l'avenir de l'entreprise. Il n'arrivait pas à croire que Neil était parti pour l'Afrique sans être au courant de rien. Et il n'avait pas aimé l'expression angoissée de Cathy lorsqu'elle leur avait annoncé la nouvelle. De son côté, Cathy veillait à éviter les sujets épineux qui les tourmentaient l'un et l'autre ces temps-ci. Elle avait du mal à admettre que Tom n'ait rien su au sujet de la réunion de Marcella, la veille au soir, et elle n'avait pas aimé l'expression figée qui voilait son visage pendant le dîner. D'un accord tacite, ils parlèrent du mariage américain qui s'enfonçait de jour en jour dans des eaux de plus en plus troubles. Il ne leur restait plus que trois semaines pour terminer les préparatifs. Comment le temps avait-il pu passer aussi vite ?

— Est-ce que Marian te ressemble ? voulut savoir Tom.

— Aucune idée, je l'ai à peine vue depuis qu'elle a quitté la maison. J'avais dix-sept ans. Je suis allée la voir une fois et elle n'est revenue que deux fois. Pour couronner le tout, je ne sais pas du tout à quoi ressemble Harry.

— Que savons-nous au juste de leurs invités de Chicago ?

— Absolument rien.

— Et les invités irlandais, qui sont-ils ?

— Les frères et les sœurs de papa et maman, leurs enfants, quelques cousins, tous pressés d'ôter leurs cravates, d'ouvrir leur col de chemise et de s'attabler devant une bonne bière.

— Qu'aimeraient-ils manger, à ton avis ?

— Un cocktail de crevettes, du poulet rôti et de la glace au chocolat.

Tom émit un grognement.

— Le ton du dernier message semblait légèrement excédé, non ? Celui qui parlait du menu typiquement irlandais.

— Oui. Il semblerait qu'ils aient pris la mouche et, bien sûr, ils se sont plaints à maman et à Geraldine : « Cathy est tout de même bien placée pour savoir de quoi nous parlons, non ? » C'est usant, franchement.

— On ne ferait pas mieux de leur donner ce qu'ils réclament, tout simplement ?

Avait-il dormi ? se demanda Cathy en l'observant à la dérobée. Peut-être s'était-il disputé avec Marcella lorsqu'elle était rentrée.

— Pourquoi se compliquer la vie, alors que tout ce qu'ils veulent, c'est du simple et du médiocre, c'est ça ? s'écria Cathy. Franchement, je ne peux pas les laisser faire ça.

— Pourtant, ne dit-on pas que le client est roi ? En plus, personne ne nous connaîtrait là-bas, nous n'avons pas à maintenir notre réputation devant ces gens...

Cathy fronça les sourcils.

— Tu as sans doute raison mais, malgré tout, j'ai envie de faire les choses bien. Pendant leur séjour à Dublin, ils vont dîner dans les plus grands restaurants de la ville ; ils organisent une petite fête dans un hôtel juste avant le mariage et une autre fête après dans un autre hôtel. Ils vont bien finir par constater que personne ici ne mange du corned-beef et du chou ; on ne trouve ça que sur les menus de la Saint-Patrick à New York ! Franchement, Tom, il faut arrêter de se voiler la face, non ?

— D'accord. Ils ont réservé leurs chambres d'hôtel ?

— J'espère. Cela fait plus de six mois qu'ils en parlent.

— On ferait mieux de leur envoyer un e-mail. Essayons de leur vendre notre bel agneau irlandais et notre magnifique saumon ; on pourrait même leur joindre des photos du saumon que nous avions préparé l'autre jour. Il était splendide.

— Il n'était pas habillé de trèfles ni de drapeaux irlandais, marmonna Cathy.

Tom éminçait des légumes à côté d'elle. Ils travaillaient en parfaite harmonie, au même rythme, un peu comme s'ils pagayaient ensemble sur la même barque. Il y avait quelque chose d'apaisant, de rassurant dans leur collaboration. Leur conversation anodine les empêchait de songer aux soucis qui les accablaient ; ils n'avaient pas le temps de se morfondre au sujet de Neil ou de Marcella avec tout ce qu'ils devaient organiser : les commandes à livrer, les factures à régler, le mariage du siècle...

James Byrne passa les voir pour faire les comptes.

— Le défilé s'est bien passé hier ? demanda-t-il poliment.

— Très bien, répondit Tom d'un ton bref.

— A merveille, dit Cathy sur le même ton.

James n'insista pas. Il parla du coût prohibitif de la location du matériel et leur expliqua que la compagnie d'assurances semblait bien décidée à faire traîner les choses.

— Quand Neil doit-il rentrer d'Afrique ? s'enquit-il innocemment.

— Demain, répondit Tom.

— Lundi, fit Cathy au même moment.

Les deux réponses furent aboyées sur le même ton que les précédentes. James Byrne les dévisagea à tour de rôle, priant en silence pour que son ami Martin Maguire n'ait pas raison de prétendre que ces locaux portaient la poisse à leurs occupants. Ces deux-là, Tom et Cathy, étaient des amis proches et inséparables lorsqu'ils les avait rencontrés, toujours gais et enthousiastes. Aujourd'hui, ils ressemblaient à deux félins prêts à bondir sur leur proie.

— Je préfère dire lundi car nous ne serons pas là demain, reprit Cathy. Au cas où vous voudriez lui parler de nos problèmes avec la compagnie d'assurances...

— Désolé, murmura Tom. Après tout, ce ne sont pas mes affaires.

Perplexe, James Byrne orienta la conversation vers un sujet moins épineux, du moins l'espérait-il.

— J'aimerais savoir si les commandes que vous avez acceptées seront réglées en temps et en heure. Pour le moment, nous ne pouvons pas nous permettre d'accepter des paiements à quatre-vingt-dix jours.

— Mon frère a déjà réglé la moitié de la facture et il paiera le reste lundi, dès que nous lui communiquerons les dépenses d'alcool, répondit Tom.

James prit des notes.

— Ensuite, il y aura le mariage de ma sœur. Ils régleront immédiatement, ajouta Cathy.

— Vous avez des familles formidables, tous les deux, murmura James.

— Haywards paie les commandes de pain à la fin de chaque mois, reprit Tom.

— Minnie la Foldingue nous règle toutes les semaines, mais ce sont des petites sommes.

— Ricky a commandé deux buffets pour des fêtes qu'il organise au studio ; ça fera environ trois cents livres en tout. Il veut bien payer le soir même si nous le lui demandons.

— Nous avons aussi un enterrement mercredi prochain. Quentin nous versera le règlement de la facture assez rapidement, j'en suis sûre.

— Parfait, parfait, fit James en hochant la tête, concentré sur la liste.

— Etes-vous inquiet ? demanda brusquement Cathy.

— Je suis d'un naturel inquiet, répondit-il avec un pâle sourire.

— Répondez-nous franchement, James, notre situation financière est-elle préoccupante ?

— Très préoccupante. Oui, très préoccupante.

En rentrant déjeuner chez elle, Cathy trouva un message de Neil sur le répondeur. Son avion aurait un peu de retard dimanche, mais il se réjouissait toujours à l'idée de passer la nuit dans cet hôtel de Wicklow. Il l'appellerait de l'aéroport dès qu'il serait arrivé. Et il l'aimait.

En rentrant déjeuner chez lui, Tom découvrit une enveloppe sur le paillasson. C'était un petit mot de Marcella. Elle rentrerait vers midi. Pourquoi n'iraient-ils pas déjeuner dans un petit restaurant sympa, tous les deux ? De toute façon, elle l'appellerait d'abord. Et elle l'aimait.

Le samedi à midi, Geraldine reçut un coup de téléphone très étrange.

— Allô, le pressing ? Frederick Flynn à l'appareil. Je devais venir chercher une veste cet après-midi mais je ne pourrai pas passer aujourd'hui. Un empêchement de dernière minute, vous comprenez.

— Freddie ? fit Geraldine, interloquée.

— Oui, merci beaucoup de votre compréhension. Puis-je vous rappeler lundi ? Parfait.

— Qu'essaies-tu de me dire, Freddie ?

Il était censé passer chez elle une heure plus tard. Une journée et deux nuits entières les attendaient, sa femme ayant prévu de passer le week-end à Limerick.

— Oui, merci encore. Je dois partir pour Limerick, vous comprenez.

— Non, Freddie, tu n'es pas obligé d'y aller. Tu avais dit qu'elle s'y rendait seule.

— Merci encore, vraiment.

Et il raccrocha.

— Allô, monsieur... euh... Muttance Scarlet ?

— Muttie, oui. Qui est à l'appareil ?

— Je suis M. Mitchell.

— Oh, le beau-père de Cathy, c'est ça ? demanda Muttie.

— Non, je suis... euh... je suis le père de Simon et Maud.

— Ah oui, bien sûr, comment allez-vous, monsieur Mitchell ? Les jumeaux ne sont pas encore arrivés, vous savez. Je les attends avec mon épouse, ils ne devraient plus tarder maintenant.

— Non, ce n'est pas ça. Ils ne viendront pas... Je veux dire, ils ont eu un empêchement.

— Ils ne viennent pas ?

— Non, je suis désolé, monsieur Muttance. Sincèrement désolé.

— Ils sont malades, c'est ça, monsieur Mitchell ?

— Oui et non ; disons plutôt que leur mère ne se sent pas très bien. Et comme c'est leur faute, je leur ai demandé de rester ici pour veiller sur elle.

— Pourrions-nous leur parler quelques instants, monsieur Mitchell ?

— Non, je ne crois pas que cela soit possible.

Walter rentra chez lui, espérant s'attabler devant un bon repas. Il trouva son père dans la cuisine, seul.

— Que se passe-t-il, papa ?

— Rien ne va plus, Walter.

— Raconte, je t'écoute.

— Ta mère a recommencé à boire. Les jumeaux ont dansé avec leurs espèces de claquettes partout dans la maison, ce qui l'a rendue complètement folle. Le vieux Barty a perdu une grosse somme au jeu... une somme tellement importante qu'il a préféré aller se cacher quelque part.

— Que risque-t-il, de toute façon ? Le vieux Barty n'a plus rien à perdre ! lança Walter.

— A ton avis, pourquoi suis-je dans cet état ? Je m'attends presque à ce qu'ils viennent réquisitionner la maison.

— Il n'y a rien à manger ? s'enquit Walter.

— Tu peux toujours préparer quelque chose, si tu as faim.

— Les jumeaux sont partis chez les fous de St Jarlath's Crescent ?

— Non, je leur ai interdit d'y aller. C'est à cause de leur fichu numéro de claquettes que ta mère a craqué.

— Ils sont où en ce moment ?

— En train de bouder dans leurs chambres, je suppose...

— Fais attention, papa. Tu sais ce qui t'attend si tu ne respectes pas les règles du jeu...

— Ce sont mes enfants, Walter. J'ai tout de même le droit de décider où ils vont déjeuner le samedi.

— Oui, papa.

Walter baissa les yeux sur la table de la cuisine, vide. Où se trouvait donc ce fameux déjeuner du samedi ?

Shona relut la lettre pour la énième fois. Elle était invitée à dîner le 19 août par quelqu'un qu'elle pensait ne jamais revoir.

Lizzie voulut dissuader Muttie d'appeler Cathy ; leur fille semblait au bout du rouleau ces temps-ci. S'ils baissaient les bras aujourd'hui, ils pouvaient faire une croix sur les jumeaux, répliqua Muttie. Cet homme qui lui avait fourré une pièce d'une livre dans la main l'autre jour les écraserait sans aucun scrupule. S'ils ne réagissaient pas tout de suite, Simon et Maud n'auraient pas le droit de venir danser au mariage. Le professeur les attendait dans la cuisine.

Il appela Cathy. Elle n'était pas chez elle ; il ne réussit pas non plus à la joindre sur son portable.

Il composa le numéro de Scarlet Feather.

Tom n'était pas resté à Stoneyfield. Il n'avait aucune envie de se retrouver face à Marcella. Lorsque le téléphone sonna dans les locaux de Scarlet Feather, il décrocha le combiné.

— Cathy est déjà partie, Muttie ; j'ai insisté pour qu'elle prenne son après-midi. Je lui ai fait remarquer qu'elle était restée trop longtemps sans voir la mer et, comme elle n'a jamais visité la tour de James Joyce, je l'ai envoyée à Sandycove. Ça lui fera le plus grand bien de se changer un peu les idées.

— Très bonne initiative, Tom. Lizzie me rappelait à l'instant qu'elle avait une mine épouvantable. Seulement, nous avons un léger problème...

— Dites-moi tout, suggéra Tom, impatient d'échapper à ses sombres pensées.

Il écouta Muttie lui raconter l'histoire des jumeaux. Lorsque ce dernier eut terminé, il prit la parole.

— Je vais aller les chercher.

— Nous ne voudrions surtout pas causer de problèmes.

— Je comprends.


— Bonjour, monsieur Mitchell. Je suis Tom Feather et je viens chercher les jumeaux pour les conduire à St Jarlath's Crescent.

— Désolé, j'ignore totalement qui vous êtes.

Kenneth Mitchell avait pris un ton arrogant et Tom sentit une vague d'impatience monter en lui.

— Si votre fils Walter se trouve ici, appelez-le ; il sait très bien qui je suis, lui. Je suis l'associé de la femme de votre neveu, Cathy. Je suis à peu près certain que vous avez déjà entendu mon nom. Mais peu importe. Je viens chercher vos enfants, leurs claquettes et leur magnétophone, conformément aux termes de l'accord.

— L'accord ? Désolé, je n'ai passé aucun accord avec vous, monsieur euh...

— Avec le tribunal, les services sociaux et la famille Mitchell.

— Je ne pense pas que le moment soit bien choisi pour...

— Tout à fait d'accord avec vous, coupa Tom. Le temps passe, M. Scarlet paie le professeur de danse à l'heure et ils ont déjà beaucoup de retard. Simon ! Maud ! appela-t-il.

Tapis dans le hall d'entrée, les jumeaux avaient écouté la conversation et firent timidement leur apparition.

— Cela fait un bon moment qu'on vous attend, les rabroua-t-il d'un ton faussement sévère.

— Nous n'avions pas le droit de quitter la maison, expliqua Simon. Nous avons rendu maman malade.

— En répétant notre numéro de danse, tu comprends, ajouta Maud.

— C'est ridicule, enfin, vous n'y êtes pour rien ! Bon, prenez vos chaussures, sautez dans la camionnette et en route !

— Vous n'avez aucun droit de débarquer ainsi chez moi et... commença Kenneth Mitchell.

— Vous n'aurez qu'à vous plaindre auprès de l'assistante sociale et auprès de Neil lorsqu'il rentrera, demain. Je ne suis que le chauffeur, lança Tom avant de claquer la porte d'entrée.

Il se glissa au volant de la camionnette et tourna la clé de contact. Par sa vitre baissée, il aperçut Walter qui assistait à la scène, à demi caché derrière les rideaux d'une fenêtre.

— Salut, Walter ! s'écria-t-il. Tu es toujours là quand on a besoin de toi, hein ?

Walter s'écarta vivement de la fenêtre. Les jumeaux sortirent de la maison en courant, à la fois excités et apeurés. C'était tellement cruel, tellement injuste de traiter des enfants de la sorte ! Quand ils auraient des enfants, Marcella et lui, ils leur donneraient tout l'amour, toute la tendresse dont ils étaient capables. Au même instant, il se souvint que Marcella n'avait pas passé la nuit à la maison. Et soudain, l'amertume envahit de nouveau sa bouche.

— Puis-je vous offrir quelque chose, Tom ? Une tasse de thé, de café, un verre de vin ? C'est tellement gentil de votre part d'être allé chercher les enfants !

— Non, merci, ça va comme ça, Lizzie. Pour être franc, cette expédition m'a changé les idées.

— Vous allez finir par vous tuer à la tâche, tous les deux ! Cathy est pâle comme un linge.

— Non, ce n'est pas ça, nous aimons beaucoup notre travail... C'est juste que...

Il s'interrompit. Il y avait tant de choses qu'il ne pouvait pas dire... Par exemple, pourquoi Cathy était si pâle. Ou encore pourquoi ils travaillaient avec autant d'acharnement ces temps-ci. Et enfin pourquoi il se sentait aussi mal aujourd'hui.

— Au fait, Lizzie, à quelle heure doivent-ils retourner là-bas ?

— Muttie les raccompagnera en bus. Il faut qu'ils soient rentrés pour huit heures.

— Je passerai les chercher à huit heures moins le quart.

— Non, ne vous dérangez pas ; après tout, ce n'est pas à vous de...

— Je vous en prie, ce sera avec plaisir.

Sur ce, il prit congé. Debout devant la fenêtre, Lizzie le regarda partir.

— Il s'est disputé avec sa petite amie, l'esthéticienne, déclara-t-elle.

— Comment diable sais-tu cela ? demanda Muttie.

— Phyllis a assisté au défilé ; elle m'a raconté qu'on ne verrait même pas ce genre de vêtements dans un film X et que la fiancée de Tom se pavanait devant tout le monde à moitié nue.

— Quel dommage qu'on n'y soit pas allés, finalement !

— J'avais demandé à Geraldine ce qu'elle en pensait et elle m'avait conseillé de te garder bien au chaud à la maison, répliqua Lizzie, triomphante.

Cathy décida qu'il serait préférable d'aller chercher Neil à l'aéroport et de partir directement pour Wicklow, sans repasser par Waterview. Elle releva les messages qui lui étaient destinés sur le répondeur et lui prépara un petit sac avec des affaires propres. Ainsi, il n'aurait aucune excuse pour se dérober.

A l'aéroport, elle chercha la porte d'arrivée et attendit. Les premiers passagers firent leur apparition. Elle aperçut Neil, légèrement bronzé... Ils avaient donc eu un peu de temps libre. Il était en pleine conversation avec un collègue et s'arrêta à peine de parler en la voyant.

Elle reconnut trois de ses compagnons. Le quatrième, un grand homme aux cheveux gris qu'elle n'avait encore jamais vu, la gratifia d'un sourire chaleureux.

— Dieu du ciel, mais vous êtes Scarlet Feather ! J'étais à la réception de Freddie Flynn ; c'était une soirée magnifique. Nous avons pris soin de conserver votre carte. Neil, pourquoi nous avoir caché que tu étais l'heureux mari de ce génie ?

— Parce que tu aurais passé ton temps à me parler de Cathy, au détriment de nos séances de travail, répliqua l'intéressé.

Il glissa un bras sur ses épaules. De toute évidence, il était très fier d'elle. Tout irait bien, chercha-t-elle à se convaincre, c'était idiot d'avoir peur de lui annoncer cette merveilleuse nouvelle. Ils marchèrent jusqu'au parking, main dans la main.

— Je meurs d'envie de prendre une douche, déclara-t-il. On ne restera pas longtemps à la maison. On filera directement à Wicklow ensuite, d'accord ? Après tout, une promesse est une promesse.

Tom sortit d'une des salles de cinéma de l'immense complexe, se dirigea vers le guichet et prit un billet pour un autre film. La caissière lui adressa un sourire aguicheur.

— Vous faites une orgie de films, ma parole !

— Pardon ? s'exclama Tom, pris de court.

— C'est le troisième film que vous voyez aujourd'hui. Vous rattrapez le temps perdu ou quoi ?

La jeune femme eut l'impression de parler à un mur. Elle haussa les épaules. Cet homme ne semblait pas dans son état normal. Lorsque le cinéma ferma finalement ses portes, dans la nuit de samedi à dimanche, le ciel paraissait encore clair, embrasé par les lumières de la ville. Tom prit la direction de Scarlet Feather. En ouvrant la porte, il se demanda un instant si un enquêteur de la compagnie d'assurances n'épiait pas le moindre de ses gestes, attendant qu'il mette les locaux à sac. Avait-il envie de manger ? Il se sentit comme un enfant perdu au milieu d'une confiserie. Les congélateurs de location débordaient de nourriture. Il pouvait aussi se faire une omelette, tout simplement. D'un autre côté, la simple idée de porter quelque chose à sa bouche lui donnait la nausée. Il s'allongea sur le sofa de la pièce d'accueil. Il avait déjà dormi ici une fois, lorsqu'ils préparaient leur soirée d'inauguration en janvier. Il se souvenait d'avoir eu très froid cette nuit-là.

Il faisait chaud dans la petite pièce et il resta un long moment étendu dans le noir, les yeux fixés au plafond. Bientôt, il sombrerait dans le sommeil, et le chagrin, la jalousie qui lui déchiraient le cœur s'effaceraient pour quelques heures. Son orgie de cinéma ne lui avait apporté aucun soulagement. L'image de Marcella restait gravée dans son esprit. « Parle-lui, parle-lui, bon sang », lui souffla une petite voix. Peut-être était-elle en train de l'attendre dans leur appartement, seule, désespérée. Mais que dirait-il, que dirait-elle qui vaille la peine d'être écouté, à présent ? Avec stupeur, Tom se rendit compte qu'il n'y avait plus rien à dire. Ils avaient dépassé le stade des explications.

— Vous avez vu Tom ces jours-ci ? demanda Joe à ses parents.

— Tu ne l'as pas aperçu à ce défilé réservé aux professionnels, vendredi soir ? fit Maura Feather d'un air pincé.

Elle continuait à penser que ses deux fils l'avaient délibérément écartée de cette soirée.

— Si, bien sûr que si.

— Et n'était-ce pas avant-hier ?

— Vraiment ? C'est fou ce que le temps passe vite !

Joe était sincère. Il lui semblait qu'une éternité s'était écoulée depuis que le grand amour de son frère était parti faire la fête à l'hôtel avec Paul Newton au lieu d'assister au petit repas organisé en son honnour chez l'Italien. Joe n'osait même pas imaginer ce que son frère en avait conclu.

Marcella téléphona quatre fois dans la journée du samedi et fut étonnée de tomber à chaque fois sur le répondeur. Il savait bien pourtant qu'elle ne pourrait pas se joindre à eux vendredi soir. Elle l'avait prévenu, bon sang ! Pourquoi réagissait-il ainsi ? Il était peut-être en train de l'attendre à Stoneyfield, boudant dans son coin comme un petit garçon voulant qu'on le cajole.

— Tom ! appela-t-elle en entrant dans l'appartement.

Elle n'obtint aucune réponse. Tout était calme, trop calme. Bien rangé, aussi, trop bien rangé. Elle sut aussitôt qu'il n'était pas là et elle chercha un petit mot. Mais il n'y en avait pas. Marcella s'assit et alluma une cigarette. Pour quelqu'un qui prétendait ne pas être une vraie fumeuse, elle reproduisait ce geste un peu trop souvent depuis quelque temps.

— Je suis désolée de t'avoir rendue malade avec notre numéro de danse, maman, s'excusa Maud le dimanche.

— Votre numéro de danse ? répéta Kay Mitchell, hagarde.

— Papa nous a expliqué que la musique t'avait donné mal à la tête.

— Je ne m'en souviens pas, déclara Kay.

— Veux-tu une tasse de thé ou autre chose à boire ? reprit Maud.

— C'est très gentil de ta part, chérie, mais pourquoi ?

— Eh bien, tu n'as pas pris ton petit déjeuner, tu n'es pas descendue pour le repas de midi, alors on pensait que tu devais avoir faim, expliqua Simon.

— Non, vous êtes adorables, mais je me sens très bien.

Simon et Maud regagnèrent la cuisine. Assis à la table, leur père était d'une humeur massacrante. Sa fureur était dirigée contre le vieux Barty, qui semblait s'être volatilisé sans crier gare. Les jumeaux savaient d'expérience qu'il était inutile de réclamer à manger quand leurs parents étaient contrariés. Sans mot dire, ils prirent une boîte de pêches au sirop, un morceau de pain, et sortirent dans le jardin.

— Tu crois qu'ils sont... enfin, tu sais... ? demanda Simon à sa sœur.

— Tu veux dire que les nerfs de maman recommencent à aller mal et que papa a encore envie de partir ?

— Un truc comme ça, oui, fit Simon, au bord des larmes.

— Il ne faut pas qu'il te voie en train de pleurer. Viens, on va se cacher dans l'abri.

— Il est fermé à clé, non ?

— Non, j'ai vu Walter en sortir tout à l'heure et il l'a laissé ouvert. Je suis déjà allée voir si je trouvais une corde à sauter.

Simon ramassa la boîte de conserve et courut jusqu'à l'abri. Il commençait à en avoir assez des sermons de son père, qui lui répétait sans cesse de se conduire en homme et d'arrêter de danser comme une femme.

Tom courut longtemps. C'était une belle soirée et, s'il avait été capable de se concentrer sur ce qu'il voyait, il aurait apprécié la balade. Mais il ne remarqua pas grand-chose. Il ouvrit la porte de Scarlet Feather. Avant d'entrer, il crut discerner une silhouette postée près de la cour. Non, c'était probablement un effet de son imagination. Il s'installa sur le grand sofa tendu de chintz et dormit d'un sommeil agité. Mais, s'il était retourné à Stoneyfield, il n'aurait pas dormi du tout.

La sonnerie du téléphone retentit à côté de Geraldine. C'était sans doute Freddie. Elle serait froide, distante. Or il ne s'agissait pas de Freddie Flynn, mais de sa nièce Marian, qui l'appelait de Chicago, en larmes. Entre deux sanglots, elle ne comprit qu'un seul mot, répété comme une litanie ; apparemment, Marian parlait des « hommes »... On ne pouvait pas leur faire confiance, ils ne comprenaient rien à rien, ils se moquaient de tout. Geraldine laissa échapper un long soupir. Ainsi, Harry ne valait pas mieux que les autres... Rien de très étonnant, au fond. Mais, peu à peu, elle comprit que Harry n'était pas parti avec une autre, qu'il n'avait pas non plus annulé le mariage. Non, le mariage était plus que jamais d'actualité. Simplement, Harry et sa famille avaient oublié de prendre contact avec les hôtels pour la réception qui précéderait le mariage et celle qui le suivrait. Marian était dans tous ses états. Geraldine s'efforça de la calmer.

— Cathy pourra peut-être arranger ça, gémit Marian. Après tout, elle est de la partie... Et puis, elle n'aura pas grand-chose d'autre à faire, conclut-elle d'une petite voix plaintive.

— Arrête de pleurer, Marian, nous allons trouver une solution, tu verras.

— Geraldine, j'admire ton calme et ta patience. Tu trouves toujours le moyen de nous réconforter. Peux-tu m'expliquer ce que tu fais dans notre famille ?

Geraldine promena un regard morne sur la décoration luxueuse de son appartement. La question de Marian dansa longtemps dans sa tête.

Tom rebrancha le répondeur et quitta l'appartement. Il ne rentrerait pas ce soir, il avait rassemblé quelques affaires qui lui permettraient de tenir jusqu'au week-end. Il ne serait pas là pour écouter ses explications. Il n'avait pas envie de l'entendre dire que cette soirée ne signifiait rien pour elle, qu'il aurait dû au contraire la remercier pour sa franchise. Non, il n'en avait pas envie.

Il avait fallu vingt-quatre heures à Shona Burke pour décider si oui ou non elle accepterait l'invitation. Elle ne le souhaitait pas, mais la tournure de l'invitation rendait les choses difficiles. Combien de temps avait-il mis à la rédiger ? Plusieurs jours, sans aucun doute. De toute façon, elle ne répondrait pas tout de suite. Elle aussi prendrait son temps pour composer sa lettre. Alors que des milliers de personnes profitaient de ce dimanche ensoleillé, Shona s'apprêtait à plancher plusieurs heures au-dessus d'une feuille vierge.

Geraldine se trouvait également dans son appartement du Glenstar. Elle n'arrivait toujours pas à croire que Freddie lui avait fait ça. L'appeler devant sa femme pour lui annoncer que leurs projets ne tenaient plus ! Tout ça en faisant semblant de s'adresser au pressing du coin ! C'était inadmissible. Personne ne l'avait traitée de la sorte et elle ne lui pardonnerait jamais ce faux pas. Lorsqu'il lui présenterait ses excuses, car il le ferait, de cela elle ne doutait pas, lorsqu'il lui expliquerait qu'il n'avait pas eu le choix, elle l'écouterait froidement. Comme elle le lui avait déjà fait remarquer, elle s'était toujours bien comportée avec lui, elle était en quelque sorte la maîtresse idéale, et elle attendait en échange le même respect de sa part. Elle bougea légèrement son poignet pour que les pierres de sa montre captent les rayons du soleil. Oh, bien sûr, il lui avait témoigné de l'affection et de la gratitude en lui offrant cela et d'autres cadeaux, mais ce n'était pas la question. Elle avait également besoin de respect.

— Oui, bien sûr, mais un enlèvement est un enlèvement. Tu prendras ta douche à l'hôtel. Le seul moyen que j'avais de t'avoir pour moi seule, c'était de t'emmener directement là-bas...
— Mais, chérie, mes messages... protesta Neil.
— Ils sont dans la boîte à gants, tous. Et, de toute façon, tu ne pourras joindre personne un dimanche, ajouta Cathy.
Par cet après-midi ensoleillé, ils prirent la direction de Wicklow. Neil lui parla de la conférence, des gens qu'il avait rencontrés, des progrès qu'ils avaient faits et des questions qui étaient restées en suspens, comme d'habitude.

Tom rangea méticuleusement l'appartement avant de repartir. Le téléphone sonna au moment où il s'en allait. Il écouta le message du répondeur se dérouler. C'était peut-être Marcella. Ou peut-être pas. De toute façon, il ne décrocherait pas. Le bip fut suivi d'une respiration hésitante. Puis on raccrocha. Il l'écouta quatre fois de suite. C'était bien Marcella.
D'où appelait-elle ? Si seulement il avait pris ce gadget pour identifier la provenance des appels, ce truc que possédait Cathy... Il aurait su quel hôtel son frère avait réservé pour cette grosse brute qui avait acheté Marcella. Se serait-il senti mieux, après cela ?

L'hôtel de Holly attirait beaucoup de monde pour le déjeuner dominical, il n'était pas trop loin de Dublin, juste à la bonne distance. On emmenait les grands-mères et les belles-mères déjeuner là-bas. Il leur rappelait leur jeunesse, symbolisait une espèce de continuité dans ce monde en perpétuel mouvement. Il dégageait un charme désuet avec ses rideaux et ses fauteuils en chintz, et les serveuses qu'on reconnaissait au fil des ans.

Ils se présentèrent devant le vieux bureau de réception. Les gens allaient et venaient dans le hall. Parmi eux, Molly et Shay Hayes. Ils se saluèrent, étonnés et ravis. Le monde était décidément très petit...

— Vous fêtez quelque chose ? demanda Molly.

— Non, Neil vient juste de rentrer d'Afrique, où il assistait à un colloque concernant les réfugiés, dit Cathy.

— J'espère que vous avez trouvé des solutions, intervint Shay.

— Nous avons fait de notre mieux, monsieur Hayes, mais il y a tellement de paperasserie. Ces choses-là avancent très lentement.

— Ce qui compte, c'est d'avoir jeté le pavé dans la mare. On a déjà bien assez de personnes dans le besoin chez nous ! Pourquoi faudrait-il qu'on accepte des étrangers qui ne connaissent même pas notre culture ?

Neil demeura bouche bée.

— Ça y est, Neil, j'ai la clé. Dépêchons-nous d'aller nous installer, lança Cathy d'un ton précipité.

— Je ne comprends pas ce que...

— Moi non plus, figurez-vous, ces gens-là parlent une langue que personne ne comprend et, malgré tout, ce sont eux qui obtiennent tous les logements sociaux et qui nous colonisent peu à peu...

— Monsieur Hayes... Molly, il va falloir nous excuser. Cela fait neuf jours que je n'ai pas vu mon mari et j'ai très envie que nous montions nous installer.

— Vous avez bien raison, allez vous amuser un peu, il n'y a que ça de vrai de nos jours, lança Shay Hayes d'un ton goguenard.

Ils montèrent à l'étage et pénétrèrent dans la grande chambre baignée de soleil. Là, ils éclatèrent de rire.

— C'est un monstre, ce type-là... Je ne sais même pas pourquoi nous rions, hoqueta Neil, honteux de leur conduite.

— On en rencontre tous les jours, hélas ! Et puis un hall d'hôtel n'est pas l'endroit rêvé pour se disputer. Oublie-le.

Raconte-moi plutôt ton séjour ; je veux tout savoir depuis l'instant où tu as posé le pied là-bas.

Il s'installa dans un fauteuil et entama son récit avec enthousiasme ; il parla des représentants politiques qui n'étaient finalement pas venus, des célébrités qui avaient manifesté leur soutien de manière inattendue, des réunions qu'on avait dû annuler, des débats au pied levé, qui avaient abouti à des propositions concrètes. Cathy commanda une bouteille de vin et une assiette de sandwichs pendant qu'il poursuivait son récit. Lorsqu'il eut terminé, il alla prendre la douche qu'elle lui avait promise.

— Inutile que je passe quelque chose de propre, hein ? appela-t-il de la salle de bains. Tu vas me sauter dessus dès que je franchirai le seuil, c'est ça ?

— Habille-toi pour le moment, répondit Cathy. Et viens t'asseoir près de moi, c'est magnifique.

Il sortit, les cheveux encore humides, infiniment séduisant dans la chemise bleu nuit qu'elle lui avait apportée. Il était très beau. Pas étonnant que les chaînes de télé se l'arrachent lorsque les causes qu'il défendait faisaient la une de l'actualité. Neil Mitchell avait l'art de convaincre les plus retors. Elle le contempla pendant qu'il se dirigeait vers la table et leur servait un verre de vin.

C'était à elle de parler, maintenant.

— J'ai une nouvelle à t'annoncer. Ça fait déjà un petit moment que j'en brûle d'envie.

Il vint s'asseoir en face d'elle et lui prit la main. Peut-être avait-il deviné...

— Que veux-tu me dire ?

— Neil, je suis enceinte, répondit-elle simplement.

Il la fixa d'un air hébété.

— Redis-moi ça.

— Tu as parfaitement entendu.

— Ce n'est pas possible.

— Et pourtant, si.

Un grand sourire éclairait le visage de Cathy et elle scruta celui de Neil, cherchant le même sourire. En vain.

— Comment est-ce arrivé ? demanda-t-il.

— Tu sais bien comment ce genre de choses arrive, non ? le taquina-t-elle.

Elle s'efforçait de lutter contre une soudaine appréhension. Ce n'était pas ainsi qu'elle avait imaginé leur conversation. Pas du tout.

— Ne joue pas à ce petit jeu avec moi. Nous étions d'accord, toi et moi, non ?

— C'est vrai.

— Alors, comment cela a-t-il bien pu arriver ?

— Un soir où je n'ai pas mis mon diaphragme. Et où on croyait que c'était une période sans risque. On en avait parlé, je t'assure.

— Oh oui, bien sûr, longuement et à tête reposée, je n'en doute pas un instant, railla Neil.

— Neil !

— Désolé. Simplement, je n'arrive pas à me faire à l'idée.

La petite boule d'appréhension logée au fond de son cœur grossissait rapidement.

— Je pensais que tu serais content.

— C'est faux, tu n'as pas pu croire ça. Ça n'a jamais fait partie de notre accord.

L'appréhension se transforma en une peur incontrôlée. Il lui avait lâché la main en reculant son fauteuil. Il était sous le choc. Elle devait à tout prix rester calme et s'efforcer de parler sur le même ton froid, dénué d'émotion, que lui.

— Certaines choses se moquent de tous les accords qu'on peut passer, dit-elle enfin.

— Non.

— Pourtant, c'est comme ça que ça marche.

— Pas à une époque où le contrôle des naissances est devenu monnaie courante, pas entre deux personnes qui se sont promis, en Grèce, de passer leur vie ensemble, de réaliser leurs rêves les plus chers en dépit des obstacles qui pourraient se dresser sur leur route, et cela, sans enfant.

— On ne s'est pas juré de ne jamais en avoir.

— C'est vrai, tu as raison. Mais si l'un de nous changeait d'avis, il devait en parler à l'autre, et le fait est que nous n'en avons jamais discuté.

— Nous sommes justement en train d'en parler.

Il finirait bien par accepter la nouvelle, par se rendre compte à quel point c'était merveilleux de vivre cela. Il ne pouvait pas en être autrement.

— De combien es-tu... ?

— Treize, quatorze semaines environ.

— Alors nous avons encore le temps de...

— De nous faire à l'idée, compléta-t-elle vivement.

— Pourquoi ne me l'as-tu pas annoncé plus tôt ? Ça fait déjà un moment que tu le sais, je suppose ? Pourquoi ne m'as-tu rien dit ?

— Je n'en étais pas sûre...

— Mais, même si tu avais un doute...

— Jusqu'à présent, nous n'avons jamais trouvé le temps de parler. Nous n'étions jamais à la maison en même temps...

— Quand même, Cathy, c'est une nouvelle de taille ! Tu aurais dû m'en parler.

— J'ai essayé à plusieurs reprises mais il a fallu s'occuper de Maud et de Simon, et puis il y a eu ce poste qu'on te propose à l'étranger, et ensuite le cambriolage et la panique qui a suivi. Je voulais t'en parler la veille de ton départ mais tu avais une réunion. Le temps a passé. Que voulais-tu ? Que je t'annonce la nouvelle par e-mail ?

— Je t'en prie, Cathy, ne sois pas ironique !

— Je ne suis pas ironique. Tu comprends maintenant pourquoi je tenais tant à venir ici ? J'avais besoin d'être seule avec toi, loin de nos soucis quotidiens, pour t'annoncer la nouvelle.

— Personne d'autre n'est au courant ? Ta mère, ton père, mes parents ?

— Bien sûr que non.

Il hocha la tête d'un air penaud.

— Désolé. Je n'aurais pas dû te poser cette question.

Cathy se sentit coupable. Coupable d'en avoir parlé à Geraldine... June avait deviné, et Tom était au courant. Mais cela n'avait pas d'importance. Ce qui importait en cet instant, c'était l'expression qui voilait le visage de Neil. Elle voulut lui prendre la main mais il s'écarta. Il était en train de lui échapper...

— Il faut qu'on s'habitue à l'idée, ça ne se fera pas du jour au lendemain, murmura-t-elle.

— C'est justement ce qui nous manque, chérie, le temps.

— Que veux-tu dire par là ? demanda-t-elle d'une voix qu'elle reconnut à peine.

Elle savait bien ce qu'il essayait de lui suggérer.

— Eh bien, nous devons prendre une décision, n'est-ce pas ?

Etait-ce le même homme qui avait affronté la colère des Mitchell après leur avoir annoncé sa décision d'épouser la fille de la femme de ménage ? Celui qui plaidait les causes perdues devant les plus grands tribunaux ?

— Une décision ? répéta-t-elle pour gagner du temps.

Il y eut un long silence.

— Nous étions d'accord pour ne pas avoir d'enfant, déclara Neil en s'efforçant de ne pas s'énerver.

— Je sais, c'est un accident, mais...

— Mais, heureusement, il est encore temps de faire machine arrière.

Il posa sur elle un regard froid, insondable.

— Tu me demandes d'avorter ?

— Je voudrais qu'on parle de cette éventualité, oui.

— Nous avons défilé côte à côte à la manifestation pour les droits des femmes, répliqua Cathy. Tu n'as pas oublié ça, quand même ?

— Non, je n'ai pas oublié, et c'est précisément de cela qu'il s'agit. Le droit de choisir, martela Neil avec fougue.

— Le droit de la femme, ajouta Cathy d'une voix à peine audible.

Nouveau silence. Il la dévisagea d'un air outré.

— Que veux-tu dire par là ? Nous sommes deux à être concernés, il me semble. Il ne s'agit pas seulement de ce que tu veux toi, mais de ce que nous voulons. J'ai également le droit de choisir d'être père ou non, après tout !

Il tremblait en parlant.

— On n'a pas dit qu'on n'aurait jamais d'enfant, Neil. C'est un accident, d'accord, mais ça y est, c'est fait.

— Nous avons encore le temps d'agir.

— Je n'arrive pas à croire que tu dises ça, murmura Cathy, horrifiée.

— Je ne suis pas un monstre, nous avons mis les choses au point il y a des années. Alors très bien, c'est un accident, je ne te jette pas la pierre. Nous étions deux... Mais nous pouvons encore changer le cours des choses et, plus tard, si nous décidons d'avoir un enfant, nous en parlerons ensemble tranquillement.

— Tu n'éprouves donc aucune joie ? Tu n'es pas heureux de savoir que... ?

Les mots moururent sur ses lèvres. Elle caressa doucement son ventre. Neil se leva d'un bond et s'éloigna vers la fenêtre.

— Arrête, Cathy, je t'en prie. Ce n'est pas encore notre enfant. N'en parle pas comme ça. Ce n'est qu'un tout petit truc qui pourrait devenir un enfant, tu le sais bien.

Cathy était incapable d'émettre le moindre son. La petite bouchée de sandwich qu'elle avait avalée un peu plus tôt semblait coincée au fond de sa gorge, prête à l'étouffer. Neil refusait de parler de leur vie avec le bébé. Il ne voulait pas de ce bébé. La discussion n'était pas possible. Pour lui, elle n'avait pas tenu sa promesse et devait à présent réparer les dégâts.

— Parle, je t'en prie, dis quelque chose, supplia-t-il en lui tournant le dos, le regard perdu sur le parc de l'hôtel où des clients flânaient paisiblement.

Il y avait tant de choses à dire... et pourtant, les mots refusaient de sortir.

— Sais-tu qu'on me proposait ce poste en partie parce que je n'avais pas d'enfant et ne souhaitais pas en avoir ? reprit-il au bout de quelques instants.

— Pardon ? Ce genre de condition viole la morale, la loi et les libertés individuelles, tu serais le premier à le faire remarquer dans d'autres circonstances.

— Disons que j'avais indiqué que nous ne projetions pas d'avoir d'enfant et que cette précision a joué en ma faveur.

Le silence se prolongea.

— J'ai besoin de prendre l'air, je vais faire un tour dans le parc.

— Ne pars pas, je t'en prie ! s'écria Cathy.

— J'ai l'impression que ma tête va exploser. J'ai besoin de me retrouver seul et de marcher un peu. J'étouffe ici.

— Ne pars pas, pas maintenant, je t'en prie, pas maintenant...

— Je ne pars pas, répondit Neil, irrité. Je vais faire un tour, c'est tout.

Il s'approcha d'elle et lui caressa doucement la joue.

— Je suis sous le choc, tu comprends. J'ai besoin de réfléchir, seul. A tout de suite.

Il s'éclipsa. Elle le vit longer les allées, se promener entre les araucarias, rejetant de temps en temps la tête en arrière, avide d'oxygène. Il était d'une beauté saisissante, même s'il prétendait en riant être trop petit pour plaire aux femmes. Il alla jusqu'aux cuisines et elle le vit, au loin, se pencher sur un panneau fixé au mur. Elle demeurait assise, immobile, dans cette chambre qui lui avait paru si charmante lorsqu'ils étaient arrivés, un peu moins d'une heure plus tôt. La glace tintait doucement en fondant autour de la bouteille de vin et des larmes baignaient son visage. Jamais elle n'aurait cru en arriver là mais, quelle que fût l'issue de la longue discussion qui les attendait, elle savait déjà qu'elle garderait l'enfant qui grandissait en elle. Le moment était mal choisi pour tout le monde, certes. Mais là n'était plus la question. Il ne s'agissait pas d'une hypothèse, d'un procès ni d'un amendement à la Constitution. Il s'agissait de son bébé.

Il faisait presque nuit au-dehors lorsqu'elle entendit la porte s'ouvrir. Combien de temps était-il parti ? Elle n'aurait su le dire. Il semblait différent. Il n'était plus abasourdi ni contrarié. Comme s'il avait réussi à régler cette crise de manière objective, posée... professionnelle. Il prit place en face d'elle, de l'autre côté de la table basse, et, bien qu'un sourire rassurant flottât sur ses lèvres, Cathy eut la désagréable impression d'être une cliente en face de son avocat.

— Cathy, si tu décides de garder le bébé, qui s'en occupera ? demanda-t-il sans préambule.

— Nous, quelle question !

— Et notre travail ?

— Nous trouverons des solutions, répondit-elle d'une voix mal assurée.

— Quel genre de solutions ? Une nourrice à domicile ?

— Eh bien... oui, si nous en avons les moyens.

— Et où coucherait-elle ?

— Je ne sais pas, on peut aussi trouver une nourrice qui viendra uniquement pendant la journée.

— Et les soirs où tu ne seras pas là parce que tu travailleras, que se passera-t-il ?

— Une fois de temps en temps, je pense que tu pourras...

— Tu crois vraiment que j'aurai le temps de m'occuper d'un bébé ? Je travaille tard le soir, moi aussi.

— Nous nous débrouillerons le moment venu.

— Non, c'est maintenant qu'il faut prévoir ça. Je vais être amené à m'absenter de plus en plus. Même si je n'accepte pas l'autre poste, je serai obligé de me déplacer souvent à l'étranger.

— On y arrivera.

— C'est de la folie, Cathy. Ton entreprise est en train de sombrer, tu travailles comme une forcenée pour remonter la pente, un nouveau problème surgit chaque jour et tu prétends pouvoir t'occuper d'un bébé en plus de tout ça ? C'est de la folie, répéta-t-il avec véhémence.

— Si je comprends bien, tu me demandes de renoncer à ce bébé...

— Non, ce n'est pas ça du tout. Je n'aurais pas le droit de te demander ça. Il semble évident que tu désires garder cet enfant et je ne m'opposerai pas à ta volonté.

Il s'exprimait d'un ton calme, presque froid. Une bouffée d'angoisse s'empara de Cathy.

— Tu parles comme si cela ne te concernait pas vraiment, dit-elle.

— Tu te trompes. J'essaie simplement de te faire comprendre que nous devons gérer la situation objectivement, sur un plan pratique. Sais-tu par exemple combien de temps durera ton congé maternité ?

— Trois mois, comme tout le monde.

— Et Tom n'y verra aucun inconvénient ?

— C'est la loi mais je sais déjà que ça ne lui posera pas de problème.

— Nous devrons également déménager. Waterview n'est pas le quartier idéal pour élever un enfant, reprit Neil.

— Nous avons encore le temps... Un bébé se moque bien de savoir dans quel quartier il vit... Nous aviserons plus tard, non... ?

— Mais je me suis engagé à travailler dans cette partie de la ville, ce n'est pas uniquement pour l'argent que j'accepte les gros dossiers d'assurances ou de cession de biens.

— Nous n'avons pas besoin de tout cet argent. Nous n'avons pas besoin d'une grande maison comme Oaklands ni d'un de ces magnifiques landaus dans lesquels on te promenait quand tu étais bébé, ni même de ces écoles privées réservées à une élite. Un enfant n'a pas besoin de tout ce luxe. Tout ce qu'il lui faut, c'est de l'amour.

— Nous avons eu une enfance privilégiée. Si nous avons un enfant, nous nous devons de lui offrir la même chose.

— Mon père et ma mère ont élevé six enfants dans leur petite maison de St Jarlath's Crescent. Ils n'avaient pas d'argent, pas de soucis non plus.

— Ils ont eu leur part de soucis, eux aussi, objecta Neil d'un ton narquois.

— Que veux-tu dire ?

— N'est-ce pas toi qui parles sans cesse de ta mère, obligée de frotter à quatre pattes le parquet de ma mère pendant que celle-ci passait son temps à l'humilier ?

— Mais je ne serai pas obligée de me plier à ça, et toi non plus !

— Je crois que je ne suis pas prêt, tout simplement.

— Moi non plus. Des millions de gens sont déjà passés par là, et regarde-les maintenant, ils s'en sortent très bien.

— Je ne suis pas un monstre. Pourquoi ai-je l'impression que c'est ainsi que tu me perçois ?

— C'est faux, Neil, tu le sais bien, fit Cathy avec douceur.

— C'est juste que... que...

Il s'interrompit. Au bout d'un moment, il reprit la parole.

— Je ne t'ai même pas demandé comment tu te sentais, je veux dire : physiquement. Est-ce que tu as des nausées... ?

— De temps en temps.

— Et à quoi t'attendais-tu en m'annonçant cette nouvelle ?

— Je m'attendais à ce que nous en parlions calmement, en adultes, comme nous le faisons en ce moment.

— De quoi devons-nous parler, exactement... ? Je suis très sérieux, tu sais. La situation est simple : nous ne voulions pas d'enfant et tu te retrouves enceinte. Nous nous sommes éloignés l'un de l'autre ces derniers temps. J'avais sous-estimé ton attachement à Scarlet Feather, je pensais qu'au fil du temps tu finirais par mettre de l'ordre dans tes priorités et que tu accepterais de me suivre à l'étranger parce que le poste qu'on me propose est une occasion unique... Mais tu ne t'en es pas rendu compte. Quand tu es tombée enceinte, tu as sans doute cru que la nouvelle m'enchanterait, que je serais ravi d'être papa. Nous nous sommes trompés tous les deux.

C'en était trop. Cathy ne pouvait plus supporter cette logique implacable, cette froide analyse de leurs émotions. Elle sentit des sanglots lui nouer la gorge et fut incapable de les refouler. Sous le regard désemparé de Neil, elle courba les épaules, accablée par le chagrin. Il n'entendait pas ce qu'elle disait : les mots se perdaient dans ses pleurs.

— Je t'en prie, Cathy...

Il tendit la main vers elle. Il avait essayé de résumer la situation de la façon la plus claire qui soit. Au prix d'un effort suprême, il avait réussi à ne pas l'accabler de reproches, à taire le sentiment de trahison qu'il éprouvait. Il s'était efforcé de se concentrer sur les aspects pratiques de la situation. Hélas, à en juger par sa réaction, il avait eu tort, là aussi. Si seulement il comprenait ce qu'elle était en train de dire. Elle pleurait toutes les larmes de son corps, répétant les mêmes mots encore et encore, comme une litanie. Il ne voulait pas de cet enfant. Il n'éprouvait aucun instinct paternel, aucun élan d'amour à l'idée de devenir père. D'un autre côté, il était hors de question d'opter pour l'avortement. A supposer qu'elle acceptât cette solution, elle garderait à jamais dans son cœur le souvenir de l'autre facette de cet homme qu'elle croyait aimant, généreux, attentionné. Cet homme qui s'était révélé d'un égoïsme monstrueux, ne reculant devant rien pour atteindre ses objectifs professionnels. Elle pleura encore parce qu'elle ne pouvait pas, ne voulait pas admettre que Neil, l'homme qu'elle aimait tant, était capable de cela. Il l'observait, les yeux embués ; il s'était pourtant montré franc et honnête avec elle, que voulait-elle de plus ? Son avenir allait basculer parce qu'elle n'avait pas observé les termes de leur accord. Il avait simplement tenté de mettre au point quelques détails d'ordre pratique... rien de plus.

— Je ne t'ai encore jamais vue dans cet état, Cathy, arrête de pleurer, je t'en prie, arrête, murmura-t-il d'un ton implorant.

Elle fit un effort visible pour se ressaisir et il lui tendit un paquet de Kleenex. Elle essuya ses larmes et se moucha. Neil lui présenta un verre de vin et elle en but une gorgée. Il repoussa une mèche de cheveux qui lui barrait les yeux, passa un bras sur ses épaules.

— Cathy, chérie ?

— Ça va. Ça va mieux, je t'assure.

Une détermination aussi puissante que celle qui l'avait animée en Grèce, bien des années plus tôt, s'abattit sur elle. Ils avaient vécu tant de choses ensemble, surmonté tant d'obstacles ! Ils n'échoueraient pas maintenant, alors qu'un cadeau aussi précieux, un enfant, grandissait en elle.

— Quand je t'ai dit que j'avais quelque chose à t'annoncer... que croyais-tu que c'était ? demanda-t-elle en reniflant.

— Je ne sais pas.

— Allez, dis-le-moi.

— Eh bien, je croyais que tu allais m'annoncer...

Il hésita.

— Continue.

— Je croyais que tu allais m'annoncer que tu avais décidé de quitter Scarlet Feather pour me suivre, où que j'aille, lâcha-t-il d'un trait.

La nuit avait envahi le jardin et de délicieux effluves montaient des cuisines.

L'homme chargé de surveiller les locaux de l'entreprise bénit sa chance. Le grand type, le propriétaire, venait d'ouvrir la porte. A cette heure tardive, un dimanche. Ainsi, ils avaient vu juste : c'était bien lui qui avait saccagé les locaux. Et il s'apprêtait à recommencer. L'homme se dirigea sans bruit vers la fenêtre pour le voir passer à l'action avant d'appeler des renforts. Ces dossiers d'arnaque à l'assurance se ressemblaient tous. Il leur fallait des preuves tangibles. Il resta dans l'ombre et attendit prudemment.

Marcella était allongée sur son lit, à Stoneyfield. Il finirait bien par rentrer. Il n'avait pas accepté son invitation à déjeuner ; au fond, c'était peut-être une mauvaise idée. Mais il n'allait pas passer toutes ses nuits dehors, c'était impossible. Où pouvait-il bien être ? Il était trop fier pour aller frapper à la porte de Ricky. Il n'irait pas non plus chez ses parents, à Fatima. Pour rien au monde il ne se tournerait vers Joe en ce moment. Non, il allait rentrer. Lorsqu'elle se réveilla un peu plus tard et qu'elle ne le vit toujours pas, elle commença à s'inquiéter. Il pouvait être tellement têtu... Incapable de se rendormir, elle sortit et marcha dans la rue jusqu'à ce qu'elle croise un taxi libre.

Elle demanda au chauffeur de la laisser au bout de l'allée, qu'elle remonta à pied d'un pas tranquille. Elle ouvrit le portail et pénétra dans la cour pavée. Une voiture était garée devant le bâtiment, avec un homme au volant, qui ne lui prêta aucune attention. Elle regarda par la fenêtre et, dans les premières lueurs de l'aube, distingua une silhouette allongée sur le sofa. Dieu merci ! En même temps, c'était ridicule. Il faudrait bien qu'ils parlent, à quoi bon repousser ce moment ? Elle sonna. Il ne bougea pas. Il avait les yeux grands ouverts mais il demeura parfaitement immobile. Il savait que c'était elle.

— Tom ! S'il te plaît, Tom, réponds-moi. Laisse-moi entrer !

Aucune réaction.

— Je n'avais pas le choix ! s'écria-t-elle.

Puis, comme elle n'obtenait pas de réponse :

— Je ne t'ai jamais trahi. Je t'ai tout dit, j'ai été franche avec toi. Je ne comprends pas pourquoi tu refuses de me parler.

Au bout d'une demi-heure, glacée et apeurée, elle tourna les talons, héla un taxi et rentra à Stoneyfield.

L'homme qui surveillait les locaux de l'entreprise n'y comprenait plus rien. Ce grand type n'était pas venu pour tout saccager, non. Il s'était allongé sur le sofa, tout simplement ! Plus étrange encore, une magnifique jeune femme avait martelé la porte en le suppliant de la laisser entrer. N'importe quel homme normalement constitué n'aurait pas hésité un instant. Décidément, ce type était bizarre.

Tom se leva une heure plus tard pour aller préparer le pain chez Haywards. Deux jours seulement s'étaient écoulés depuis sa dernière visite au magasin. Deux jours ? Il se revit en train de préparer la fournée du samedi et de ranger le matériel qu'ils avaient laissé après le défilé, encore à moitié ivre, sous le choc. Quarante-huit heures seulement. Une éternité, à ses yeux. Il craignit un moment que Marcella vienne le rejoindre en cuisine. Mais non, elle ne prendrait pas un tel risque. Elle ne pouvait pas se permettre de faire une scène après son triomphe de vendredi.

En regagnant Scarlet Feather, il eut la surprise de rencontrer Cathy, déjà au travail.

— Neil était heureux ? demanda-t-il.

— Je crois, oui.

— Evidemment qu'il l'était ! Quel homme ne serait pas heureux d'avoir un bébé avec toi ?

— Oui, enfin... une chose est sûre : la nouvelle l'a pris au dépourvu, ajouta-t-elle en évitant son regard.

Il ne fut pas dupe. Apparemment, les choses ne s'étaient pas passées comme elle l'avait imaginé.

— Ça doit représenter un sacré choc, dit-il avec douceur.

Cathy le considéra d'un air songeur.

— Tu as sans doute raison. Je n'en avais pas pris conscience.

— Dès qu'il sera remis, il sera ravi, tu verras.

— C'est sûr, fit Cathy avec un sourire.

Tom avait peut-être raison. Neil finirait sans doute par se réjouir. Dans quelque temps. Il avait fait preuve d'une gentillesse infinie la veille au soir, après sa crise de pleurs. D'une grande tendresse aussi, en abandonnant aussitôt son attitude inquisitrice. Ils avaient parlé longuement, calmement, puis s'étaient levés tôt le matin pour regagner Dublin avant les gros embouteillages, dans la lumière dorée du soleil levant. A plusieurs reprises, Neil s'était penché vers elle pour lui caresser le bras. Oui, Tom avait raison. Quand le choc serait passé, tout irait mieux.

— Nous avons décidé de n'en parler à personne pour le moment. Alors, tu comprends...

— Les deux extralucides avec qui tu travailles resteront muets comme des carpes, ne t'inquiète pas !

— Pour quelque temps encore. Ce serait bien. Et... je ne sais pas comment te remercier de t'être occupé de Simon et Maud samedi. J'ai trouvé un message de papa sur le répondeur ; tu es un véritable héros à St Jarlath's !

— C'est un sale type, ce Mitchell.

— Ne me parle surtout pas de lui, je t'en prie. Jamais de ma vie je n'ai eu autant envie de gifler quelqu'un.

— C'est trop injuste qu'ils aient récupéré la garde de leurs enfants.

Il marqua une pause et elle sentit qu'il s'apprêtait à dire quelque chose d'important.

— Puisque tu ne me demandes rien, ce que j'apprécie sincèrement, je n'ai pas vu Marcella depuis vendredi et il se peut que je passe quelques nuits ici, si tu n'y vois pas d'inconvénient.

Il parlait d'un ton léger mais son chagrin transparaissait malgré tout dans son regard. Elle l'enlaça et le serra contre elle tendrement.

— Je n'y vois aucun inconvénient, murmura-t-elle au bout d'un moment. Allez, il est temps de consulter notre messagerie électronique.

Il s'écarta et Cathy alluma l'ordinateur. Il lui était infiniment reconnaissant de sa discrétion ; la douleur restait trop vive. Tout à coup, Cathy laissa échapper une exclamation.

— Doux Jésus, je n'y crois pas !

— Qu'est-ce qu'il y a ?

Il se précipita vers elle. Ensemble, ils découvrirent que Marian leur laissait le soin d'organiser les deux réceptions qui encadraient son mariage sous prétexte que Harry et ses imbéciles de parents n'avaient pas jugé nécessaire de contacter des hôtels. Bien sûr... comme s'il était nécessaire de faire des réservations dans une petite ville de province comme Dublin... Ils se retrouvaient donc avec un nouveau problème sur les bras. Le mariage avait lieu dans trois semaines, en pleine saison touristique, et ils devaient se débrouiller pour trouver deux salles élégantes, l'une pour un dîner et l'autre pour un déjeuner.

— Impossible, décréta Cathy. Quelle bande d'idiots, je t'assure !

— On n'a plus qu'à préparer les repas nous-mêmes. C'est aussi bête que ça.

— Tu as perdu la tête ou quoi ? C'est matériellement impossible.

— Pourquoi ? Ça nous fera de nouvelles rentrées d'argent, et je te rappelle que nous en avons cruellement besoin en ce moment. En plus, ça nous changera les idées, et ça aussi, nous en avons bien besoin.

Walter entra dans une colère noire en apprenant que les jumeaux avaient joué dans l'abri.

— On n'a pas joué, on a dansé, protestèrent-ils, sur la défensive.

— C'est mon abri ; vous n'avez rien à faire là-dedans.

— Je ne savais pas que c'était ton abri, Walter, sincèrement, je croyais que c'était à toute la famille, répondit Simon.

— Eh bien maintenant, vous le savez. Ce qui serait bien aussi, c'est que vous laissiez tomber cette histoire de danse, ça agace papa. Il est possible qu'il s'en aille de nouveau.

— A cause de notre numéro de danse ? fit Maud, les yeux écarquillés.

— Non, mais il n'arrête pas de parler du vieux Barty qui a fui en Angleterre. Ce ne serait pas étonnant qu'il aille le rejoindre là-bas.

— Et maman ?

— Ça fait déjà plusieurs jours que maman a perdu les pédales, vous avez dû vous en apercevoir, répondit Walter d'un ton méprisant.

— Tu crois qu'elle retournera à l'hôpital pour les nerfs si papa s'en va ? demanda Maud.

— C'est sûr, alors essayez de ne pas trop les embêter avec vos histoires de danse, d'accord ?

— D'accord, Walter.

— Arrêtez aussi de pleurer dans les jupons de Sara dès que quelque chose ne tourne pas rond. Ce n'était pas une bonne idée de faire venir Tom Feather samedi.

— Nous ne lui avions rien demandé, je t'assure, intervint Maud.

— Muttie a appelé Cathy et c'est lui qui a répondu, c'est tout, expliqua Simon.

Ils avaient l'air tellement sincères que Walter n'insista pas.

— Si vous voulez que tout aille pour le mieux dans cette maison, vous devez éviter de tout raconter à Sara. Compris ?

— Oui, acquiescèrent les jumeaux.

Hannah Mitchell chercha à joindre sa fille au Canada.

— Désolée, Mlle Mitchell est partie en week-end avec son amie de la librairie.

— Oh, elle est à présent associée, quelle merveilleuse nouvelle ! susurra Hannah Mitchell.

— Non... en fait, son amie et elle sont allées passer quelques jours dans leur chalet au bord du lac.

— Quand sera-t-elle de retour ? s'enquit Hannah, qui ignorait tout du fameux chalet au bord du lac.

— Ce soir, je suppose. Elle reprend le travail demain, avec son amie.

Hannah raccrocha, enchantée. Elle avait hâte d'annoncer la bonne nouvelle. Amanda les appelait si rarement, ces derniers temps.

Le lundi à six heures, Neil passa à Oaklands pour raconter la conférence à ses parents. Hannah l'écouta, impatiente de pouvoir enfin prendre la parole.

— Au fait, Amanda est devenue associée dans sa librairie, annonça-t-elle dès que l'occasion se présenta.

— C'est formidable. Depuis quand ? C'est elle qui te l'a dit ? s'enquit Jock, ravi.

— A vrai dire, non, ce n'est pas elle que j'ai eue. J'ai appelé la librairie et on m'a répondu qu'elle était partie en week-end avec son associée. Il semblerait qu'elle ait acheté un petit chalet dans la région des lacs.

Neil s'empressa d'avaler sa gorgée d'alcool. Il devait intervenir avant que sa mère se couvre de ridicule et le regrette plus tard, en apprenant la vérité.

— Tu sais, les employés sont rarement au courant de ce qui se passe vraiment. Attends d'avoir Amanda au téléphone avant de répandre la nouvelle de sa promotion.

— Tout de même, cette fille ne m'aurait pas dit...

— Maman, elle t'a dit qu'elle était partie avec quelqu'un de sa librairie. C'est peut-être son petit copain ou une amie, pas forcément un ou une associée.

— Enfin, Neil, si Amanda avait un petit ami, elle m'en aurait parlé.

— Pas forcément, maman, répondit Neil. On doit se sentir prêt dans sa tête avant d'annoncer ce genre de nouvelle.

— Moi, en tout cas, je suis tout à fait prête à l'entendre me parler de son petit ami, de son partenaire ou de son associé, quel qu'il soit. Je ne vois pas l'intérêt de garder ça secret, déclara Hannah, contrariée.

— Attendons encore un peu, tu veux, je crois que c'est mieux.

Il croisa le regard intrigué de son père, mais Jock ne lui posa aucune question.

Ils mirent une journée entière à dénicher ce que Marian appelait des « endroits appropriés ». Pour la répétition générale du mariage, Ricky leur prêterait volontiers le sous-sol de son studio. Pour le déjeuner du lendemain, ils recevraient les invités chez Geraldine. Ils consultèrent leurs montres : six heures. La bonne heure pour appeler Chicago. Ils enverraient les menus plus tard, dans un ou deux jours ; pour le moment, ils se contenteraient d'avertir Marian et Harry qu'ils avaient tout arrangé. Leur mission était accomplie. Ils dessinèrent des cloches, des fleurs et des fers à cheval sur le fax qu'ils envoyèrent aux futurs mariés. Marian les appela cinq minutes plus tard ; elle pleurait de joie. Cathy était un ange, une sainte, un petit génie, sa sœur préférée, incontestablement. Et la famille de Harry brûlait d'impatience de découvrir les menus afin de pouvoir faire son choix. L'argent n'était pas un problème, ils pouvaient en envoyer sur-le-champ...

— As-tu saisi le message, Cathy ? s'enquit Tom lorsqu'elle lui rapporta la conversation.

— J'en ai bien peur, oui.

Ils se regardèrent et éclatèrent de rire en chantonnant en chœur :

— Ils veulent les menus tout de suite.

Le lundi à six heures, Geraldine réalisa que son histoire avec Freddie Flynn arrivait à son terme. Il ne l'avait pas contactée une seule fois durant le week-end, après son appel déguisé et tellement indélicat du samedi matin. Toute la journée, elle avait résisté à l'envie de lui téléphoner. Elle resterait courtoise, calme et posée. Juste pour lui prouver qu'elle savait vivre, elle.

Dans le hall de la résidence Glenstar, Freddie appuya sur le bouton de l'Interphone. Geraldine ne donnait jamais les clés de son appartement.

— Freddie ?

Elle semblait agréablement surprise.

— Je me demandais si... ?

— Tu n'as pas appelé.

C'était une de ses sacro-saintes règles.

— Non, je pensais que pour cette fois... Enfin, si je te dérange, je peux toujours...

— Monte, Freddie.

Quelques instants plus tard, il prit place dans un fauteuil et croisa nerveusement les doigts. On les avait vus en train de se promener main dans la main dans les rues de Dublin et Pauline avait été mise au courant. Elle était inconsolable et il s'était senti obligé de l'accompagner à Limerick. Pour faire taire la rumeur, d'une part ; et aussi pour la rassurer. Geraldine hocha la tête avec bienveillance, comme si Freddie lui parlait de quelque chose qui ne la concernait pas. Au cours du week-end, Pauline lui avait avoué qu'elle se sentait seule et délaissée, qu'elle craignait qu'il la quitte pour une autre. Elle lui avait demandé de rentrer un peu plus tôt à la maison désormais. Geraldine hocha de nouveau la tête.

— Alors tu comprends... conclut-il.

— Je comprends, Freddie, je comprends tout à fait.

Un silence pesant s'installa entre eux. Freddie s'agita un peu, mal à l'aise. Geraldine ne parla pas de la montre. Il la lui avait offerte au début de leur relation, quand elle était à ses yeux la plus jolie femme du pays et qu'il se moquait bien de savoir si sa femme était ou non au courant de leur liaison. Il eût été terriblement mesquin de vouloir la lui rendre.

— Tu ne sais pas à quel point tu vas me manquer, déclara-t-il enfin.

— Tu me manqueras aussi, Freddie.

— Tu mérites beaucoup mieux que moi, tu sais !

Voilà, leur histoire était finie. Geraldine demeura très froide.

— Je t'en prie, ne te sous-estime pas. J'espère que nous resterons bons amis.

Elle décroisa les jambes et se leva... le signal du départ pour Freddie, qui se dirigea vers la porte, en proie à un soulagement indicible. Tout s'était merveilleusement bien passé. Sans cris, ni pleurs. Une rupture idéale. Elle l'embrassa sur la joue.

— Bonne chance, cher Freddie.

— Tu es une perle rare, Geraldine. J'aurais aimé que...

— Au revoir, Freddie, murmura-t-elle avant de refermer la porte derrière lui.

Elle resta immobile dans son appartement vide, tendue, partagée entre la colère et le chagrin. De tous les amants qu'elle avait connus, Freddie était son préféré. Il n'était pas aussi cultivé que Peter Murphy, ni aussi raffiné que certains autres, mais sa compagnie l'avait comblée. Elle s'était imaginé qu'ils resteraient toujours ensemble. Comment Pauline s'y était-elle prise pour le faire revenir ? Pauline avait une grande famille, des frères et des sœurs, et elle avait aussi porté les enfants de Freddie. Elle jouissait d'une réputation de respectabilité ; elle incarnait l'avenir et le passé. Finalement, c'était sans doute mieux que d'avoir une belle paire de jambes, un luxueux appartement au Glenstar et des vêtements de grands couturiers. Triste constat, certes, mais tellement réaliste...

Quand Tom et Cathy l'appelèrent pour lui demander s'ils pouvaient utiliser son appartement afin d'organiser cette histoire ridicule de « déjeuner du lendemain », elle accepta sans l'ombre d'une hésitation. D'une part, cela ferait plaisir à sa nièce Marian, qui semblait au bord de la crise de nerfs là-bas, à Chicago. D'autre part, cela lui éviterait de trop penser à ce traître de Freddie Flynn.

Marcella ne savait trop que faire après sa journée de travail, le lundi soir. Elle s'attarda un peu à l'institut et décida finalement de rentrer à Stoneyfield. Elle accomplit alors ce qu'elle considérait déjà comme un rituel : téléphoner d'abord, tomber sur le répondeur, appuyer sur la sonnerie de l'Interphone, sans plus de succès, et monter enfin à l'appartement. Tom n'était pas rentré. On était lundi soir, et Tom Feather n'était toujours pas rentré chez lui. Sans doute avait-il décidé de dormir sur son lieu de travail. Cette histoire devenait grotesque. C'était son appartement, bon sang, et il l'avait purement et simplement déserté. Le petit mot qu'elle avait laissé à son intention se trouvait toujours sur la table, la brique de lait écrémé toujours au réfrigérateur. L'appartement était froid, sans vie. Parcourue d'un léger frisson, elle rassembla quelques affaires dans un sac et rédigea un autre petit mot. « Tom, tu es chez toi ici, ne te sens pas obligé de dormir sur le divan de Scarlet Feather. Rentre à la maison. Je partirai si tu me le demandes ; tout ce que je veux, c'est que tu me dises pourquoi. En tête à tête. Je t'aime. Marcella. » Puis elle composa le numéro de Scarlet Feather.

Cathy rentra chez elle ce soir-là la tête pleine de projets pour le mariage. Ils avaient trouvé une foule d'idées géniales, Tom et elle. Marian serait fière d'eux. Elle trouva Neil à la maison.

— Tu ne peux pas continuer à travailler aussi tard, tu risques de te fatiguer, lui dit-il, sincèrement inquiet.

— Je vais très bien, je t'assure. Une bonne tasse de thé et tout ira encore mieux.

— Message reçu, je m'en occupe. Tu n'as pas trop mal au dos ?

— De temps en temps, mais c'est supportable. Pourquoi me demandes-tu ça ?

— Je me suis documenté, figure-toi.

Le cœur de Cathy se gonfla d'allégresse. Il se remettait peu à peu du choc ; sa fibre paternelle commençait à vibrer.

— Je suis passé à Oaklands tout à l'heure.

— Tu ne leur as rien dit, au moins ?

— Bien sûr que non, ne t'en fais pas. Mais je regardais toutes les photos que ma mère a disposées sur le piano, des photos de Manda et moi quand nous étions enfants. Des domestiques s'occupaient des tâches ménagères et elle ne travaillait pas, contrairement à toi. La vie est injuste.

— Je me moque bien de savoir comment ta mère vivait à l'époque, répondit Cathy.

Le passé importait peu. C'étaient le présent et l'avenir qu'ils devaient gérer le mieux possible. Mais Neil insista.

— C'était également plus facile pour les hommes, à l'époque. Je parle des classes privilégiées, évidemment. Lorsque mon père rentrait du travail, il allait directement s'enfermer dans son bureau pour continuer à étudier ses dossiers. Jamais les pleurs d'un bébé ne l'ont dérangé. La vie était vraiment facile pour certaines personnes. Aujourd'hui, tout est différent.

— Ne te fatigue pas à refaire le monde. De toute façon, ton père n'était jamais chez toi. Il filait directement à son club de golf dès qu'il avait une minute.

— Je parlais du système en général, dit Neil, buté.

— Mon père, lui, avait six enfants qui gambadaient partout dans la cuisine et ça ne l'a jamais empêché de se concentrer sur la course du lendemain, plaisanta Cathy.

Neil prépara le thé, absorbé par ses pensées. Il parla de nouveau de sa mère et de son père, de leur style de vie qu'ils considéraient comme un acquis. Il évoqua aussi le malentendu au sujet d'Amanda, partie passer le week-end dans un chalet au bord du lac en compagnie de son « ami-associé ». Il raconta que Sara avait eu vent du décès d'un vieil homme fortuné qui avait fait don de sa maison à une association qui hébergeait des sans-abri. Un vent de panique avait alors soufflé sur le quartier et tous les habitants étaient descendus dans la rue pour demander la fermeture de la maison. L'égoïsme qui régnait dans cette ville était écœurant. Les gens qu'il avait rencontrés en Afrique raisonnaient différemment. Ils étaient plus généreux, plus tolérants aussi, et votaient pour des gouvernements qui œuvraient concrètement sur le plan social. Là-bas, il avait fait la connaissance d'une Suédoise qui lui avait parlé d'un impôt mis en place dans son pays, un impôt réservé aux classes les plus favorisées et destiné à assurer la prise en charge des frais médicaux pour tous ; c'était une idée géniale, tellement novatrice... Cathy l'observa attentivement pendant qu'il parlait.

— Scarlet Feather, annonça Tom.

— Tom, ne raccroche pas, je t'en prie.

— Marcella, dit-il d'une voix atone.

— Puis-je passer te voir pour que nous parlions ?

— Non, je m'apprêtais à sortir.

— Tu rentres à la maison ?

— Non.

— Je t'ai laissé un mot là-bas, sur la table, à côté de celui que j'ai laissé hier.

— Ça m'est égal, Marcella.

— Enfin, Tom, on ne peut pas en rester là...

— Pourquoi ? fit-il avant de raccrocher.

Il fixa le téléphone un long moment. A quoi s'était-elle attendue ?

Dans l'appartement de Stoneyfield, Marcella contemplait elle aussi le téléphone. Il devrait bien se résoudre à lui parler, un jour ou l'autre, ne fût-ce que pour lui dire adieu. Alors pourquoi pas tout de suite ?

— Geraldine, ne me dis pas que tu as trouvé ça dans une friperie... ?

Lizzie écarta d'elle l'ensemble flambant neuf griffé Haywards pour mieux l'admirer.

— Et pourtant si, Lizzie, je t'assure, mentit effrontément sa sœur. Cette boutique regorge de vêtements comme ça, tu n'en croirais pas tes yeux. Ces dames de la haute décident d'étrenner une nouvelle robe, elles trouvent qu'elle leur fait de grosses fesses, ou bien une amie bien intentionnée leur laisse entendre qu'elle ne leur va pas du tout et elles s'en débarrassent comme ça, sans aucun regret.

— C'est magnifique, murmura Lizzie en caressant la robe et la veste en soie gris souris. On risque de me prendre pour la mariée, là-dedans, pas pour sa mère !

— Tu vas peut-être rencontrer un riche Américain, tu t'enfuiras avec lui et on ne te reverra plus jamais !

Muttie leva les yeux de son journal.

— Lizzie n'a que faire de ton riche Américain. Elle est heureuse comme ça, avec Galop et moi, nos qualités et nos défauts n'est-ce pas, Galop ?

Le chien aboya son approbation.

— Galop dit que tu as raison, renchérit Lizzie. De quoi d'autre une femme aurait-elle besoin ? Voilà ce qu'il dit.

Pour la première fois de sa vie, Geraldine éprouva un élan d'envie pour cette sœur qui avait épousé un fainéant et passé sa vie à faire le ménage chez les autres.

Tom et Cathy se consacrèrent avec ardeur aux deux repas supplémentaires du mariage. Ils avaient été obligés de recruter davantage de personnel pour faire face au surplus de travail. La soirée du vendredi serait un repas à thème : le sous-sol de Ricky allait être transformé en bar clandestin de l'époque de la Prohibition. Ils peindraient des barreaux aux fenêtres et installeraient un judas à la porte pour faire semblant de contrôler les arrivées.

Les invités devraient donner un mot de passe pour entrer. Le matériel de développement de Ricky serait orné de grosses étiquettes indiquant des noms d'alcool. Il y aurait des photos d'Al Capone partout sur les murs et des allusions au massacre de la Saint-Valentin. Ils passeraient les grands « standards » du jazz de Chicago et tout le monde serait heureux de se sentir « comme à la maison ». Au menu, ils proposeraient des côtes de bœuf premier choix, dans le plus pur style des fameux grils de Chicago, et serviraient en dessert une glace chocolat-menthe qui semblait être une spécialité plébiscitée par les habitants de la ville, à en croire les livres de recettes. Il ne leur fut pas facile de cerner la cuisine typique de Chicago ; tous les ouvrages et les sites Internet qu'ils consultèrent à ce sujet évoquaient une cuisine ethnique, mâtinée de fortes influences polonaises.

— J'aime beaucoup la cuisine polonaise, déclara Tom. Il y a souvent du chou rouge rémoulade. Tu crois qu'on devrait proposer ça ?

— Ils préféreraient peut-être essayer autre chose, répondit Cathy. Le plus simple, c'est de leur poser la question quand ils appelleront.

— Ils n'ont rien dit au sujet des menus, remarqua Tom alors que deux jours s'étaient écoulés et qu'ils n'avaient reçu aucune réponse.

Cathy secoua la tête.

— Dire qu'on m'encensait encore avant-hier... j'étais un ange, une sainte, un petit génie. Et voilà qu'ils négligent complètement la partie la plus difficile de notre mission.

— On devrait peut-être leur téléphoner, qu'est-ce que tu en penses ? suggéra Tom. Le temps passe et il faut qu'on se mette sérieusement au travail.

— Je sais. Pour être franche, cette situation m'horripile prodigieusement mais je n'arrive pas à la reprendre en main. Je ne suis pas comme ça d'habitude, j'aime bien que les choses soient claires rapidement. Je ne sais pas ce qui m'arrive.

— Je crois que c'est plutôt normal, dans ton état. Dieu merci, tu n'es pas obligée de te bourrer de comprimés de charbon lorsque tu prépares la cuisine.

— Non, je n'ai pas de traitement particulier, c'est un processus naturel. Autrefois, les femmes faisaient des enfants sans être entourées de toutes ces attentions.

— C'est vrai. Et puis il y avait cette solidarité masculine, ces équipées au pub du coin où tout le monde s'enivrait pour ne pas gêner...

— Ah ! Les belles paroles... Attends un peu d'être père, on verra bien comment tu te comporteras.

Il lui lança une cuillerée de pâte à pain et elle répliqua par une attaque de raisins secs.

— Regarde ce que tu as fait, je vais devoir les enlever un par un du pain à la tomate, se plaignit-il.

— C'est peut-être la naissance d'un nouveau pain qui fera un tabac partout dans le monde, le taquina Cathy.

— Est-ce que Neil assistera à l'accouchement ?

— Oui, répondit Cathy sans hésiter. Il ne le sait peut-être pas encore, mais il sera près de moi. Bon, qui de nous deux prend son courage à deux mains pour appeler Marian ?

— Puisque tu ne réclames aucune attention particulière, je te laisse volontiers cet honneur, répondit Tom en portant à sa bouche chaque raisin sec qu'il récupérait dans le bol.

Cathy avait parlé à Marian deux jours plus tôt mais cette fois elle eut l'impression d'avoir une autre personne au bout du fil. Elle passait du mutisme, des murmures inintelligibles, à l'enthousiasme et aux exclamations reconnaissantes sans pour autant répondre clairement aux interrogations de sa sœur. Déconcertée, cette dernière passa le combiné à Tom.

— Je ne comprends absolument rien à ce qu'elle dit, lui expliqua-t-elle à mi-voix. Tu t'en sortiras peut-être mieux que moi.

Mais ce ne fut pas le cas. Il arqua un sourcil étonné en direction de Cathy. « Elle a bu, tu crois ? Ou bien elle marche à autre chose ? » griffonna-t-il sur le bloc du téléphone. Prise d'un fou rire, Cathy s'écarta vivement. Au bout de quelques minutes, Tom eut un éclair de génie.

— Me serait-il possible de parler à Harry ? On se comprendra peut-être mieux, d'homme à homme.

— Oui, il est ici, près de moi, répondit Marian, retrouvant sa voix normale. Il m'a rejointe au bureau pour discuter de tout ça. Je vous le passe tout de suite.

— Harry, Tom Feather à l'appareil. Je ne suis pas de la famille. Si nos menus ne vous plaisent pas, dites-le-moi simplement et nous vous en enverrons d'autres. Je pensais ajouter quelques plats polonais, par exemple des grosses soupes, des boulettes. Dites-nous la vérité, Harry.

— Je vais être franc, Tom : votre idée de bar clandestin à l'époque de la Prohibition, avec la Saint-Valentin sanglante et les containers d'alcool, a choqué tout le monde ici.

— Je vois. On croyait que vous seriez emballés.

— Non, ce serait un peu comme si on vous proposait une soirée à thème cauchemardesque... autour de l'IRA par exemple, avec des bombes et d'autres trucs dans ce goût-là.

— Ou du corned-beef et du chou, ajouta Tom précipitamment.

— Message reçu, Tom.

— Alors on oublie ça, d'accord ? Pas de Prohibition, pas de corned-beef.

— Marché conclu, déclara Harry.


Sara passa à l'improviste et procéda à une inspection de la maison. Les regards étaient rivés sur elle tandis qu'elle ouvrait le réfrigérateur, le lave-linge, examinait les placards et vérifiait l'état des vêtements sur le séchoir.

— Maud, Simon, allez jouer un peu au tennis, d'accord ? J'ai vu que vous aviez installé un filet dans le jardin. Allez donc vous entraîner pour votre prochain cours.

— Nous ne prenons plus de cours, répondit Simon.

— Ça coûtait trop cher, expliqua Maud.

— Et le professeur de tennis s'est absenté, il me semble, non ? intervint Kenneth Mitchell.

— Non, c'était juste pour un week-end, répondit Maud.

La bouche de Sara prit un pli dur.

— Raison de plus pour vous entraîner, alors, lança-t-elle d'une voix faussement enjouée.

Percevant la menace à peine voilée, les jumeaux sortirent en courant dans le jardin. Avant qu'ils disparaissent, Sara s'écria :

— Dès que j'aurai terminé, je vous rejoindrai et je jouerai contre vous, l'un après l'autre. Un jeu de sept points chacun. Ça me fera du bien de prendre un peu d'exercice. D'accord ?

Ils trouvèrent l'idée géniale et, dans le silence tendu qui régnait à l'intérieur, Kay et Kenneth Mitchell écoutèrent les rires et les exclamations tantôt triomphantes, tantôt dépitées de leurs enfants, ponctués par le bruit mat de la balle qui rebondissait sur la pelouse jaunie.

— Corrigez-moi si je me trompe, mais je ne pense pas vous avoir invitée à jouer au tennis dans mon jardin, avec mes enfants, attaqua Kenneth Mitchell.

— Corrigez-moi si je me trompe, mais vous ne semblez ni mesurer la gravité de votre situation ni vous apercevoir que vous êtes à deux doigts de perdre la garde de vos enfants. Si j'expose dans mon rapport mes inquiétudes quant au bien-être des jumeaux et que ces inquiétudes se trouvent confirmées, ils pourraient vous être retirés avant la fin du mois.

— Pourrons-nous danser aux trois fêtes, à ton avis, Muttie ? demanda Simon quand ils allèrent à St Jarlath's Crescent un peu plus tard dans la journée.

— Je ne suis pas au courant de ces choses-là, fiston ; quand tu seras grand, tu apprendras à rester en dehors de tout ça. C'est ce que font les hommes, d'habitude.

— Il faudrait qu'on exécute une danse différente à chaque fois... ce ne sera pas facile. Mais je ne veux surtout pas les décevoir, les Américains.

— Cathy devrait pouvoir te répondre, déclara Muttie.

— C'est sûr. Muttie, est-ce que tu sais pourquoi on a le droit de venir vous voir aussi souvent qu'on veut maintenant ?

— Non, et c'est une autre chose que je ne fais jamais, fiston : poser des questions quand une situation tourne en ma faveur. Tu te souviens de ce jour au bureau où j'ai perdu le fil un instant, quand j'ai joué un cheval placé au lieu d'un cheval gagnant ? J'étais tellement déçu que j'ai failli jeter mon ticket mais un de mes associés m'a affirmé que j'avais misé les deux, un placé et un gagnant... Je n'y croyais pas mais je me suis bien gardé d'ouvrir la bouche ; je pense que c'est la meilleure chose à faire, dans ces cas-là.

Simon réfléchit.

— Tu as sans doute raison, Muttie. Simplement, quand on sait pourquoi les gens agissent comme ci ou comme ça, on est bien placé pour les pousser à recommencer par la suite. Papa a changé d'avis sur tout, brusquement. J'aimerais beaucoup savoir ce que lui a dit Sara.

— On ignore la moitié de ce qui se passe sur cette Terre, déclara Muttie en secouant la tête avec philosophie.

— Mais tu ne te rends pas compte : papa nous a apporté des verres et une bouteille de limonade pendant que nous étions en train de jouer au tennis avec Sara ; Mme Barry a repris le travail, ce qui veut dire qu'elle a dû être payée ; on va reprendre des leçons de tennis ; Mme Barry repasse les vêtements que nous mettons nous-mêmes dans le lave-linge, et maman fait un effort pour se lever et s'habiller. En plus, on a le droit de prendre le bus pour venir vous voir aussi souvent qu'on en a envie, si vous êtes libres, bien sûr ! Avec Maud, on croit qu'on a dû faire quelque chose de bien pour mériter tout ça, mais on ne sait pas quoi.

Shona entra dans la cuisine du magasin bien avant l'ouverture des portes au public.

— Tu viens m'espionner, c'est ça, voler mes secrets de fabrication ?

— Grand Dieu non, je me contente de petits plats surgelés à réchauffer au micro-ondes, ça me suffit largement !

— Je n'en crois pas un mot, plaisanta Tom, concentré sur son travail. Tu veux bien nous servir une tasse de café, Shona ?

Ils parlèrent de choses et d'autres. Aucun d'eux n'osa poser la question qui les taraudait. Tom ne demanda pas à Shona si Marcella travaillait toujours à l'institut de beauté ou si elle était déjà partie « de l'autre côté » pour honorer un contrat si chèrement gagné. Elle avait laissé un dernier mot avant de déménager ses affaires de l'appartement. Elle avait également abandonné une montre, une gourmette et un recueil de poèmes d'amour. Son mot était bref.

« Je t'aime toujours et je n'arrive pas à croire que tu laisses quatre années de vie commune se terminer ainsi, sans accepter aucune discussion. Hélas, je ne peux pas te poser la même question tous les jours. Si l'envie te prend de m'expliquer pourquoi tu refuses de me parler... tu sais de toute manière où me trouver ; nous travaillons tous les deux au même endroit pour le moment. Tu me dois au moins ça. Une discussion, rien d'autre. »

Mais il ne s'agirait même pas d'une discussion. Ils resteraient là tous les deux, face à face, incapables de communiquer réellement, tant leurs points de vue divergeaient. Au fil des jours, la position de Tom s'était durcie ; c'était une question de fierté, il ne s'abaisserait pas à appeler l'institut pour savoir si elle y travaillait toujours. De son côté, Shona brûlait d'envie que Tom lui dise tout ce qu'il savait au sujet de James Byrne, comptable à la retraite qui travaillait maintenant à mi-temps pour Scarlet Feather. Etait-il quelqu'un de joyeux, ou paraissait-il plutôt compliqué ? Avait-il beaucoup d'amis ou était-il solitaire ? Tom avait-il eu l'occasion d'aller chez lui ? Vivait-il seul ? Hélas, cela faisait si longtemps qu'elle gardait toute cette histoire pour elle qu'il lui était extrêmement difficile d'ouvrir son cœur à quelqu'un. Même si ce quelqu'un était aussi ouvert et attentif que Tom Feather, malheureux comme les pierres à cause de son idiote de petite amie, Marcella.

— Que porteras-tu au mariage ? voulut savoir Geraldine.

— Une robe de maternité informe avec un petit col claudine et des ballerines plates, répondit Cathy.

— Arrête tes bêtises. A propos, quand comptes-tu enfin te décider à annoncer à ta mère qu'elle va de nouveau être grand-mère ?

— Bientôt, bientôt. Après le mariage. C'est préférable pour tout le monde, ajouta Cathy. Nous sommes débordés de travail en ce moment, tu ne le croirais pas. J'évite de laisser Tom tout seul, de peur qu'il n'accepte une autre commande.

— Il s'efforce de faire rentrer de l'argent, fit Geraldine, compatissante.

— Oui, et il essaie aussi d'oublier Marcella.

— Aucun changement à ce niveau-là ?

— Il n'en parle jamais. Il ne dort plus sur le sofa de l'accueil, en tout cas. Je suppose qu'elle a quitté l'appartement.

— Quelle sotte, je te jure !

— Oui, mais il était fou amoureux d'elle. Il l'est toujours, d'ailleurs. Enfin, je crois. Qui peut se targuer de bien connaître les hommes et leurs sentiments ?

— N'est-ce pas ? fit Geraldine d'un ton désabusé.

Cathy ouvrit la bouche et la referma. Ils avaient eu Freddie Flynn au téléphone ; il voulait un autre buffet dans le cadre de son opération « villas de vacances ». L'espagnol et l'italien avaient remporté un franc succès et il désirait leur commander quelque chose de similaire, sur un autre thème. Cathy lui avait demandé s'ils pouvaient communiquer par l'intermédiaire de sa tante, comme les autres fois. Un silence embarrassé avait accueilli sa question. Finalement, Freddie avait répondu qu'il serait plus simple qu'ils prennent directement contact avec lui. Geraldine ne lui avait pas parlé de Freddie. Elle portait encore à son poignet la montre qu'il lui avait offerte. Cathy préféra ne rien dire pour le moment. Comme elle l'avait répété tant de fois à Maud et à Simon, c'était aussi ça, se comporter en adulte.

— Est-ce que papa et maman sont invités au mariage ? demanda Simon à sa jumelle.

— Non, et ne me demande pas pourquoi.

— Pourquoi ?

— Voilà, tu as demandé ! s'écria Maud.

— Je voulais juste savoir pourquoi je ne devais pas te demander pourquoi !

— Oh, je crois que c'est à cause de Lizzie, la femme de Muttie. Elle a peur de tante Hannah, et s'ils invitent les uns, ils seront obligés d'inviter les autres.

— C'est très compliqué, tout ça. Est-ce que Walter vient, lui ?

— Non, nous serons les seuls Mitchell à part Neil, expliqua Maud, qui avait pris soin de se renseigner. Et nous assisterons aux trois fêtes, mais nous ne danserons que le jour du mariage, pour que ça reste vraiment spécial.

— On devrait quand même prendre nos claquettes pour le repas du lendemain, tu sais, celui qui aura lieu dans l'appartement de la sœur de Lizzie. Au cas où ils nous demanderaient une deuxième représentation.

Maud réfléchit.

— Je crois que tu as raison, finit-elle par déclarer.

James Byrne sortit de chez lui plusieurs fois de suite, s'efforçant de voir ce qui l'entourait avec un regard neuf, le regard de quelqu'un qui viendrait ici pour la première fois. Qu'allait-elle penser de l'endroit où il vivait ? Sa première impression était importante car elle affecterait le jugement qu'elle porterait sur lui. Si elle trouvait son appartement froid et austère, ses anciennes opinions se trouveraient confirmées. D'un autre côté, si elle découvrait un intérieur encombré, désordonné, elle s'imaginerait que ce fouillis était le reflet de sa personnalité, et ce ne serait pas mieux. Pour la première fois de sa vie, James Byrne comprit pourquoi il existait tant de magazines de décoration, tant d'émissions de télévision consacrées à ce sujet. Tout bien réfléchi, c'était sans doute très important.

— Il n'y aura pas d'autres Mitchell que nous ? s'enquit Simon.
— Neil sera là, bien sûr, répondit Cathy.
— Et sa sœur ? Il n'a pas une sœur qui vit aux Etats-Unis ? Pourquoi elle ne se déplace pas pour le mariage ?
— Elle vit au Canada, pas aux Etats-Unis, et ce mariage ne concerne pas la famille Mitchell...
— Elle est gentille ?
— Oui. Elle nous avait offert un magnifique cadeau pour notre mariage, ajouta Cathy.
L'espace d'un instant, elle éprouva la folle envie de raconter aux jumeaux que leur cousine Amanda menait une vie heureuse à Toronto, avec sa petite amie prénommée Susan. Elle aurait adoré voir les dégâts qu'ils pouvaient faire avec ce genre d'information. Un sourire flotta sur ses lèvres.
— Il faut toujours s'attendre au pire quand Cathy sourit comme ça, observa Muttie.
— Que va-t-il se passer ? questionna Simon sur un ton inquiet.
— Tout peut arriver, dans ces cas-là, répondit Muttie.
— Elle s'apprête peut-être à acheter d'autres locaux, une nouvelle camionnette, à embaucher davantage de personnel...
Le portable de Cathy sonna. C'était Tom. Il venait de percuter une espèce d'abruti qui s'était arrêté sans mettre son clignotant.
— Tu es blessé ?
— Non, mais le gâteau d'anniversaire que j'allais livrer, lui, est sérieusement amoché. Je suis nul en pâtisserie, Cathy  Ce fichu

gâteau ne ressemble plus à rien et je suis obligé de rester sur les lieux de l'accident.

— Je te rejoins en taxi. Que dois-je apporter ?

— Tout ce que tu as sous la main : des plateaux, des torchons, du sucre glace, de la crème, tout ce que tu trouves !

— Quoi ? Tu me demandes de réparer le gâteau dans un taxi ? Tu as perdu la tête ?

— Que puis-je faire d'autre ? Il est en train de s'effondrer dans la camionnette.

— Zut ! Dis-moi où tu es.

Ils la suivirent des yeux tandis qu'elle courait partout dans la cuisine, s'emparant de ceci, attrapant cela.

— Papa, aurais-tu parmi tes « associés » un chauffeur de taxi digne de confiance qui accepterait une mission trépidante pour l'après-midi ?

— On peut venir avec toi ? implorèrent les jumeaux.

— Pourquoi pas ? fit Cathy.

De toute façon, la situation ne pouvait pas être pire.

Ils partirent dans le taxi de Kentucky Jim, l'un des grands amis de Muttie. Il fut stupéfait d'apprendre que des gens payaient pour que d'autres leur confectionnent et leur livrent un gâteau d'anniversaire. Ça non, il n'arrivait pas à le croire.

Cathy se retint de justesse de raconter aux enfants l'histoire de Kentucky James le philosophe, jadis à la tête d'une affaire florissante qui avait rapidement périclité à cause de sa passion débridée pour le jeu ; il se retrouvait désormais réduit à conduire un taxi dont il ne possédait qu'un quart.

Ils trouvèrent Tom complètement désemparé.

— Tu conduis comme un pied, Tom, je l'ai toujours dit, marmonna Cathy en examinant le gâteau.

Elle ôta le socle argenté, l'essuya soigneusement avec un torchon puis entreprit de réparer les dégâts.

— Ça va aller ?

— Il faudra bien. Heureusement que j'ai pensé à prendre la douille pour récrire le nom, il a complètement disparu ! C'est « Jackie », hein ?

— Oui, c'est ça, Jackie.

— Avec « ie » ou « y » ?

— Je n'en sais rien !

— Vérifie sur le bon de commande, enfin ! s'écria Cathy en lissant les côtés du gâteau avec un peu de crème au chocolat.

— Vous n'avez qu'à mettre les deux orthographes et vous mangerez celle qui n'est pas bonne quand vous retrouverez le bon de commande, suggéra Simon.

— Tais-toi, Simon, rétorquèrent Tom et Cathy à l'unisson.

— Alors il n'est plus question de transformer mon sous-sol en bar clandestin ? demanda Ricky le lendemain, visiblement déçu.

— Non, et sois gentil, oublie cette histoire, tu veux ? Ce fut un flop total.

— Oh, je vois.

— Enfin, tout est rentré dans l'ordre à présent. Nous avons réussi à les calmer.

— Tu devrais peut-être en prendre de la graine, fit Ricky avec un demi-sourire.

— Je ne sais pas trop comment interpréter ça.

— On m'a dit que Marcella et toi, vous ne vous étiez pas vus depuis le défilé. Je trouve ça dommage, c'est tout.

— C'est comme ça.

— Si je la croise, veux-tu que je lui transmette un message de ta part ?

— Non, merci, tout a été dit.

Ricky se contenta de secouer la tête d'un air désolé, ayant assisté à trois crises de larmes de Marcella, selon laquelle rien n'avait été dit, absolument rien.

Cathy aperçut James Byrnes, les bras chargés de paquets. Elle appuya sur le klaxon.

— Vous rentrez chez vous, James ? Voulez-vous que je vous raccompagne ?

— Ah, Cathy, quelle bonne surprise ! J'accepte volontiers.

Lorsqu'ils arrivèrent devant l'élégante maison, il se tourna vers elle.

— Puis-je vous demander quelque chose de très personnel ?

« Oh, mon Dieu, faites qu'il n'ait pas remarqué que j'étais enceinte », implora Cathy en son for intérieur.

— Je vous écoute, répondit-elle du bout des lèvres.

— Accepteriez-vous de me raccompagner jusqu'à ma porte, d'entrer chez moi et de me dire ce que vous voyez ?

Cathy sentit son cœur chavirer. Si leur comptable, d'habitude si posé, si compétent, commençait lui aussi à perdre la tête...

— Que suis-je censée voir ? demanda-t-elle d'un ton circonspect.

— Je n'en sais rien, c'est à vous de me le dire, et je compte sur votre franchise.

— Je ferai de mon mieux, promit la pauvre Cathy en sortant de la camionnette.

Tom attendait le retour de Cathy, aussi ouvrit-il la porte sans même se donner la peine de lever les yeux quand la sonnette retentit.

Personne ne bougea. C'était bizarre. D'ordinaire, Cathy fonçait directement en cuisine. Intrigué, il se dirigea vers l'accueil.

Debout, le dos tourné à la lumière, se tenait Marcella. Sa crinière sombre auréolait son visage. Elle avait l'air à la fois anxieuse et contrariée.

— Tu n'avais pas le droit de dire à Ricky que nous avions réglé la situation, déclara-t-elle sans préambule. C'est faux, tu le sais bien.

— Je vois que les nouvelles vont vite.

— Est-ce que tu me détestes, Tom ?

— Non, bien sûr que non, je ne te déteste pas, dit-il avec douceur.

— Mais tu as raconté à Ricky...

Il se sentit très fatigué, tout à coup.

— Non, Marcella, je n'ai pas raconté à Ricky que nous avions réglé la situation, je lui ai signalé que tout était dit, c'est différent... Ce qui signifie, en clair, que nous n'avons plus rien à nous dire.

— Je n'aurais jamais fait ça, moi... Jamais je ne t'aurais quitté sans t'expliquer pourquoi.

— Tu sais pourquoi, Marcella.

— C'était juste une fête, rien de plus.

— Oui.

— Je ne te raconterai pas comment ça s'est passé, c'est trop bête. Je t'avais pourtant prévenu.

— Tu as parfaitement raison, je n'ai aucune envie de savoir comment ça s'est passé ni pourquoi tu n'es pas rentrée cette nuit-là.

— Je t'avais pourtant dit que cette soirée n'aurait aucune importance. Je le pense toujours.

— C'est effectivement ce que tu penses, toi, Marcella. Pour ma part, je t'avais prévenue que cette soirée comptait terriblement.

— Mais j'étais obligée d'y aller, tu le savais bien.

Elle pleurait. Tom la regarda sans bouger, les mains dans les poches.

— J'ai été honnête avec toi. Jamais tu ne rencontreras quelqu'un d'aussi honnête que moi, tu verras.

— C'est faux, Marcella, je n'appelle pas ça de l'honnêteté. Les gens honnêtes ne font pas des choses comme ça.

— Je t'ai dit la vérité, sanglota-t-elle.

— Ce n'est pas la même chose.


— Je vais entrer en premier pour déposer mes achats puis je viendrai vous ouvrir quand vous aurez sonné, expliqua James Byrne.

Cathy étouffa un soupir en appuyant sur la sonnette. En son for intérieur, elle se promit de ne plus raccompagner personne durant les quatre prochaines années. James lui ouvrit et elle pénétra dans l'appartement qu'elle connaissait déjà.

— Observez bien tout. Que voyez-vous ? demanda-t-il.

— Que suis-je censée remarquer ? C'est un jeu ou quoi ?

— Quelle est votre première impression ? Quel genre de personne peut bien vivre ici ? insista-t-il, l'air tourmenté.

— James, je vous prie de m'excuser mais j'ai eu une longue journée. Je sais parfaitement qui vit ici. Vous.

— Je veux dire : imaginez que vous découvrez les lieux sans savoir qui je suis... ?

— Comme un cambrioleur, par exemple ?

— Non, comme quelqu'un que j'aurais invité à dîner.

Il semblait tendu, vulnérable. James Byrne, d'ordinaire parfaitement maître de lui, avait honte de se sentir aussi fragile, aussi exposé.

— Oh, je vois ce que vous voulez dire. Excusez-moi, je n'avais pas bien compris, ajouta-t-elle, espérant gagner un peu de temps tandis que son regard balayait l'appartement sombre, dénué de chaleur humaine. Ecoutez, je ne voudrais surtout pas me montrer indiscrète, mais pour répondre correctement à cette question, j'aurais besoin d'en savoir davantage sur votre invité.

— Pardon ?

— Eh bien, j'aurais besoin de savoir s'il s'agit d'une relation d'affaires, d'une femme, ou encore d'un ami que vous n'avez pas vu depuis longtemps.

— Qu'est-ce qui vous fait penser ça ? demanda-t-il d'un ton inquiet.

— Parce que, si c'était un ami que vous voyez souvent, il connaîtrait déjà votre appartement, expliqua-t-elle comme si elle parlait à Maud ou à Simon.

Il réfléchit un moment.

— Un ami que je n'ai pas vu depuis longtemps, oui, je crois qu'on pourrait dire ça, déclara-t-il finalement.

— Son âge ?

— A peu près le vôtre, en fait, raison pour laquelle...

— Homme ou femme ?

— Euh... femme.

— Il vous faut des fleurs. Passez prendre quelques pots à Scarlet Feather, si vous voulez. Des coussins de couleurs vives... Déblayez votre bureau de toute la paperasserie qui l'encombre et dégagez aussi votre chaîne hi-fi.

— Il faudrait donc apporter un peu de...

— Couleur, de lumière, de gaieté, donner l'impression que quelqu'un vit vraiment dans cet appartement.

Elle parlait en faisant le tour de la pièce. Tout à coup, elle se figea, prenant conscience de ce qu'elle venait de dire. Quel manque de tact, quelle cruelle indélicatesse ! Un flot de larmes lui monta aux yeux.

— James, je suis sincèrement désolée, murmura-t-elle en s'approchant de lui.

Elle posa une main sur son bras.

— Non, ce n'est pas grave, dit-il en s'écartant. Je vous ai demandé votre opinion, vous me l'avez donnée. Inutile de vous excuser.

Il parlait d'un ton guindé.

— Non, j'aimerais que vous m'excusiez, vraiment. Votre appartement est agréable, il ne lui manque qu'un peu de couleur.

— D'accord.

— James, je suis tellement énervée et préoccupée en ce moment que j'ai offensé tout mon entourage en l'espace de quelques jours. Je vous en prie, dites-moi que je ne viens pas d'ajouter votre nom à cette liste déjà trop longue.

James se détendit.

— Désirez-vous une tasse de thé ?

— Volontiers.

— Est-ce que ce sont de gros problèmes ou des problèmes de taille moyenne ?

— Ce sont de très gros problèmes, James, mais vous connaissez sans doute le principe : si on évite de trop y penser et d'en parler, ils finissent par disparaître... enfin, pas complètement mais vous voyez ce que je veux dire...

— Je vois, oui. Ils ne disparaissent pas vraiment mais ils ne vous harcèlent pas en permanence, et c'est déjà ça, fit-il avec sollicitude.

— Vous êtes adorable, James, votre calme est tellement appréciable ! Je suis sûre que votre dîner sera une réussite.

— Je l'espère, Cathy, je l'espère vraiment. Tant de choses en dépendent.

Ils burent leur thé tranquillement, sans plus se poser de questions.


De retour chez Scarlet Feather, elle trouva Tom étonnamment silencieux.

— Des nouvelles du mariage ? Vas-y, n'hésite pas, je suis prête.

— Non, répondit-il d'un ton absent.

— Tant mieux.

Il ne releva pas. Cette morosité ne lui ressemblait pas. Des feuilles de papier encombraient le plan de travail.

— Sur quoi travailles-tu ? reprit Cathy.

— Rien de particulier.

Marcella avait dû passer. Dans ce cas, mieux valait faire comme si de rien n'était.

— J'ai parlé au prêtre qui va célébrer la messe de mariage. Il m'a dit qu'il ne fallait jamais négliger les vertus de la prière, même dans les moments les plus difficiles.

— Je trouve plutôt normal pour un religieux de tenir ce genre de discours. Il aurait choisi un boulot différent s'il n'était pas capable de montrer aux autres la lumière au bout du tunnel.

— Non, il ne s'agit pas de ça. Il pense que nous sommes la réponse à ses prières, expliqua Cathy en riant.

— Parce que nous avons loué sa vieille salle décrépite ?

— Tout à fait. Tu comprends, il dispose d'un atout important, à présent : sa paroisse va trouver un nouveau souffle, l'argent qu'il percevra servira à réaliser de nouvelles choses.

— Des statues, par exemple, fit Tom, sarcastique.

— Je ne crois pas, non... Il m'a parlé de sorties pour le troisième âge, d'un projet d'alphabétisation.

— Désolé.

— Non, j'essaie de me remonter le moral en me disant que finalement, toi et moi, on compte au moins pour quelques personnes.

Tom capta le message.

— Ouais... ce prêtre simplet qui ne savait même pas qu'il possédait une salle paroissiale jusqu'à ce qu'on la lui montre. Et d'un.

— James Byrne. Et de deux. J'ai pris le thé avec lui. A propos, son invité mystère est une femme d'à peu près mon âge, qu'il n'a pas vue depuis longtemps.

— Voyons un peu... Minnie la Foldingue, à cause des fonds de casserole que nous lui gardons chaque semaine ?

— Tu exagères, nous lui proposons des plats fantastiques et c'est grâce à nous que son mariage tient encore. Et de trois.

— June. Pour la changer de Jimmy le rabat-joie. Et de quatre, enchaîna Tom.

— Conrad... ou j'exagère un peu ?

— Non, pas du tout. Nous comptons aussi pour Conrad. Et de cinq.

— On atteindrait facilement la douzaine si on énumérait les clients satisfaits. On pourrait même écrire leurs noms sur une feuille, qu'en dis-tu ?

— Ou on pourrait faire ce que tu brûles d'envie de faire, à savoir se remettre au travail ! lança Tom d'un ton rieur en rassemblant ses feuilles.

Cathy aperçut les mots « Chère Marcella » sur l'une d'entre elles. Tom traversait une période difficile, bien plus éprouvante que ce qu'elle était en train de vivre. Sans réfléchir, elle s'approcha de lui et l'enlaça.

— Tu vois, on compte vraiment pour certaines personnes, murmura-t-elle.

A sa grande surprise, il lui saisit les mains et les plaqua contre son torse.

— J'espère bien, Cathy, j'espère bien, dit-il en tournant légèrement la tête de côté pour poser sa joue contre la sienne.

Lizzie recevait désormais des messages quotidiens de Chicago.

— La famille de Harry a l'air très bien, j'espère que nous ne la décevrons pas, déclara-t-elle à Geraldine.

Marian voulut voir une cassette vidéo du numéro de danse des jumeaux. Lorsqu'elle avait demandé des danseurs, elle parlait de danseurs professionnels, pas d'enfants qui improviseraient un petit spectacle. Aussi tenait-elle à s'assurer qu'ils étaient à la hauteur de ses espérances. En apprenant cela, Geraldine et Cathy échangèrent un regard incrédule.

— Dis-lui qu'ils sont excellents et que tu lui envoies sur-le-champ une cassette vidéo, déclara Geraldine.

— Tu crois qu'on pourra en faire une ?

— Certainement pas. De toute façon, elle aura oublié d'ici demain.

— Mais imagine qu'elle ne les trouve pas bons ?

— Lizzie, ces deux gamins danseront, coûte que coûte, même s'ils ressemblent à deux éléphants dans un magasin de porcelaine, et je vais te dire mieux : Marian sera tellement grisée de bonheur qu'elle les trouvera merveilleux, tu peux me croire.

— Cathy, te rends-tu compte que tu as accepté de t'occuper de trois mariages au lieu d'un ?

— On a la situation bien en main, Neil.

— Faux. Si c'était vraiment le cas, tu ne serais pas en train de remplir le congélateur à onze heures du soir.

— Il ne me reste plus que quatre plateaux. Je prendrai le temps de me reposer après le mariage, promis.

— Et le médecin, que pense-t-il de tout ça ?

— Il n'est pas inquiet, dit-elle en mentant à moitié.

De toute façon, elle était bien obligée d'avancer ; les autres travaillaient comme des damnés. Neil secoua la tête.

— Même Sara trouve que tu en fais trop pour une femme enceinte.

— Sara est au courant ? fit Cathy, interdite.

— Chérie, je n'ai pas eu le choix. Elle voulait que je l'accompagne à une conférence qui aura lieu en Angleterre l'an prochain. J'ai bien été obligé de lui expliquer pourquoi je ne pourrais pas venir.

— Oui, évidemment.

— Elle aussi pense que tu en fais trop.

— Comment a-t-elle réagi lorsque tu lui as annoncé la nouvelle ?

— Elle était passablement surprise.

— Pourquoi ? C'est une chose plutôt banale pour un couple marié.

— Je sais, Cathy, ne t'énerve pas.

— Désolée, mais tu me bloques constamment le passage.

— Oh, je vois, fit-il en s'écartant légèrement. Sa surprise est compréhensible : je lui avais confié quelques semaines plus tôt que nous ne voulions pas d'enfant.

— Vous abordez des sujets très personnels, Sara et toi...

— Pas vraiment, non, on se parle franchement, c'est tout. A propos, ne crois-tu pas que nous devrions annoncer la nouvelle à nos parents ?

— Non, attendons que le mariage soit passé. C'est une affaire de jours, maintenant. Et puis... Neil, pourrais-tu t'arranger pour te mettre ailleurs que sur mon chemin si tu tiens vraiment à m'aider ? Glisse ça dans le congélateur, s'il te plaît, ajouta-t-elle en lui adressant un sourire radieux. Merci infiniment. Ça nous fera gagner un temps précieux.

— Tu prends tes responsabilités en buvant ce lait, Walter, lança Kenneth Mitchell. L'adjudant Sara pourrait se matérialiser d'un instant à l'autre pour vérifier que le régime alimentaire des jumeaux contient suffisamment de calcium.

— Où sont-ils ?

— A ton avis ? Chez ces gens qui habitent dans une cité ouvrière, en train de danser comme des imbéciles devant une bande de demeurés.

— Neil va faire un discours au mariage, annonça Walter.

— Balivernes ! répliqua son père.

— Je répète seulement ce qu'ils m'ont dit.

— Que diable irait-il faire là-bas, avec tous ces gens ?

— C'est sa belle-famille, au cas où tu l'aurais oublié, rétorqua Walter en haussant les épaules.

— Cette Cathy est trop ordinaire, trop arrogante... inintéressante au possible.

— Ne la sous-estime pas. C'est une grosse erreur de la cataloguer comme ça à cause de son accent, crois-moi, je sais de quoi je parle.

Il était sincère. Jamais il n'aurait cru que Cathy mettrait ses menaces à exécution le soir où il avait volé l'argenterie. Et il n'arrivait toujours pas à comprendre que l'entreprise ait survécu à sa petite visite.


— Shona !

— Doux Jésus, serais-tu atteinte de la fièvre acheteuse, Cathy ? Que transportes-tu donc dans tous ces sacs ?

— Du tissu pour faire des tabliers. Aux dernières nouvelles, nous devrons porter des tabliers ornés de trèfles. Je n'arrête pas de me réveiller en pleine nuit avec dans la tête une page de calendrier qui clignote en rouge. 19 août, 19 août, cette date me hante jusque dans mon sommeil. Quand sera-t-elle enfin derrière nous ?

— Le 19 août ? Tu veux dire que tu seras là aussi ? fit Shona, livide.

— Bien sûr, en cuisine, en train de préparer ce satané repas.

— Il disait qu'il n'y aurait personne d'autre, qu'il préparerait lui-même le dîner.

— Shona, de quoi parlons-nous, au juste ? lui demanda Cathy.

— De quoi parles-tu, toi ?

— Du mariage de ma sœur, trois journées interminables en perspective. Et toi, de quoi parlais-tu ?

— Désolée, j'ai cru un instant... Non, rien... Je suis invitée à dîner le 19 août et j'ai cru un moment que c'était toi qui préparerais le repas.

— Ah oui ? Où ça ?

— Eh bien... chez un particulier. Ç'aurait été une coïncidence étonnante.

— A dire vrai, l'idée me plairait assez. Un petit dîner simple et tranquille.

— Je ne parierais pas là-dessus, fit Shona.

En quittant le magasin, la question surgit dans l'esprit de Cathy. Se pouvait-il que Shona fût l'invitée de James Byrne ? Son dîner était fixé au 19. Il lui avait confié qu'elles avaient à peu près le même âge. Une amie qu'il n'avait pas vue depuis longtemps ? Ce détail ne collait pas vraiment. Quoi qu'il en soit, Dublin était une ville d'un million d'habitants, pas un petit village où tout le monde se connaissait. De toute façon, elle avait assez de soucis comme ça ; inutile de s'en créer d'autres. Ce soir-là, mercredi, Marian et Harry quittaient Chicago, ils seraient là le lendemain matin. Leur chambre les attendait à St Jarlath's Crescent, immaculée. Cathy se souvint que personne ne devait coudre les nouveaux tabliers devant eux ; il fallait aussi éviter que Simon et Maud traînent dans les parages. Le jeudi soir, le reste des invités en provenance de Chicago investirait par dizaines les hôtels du centre-ville. Ils se réuniraient tous le vendredi matin. Cette seule perspective lui tournait déjà la tête.

Harry était un petit homme replet, doté d'une masse de boucles sombres et d'un grand rire chaleureux.

— Avant toute chose, Muttie, sachez que je prendrai bien soin de votre petite fille, déclara-t-il en gratifiant son futur beau-père d'une solide poignée de main.

— D'après ce que je sais, ça fait déjà un bon bout de temps que vous veillez sur elle, répliqua Muttie.

Les deux hommes se comprirent aussitôt. Il s'avéra que Harry aimait les chiens et les chevaux tandis que Muttie, qui lisait les pages sportives plus en détail qu'on n'aurait pu le croire, était incollable sur les Chicago Bears. Marian était tellement excitée qu'on dut presque la ligoter sur sa chaise. Elle allait et venait partout dans la maison, clamant haut et fort qu'elle ne se souvenait pas que St Jarlath's Crescent fût aussi petit, coloré et élégant. Le nombre de grosses voitures garées dans la rue de son enfance la laissa bouche bée. Et elle fut d'autant plus fière d'apprendre que deux d'entre elles, la BMW de Geraldine et la Volvo de Cathy, appartenaient à la famille... Marian n'avait plus rien de commun avec la sœur névrosée et hystérique qui les avait harcelés pendant des mois à coups de télécopies, d'appels téléphoniques et d'e-mails. On déballa sa robe de mariée, on poussa des cris admiratifs, sa bague fut essayée par toutes les femmes de la maisonnée, on la félicita d'avoir choisi un mari comme Harry.

— Où est-il, d'ailleurs ? demanda Cathy.

— Parti. Papa voulait lui montrer son bureau et lui offrir une bière.

— Tu sais où se trouve le bureau de ton père, n'est-ce pas ? intervint Lizzie, encore pleine d'appréhension.

— M'man, je t'en prie, protesta Marian, je n'habite plus là, d'accord, mais j'ai gardé toute ma tête et je me souviens parfaitement de ce que papa appelle son bureau. Harry aime parier de temps en temps, comme tous les hommes, et il préfère mille fois être là-bas que nous entendre parler chiffons.

Marian semblait heureuse et détendue. Elle ne faisait pas ses trente ans avec ses cheveux courts, sa silhouette svelte et son regard lumineux de bonheur.

— Veux-tu que je te montre où auront lieu les différents repas ? suggéra Cathy. Bien sûr, la décoration n'est pas encore terminée mais, au moins, tu auras une idée.

— Merci, Cathy, mais je vois que vous avez la situation bien en main et je vous fais entièrement confiance, répondit Marian.

Pour la première fois depuis des semaines, Cathy eut l'impression de respirer normalement.

— Tom Feather, mon ami, comment allez-vous ?

La veille du mariage, Harry gratifia Tom d'une solide poignée de main.

— Vous voyez, aucune trace du bar clandestin, lui glissa Tom lorsqu'il lui fit visiter le sous-sol de Ricky.

— De mon côté, j'ai réussi à convaincre ma famille de renoncer à cette idée de corned-beef, murmura Harry.

— Y a-t-il des embûches que nous pourrions éviter ? s'enquit Tom, en totale confiance.

— Ma tante, là-bas, la petite femme avec le visage en lame de couteau, en robe mauve... c'est une éternelle insatisfaite... Oh, il y a aussi Mike, le frère aîné de Cathy ; il a arrêté de boire récemment et ce n'est pas facile pour lui.

— Merci beaucoup. Voyons un peu ce que je peux vous dire, de mon côté. Lizzie n'a pas l'habitude de boire trop de xérès, Muttie adore la bière, et la femme au cardigan est une bonne sœur. Surtout, ne permettez pas aux jumeaux de danser ce soir ou ce sera fichu ; ça suffit déjà avec demain.

— Entendu, j'en prends bonne note. Tom, votre amie est-elle présente ?

— Non, je viens de rompre avec elle, fit Tom d'un ton faussement détaché.

— Désolé. Sa faute ou la vôtre ?

— Si vous avez trois heures devant vous, je veux bien vous raconter, répondit-il avec un sourire narquois. Non, sérieusement, c'est un peu des deux.

— Alors, dans ce cas, vous survivrez, déclara Harry.

Pour la première fois depuis le soir du défilé, Tom fut convaincu qu'il avait raison.

Ils regagnèrent leur quartier général ; Neil les pria de l'excuser de ne pas pouvoir venir les aider. Il avait une réunion le lendemain, des dossiers à parcourir.

— Où est Marcella ? Elle devrait vous donner un coup de main pour une occasion comme celle-ci.

— Marcella ne fait plus partie de ma vie depuis quelque temps, précisa Tom.

— Je suis désolé.

Neil darda sur Cathy un regard accusateur

— Oui, Neil, excuse-moi, j'aurais dû t'en parler mais je ne savais pas s'il s'agissait d'une rupture temporaire ou définitive...

— Aucun de nous ne le savait, intervint June. Mais ça fait déjà plusieurs semaines, et, comme elle n'a toujours pas réapparu, on peut penser qu'il est de nouveau sur le marché des célibataires.

Elle adressa un clin d'œil à Lucy, la jeune étudiante qui travaillait avec eux ce soir-là.

— Que dis-tu de ça, Lucy ?

— La chasse est ouverte, voilà ce que j'en dis, répliqua cette dernière. A votre avis, pourquoi ai-je accepté de travailler pour vous ?

Ils préparèrent le repas de mariage dans une ambiance gaie et détendue. De temps en temps, Cathy coulait un regard furtif en direction de Tom. Il paraissait moins triste, moins déprimé. Peut-être se remettait-il doucement de sa rupture. Peut-être aussi n'était-ce qu'un jeu. Un couple aussi amoureux que Tom et Marcella ne se séparait pas sans peine ni chagrin. Où qu'elle se trouvât ce soir-là, cette cruche pensait forcément au séduisant Tom Feather, débordant de gaieté et de tendresse. Cathy pensait qu'elle n'avait jamais rencontré quelqu'un d'aussi égal, d'aussi optimiste quand elle l'entendit demander :

— Savez-vous si la tante de Harry est allergique à quelque chose, par hasard ? Je me disais qu'on pourrait peut-être la bourrer de cacahouètes ou de champignons hallucinogènes pour s'en débarrasser avant qu'elle devienne une source de problèmes.

— Elle n'a pas arrêté de me demander de l'emmener prendre l'air, ce soir, indiqua Conrad.

— Elle m'a dit que j'avais besoin d'une bonne gaine... enchaîna June.

— Elle est seule, vieille et angoissée, essayez d'être gentils avec elle, intervint Cathy.

Ils lui lancèrent tous un regard étonné.

— Que se passe-t-il ? demanda June.

— Comme Tom a décidé de jouer le rôle du méchant, pour une fois, il faut bien que quelqu'un se charge de jouer le rôle du gentil si on veut que Scarlet Feather tienne la route.

Le 19 août fut une belle journée ensoleillée. Le prêtre se montra accueillant et chaleureux, les invités se retrouvèrent à l'heure dite. Toutes les femmes portaient des chapeaux pour l'occasion. Radieux, Harry regarda Marian remonter l'allée au bras de

Muttie. Ils avançaient à pas lents et mesurés. Un vrai miracle. Vêtue d'un ensemble en soie gris assorti à un joli chapeau noir, Lizzie était d'une élégance à couper le souffle. Geraldine portait un tailleur abricot et Cathy se tenait à côté d'elle dans la robe en soie qu'elle avait achetée quelques jours plus tôt chez Haywards.

Neil avait sorti son plus beau costume d'avocat pour impressionner la belle-famille. Bientôt, très bientôt, tout cela serait fini. Il prendrait un ou deux jours de congé et ils en profiteraient pour se reposer et parler calmement de l'avenir. Il l'avait promis. Dès que le mariage serait passé. Malgré elle, Cathy versa quelques larmes en regardant Maud et Simon remonter l'allée derrière la jeune mariée et Muttie. Ils marchaient d'un pas solennel, la mine concentrée comme si leur vie en dépendait. Ils étaient magnifiques avec leurs cheveux brillants, leurs kilts impeccables, leurs chaussures soigneusement cirées. Et elle renifla bruyamment lorsque Harry et Marian, qui vivaient ensemble depuis des années à Chicago, échangèrent leurs vœux. Pour la première fois, elle se prit à regretter de ne pas avoir eu un vrai mariage de conte de fées, avec une vraie fête et une foule d'invités pour partager son bonheur. Mais, à l'époque, le seul fait d'épouser Neil constituait en soi une victoire éclatante.

La salle paroissiale était splendide, toute parée de rubans, de verdure et de fleurs. Dès que l'église fut vide, June et Conrad se hâtèrent de transporter les corbeilles de fleurs jusqu'à la table des mariés. Lorsque les invités franchissaient le seuil de la salle, un verre de champagne leur était offert. Tom s'occupa sans plus tarder de Mike, le frère de Cathy, qui vivait mal son nouveau régime sec.

— Bonjour, Mike, je suis Tom Feather, le partenaire de votre sœur.

— Je croyais qu'elle était mariée à Neil, grommela Mike d'un ton peu amène.

— En effet, je suis son partenaire dans le domaine professionnel, son associé, si vous préférez. Soyez gentil avec moi, c'est moi qui m'occupe de la nourriture et de la boisson.

— De la boisson, hein ?

— J'ai quelque chose qui devrait vous plaire. Un jus d'airelles mixé avec un pamplemousse fraîchement pressé, le tout lié avec un peu de sirop de canne et un blanc d'œuf battu.

— Comment ça s'appelle ? demanda Mike, toujours réticent.

— Je l'ai baptisé « Cachons notre jeu et trouvons quelque chose qui nous aide à tenir le coup », débita Tom avec un clin d'œil complice.

— Vous avez été obligé d'arrêter de boire, vous aussi ?

— C'est l'enfer, n'est-ce pas ? Pendant que tout le monde continue à descendre de grands verres d'alcool, à se couvrir de ridicule, à répéter mille fois les mêmes sottises...

— Pour finalement rouler sous la table, enchaîna Mike avec véhémence.

— Oh, je connais bien tout ça... Mais l'important, c'est que nous ayons tous les deux un agréable substitut que personne d'autre n'aura le privilège de goûter. Et puis pensez un peu à la forme que nous tiendrons demain.

Comme le visage de Mike s'éclairait un peu, Tom continua sur sa lancée :

— Et si on a envie de chanter, on se souviendra des paroles au moins, contrairement à d'autres.

— On va chanter, c'est vrai ? s'enquit Mike, tout à coup plus jovial.

— C'est un mariage, non ? Il faudra bien qu'on chante les louanges de nos deux villes, Chicago et Dublin !

Mike arborait une mine réjouie quand Tom le quitta. Maintenant, à lui de s'assurer qu'il y avait bel et bien quelques chanteurs parmi les convives. Des gens qui prendraient la place de Maud et Simon sur la petite scène le moment venu. Les conversations s'animèrent rapidement et, en évoluant parmi les invités, il eut déjà la certitude que la fête serait réussie. Le premier mariage d'une longue série qu'ils organiseraient ici, dans cette petite salle paroissiale. La prochaine fois, ils porteraient leurs élégants uniformes siglés Scarlet Feather. Alors que, pour l'heure, ils arboraient d'étranges tenues ornées de trèfles qu'ils avaient terminé de coudre quelques minutes avant de les enfiler. En se croisant dans la cuisine inondée des derniers rayons de soleil, ils échangeaient les bribes de conversation qu'ils avaient entendues.

— La tante de Harry que tu prenais en pitié est presque endormie ; c'est pour dire à quel point elle apprécie nos efforts, déclara Tom, moqueur.

— J'ai dit à tout le monde de la laisser dormir. C'est le décalage horaire. Elle se réveillera sans doute pour le dessert et le spectacle, répondit Cathy.

— Simon et Maud m'ont demandé de mettre de côté leur part de gâteau et de glace ; ils préfèrent manger leur dessert après leur numéro de danse, annonça June.

— Sage décision, approuva Conrad. Ça me ferait de la peine de les voir vomir sur scène... pas vous ?

A Rathgar, Shona s'immobilisa devant la maison. Elle n'était pas obligée d'entrer. Elle avait pris son numéro de téléphone et pouvait tout à fait l'appeler de son portable pour lui dire qu'elle ne se sentait pas bien. Ce qui n'était pas faux. Elle avait vingt-huit ans. Cela faisait quatorze ans qu'elle ne l'avait pas vu. Après tout, elle n'avait rien reçu d'autre qu'une lettre soigneusement rédigée par un vieil homme. Pourquoi avait-il cru bon de préciser qu'il préparerait spécialement le dîner pour elle ? Ce détail l'avait touchée. Lorsqu'elle l'avait quitté, une décennie et demie plus tôt, il était incapable de faire la cuisine. Il lui avait confié qu'il avait pris des cours spécialement dans le but de lui préparer un repas ce soir-là. Ce n'était peut-être qu'une ruse pour la persuader d'accepter. Mais alors, pourquoi n'y avait-il pas songé plus tôt ? Et pourquoi diable désirait-il la revoir ? C'était pour obtenir la réponse à ces questions qu'elle était venue aujourd'hui... Et maintenant qu'elle était là, elle irait jusqu'au bout. Shona remonta l'allée et sonna à la porte de James Byrne.

— Conrad, pourrais-tu éloigner la bouteille de vin qui se trouve juste en face de ma mère et servir une autre bière à mon père ? demanda Cathy.

— Ils sont en train de dévorer le saumon, aurons-nous de quoi les resservir ? s'enquit Lucy.

— Oui, mais n'hésite pas à ajouter beaucoup de cresson et de sauce sur le plat de service, ça masquera la petite quantité de poisson qu'il nous reste, conseilla Tom. Et prépare aussi un autre plat d'agneau. Applique-toi ; nous pourrons toujours le réutiliser si personne n'en reprend.

Ce fut l'heure des discours, simples et francs, les remerciements fusèrent de toutes parts et le témoin du marié ne fit aucune blague déplacée. Puis ce fut au tour de Maud et de Simon d'entrer en scène.

Harry les présenta.

— Lorsqu'on m'a parlé pour la première fois de ce merveilleux mariage typiquement irlandais, j'ai tout de suite su que j'aurais un plaisir immense à faire danser mon épouse dans une salle pleine de fleurs... J'ignorais encore à quel point toutes deux seraient splendides, mais cette journée m'a réservé tellement de bonnes surprises, par exemple ma rencontre avec Maud et Simon Mitchell, mes cousins par alliance, maintenant... Notre ravissante demoiselle d'honneur et notre élégant garçon d'honneur. Ils s'apprêtent à danser pour nous, et j'aimerais que nous leur réservions l'accueil chaleureux qu'ils méritent.

Maud et Simon avancèrent sur la scène d'un pas assuré, vêtus de kilts et de houppelandes, pas intimidés le moins du monde par les applaudissements.

— Chers invités au mariage de Marian et Harry, déclama Simon, les yeux rivés sur sa feuille de papier, je suis Simon Mitchell. J'aimerais vous souhaiter à tous la bienvenue en Irlande, je veux dire : à ceux qui n'étaient encore jamais venus. Ma partenaire Maud et moi-même allons danser une gigue baptisée à juste titre *Courons vite au mariage*. Bien qu'en l'occurrence vous soyez déjà là. Au mariage, expliqua-t-il pour le cas où les convives n'auraient pas compris la subtilité.

— Doux Jésus, qu'ils se mettent vite à danser avant de débiter d'autres blagues, souffla Cathy.

Mais déjà, Simon adressait un petit signe de tête au pianiste et ils prirent place, bras levés, mains jointes, pied droit pointé en l'air, jusqu'à ce que la musique leur donne le signal du départ. Un tonnerre d'applaudissements couronna leur démonstration. Ce fut alors au tour de Maud de s'avancer d'un pas.

— Chers invités, j'espère que cette gigue vous a plu. Maintenant, mon partenaire et moi-même allons exécuter un quadrille intitulé *Marchons en direction de l'ouest*. Vous avez plutôt fait le contraire en venant ici, mais c'est le nom de la danse.

Elle posa sa feuille et ils se mirent de nouveau en position, attendant la mesure du départ, d'un air solennel. Ils dansèrent, indifférents aux réactions de leur public, partagé entre l'envie de pleurer devant leur application et leur détermination à tout expliquer clairement, et l'envie de rire de leurs manières adorablement pompeuses. Cathy croisa le regard de Tom. Il leva son verre vers elle. Elle sourit.

— Tu souris, fit-il observer sur un ton mi-moqueur, mi-taquin.

— Je sais. Surprenant, n'est-ce pas ? Mes zygomatiques fonctionnent toujours.


— Entre, entre, je t'en prie, murmura James Byrne en conduisant Shona dans la salle à manger qu'il avait pris soin d'égayer avec quatre coussins aux couleurs éclatantes et deux gros vases de fleurs.

Elle avait apporté une bouteille de vin. Il examina attentivement l'étiquette.

— Mon Dieu, un chardonnay australien, c'est merveilleux ! Il doit être fameux, très intéressant, vraiment.

Il étudia la bouteille comme s'il s'agissait d'un cru exceptionnel. Shona sentit l'exaspération monter en elle. C'était une bonne bouteille de vin blanc qu'elle avait achetée dans un supermarché, rien de plus. Pourquoi ôtait-il et remettait-il sans cesse ses lunettes ? Probablement parce qu'il était nerveux. Aussi nerveux qu'elle. D'ordinaire, quand on pénétrait chez quelqu'un pour la première fois, on trouvait toujours quelque chose à admirer. Son regard scruta la pièce. En vain. Elle ne reconnut rien, et pourtant il était difficile de croire qu'il avait tout racheté. Peut-être s'agissait-il d'un appartement meublé. Ils s'assirent l'un en face de l'autre. Elle vit sur la table basse une petite assiette d'olives noires et une corbeille de pain tranché. Le pain de Tom Feather. Décidément, James Byrne avait fait des efforts. C'était lui qui menait la conversation depuis le début... Il avait parlé du vin, du temps, lui avait demandé si elle avait trouvé l'adresse facilement. C'était à son tour de prendre la parole.

— Quand es-tu venu t'installer à Dublin ? demanda-t-elle.

— Il y a cinq ans. Juste après la mort d'Una.

— Elle est morte ? Je suis désolée.

Mais sa voix restait froide.

— Oui. Oui, ce fut très éprouvant.

Shona ne chercha pas à savoir ce qui s'était passé, si elle était décédée brutalement ou à la suite d'une longue maladie. Ce n'était pas le genre de question qu'on posait à un veuf. Le silence se prolongea. Shona s'efforça de ne pas le rompre. Elle avait parlé, la balle était dans le camp de James Byrne. Après tout, c'était lui qui l'avait invitée, à lui de diriger la conversation. Il se décida enfin à prendre la parole.

— Una était de faible constitution, tu sais, les moindres travaux la fatiguaient, qu'il s'agisse de monter à l'étage ou de faire les lits. L'avais-tu remarqué lorsque tu vivais avec nous ?

— Non. Etant donné que c'était la seule famille que je connaissais, je pensais sans doute que c'était partout pareil. J'ignorais comment fonctionnaient les autres foyers jusqu'au jour où j'ai perdu le mien.

Il la fixa d'un regard triste.

— Elle n'a plus jamais été la même après ton départ.

— Ce n'est pas moi qui suis partie, on m'a prise pour m'envoyer ailleurs.

— Shona, je ne t'ai pas fait venir ici pour que nous revenions sur ces choses qui nous ont déjà fait tant de mal.

— Pourquoi m'as-tu invitée, alors ?

Elle se rendit compte au même instant qu'elle ne s'était pas adressée à lui directement depuis qu'elle était arrivée. Justement, comment devait-elle l'appeler ? Ni papa, ni monsieur Byrne non plus.

— Je t'ai invitée parce que je voulais te dire que tu avais laissé un vide immense dans notre vie, que rien, absolument rien, n'a plus été pareil depuis le jour où on t'a enlevée à nous.

— Depuis le jour où tu m'as rendue sans protester, sous prétexte que c'était la loi, corrigea Shona, le visage dur.

— C'est terrible mais c'est pourtant la vérité : la loi l'exigeait, murmura-t-il, les yeux embués de larmes.

Dans la salle paroissiale, le pianiste venait d'entamer la *Valse d'anniversaire*. Harry entraîna Marian sur la piste sous les applaudissements des convives.

— La mariée dansera d'abord avec son père, déclara-t-il.

Muttie, qui était en train d'exposer à ses fils les atouts d'un cheval promis à une belle carrière, demeura bouche bée.

— Je ne suis pas très bon danseur, murmura-t-il d'un ton paniqué.

— Détends-toi, papa, Marian mènera la danse comme elle le fait avec nous tous.

Ils effectuèrent deux tours de salle sous les acclamations enthousiastes. Lorsqu'ils eurent terminé, la piste de danse se remplit rapidement. Tom avait donné aux jumeaux leur dessert plus une pièce d'une livre chacun pour les encourager à aller s'asseoir près de la vieille dame en mauve et lui parler un peu de l'Irlande.

— Et toi, Tom, que comptes-tu faire pendant ce temps-là ? s'enquit Simon, soupçonneux.

— Je vais circuler.

— Ça veut dire que tu vas danser ? voulut savoir Maud.

— Non, ça veut dire que je vais parler un peu avec les invités. Je n'ai pas envie de danser. Et puis, de quoi aurais-je l'air après votre démonstration ?

Les jumeaux sourirent, ravis.

— A ton avis, est-ce que Marcella accepterait de revenir si tu la demandais en mariage ? reprit Simon.

— Non, je lui ai demandé à plusieurs reprises de m'épouser mais elle tenait d'abord à réussir dans son travail.

— Elle était obligée de faire un choix ? On ne peut pas faire les deux ? Comme Cathy, ou comme la femme de Muttie, Lizzie ?

— Certaines femmes sont capables de faire les deux, admit Tom, mais le métier de mannequin est un métier difficile. Il faut beaucoup voyager.

Les jumeaux haussèrent les épaules. Tout compte fait, ce n'était pas plus mal qu'elle soit partie. Tom approuva d'un signe de tête.

Chez James Byrne, la conversation se poursuivait sur un ton guindé, deux pas en avant, trois en arrière. Il invita Shona à passer à table et l'aida à s'installer. Les efforts qu'il avait fournis à son intention la touchaient, même si sa logique froide, dénuée d'émotion — cette logique qui avait causé tant de dégâts dans leurs vies — continuait à la mettre hors d'elle. Ils évoquèrent son parcours scolaire après son départ de l'école privée où elle était inscrite, dans leur petite ville de province. D'une voix posée, elle parla de la famille qu'elle avait retrouvée, de sa mère qui balançait en permanence entre les drogues et les cures de désintoxication, de son père qui avait fondé un nouveau foyer avec une femme plus équilibrée. Ses sœurs aînées avaient vu son retour d'un mauvais œil, l'accusant d'avoir pris trop d'assurance durant toutes ces années. Elle parla du décès de sa mère biologique en début d'année, de ces visites qu'elle avait effectuées jusqu'au bout à l'hôpital, par sens du devoir, alors qu'elle n'éprouvait rien pour cette femme. Il lui confia qu'ils avaient toujours su qu'un enfant placé dans une famille d'accueil pouvait leur être retiré du jour au lendemain si sa véritable famille était de nouveau en mesure d'assumer son éducation. Mais ils avaient secrètement espéré que cela ne se produirait jamais. Il lui raconta la longue maladie de sa femme, clouée sur un fauteuil roulant, parla de la vie triste et monotone qu'ils avaient partagée. Incapable de rester dans la même maison après sa mort, il était venu s'installer à Dublin et s'était jeté à corps perdu dans le travail.

— C'est aussi ce que j'ai fait, déclara Shona en terminant le poisson fumé pendant qu'il enfilait des gants de cuisine pour aller chercher le plat suivant. J'ai décidé que le travail serait mon seul salut ; ça, et les choses matérielles qu'il me procurerait. Je voulais vivre dans un endroit dont je serais fière. La résidence Glenstar est bien au-dessus de mes moyens, mais j'aime donner cette adresse aux gens ; j'aime rentrer dans cette enclave chic le soir, en sortant de mon travail.

— Et l'amour, Shona ? A-t-il une place dans tout ça ?

— Non, je n'ai jamais aimé personne.

Il lui adressa un sourire indulgent.

— Ne souris pas, James. Le jour où tu m'as laissée partir sans même me dire que tu m'aimais, sans m'avouer que tu voulais que je reste, eh bien ce jour-là a tué tous les rêves d'amour qui sommeillaient en moi.

# 9

## SEPTEMBRE

Après le mariage, la vie reprit son cours normal. Ce qui ne fut guère facile. Tom ne termina jamais la lettre qu'il avait eu l'intention d'écrire à Marcella. Il avait vu juste, dès le départ : ils n'avaient plus rien à se dire. Elle ne chercha pas à le contacter avant de partir « de l'autre côté ». Il apprit un matin, alors qu'il préparait sa fournée de pain dans les cuisines de Haywards, qu'elle avait quitté l'institut de beauté. Deux cuisiniers avaient entendu dire qu'elle allait devenir mannequin. En feuilletant les pages immobilières du journal, Geraldine apprit que Freddie Flynn et son épouse avaient acheté une maison de campagne dans les environs de Dublin ; vingt-quatre pièces et quatre hectares... Jimmy, le mari de June, fit une chute alors qu'il travaillait au noir et ne bénéficia donc d'aucune couverture sociale. Il demeura cloué au lit pendant toute la durée de sa convalescence. Joe Feather confia une partie de sa marchandise à un grand type qui réussit à tout écouler en un laps de temps record avant de quitter le pays sans régler la moindre facture. Muttie eut besoin d'argent pour emmener Galop chez le vétérinaire et emprunta un peu des économies de Lizzie pour faire un pari « sûr » qui se révéla désastreux. James Byrne se maudissait chaque jour de ne pas avoir serré dans ses bras cette jeune femme triste et renfermée pour pleurer avec elle sur le temps perdu et les souffrances endurées. Il avait eu tellement peur qu'elle le repousse ! Le vieux Barty envoya une lettre aux Mitchell pour les avertir qu'il rentrait à Dublin. Pourrait-il séjourner chez eux quelque temps ? Kenneth Mitchell lui écrivit un petit mot glacial : ils traversaient une période difficile, Barty était parti en laissant derrière lui de nombreuses dettes, inutile donc de revenir chez eux. Par retour de courrier, Kenneth reçut une seconde missive, encore plus froide ; apparemment, Barty avait résolu ses soucis financiers mais, s'il n'était plus le bienvenu chez eux, alors tant pis. Walter Mitchell reçut un dernier avertissement de la part de son oncle Jock. Un retard ou un départ précipité de plus, et il prenait la porte. A en juger par l'expression de Jock, cette fois, c'était du sérieux. Neil et Cathy décidèrent d'attendre encore quelques jours avant d'annoncer la nouvelle à Jock et à Hannah. Par voie de conséquence, ils n'en soufflèrent mot ni à Muttie ni à Lizzie.

Hannah appela un jour chez Neil et Cathy pour les inviter à dîner à Oaklands.

— Ce sera avec plaisir, Hannah ; c'est pour une occasion particulière ?

— Non, pourquoi ? Je n'ai tout de même pas besoin d'une occasion particulière pour inviter mon fils et... sa femme à dîner, n'est-ce pas ?

— Vous avez tout à fait raison, admit Cathy, qui n'avait encore jamais été invitée à dîner dans la grande demeure.

— Oh, Cathy, à propos, vous arrive-t-il de préparer des repas que les gens servent dans leurs propres... enfin, j'ai lu dans votre brochure que...

— Oui, Hannah, c'est tout à fait possible. Dites-moi ce que vous aimeriez.

Hannah commanda un faisan en sauce, sous prétexte que Jock portait un nouvel appareil dentaire. La préparation du plat leur prit un temps fou, et tous maudirent Hannah Mitchell dans les cuisines de Scarlet Feather. Mais certaines choses étaient plus importantes que d'autres, souligna Cathy, et épater Hannah Mitchell faisait partie de leurs grandes priorités.

— Doit-on joindre une facture ? demanda Tom.

Cathy répondit par la négative. Conrad livrerait le plat dans l'après-midi et, lorsqu'ils arriveraient à Oaklands en début de soirée, leur repas mijoterait tranquillement sur le feu. Dans quelques jours, Hannah téléphonerait pour régler sa facture, s'insurgerait quand on lui répondrait qu'il s'agissait d'un cadeau de la maison, bref, leur ferait perdre un temps précieux.

Ils s'installèrent tous les quatre autour de la table que Lizzie avait souvent cirée sans jamais réussir à contenter Hannah. Cette dernière repensait-elle parfois à cette époque ? Peut-être l'avait-elle enfouie dans un coin sombre de sa mémoire. Une chose était sûre, Hannah était beaucoup plus facile à vivre ces temps-ci. Cathy ne parviendrait jamais à l'apprécier vraiment, mais elle n'éprouvait plus de haine à son égard. L'irritation prenait parfois le pas. Comme lorsque Hannah leur demanda pourquoi ils ne partaient jamais en vacances à l'étranger ensemble, comme tout le monde.

— Neil voyage déjà beaucoup pour son travail, répondit Cathy.

— Cathy est très prise par son travail, expliqua Neil au même moment.

Une expression triomphante éclaira brièvement le visage de Hannah Mitchell. Pour une fois, les forces associées de Neil et de Cathy n'étaient pas dirigées contre elle. Elle était enfin parvenue à les diviser. Sur ce sujet, en tout cas. Cela ne devrait plus se produire, se promit Cathy. Car, si elle tenait tant à préserver son couple, c'était aussi pour prouver à Hannah qu'elle avait eu tort dès le début.

— Fatiguée ? demanda Neil pendant le trajet du retour.

— Pas vraiment, pourquoi ?

— Tu soupires.

— C'est une habitude chez moi. Je passe mon temps à soupirer.

— Le repas était excellent, reprit Neil.

— Merci, dit-elle d'un ton innocent.

— C'est toi qui l'as fait... ? dit-il, incrédule.

Elle l'observa avec attention. Sans conteste l'un des meilleurs avocats du pays... mais totalement dépourvu de sens pratique ! Bien sûr que c'était elle qui avait préparé le repas, voilà pourquoi on ne leur avait pas servi du bœuf trop cuit et de la glace inondée de liqueur en guise de dessert.

Il lui parla du projet pour les sans-abri. Sara et lui avaient émis des propositions que les autres membres de la commission n'étaient pas encore prêts à soutenir. Cathy laissa ses pensées vagabonder. Peut-être pourrait-elle donner des cours de cuisine quand sa grossesse serait trop avancée pour qu'elle continue à se déplacer. Oui, c'était une idée à exploiter. Des petits groupes d'une dizaine de femmes riches, oisives et seules, des femmes comme Hannah, incapables de se débrouiller correctement. Cathy avait envie de savoir comment s'était passé le dîner de James Byrne... mais n'osait pas le lui demander. Neil continuait : Sara avait proposé ceci, il avait proposé cela. Apparemment, il voyait beaucoup Sara mais ne parlait jamais des jumeaux à Cathy. A leur décharge, ils travaillaient d'arrache-pied sur ce projet pour les sans-abri ; Simon et Maud ne représentaient qu'une infime partie des préoccupations de Sara.

Geraldine demanda à Scarlet Feather d'organiser un dîner impromptu chez elle.

— Sur un thème particulier ? demanda Tom à Cathy.

— Elle cherche un autre amant ; on pourrait peut-être préparer quelques plats épicés.

— Je te trouve bien cynique.

— Non, pas du tout, je ne fais que rapporter les paroles de Geraldine. Freddie Flynn est retourné auprès de sa femme pour de bon, tu l'as sans doute remarqué. Il a même retiré son budget de l'agence de Geraldine, ce que je trouve un peu exagéré.

— Sa femme n'avait sans doute pas trop envie qu'il continue à admirer les longues jambes et le sourire éclatant de la directrice, lança Tom d'un ton amusé.

— Elle était ravie de constater que les gens s'étaient sentis à l'aise chez elle pour la fête de l'« après-mariage » et ça lui a donné envie de recommencer, pour son propre compte, cette fois. Dis-moi, Tom, nous n'en faisons pas trop, n'est-ce pas ? demanda-t-elle, soudain inquiète.

— Non, pas du tout, le congélateur déborde d'excellents plats tout prêts. Tu crois qu'elle apprécierait quelque chose à base de fruits de mer ?

— Oui, mais je voulais dire... Il faut quand même tout préparer, tout organiser, servir...

— June et moi, on fera le maximum. A-t-elle besoin d'un barman ?

— Oui, qu'elle y ait songé ou non, répondit Cathy d'un ton catégorique.

— Détends-toi, c'est tout à fait normal que tu te sentes fatiguée. Accepte les choses comme elles viennent, d'accord ?

Elle esquissa un sourire las. Comme il était agréable de laisser tomber le masque de temps en temps...


Le troisième buffet qu'ils organisèrent pour les villas de vacances de Freddie Flynn se déroula merveilleusement bien. Cette fois-ci, ils servirent du punch dans des noix de coco et diffusèrent du Bob Marley en musique de fond. June circula parmi les invités avec une guirlande de fleurs autour du cou, clin d'œil plus hawaiien qu'antillais, mais personne ne sembla y prêter attention.

— Comment va votre adorable tante ? s'enquit Freddie.

— Très bien. Est-ce que nous vous verrons à la soirée qu'elle donne la semaine prochaine ? ajouta Cathy avec candeur.

— Euh... eh bien... non... non, je ne suis pas là la semaine prochaine, c'est ça, bredouilla Freddie, désarçonné.

— Oh, ce sera pour une prochaine fois, alors, lança Cathy d'un ton enjoué.


Sara passa aux Beeches pour s'assurer que la rentrée des classes se déroulait comme prévu. Kay la dévisagea d'un air hébété. Sara entreprit de lui expliquer lentement ce qu'on attendait d'eux : les fournitures scolaires, l'uniforme, les chaussures à ressemeler, les coupes de cheveux à rafraîchir. Le processus banal de la rentrée scolaire.

— Il y a toujours tellement de choses à faire ! murmura Kay dans un soupir. C'est sans fin, n'est-ce pas, Sara ?

— Sans fin, madame Mitchell. Voulez-vous que nous fassions une liste ?


En promenant Galop, Muttie tomba sur JT Feather.

— Les vandales qui ont saccagé les locaux de Tom et Cathy les ont mis dans un sacré pétrin, hein ? fit JT.

— Je ne suis pas au courant de cette histoire, répondit Muttie.

Ils s'accordèrent pour dire que leurs enfants se montraient très secrets ces temps-ci, qu'ils ne leur confiaient plus rien à moins d'y être obligés.

— Ils ont bien été forcés de m'en parler, à moi, puisque ce sont mes hommes qui ont retapé leurs locaux, marmonna JT.

— Vous êtes bien mieux informé que moi, en tout cas.

Cette petite phrase parut beaucoup réjouir son interlocuteur.


— Pourquoi ne m'as-tu rien dit ? demanda Lizzie sans préambule.

Cathy demeura bouche bée. Il y avait tant de choses qu'elle n'avait pas dites à sa mère depuis quelque temps !

— A quel sujet ?

— Au sujet du cambriolage.

— Oh, maman, parce que je ne voulais pas t'affoler.

— Est-ce qu'ils ont retrouvé le coupable ?

— Non, ils n'ont pas une seule piste.

— Vous étiez assurés ?

— Evidemment.

— Ce n'est donc pas à cause de ça que vous vous tuez à la tâche et que tu es pâle comme un linge ?

— Maman...

Elle éprouva à cet instant une immense gratitude envers sa mère. Sur le point de lui annoncer qu'elle était enceinte, elle se ravisa. Vu les circonstances, ce ne serait qu'un souci supplémentaire.

— Je t'assure, maman, nous allons très bien, mentit-elle dans l'espoir d'effacer l'anxiété qui assombrissait le visage de sa mère.

James Byrne était passé les voir dans la journée. Leurs chances de percevoir rapidement l'argent de l'assurance s'amenuisaient au fil des jours. Ils devaient continuer à louer le matériel de cuisine, ce qui leur coûtait les yeux de la tête. Même en travaillant comme des forcenés, ils n'enregistreraient aucun bénéfice. Pire encore, ils termineraient probablement l'année comptable sur un déficit.


L'appartement de Geraldine se remplissait à vue d'œil. Par la porte de la cuisine, Cathy repéra James Byrne, vêtu de son plus beau costume, à la recherche d'un coin discret où il pourrait rester inaperçu.

— Il n'a rien de commun avec toi, je te préviens, lança-t-elle à l'adresse de sa tante. Je suis déjà allée chez lui ; son intérieur te collerait le bourdon.

— Si je n'avais pas tant misé sur toi, Cathy, je te jetterais du balcon sur-le-champ. Si M. Byrne est là, c'est parce qu'il s'occupe de notre syndicat de copropriété. C'est un homme intelligent, serviable et très courtois.

Cathy était heureuse de le voir. Lorsque l'euphorie du début de soirée se serait calmée, elle irait lui demander comment s'était passé son dîner.


June s'approcha de Peter Murphy, gérant d'hôtel et grand ami de Geraldine.

— Belle soirée, n'est-ce pas, monsieur Murphy ?

— En effet, ma chère, répondit-il d'un air distant, comme s'il la voyait pour la première fois.

— Je n'ai aucune chance avec ce Peter Murphy, se plaignit-elle à Cathy quelques instants plus tard.

— Si tu veux mon avis, il a encore le béguin pour la maîtresse des lieux.

— Dans ce cas, pourquoi ne retourne-t-elle pas avec lui maintenant que sa femme est allée rejoindre Dieu et ses saints, et que l'autre type est retourné auprès de son épouse ? maugréa June.

— Je n'en sais rien. Je lui ai posé la question mais elle m'a vaguement répondu qu'elle n'avait pas l'habitude de visiter deux fois le même endroit. Un truc dans ce goût-là.

— Regarde un peu qui vient d'arriver, annonça June en pointant son menton vers la porte.

Joe Feather pénétrait dans la pièce.

— Doux Jésus, murmura Cathy.

Les deux frères ne s'étaient pas revus depuis le défilé.

Shona se dirigea vers la fenêtre, là où se tenait James Byrne.

— J'ignorais que tu serais là.

— Je ne savais pas non plus que tu viendrais, dit-il simplement.

— J'aimerais te rendre ton invitation, reprit Shona.

— Oh, je t'en prie, ne te sens surtout pas obligée... bredouilla-t-il.

— Je ne me sens pas obligée, j'en ai envie, c'est tout. Accepte-rais-tu de déjeuner avec moi chez Quentin la semaine pro-chaine ?

— Voyons, Shona, c'est très...

Il s'interrompit brusquement. Il avait été sur le point de lui dire que ce restaurant était bien trop luxueux. Une fois de plus, il aurait manqué de tact et de finesse...

Mais Shona avait deviné ses pensées.

— Je garde mon argent pour louer un appartement dans une résidence de standing et pour m'offrir de temps en temps un bon repas dans un restaurant chic. J'aimerais beaucoup que tu acceptes mon invitation. Choisis le jour qui t'arrange.

— Je serais ravi et fier de te retrouver là-bas mercredi, répon-dit James.

— Je réserverai une table pour une heure, dit-elle avant de s'éloigner.

— Ça roule, Tom ? lança Joe en prenant l'accent cockney.

— Ça roule, vieux, répondit Tom sur le même ton.

Ils se dévisagèrent un moment, hésitants.

— Bel endroit pour une soirée, reprit Joe.

— N'est-ce pas ? On t'a servi un verre ou as-tu décidé d'arrêter de boire ?

— Finis les excès pour moi, Tom, tu peux me croire.

— La nuit fut longue, c'est ça ?

— Non, mais je crois que j'avais dû abuser de l'alcool le jour où j'ai confié ma marchandise à ce foutu voyou, il a bien failli me ruiner. Tu es au courant ?

— Oui, on m'en a parlé.

— Ecoute, je ne vais pas te déranger pendant que tu travailles. On pourrait peut-être déjeuner ensemble un jour et s'épancher mutuellement ?

— D'accord, mais c'est moi qui t'écouterai en buvant une bonne bière. Marché conclu ?

— Marché conclu, répondit Joe.

Le téléphone sonna dans l'appartement de Geraldine, et June décrocha.

— S'il vous plaît, June, pourriez-vous transférer l'appel dans la chambre de Geraldine ? C'est Frederick Flynn à l'appareil. Dites-lui que je ne la retiendrai pas longtemps.

— La fête bat son plein, monsieur Flynn, pourriez-vous... ?

— Allez la prévenir, June, je vous en prie.

Geraldine s'enferma dans sa chambre et décrocha le combiné.

— Oui, Freddie ? fit-elle d'un ton léger.

— J'ai perdu la raison. Sincèrement, Geraldine, j'ai dû perdre la raison en pensant que je pourrais me passer de toi. Je n'y arrive pas, tu comptes trop pour moi.

— Je te demande pardon ?

— Tu m'as parfaitement entendu. Je vais le dire à ma femme.

— Que vas-tu lui dire exactement ? fit Geraldine, glaciale.

— Je vais lui dire que je suis obligé de passer un peu de temps à Dublin après le travail, que je ne pourrai plus rentrer tous les soirs à la campagne et... tu sais bien.

— N'en fais rien, Freddie, ça ne servirait qu'à faire du mal à Pauline, rien d'autre.

— Que veux-tu dire ? Je t'aime, Geraldine, tu es une femme merveilleuse. Je suis fou d'avoir voulu rompre.

— Ce n'était pas tout à fait ça, Freddie. Nous avons jugé, d'un commun accord, que notre relation touchait à sa fin, c'est tout.

— Mais ce n'est pas ce que je pense... vraiment pas.

Il y eut un silence.

— Geraldine ?

— Oui, Freddie, je suis toujours là mais je donne une petite fête et je dois retourner auprès de mes invités.

— Je suis au courant, figure-toi, tu as invité la moitié du pays et je donnerais tout pour en être moi aussi.

Il semblait profondément blessé. Mais Geraldine avait eu le temps de consolider son armure. Il avait pris sa décision, il devait à présent l'assumer. Il ne l'avait pas appelée pour lui annoncer qu'il l'aimait au point de quitter sa femme. Ni même qu'il avait l'intention de lui avouer la vérité. Tout ce qu'il lui proposait, c'étaient quelques nuits volées çà et là jusqu'à ce que Pauline brandisse de nouveau le fouet. Freddie avait été sans conteste le plus drôle, le plus affectueux de tous ses amants, mais il n'en demeurait pas moins faible et influençable, et Geraldine n'avait aucune envie de repartir dans une relation faite de compromis perpétuels où il consulterait toujours sa montre d'un air anxieux.

— Tu resteras toujours dans mon cœur, Freddie, mais je dois te laisser.

Elle raccrocha, lissa distraitement son dessus-de-lit. Puis rejoignit ses invités.

— Conrad, peux-tu prendre ce plateau ? J'ai besoin de m'asseoir un moment, murmura Cathy.

— Bien sûr. Vous êtes livide, Cathy. Voulez-vous boire quelque chose, un cognac, un verre d'eau ?

— Peux-tu me dire si l'un des cabinets de toilette est libre, s'il te plaît ? J'ai toujours pensé que c'était une folie d'en avoir deux dans un appartement mais ce n'est plus mon avis aujourd'hui...

Il reparut quelques instants plus tard.

— Celui qui est à côté est libre. Appuyez-vous sur moi.

— Merci, Conrad, tu es un ange.

Elle s'engouffra dans le cabinet de toilette et verrouilla la porte derrière elle.

Les premiers invités commençaient à partir. Ils avaient déjà entamé le rangement dans la cuisine. June arriva, chargée d'une pile d'assiettes.

— Cathy est dans la salle de bains, elle ne se sent pas bien, l'informa Conrad.

— Bon, je te laisse le soin de rassembler le reste des plats. Je file voir ce qui ne va pas.

June pressa le pas.

— Cathy, ouvre cette porte tout de suite.

— June, fiche-moi la paix, tu n'as qu'à prendre l'autre.

— C'est celui-ci que je veux, et je continuerai à marteler cette porte tant que tu n'ouvriras pas.

— Tu es folle, va-t'en, je t'en prie, laisse-moi tranquille.

— Cathy ! tonna June.

La clé tourna, la porte s'entrouvrit. Cathy était assise sur le rebord de la baignoire, aussi blanche que la porcelaine qui l'entourait.

— Retourne en cuisine, June, ordonna-t-elle à mi-voix. Fais ce que je te dis, bon sang, on ne peut pas se permettre de louper cette soirée, même s'il s'agit de ma tante.

— Que se passe-t-il ? Dis-moi, Cathy.

— J'ai ressenti comme une grosse crampe. Ecoute, ce n'est rien, la salle de bains ne baigne pas dans le sang, ce n'est pas grave, je t'assure. Repars travailler, conclut-elle en se tenant le ventre, le visage grimaçant de douleur.

— Tu as perdu un peu de sang ? insista June sur un ton déterminé.

— Quelques gouttes, rien d'inquiétant.

— Il faut que tu t'allonges.

— Maintenant ? Au beau milieu d'une soirée ? Tu plaisantes, j'espère !

— Tu vas aller t'allonger dans la chambre d'amis, tout de suite, décréta June en ramassant toutes les serviettes qu'elle voyait. Je t'en prie, suis-moi ; ne m'oblige pas à t'assommer pour te traîner là-bas.

D'un pas chancelant, Cathy se dirigea vers la chambre d'amis, décorée avec goût dans des tons lilas, avec au sol une épaisse moquette violette.

— Tu te rends compte, je suis sans doute la première personne à m'allonger sur ce lit, murmura Cathy pendant que June calait quelques oreillers sous ses pieds avant de partir chercher une autre pile de serviettes de toilette.

June s'approcha discrètement de Peter Murphy.

— Monsieur Murphy, savez-vous par hasard s'il y a un médecin parmi les invités ce soir ?

— Il y a eu un accident en cuisine ?

— Un petit incident, oui ; je ne tiens pas à déranger Geraldine...

Tous deux lancèrent un regard en direction de la maîtresse des lieux, en pleine conversation avec un homme à l'allure sportive qui semblait boire ses paroles.

— Je ne connais pas la moitié des gens présents ce soir, répondit Peter Murphy. D'ailleurs, j'étais sur le point de partir. Son nouvel ami est peut-être de la partie ; en tout cas, il a l'allure d'un médecin.

— Pourquoi cherches-tu un docteur ?

Tom avait l'ouïe fine...

— C'est pour Cathy. Elle se repose dans la chambre d'amis.

Il partit comme une flèche.

— Que se passe-t-il, Cathy, dis-moi !

— Je perds un peu de sang... Tom, je ne sais pas s'il faut que j'aille à l'hôpital ou s'il est préférable que je reste ici, sans bouger.

— Zut, pourquoi aucun de nous n'a-t-il choisi de faire médecine ? Tu as ton portable ?

— Il est dans mon sac, dans la cuisine, mais n'appelle personne pour le moment, je t'en prie.

June les rejoignit.

— Il y avait bel et bien un médecin. Elle arrive.

Elle habitait au Glenstar ; c'était une petite Indienne au sourire avenant. Elle cerna tout de suite la situation, s'installa sur la chaise que June lui présenta et prit la main de Cathy.

— Combien de semaines ?

— Quatorze ou quinze, je crois.

— Avez-vous des crampes ? Des contractions ? Des pertes de sang ?

Elle posait les questions d'un ton posé et hochait la tête, apparemment satisfaite des réponses.

— Reposez-vous un peu, nous allons attendre un petit moment avant de prendre une décision, déclara-t-elle finalement.

— Je vous en prie, Tom, June, retournez vous occuper des invités, implora Cathy.

— Ne t'inquiète pas, ils se débrouillent très bien sans nous.

— Pour l'amour de Dieu, Conrad est tout seul là-bas et c'est toujours un peu la panique quand les soirées touchent à leur fin. Allez lui donner un coup de main, bon sang !

— Du calme, du calme, intervint le médecin.

— Ce mot ne fait pas partie de son vocabulaire, fit Tom d'un ton résigné.

— Vous êtes son mari ?

— Non, non. A propos, j'ai essayé de joindre Neil mais je suis tombé sur le répondeur. J'ai préféré ne pas laisser de message. Peux-tu me donner le numéro de son portable, Cathy ?

— Pas encore, attendons de savoir ce qu'il faut lui dire. Maintenant, laissez-moi tranquille, tous... s'il vous plaît.

Ils obéirent et les larmes se mirent à ruisseler sur ses joues tandis qu'elle se reposait sur le lit, dans la pénombre. Elle remarqua que le médecin, avec l'aide de June, avait glissé d'autres draps de bain sous ses fesses. La bonne nouvelle, c'était que le coûteux dessus-de-lit de Geraldine ne serait pas taché. La mauvaise, c'était que le médecin s'attendait à une perte de sang imminente.

Geraldine remarqua que quelque chose ne tournait pas rond mais, apparemment, ils maîtrisaient la situation. Elle dit au revoir à Nick Ryan, propriétaire d'une chaîne de blanchisseries implantée dans toute la ville. Dans un murmure, elle lui avoua qu'elle ne devait surtout pas le monopoliser ; qu'il circule un peu dans la pièce et fasse la connaissance des autres invités. Il lui murmura en retour qu'il n'avait aucune envie qu'elle s'éloigne de lui, que seules sa conversation et sa présence le captivaient. Le message était on ne peut plus clair : Geraldine lui plaisait énormément. Cette dernière croisa le regard de Peter Murphy, qui l'observait. Elle ne reviendrait pas sur sa décision. Elle avait pour devise de ne jamais visiter deux fois le même endroit, comme elle l'avait souvent répété à Cathy. Mais, bien sûr, cette dernière ne l'écoutait jamais. Où était-elle passée, à propos ? Cette soirée était tout à fait insolite. James Byrne et Shona Burke semblaient se connaître depuis fort longtemps. Cette charmante voisine, le docteur Said, qui l'avait informée en arrivant qu'elle resterait très peu de temps était toujours là, parmi les derniers invités. Freddie l'appelait pour lui demander de repartir de zéro. Peter Murphy s'avérait jaloux et terriblement possessif. Pas si mal, pour une femme qui s'apprêtait à fêter ses quarante ans. Geraldine était en train de se féliciter lorsqu'elle vit le docteur Said s'éclipser en direction de la chambre d'amis. Tout à coup, elle comprit pourquoi Cathy avait disparu.

Ce ne fut qu'en arrivant à l'hôpital que Cathy leur communiqua le numéro du portable de Neil. Quand celui-ci la rejoignit, tout était terminé.

De retour chez Scarlet Feather, Tom, June et Conrad déchargèrent la camionnette, firent la vaisselle et rangèrent tout sur leur lancée. Geraldine avait promis de les appeler dès qu'elle aurait des nouvelles. Ils préparèrent du café et s'installèrent dans la pièce d'accueil. C'était le premier endroit qu'ils avaient tenu à remettre en état après le cambriolage... pour ne pas sombrer dans la déprime chaque fois qu'ils franchiraient le seuil de leurs locaux. Ils tentèrent de se concentrer sur des détails d'ordre pratique. Ils contacteraient Lucy, une petite étudiante vive et dégourdie ; peut-être pourrait-elle leur recommander quelques amis. Le bouche-à-oreille fonctionnait bien. Conrad avait un ami serveur, compétent et digne de confiance. Quelles que fussent les nouvelles, Cathy ne reprendrait pas tout de suite le travail. Si elle gardait le bébé, elle serait peut-être obligée de rester allongée pendant tout le reste de sa grossesse.

— Une chose est certaine : elle ne retrouvera jamais la forme si elle s'imagine qu'on ne s'en sortira pas, affirma June.

Elle avait raison. Tout autant que de soins médicaux, Cathy avait besoin d'être sûre que Scarlet Feather survivrait à son absence.

La sonnerie du téléphone leur sembla plus stridente que d'habitude. Il était deux heures du matin et Geraldine appelait de l'hôpital pour dire que Cathy avait perdu son bébé. Sous le choc, June ne chercha pas à retenir ses larmes. Tom et Conrad se mouchèrent bruyamment dans des serviettes en papier. Pour la première fois, June appela un taxi et partit rejoindre son mari sans rechigner. Conrad et Tom trouvèrent refuge dans un bar où ils avalèrent trois vodkas chacun.

— Moi qui croyais que j'allais me sentir mieux après ça ! déclara Tom, déçu.

— Moi aussi. Je ne suis même pas ivre. Quel affreux gâchis, vu le prix du verre !

— Exactement, on aurait aussi bien pu boire de la vodka chez Scarlet Feather, tranquillement, sans musique assourdissante ni spots aveuglants, renchérit Tom d'un ton rageur.

Pour une raison inconnue, ils trouvèrent cela plutôt drôle et quittèrent le bar en riant comme des bossus. Conrad regagna l'appartement qu'il partageait avec trois copains qui devaient jouer au poker. Tom prit la direction de Stoneyfield, où il dormit deux heures avant de se lever pour préparer la fournée de pain de Haywards.

Neil s'assit à la tête du lit et lui prit la main.

— Voilà, murmura-t-elle d'une toute petite voix.

— Les médecins disent que tu t'en remettras vite.

— Oui.

— C'est ça le plus important. Tu m'es tellement précieuse !

— Oui.

— Cathy, je suis sincèrement désolé. Vraiment. Je sais que c'est une épreuve douloureuse et je suis navré.

— Merci, Neil.

Il lui caressa le front en répétant plusieurs fois :

— Pauvre Cathy. Ça va aller, tu verras.

Au bout d'un moment, elle ferma les yeux et il la crut endormie. Il l'embrassa et elle l'entendit échanger quelques mots avec l'infirmière. Il passerait la voir le lendemain matin, avant d'aller travailler.

— Combien de temps comptez-vous la garder ? demanda-t-il.

Deux ou trois jours, l'infirmière n'était pas encore certaine. Ça tombait bien, expliqua Neil, il n'avait pas prévu de bouger avant plusieurs jours.

— C'est un homme très attentionné, votre mari, déclara l'infirmière un moment plus tard. Il y a des types qui perdent complètement les pédales, dans ce genre de situation.

— Vous avez raison, dit Cathy.

« Mais ces types-là sont malheureux comme les pierres parce qu'ils viennent de perdre leur enfant », ajouta-t-elle en son for intérieur.

La jeune femme se montra inflexible. Elle ne voulut avertir personne. Inutile d'annoncer à quatre personnes qu'elle venait de perdre ce qui aurait pu devenir leur petit-enfant. Elle aurait essuyé des reproches et des accusations : « Tu travailles beaucoup trop... on t'avait pourtant prévenue... » Neil l'approuva à cent pour cent. La décision lui appartenait, à elle et à personne d'autre. Tom apporta aux infirmières une boîte de petits gâteaux maison pour accompagner leur café du matin.

Geraldine aussi fut formidable. Elle apporta un peu de travail et s'installa au chevet de Cathy.

— Essaie de dormir un peu, mais je reste là si tu as envie de parler, lui dit-elle simplement.

Un silence apaisant régnait autour d'elles. Cathy s'assoupit plusieurs fois. De temps en temps, elle ouvrait les yeux et posait une question à Geraldine, plongée dans ses dossiers.

« Crois-tu que le docteur Said se plaît en Irlande ? Quand je me sentirai mieux, nous lui préparerons un repas pour la remercier. »

« A ton avis, c'était une fille ou un garçon ? Quand je pensais à lui, je l'appelais Pat, ça pouvait être soit l'un soit l'autre. »

« Est-ce que tu trouves que je te ressemble, Geraldine ? Tu le faisais souvent remarquer avant, mais ça fait une éternité que tu ne l'as pas dit. »

Et finalement : « Que ferais-tu si tu croisais ce type par hasard... tu sais, le premier, le seul que tu aies jamais aimé ? »

Elle ne restait jamais assez longtemps réveillée pour entendre les réponses neutres que lui murmurait Geraldine d'une voix douce. Mais cette dernière songea longtemps à toutes ces questions, les yeux perdus dans le vague tandis que Cathy reposait à côté d'elle, blême et vulnérable.

Neil la ramena à Waterview. Il lui suggéra d'aller se reposer ; il travaillerait un peu puis il lui apporterait à manger.

— Ne t'en fais pas, ajouta-t-il devant son air dubitatif, Tom a déposé quatre repas pour deux avec des instructions collées dessus. Tu ne risques aucune intoxication alimentaire.

Le téléphone sonna. Cathy l'entendit répondre qu'elle n'était pas là. Ils devaient à tout prix mettre au point une histoire qui expliquerait sa disparition momentanée. Elle serait sur pied dès la semaine suivante. En attendant, il leur faudrait accorder leurs violons. Grippe, virus, quelque chose dans ce genre-là.

— C'était seulement Simon et Maud ; ça rouspète et ça se plaint, déclara Neil. Je leur ai dit que nous les rappellerions dans quelques jours.

— Ta réponse les a-t-elle satisfaits ?

— Est-il possible de les satisfaire, ces deux-là ? En tout cas, je leur ai coupé l'herbe sous le pied, et ce n'est déjà pas si mal, conclut-il avec fierté.

— Elle ne veut plus nous voir, déclara Maud.

— Mais pourquoi ? On n'a rien fait. Pas récemment, en tout cas.

Ils se remémorèrent les derniers événements en date. Cathy avait été fantastique au mariage, elle leur avait même confié qu'elle était très fière d'eux. Ils faisaient eux-mêmes leur lessive et rangeaient soigneusement leurs chambres. Ils ne se plaignaient jamais lorsqu'il n'y avait ni viande ni poisson sur la table du déjeuner, seulement du riz et des légumes. Sara avait obtenu de l'argent pour acheter leurs manuels scolaires. Ils voulaient seulement demander à Cathy la permission de venir frotter les couverts chez Scarlet Feather afin de gagner de quoi payer leurs trajets en bus. Leur père leur avait expliqué que le vieux Barty ne lui avait toujours pas rendu ce qu'il lui devait ; ils ne recevraient donc pas d'argent de poche ce mois-ci.

— Mlle Burke a réservé une table pour deux, annonça James Byrne en entrant chez Quentin.

— Par ici, monsieur Byrne.

Brenda Brennan ne cesserait jamais de s'émerveiller devant l'étrangeté des relations humaines. Qui aurait cru que ces deux-là se connaissaient ?

— J'ai pensé que nous resterions plus calmes si nous déjeunions ici, expliqua Shona lorsque James prit place en face d'elle. Nous serions moins tentés d'élever la voix.

— Ce n'est effectivement pas le genre d'endroit qui incite aux disputes, convint James Byrne.

Ils choisirent le menu du jour et commandèrent chacun un verre de vin.

— Je n'aurais pas dû dire que tu m'avais rendue incapable d'aimer, c'était un peu exagéré, commença Shona.

— Si c'est ce que tu ressens — je prie Dieu pour que cela change un jour — tu avais parfaitement le droit de le dire.

— Peux-tu me raconter ce qui s'est passé réellement ? Je promets de ne pas t'interrompre.

Alors, d'une voix douce, sans chercher à provoquer la pitié, il lui raconta toute l'histoire. Una et lui ne pouvaient pas avoir d'enfant. Trente ans plus tôt, les traitements contre la stérilité n'étaient pas aussi efficaces qu'aujourd'hui. Dans leur cas, rien n'avait fonctionné. C'était aussi l'époque où les filles mères décidaient de garder leur bébé. Décision aussi légitime que louable mais qui signifiait aussi que les enfants à adopter se faisaient rares. Cependant, les services sociaux recherchaient des familles d'accueil pour des enfants en difficulté. Ils insistaient bien sur le fait que l'enfant ne deviendrait jamais adoptable. La famille d'accueil était chargée de s'en occuper jusqu'à ce que ses parents biologiques soient en mesure d'assumer de nouveau leur rôle. Le foyer de Shona était en grande difficulté. Ses parents avaient quitté Dublin dans l'espoir de repartir de zéro en province, mais leur tentative s'était soldée par un échec. Sa mère avait réussi à trouver de la drogue dans les environs et la situation était encore pire pour elle, puisqu'elle n'avait plus de famille sur laquelle se reposer lorsqu'elle n'allait pas bien. Le père de Shona s'était effondré à son tour. Ce fut ainsi que les Byrne accueillirent chez eux Shona, âgée de trois ans et demi. Ses sœurs et son frère furent confiés à d'autres personnes.

Ils l'avaient aimée tout de suite ; il n'existait pas de fillette plus adorable, plus merveilleuse. Ils avaient continué à lui parler souvent de ses vrais parents. Mais ces derniers étaient comme des fantômes aux yeux de la fillette, des personnages beaucoup moins passionnants que Boucle d'or ou le Petit Chaperon rouge. Les années passèrent, Shona entra à l'école et se fit de nombreux amis.

— Carrie et Bebe, murmura-t-elle, plongée dans ses souvenirs.

Elle s'avéra une élève brillante.

— Parce que tu passais des heures à m'expliquer toutes sortes de choses, remarqua la jeune femme. Je n'étais pas spécialement douée, simplement vous preniez le temps d'attiser ma curiosité, de m'expliquer telle ou telle chose encore et encore.

— Tu t'en souviens ? fit James, agréablement surpris.

— Je me souviens de certaines choses, oui.

Le serveur apporta l'entrée. Ils s'interrompirent pour le remercier et reprirent leur conversation dès qu'il fut parti. Il lui raconta leurs journées de shopping, lorsqu'ils faisaient les magasins avec l'intention d'acheter un manteau neuf à Una ou une paire de chaussures pour lui et qu'ils repéraient à la place quelque chose qui plairait à Shona.

— Je ne dis pas ça pour recueillir de la reconnaissance ou des remerciements, non. Nous n'étions pas dans le besoin, Una et moi. Je voudrais juste te faire comprendre que nos vies tournaient autour de toi et qu'aucune décision, de la marque de céréales que nous mangions au petit déjeuner à nos destinations de vacances, ne se prenait sans toi. Cela coulait de source, pour nous. Et nous aurions tellement aimé pouvoir en faire davantage... Ton départ a laissé un vide béant dans notre existence.

L'année où ils avaient été obligés de se séparer d'elle, ils avaient prévu de l'emmener visiter le musée des Sciences à Londres.

— Je ne savais pas ça. Je n'y suis jamais allée.

— Nous voulions te faire la surprise et, bien entendu, en apprenant que tu devais nous quitter, nous n'avons rien dit.

— Etais-je vraiment obligée de vous quitter, James ?

— Oh, Shona, oui, personne n'a eu le choix dans cette histoire. On nous a même demandé de ne pas pleurer, de ne surtout pas te dire que tu allais nous manquer. Tu devais retrouver ta famille et ce serait déjà suffisamment dur comme ça après dix ans d'éloignement pour que nous n'aggravions pas les choses en donnant libre cours à notre chagrin. Alors nous avons essayé d'être forts et d'accueillir la nouvelle avec un enthousiasme artificiel.

— Et moi, j'ai toujours cru que vous étiez soulagés de pouvoir enfin vous débarrasser de moi, murmura-t-elle d'une voix atone.

— Shona, mon enfant, comment as-tu pu croire cela un seul instant ?

— Que pouvais-je imaginer d'autre ? Je guettais le courrier tous les jours. En vain. Vous aimiez tant écrire, tous les deux, je n'arrivais pas à croire que vous n'aviez même pas envie de m'envoyer un petit mot.

— On nous avait déconseillé de t'écrire afin de ne pas te déstabiliser.

— J'avais déjà perdu tous mes repères. Combien de fois ai-je revécu ce jour-là ? Vous n'avez pas versé une seule larme. J'ai pleuré, moi. Je me souviens d'avoir crié que je voulais rester et vous étiez là, complètement figés, à me répéter que c'était mieux ainsi et que je devais dire à ma mère et à mes sœurs à quel point j'étais heureuse de les revoir.

— Je vais te raconter ce qui s'est passé ce jour-là, après ton départ, et ensuite, ce sera à toi de parler. La voiture s'est éloignée et nous l'avons suivie des yeux jusqu'au bout de la rue. Tu ne t'es pas retournée une seule fois.

— Je vous en voulais tellement de m'avoir laissée partir comme ça !

— Una et moi sommes rentrés à la maison. J'ai proposé à Una de préparer du thé et elle m'a dit : « Pour quoi faire ? » Les mots ont plané entre nous, lourds de sens. A quoi bon se donner la peine de brancher la bouilloire ou même de se lever le matin, si tu n'étais plus là pour partager notre quotidien ? Le temps a repris son cours. Una est restée assise dans la cuisine, le regard perdu sur le jardin tandis que je me suis tenu dans l'entrée un bon moment, les yeux rivés sur la porte. Tout à coup, Una m'a rejoint et m'a dit : « James, c'est bizarre, toutes les horloges se sont arrêtées. Elles se sont arrêtées à six heures moins le quart. » Je lui ai dit que c'était bel et bien l'heure, qu'il était six heures moins le quart. Alors elle a voulu savoir s'il s'agissait du matin ou du soir. Voilà comment ça a commencé, Shona, elle s'est mise à perdre la raison ce jour-là. Elle croyait qu'il était minuit, que ton départ remontait à cinq ou six heures. Je l'ai emmenée dehors pour lui montrer le ciel, j'ai allumé la radio. Cela faisait à peine trois quarts d'heure que tu n'étais plus là et, déjà, elle devenait folle.

— Dire qu'elle était si intelligente, si cultivée !

— La dernière conversation cohérente que nous avons eue s'est déroulée la veille de ton départ. Elle voulait s'enfuir avec toi, changer d'identité, trouver refuge en Angleterre, peut-être, repartir de zéro. J'ai eu un mal de chien à la convaincre que c'était impossible : nous n'aurions plus de revenus, nous serions toujours en cavale...

— C'est vrai, elle voulait faire ça ?

— Moi aussi, Shona, mais comment pouvais-je vendre la maison, trouver un autre emploi et subvenir à vos besoins si nous devions changer d'identité ? Et puis la police se serait lancée à nos trousses, tu penses, un couple qui kidnappe un enfant ! Il a bien fallu qu'on se rende à l'évidence, la mort dans l'âme.

— Je comprends.

— On nous avait autorisés à te répondre si jamais tu nous écrivais mais nous n'avons reçu aucune nouvelle de toi. Maintenant, raconte-moi les souvenirs que tu as gardés de cette journée.

Elle resta silencieuse un moment et il attendit patiemment.

— C'était une belle journée d'été et la lumière a brillé derrière nous pendant tout le trajet jusqu'à Dublin, puisque le soleil se couche à l'ouest. J'étais sur la banquette arrière et ces deux femmes que je ne connaissais pas, les assistantes sociales, bavardaient entre elles. Elles étaient gentilles avec moi. On s'est arrêtées sur la route et elles m'ont acheté un hamburger et des frites. J'avais une faim de loup mais je n'y ai pas touché. Finalement, on est arrivées à la maison et la femme qu'on m'a présentée comme étant ma mère était dans un triste état. Ses cheveux longs étaient sales et emmêlés, et elle fumait sans arrêt. Elle m'a regardée et m'a lancé : « Tu te prendras en charge toute seule. » Voilà, c'est tout ce qu'elle a dit. Cela faisait dix ans qu'elle ne m'avait pas vue et ce furent ses seules paroles de bienvenue.

— Que lui as-tu répondu ?

— J'avais quatorze ans ; j'ai préféré me taire.

De nouveau, le silence s'installa entre eux. Mais c'était un silence apaisant. James attendait simplement qu'elle reprenne la parole.

— Au bout de quelques jours, je savais déjà ce qu'il me restait à faire. Partir. Vous ne vouliez plus de moi — c'est en tout cas ce que je pensais, alors je devais me fabriquer une nouvelle vie et l'école m'aiderait à m'en sortir. C'est ainsi qu'a débuté l'existence que je mène encore, celle d'une obsédée du travail. Mes sœurs étaient de vraies clochardes, elles n'arrêtaient pas de me traiter de pimbêche, de sale petite prétentieuse aux grands airs. Heureusement, mes professeurs étaient formidables. J'ai confié à l'une d'entre elles, Mme Ryan, que les choses n'allaient pas très bien chez moi, et elle s'est montrée d'une gentillesse infinie. Elle m'a dit que c'était souvent ainsi, que certaines familles traversaient des moments difficiles. J'en ai conclu à l'époque qu'elle devait connaître la même situation que moi. Ce ne fut que bien des années plus tard que j'ai découvert qu'elle menait une vie de famille heureuse et épanouie. Elle m'a appris à taper à la machine pendant les heures de déjeuner et me permettait de m'entraîner sur la machine de l'école. D'autres professeurs m'ont également soutenue. L'école se trouvait dans un quartier défavorisé, ça leur mettait un peu de baume au cœur de voir que certaines élèves ne loupaient pas les cours pour aller voler dans les magasins et que toutes ne tombaient pas enceintes à seize ans.

— Que s'est-il passé quand tu as quitté cette ville ?

— Oh, j'ai d'abord dû me battre pour aller jusqu'au bout. On a voulu m'envoyer à l'usine. J'ai refusé. J'avais seize ans. Je voulais passer mon bac avant d'acquérir mon indépendance. Ma mère avait replongé mais je n'y accordais plus d'importance. Je me débrouillais malgré tout pour prendre un peu d'argent de son allocation afin de nous préparer des repas à moindres frais. Elle arrivait parfois à avaler un bol de soupe mais, la plupart du temps, elle ne pensait pas à s'alimenter. Je rêvais d'entrer à l'université. Mes résultats me le permettaient, mais la seule façon de quitter cet environnement était de trouver du travail. C'est ce que j'ai fait, le jour même de mon dernier examen.

— Qu'as-tu fait, exactement ?

— Je suis partie de chez moi et je suis entrée dans une agence de voyages en tant que commerciale junior. J'ai tout appris en six mois. J'ai eu la chance de pouvoir partir deux fois en vacances, une fois en Italie, une autre fois en Espagne. Les seules vacances que j'aie eues de toute ma vie. J'étais allée à Londres plusieurs fois dans le cadre du travail, mais ça ne comptait pas vraiment. Je me souviens que j'étais tout excitée à l'idée d'avoir un passeport ! Ensuite, j'ai travaillé dans une boutique de vêtements puis dans un hôtel, et, lorsque ce poste s'est libéré chez Haywards, j'étais prête.

— Et ta... mère ?

— J'allais la voir toutes les semaines... Tu vois, j'ai bien retenu tes leçons de savoir-vivre. Parfois, elle planait tellement qu'elle me reconnaissait à peine ; d'autres fois, je la trouvais en pleine déprime. Je lui apportais de la soupe qu'elle mangeait parfois, mais la plupart du temps je retrouvais l'assiette la semaine suivante, bonne à jeter. Je n'étais pas la seule à donner de ma personne, mes sœurs lui rendaient également visite. Nous ne nous disputions jamais. Elle se contentaient de se moquer de moi, de m'appeler « Bêcheuse », mais je me gardais bien de répliquer. Avec le temps, elles ont fini par se lasser et nous nous ignorions mutuellement. Lorsque je les vois à présent, c'est comme si je croisais de parfaites inconnues. A l'enterrement, j'ai pris conscience que je ne savais rien d'elles et réciproquement.

James sortit un mouchoir en papier et s'essuya les yeux.

— Tu as fini par reconnaître qu'on n'avait plus besoin de laver les mouchoirs, le taquina Shona. Maman disait toujours que tu devais être le dernier à utiliser ces grands mouchoirs en coton...

Elle se tut brusquement. Après toutes ces années, elle venait d'appeler l'épouse de James « maman ». Elle tendit la main vers lui à l'instant précis où il esquissait le même geste.

— Quel gâchis ! murmura-t-il.

— Tant de vies ont été abîmées, renchérit-elle.

— Nous devons faire en sorte que cela ne se reproduise jamais, Shona.

— Tu ne peux pas savoir à quel point je suis heureuse que tu m'aies recontactée.

— Ecoute, j'ai appris à préparer trois repas ; tu n'en as goûté qu'un seul. Il en reste deux, conclut-il en regrettant aussitôt son audace.

— Samedi ? proposa Shona. Ça fait tellement longtemps que je n'ai pas eu hâte d'être samedi soir !


— Je recommence à travailler demain, déclara Cathy, assise à la table de la cuisine de Waterview, encore en peignoir.

— Non, c'est encore trop tôt, protesta Neil.

— Mais ils ont dit : dès que je me sentirais mieux, et c'est le cas maintenant.

— Non, c'est trop risqué... Tu n'as pas encore recouvré toutes tes forces.

— J'ai évacué tout ce qu'il y avait à évacuer. Il ne reste plus aucun morceau du bébé en moi.

Neil grimaça en entendant ces mots. Mais Cathy n'y prêta pas attention. Contrairement à lui, elle n'avait pas l'intention de faire comme si cet enfant n'avait jamais existé.

— Je continue malgré tout à penser que tu n'es pas encore complètement remise, protesta-t-il.

— Je ne suis pas complètement remise dans ma tête, c'est vrai, mais mon corps, lui, se sent en pleine forme et il a besoin de bouger. J'en ai assez de rester enfermée ici toute la journée, seule.

— Je rentrerai plus tôt le soir, promis.

— Non, ce n'est pas ça.

— Je sais que ce n'est pas la chose à dire, mais, dans un sens...

— Alors tais-toi.

— Tu ignores à quoi je pense.

— Non, et je t'en prie, abstiens-toi.

Neil laissa échapper un rire amusé.

— Ce genre d'argument ne fonctionnerait pas devant un juge.

— Nous ne sommes pas devant un juge.

— S'il te plaît, laisse-moi finir. Je voulais juste dire que, dans un certain sens, toute cette triste histoire a agi sur nous comme une onde de choc. Elle nous a forcés à prendre conscience de pas mal de choses à propos de nous-mêmes, à définir par exemple nos motivations profondes.

— Oui.

— Je sais à présent que tu n'accepteras jamais de tout plaquer pour me suivre là où ma carrière me conduira. Voilà, c'est tout ce que je voulais dire. Ça te va ? conclut-il en dardant sur elle un regard interrogateur.

— Oui.

— Tu vois, en fin de compte, tu ne savais pas ce que j'allais dire.

— Pas précisément, non.

— Qu'entends-tu par là ?

— J'ai cru un instant que tu allais dire que, finalement, c'était mieux comme ça, mais tu ne l'as pas fait, pas en ces termes en tout cas.

— Ce n'est pas du tout ce que j'ai dit ; si tu te souviens bien, j'ai parlé de cette « triste » histoire. Jamais je n'ai dit que c'était mieux comme ça.

— C'est pourtant ce que tu penses, remarqua-t-elle tristement.

— Si je comprends bien, tu me condamnes d'abord pour ce que je m'apprête à dire, puis pour ce que tu crois que je pense.

Il paraissait offensé.

— Je suis désolée, Neil. Je ne voulais pas me montrer dure envers toi.

— Tout comme je ne voulais pas paraître insensible. Tu as besoin de te reposer davantage, lança-t-il depuis le seuil de la pièce.

Cathy aurait tant voulu que tout redevienne comme avant ! Mais c'était plus fort qu'elle, dès qu'ils évoquaient ce qui s'était passé, elle perdait le contrôle de ses sentiments. Son approche froidement objective de juriste la rendait folle de rage. Elle aurait voulu qu'ils pleurent ensemble leur bébé disparu, qu'ils admettent avoir traversé une terrible épreuve. Mais il n'en était rien. Neil s'occupait du malheur des autres avec une détermination redoublée, indifférent à celui qui frappait son propre foyer. S'il lui avait montré ne fût-ce qu'un dixième de l'attention qu'il portait à ses clients, elle s'en serait contentée avec bonheur.

Il ne fallait pas qu'elle continue à se morfondre ici. Le seul endroit où elle pourrait reprendre une vie normale, c'était Scarlet Feather. Elle n'attendrait pas le lendemain. Elle retournerait travailler le jour même.

Enchantés de la voir, tous lui réservèrent un accueil chaleureux. Au moins, personne ne sous-entendit que, finalement, c'était peut-être mieux ainsi. Non, ils lui dirent plutôt à quel point elle leur avait manqué. Ils avaient travaillé d'arrache-pied en son absence.

— Alors, quoi de neuf ?

— Il y a ce vieux couple d'une centaine d'années qui veut se marier le mois prochain mais qui n'a toujours pas trouvé de salle pour le repas, répondit June en sortant le dossier.

— Ils ont quel âge, en vérité ?

— Ils sont vieux.

— Qu'est-ce que tu veux, tout le monde n'a pas la chance de se marier à dix-sept ans, lança Cathy d'un ton espiègle.

— C'est sans doute mieux comme ça, soupira June.

— Pourquoi ne louerions-nous pas la salle paroissiale ?

— C'est trop grand pour eux, ils ne savent pas encore combien de personnes ils comptent inviter. Peut-être une cinquantaine ; mais ils pensent que ce sera plutôt vingt-quatre en tout.

— Ils n'ont pas beaucoup d'amis, c'est ça ? demanda Cathy.

— C'est le couple le plus adorable qu'il m'ait été donné de rencontrer, intervint Tom. Ils doivent venir aujourd'hui ; ils vont te plaire, tu verras.

Tom avait raison. Stella O'Brien et Sean Clery étaient des êtres adorables. Tous deux âgés d'une cinquantaine d'années, ils s'étaient rencontrés dans un cours de bridge pour débutants. Ils étaient toujours aussi mauvais au bridge, mais follement amoureux l'un de l'autre. Pour le moment, ils avaient un problème.

— Les mariages posent toujours des problèmes, déclara Cathy d'un ton rassurant.

Le leur concernait leurs enfants respectifs. Sean en avait trois, Stella deux. Apparemment, aucun d'eux ne voyait cette union d'un œil bienveillant. Le fils et la fille de Stella s'étaient mis dans la tête que leur mère resterait veuve, garderait ses petits-enfants et leur laisserait sa maison. Les trois filles de Sean escomptaient que leur père demeurerait veuf et finirait par quitter sa maison, dont le montant serait partagé entre elles trois. Elles l'hébergeraient à tour de rôle, quatre mois chacune. Le couple ne le dit pas à Cathy en termes clairs, mais ce fut ce qui ressortit de leur conversation. Elle les écouta, hochant de temps en temps la tête, pendant qu'ils lui exposaient leurs critères concernant la salle qu'ils souhaitaient louer pour leur mariage.

— Tout ceci doit vous paraître bien étrange, mademoiselle Scarlet. Vous autres jeunes gens devez mener une vie sans nuage, où tout tourne comme une horloge suisse, s'excusa Stella.

— C'est tout le contraire. Figurez-vous que le matin même de mon mariage, j'ignorais combien de personnes répondraient à notre invitation, à part cinq de nos amis et ma tante.

— Je vous en prie, dites-nous qu'ils n'ont pas été les seuls à venir, implora Sean.

— Mon père et ma mère sont venus, ainsi que quelques parents. La famille de Neil ne s'est pas déplacée, à part son père et sa mère, qui ressemblaient à deux glaçons. Heureusement, tous nos amis étaient là. Rétrospectivement, je crois que ce fut une belle journée. Vous garderez la même impression, vous verrez. Dites-moi où vous souhaiteriez vraiment que la réception ait lieu et nous nous débrouillerons pour trouver quelque chose d'approchant.

— Connaissez-vous l'hôtel de Holly à Wicklow ? demanda Stella.

— Oui, bien sûr.

C'était là-bas qu'elle avait annoncé à Neil qu'elle était enceinte. Ce jour-là lui semblait déjà loin.

— Malheureusement, ils ne font pas les mariages, nous nous sommes déjà renseignés, mais peut-être connaîtriez-vous un endroit similaire... ?

Cathy contempla Stella O'Brien. Celle-ci avait déjà réservé une robe chez Haywards et se sentait tellement heureuse qu'elle aurait voulu que le monde entier partage son bonheur d'avoir rencontré Sean Clery. Puis elle considéra Sean Clery, qui avait offert à sa bien-aimée une bague en or d'inspiration celte. De temps en temps, il lui prenait la main pour admirer le bijou.

— Je vous trouverai quelque chose dans le même esprit, promit Cathy.

— Vous êtes gentille, lui répondirent en chœur Stella et Sean.

Elle qui avait refusé par deux fois de prendre Maud et Simon au téléphone faillit les contredire. Quelqu'un de gentil aurait accepté de parler à ces deux gamins. Mais, curieusement, elle ne se sentait pas encore la force de les affronter. Une grande agitation l'habitait. Etait-il possible qu'elle ait repris le travail trop tôt ?

— Puis-je emprunter la camionnette quelques heures ? demanda-t-elle à la cantonade.

Elle connaissait si bien le visage de Tom qu'elle y lut son inquiétude de la savoir au volant, seule... Même s'il n'en souffla mot.

— Bien sûr, dit-il en lui lançant les clés.


Cathy roula vers le sud, en direction de Wicklow. Par cette belle journée d'automne, c'était merveilleux de quitter la ville. Elle jeta un coup d'œil aux cassettes rangées dans leur boîtier. Des groupes de rock dont elle ignorait jusqu'aux noms, de la musique traditionnelle irlandaise, de la country et une compilation des plus célèbres arias. Elle choisit celle-ci et monta le volume, chantonnant par-dessus la splendide voix de Pavarotti. Une bouffée de tristesse l'envahit. Elle pensa à cet enfant qui n'avait pas vu le jour et les larmes se mirent à couler sur ses joues. Se tariraient-elles un jour ? Elle chanta plus fort pour tenter de maîtriser son chagrin. A un feu rouge, le conducteur de la voiture voisine lui sourit.

— Que chantez-vous ? demanda-t-il en l'enveloppant d'un regard admiratif.

— *Nessun dorma…* Personne ne dort, répondit-elle. Ce qui n'est guère étonnant quand on m'entend chanter !

— Vous êtes charmante. Ça vous dirait de prendre un verre avec moi à Ashford ?

— Non, merci, mais c'est gentil de me le proposer.

Elle se sentit rajeunie de quinze ans, comme une lycéenne libre et insouciante. Rassérénée, elle poursuivit sa route en direction de l'hôtel de Holly.


— C'est impossible, mademoiselle Scarlet, je n'ai pas les installations nécessaires à ce genre de réception, déclara Holly.

— Il s'agit des personnes les plus gentilles que j'aie rencontrées. Dans notre profession, vous et moi avons l'habitude de nous heurter à des gens exécrables, n'est-ce pas ?

— Oui, mademoiselle Scarlet, mais mes trois serveuses sont aussi âgées que moi, nous ne pouvons pas organiser de mariage ici.

— Laissez-moi m'en charger, mademoiselle Holly. Nous ne ferons que louer la salle, le reste, nous nous en occuperons de A à Z. Vous ne trouverez aucune trace de notre passage, vous verrez.

— Font-ils partie de votre famille ou ont-ils trouvé le moyen de vous faire chanter ?

— J'ai fait leur connaissance ce matin même, mais, pour tout vous dire, je n'ai pas été très bien ces derniers temps. J'ai fait une fausse couche, j'ai repris le travail aujourd'hui et je me sens encore un peu faible. Je les ai trouvés très gentils et puis ils m'ont demandé de trouver un endroit qui ressemble autant que possible à votre hôtel… Vous savez à quel point je me plais ici. J'ai tout de suite compris ce qu'ils recherchaient, conclut Cathy en s'efforçant de maîtriser le tremblement de sa voix.

— Vous appréciez beaucoup cet endroit, votre mari et vous, n'est-ce pas ?

— Nous adorons venir ici, c'est notre escapade préférée, une espèce d'oasis qui nous permet de nous ressourcer comme par enchantement.

— Ça n'a pas été le cas lors de votre dernière visite, observa Holly.

— Que voulez-vous dire ?

— La dernière fois, votre mari et vous parliez du bébé pendant le dîner. C'est Betty, une de mes serveuses, qui me l'a répété.

— Oui, c'est vrai, mais, pour être franche, nous n'en avions parlé à personne...

— Nous non plus. Je vous laisse la salle pour ce repas de mariage, mademoiselle Scarlet.

— Vous ne le regretterez pas, mademoiselle Holly.


— Il ne nous reste plus qu'à établir le menu pour Stella et Sean, lança Cathy, de retour chez Scarlet Feather.

— Comment ça ? Il nous faut d'abord trouver une salle et ce ne sera pas une mince affaire, compte tenu des critères qu'on nous impose.

— Oh, c'est déjà réglé, répondit Cathy, les yeux brillants de malice.

— Arrête un peu, je sais bien que tu as tout d'une *superwoman*, mais ça fait maintenant trois jours qu'on se démène comme de beaux diables pour leur trouver quelque chose... sans succès.

— Holly a dit oui.

— Tu es allée là-bas ?

— Oui.

— Tu vois, Tom, je croyais qu'on pourrait se passer d'elle... Je suis bien forcée de reconnaître que j'étais à côté de la plaque ! s'écria June.


— Avez-vous prévu de partir en lune de miel ? demanda Cathy à Stella O'Brien.

— Nous n'y avons pas songé. Le mariage en lui-même nous demande déjà tant d'énergie. Quand nous aurons réglé ce problème de salle...

— C'est réglé, Stella. Holly nous prête sa salle de réception. Pourquoi ne passeriez-vous pas quelques jours là-bas pour votre lune de miel ?

— C'est un endroit tellement gai, tellement paisible ! murmura Stella O'Brien, les yeux embués de larmes. Quelle chance nous avons eue le jour où nous avons appelé votre entreprise !

— A propos, qui vous a parlé de nous ? s'enquit Cathy, toujours curieuse de savoir par quel biais on découvrait Scarlet Feather.

— A la tombola de Pâques de l'école où je travaille, j'ai gagné une séance de manucure offerte par l'institut de beauté de Haywards, et c'est là que cette belle jeune femme m'a parlé de son fiancé traiteur ; elle m'a donné une carte de Scarlet Feather. Et, quand Sean et moi avons décidé de nous marier, vous étiez dans notre agenda. J'aimerais beaucoup la remercier.

— Oh... oui. Oui, je comprends.

— Il y a un problème avec cette jeune fille ?

— Tom et elle ne sont plus ensemble, c'est tout. Bon, quel style de musique préférez-vous ?

— Je vous demande pardon ?

— Pour le mariage. Désirez-vous faire venir un pianiste, un accordéoniste... ? Ou préférez-vous que nous passions des disques ? Tom peut se charger de ça sans problème ; il mettra tous les disques que vous souhaiterez.

Stella baissa la voix.

— Je vais vous faire une confidence : j'aurais peur d'être ridicule en mettant de la musique. Le premier mariage de Sean a été plutôt calme, son épouse était assez renfermée, je crois. Il meurt d'envie de s'amuser, de prendre du bon temps maintenant, mais il ne se rend pas compte que ses filles voient ce mariage d'un mauvais œil. Pour être franche, cela m'étonnerait qu'elles répondent à notre invitation.

Cathy posa sa main sur celle de Stella.

— Elles viendront, ne serait-ce que par curiosité. Croyez-moi, elles ne laisseront pas leur père épouser une autre femme sans venir mettre leur grain de sel. Et vos enfants, viendront-ils ?

— Mon fils sera là. Ma fille, je ne sais pas.

— Je vous parie tout ce que j'ai qu'elle sera là aussi, assura Cathy.

— Toujours pas de nouvelles des gosses, grommela Muttie.

— Ils mènent une vie tellement remplie chez eux qu'ils ne trouvent plus le temps de passer nous voir, c'est sans doute ça, fit Lizzie, à la fois humble et fataliste.

— Cathy m'a dit que même un rat refuserait de loger aux Beeches, répliqua Muttie.

— Enfin, tu sais bien que Cathy a une dent contre tous les Mitchell.

— Ils ne sont pas venus samedi dernier et ils ne nous ont même pas appelés, poursuivit-il, profondément contrarié.

— J'ai eu Cathy au téléphone et elle m'a dit qu'ils étaient assez grands pour prendre leurs décisions tout seuls.

— On avait projeté de faire plein de choses ensemble. Si tu veux mon avis, ça n'a rien à voir avec le fait d'être grand ou non ; ils n'ont pas de quoi se payer le bus, voilà ce que je pense.

— Ne le dis à personne !

— Bien sûr que non, fit Muttie en s'asseyant à la table de la cuisine.

Il rédigea un petit mot à l'adresse de M. Simon et Mlle Maud Mitchell, propriété des Beeches.

« Juste au cas où le trajet entre nos deux maisons poserait un problème, vous trouverez ci-joint un billet de cinq livres. Nous sommes toujours là… M. et L. Scarlet. »

— Walter ?

— Papa ?

— Est-ce que la… euh… l'assistante sociale a cherché à nous joindre récemment ?

— Je ne crois pas, pourquoi ?

— Je viens de m'apercevoir que les jumeaux ne sont pas allés voir M. Muttie, ou je ne sais trop comment il s'appelle, à St Jarlath's samedi dernier.

— Il faut croire qu'ils s'en sont lassés.

— En fait, je pense plutôt qu'ils n'avaient pas d'argent pour prendre le bus.

— Ils auraient dépensé tout leur argent de poche, papa ? C'est ça ?

— Eh bien, ils n'ont pas reçu d'argent de poche, tu comprends, le vieux Barty m'a laissé sans le sou.

— Bon sang, papa, tu ferais mieux de faire gaffe ! Ces deux-là, Sara et Cathy, ce sont de vraies emmerdeuses.

— Je sais. Je resterai sur mes gardes.

Walter alla chercher le courrier. Il y avait une drôle d'enveloppe adressée aux enfants. Il l'ouvrit avec précaution. Ça concernait peut-être cet accord grotesque ; dans ce cas, il lui faudrait prévenir son père. Il trouva le billet de cinq livres et le fourra dans sa poche. Puis il jeta au feu l'enveloppe et la lettre.

Jock Mitchell se présenta aux Beeches. Les jumeaux faisaient leurs devoirs dans la cuisine.

— Où est votre père ?

Ils lui expliquèrent que l'ami de leur père, le vieux Barty, avait appelé pour régler une vieille dispute ; Kenneth était allé le rejoindre pour fêter leur réconciliation.

— Et votre mère ?

Il semblait que leur mère avait mal accepté que leur père sorte. Elle avait donc décidé d'écumer les magasins. Jock Mitchell fronça les sourcils. Cela ne lui disait rien qui vaille. C'était ainsi que sa belle-sœur avait sombré dans l'alcoolisme auparavant, en s'attardant dans un rayon bien précis des supermarchés.

— A part ça, tout va bien ici ?

Les jumeaux se regardèrent avant de hocher la tête sans conviction. L'oncle Jock ne venait pas les voir souvent ; des mois s'écouleraient peut-être avant sa prochaine visite. Inutile d'espérer qu'il saurait contrôler ce qui se passait aux Beeches.

— Tu venais voir papa, oncle Jock ?

— Non, en fait, je voulais savoir où Walter avait installé son ordinateur.

Dans sa chambre, supposèrent les jumeaux, mais elle était fermée à clé.

— Il dit qu'il s'en sert tous les soirs, c'est d'ailleurs pour ça qu'il l'a apporté ici.

Maud et Simon échangèrent un regard. Ils n'avaient jamais vu d'ordinateur dans cette maison, ni entendu le cliquètement d'un clavier. Mais ils avaient appris à leurs dépens qu'il valait mieux se taire, aussi contemplèrent-ils leur oncle d'un air perplexe. Quels drôles de petits garnements ! Dommage que Hannah ne se soit pas prise d'affection pour eux. Ils auraient pu venir à Oaklands et faire de la balançoire entre les grands arbres... De toute évidence, son carriériste de fils et sa battante de femme n'avaient aucune intention de leur donner des petits-enfants dans l'immédiat. Quant à Manda, elle leur avait clairement fait comprendre que c'était bien là le cadet de ses soucis. De toute façon, à quoi bon compliquer une situation déjà délicate ? Kenneth avait toujours été un drôle de type et sa femme n'avait jamais été un modèle d'équilibre. Il semblait plus sage de ne pas trop se mêler de leurs histoires de famille. Jock soupira : toujours est-il qu'il n'avait pas réussi à se débarrasser de Walter. Ce dernier ne faisait plus aucun effort au bureau. Même Neil, d'ordinaire si prompt à défendre les causes perdues, lui avait conseillé de renvoyer ce garçon. Jock le soupçonnait d'avoir volé l'ordinateur pour le revendre. Hélas, il ne possédait aucune preuve et sa visite aux Beeches ne lui en apporterait manifestement pas.

— On doit dire à Walter que tu es venu ? demanda Simon.

— Ou on doit se taire ? ajouta sa sœur.

— Je crois qu'il vaudrait mieux ne rien dire du tout, répondit Jock.

Il songea à leur donner deux livres chacun, comme cela se faisait autrefois. Mais ce geste serait peut-être mal perçu, et puis l'accord en vigueur régentait tout dans les moindres détails, y compris l'attribution de l'argent de poche. Non, mieux valait éviter d'intervenir là-dedans. Il se contenta donc de jouer avec les pièces qui tintèrent au fond de sa poche ; les enfants l'observèrent, pleins d'espoir. Il leur dit au revoir et disparut.

Ce soir-là, Geraldine dînait chez Quentin en compagnie de Nick Ryan. Brenda Brennan la salua d'un signe de tête courtois lorsqu'ils entrèrent dans la salle de restaurant. Certains hommes n'appréciaient pas que leur compagne jouisse d'une notoriété plus grande que la leur. Geraldine avait toujours admiré cette attitude d'extrême professionnalisme et s'efforçait d'acquérir la même qualité. Avant de dîner avec Nick Ryan, elle s'était documentée sur le secteur du nettoyage à sec en Irlande. C'était un homme très agréable. Pas le moins du monde avare de compliments. Il était également franc et direct, trait qu'elle appréciait particulièrement. Il déclara qu'il avait beaucoup de chance de pouvoir dîner avec une femme aussi ravissante qu'elle ; d'ordinaire, à cette heure-ci, il poussait la porte de sa maison et entreprenait de raconter à sa femme sa journée de travail, sans grand

enthousiasme, avant de s'occuper de deux enfants plutôt difficiles. Geraldine hocha la tête. *Tous* les enfants étaient difficiles,
ceux qui prétendaient le contraire n'étaient pas de bons parents.
Ses paroles lui réchauffèrent le cœur ; Geraldine ne voyait pas
d'inconvénient à ce qu'il ait une femme et des enfants, c'était
une bonne chose. Comme d'habitude, elle était vêtue avec élégance, parfaitement coiffée et maquillée, et paraissait bien plus
jeune que son âge. Elle répondit aux questions de son compagnon avec une nonchalance étudiée, lui confiant juste ce qu'il
fallait sur elle-même : issue d'un milieu ouvrier, elle avait travaillé avec ardeur et détermination pour parvenir à sa situation
actuelle. Elle lui confia aussi qu'elle tenait à son indépendance
et comptait parmi ses amis des gens de tous horizons.

— Et vous en avez beaucoup, des amis, remarqua Nick Ryan.
J'étais très impressionné, l'autre soir. C'était une réception très
agréable.

— Je suis ravie que cela vous ait plu. J'espère que vous avez
eu l'occasion de rencontrer quelques personnes.

Elle ne le connaissait pas encore assez bien pour lui raconter
ce qui s'était passé en coulisse, les serviettes de toilette, le docteur Said, l'ambulance qui avait transporté Cathy à l'hôpital.

— Pour être franc, je n'avais aucune envie de rencontrer
d'autres personnes.

— C'est très flatteur.

— Et très sincère.


— Je me demande comment s'y prend Geraldine, déclara
Brenda Brennan en rejoignant son mari en cuisine. La voilà
encore en compagnie d'un homme d'affaires riche et séduisant,
en admiration devant elle.

— C'est que, contrairement à toi, elle n'a pas eu la chance de
tomber sur un type franc, équilibré et respectable, la consola
Patrick.

— Je sais, fit Brenda avec un manque total d'enthousiasme.

— Ni sur un chef passionné, créatif et colérique comme moi.
Voilà qui convenait mieux.

— Exact, elle n'a pas eu cette chance, susurra Brenda avec un
sourire malicieux.

Mme Barry partait en vacances chez sa fille pour trois semaines. Les Mitchell devraient se passer d'elle pendant tout ce temps.

— Vous trouverez des boîtes de conserve dans le placard et le laitier a été payé pour le mois.

— Merci, madame Barry.

— Et vous savez... Vous savez que votre mère ne va pas très bien. Il faut faire venir un docteur. Je vais appeler Sara pour la mettre au courant.

— Non, madame Barry, nous nous en chargerons, intervint Maud.

— On a d'autres choses à lui dire, de toute façon.

— Parfait. Elle s'occupera de tout ça, alors.

Maud et Simon n'appelèrent pas Sara. Les visites de la jeune femme ne faisaient que contrarier tout le monde. Tout allait bien pendant qu'elle était là mais, dès qu'elle avait le dos tourné, c'était encore pire qu'avant. Il valait mieux qu'elle ne vienne plus. Quand elle appela pour prendre des nouvelles, ils répondirent que tout allait bien.

Sara croisa Neil à la grande conférence sur les sans-abri.

— Je suis heureuse que tout aille bien aux Beeches, commença-t-elle.

— C'est vrai, tout va bien ? Tant mieux.

— Vous n'y êtes pas passé récemment ?

— Non. Nous avions d'autres choses à régler. Ecoutez, je vais vous mettre au courant parce que vous étiez l'une des rares à savoir que Cathy était enceinte : elle a fait une fausse couche.

— Oh, je suis désolée.

— Oui, mais personne, aucun membre de la famille et encore moins les jumeaux, ne connaît la nouvelle. Alors, bien sûr...

— Je comprends.

— Dans un sens, évidemment... bredouilla Neil.

— Je sais, dans un sens, ce n'est pas plus mal, vu les circonstances ; ainsi, vous pouvez encore accepter ce poste à l'étranger.

— Je ne suis plus très sûr de vouloir partir.

— Quoi qu'il en soit, il y a encore tant de choses à faire dans ce pays ! observa Sara, ravie.

Elle le couva d'un regard ouvertement admiratif. Neil lui sourit. C'était bon de se sentir adulé...

Cathy avait décidé d'appeler les jumeaux. Arrivée devant le téléphone, elle hésita. La seule pensée de devoir parler à Kenneth Mitchell la fit changer d'avis. Elle se souvint de ses fiançailles avec Neil. Avait-elle vraiment essayé de plaire à des personnes aussi exécrables, de rallier à ses côtés Kenneth et Kay dans sa bataille contre Hannah ? Elle espérait de tout cœur que non. Cette guéguerre lui semblait aujourd'hui tellement lointaine, tellement dérisoire ! A quoi bon marquer des points contre sa belle-mère ? Neil avait raison sur ce point : elle avait été ridicule de chérir ces petites victoires âprement gagnées comme s'il s'agissait de précieux trophées. Elle appellerait les jumeaux après le mariage, lorsqu'elle aurait un peu de temps à leur consacrer.

Simon et Maud étaient assis à la table de la cuisine. Ils avaient mangé des sardines et des haricots en conserve froids : une association plutôt réussie. Ils avaient fermé le sac-poubelle et l'avaient porté jusqu'à la grille de la maison ; les éboueurs passeraient le lendemain. Ils récupérèrent un vieux journal pour le cas où ils devraient cirer leurs chaussures pour l'école. On y parlait d'importantes courses hippiques qui auraient lieu prochainement. Muttie leur avait dit qu'il les y emmènerait pour qu'ils découvrent l'ambiance d'une vraie course à la campagne. Ce serait formidable, avait-il ajouté. Mais depuis, plus rien. Il s'était sans doute lassé d'eux, comme tous les autres.

— Je n'arrive pas à comprendre pourquoi ces gamins ne nous donnent aucune nouvelle. Ils étaient tout le temps après nous, au mariage, s'étonna Muttie.

— Ils n'ont peut-être pas d'argent, suggéra Lizzie, qui ignorait tout du billet de cinq livres.

— Ils n'ont pas besoin d'argent pour décrocher le téléphone, rétorqua Muttie.

Ces cinq livres, il aurait aussi bien pu les placer sur un cheval dont il aimait l'allure générale — mais pas le galop. Un cheval qui avait gagné à trente contre un.

La fille de Stella O'Brien passa chez Scarlet Feather. Grande, le teint pâle, vingt-cinq ans environ... Son air arrogant et mécontent les refroidit d'emblée. Comme à peu près toutes les femmes qui franchissaient le seuil de Scarlet Feather, elle enveloppa Tom d'un regard admiratif, un petit sourire charmeur aux lèvres. Ce qui n'arrangea pas les choses.

— C'est surtout Cathy qui s'occupe de ce mariage ; c'est à elle que vous devriez vous adresser.

Tom leur apporta du café alors qu'elles s'installaient dans la pièce d'accueil. Puis, avec un soulagement mal dissimulé, il s'éclipsa.

Avant même que Cathy ait le temps d'ouvrir la bouche, la fameuse Melanie ouvrit le feu.

— Vous êtes informée, j'espère, que ma mère n'a pas d'argent.

— Tout comme nous, mademoiselle O'Brien, mais nous avons examiné le budget avec attention et votre maman et son fiancé ont paru satisfaits.

— Ce n'est pas le coût de vos prestations qui pose un problème.

— Qu'est-ce que c'est, alors ?

— Le nombre d'invités. Ma pauvre mère s'imagine que cinquante personnes vont venir la regarder épouser ce coureur d'héritage qu'elle a rencontré lors d'une partie de poker... Elle n'a plus toute sa raison et je crains qu'elle ne jette l'argent par les fenêtres.

— Elle nous a dit en effet qu'ils étaient encore incertains au sujet du nombre d'invités qui répondraient présents ; nous avons pris en compte ce détail.

— Foutaises ! Il y a là à peu près vingt-huit personnes conviées de notre côté et je peux vous assurer que huit, tout au plus, répondront à l'appel... J'ignore combien d'invitations il a lancées mais, d'après ce que j'ai entendu, sa famille n'est pas très chaude non plus.

L'envie soudaine de gifler Melanie O'Brien submergea Cathy. Au prix d'un effort, elle se ressaisit.

— Dieu du ciel ! Ne me dites pas que la famille de M. Clery n'est pas d'accord non plus... ?

— C'est pourtant ce que j'ai entendu.

— Pourquoi n'iriez-vous pas les voir ? suggéra Cathy.

— Je n'ai aucune envie d'avoir affaire à cette famille.

— C'est à l'argent de votre mère que je pensais. Si sa famille à lui ne vient pas et si la vôtre fait de même, vous avez raison de vouloir éviter un tel gaspillage.

Cathy prenait un gros risque, mais le jeu en valait la chandelle.

— Je ne sais même pas où ils habitent, marmonna Melanie.

— Je peux vous communiquer les coordonnées de M. Clery. D'après ce que j'ai compris, une de ses filles habite sous le même toit que lui.

— C'est très aimable de votre part, mademoiselle...

— Scarlet... Cathy Scarlet.

Il lui restait encore quarante secondes de bonne volonté.

— Simplement, je ne comprends pas trop pourquoi vous tenez tellement à m'aider, reprit Melanie O'Brien.

— J'apprécie beaucoup votre mère ; je ne voudrais pas la voir gaspiller autant d'argent pour des gens qui ne se donneront pas la peine de se déplacer. En outre, vous serez en mesure de me communiquer le nombre exact d'invités présents et nous reverrons le budget avec Mme O'Brien.

Tout en parlant, elle nota l'adresse de Sean Clery sur une carte de visite puis se hâta de raccompagner Melanie à la porte.

Quelques instants plus tard, elle pénétrait dans la cuisine.

— Donnez-moi quelque chose pour passer mes nerfs, vite ! hurla-t-elle.

June lui présenta le sac de linge propre qui rentrait du pressing et Cathy bourra de coups de poing torchons, nappes et serviettes de table avec une énergie extraordinaire.

— Je me sens mieux, déclara-t-elle finalement.

— C'était quoi, ce cirque ? s'enquit Tom.

— J'étais juste en train d'arranger le portrait de Melanie O'Brien sans courir le risque d'atterrir en prison, répondit Cathy, soulagée.

— Avons-nous le droit de savoir ce que tu lui as raconté ?

— Cette fois, j'ai pris un risque, Tom, et j'en assumerai pleinement les conséquences si ça ne marche pas.

— Tu ne veux pas nous donner un petit indice... Quel genre de risque as-tu pris, par exemple ?

Il la taquinait ; il n'était pas vraiment inquiet.

Cela dit, il ne savait pas ce qu'elle avait fait.

— Je préfère te laisser dans l'ignorance, répondit Cathy.

Joe Feather sortit le tapis de backgammon.

— Allez, papa, c'est l'heure de ta revanche.

— Ce jeu est stupide, bougonna Maura Feather. Je me demande bien pourquoi vous y jouez. Ça ressemble comme deux gouttes d'eau au jeu des petits chevaux pour les enfants.

— Non, pas du tout ; il faut être capable de deviner, d'anticiper et de miser. Je suis sûre que tu serais bonne à ce jeu-là, maman.

— Oh, que non !

— Allez, viens par là. Tu vas jouer contre papa. Je vais rester à côté de toi pour te guider.

Marmonnant entre ses dents, elle s'assit et la partie débuta. Les pensées de Joe vagabondèrent. Finalement, ce n'était pas si désagréable que ça de passer un peu de temps avec ses parents. Il avait pris l'habitude de leur rendre visite pour décharger un peu Tom puis il s'était senti obligé de continuer, tenaillé par un sentiment d'immense culpabilité au sujet de Marcella. Étonnamment, cela ne le dérangeait plus, à présent. Le temps s'écoulait plus rapidement et ses parents ne lui posaient aucune question sur sa vie privée. Qui s'avérait plutôt monacale ces derniers temps, et qui le resterait tant qu'il n'aurait pas récupéré l'argent que cet escroc lui avait extorqué. Mais il finirait bien par le rattraper, tôt ou tard. Hors de question que ce voyou lui file entre les doigts, foi de Joe Feather. D'après ses sources, il n'y avait rien à signaler dans le petit monde des mannequins, « de l'autre côté ». Une personne de sa connaissance avait croisé Marcella qui avait hâte de rentrer à Dublin.

Melanie prit rendez-vous avec Sheila, la fille cadette de Sean Clery. Toutes deux étaient à peu près du même âge. Elles convinrent que ce mariage était ridicule, voire grotesque, et que c'était la solitude infinie de leurs deux parents qui les avait poussés dans les bras l'un de l'autre.

— Pour quelle autre raison se serait-elle inscrite à ce club de poker ? fit Melanie d'un ton dédaigneux.

— Je croyais qu'il s'agissait d'un tournoi de whist, mais peu importe, dit Sheila.

— Et si on leur promettait d'être plus présents, de rester plus souvent auprès d'eux, croyez-vous qu'ils reviendraient sur leur décision ? demanda Melanie.

— Très franchement, je crois que c'est trop tard.

— Bon, très bien. Alors qu'avez-vous décidé : vous irez ou non ? trancha Melanie, désireuse de connaître le nombre d'invités exact.

— Je ne sais pas, sincèrement. Je ne suis pas encore décidée. Attention, je n'ai absolument rien contre votre mère ; je suis sûre que c'est une femme charmante. Mais mon père est quelqu'un de formidable et je ne voudrais surtout pas qu'il agisse sur un coup de tête.

— Si je comprends bien, il est fort possible que vous assistiez à ce mariage ?

— Eh bien, s'il va jusqu'au bout de sa décision, je sais que cela lui ferait plaisir de nous voir, alors il est très possible que nous y allions — à contrecœur, peut-être, mais nous y serons quand même. Et vous ?

— Je n'irai pas ; comme vous, je n'ai rien contre votre père mais je reste persuadée que ma mère n'a pas besoin de se remarier.

— Et votre frère ? s'enquit Sheila.

— Oh, lui, c'est un pur fils à maman, il ferait n'importe quoi pour être dans ses petits papiers.

— Donc, il sera présent à la cérémonie... ?

— Probablement, admit Melanie.

— Bon, si votre famille est présente, il est hors de question que nous laissions papa tout seul ce jour-là, décréta Sheila.

— Vous assisterez donc au mariage ?

— Pour éviter de le peiner, oui.

Le visage de Melanie s'assombrit.

— Et bien entendu, si vous y allez, le reste de la famille suivra forcément... Je veux parler des tantes, des oncles et de tous les autres.

— Désolée, Melanie, mais c'est vous qui avez posé la question en premier. Et je pense en effet qu'il est trop tard pour les dissuader de se marier, conclut Sheila.

Cathy passa aux Beeches.

— L'accord ne prévoyait pas ces visites incessantes, lâcha Kenneth Mitchell, glacial.

— Je suis venue voir mes cousins, serait-ce un crime, par hasard ?

— Ce ne sont pas vos cousins.

— Non, mais ce sont les cousins de mon mari, ce qui revient plus ou moins au même.

— C'est complètement différent, aboya Kenneth Mitchell.

— Comme vous voudrez. Toujours est-il que j'aimerais les voir.

— Je crains qu'ils ne soient pas là.

— Ah oui, vraiment ? Et où sont-ils ?

— Je n'en ai aucune idée.

Les pupilles de Cathy se rétrécirent.

— Cette fois, c'est vraiment de l'accord qu'il s'agit. Vous êtes censé savoir où ils vont à chaque fois qu'ils s'absentent.

— Très bien. Ils sont allés voir leur mère à l'hôpital.

— Pardon ? Elle est retournée à l'hôpital ?

— Ce n'est que temporaire. Elle rentre demain. Ils sont allés lui apporter des vêtements propres.

Cathy sortit son portable.

— Que faites-vous ?

— Ce que vous auriez dû faire, j'avertis Sara.

— C'est inutile.

— Quelle est l'adresse de l'hôpital ?

— Ça ne vous regarde pas.

— Je n'ai pas l'intention d'aller torturer votre femme. Je veux juste aller chercher les enfants, c'est tout.

— Ce n'est pas la peine, je les entends qui arrivent, fit Kenneth d'un ton ennuyé.

Cathy les trouva légèrement distants.

— Je suis désolée que votre mère ne se sente pas bien, déclara-t-elle.

— Ce n'est pas nous qui lui avons dit, fit Simon d'un ton penaud à l'adresse de son père.

— Pas un mot, confirma Maud.

— Mais enfin, vous devez nous avertir, Sara ou moi, quand des changements se produisent ici ; vous êtes suffisamment grands pour comprendre les termes de l'accord.

Ils baissèrent la tête.

— Si les enfants ne se sont pas manifestés, c'est parce qu'ils sont heureux comme ça, intervint Kenneth.

— Je dois tout de même avertir Sara. Cela fait partie de l'accord, Kenneth.

— Interférer, s'immiscer...

Incapables de supporter ça plus longtemps, les jumeaux sortirent dans le jardin. Cathy leur emboîta le pas. Ils s'assirent sur un banc à côté de l'abri de jardin.

— Tu comprends, c'est encore pire quand on parle, expliqua Simon.

— Et bien mieux si on se tait, renchérit Maud.

— Pourquoi est-ce que vous n'allez plus voir Muttie et sa femme Lizzie ? demanda Cathy, réprimant un sourire en utilisant la même expression que les jumeaux.

Ils posèrent sur elle un regard lourd de culpabilité. Finalement, elle parvint à leur arracher la vérité : ils n'avaient pas de quoi se payer le bus.

— Papa m'a dit qu'il vous avait envoyé un billet de cinq livres. Pourquoi ne vous en êtes-vous pas servis ?

— Un billet de cinq livres ?

— On n'a rien reçu, affirma Simon.

Ils échangèrent un regard. C'était beaucoup d'argent. Sans l'ombre d'un doute, Cathy sut qu'ils disaient la vérité. Ils n'avaient pas reçu ce billet. Elle ouvrit son sac à main.

— Il tenait à ce que vous l'ayez ; sans doute a-t-il été perdu.

Ils la dévisagèrent d'un air innocent. Ils avaient encore l'âge de croire qu'il arrivait souvent à la poste d'égarer des courriers.


— Ce sont de vrais pantins, n'est-ce pas ? fit Neil ce soir-là.

— Qui donc ?

Avec Neil, il fallait s'attendre à tout. Il aurait tout aussi bien pu traiter de pantin le gouvernement, la compagnie d'assurances, la bibliothèque de droit, les juges, la presse...

— Les demeurés des Beeches. Papa m'a dit que Walter avait volé l'ordinateur du bureau pour le cacher là-bas et Sara m'a raconté que les jumeaux ne recevaient plus leur argent de poche et s'alimentaient comme ils le pouvaient. Pour couronner le tout, Kay est retournée chez les dingues.

504

— Pas tout à fait, ce n'était qu'un simple check-up. Elle doit rentrer chez elle demain, si tout va bien.

— Quand même ! fit Neil, maussade.

A cet instant, Cathy eut envie de lui rappeler que c'était lui qui s'était démené comme un beau diable pour que la famille soit de nouveau réunie, lui qui avait insisté pour qu'ils soient rendus à leurs « parents biologiques » au lieu de continuer à vivre paisiblement entre St Jarlath's Crescent et Waterview. A quoi bon se battre à ce sujet ? De toute façon, le mal était fait. Cathy lui raconta néanmoins l'histoire du billet disparu.

— Ça ne m'étonnerait pas que cet abruti de Walter soit capable de sentir un billet à travers une enveloppe. Je suis sûr qu'il l'a empoché, conclut Neil.

Une vague de fureur s'abattit sur Cathy. Ce sale petit prétentieux avait fait main basse sur l'argent de Muttie ? D'accord, ce dernier ne l'avait peut-être pas gagné à la sueur de son front, mais Lizzie avait fait des ménages en échange de ce billet qui sommeillait à présent dans la poche d'un Mitchell... Un petit cri d'indignation franchit ses lèvres.

— Ça va ? s'enquit Neil.

— Désolée ; oui, ça va.

— Tu as repris ton travail trop tôt.

— Non. Je me sens bien là-bas ; nous sommes débordés, comme d'habitude, mais, au moins, ça m'évite de penser à certaines choses.

— A propos de « certaines choses »... commença Neil.

Cathy se raidit. Quel sujet allait-il aborder, maintenant ? Elle savait qu'il cherchait à bien faire, mais un rien suffisait à l'irriter, ces derniers temps. Il lui demanderait peut-être si elle se sentait de nouveau prête à faire l'amour, et la réponse serait non. Pas encore... oh non ! Ou bien il reprendrait l'éternel couplet de son travail qui l'épuisait et cela la rendrait folle. Il n'y avait qu'au travail, justement, qu'elle parvenait à contrôler ses émotions. Il existait une foule de choses qui la heurtaient, même si telle n'était pas son intention.

Ça ne se passait pas ainsi, auparavant.

— Laisse-moi te parler un peu du mariage que nous sommes en train d'organiser, reprit-elle.

Neil haussa les épaules. Elle lui raconta l'histoire de Stella et de Sean, mais il ne l'écoutait pas. Une expression polie, faussement attentive se lisait sur son visage alors qu'il était à mille lieues de là.

— A ton avis, comment dois-je m'y prendre ? demanda-t-elle tout à coup.

C'était mesquin, mais il fallait qu'elle sache s'il l'écoutait ou non.

— A quel sujet, exactement ?

— Pour la musique, répondit-elle avec un sourire, alors qu'elle n'avait pas encore abordé la question.

— Tu sauras que c'est la bonne à la minute même où tu l'entendras.

Pas étonnant qu'il fût un excellent avocat. Toujours prompt à rebondir.

— Tu as raison et tu as aussi raison en disant que je suis fatiguée. Je vais me coucher.

Elle demeura un long moment allongée sur son lit, les yeux grands ouverts. Personne ne l'avait prévenue que ce serait comme ça. Une sensation de vide intense.

— Cathy est en retard ce matin, remarqua June.

— Elle est allée chercher de la musique pour le mariage, répondit Tom.

— Elle est incroyable, non ? A sa place, je ne saurais pas comment m'y prendre.

— Je crois qu'elle ne le sait pas non plus. Elle m'a simplement dit qu'elle saurait quand elle l'entendrait.

— Ça va être super de travailler à la campagne. Si seulement on pouvait y rester un peu plus longtemps ! soupira June.

— Tu t'ennuierais à mourir, là-bas. Tu es une citadine dans l'âme, tu dépérirais comme un poisson qu'on sort de l'eau.

— Non, je ne crois pas. Avec Jimmy, on a déjà songé à partir s'installer à la campagne, tu sais. C'est vrai.

— Vous y avez songé trois minutes. Comment va-t-il, au fait ?

Le mari de June était toujours en repos forcé depuis sa chute.

— Il tourne comme un lion en cage. Plus vite je m'en trouverai un autre, mieux ce sera, ajouta-t-elle avec désinvolture. Il ne me prête plus aucune attention. Je lui ai dit l'autre jour que je pourrais très bien m'absenter pendant un mois ; quand je rentrerais, il me demanderait simplement si j'ai pensé à prendre du pain.

— Je suis sûr que tu exagères.

— Qu'est-ce que tu en sais ? Ce n'est pas toi qui t'es mariée à dix-sept ans. Nous n'avons pas profité de la vie, ni l'un ni l'autre, et maintenant, Jimmy a le dos en compote. Encore heureux que j'aie un boulot passionnant, moi.

Cathy descendit Grafton Street comme une somnambule. Elle s'était levée ce matin, tenaillée par un profond sentiment de culpabilité. Pourquoi se sentait-elle aussi mal ? Elle n'était pas responsable de cette fausse couche. Bien sûr que non. Alors pour quelle raison avait-elle l'impression qu'elle tournait le dos à tout le monde ? Si seulement elle disposait de davantage de temps libre... Elle obligerait Tom à prendre quelques jours de repos ; il semblait parfois au bout du rouleau. Elle passerait prendre sa mère et l'embarquerait pour une journée de shopping. Elle inviterait Geraldine chez Quentin et le déjeuner se prolongerait tout l'après-midi. Elle emmènerait les jumeaux et Galop en week-end chez Holly. Ils n'avaient jamais dormi dans une chambre d'hôtel, et les chiens étaient admis là-bas. Et Neil ? Que ferait-elle pour rendre Neil heureux ? Ce n'était pas aussi facile que pour les autres. Au même instant, elle entendit de la musique : des violons et des accordéons. Six hommes, un petit orchestre qui jouait dans la rue. Des réfugiés qui s'efforçaient de gagner un peu d'argent. Ils seraient parfaits dans la véranda de l'hôtel. Parfaits pour le repas de mariage. Elle s'adressa à Josef, celui qui parlait le mieux l'anglais, et entreprit de lui expliquer ce qu'elle désirait : des valses et de vieilles chansons d'amour.

— Nous n'avons pas de beaux vêtements pour jouer dans un hôtel à l'occasion d'un mariage, dit-il.

— Aucune importance. Est-ce que vous connaissez *A Kiss Is Just a Kiss* ?

Il parla au reste de l'orchestre et ils se mirent à jouer. Puis ils enchaînèrent sur *Smoke Gets In Your Eyes* et un pot-pourri de Strauss.

— Vous pourrez vous déplacer jusqu'à Wicklow ? s'enquit Cathy, osant à peine l'espérer.

Il s'avéra que quelqu'un possédait une fourgonnette.

— Vous serez parfaits, déclara-t-elle. Où puis-je vous joindre ?

Ils lui indiquèrent le nom et l'adresse d'un foyer et elle leur remit cinquante livres d'acompte.

— Comment pouvez-vous être sûre que nous n'allons pas empocher votre argent, ranger nos violons et disparaître avant le mariage ? Gardez votre argent.

— Et vous, comment pouvez-vous être sûrs que je ne suis pas une cinglée qui invente n'importe quoi pour passer le temps ? Gardez cet argent, je vous en prie.

Elle croisa les bras et s'éloigna, chantonnant à mi-voix les airs qu'ils venaient de jouer.

Shona l'interpella :

— Eh, on parle toute seule ! C'est bon signe !

— Pire, je chante ! Je suis mûre pour l'asile...


Deux jours avant le mariage, Melanie appela Cathy.

— Ma mère m'a dit que vous aviez loué un orchestre... C'est elle qui paie tout ça ?

— Sean et elle ont choisi cet orchestre de leur plein gré ; ils ont trouvé que c'était exactement ce qu'il leur fallait.

— Vous l'avez traînée dans un foyer de réfugiés pour lui faire écouter une poignée de parasites... Et vous lui demandez de payer pour que ces gens...

— Excusez-moi, Melanie, on sonne à la porte ; je vous reprends dans un instant.

Cathy se leva et fit trois fois le tour de la pièce avant d'aller trouver Tom.

— Désolée, Tom, je sens que je vais craquer. Il y a des gens qui ont l'art de me pousser à bout. Melanie prétend que l'orchestre est beaucoup trop cher... Pourrais-tu lui parler ?

— Non, non, non, Cathy !

— Je t'en supplie, Tom. Ta voix chaude et sensuelle suffira à l'apaiser, j'en suis sûre. Dis-lui un truc un peu sexy, et elle fondra comme les autres.

— Je te déteste, Cathy.

— Ça m'arrive souvent aussi, Tom, mais pour le bon fonctionnement de l'entreprise, je supporte pas mal de...

— Que lui as-tu dit ?

— Que quelqu'un sonnait à la porte.

Il souleva le combiné.

— Melanie O'Brien, comment allez-vous ? Cathy est retenue à la porte. Dites-moi ce que je peux faire pour vous, mais, avant tout, promettez-moi de me réserver une danse mercredi soir...

Cathy vit Tom faire semblant de caresser un petit animal.

— Espèce de comédien...

— Avoue quand même qu'il est excellent, remarqua June. La colère de cette folle est retombée comme par enchantement !


Le mardi, Maud appela Cathy.

— Excuse-moi, je ne veux surtout pas te retarder, commença la fillette.

— Tant mieux, je suis débordée. Alors dis-moi, que puis-je faire pour toi ?

— Tu n'as pas besoin qu'on vienne astiquer vos trésors ?

— Non, pas pour le moment, merci.

— Mais, Cathy, quand tu nous as donné le billet de cinq livres pour remplacer celui de Muttie, on est allés les voir, lui et sa femme Lizzie, et ils nous ont dit que vos trésors avaient été volés...

— C'est vrai, mais ne t'inquiète pas pour ça.

— Non, mais je me souviens simplement que tu aimais beaucoup ce truc en argent que tu appelais un saladier à punch.

— Oui, Maud ?

— Est-ce qu'il valait très cher ?

— Je ne sais pas, Maud, franchement. Maintenant, si tu n'as rien d'autre à...

— Parce que j'en ai vu un dans notre abri de jardin. Il est fermé à clé d'habitude mais j'ai pu y entrer aujourd'hui et j'ai pensé que ça te ferait peut-être plaisir d'avoir celui-ci pour remplacer le tien. Je pourrais peut-être demander à papa...

— Ne lui demande rien pour l'instant, Maud, je t'en prie. Nous avons énormément de travail ici, tu sais. Je te rappellerai, d'accord ?

— Tu as déjà dit ça une fois, et tu ne l'as jamais fait.

— Je t'en prie, Maud, ne commence pas... Je t'en supplie. Chaque seconde du temps qui passe nous est précieuse aujourd'hui.

— Désolée.

— Dès que ce mariage sera terminé, je passerai vous voir, promis juré. D'accord ?

— C'était qui ? demanda Tom.

— Maud. Je n'ai pas été très patiente mais elle n'arrêtait pas de me parler d'un saladier à punch.

— Quoi ?

— Elle dit qu'elle en a trouvé un dans l'abri de jardin des Beeches.

Leurs regards se rencontrèrent.

— Oh, mon Dieu ! murmura Cathy en plaquant une main sur sa bouche.

— Walter ! dit Tom au même moment.

Ce jour-là, tout sembla leur prendre deux fois plus de temps que d'habitude. Ils ne trouvèrent même pas cinq minutes pour explorer cette nouvelle piste.

— Je n'arrive pas à croire qu'il ait tout saccagé comme ça, fit Cathy.

— Tu le sais pourtant capable de voler, c'est dans sa nature.

— Peut-être avait-il un complice avec lui.

— Mais comment a-t-il réussi à entrer ? s'étonna Tom.

La discussion s'arrêta là. Le poissonnier les appela pour leur dire que la pêche de la nuit précédente avait été mauvaise ; il ne pouvait pas leur livrer les poissons qu'ils avaient commandés. Tom et Cathy furent obligés de repenser le superbe plat qu'ils avaient prévu en entrée. Tom ayant oublié de demander au boucher de couper la viande en petits dés, ils passèrent une demi-heure à le faire. Cathy avait commandé le gâteau de mariage, mais le pâtissier refusa de le livrer à Wicklow. Ils assuraient la livraison, certes, mais uniquement dans Dublin, expliqua-t-il d'un ton sec. Conrad souffrait d'une rage de dent et dut partir chez le dentiste. June leur annonça que son mari lui avait fait un scandale, insistant pour qu'elle soit de retour avant minuit. Si Tom ou Cathy pouvait l'appeler pour lui expliquer que Wicklow n'était pas la porte à côté et qu'on ne savait jamais à quelle heure un mariage pouvait se terminer... Lucy leur raconta qu'elle s'était disputée avec ses parents, qui lui avaient demandé s'ils lui payaient des études à l'université pour qu'elle devienne serveuse.

Ils avaient fermement insisté pour qu'elle se concentre davantage sur ses cours et qu'elle travaille moins souvent pour Scarlet Feather. Des personnes qui ne téléphonaient jamais en temps normal choisirent ce jour précis pour se manifester. Joe Feather appela Tom et lui demanda s'il voulait se joindre à lui ce soir-là pour passer à tabac le petit escroc qui lui avait volé sa marchandise. Lizzie leur annonça que les photos du mariage de Marian étaient arrivées et qu'elles étaient magnifiques. Voulaient-ils qu'elle passe les leur montrer ? James Byrne leur notifia un rappel concernant une facture qu'ils pensaient avoir acquittée et ils durent vérifier dans leur registre. Neil voulut savoir quel soir conviendrait le mieux pour inviter le responsable de Bruxelles à dîner. Cathy suggéra d'aller dîner au restaurant, songeant, sans oser le dire, que ça la changerait un peu, elle qui passait son temps à faire la cuisine. Elle n'eut pas le temps de lui parler de Walter et de cette histoire de saladier en argent.

Tom se rendit directement à l'hôtel avec les autres. En chemin, il déposa Cathy à l'église. Elle portait un chapeau qu'elle avait emprunté à Geraldine pour l'occasion, et quelques fleurs au revers de sa veste. La petite foule n'avait rien d'engageant. Deux groupes distincts parlaient entre eux sur le parvis de l'église, se coulant de temps en temps des regards furtifs. Cathy se dirigea vers le petit groupe dont Melanie O'Brien ne faisait pas partie. C'était la famille de Sean Clery, sur son trente et un. Elle interrompit chuchotements et hochements de tête, et se présenta d'un ton enjoué, prenant soin de retenir quelques noms. Habilement, elle réussit à réunir les deux groupes et procéda aux présentations. L'enthousiasme n'était pas de mise, mais comment résister à cette jeune femme coiffée d'un élégant chapeau qui les forçait plus ou moins à se serrer la main ? Sean arriva enfin. Il n'y eut pas d'embrassade, tout au plus de vagues salutations avant qu'il s'engouffre dans l'église, rayonnant de bonheur. Cathy eut envie de les secouer violemment. Stella fit son apparition ; elle était ravissante dans une robe bleu et gris argent assortie d'une veste dans les mêmes tons. Un petit chapeau bleu et de grosses boucles d'oreilles en argent complétaient sa tenue. Cathy sentit une boule lui nouer la gorge en contemplant cette femme adorable et généreuse qui ne craignait pas de dépenser toutes ses économies pour recevoir dignement sa famille et ses amis. Le regard de la jeune femme glissa sur Melanie la mégère, qui n'avait fait aucun effort vestimentaire pour l'occasion, et elle se jura de faire tout ce qui était en son pouvoir pour que cette journée soit mémorable pour Stella et Sean.

Tom maîtrisait la situation à la perfection quand ils arrivèrent chez Holly. Des flûtes de champagne accueillirent les invités dès qu'ils entrèrent dans la salle.

— Comment ça s'est passé, à l'église ? souffla-t-il.

— C'était un peu morne. L'orchestre est arrivé ?

— Oui... ils font un peu décalés.

— Tu ne les as pas entendus jouer.

— C'est vrai. A ce train-là, personne ne les entendra. Il faudrait que tu ailles leur parler, d'accord ? J'ai le chic pour tomber sur ceux qui ne parlent pas un mot d'anglais.

— Raciste. Tu parles leur langue, toi ?

— Je ne sais pas. C'est quoi, leur langue ?

— Aucune idée. Très bien, je vais parler à Josef, lança-t-elle avec entrain.

— Cathy ?

— Quoi encore ?

— Enlève-moi ce chapeau et enfile ton tablier. Tu es censée te mettre au boulot, au cas où tu l'aurais oublié, plaisanta-t-il.

Josef connaissait bien les repas de mariage. Dans une autre vie, il avait travaillé dans un hôtel, raconta-t-il à Cathy.

— Ce mariage-là aura besoin de tout votre soutien, vous comprenez ?

— Vous voulez dire que la musique comblera les blancs dans la conversation au début, c'est ça ? suggéra Josef.

— Espérons que ce ne sera qu'au début, répondit Cathy.

Ignorant jusqu'au bout le nombre exact d'invités, Cathy et Tom avaient opté pour un buffet avec un plan de table libre. Le groupe de Sean s'installa à une extrémité, celui de Stella à une autre. Lucy et Conrad entreprirent de servir le vin généreusement mais se heurtèrent à des mains plaquées sur les verres. Ils entendirent même l'une des filles de Sean déclarer qu'elle n'avait aucune envie de s'enivrer devant l'autre famille ; ils seraient trop heureux de la voir dans cet état... Tous mangèrent de bon appétit, lâchant à contrecœur des compliments sur les plats et demandant à être resservis. Les mazurkas, les polkas et les autres airs joués par l'orchestre de Josef dissimulèrent avec brio le manque d'entrain ambiant. Heureux que tout le monde soit venu, Stella et Sean paraissaient indifférents à la tension qui planait sur la salle. Naïfs et bons par nature, ils croyaient simplement que tous étaient venus leur souhaiter beaucoup de bonheur. De retour des toilettes, Lucy leur rapporta que certains avaient l'intention de s'éclipser avant le début des discours. Tom s'empressa alors de les rassembler autour du gâteau et l'orchestre joua un air de fanfare. Sean s'éclaircit la gorge.

— A la mort de ma femme Helen, et à la mort de Michael, le mari de Stella, nous pensions tous deux que nos vies s'arrêteraient là. Mais une seconde chance s'est présentée à nous. Bien sûr, ce sera différent. Personne ne pourra jamais remplacer Helen et Michael, personne n'en a l'intention, mais nous aimerions vous remercier d'être venus aujourd'hui partager avec nous le bonheur que nous avons eu dans le passé et le bonheur que l'avenir nous promet. Cette journée ne signifierait rien pour nous si les enfants, les parents et les amis de Helen et de Michael n'étaient pas venus nous entourer de leur affection. En guise de conclusion, je vous demanderai de porter un toast à l'amitié et à l'avenir et de nous rejoindre sur la piste de danse.

De vagues murmures parcoururent l'assistance. L'orchestre entama une valse lente et Josef invita le reste des convives à danser, avec de grands gestes expansifs. Sean entraîna Stella sur la piste. Là, les invités auraient dû applaudir et échanger des sourires heureux. Mais personne ne les suivit. Stella essaya de les encourager.

— Ne les suppliez pas, ne les suppliez pas, murmura Cathy sans même se rendre compte qu'elle avait parlé à voix haute.

— Retire ton tablier, ordonna Tom.

Il se débarrassa du sweat-shirt Scarlet Feather qu'il portait par-dessus sa chemise blanche et l'entraîna sur la piste. Josef et ses compères avaient joué quelque chose qui ressemblait à *Tennessee Waltz* et entamaient à présent ce qui devait être *Sailing Along on Moonlight Bay*. C'était la première fois que Cathy dansait avec Tom. Elle avait oublié qu'il était aussi grand. Quand elle dansait avec Neil, ils étaient de la même taille. Tom sentait bon le savon.

— Je n'ose pas regarder, est-ce que quelqu'un a suivi notre exemple ? marmonna-t-elle contre son torse.

— Lucy et Conrad, là-bas. Bon, je crois qu'il est temps de changer de cavalière.

Il la lâcha brusquement et fondit sur Melanie O'Brien.

— Melanie... vous m'aviez promis, susurra-t-il dans un sourire enjôleur.

Melanie se leva et accepta la main qu'il lui tendait. Cathy avait jeté son dévolu sur un ami de Sean, un homme au visage rubicond. June les avait rejoints et força le fils de Stella à se lever, Conrad et Lucy se séparèrent à leur tour pour inviter d'autres personnes. Devant tant de détermination, personne n'osa refuser de danser. Le miracle se produisit, petit à petit, mais il se produisit. Ils avaient réussi à les entraîner tous sur la piste de danse. Tom dansa avec la mariée. Stella le gratifia d'un sourire éblouissant.

— Je ne vous remercierai jamais assez. Vous avez été encore plus merveilleux qu'un fils et une fille pour moi. Tout ce que je vous souhaite, c'est d'avoir de beaux enfants quand le moment sera venu.

Elle jeta un coup d'œil en direction de Cathy, qui dansait encore avec l'homme au visage empourpré. Comme beaucoup de gens, elle croyait que Tom et Cathy formaient un couple.

— Cathy est mariée à un avocat, rectifia Tom. Quant à moi... eh bien, je cherche toujours.

— Oh oui, c'est vrai, s'excusa Stella en se souvenant brusquement de la belle jeune fille de l'institut de beauté. J'espère de tout mon cœur que vous trouverez une femme formidable.

— Et moi, j'espère être aussi heureux que vous et Sean... Le jour de mon mariage, j'aurai une pensée émue pour cette belle journée mais, pour le moment, je vais devoir vous rendre à votre époux et retourner travailler.

Il servit le gâteau, remplit les verres et nota au passage que les conversations s'étaient nouées sur la piste de danse. Ce ne serait pas la fête de l'année, mais le froid glacial, le terrible silence qui enveloppaient la salle quand les nouveaux époux avaient commencé à danser s'étaient dissipés. Il laissa échapper un soupir de soulagement. Si les gens prenaient congé maintenant, cela n'aurait rien d'embarrassant. Mais, bien sûr, personne ne songeait plus à partir. Ils convinrent d'augmenter le cachet de Josef et de son orchestre puisqu'ils avaient déjà dépassé d'une heure le temps fixé. Ils procédèrent à leur habituel rangement discret, débarrassant les serviettes, les couverts et les tasses à café vides. Les invités commencèrent à s'en aller. Tom décida d'avancer la camionnette près de la porte de la cuisine. Elle refusa de démarrer. Le moteur ne broncha pas. Ils essayèrent avec des câbles de batterie. Sans plus de succès. Le premier garage se trouvait à des kilomètres. Tom prit les choses en main : Josef et son orchestre raccompagneraient June chez elle.

— C'est ma fête, ou quoi ? J'ai toujours rêvé de prendre la route avec un orchestre ! s'écria June, aux anges.

Lucy rentrerait avec Conrad, à moto ; l'idée plut également à la jeune fille. Holly s'affairait en coulisse, supervisant les départs. Elle ne tarissait pas d'éloges sur l'état de la cuisine, propre et impeccablement rangée, et les remercia vivement pour les plateaux de nourriture qu'ils avaient rangés dans le réfrigérateur de l'hôtel. Tom s'assura que les nouveaux époux ne soupçonnaient rien de leurs tracas. Puis il rejoignit Cathy en cuisine et, ensemble, ils sirotèrent un verre de vin pour se remonter le moral.

— Mes enfants, vous êtes des exemples pour la profession, déclara Holly. Si jamais vous souhaitez renouveler l'expérience, je me tiens à votre entière disposition. Je ne pourrai jamais vous dire à quel...

— Ne nous félicitez pas trop tôt, mademoiselle Holly, coupa Tom. Notre véhicule ne veut pas démarrer, nous allons être obligés de passer la nuit ici. Je suis sincèrement désolé, c'est la première fois que ça nous arrive...

— Ne vous tracassez pas, vous êtes au bon endroit, j'ai plusieurs chambres libres en ce moment. Vous n'aurez qu'à prendre les clés sur le tableau, à la réception.

Il faisait partie du charme de l'hôtel, ce tableau désuet avec les clés ornées de gros glands de différentes couleurs.

— Voulez-vous vous joindre à nous pour un dernier verre, mademoiselle Holly ?

— Non, je suis déjà suffisamment énervée avec tout ça, je ferais mieux d'aller me coucher. Restez aussi longtemps que vous le souhaitez ; vous avez besoin de vous détendre, lança-t-elle avant de regagner son appartement.

Tom et Cathy soufflèrent un peu, attablés dans la cuisine. Ils parlèrent et débouchèrent une autre bouteille. Ils pourraient prospecter de nouveaux clients, maintenant qu'ils disposaient d'un endroit comme celui-ci pour organiser les mariages. Ils demanderaient à Ricky de venir prendre des photos avant que les feuilles commencent à tomber. Ils envisagèrent de donner des cours de cuisine chez Scarlet Feather le mercredi après-midi, et aussi de préparer des plats surgelés qu'ils pourraient vendre dans leurs locaux ou peut-être même commercialiser dans les grands magasins. Tom appellerait Haywards tôt le lendemain matin afin que ses pains soient sortis à temps du congélateur. Heureusement qu'il avait songé à mettre au point cette solution de secours !

— Il faut que je téléphone à Neil, dit Cathy en sortant son portable.

Tom se leva pour la laisser seule mais elle lui fit signe de se rasseoir. C'était le répondeur.

— Neil, tu ne le croiras jamais, mais la camionnette refuse de démarrer... Je suis donc obligée de passer la nuit ici, chez Holly. Je ne sais pas encore à quelle heure nous reprendrons la route demain mais, de toute façon, je te tiendrai au courant. J'espère que tout va bien ; il est tard et tu n'es toujours pas rentré... J'imagine que ta réunion s'est prolongée un peu. Au fait, le mariage s'est bien passé. Je t'aime. A plus tard.

— Vous êtes très indépendants, tous les deux, remarqua Tom avec une pointe d'envie dans la voix.

— Ça marche bien comme ça, enfin ça marchait bien, mais en ce moment les choses semblent se compliquer un peu. Il aimerait que nous partions en vacances tous les deux.

— Vas-y.

— Pas question. Aurais-tu déjà oublié de quoi nous parlions ? Nous sommes surchargés de travail. Cela dit, j'aimerais vraiment que tu t'accordes bientôt quelques jours de repos mais je serais folle de rage si tu décidais de partir en vacances, je parle de vraies vacances.

— Message reçu, je ne te lâcherai pas, déclara Tom en souriant.

— Buvons un dernier verre !

— D'accord, et c'est la gueule de bois assurée pour demain matin... mais tant pis !

— Allons le boire dans la chambre.

Ils décrochèrent une clé du tableau et, pouffant comme deux écoliers, ouvrirent la porte de leur chambre. Cathy se posta devant un des deux lits, enleva ses chaussures et s'allongea.

— On devrait toujours avoir un petit carnet sur nous pour noter tout ça, lança-t-elle en le regardant. On ne se souviendra de rien demain matin.

— Pour noter quoi ?

Tom s'assit sur l'autre lit et emplit les verres.

— Fais attention de ne pas en renverser, Cathy, tu es complètement saoule.

— Alors que toi, bien sûr, tu as sucé de la glace. Un petit carnet pour noter toutes nos idées, poursuivit-elle, les cours de cuisine du mercredi, les plats surgelés, tout ça.

Elle posa le verre à côté d'elle et s'endormit aussitôt. Comme un enfant... ou comme un chiot. Une minute plus tôt, elle parlait encore de tout noter sur un carnet et elle dormait maintenant à poings fermés. Tom la couvrit d'un édredon. Il songea un instant à descendre chercher une autre clé pour s'installer dans la chambre voisine. Mais c'était une histoire de quatre petites heures. Il s'allongea sur l'autre lit et s'endormit quelques minutes plus tard.

Walter Mitchell ne parvenait pas à trouver le sommeil. Ces idiots de jumeaux avaient appelé Cathy Scarlet pour lui annoncer qu'ils avaient découvert la moitié de ses objets volés dans l'abri de jardin des Beeches. Il n'arrivait toujours pas à y croire. Il avait surpris Maud en train de farfouiller partout. Cette dernière lui avait raconté une histoire à dormir debout... Cathy devait leur rendre visite après un repas de mariage et la fillette voulait voir si d'autres choses pourraient lui être utiles. Cathy et Tom, les pauvres, avaient été cambriolés par de méchants vandales qui étaient entrés dans...

« Je vous avais demandé de ne jamais entrer dans mon abri, vous aviez promis d'obéir. Mais voilà, vous êtes de sales petits menteurs, pas étonnant que personne ne veuille de vous !

— C'est faux, certaines personnes veulent de nous, avait protesté Simon.

— Qui, par exemple ?

— Muttie et sa femme.

— Ils n'ont plus envie de vous recevoir chez eux, avait raillé Walter.

— Si, c'est Cathy qui nous l'a dit. Muttie nous avait envoyé un billet de cinq livres pour qu'on puisse prendre le bus, mais il n'est jamais arrivé. Et il nous emmène aux courses pour notre anniversaire, avait expliqué Maud, piquée au vif.

— Vous avez dit à Cathy que vous aviez fouillé dans mon abri ?

— Je lui ai dit que j'avais vu un saladier à punch qui ressemblait beaucoup à celui qui faisait partie de ses trésors.

Walter avait blêmi.

— Et qu'a-t-elle répondu ? Tu ferais mieux de me le dire, petite idiote, avant que je sois obligé de te tirer les vers du nez.

Maud avait été terrifiée.

— Elle n'a rien répondu, elle a simplement dit qu'elle viendrait nous avoir après le mariage.

— Filez tout de suite dans vos chambres. Je quitte cette maison. Je ne peux plus supporter votre présence, sales petits menteurs ! Vous ne savez faire que ça, fourrer votre nez dans les affaires des autres. Pas étonnant que personne ne vous aime.

— Mais...

Walter avait disparu. Jetant un coup d'œil par la porte, ils l'avaient aperçu qui préparait une valise dans sa chambre. Puis il était sorti dans le jardin. Par la fenêtre, les jumeaux l'avaient vu entasser des objets dans de grands sacs en plastique noirs. Un taxi s'était arrêté devant la maison et il avait enfourné ses sacs dans le coffre. Il partait pour de bon. Leur père avait appelé peu de temps après. Il avait croisé le vieux Barty et rentrerait tard ce soir-là, ou peut-être tôt le lendemain matin. Inutile de lancer un avis de recherche.

— Tu rentres vraiment demain ? avait demandé Simon.

— Tu es le gosse le plus fatigant que j'aie jamais rencontré, avait répondu Kenneth Mitchell avant de raccrocher.

— Walter a raison. Personne ne nous aime. Absolument personne. »

Le lendemain, Kenneth Mitchell rentra à l'aube du club de Barty. Il avait dormi quelques heures dans un fauteuil et se sentait déjà beaucoup mieux. Il trouva un mot sur la table de la cuisine : « Nous avons décidé de partir. Au revoir. Maud et Simon. »

Il appela Jock, qui fut très mécontent de se faire réveiller à sept heures du matin.

— Demande à Neil et à Cathy, ils sauront te renseigner, dit-il avant de raccrocher.

Neil écouta le récit confus d'une oreille agacée.

— Ne devrais-tu pas prévenir Sara ? suggéra-t-il.

— Je préférais en parler d'abord à la famille.

— Très bien, je vais appeler Cathy. Walter n'est au courant de rien ?

— On dirait qu'il est parti, lui aussi, avoua Kenneth Mitchell.

Betty était de service à l'hôtel. Ces jeunes gens avaient laissé l'endroit encore plus propre qu'avant leur passage. Et tous ces plats appétissants qui emplissaient le réfrigérateur... Vraiment, ils étaient épatants. Le téléphone sonna et elle alla répondre. Il était encore tôt pour l'hôtel. C'était ce charmant jeune homme, Neil Mitchell, qui désirait parler à sa femme. Apparemment, la camionnette était en panne et elle avait passé la nuit ici.

— Oh, je ne comprenais pas pourquoi cette fourgonnette était encore là. Attendez un instant, monsieur Mitchell, elle doit être dans la chambre 9. Je transfère l'appel.

Neil attendit. On décrocha enfin.

— Allô, fit une voix d'homme.

C'était Tom Feather.

— Allô ? C'est bien la chambre 9 ? demanda Neil, surpris.

— Oui, c'est ça, qui est à l'appareil ?

Tom avait mal à la tête. Il s'était réveillé avec une heure de retard sur son planning et il lui fallait encore dénicher un mécanicien, faire réparer la camionnette et regagner Dublin. Qui le dérangerait à cette heure-ci ?

— J'aimerais parler à Cathy, répondit la voix.

C'était Neil. Tom se réveilla d'un coup.

— Bon sang, Neil, on n'a vraiment pas eu de chance hier soir, avec cette fichue camionnette qui nous a lâchement trahis...

Tout en parlant, il entreprit de secouer Cathy, qui dormait encore dans le lit voisin.

— Oui, je sais. Cathy a laissé un message sur le répondeur. Où est-elle, au fait ? J'ai demandé sa chambre.

— Oh, elle est en bas, elle range un peu la camionnette. Je suis monté récupérer son portable, elle l'avait laissé dans la chambre. Je crois qu'elle voulait t'appeler.

— J'ai essayé de la joindre sur son portable. Elle l'a coupé.

— En fait, j'ai l'impression que la batterie est déchargée. Enfin, peu importe. Veux-tu que je lui dise de te rappeler d'un poste fixe ?

Il essayait de gagner du temps. Cathy s'était assise et semblait avoir retrouvé ses esprits.

— Non, il y a un petit problème ici. Je vais attendre un peu, à moins que tu ne renvoies l'appel à la réception... ?

— Non ! Non, Neil, attends, je la vois qui monte l'escalier. Cathy, Cathy ! J'ai trouvé ton téléphone, mais il n'a plus de batterie... Neil est au bout du fil, tiens, je te le passe.

A son grand soulagement, Cathy comprit aussitôt la situation.

— Désolée, Neil, je suis un peu essoufflée. Tout va bien ?

Il lui livra les dernières nouvelles.

— Neil, je suis coincée en pleine campagne, pourquoi ne préviens-tu pas Sara ?

— Et tes parents ?

— Ils auraient aussitôt prévenu quelqu'un si les enfants s'étaient réfugiés à St Jarlath's Crescent, mais appelle-les quand même, s'il te plaît, Neil.

— Et bien sûr Walter reste introuvable le jour où on aurait besoin de lui.

— Neil, je n'ai pas eu le temps de t'en parler hier. Je crois que Walter fait partie des vandales qui ont cambriolé nos locaux. Maud a repéré quelque chose dans l'abri de jardin des Beeches, il faut aller vérifier. Ils cachent peut-être du matériel là-dedans. Ecoute, je vais recharger mon téléphone et je te rappellerai pour avoir des nouvelles.

Elle raccrocha. Ils se dévisagèrent.

— Tu as réagi au quart de tour, fit Cathy.

— Tu as tout compris au quart de tour, répondit Tom.

— Ce n'était pas vraiment nécessaire, tu sais, tu aurais pu dire la vérité. Neil aurait compris.

— Je sais, mais c'était plus facile comme ça.

— Tu as raison. Pas d'explications à n'en plus finir. Mon Dieu, je me sens affreuse ! Et je suis affreuse ! cria Cathy en apercevant son reflet dans le miroir de la salle de bains.

— Qu'est-il arrivé aux jumeaux ?

— Ils ont fait une fugue. Il y a trois cent soixante-cinq jours dans une année, mais, bien entendu, ils choisissent précisément celui-ci.

Et la journée ne faisait que commencer. Après avoir rangé la chambre et s'être débarbouillés rapidement, ils ouvrirent la porte. Betty était dans le couloir, apportant le petit déjeuner aux mariés de la chambre 12. Elle s'immobilisa en les voyant. Betty, qui avait entendu Cathy et son époux parler du bébé qu'elle attendait un mois plus tôt, fut terriblement choquée. Holly leur sembla aussi beaucoup moins avenante ce matin-là. On avait dû lui répéter qu'ils avaient dormi dans la même chambre.

Ils passèrent la matinée à négocier avec les garages des environs. Finalement, la panne fut identifiée, la pièce trouvée. Cathy appela Neil à la bibliothèque de droit.

— Aucune nouvelle, Sara est morte d'inquiétude. Pourrais-tu l'appeler ? Je crois qu'elle aimerait te parler de Walter.

— Mes parents sont au courant ?

— Tout le quartier est en train de passer les berges du canal au peigne fin, bâton à la main.

— Tu plaisantes ?

— A peine. Tout va bien, Cathy ? Je ne te sens pas très en forme.

— Il nous reste tellement de choses à faire !

— C'est nous qui avons choisi cela. Je t'ai proposé de partir en vacances.

— On en a déjà parlé...

— Non, on a seulement évoqué l'idée de...

— Je te rappelle plus tard, coupa-t-elle avant de raccrocher.

Ils regagnèrent Dublin en début d'après-midi, peu disposés à écouter June leur raconter à quel point elle s'était amusée avec l'orchestre ou Lucy leur parler du savon que ses parents lui avaient passé en la voyant arriver à moto, accrochée à un jeune homme. Ils n'avaient pas le temps de répondre aux questions de James Byrne concernant le dernier rappel. Pas le temps d'écouter Hannah Mitchell se répandre sur une lettre en provenance du Canada, ni de rappeler Peter Murphy qui souhaitait organiser un grand cocktail dans le simple but de narguer Geraldine. Ils n'avaient aucune envie de savoir dans quelle partie du monde Freddie Flynn avait acheté ses dernières villas, aucune envie de parler avec Shay et Molly Hayes du bal qu'ils souhaitaient donner pour Halloween. Et pourtant, ils furent bien obligés de faire tout cela parce que c'était leur travail. La journée touchait à sa fin lorsque les deux téléphones sonnèrent en même temps. Cathy jeta à Tom un regard las.

— Pourquoi ai-je l'impression que ce sont des nouvelles qu'on n'a pas du tout envie d'entendre ? lança-t-elle en décrochant le combiné le plus proche.

— Ne raccroche pas, Cathy, c'est Marcella. Je t'en prie, dis à Tom qu'il faut que je lui parle.

De son côté, Tom écoutait Sara lui annoncer qu'elle avait prévenu la police. A l'évidence, Maud et Simon s'apprêtaient à passer une autre nuit dans la rue. Tout le monde se faisait un sang d'encre.

# 10

## OCTOBRE

Simon et Maud envisagèrent de téléphoner à Muttie et à sa femme Lizzie. S'ils leur avaient vraiment envoyé un billet de cinq livres qui s'était volatilisé, ils n'étaient pas aussi hostiles que les autres. Ils tombèrent sur Lizzie, qui resta évasive lorsqu'ils voulurent parler à Muttie. Il avait dû s'absenter. C'était étonnant. Muttie ne quittait jamais sa maison. Et sa promesse pour leur anniversaire ?

— Il ne refuse pas de nous parler, quand même ? demanda Maud.

— Enfin, ma chérie, pourquoi ferait-il une chose pareille ? répondit Lizzie.

C'était rassurant, mais ce n'était pas une réponse claire et précise.

Simon la remercia pour le billet de cinq livres.

— C'était très gentil de votre part, c'était important pour nous, déclara-t-il.

Lizzie leur répondit qu'ils devaient faire erreur ; Muttie et elle ne leur avaient pas envoyé d'argent. Ils lui expliquèrent alors que le premier billet s'était perdu en route et que Cathy leur en avait donné un autre pour le remplacer.

— Oh, vous devez vous tromper.

— Désolé, Lizzie, murmura poliment Simon. Tu sais quand Muttie sera de retour ?

— Difficile à dire, dans un jour ou deux, je pense.

— Elle ment, affirma Maud quand ils eurent raccroché.

— Muttie ne va jamais nulle part...

— Sauf aux courses.

Muttie avait passé la nuit à l'hôpital... Un problème embarrassant concernant ses parties intimes, minutieusement examinées par une bande de jeunes médecins. Il ne souhaitait pas en parler et ne voulait surtout pas que la nouvelle s'ébruite. Lizzie avait reçu l'ordre de dire qu'il avait dû s'absenter quelques jours pour régler une affaire. Lorsqu'il rentra chez lui, c'était la panique totale. Les jumeaux avaient disparu. Folle d'inquiétude, Sara était en train d'interroger Lizzie. Et la pauvre Lizzie décortiquait chaque mot de la conversation téléphonique qu'elle avait eue avec eux.

— Comment aurais-je pu deviner qu'ils feraient une chose pareille... ? Ils nous répétaient sans cesse qu'ils allaient bien, je croyais qu'ils en avaient assez de venir ici... Vraiment, je n'ai rien remarqué d'anormal. Ils m'ont parlé de choses que je ne comprenais pas, en me remerciant pour un billet de cinq livres qu'on ne leur a jamais envoyé.

La journée avait été longue et éprouvante, tout le monde s'interrogeait, s'étonnait, se souvenait de certains détails, émettait des hypothèses. Ils avaient lu et relu le petit mot trouvé dans la niche : « Nous emmenons Galop avec nous », dans l'espoir d'y trouver un indice. Sans succès. Les camarades d'école des jumeaux ne leur furent d'aucune aide. Chaque phrase prononcée par Kenneth Mitchell trahissait son ignorance du quotidien de ses propres enfants. Walter ne s'était toujours pas manifesté. Il n'était pas allé travailler, aussi supposait-on que les jumeaux se trouvaient avec lui. Kay, que l'activité bourdonnante avait ramenée à la raison, protesta : non, c'était impossible, Walter était parti plus tôt en taxi avec un tas de sacs en plastique noirs. Mais personne ne la considérait comme un témoin fiable et on ne prêta pas attention à ce détail. Quand la police fut alertée, et Maud et Simon officiellement déclarés disparus, Muttie avait déjà prévenu bon nombre de ses « associés », qui s'engagèrent à les aider à retrouver les enfants. Ces derniers avaient probablement visité le quartier après vingt-deux heures, quand Lizzie était allée se coucher. Les voisins qui connaissaient Maud et Simon furent réunis dans la petite maison de St Jarlath's

Crescent. Chaque coup de téléphone les faisait sursauter. Cette fois, c'était Cathy : elle arrivait. Pour la première fois de la journée, Muttie se détendit. Cathy trouverait forcément une solution.

— Il faut que j'aille là-bas, annonça Cathy.
— Prends la camionnette et file.
— Peux-tu rappeler Marcella ? lança-t-elle d'un ton trop désinvolte.
— Pardon ?
— J'ai noté son numéro, elle attend ton coup de fil.
— Merci, mais je n'ai aucune envie de lui parler.
— Elle pleurait, Tom, je lui ai promis de faire de mon mieux.
— Et tu l'as fait, répliqua Tom, glacial.
— Je ne peux pas la laisser en larmes dans une cabine téléphonique, à guetter ton appel...
— Merci, Cathy, prends les clés et cesse de t'inquiéter. Tu vas voir, ils vont arriver comme des fleurs, avec une explication invraisemblable.
— Dans une rue, Tom, en plein Londres, elle mérite tout de même mieux que ça...
Il tourna les talons. Cathy composa le numéro.
— Tom !
La joie qui teintait la voix de Marcella la bouleversa.
— Non, Marcella, je suis désolée. C'est encore Cathy. J'ai transmis ton message à Tom mais il ne t'appellera pas. Non, je ne sais pas pourquoi, mais je ne voulais pas que tu attendes indéfiniment.
Il y eut un silence.
— Pourquoi refuse-t-il de me parler ? hoqueta Marcella.
— Je suis navrée, murmura Cathy avant de raccrocher.
Elle partit sans accorder le moindre regard à Tom.

— Tout est ma faute, j'ai été si sèche avec cette pauvre Maud ! sanglotait Cathy, penchée sur la table de la cuisine. Je n'arrêtais pas de lui dire de se dépêcher, que je n'avais pas de temps à perdre...
Autour d'elle, tout le monde était stupéfait. Ce n'était pas la Cathy qu'ils connaissaient. Lizzie, Geraldine, Muttie et Sara échangeaient des regards d'impuissance.

— Le pire de tout, c'est qu'elle était adorable. Elle voulait m'offrir un saladier à punch qu'elle avait vu dans l'abri de jardin des Beeches, sans savoir qu'il avait été dérobé par son vaurien de frère.

— Simon ? intervint Muttie, perplexe.

— Non : Walter. Il semblerait qu'il ait caché toutes nos affaires dans cet abri de jardin.

Sara se pencha en avant.

— Vous voulez dire que ce serait lui, votre cambrioleur ?

— Oui, probablement. Peut-être est-ce pour cela que les enfants ont pris la fuite, ajouta-t-elle, angoissée.

— Avez-vous prévenu la police ?

— Non, je ne l'ai appris qu'hier ou avant-hier, je ne sais plus, et depuis, je n'ai pas eu un instant à moi à cause de ce mariage à la campagne.

Sara parut dubitative.

— Vous avez mis Neil au courant, tout de même ?

Cathy ne prêta aucune attention à son ton désapprobateur.

— Vous avez dit que Walter avait quitté les Beeches ?

— Oui, sa mère a cru le voir monter dans un taxi hier soir… chargé de nombreux sacs noirs, ajouta Sara d'un ton laconique.

Tout à coup, les deux jeunes femmes se dévisagèrent, frappées par le même éclair. Sara s'empara de son portable et appela de nouveau la police.

Aux Beeches, Kenneth et Kay attendaient l'arrivée de la police. Il n'y avait toujours aucune nouvelle des jumeaux, mais les enquêteurs souhaitaient inspecter l'abri de jardin et la chambre de M. Walter Mitchell. Ils annoncèrent au couple que Mlle Cathy Scarlet les rejoindrait bientôt.

— Que vient-elle faire là, encore ? maugréa Kenneth.

— Elle est la fille de ces gens chez qui les jumeaux sont passés récupérer leur chien.

— Mais ils n'ont pas de chien, objecta Kay.

— Ce n'est pas ce qu'ils croient eux, en tout cas, madame. De plus, Mlle Scarlet est mariée à votre neveu et fait à ce titre partie de la famille. D'après ce que j'ai compris, son mari doit venir avec elle.

— Pfff, soupira Kenneth.

— M. Neil Mitchell est avocat, monsieur ; si vous voyez un inconvénient à ce que nous procédions à une inspection de la maison, dites-le maintenant.

— Que feriez-vous, si tel était le cas ?

— Nous irions chercher un mandat de perquisition, déclara simplement le jeune officier de police.

— Je ne peux pas affirmer qu'il a volé tout ce matériel, je constate simplement que c'est une bien étrange coïncidence, dit Cathy à Neil pendant le trajet jusqu'aux Beeches.

— Nous devons faire bien attention à ne pas porter d'accusations en l'air, rétorqua Neil. Papa m'a aussi raconté que Walter avait emporté un ordinateur du bureau et qu'il n'était pas venu travailler aujourd'hui, mais...

— Et ton alcoolique de tante croit l'avoir vu monter dans un taxi hier soir, avec des sacs en plastique noirs...

— Je sais. S'il est vraiment coupable, pas de pitié, tu entends ?

— Pas possible ! C'est bizarre, je redoute en permanence que tu finisses par le considérer comme une victime qui a besoin de notre soutien et de notre clémence...

— Qu'est-ce que je t'ai fait, chérie ? Pourquoi me cherches-tu continuellement ces temps-ci ? demanda Neil, blessé.

— Je ne sais pas, je ne sais vraiment pas. Je suis partagée entre l'envie d'étrangler Walter et l'envie de disparaître dans un trou de souris. Si seulement je m'étais montrée plus gentille, ces deux gamins ne se seraient pas volatilisés.

— Tu travailles trop, tu n'avais pas le temps de les écouter.

— Non, Neil, je n'ai pas pris le temps, c'est différent.

— Heureusement, j'ai une surprise pour toi. Je ne voulais pas t'en parler, mais je crois que tu en as grandement besoin.

— Une surprise ? répéta-t-elle en lui jetant un regard méfiant.

— Tu es épuisée, chérie, tu ne peux pas le nier. J'ai discuté avec Tom et il m'a assuré que cela ne lui poserait pas de problème... Alors j'ai réservé une semaine pour deux au Maroc !

Il s'attendait à voir le visage de Cathy s'illuminer. Il n'en fut rien.

— C'est adorable d'y avoir pensé, Neil, mais c'est non.

— Les réservations sont déjà faites, voyons !

— Je suis incapable de penser à autre chose qu'à ces deux gamins, et puis je ne peux pas partir maintenant, nous avons beaucoup trop de travail.

— Tom a dit...

— Tom est adorable, il aime faire plaisir aux autres. En général, ajouta-t-elle en songeant à Marcella en larmes dans une cabine téléphonique. Peut-on en parler une autre fois, Neil ?

— Dès que tu estimeras avoir un peu de temps à nous consacrer, répondit-il, sarcastique.

— Pas maintenant, Neil, alors que nous nous faisons tous du souci pour ces deux gosses.

— Tu n'auras jamais le temps, Cathy. Je tombe toujours au mauvais moment, je ne sais plus comment faire pour te parler.

— Je ne comprends pas ce que tu veux dire.

Le visage de Neil se durcit.

— Si j'évoque la fausse couche, je manque de délicatesse et je te blesse. Si je n'en parle pas, je passe pour un être dur et sans cœur qui a déjà tout oublié.

— C'est faux.

— C'est en tout cas ce que je ressens. Et quand j'essaie de nous changer un peu les idées en réservant un séjour...

— Sillonner le Maroc pour voir si je me plairais en Afrique ne me changera guère les idées...

— Oh, arrête, Cathy, il n'y a plus moyen de te faire plaisir ! Même si j'avais choisi l'île de Man, tu aurais trouvé un prétexte pour te dérober.

Elle n'avait encore jamais vu l'expression qui voilait son visage. Il était hors de lui. Elle s'efforça de parler d'un ton posé.

— Je serais ravie de partir en vacances à condition qu'on en discute tous les deux ; j'ai horreur de me retrouver devant le fait accompli...

— Ne t'inquiète pas, j'arriverai parfaitement à me passer d'une semaine en tête à tête avec toi, coupa-t-il avant de reporter son attention sur la route.

Il n'y avait aucune trace du saladier lorsque les policiers fouillèrent l'abri de jardin, mais ils découvrirent d'autres choses, que Cathy examina. D'abord, elle ne vit aucun objet leur ayant appartenu. Mais, soudain, elle repéra les couverts à salade et une nappe en lin.

— Les couverts à salade nous ont été offerts par les parents de Neil à Noël l'an dernier ; la nappe porte le nom de notre blanchisserie, dit-elle d'une petite voix atone.

Neil hocha gravement la tête. Les policiers parurent entièrement convaincus. Ces preuves leur suffiraient pour épingler Walter quand ils mettraient la main dessus.

Le père de Neil fit une déclaration de vol pour l'ordinateur.

— Neveu ou pas, j'aimerais que vous sachiez que nous irons jusqu'au bout, cette fois, conclut-il.

Les policiers hochèrent la tête, satisfaits.

— A votre avis, monsieur, pourquoi aurait-il emmené les enfants avec lui ?

Ils avaient vite compris qu'ils n'aboutiraient à rien en s'adressant aux parents des enfants. Jock Mitchell, un homme apparemment normal et intelligent qui comprenait bien la gravité de la situation, les aiderait davantage.

— Je n'en ai pas la moindre idée, répondit-il. Il ne parlait jamais d'eux et, lorsque je lui demandais de leurs nouvelles, il se montrait évasif, comme s'il ne savait pas vraiment ce qui se passait chez lui.

— Il savait à peine qu'ils habitaient sous le même toit, intervint Cathy. Il ne les a pas emmenés avec lui, j'en suis certaine. Il a simplement pris la fuite parce qu'il pensait que nous étions à ses trousses.

— C'est tout de même une drôle de coïncidence qu'ils aient tous les trois disparu le même jour, objecta Neil.

— Neil, je t'assure que les jumeaux ne faisaient pas partie de sa vie ; jamais il ne les aurait enlevés ou pris comme otages ou je ne sais trop quoi encore.

— Ecoutez... intervint Kenneth d'un ton agacé.

Tous les regards se tournèrent vers lui, interrogateurs.

— Rien, désolé, murmura-t-il finalement.

— Ils peuvent encore appeler, reprit Jock Mitchell.

— Qui donc ? fit Cathy. C'est justement ça qui me brise le cœur, ils ont appelé tout le monde et aucun de nous ne s'est donné la peine de les entendre.

— Ils peuvent être allés n'importe où, gémit Muttie.

— Ils n'ont que neuf ans, les gens remarqueront bien deux gosses avec un chien, ils leur poseront des questions. Ils sont tellement repérables, la police les retrouvera en un rien de temps, affirma Geraldine d'un ton rassurant.

— Non, la police n'a aucune piste ; elle n'arrête pas de nous demander où ils aimaient aller, quels amis ils fréquentaient et aucun de nous n'est capable de répondre. On s'aperçoit qu'on ne connaissait rien de leur vie, les pauvres petits. Pourquoi ne les ont-ils pas laissés ici au lieu de les renvoyer aux Beeches ?

— Ils devaient y retourner, répondit Lizzie.

— Tu parles, regarde le résultat ! Ils se plaisaient tellement là-bas qu'ils ont décidé de faire une fugue... Ils sont passés ici en pleine nuit pour récupérer Galop et ils ont ensuite disparu dans la nature.

— Tu te souviens comme ils étaient fiers au mariage de Marian...

— Et leur discours ! renchérit Muttie en se mouchant bruyamment.

— Tous les deux, vous parlez comme s'ils étaient morts ! les rabroua Geraldine. Je vous en prie, ressaisissez-vous, ces deux gosses sont tout à fait capables de se prendre en charge.

— Non, justement, ce sont de vrais bébés, protesta Lizzie.

— Je sais qu'ils sont morts de trouille, où qu'ils se trouvent en ce moment.


Tom était sur les nerfs. Impossible de se concentrer sur quoi que ce soit. L'image de Marcella en pleurs dans une cabine téléphonique le hantait en permanence. Il avait eu raison de ne pas lui parler ; ils n'avaient plus rien à se dire, leur différend tournait en rond. Malgré tout, il aurait préféré qu'elle n'appelle pas. Elle devait être au bord du désespoir pour supplier Cathy de le persuader de lui parler au téléphone. Marcella tenait tant à son image de femme pleine d'assurance, invulnérable ! Que se serait-il passé s'il avait décroché ? Peut-être aurait-il réussi à lui expliquer d'un ton posé que cela lui faisait trop mal d'évoquer une situation que rien ni personne ne pouvait changer. Et elle ne se serait pas effondrée dans une cabine téléphonique. Malgré ses efforts, il ne parvenait pas à chasser cette image de son esprit. A bout de nerfs, il décida d'aller voir ses parents.

JT et Maura Feather étaient assis à la table de la cuisine, en train de disputer une partie de bridge avec Joe. On aurait dit qu'un pan de mur entier s'était abattu sur ce dernier ; son œil gauche était fermé, sa lèvre inférieure gonflée et son crâne rasé d'un côté arborait plusieurs points de suture.

— Dieu du ciel ! souffla Tom.

— C'est affreux, hein ? fit Maura Feather. Le pauvre Joe a percuté un mur en faisant marche arrière. Nous pouvons remercier le Seigneur qu'il n'ait pas été plus grièvement blessé.

Tom examina les blessures de plus près.

— Etait-ce le bon mur ?

— Oui, fit Joe en hochant la tête avec peine.

— Et maintenant, que va-t-il se passer ?

— Les factures seront payées, répondit son frère avec un sourire satisfait.

— Mais à quel prix ! s'exclama Tom en contemplant les blessures de son frère d'un air compatissant.

— Le jeu en valait la chandelle.

Tom comprit alors que l'arnaque dont Joe avait été victime l'avait surtout blessé dans son amour-propre. A présent, sa réputation était rétablie aux yeux de ses pairs et ses blessures comptaient peu à ses yeux. Leur père fronçait les sourcils, incapable de suivre leur conversation sibylline. Tom aborda un terrain plus neutre et mentionna la fugue des jumeaux. Personne ne savait dans quelle direction orienter les recherches.

— Ces deux garnements s'en sortiront très bien tout seuls, lança Maura d'un ton dédaigneux. Ne font-ils pas partie de la grande et respectable famille Mitchell ?

— Je suis très inquiet à leur sujet, maman, ce sont de drôles d'enfants, tu sais, ils prennent tout au pied de la lettre. Il pourrait leur arriver n'importe quoi.

— Dis-moi, Marcella est-elle toujours en vacances à Londres ? demanda sa mère.

— Ce ne sont pas des vacances, maman, je t'ai déjà dit qu'elle voulait devenir mannequin et qu'il fallait être à Londres pour débuter ce genre de carrière.

— Et ça marche bien pour elle, là-bas ? s'enquit gentiment JT Feather.

— Je crois, papa ; on m'a dit qu'elle s'en sortait plutôt bien.

— C'est drôle, intervint Joe, on m'a dit tout le contraire.

— Pas de nouvelles ? demanda Tom.

Cathy secoua la tête.

— Non, c'est la deuxième nuit qu'ils passent tout seuls, Dieu sait où ; ça devient très inquiétant. En plus, tout le monde croit que Walter a quelque chose à voir là-dedans ; c'est ridicule.

— Ils ne feraient que le ralentir dans ses mouvements, convint Tom.

— C'est encore un de ces trucs qu'ils ont pris au pied de la lettre, tu sais. Par exemple, ils ont peut-être cru que je passerais les voir le jour même du mariage, tout ça parce que j'ai répondu à Maud que j'irais les voir « après le mariage », en pensant au lendemain ou au surlendemain.

— Est-il possible que Muttie ait dit quelque chose qui les ait blessés ?

— Non, il avait tellement honte d'être obligé d'aller à l'hôpital pour cette histoire de prostate qu'il n'a parlé à personne pendant plusieurs jours.

Ils passèrent en revue toutes les hypothèses possibles et imaginables. Un numéro dans un spectacle de danse qu'ils auraient cru décrocher, un projet d'école... la quête d'un autre saladier à punch ? Ils étaient tellement farfelus qu'ils auraient très bien pu s'envoler pour Chicago sur un coup de tête. Tom et Cathy entreprirent de découper les poulets et de préparer les sauces en continuant à parler des jumeaux. A aucun moment ils n'évoquèrent le vandale qui les avait cambriolés avant de mettre à sac leurs locaux. Ni les sentiments confus qu'ils avaient éprouvés en passant une nuit dans la même chambre... en tout bien tout honneur. Le fait de ne pas en reparler donna plus d'ampleur à l'épisode. Et puis Tom avait jugé bon de mentir à Neil au téléphone. Le personnel de l'hôtel, à qui rien n'échappait, avait mal interprété leur complicité. En temps normal, cet enchaînement de quiproquos les aurait bien fait rire, mais la fugue des jumeaux les avait accaparés. Et maintenant, il était trop tard pour revenir là-dessus.

Derek, l'ami de Walter qui possédait une voiture de sport, refusa de l'héberger.

— Tu es un grand spécialiste pour attirer les ennuis, Walter ; et puis, si la police est à tes trousses, je ne peux pas prendre le risque de la voir débarquer ici et fouiller l'appartement.

Les policiers auraient sans doute trouvé de la cocaïne en plus des sacs noirs que Walter avait apportés.

— Je peux laisser la marchandise ?

— Non... emporte l'ensemble au marché, conseilla Derek. Tu t'en débarrasseras en un clin d'œil.

— Pour une bouchée de pain.

— Eh bien, empoche le tout et joue-le sur un cheval, ça ira mieux après, insista Derek, qui n'avait qu'une envie : se débarrasser au plus vite de Walter Mitchell.

Inlassablement, Sara consulta son dossier dans l'espoir d'y trouver un indice qui les mettrait sur la piste des jumeaux. Elle passa chez Neil et Cathy pour leur demander si Maud et Simon se passionnaient pour quelque chose de particulier.

— Eh bien, ils adoraient leur chien, ce qui explique pourquoi ils sont passés le chercher avant de s'enfuir.

— Quand ils étaient chez vous, que faisaient-ils le soir ?

— On les aidait pour leurs devoirs et ils aimaient beaucoup les puzzles... Tu vois autre chose, Neil ?

— Pas vraiment, non ; ils passaient leur temps à poser des questions... Combien gagnez-vous, combien de fois par mois vous accouplez-vous... ?

— Sara, personne n'a pu leur faire de mal, n'est-ce pas ? demanda soudain Cathy, le visage crispé par l'angoisse.

— Elle est à bout de nerfs, expliqua Neil. Franchement, Cathy, tu ne peux pas continuer ainsi.

— Non, bien sûr que non, répondit-elle d'une voix tremblante.

Les yeux de Cathy s'embuèrent et sur une impulsion, elle se pencha en avant et tapota le bras de Sara.

— Ils vont s'en sortir, ce sont de vrais guerriers, ces deux-là, murmura-t-elle pour rassurer l'assistante sociale, aussi livide qu'elle.

— En tout cas, vous avez bien de la chance de partir en vacances, fit cette dernière.

— En vacances ?

Neil s'empressa d'intervenir.

— C'est repoussé.

Une bouffée d'agacement envahit Cathy. Il n'aurait pas dû en parler à Sara avant même de savoir si elle serait d'accord ! Ça n'avait plus d'importance à présent, mais tout de même, c'était très contrariant.

Geraldine avait un mal fou à se concentrer sur son travail. Les jumeaux occupaient toutes ses pensées. Elle avait pourtant deux grosses opérations à préparer, en plus de son rendez-vous avec Nick Ryan. Mais les petits minois pâles et tourmentés de Maud et Simon hantaient son esprit. Ils avaient été tellement drôles le lendemain du mariage, lors du repas qui avait eu lieu dans son appartement, quand ils avaient insisté pour refaire leur numéro de danse, persuadés que tout le monde brûlait d'envie de le revoir... Depuis leur disparition, elle essayait tant bien que mal de remonter le moral des autres, prenant à la légère leurs craintes les plus folles. Mais au fond de son cœur, elle était aussi inquiète qu'eux. C'étaient des gamins étranges, naïfs, et on entendait tant d'histoires affreuses ! Geraldine secoua la tête avec véhémence. Elle n'avait pas pour habitude de se morfondre des heures durant. Quand c'était possible, mieux valait se jeter corps et âme dans le travail et, si cela ne fonctionnait pas, il restait toujours les relations humaines. Geraldine et Nick Ryan s'apprêtaient à passer ensemble une soirée qui se terminerait par une nuit d'amour. Tous deux le savaient pertinemment, bien qu'ils ne l'eussent pas clairement formulé. C'était un rituel qui tournait autour de la difficulté à trouver l'endroit idéal pour dîner tranquillement après le théâtre. Les problèmes se succédaient. Repérer une place de parking, supporter les voisins de table bruyants qui vous empêchaient d'avoir une vraie conversation, prendre le volant après quelques verres de vin. Peut-être pourraient-ils acheter du saumon fumé et dîner chez elle... ? Oui, excellente idée ; il lui restait au congélateur un peu de ce pain délicieux confectionné par Tom Feather. Nick se ferait un plaisir d'apporter une bouteille de vin. Avait-il un horaire particulier à respecter après le repas ? Absolument pas, la nuit était à lui, à elle... à eux. L'affaire était réglée. Leur liaison pouvait commencer.

Ce fut par pure habitude que Muttie se rendit au bureau des paris de Sandy Keane.

— Je n'ai pas la moindre envie de parier quoi que ce soit aujourd'hui, je suis bien trop préoccupé, expliqua-t-il.

— Comme tu voudras, Muttie, mais c'est un joli petit paquet que tu as ramassé hier, remarqua Sandy d'un ton maussade.

— Hier ? Je n'ai pas joué hier, j'avais des soucis, hier !

— Internet Dream, insista Sandy.

Muttie haussa les épaules.

— Connais pas.

— Tu as empoché soixante-dix livres hier grâce à lui, c'est pas mal pour un cheval que tu ne connais pas, ironisa Sandy.

— L'un de nous deux perd la boule, ou quoi ? Je ne suis pas venu chez toi hier.

— Je sais, Muttie, ils m'ont transmis le message.

— Qui ça ?

— Les jumeaux.

— Oh, mon Dieu ! A quelle heure ?

— Première course à Wincanton.

— Je peux utiliser ton téléphone ? Il faut que j'avertisse la police.

— Tu vas leur raconter que j'ai accepté un pari placé par des mineurs ? T'es devenu fou, Muttie.

— Ce n'est pas ça qui les intéresse.

— Bien sûr !

— Non, Sandy, répéta Muttie en composant le numéro. Tu ne comprends pas. La police recherche les gamins partout. Ça fait deux jours qu'ils ont disparu.

Cette piste ne les mena pas très loin. Les enfants avaient traîné dans le quartier avec leur chien jusqu'à l'ouverture du bureau des paris.

— Je suis un peu rassurée de savoir qu'ils ont soixante-dix livres en poche au lieu de cinq, déclara Cathy.

— Oui, mais ça veut aussi dire qu'ils peuvent tenir plus longtemps sans être obligés de rentrer, fit observer Muttie en se mordant la lèvre.

Les recherches se concentrèrent davantage autour de St Jarlath's Crescent que dans le quartier des Beeches. C'était ici que les enfants avaient vécu des moments heureux, ici qu'ils étaient venus récupérer Galop, ici qu'ils avaient écrit leur dernier message. Lizzie tria les photos de Maud et Simon. Les policiers avaient besoin d'un cliché récent qu'ils diffuseraient s'ils n'avaient pas de nouvelles d'ici demain. A l'évidence, ils avaient renoncé à se tourner vers Kenneth et Kay.

Lizzie sortit une grosse boîte ; elle contenait les jolies photos des jumeaux prises au mariage de Marian. Mais peut-être préféreraient-ils celle de Maud et Simon avec leur chien. Elle devait surtout éviter de penser à ce qui leur était peut-être arrivé... On était en Irlande, pays civilisé...

— Dites-moi, personne ne songerait à faire du mal à des enfants, n'est-ce pas ? demanda-t-elle malgré tout au policier qui observait la splendide photo de Maud et Simon en kilt, sur le parvis de l'église.

L'homme scruta les deux petits visages empreints de gravité avant de s'éclaircir la gorge. Il détestait les affaires qui impliquaient des enfants.

— Il ne nous reste qu'à l'espérer, madame Scarlet.

Mais Lizzie avait lu sur son visage que tout était possible et ses larmes se remirent à couler.

— Vous comprenez, il faut bien les connaître pour savoir que ce sont de drôles de gosses, qui vivent dans un monde imaginaire. Tout à coup, ils vont se mettre une idée en tête et ils la suivront jusqu'au bout.

— A votre avis, accepteraient-ils de suivre un inconnu ? demanda le policier en lui tendant un mouchoir en papier.

— Bien sûr ! Ils partiraient avec Jack l'Eventreur s'il se présentait à eux avec un projet intéressant.

Elle s'effondra sur la table et éclata en sanglots.

Muttie s'approcha et lui tapota doucement l'épaule.

— Si seulement nous savions quelle drôle d'idée leur est passée par la tête lorsqu'ils ont décidé de partir, nous les retrouverions en un clin d'œil, murmura-t-il.

Dans tout Dublin, des gens se posaient la même question. En vain. Maud et Simon, contraints de mener une vie instable, tiraillés de part et d'autre, s'étaient créé un univers secret que personne ne semblait capable de pénétrer.

— Tout cela nous paraîtra évident quand nous les aurons retrouvés, déclara Cathy à Neil.

— Si nous les retrouvons.

— Arrête, je t'en prie. Pourquoi envisager le pire ?

— Je ne fais que relayer les craintes des policiers ; cette histoire ne leur dit rien qui vaille.

Les jumeaux étaient à mille lieues d'imaginer le chaos qu'ils déclencheraient en partant avec Galop. Pour eux, les choses étaient très simples. Muttie avait promis de les emmener aux courses pour leur anniversaire. Pour leur faire entendre le tonnerre des sabots d'un cheval au galop. C'était donc là-bas qu'il était parti, à la campagne, assister aux courses, et sa femme Lizzie refusait de l'admettre. Il ne leur restait plus qu'à organiser leur départ. Ils se rendraient à l'hippodrome et chercheraient Muttie. Quand ils l'auraient trouvé, ils lui demanderaient sans ambages pourquoi il était en colère contre eux. Ils avaient cinq livres et quatre-vingt-trois pence en poche. C'était beaucoup d'argent, mais cela suffirait-il à payer leur voyage jusqu'au comté de Kilkenny, à plus de cent kilomètres de Dublin ? Ils en discutèrent toute la nuit. Personne n'était là pour leur ordonner d'aller se coucher. Leur père était sorti avec son vieux copain Barty, leur mère restait enfermée nuit et jour dans sa chambre et Walter était parti. Ils préparèrent chacun un sac avec une paire de chaussures de rechange, un gros pull, un pyjama, un pot de confiture, une miche de pain et deux tranches de jambon. Devaient-ils prendre du savon ? Selon Simon, c'était inutile, il y en aurait là où ils iraient. Maud protesta ; étant donné qu'ils dormiraient dans des granges ou à la belle étoile, ce serait de la folie de partir sans savon. Ils en prirent un petit morceau, au cas où. Puis, quand le premier bus passa au bout de la rue, peu après l'aube, ils piochèrent dans leurs économies et prirent le chemin de St Jarlath's Crescent. Ils ne partiraient pas sans Galop. Ils n'auraient pas assez de cinq livres pour aller jusqu'à Kilkenny.

— Que font les gens quand ils ont désespérément besoin d'argent ? demanda Maud.

— Ils travaillent, ils volent ou ils jouent au Loto.

— Il faut attendre samedi pour le Loto.

— Il y a toujours le bureau de Muttie

Après, tout s'enchaîna très vite. Ils étudièrent longuement le journal et inscrivirent leur choix sur un morceau de papier avant d'entrer dans la boutique. M. Keane les connaissait bien.

— Alors, les enfants, quoi de neuf ? leur demanda-t-il, comme à chaque fois.

Ils lui répondirent que tout allait bien et placèrent leur pari. Deux livres sur un cheval baptisé Internet Dream.

— J'enfreins toutes les lois en enregistrant votre pari, vous savez. Mon établissement est interdit aux mineurs et aux chiens.

— C'est Muttie qui nous a demandé de venir jouer à sa place.

— Où est-il passé, celui-là ? Je ne l'ai pas vu hier, non plus.

Maud et Simon avaient tout prévu. Ils ne pouvaient pas lui avouer qu'il était parti aux courses de Gowran Park à Kilkenny, Sandy leur aurait demandé pourquoi il ne se chargeait pas lui-même de placer ses paris là-bas.

— Il a beaucoup de choses ennuyeuses à faire pour sa femme Lizzie aujourd'hui, c'est pour ça qu'il nous a demandé de venir ici à sa place, expliqua Simon.

Sandy Keane hocha la tête. C'était plausible.

— On peut attendre le résultat de la course ici ? demanda Maud poliment.

— Je préférerais que vous attendiez dehors, vous êtes trop jeunes pour rester ici.

— Mais, monsieur Keane, il fait froid dehors.

— D'accord, asseyez-vous dans un coin où personne ne vous verra.

Ils patientèrent en silence jusqu'au début de la course. Internet Dream gagna à trente-cinq contre un et ils n'eurent plus à se soucier du prix du trajet jusqu'à Kilkenny.

Galop apprécia beaucoup le train. Il fit la connaissance des autres passagers en posant sa tête sur leurs genoux et tous s'attendrirent sur lui.

— Qu'est-ce qu'on va faire s'il a besoin de faire pipi ? chuchota Maud.

— Que font les autres avec leurs chiens ?

Ils regardèrent autour d'eux. Il n'y avait pas d'autre chien.

— Il sentira peut-être qu'il n'a pas le droit de faire ses besoins dans le train, déclara Maud, optimiste.

Au même moment, Galop repéra une belle mallette en cuir et s'apprêta à lever la patte. Simon et Maud bondirent de leurs sièges, horrifiés, et alertèrent le propriétaire de la mallette, plongé dans un journal.

— Pourriez-vous la déplacer ? Il croit que c'est un lampadaire.

— C'est une erreur fréquente, répondit l'homme.

— Où pourrais-je bien l'emmener ? Je ne peux quand même pas le tenir par la fenêtre, reprit Simon, ennuyé.

— Emmène-le là où les deux wagons se rejoignent, et regarde ailleurs, comme si tu n'étais au courant de rien, conseilla l'homme.

A leur retour, ils s'assirent auprès de lui parce qu'il était gentil et ils lui expliquèrent qu'ils se rendaient à l'hippodrome.

— Vous n'êtes pas un peu jeunes pour y aller tout seuls ?

— Nous devons retrouver un adulte là-bas, bien sûr, répondit Simon.

— Votre père ?

— Oui, fit Simon.

— Non, répondit Maud au même instant.

— C'est plutôt un beau-père, un père d'adoption, en fait.

— Est-ce qu'il a des tuyaux pour aujourd'hui ?

— Non, mais il aura passé la matinée à étudier les pronostics, répondit Maud.

— Super. L'important, c'est de se sentir en veine.

— On a déjà eu beaucoup de chance, aujourd'hui, on a gagné avec Internet Dream, annonça fièrement Simon.

L'homme le considéra avec un intérêt accru.

— Ah bon ? A quelle cote ?

— Trente-cinq contre un.

— Eh bien, je ferais peut-être mieux de rester avec vous. Pourquoi avez-vous choisi Internet Dream ?

— Son nom nous plaisait, répondit Simon comme si la réponse coulait de source.

— Et qui a joué pour vous ?

— On l'a fait nous-mêmes.

— Dieu du ciel, c'est décidé, je reste avec vous, vous serez mes porte-bonheur, déclara le passager.

Il leur dit qu'il s'appelait Jim, surnommé Jim le Malchanceux par ses amis, et ajouta qu'il comptait prendre un taxi jusqu'à l'hippodrome. S'ils souhaitaient profiter de la voiture...

— C'est très gentil à vous, monsieur Malchanceux, le remercia Maud. Mais on nous a toujours dit qu'il ne fallait pas monter dans une voiture avec un inconnu...

— Je crois qu'il y a un bus qui fait le trajet, ajouta Simon.

— M. Malchanceux pourrait peut-être prendre le bus avec nous, suggéra Maud dans l'espoir que ce dernier les aiderait à retrouver Muttie.

— Je ne crois pas que Malchanceux soit son vrai nom de famille, appelle-le plutôt Jim, murmura Simon à l'adresse de sa sœur.

— C'est vrai ? demanda la fillette à l'intéressé.

— Par une journée comme celle-ci, je préfère en effet que vous m'appeliez Jim.

Jim le Malchanceux prit le bus avec eux.

— Où devez-vous retrouver votre père ?

— Papa ? fit Maud, prise de panique.

— Muttie, chuchota Simon.

— Oh, on va sans doute le croiser quelque part, il nous attend, de toute façon.

Il était temps de semer Jim le Malchanceux. Il commençait à poser des questions embarrassantes.

— On ferait mieux d'aller promener un peu Galop avant d'entrer, déclara Maud.

— Comme ça, il ne sera pas tenté de vouloir faire pipi sur la mallette de quelqu'un d'autre, renchérit Simon.

— Avez-vous de quoi payer l'entrée ? demanda Jim.

— Bien sûr, nous sommes riches.

— J'ai été très heureux de faire votre connaissance. Ecoutez, j'aimerais beaucoup vous offrir à boire après la troisième course, au bar à côté du tableau, d'accord ? Amenez votre père, si vous le retrouvez d'ici là.

— D'accord, fit Simon d'un ton désinvolte, comme si, du haut de ses neuf ans, il avait l'habitude de voyager seul en train jusqu'à la côte est de l'Irlande et de se faire offrir à boire au bar près du tableau.

Simon et Maud se lancèrent à la recherche de Muttie, sans succès. Ils visitèrent tous les bars, allèrent se poster près de la ligne d'arrivée pendant une course, firent le tour du rond de présentation où l'on pouvait admirer tous les chevaux partants. Si Muttie était là, nul doute qu'il se promènerait dans les parages. A la fin de la troisième course, ils allèrent rejoindre Jim le Malchanceux.

— Vous avez gagné quelque chose ? voulurent-ils savoir.

— A votre avis ? Je compte sur vous pour me faire gagner.

— Nous n'avons pas encore étudié les pronostics, expliqua Maud.

— Et votre papa, a-t-il eu des paris gagnants ?

— Pas vraiment, répondit Simon.

Ils avaient décidé de faire comme s'ils avaient croisé Muttie. Les gens n'aimaient pas voir des enfants seuls, ils s'imaginaient aussitôt qu'ils étaient perdus ou Dieu sait quoi. Mieux valait entretenir l'idée qu'un adulte les accompagnait.

— Où est-il ?

— Il nous a dit qu'il passerait peut-être.

— Quel cheval a votre préférence dans la prochaine course ?

— Nous ne sommes pas des experts, Jim, reconnut Maud.

— Peu importe, vous ne pourrez pas faire pire que moi.

Ils examinèrent attentivement la liste des chevaux partants.

— Lucky Child, « l'Enfant de la Chance », annonça Maud.

Jim se concentra sur la liste.

— Sa cote n'est pas fameuse.

— Regardez son poids, et puis il ne s'en est pas si mal sorti la dernière fois.

Muttie leur avait appris à repérer les critères essentiels.

— Vous avez raison, je vais miser cinquante livres sur lui, placé, déclara Jim le Malchanceux.

Maud et Simon descendirent encourager Lucky Child. La course se joua à un cheveu, mais il gagna.

— Merci, mon Dieu ! murmura Maud avec ferveur.

— C'est facile, hein ? Je me demande bien pourquoi papa, le vieux Barty et tous les gens qui ont des soucis d'argent ne font pas ça tout le temps, remarqua Simon.

— Je crois au contraire que c'est ce qu'ils font tout le temps, et que c'est pour cette raison qu'ils ont des soucis d'argent.

— Tu as peut-être raison.

— Quand même, c'est dommage qu'on n'ait pas parié dix livres sur Lucky Child, nous aussi, regarde un peu ce qu'on aurait gagné.

— Mais s'il n'avait pas remporté la course, on serait bien embêtés, fit Simon, qui commençait à se demander où ils passeraient la nuit.

Jim le Malchanceux partit à la recherche des jumeaux pour leur donner une part du plus gros gain qu'il eût jamais réalisé. Ils étaient vraiment marrants, ces gamins, avec ce chien qui les suivait partout, leur petit air grave et leurs sacs en plastique. Cela lui ferait plaisir de les revoir, et pas seulement pour qu'ils lui donnent un bon tuyau. Les gens capables de trouver deux chevaux gagnants en une journée se comptaient sur les doigts d'une main. Ce fut à ce moment-là seulement qu'il se rendit compte qu'il ne connaissait même pas leurs noms.

— Beaucoup de gens ne viennent que le deuxième jour, affirma Simon d'un ton docte.

— Est-ce que Muttie t'avait dit quel jour il comptait nous emmener ?

Maud était fatiguée et légèrement inquiète à l'idée de passer la nuit dehors.

— Non, mais s'il n'est pas là aujourd'hui, il sera là demain.

— Tu crois qu'on devrait essayer de passer la nuit ici, à l'intérieur ? Ca nous éviterait de payer l'entrée demain.

— Non, ils doivent faire des tours pour s'assurer qu'il n'y a plus personne, sinon tout le monde se débrouillerait pour ne pas sortir pendant trois jours, répondit Simon.

Ils prirent le bus pour regagner Kilkenny. Puis ils marchèrent, marchèrent longtemps pour trouver un endroit convenable et le découvrirent enfin en poussant simplement une porte. C'était une espèce de hangar qui abritait des engins agricoles endommagés, des tracteurs ou autres.

— On dirait un débarras, chuchota Maud.

C'était l'endroit idéal. Galop dormirait avec eux et il y avait même une banquette de voiture sur laquelle ils pourraient s'allonger. Ils donnèrent une tranche de jambon à Galop, se partagèrent l'autre et finirent leur repas par des tartines de confiture. Ils verraient Muttie demain, sûr et certain.

Morts de fatigue, ils dormirent à poings fermés. Les aboiements de Galop les tirèrent de leur sommeil. Ils l'avaient attaché à la porte de peur qu'il ne retrouve son chemin jusqu'à St Jarlath's Crescent. Maud regarda autour d'elle. Elle n'avait déjà plus de vêtements propres et il leur restait un morceau de pain rassis avec un demi-pot de confiture. Il devenait urgent de retrouver Muttie.

Simon se réveilla à son tour.

— Il est presque dix heures, annonça-t-il en se frottant les yeux.

— On a assez d'argent pour prendre un petit déjeuner ?

— Tu veux dire : aller quelque part, s'asseoir à une table et payer pour manger ? demanda Simon, abasourdi.

— On pourrait commander des œufs et du bacon.

Simon entreprit de compter l'argent ; ils devaient faire très attention, expliqua-t-il. Ils avaient encore à payer le trajet en bus, l'entrée et, bien sûr, s'ils ne trouvaient pas Muttie, le retour en train.

— Mais on ne va pas rentrer à la maison, hein ? demanda Maud.

Simon secoua la tête. Vu les circonstances, il valait mieux aller prendre le petit déjeuner. Quelque part où Galop serait admis.

Ils se sentirent beaucoup mieux après avoir mangé. Ils s'arrangèrent du mieux qu'ils purent et prirent la direction de l'hippodrome.

Jim le Malchanceux n'en revenait toujours pas d'avoir gagné autant d'argent sur un cheval. Peut-être devait-il y lire un message. Par exemple : « Arrête-toi tant que tu gagnes. » Ça n'avait jamais été sa philosophie jusqu'à présent. Alors pourquoi en changer maintenant ? D'un autre côté, ces enfants qui avaient croisé sa route étaient de bien étranges créatures. Ils prenaient le train tout seuls pour se rendre à des courses, épargnaient le pire à sa mallette, possédaient des pouvoirs d'extralucides en ce qui concernait les numéros gagnants. Et puis leur histoire de père adoptif qu'ils devaient retrouver sur place sonnait faux. Jim appela sa femme pour lui annoncer qu'il rentrait sur-le-champ.

— Ce n'est que le deuxième jour, remarqua-t-elle, incrédule.

Il l'étonna encore davantage en l'invitant à dîner dans un restaurant chic le soir même. La malheureuse passa le restant de la journée à se demander ce qu'il avait bien pu faire pour se sentir aussi coupable.

L'hippodrome n'avait plus aucun secret pour eux. Reverraient-ils Jim le Malchanceux aujourd'hui ? Où Muttie irait-il se renseigner pour connaître les meilleurs pronostics des courses du jour ? Dans un bar, auprès des parieurs ? Jusqu'à présent, ils ne l'avaient vu à l'œuvre que dans ce qu'il appelait son bureau, la boutique de M. Keane.

Maud s'assit.

— Je suis fatiguée de chercher.

— Impossible, le petit déjeuner que tu as avalé coûtait les yeux de la tête, protesta Simon.

— Et s'il n'était pas là ?

Elle venait de formuler à voix haute ce qu'ils redoutaient le plus au fond de leur cœur. Sous le choc, Simon lâcha la laisse et Galop s'enfuit à toute allure parmi la foule. Les enfants le regardèrent s'éloigner, impuissants. Galop n'était pas habitué à voir tant de monde et il causerait probablement de gros dégâts, à la fois apeuré et grisé par cette sensation de liberté inédite. Ils l'entendaient aboyer tandis qu'il se frayait un chemin parmi les spectateurs. Ils se lancèrent à sa poursuite... Les gens reculaient en le voyant approcher ; pris de panique, il aboyait comme un fou. Tout à coup, il courut vers un espace de verdure inoccupé. Les chevaux venaient de quitter le rond de présentation et s'alignaient tranquillement.

— S'il te plaît, Galop, non, ne va pas sur le champ de courses ! Au secours, au secours, il va se faire tuer ! hurla Maud.

Elle tomba à plat ventre, s'égratigna les genoux et se coupa le front. Mais elle se releva et se remit à courir.

Simon s'était rapproché.

— S'il vous plaît, arrêtez ce chien ! cria-t-il.

Des regards réprobateurs, des exclamations agacées les suivaient de toutes parts... Vraiment, ce n'était pas un endroit pour un chien, les chevaux pouvaient prendre peur et se cabrer... Qui diable avait permis à ces enfants et à leur chien d'entrer ici ? Galop bifurqua brusquement en direction d'un espace plus dégagé, où étaient stationnées quelques voitures équipées de fourgons à chevaux... Il promena autour de lui un regard paniqué et fonça sous les roues d'une Jeep qui faisait marche arrière. Le conducteur ne put freiner à temps. Les jumeaux observèrent la scène comme si elle se déroulait au ralenti. Galop fut projeté en l'air avant de retomber. Lorsqu'ils arrivèrent près de lui, il gisait sur le sol, immobile.

Muttie buvait une bière avec ses « associés », et la question du jour était : Sandy Keane avait-il bien fait d'accepter le pari des jumeaux ? Comment aurait-il pu refuser ? N'avait-il pas trouvé cela bizarre ? Et puis, où était passé Muttie les jours précédents ? Ça, ils auraient bien aimé le savoir. Muttie resta très vague sur son bref séjour à l'hôpital et changea habilement de sujet. Avec soixante-dix livres en poche, ils seraient bien obligés de rentrer, tôt ou tard. Ils n'allaient tout de même pas faire le tour des officines de Dublin pour miser deux livres sur des outsiders.

— Bon Dieu ! murmura soudain Muttie. Je leur avais promis de les emmener à Gowran Park pour leur anniversaire. Ils sont peut-être là-bas.

Walter se dirigea vers les bookmakers, avec en poche la maigre somme qu'il avait récoltée en écoulant sa marchandise. Il remarqua une certaine agitation, au loin, mais ne chercha pas à en savoir davantage. La cote de Bright Brass Neck n'était pas très bonne, autant attendre qu'elle monte un peu. Car il plaçait de bons espoirs sur ce cheval. A la fin de la journée, il aurait gagné de quoi éponger une partie de ses dettes. Il se débrouillerait pour le reste. Il parlait bien, et cette qualité l'aidait beaucoup.

Maud s'était évanouie en arrivant sur le lieu de l'accident et, aussitôt, une foule s'était rassemblée autour des enfants. On les conduisit dans les bureaux de l'hippodrome. Quelqu'un s'occupait du chien, leur assura-t-on.

— Il est mort ? demanda le garçonnet, en larmes.

— Comment t'appelles-tu ?

— Galop, répondit Simon.

On le dévisagea d'un air incrédule mais on ne put rien obtenir de lui : il était trop choqué pour parler. Les égratignures de Maud furent désinfectées, on lui apporta une tasse de thé mais elle continuait à trembler de tous ses membres. On parvint enfin à leur arracher leurs prénoms et une annonce fut faite.

— Les adultes qui accompagnent Maud et Simon peuvent-ils se présenter au bureau d'information ? Les deux enfants sont passablement bouleversés. Ils aimeraient beaucoup voir un certain M. Muttie. Au bureau d'information, s'il vous plaît. Les enfants vous attendent avec impatience.

Walter s'était renseigné auprès de plusieurs bookmakers ; la cote de Bright Brass Neck était bien meilleure à présent. Il avait eu raison d'attendre. Soudain, il entendit l'annonce diffusée par les haut-parleurs et n'en crut pas ses oreilles ; ces deux petits démons l'avaient suivi jusqu'ici ! Non, impossible ! Il avait fait du stop et changé trois fois de voiture. Mais alors, que fabriquaient-ils ici ? Au même instant, il entendit quelqu'un dire qu'il s'agissait probablement des enfants qui avaient eu l'accident avec le chien et la Jeep. A quelques minutes de la clôture des jeux, une petite foule se pressait devant les stands des bookmakers. On répéta l'annonce d'un ton plus pressant. Walter se dirigea vers le bureau d'information.

A partir de ce moment-là, tout s'enchaîna. Les agents de police de Kilkenny furent avertis par leurs collègues de Dublin que les jumeaux se trouvaient très probablement à l'hippodrome. Le comité d'organisation de la course ainsi que le personnel de sécurité, qui commençaient à se demander s'ils connaîtraient un jour la véritable identité de ces gamins, se réjouirent de la nouvelle qui fit d'eux de véritables héros. Le vétérinaire qui avait examiné Galop déclara qu'il survivrait à ses blessures. Il boiterait sans doute, peut-être même faudrait-il l'amputer d'une patte, mais il vivrait. La jeune femme qui conduisait la Jeep recouvra ses esprits au bout de quelques verres de cognac… Incapable de reprendre le volant, elle fut raccompagnée chez elle. Maud et Simon, déjà fous de joie de savoir que Galop allait s'en sortir, tombèrent des nues quand Walter vint les chercher. Leurs petits visages s'éclairèrent aussitôt. Ainsi, on leur avait pardonné toutes leurs affreuses bêtises ! Ils l'enlacèrent de toutes leurs forces et, pour la première fois de sa vie, Walter se sentit honteux et mesquin.

— Etes-vous M. Muttie, monsieur ? lui demanda l'un des agents de police.

Walter contempla l'uniforme d'un œil torve.

— C'est Walter, notre frère, annonça fièrement Maud.

— Il est venu nous chercher, ajouta Simon, ravi.

— Un appel pour Simon et Maud de la part de M. Scarlet, cria quelqu'un.

— Muttie ! s'exclamèrent les jumeaux.

Dehors, les courses s'enchaînaient et le haut-parleur annonça la victoire de Bright Brass Neck à onze contre un.

Muttie devint le héros du jour alors qu'au fond de lui il se considérait plutôt comme le méchant de l'histoire. Il avait promis aux jumeaux de les emmener aux courses et n'avait pas tenu sa parole. Tout était sa faute, du début jusqu'à la fin. Mais on ne lui laissa pas le droit de culpabiliser. Cathy affirma que c'était sa faute à elle, puisqu'elle n'avait pas réalisé à quel point les jumeaux étaient dépendants d'eux. Elle aurait dû leur permettre de venir les aider chez Scarlet Feather, même dans les locaux vandalisés ; elle aurait dû leur dire qu'elle passerait les voir tel jour, à telle heure, au lieu de les faire attendre, pleins d'espoir… et de les décevoir. C'était cruel de ne pas tenir une promesse faite à des gamins aussi esseulés et impardonnable d'oublier leur anniversaire. Neil déclara qu'il était également fautif dans l'histoire ; il avait fait confiance à son oncle et privilégié les liens du sang au détriment de sentiments plus profonds, plus authentiques. Sara protesta ; non, tout était sa faute ; elle avait complètement loupé sa mission, trop concentrée sur le projet en faveur des sans-abri pour voir le drame qui se déroulait sous ses yeux. Simon et Maud, placés sous sa responsabilité, se retrouvaient à présent sans foyer. Kenneth Mitchell parla peu. Il avait appris que son fils aîné s'était rendu coupable d'un délit grave, cambriolage doublé de vandalisme. La famille avait l'intention de le poursuivre en justice. Kay se montra encore moins loquace que son époux. Elle avait passé sa journée à boire de la vodka, transvasée dans une bouteille d'eau minérale. Quelqu'un finirait bien par découvrir le pot aux roses. Mais au fond cela importait peu, parce qu'il devenait évident au fil des heures que Kenneth allait bientôt reprendre ses vagabondages. Cette fois, ce serait la fin de tout et la propriété familiale serait vendue.

Comme prévu, Geraldine invita Nick Ryan à venir dîner chez elle. Leur liaison pourrait ainsi commencer en douceur. Elle s'assit pendant que Nick débouchait une bouteille de vin.

— Vous êtes une femme très reposante, commenta-t-il.

Geraldine réfléchit. Reposante... Oui, il avait sans doute raison. Elle n'était pas exigeante, ne se plaignait jamais, ne se laissait pas surprendre revêtue d'un tablier sale ou penchée sur l'évier en train de faire la vaisselle. Elle prenait le temps d'écouter et, comme elle ne le reverrait pas avant trois ou quatre jours, elle aurait également le temps de faire un peu de gym, et de remplir le réfrigérateur et le bar. Ce n'était pas elle qui devait élever ses enfants, recevoir des collègues de travail ennuyeux comme la pluie, entretenir la maison...

— Reposante, voici un compliment bien agréable, susurra-t-elle. Excusez-moi un instant, j'aimerais savoir s'ils ont eu des nouvelles des enfants, ajouta-t-elle en se levant.

Un message l'attendait sur le répondeur. On avait retrouvé les jumeaux, sains et saufs. Lizzie et Muttie étaient partis les chercher à Kilkenny. Elle ferma les yeux, en proie à un immense soulagement. On entendait des histoires tellement moches, ces temps-ci ! Elle alla rejoindre Nick.

— Bonne nouvelle, on les a retrouvés, dit-elle simplement.

Les hommes n'aimaient pas qu'on parle de gens qu'ils ne connaissaient pas. Et Geraldine connaissait bien les hommes.

Sara conduisit Muttie et Lizzie à Kilkenny.

— Vous êtes sûre que les Mitchell ne diront rien s'ils passent la nuit chez nous ? demanda Lizzie d'un ton inquiet. Il y a toujours cet accord, vous savez...

— Ne vous inquiétez pas, madame Scarlet, ils seront très heureux. Tous.

— Nous ne voulons surtout pas causer de problèmes, insista Lizzie.

— Et nous nous sentons tellement coupables ! ajouta Muttie.

— Vous n'y êtes pour rien, voyons, et puis tout s'est bien terminé, et c'est là l'essentiel.

— Sauf pour Galop, fit Muttie.

— Il n'est pas mort, voilà ce qui compte pour les enfants.

— C'est vrai.

— Simon pense que s'il lui trouvait un roller pour sa patte blessée, il serait de nouveau en pleine forme.

— Vous aimez ces enfants, n'est-ce pas ? demanda brusquement Sara.

— Oh, tout le monde aime les enfants, non ? Les nôtres sont installés à Chicago, sauf Cathy, et c'était formidable d'avoir Maud et Simon à la maison.

— Vous avez dû être bouleversés en apprenant la nouvelle pour Cathy, fit Sara.

— Que voulez-vous dire ? demanda Muttie.

— Eh bien, si vous aimez tant les enfants...

— Quelle nouvelle ? intervint Lizzie.

Sara comprit trop tard qu'ils n'avaient rien su de la fausse couche. Neil lui avait pourtant confié qu'ils n'en avaient parlé à personne, mais elle avait cru que leurs parents respectifs étaient au courant.

— N'est-ce pas Cathy qui vous a annoncé qu'on avait retrouvé Maud et Simon ? bredouilla Sara.

— Non, la police nous a appelés chez nous.

— Et, pour être franc, nous étions plus heureux que bouleversés, déclara Muttie.

Sara se mordit les lèvres. Décidément, elle était la plus mauvaise assistante sociale de l'hémisphère Nord, songea-t-elle en roulant dans le crépuscule.

— Cathy ?

Il était tard quand le téléphone sonna. Cathy lisait dans la cuisine, Neil travaillait à son bureau.

— Oui, qui est à l'appareil ?

— C'est Walter.

— Oh.

Selon le récit plutôt confus qu'on avait fait à Cathy du dénouement, Walter, pour une fois, semblait avoir manifesté un certain bon sens en portant secours à son petit frère et à sa petite sœur.

— Je suis encore à Kilkenny, on m'a dit qu'il vaudrait mieux que j'attende jusqu'à ce que quelqu'un vienne chercher Maud et Simon.

— Bon, fit Cathy d'un ton bref.

— Simplement, je me demandais... Est-ce que tu sais qui doit venir les chercher... ?

— Ma mère, mon père et l'assistante sociale.

— Et est-ce qu'il y aura... à ton avis ?

— Oui, je crois, oui.

— Je vois.

Il y eut un silence. Puis Walter reprit :

— Je suppose qu'il est trop tard pour te demander de...

— Beaucoup trop tard, Walter, l'affaire n'est plus de notre ressort, tes parents ont été avertis.

— Je vois.

— Veux-tu parler à Neil ou bien devons-nous nous dire au revoir, simplement ?

Nouveau silence.

— Au revoir, simplement, Cathy, répondit Walter Mitchell.

Tom Feather avait été si heureux d'apprendre la bonne nouvelle qu'il décida de confectionner un gâteau. Sur une petite carte, il écrivit : « Joyeux anniversaire et bienvenue à Maud, Simon et Galop », et livra le tout à St Jarlath's Crescent, chez les voisins de Muttie et Lizzie, qui leur remettraient le colis à leur retour. Dieu merci, il ne leur était rien arrivé. Ces deux gamins étaient tellement attachants... Il avait dit un jour à Marcella qu'il aimerait avoir des enfants comme eux, quand ils décideraient de fonder une famille, des enfants avec un caractère fort, une vraie personnalité. Elle l'avait gratifié d'un sourire indulgent, comme s'il venait de lui annoncer qu'un jour il piloterait son propre vaisseau spatial. Marcella n'avait peut-être jamais envisagé de fonder une famille. Il avait été désolé quand Joe avait sous-entendu que les choses n'allaient pas aussi bien que cela pour elle, à Londres. Toute cette histoire douloureuse se serait effacée plus aisément si elle avait réalisé son rêve le plus cher, devenir mannequin. Si tel n'était pas le cas... quel gâchis !

Neil avait envie de faire l'amour ce soir-là, mais Cathy refusa. Elle se sentait trop fatiguée.

— Oh, je vois. Maintenant, c'est la fatigue...

— Je suis vraiment épuisée, je dois me lever tôt demain matin pour aller chercher les jumeaux chez papa et maman, et les conduire à l'école. Ils reprennent tout de suite les cours, tout le monde semble croire que c'est préférable.

— Oui, bien sûr, madame la pédagogue, railla Neil, blessé par son refus.

— Je t'en prie, ne sois pas moqueur.

— Tu n'arrêtes pas de me repousser.

— Bonne nuit, Neil.

Et ce fut encore une nuit où ils prirent soin de dormir chacun de leur côté.

Le lendemain matin, Nick Ryan quitta le Glenstar discrètement, une demi-heure avant le départ de Geraldine. Ils avaient passé une soirée mémorable, une « soirée délicieuse et inoubliable », déclara-t-il. Geraldine approuva dans un murmure. Mais il semblait moins à l'aise ce matin, probablement conscient qu'il ne pourrait pas revenir la voir avant plusieurs jours.

— J'aimerais tant... commença-t-il.

Geraldine l'interrompit.

— Ne perdons pas notre temps en souhaits irréalisables, décréta-t-elle en versant un café divinement parfumé dans de jolies tasses en porcelaine. Contentons-nous de nous réjouir à l'idée d'une soirée aussi agréable que celle-ci, peu importe quand elle aura lieu.

Elle sut au moment où il partit qu'elle l'avait complètement séduit. Pour combien de temps, voilà ce qu'elle ignorait... Exhalant un soupir, elle appela Lizzie. Tout allait merveilleusement bien à St Jarlath's Crescent. Les jumeaux habiteraient chez eux pour le moment, Cathy les conduirait à l'école. La patte du chien n'aurait pas besoin d'être amputée, une attelle suffirait à la redresser. Et Sara, la gentille assistante sociale, dévouée et attentionnée, les avait encouragés à présenter un dossier pour accueillir les jumeaux à plein temps. D'après elle, ils avaient de grandes chances de voir leur demande aboutir.

Shona Burke appela James.

— Bonne nouvelle, les jumeaux ont été retrouvés.

— A la bonne heure ! Où sont-ils en ce moment ?

— Chez Muttie et Lizzie Scarlet.

— Eh bien, prions le Seigneur pour qu'ils y restent, déclara James, conscient de l'importance que revêtaient ses paroles entre eux deux.

Simon et Maud n'avaient que dix ans : cinq de moins que Shona quand on avait décidé de l'arracher à l'endroit où elle vivait heureuse.

— Prions le Seigneur, en effet, répéta Shona.

— Les gens raisonnent différemment aujourd'hui.

Il y eut un court silence.

— Espérons simplement que Muttie Scarlet aura plus de courage que moi, conclut-il enfin.

— Espérons surtout qu'il aura autant d'amour à offrir que toi. murmura-t-elle.

Cela faisait une éternité que James Byrne ne s'était pas senti aussi bien. Quelques minutes plus tard, il reçut un appel de Cathy.

— J'ai de bonnes nouvelles à vous annoncer, pour une fois.

— On vient juste de me mettre au courant pour les jumeaux. N'est-ce pas merveilleux ?

— Non, cette nouvelle-là concerne leur frère. La police recherche activement Walter Mitchell. Elle a rassemblé suffisamment de preuves aux Beeches et semble à présent convaincue qu'il est l'auteur du cambriolage.

— Je ne voudrais surtout pas passer pour un rabat-joie...

— Mais... ?

— Mais, techniquement, il ne s'agit pas d'un cambriolage. C'est d'ailleurs ce qui pose problème à la compagnie d'assurances.

552

— Il nous a volés !

— Non, Cathy, mettez-vous à leur place... Le cousin de votre mari est entré dans vos locaux avec une clé. Ça ne fera que les conforter dans l'idée qu'il s'agit d'un coup monté.

Elle le remercia poliment avant de prendre congé. Elle raccrocha, décrocha de nouveau d'un geste rageur et hurla dans le combiné :

— Merci de nous gâcher notre journée !

— Qui mérite pareil traitement, cette fois ? s'enquit Tom sur un ton mielleux.

Cathy lui raconta.

— Walter est tellement rusé, il serait capable de prétendre qu'il s'agit bel et bien d'une arnaque à l'assurance que nous avons imaginée tous ensemble ! conclut-elle, furieuse.

— Non, il est trop bête, il ne songera jamais à dire ça, assura Tom. Ce qui m'inquiète davantage, c'est de savoir comment il a réussi à se procurer les clés.

— Il a peut-être assisté à notre petit rituel dans la camionnette quand il travaillait pour nous et il s'en est souvenu par la suite ?

— Non, j'y ai déjà pensé, mais nous avons commencé à le faire après le renvoi de Walter.

— Alors tu savais que l'assurance continuerait à songer à une arnaque, même après avoir trouvé le coupable ?

— Disons que le fait qu'il soit un cousin par alliance n'arrange rien.

Cathy soupira.

— Je sais. A propos, je me demande bien où se trouve ce cher cousin Walter en ce moment.

Le cher cousin Walter avait appelé trois personnes depuis l'épisode de l'hippodrome. D'abord Cathy ; puis son père, pour lui dire qu'il était désolé. Il avait quelques problèmes en ce moment et ne rentrerait pas tout de suite à la maison.

« Je sais, je suis au courant, avait répondu Kenneth d'un ton morne.

— Estimons-nous heureux qu'il ne soit rien arrivé aux jumeaux ! »

Son père lui avait paru étrangement détaché par rapport à cette mésaventure.

— Ils nous ont rebattu les oreilles avec cette histoire, on a eu droit à la visite de la police, des services sociaux, tous entraient ici comme dans un moulin. Et puis nous avons vu cette horrible fille que ton cousin a épousée, clamant haut et fort que tu avais cambriolé les locaux de son entreprise, si bien qu'ils ont fouillé ta chambre de fond en comble. Et pendant ce temps, d'autres interrogeaient ta mère sur sa consommation d'alcool.

— Je sais, papa.

— Quant à ces gamins naïfs et innocents... Ils sont allés jouer chez un parieur professionnel, à leur âge ! Ensuite, ils ont traîné ce fichu chien à l'intérieur d'un hippodrome — quelle idée stupide, franchement —, ils ont bien failli se faire tuer tous les trois. Et après ça, il paraîtrait que tout est notre faute. Pourquoi ne sont-ils pas restés ici sagement, comme des enfants ordinaires, hein, pourquoi ?

Enfin, Walter appela Derek. Il prévint son ami que la police risquait fort de débarquer chez lui un de ces jours. Qu'il s'empresse donc de faire disparaître toute substance illicite.

— Ne t'inquiète pas pour ça, lui répondit Derek. Je ne risque quand même pas de porter le chapeau pour les trucs que tu as volés, hein ?

— Non, j'ai tout embarqué.

— Et que comptes-tu faire ?

— Je vais adopter un profil bas pendant quelque temps, histoire que tout ça se tasse un peu. Je te ferai signe quand je reviendrai à Dublin.

— Au fond, tu n'es pas si méchant, dit Derek, sincère.

Walter en profita pour porter une dernière estocade.

— Oh, Derek, dans cinq heures environ, je te conseille de signaler le vol de ta carte bancaire.

— Ne me dis pas que tu es parti avec ma carte ?

— Non, mais j'ai relevé son numéro et je vais me payer un aller simple.

— Pour quelle destination ? s'enquit Derek, affolé.

— Détends-toi, pour Londres seulement. Je serai de l'autre côté dans cinq heures et, à ce moment-là, tu n'auras qu'à les prévenir que ta carte a disparu.

— Walter, c'est mesquin !

— Mesquin, ah oui ? Tout ça pour un misérable billet d'avion !
Alors que je risque la prison ? Je t'en prie, Derek, sois un peu
réaliste !

— OK, c'est bon pour cette fois, mais je te conseille de t'en
tenir à ce billet d'avion, conclut son ami, menaçant.

Sara semblait mal à l'aise quand Cathy passa la voir.

— Vous savez sans doute que vos parents ont l'intention de
devenir famille d'accueil pour les jumeaux ?

— Oui, et j'aimerais savoir objectivement si leur demande a
des chances d'aboutir. Ils adorent ces enfants, vous savez, et je
n'aimerais pas que la même histoire se répète.

— Nous parlons d'accueil, et non d'adoption, nous sommes
bien d'accord ?

— Oui, j'en suis consciente. Les pauvres accueillent, les riches
adoptent, ajouta Cathy avec cynisme.

— Ce n'est pas vrai, et vous le savez ; simplement, les parents
de Maud et Simon sont vivants et ils pourraient tout à fait réclamer la garde de leurs enfants. Aux termes de la loi...

— La loi ne connaît rien à rien de tout ça !

— Croyez-moi, je suis entièrement d'accord avec vous et mon
boulot consiste à répéter tous les jours ce que vous venez de dire,
en des termes moins succincts.

— Je sais bien. Vous êtes aussi têtue que Neil. Au fait, vous
a-t-il dit qu'il pourra vous accompagner à la conférence du
mois de février, en fin de compte ? Vous vous souvenez, il vous
avait dit que ce ne serait pas possible lorsque j'étais
enceinte... ?

— Mais vous ne serez pas partis d'ici là ?

— Partis ?

— En février, insista Sara, interloquée.

— Partis où ? répéta Cathy tandis que Sara faisait mine de
chercher son téléphone portable. Partis où ?

— Non, rien, je dois confondre avec quelqu'un qui part à...
euh... à Londres le même mois. Ne faites pas attention à moi, je
perds la tête en ce moment.

Cathy dévisagea Sara d'un air sceptique. Elle était devenue
toute pâle.

Les canapés et autres petits fours sophistiqués que Peter Murphy avait commandés pour le cocktail qu'il donnait chez lui achevèrent d'épuiser Cathy. La « crème de la crème » serait là, répéta-t-il plusieurs fois à son intention. Qu'elle le dise bien à sa tante. Cathy n'en croyait pas ses oreilles.

— C'est qu'il est encore amoureux de Geraldine, tu sais ! lança June. J'espère que nous aurons autant de prétendants qu'elle quand nous aborderons la quarantaine.

— Je ne voudrais surtout pas parler de choses qui fâchent, mais j'ai l'impression que ton mari aimerait assez que tu te calmes un peu, ces temps-ci... Il n'a pas arrêté de questionner Tom ce matin sur le genre de fête que nous organisions aujourd'hui.

— Ne faites pas attention à lui, il est fou.

— Il t'aime.

June éclata de rire.

— Grand Dieu, il a dû m'aimer une bonne vingtaine de minutes en tout et pour tout quand j'avais seize ans !

— Arrête ton cinéma, June. Je suis sûre qu'il t'aime vraiment. Sinon pourquoi se donnerait-il la peine d'appeler ici ?

— Je ne sais pas, mais une chose est sûre : je ne parierais pas sur la sincérité de son amour, déclara June. As-tu prévu de rentrer directement chez toi quand on aura terminé ?

— Oui, c'est au tour de Tom et de Conrad de décharger la camionnette ce soir ; nous, nous rentrons tout droit auprès de nos petits maris.

— Toi au moins, tu es ravie de le retrouver, tout comme lui est heureux de te voir, répliqua June. Pense à mettre de côté quelques-uns de ces feuilletés aux crevettes, ça lui fera plaisir.

— Je ne pourrais même plus les voir en peinture, June.

— Mais lui ne les a pas eus sous les yeux toute la journée, fit observer June avec une logique implacable.

— Tu as eu une soirée fatigante ? s'enquit Neil un peu plus tard.

— Non, ça va, excuse-moi pour hier soir, ajouta Cathy.

Elle se sentait bien, comme revigorée.

— Qu'est-ce que c'est que ça ?

— J'ai pensé que tu aimerais goûter à ces petites bouchées aux crevettes.

556

Neil parut touché.

— C'est délicieux, et tellement léger... C'est toi qui les as préparées ?

Elle eut envie de lui répondre que non, qu'elle les avait achetées dans un restaurant en rentrant à la maison... Quel genre de travail croyait-il qu'elle faisait ? Mais un sourire étira ses lèvres et elle répondit par l'affirmative.

— C'est vraiment excellent.

Il ne lui posa aucune question sur la réception. Il ne posait jamais aucune question, que ce soit sur les cocktails de Peter Murphy, les défilés de mode, les mariages ou les enterrements. Tout cela faisait partie de son drôle de métier.

— Tu as vu Sara aujourd'hui ? commença-t-il, visiblement mal à l'aise.

— Je voulais lui demander son avis au sujet des jumeaux, savoir si papa et maman ont une chance de les avoir à plein temps.

— Et qu'en pense-t-elle... ?

— Eh bien, elle m'a dit que la partie n'était pas gagnée parce qu'ils n'étaient plus tout jeunes et qu'ils appartenaient à la classe ouvrière mais je lui ai rétorqué que c'étaient des foutaises et elle en a plus ou moins convenu.

— Avez-vous parlé d'autre chose ?

— C'est le jeu des devinettes ou quoi ?

— OK, autant être franc ; elle m'a appelé pour me dire qu'elle avait mis les pieds dans le plat.

— A quel sujet ?

— Tu le sais pertinemment, maintenant c'est toi qui joues.

— Je t'assure que je n'en sais rien. Dis-moi.

— D'après ce qu'elle m'a raconté, elle a laissé échapper que j'étais toujours intéressé par le poste à l'étranger.

— Bien sûr qu'il t'intéresse toujours ! fit Cathy, perplexe. Tu n'y aurais pas renoncé aussi facilement après y avoir accordé autant d'importance, ça me semble évident.

— A vrai dire, ils ont reformulé leur offre, sous d'autres conditions.

— Et tu vas accepter ?

— Bien sûr que non, pas comme ça, sans en avoir discuté sérieusement avec toi.

— En attendant, tu en discutes sérieusement avec Sara.

— Cathy !

— Je rêve d'un bon bain chaud.

— Je t'en prie, ne réagis pas comme ça.

— Ecoute, Neil, bien sûr que nous en parlerons sérieusement, mais pas tout de suite. Pour l'heure, je vais me glisser dans mon bain et réinventer le monde, et j'aimerais beaucoup faire ça en restant ton amie plutôt qu'en te quittant après une dispute ridicule et complètement vaine.

— Alors profitez bien de votre bain, chère amie, lança Neil, vaincu.


Tom Feather invita Shona Burke. C'était à la fois un dîner de travail et une façon de la remercier. Il l'emmena dans un petit restaurant français.

— Je te promets de ne pas décortiquer ni critiquer les plats, dit-il avec un sourire d'excuse. Lorsqu'ils me voient, les restaurateurs me collent d'emblée l'étiquette de concurrent venu espionner leurs secrets de fabrication.

Shona lui confia que c'était exactement pareil pour elle, où qu'elle aille, elle était en permanence à l'affût des choses qu'elle pourrait utiliser dans son travail. Et elle prenait des notes. A tel point qu'un jour l'homme avec qui elle dînait avait cru qu'elle notait ce qu'il disait.

— Il te racontait des choses confidentielles ? demanda Tom.

Non, apparemment, il parlait de motos tandis qu'en face de lui Shona griffonnait les coordonnées d'un système de climatisation particulièrement efficace.

— Tu l'as revu ? interrogea Tom.

— Non, mais j'ai retenu la leçon : je n'emporte plus mon bloc-notes quand j'ai rendez-vous avec un homme.

— Sage décision, en effet. Cela dit, il y a bien longtemps que je n'ai pas eu de rendez-vous galant avec une femme.

— Elle te manque beaucoup ?

— Marcella ? dit Tom, pris de court.

— Désolée, cela ne me regarde pas. Je n'ai pas l'habitude de m'immiscer dans la vie privée des autres, en principe.

Il ne lui en tint pas rigueur.

— La réponse à ta question est à la fois oui et non. Ce qui me manque, c'est ce que je croyais vivre avec elle plutôt que notre vie de couple réelle. Mais peut-être est-ce une réaction normale quand une histoire se termine.

Après le dîner, Tom raccompagna Shona chez elle et refusa de prendre un dernier café car il devait se lever tôt pour préparer la fournée du matin. Il regagna Stoneyfield. En se garant, il aperçut une silhouette assise sur les marches, dans l'air mordant de la nuit. C'était Marcella.

# 11

## NOVEMBRE

— Entre, Marcella.

Ils gravirent l'escalier jusqu'à l'appartement où ils avaient vécu heureux. Elle regarda autour d'elle comme si elle le découvrait pour la première fois. Tom s'assit à un bout de la table, encore recouverte de la nappe rose, et lui fit signe de s'installer à l'autre bout. Inutile de proposer quelque chose à boire ou à manger à Marcella, elle refusait toujours. Il la contempla en attendant qu'elle prenne la parole. Elle semblait très fatiguée, toujours aussi belle, bien sûr, avec son petit visage encadré de boucles sombres. Elle portait une veste en cuir noir sur un pull blanc ; un foulard rouge ornait son cou long et gracile. Elle n'avait pris qu'un petit sac à main qui pendait au bout d'une chaîne ; pas de bagages.

— Merci de m'avoir laissée monter, commença-t-elle.

— C'est tout naturel.

— Pourtant, tu refuses obstinément de me parler au téléphone...

— Il est tard, je suis fatigué, je dois me lever très tôt demain matin, nous n'allons tout de même pas recommencer, n'est-ce pas ?

Il parlait d'une voix douce, s'efforçant de se montrer raisonnable plutôt que dur et écorché comme il l'avait été jusqu'à présent.

— J'aimerais juste te raconter quelque chose et ensuite je partirai.

Elle paraissait à la fois résignée et abattue. Elle ne pleurait pas, ne suppliait pas non plus, mais c'était comme si la vie l'avait abandonnée.

— Je t'écoute.

Il y eut un silence.

— C'est assez difficile. Puis-je te demander à boire ?

Il alla à la cuisine et promena un regard circulaire, ignorant ce qu'il pouvait lui offrir.

— Ce que tu voudras, cria-t-elle.

Il sortit une canette de bière du réfrigérateur, prit deux verres et apporta également un cendrier. Elle mit un temps incroyable à allumer sa cigarette. Finalement, elle entama son récit.

— Paul Newton dirige réellement une agence de mannequins, et plusieurs top models travaillent pour lui. Son agence a pignon sur rue, là-bas. Mais ce n'est pas ce secteur-là qu'il me réservait. Ça n'a pas marché, pas du tout, ça n'a jamais marché.

Elle arborait une expression tellement accablée que Tom crut bon d'intervenir.

— Au moins tu auras essayé, n'est-ce pas ce que tu voulais ?

— Non, je n'ai même pas eu l'occasion d'essayer. Il ne me voulait pas pour ce genre de contrat ni pour les défilés ou les photos dans les grands magazines de mode... Non, il me voyait uniquement en mannequin glamour. Il m'a d'abord adressée à des gens qui faisaient des photos de lingerie pour des catalogues... Ils voulaient ce qu'ils appellent des photos glamour, c'est-à-dire sans le haut.

Son récit trahissait tant de honte, tant de tristesse que Tom ferma les yeux pour ne plus la voir.

— C'était affreux, je leur ai dit qu'il s'agissait sûrement d'une erreur, que j'étais un vrai mannequin, engagé par l'agence de M. Newton, et ils m'ont ri au nez, en me jetant à la figure que c'était à prendre ou à laisser.

Elle marqua une pause.

— Je suis partie, bien sûr, et je suis retournée directement à l'agence pour en parler à Paul Newton. Je croyais qu'il serait furieux contre ces gens.

Elle s'interrompit de nouveau pour porter son verre à ses lèvres. C'était la première fois que Tom la voyait boire de la bière.

— Il était débordé ce jour-là. J'ai attendu des heures avant de le voir. Je me souviens de tous ces gens qui entraient et sortaient, des stylistes, des couturiers, des mannequins, tous ceux que j'avais tant rêvé de côtoyer un jour. Quand il m'a enfin reçue dans son bureau, je lui ai raconté ce qui s'était passé, et là, il a dit... il a dit...

Elle bredouilla, incapable de répéter les paroles.

— Il m'a demandé à quoi je m'attendais, vu mon âge... Je lui ai rappelé qu'il m'avait promis de m'engager comme mannequin et il a répliqué que c'était ce qu'il avait fait : de quoi me plaignais-je, à la fin ? Tu ne devineras jamais ce qui s'est passé... Joe l'a appelé au même moment et il a dû lui demander de mes nouvelles, car Paul Newton a répondu que j'étais en pleine forme, que je me trouvais justement dans son bureau et que je m'habituerais vite à tout ce qui me surprenait pour le moment.

Tom buvait sa bière en silence, conscient de la honte cuisante qu'elle avait dû éprouver.

— Après avoir raccroché, il m'a conseillé de me conduire en adulte, d'accepter mon âge et d'agir en conséquence... J'ai voulu insister, mais il s'est impatienté. Il n'arrêtait pas de me répéter : « Je t'ai toujours dit la vérité »...

Tom scruta son visage.

— Et tout à coup, j'ai eu l'impression de m'entendre t'expliquer que je t'avais dit la vérité au sujet de cette fameuse soirée. Tu m'avais répondu que la franchise et l'honnêteté étaient deux choses différentes. Je n'avais pas compris ce que tu voulais dire par là, jusqu'à ce triste jour, dans le bureau de Paul Newton.

— Oh, Marcella !

— Quoi qu'il en soit, mes économies ont rapidement fondu. Alors j'ai pris mon book sous le bras et j'ai commencé à démarcher toute seule. Quand je montrais les photos que nous avions réalisées pour « Couples célèbres », on me demandait invariablement ce que je faisais à Londres alors que j'aurais pu être ici. Et je ne savais que répondre. Le mois suivant, à court d'argent pour payer le loyer, j'ai fait les photos de lingerie glamour et, étrangement, ce n'était pas aussi dégradant que ce que j'avais craint. Tout le monde a fait preuve d'un grand professionnalisme, la séance a été courte, les clichés d'excellente qualité. Les gens de l'équipe étaient tous très respectueux, à leur manière.

L'argent transitait par l'agence de Paul Newton. Je passais prendre mon dû tous les quinze jours. Je ne le voyais jamais, sauf... sauf le jour où... où je t'ai appelé...

— Que s'est-il passé... ? Raconte-moi.

— Il était à la réception quand je suis passée prendre mon enveloppe et il m'a demandé de le suivre dans son bureau. Il m'a dit qu'il regrettait notre petit différend, que j'excellais dans ma partie et qu'il désirait me proposer autre chose. Moi, j'étais heureuse comme tout, je croyais qu'il m'avait enfin décroché un vrai contrat de mannequin. Il m'a d'abord montré les catalogues avec les photos de lingerie que j'avais faites ; c'était la première fois que je les voyais et j'ai éprouvé un choc immense tandis qu'il me racontait que je n'étais pas obligée de faire ça toute ma vie. Si je le désirais, je pouvais gagner beaucoup d'argent... Comme je ne disais rien, pleine d'espoir, il m'a montré d'autres magazines, des revues de porno hard, et j'ai eu un haut-le-cœur en comprenant ce qu'il me réservait comme avenir.

Elle se tut de nouveau en se remémorant ce terrible épisode.

— Il a ajouté que les équipes étaient très détachées par rapport à leur travail, qu'il n'y avait jamais de gestes déplacés, que c'était juste un boulot parmi d'autres, voilà tout. Je l'ai remercié et je lui ai dit que je l'appellerais le lendemain. Entre-temps, j'ai déménagé et je ne l'ai jamais revu.

Un long silence s'abattit dans la pièce.

— Et finalement, je suis rentrée chez moi.

— Où... ?

— J'habite chez Ricky pour le moment. Je fais le ménage et je l'aide un peu dans son travail. Sinon, je travaille le soir dans des bars et à midi dans des sandwicheries. Je suis devenue l'employée idéale pour Scarlet Feather, tu sais !

Son ton implorant le bouleversa. Il devait pourtant mettre les choses au point tout de suite.

— Non, crois-moi, ce n'est ni par rancœur ni par amertume, mais la réponse est non.

— Je ne suis pas en train de dire qu'on devrait se remettre ensemble tout de suite... Je peux rester chez Ricky encore un peu...

— Non.

— Je te reposerai la question, c'est tout ce qui compte pour moi. Nous retrouver tous les deux, comme avant. Si c'était toi qui avais commis une erreur, toi qui m'avais blessée... Si tu prenais conscience que tu avais agi de manière ridicule et que tu me suppliais de repartir de zéro, n'aimerais-tu pas entendre des paroles encourageantes, plutôt qu'un « non » froid et catégorique ?

— Ce n'est pas un « non » froid et catégorique, crois-moi, ce n'est pas ça du tout. J'aimerais tant pouvoir oublier cet épisode et reprendre là où nous en étions...

— Alors pourquoi ne pas essayer... ?

— Parce que les choses ont changé. Ce serait un mensonge, une mise en scène, comme si nous jouions à être de nouveau amoureux. Je crois que tu seras mieux sans moi, je te l'ai déjà dit.

— Je ne t'ai pas cru, alors, et je ne te crois toujours pas.

— Je ne t'aime plus, Marcella. Je n'oublierai jamais ce que nous avons vécu ensemble et, si je rencontre de nouveau l'amour, notre histoire restera toujours dans mon cœur...

— Aime-moi encore, ne cherche pas ailleurs. Réapprends à m'aimer, moi.

Il n'éprouvait plus de désir pour elle, ne se souvenait plus de l'amour qu'ils avaient partagé dans cet appartement. A cet instant précis, il ne ressentait que de la pitié.

— L'été ne fut pas fameux pour moi non plus. Après ton départ, d'autres soucis nous sont tombés dessus. J'étais assez démoralisé. Mais, comparés à ce que tu as vécu, mes problèmes restent dérisoires. Je suis désolé.

— Au contraire, tu dois être heureux de constater que tu avais raison.

— Non, je n'avais raison sur rien. Je n'imaginais pas que tu vivrais ça. J'étais persuadé que ta carrière de mannequin décollerait aussitôt. Tu étais — tu es toujours — si jolie. Et, sincèrement, je te souhaitais de réussir parce que tu tenais tellement à ton rêve !

Elle ramassa son sac à main.

— Je serai toujours là pour toi, si jamais tu changes d'avis.

— Ne dis pas de bêtises... Une belle fille comme toi ne restera pas seule longtemps.

Ses efforts pour lui arracher un sourire demeurèrent vains. Le visage de Marcella était empreint d'une profonde tristesse.

— Viens, je te raccompagne chez Ricky.

— Pourrons-nous être amis, malgré tout ? demanda-t-elle.

— Nous serons bien plus que des amis, n'avons-nous pas vécu ensemble pendant quatre ans ?

— C'est vrai, et j'aimerais tant que tu me racontes ce qui t'est arrivé ces derniers mois.

Bien que Tom eût lui aussi envie de lui raconter les aventures et les drames qu'il avait vécus, la fugue des jumeaux, la disparition de Walter, coupable du cambriolage, il sentit que le moment n'était pas encore venu et ils traversèrent en silence la ville sombre, déserte et humide.

— Tu refuses de partir en vacances avec moi mais accepteras-tu au moins de t'échapper un week-end ? demanda Neil à Cathy.

— Bien sûr, ce serait sympa.

L'idée ne lui plaisait guère, cela sonnait un peu trop comme une lune de miel à son goût et elle n'était pas encore prête pour cela. Le médecin lui avait assuré qu'ils reprendraient bientôt une vie de couple normale, que le processus était plus ou moins long en fonction de chaque individu. En ce qui la concernait, elle pensait que ça prendrait beaucoup de temps. Ce ne serait pas honnête de partir en week-end avec Neil si elle ne se sentait pas prête. Hélas, elle avait encore du mal à parler de tout cela.

Si elle lui disait qu'elle n'était pas encore prête à faire l'amour, il lui répondrait, à juste titre, qu'il n'avait jamais suggéré une chose pareille, qu'il songeait simplement à un petit week-end en tête à tête. Au fond, ça leur ferait du bien de se retrouver tous les deux. Bon, elle réfléchirait à deux ou trois endroits agréables où ils pourraient aller. Mais pas tout de suite. Dans quelques semaines.

Ces derniers temps, ils ne faisaient plus que se croiser à l'appartement. Le petit déjeuner était le seul repas qu'ils prenaient ensemble : ils sortaient même pendant le week-end. Depuis que les locaux de Scarlet Feather avaient à peu près retrouvé leur apparence initiale, Cathy préparait moins souvent la cuisine à Waterview. En fait, il lui arrivait fréquemment de passer ses soirées là-bas, confortablement installée sur le grand sofa, un livre à la main. Si Tom le remarqua, il ne fit en tout cas aucun commentaire. Parfois, il restait un peu, lui aussi ; sinon, il sortait. Cathy savait qu'il voyait des filles de temps en temps, mais il était rare qu'il invitât la même deux fois de suite. Elle savait aussi que Marcella était rentrée et qu'elle habitait chez Ricky. Voilà tout ce que Tom lui avait dit. June, cependant, toujours au courant des derniers potins, prétendait que Marcella avait radicalement changé et qu'elle acceptait des petits boulots qu'elle aurait refusés avec dédain avant son voyage à Londres. Aux dernières nouvelles, elle avait envie de retravailler pour Scarlet Feather. Elle avait même dit à quelqu'un que cela ne la dérangerait pas de passer ses journées à faire la plonge pour eux.

— Il va la reprendre, à ton avis ? demanda June, les yeux arrondis par la curiosité.

— Comment pourrait-il la reprendre, elle n'a jamais travaillé pour nous, rétorqua Cathy.

— Mais non, enfin... Tu sais très bien ce que je veux dire.

— Il ne m'en parle jamais.

— Tu me surprends. Vous avez vécu tellement de choses, tous les deux, je pensais qu'il lui arrivait de pleurer un peu sur ton épaule.

— Non, on n'a pas besoin de ça en plus de tout le reste.

Cathy sentait qu'ils devaient garder certaines distances. A plusieurs reprises, elle avait été tentée de lui confier à quel point la réaction de Neil vis-à-vis de sa grossesse, puis de sa fausse couche l'avait peinée, même si elle refusait encore de l'admettre. Et puis le chagrin s'était un peu estompé avec le temps. Leur couple continuait à fonctionner, malgré leurs divergences. Ce matin encore, il lui avait avoué qu'il aurait aimé l'avoir à son côté pendant la grande manifestation en faveur des sans-abri, mais il savait aussi qu'elle avait du travail.

— Bonne chance, Neil. J'espère qu'une foule immense se joindra à vous, lui avait-elle dit en partant.

— Rien n'est sûr, en milieu de semaine, comme ça. Mais si les gens se mobilisent, ce sera un grand pas en avant.

Il lui avait semblé tellement préoccupé qu'elle s'était une fois de plus félicitée de ne pas avoir exposé ses griefs à Tom. Pauvre Tom, il était au bout du rouleau... Il avait d'ailleurs projeté de rester tranquillement chez Scarlet Feather pendant que le reste de l'équipe partait travailler à l'extérieur.

— Oh, June, j'ai hâte que cette journée se termine, la femme qui nous a commandé ce déjeuner est une vraie harpie.

— C'est toujours ce que tu dis, et en réalité elles se transforment toutes en petits agneaux doux et gentils.

— Pas celle-ci : elle nous a ordonné de passer par la grille de derrière et de garer la camionnette de manière que ses invitées ne la voient pas. Nous devons aussi apporter des chaussures d'intérieur pour ne pas mettre de la boue dans la maison.

— Si ça lui fait plaisir.

— Attends un peu qu'elle voie tes cheveux, June.

— Qu'est-ce qu'ils ont, mes cheveux ?

June se tourna vers le miroir et tapota légèrement sa tête. Comme elle n'avait pas les moyens d'entretenir les incroyables mèches violettes qu'elle s'était fait faire chez Haywards, ses racines avaient repoussé et elle ressemblait vaguement à un cheval pie.

— Eh bien, l'Enquiquineuse a bien spécifié que le personnel de service devrait soigner son apparence, car il y aura parmi les invitées des femmes d'ambassadeurs.

— Soigner son apparence ? Ça devrait aller, non ? fit June en adressant une grimace à son reflet.

— Si nous leur montrons de quoi nous sommes capables, les portes des ambassades s'ouvriront peut-être à nous, qui sait ?

Conrad s'occuperait du bar pendant que June et Cathy prépareraient, puis serviraient le déjeuner. Tom les poussa à partir longtemps à l'avance ; pour leur cliente, la ponctualité semblait être une qualité primordiale.

— Et puis, Cathy, arrête de l'appeler l'Enquiquineuse, veux-tu ? Ça risque de t'échapper quand tu seras en face d'elle.

— Mais non.

— Tu sais où se trouve sa maison ?

— Oui, je viens de vérifier l'adresse.

— Tu as ton portable avec toi ?

— Oui, Tom ! Continue comme ça et tu deviendras rapidement l'Enquiquineur ; à croire que vous vous êtes trouvés, tous les deux.

Il rit et tapota le flanc de la camionnette.

— Bonne chance ! cria-t-il en les regardant s'éloigner.

Le téléphone n'arrêtait pas de sonner.
— Bonjour, Tom, Neil à l'appareil. Cathy est déjà partie ?
— Oui, mais elle a son portable sur elle.
— Oh, ce n'est pas urgent, dis-lui simplement que j'ai réservé chez Holly pour le week-end prochain, ça la mettra de bonne humeur.

— Juste une question, dit Joe : j'ai croisé Marcella et elle m'a demandé de l'emmener voir papa et maman à Fatima. Il paraît que vous êtes bons amis maintenant. Je voulais une confirmation.
— Elle n'a jamais souhaité leur rendre visite quand nous vivions ensemble, répondit simplement Tom.
— Si je comprends bien, tu préférerais qu'elle évite d'y aller, c'est ça ?
— Elle a le droit d'aller où bon lui semble.
— Elle nage en pleine confusion. J'ignore quelles épreuves elle a traversées là-bas, elle n'en parle jamais, mais ça n'a pas dû être facile pour elle.
— Non, et j'espère sincèrement qu'elle finira par s'en remettre et qu'elle sera heureuse, comme je le souhaiterais à n'importe lequel de mes amis.
— Message reçu, Tom, le sujet est clos.

— Tom, Muttie à l'appareil. Ecoutez, les jumeaux ont décidé de faire une surprise à Lizzie en lui cuisinant un ragoût de mouton et ils m'ont laissé une liste, mais...
— Vous préféreriez que nous le fassions à votre place... Pas de problème, Muttie...
— Oh non, jamais ils n'accepteraient que vous vous en chargiez, ils tiennent à tout préparer eux-mêmes. Simplement, j'ai acheté la viande, les carottes et les oignons, mais ils ont ajouté « bouillon » sur la liste. Qu'est-ce que c'est, au juste ?
Tom lui décrivit les petits cubes qu'il trouverait au supermarché du quartier. La mère de Cathy gardait probablement au congélateur des boîtes entières d'excellent bouillon, mais autant aller au plus simple.

— Tom Feather ? Nick Ryan à l'appareil. Je souhaite organiser une soirée surprise pour l'anniversaire de la tante de Cathy chez elle, au Glenstar, et j'aimerais que vous vous chargiez du repas.

— Excusez-moi, monsieur Ryan, nous avons pour principe de ne jamais nous occuper de ces fêtes surprises. Elles peuvent parfois mal tourner.

— Pas avec Geraldine, tout de même... Elle a tellement d'amis... ? ajouta-t-il, soudain hésitant.

— Cathy peut-elle vous rappeler pour discuter de tout ça ? Ce sera mieux ainsi.

— Eh bien, oui, bien sûr. Je croyais que vous seriez ravis de vous en occuper, conclut Nick Ryan, contrarié.

— Nous le sommes, monsieur Ryan, vraiment. Cathy vous rappellera le plus rapidement possible.

— Très bien.

— Tom ?

— Cathy ? C'est de la télépathie ou quoi... Je m'apprêtais justement à t'appeler.

— Tom, est-ce que tu as sa lettre et le plan sous les yeux ?

— Parce que vous n'y êtes pas encore ? Oh, mon Dieu !

— Pas de panique, tu es censé contrôler la situation pour nous. J'ai sonné au numéro 27, ils n'ont jamais entendu parler de l'Enquiquineuse.

— Evidemment, si tu l'as appelée comme...

— Bien sûr que non, Tom, dépêche-toi, je t'en prie.

Il se précipita vers le bureau et sortit le dossier des commandes de la semaine. De retour au téléphone, il lut l'adresse à haute voix.

— C'est exactement là où nous nous trouvons.

— Ecoute, l'adresse est écrite noir sur blanc sur son papier à lettres.

Il la lut de nouveau, ajoutant cette fois le nom du quartier.

— Quoi ? hurla Cathy.

Il s'avéra que deux rues portaient exactement le même nom. Ceux qui avaient autorisé une telle absurdité auraient dû être pendus. Ils étaient à l'autre bout de Dublin.

— Qu'est-ce que je dois faire ? Si je l'appelle maintenant, elle va m'écharper. Je t'en prie, Tom, réponds-moi.

— Vas-y directement. Je ne suis pas très loin de chez elle, je saute dans un taxi avec du champagne et du saumon fumé pour les faire patienter jusqu'à votre arrivée. Sois prudente, surtout. Je n'ai aucune envie que tout le personnel périsse dans un accident, ajouta-t-il, pince-sans-rire.

Dans le taxi, il téléphona à l'Enquiquineuse ; la conversation fut houleuse et il dut à plusieurs reprises écarter le combiné de son oreille. Le chauffeur lui jeta un regard compatissant.

— Vous savez, votre boulot est presque aussi dur que le mien, commenta-t-il quand Tom eut raccroché, épuisé.

— Ce n'est pas comme ça tous les jours, mais aujourd'hui je l'échangerais volontiers contre le vôtre, plaisanta le jeune homme.

— Pas aujourd'hui, vous le regretteriez, fit le chauffeur de taxi d'un ton maussade. Il y a une manifestation en plein centre-ville, des gens qui défilent de O'Connell Street jusqu'à Stephen's Green. On va passer notre journée au téléphone, c'est sûr, et celle à qui vous parliez dans la camionnette aura beaucoup de chance si elle arrive à destination avant le week-end.

Tom s'adossa à la banquette et ferma les yeux. Il devait à tout prix rester calme. Il fallait bien que quelqu'un, quelque part dans cette ville, garde son calme.

Agée d'une cinquantaine d'années, Mme Frizzell était une femme menue. Elle portait une robe en lainage vert émeraude qui ne la flattait guère. Ses cheveux noirs étaient rassemblés en un chignon sévère. Elle paraissait de très mauvaise humeur quand Tom se présenta. Il constata avec soulagement qu'il n'y avait aucune voiture dans la cour et, en l'entendant donner libre cours à sa colère, conclut rapidement qu'il était arrivé avant les invitées.

— Voilà, voilà...

Evoluant rapidement dans la cuisine, il sortit des verres.

— Vous voyez, je vous l'avais dit, la circulation est complètement bloquée, vos invitées auront du retard, tout le monde est logé à la même enseigne.

Il ne lui avait jamais rien dit de tel et se contentait plutôt de répéter les paroles du chauffeur de taxi.

— Je crois qu'il s'agit d'une marche de soutien, madame Frizzell, plusieurs rues sont barrées, il y a des embouteillages partout.

Elle resta de marbre. Avec des gestes experts, il déboucha une bouteille et la posa sur un lit de glace. Puis il arrangea en toute hâte les tranches de saumon fumé sur le pain de seigle beurré, dénicha un couteau bien affûté et coupa les tranches en petits carrés.

Il avait apporté des citrons et du persil, mais avait besoin d'une assiette. Il regarda autour de lui.

— Je croyais que vous apportiez votre propre...

— C'est vrai, notre vaisselle est en route. Je vous ai dit que la circulation était ralentie à cause de cette marche de protestation.

— Protestation, pfff, murmura-t-elle d'un air pincé.

— Ça tombe mal, certes, mais malgré tout nous avons de la chance de vivre en démocratie, non ? Ici au moins, les gens ont le droit d'exprimer leurs opinions.

Vraisemblablement, Mme Frizzell ne partageait pas cet avis. Tom repéra enfin un plat blanc, tout simple.

— Permettez-moi d'utiliser ce joli plat, j'en prendrai grand soin.

En quelques secondes, il confectionna un assortiment de canapés tout à fait acceptables. Du coin de l'œil, il la vit se détendre un peu.

— Je vais vous accompagner dans le magnifique salon que j'ai aperçu en entrant, reprit-il sur le même ton mielleux, et je vous servirai un verre de champagne que vous dégusterez en attendant vos invitées. Elles doivent s'impatienter de leur côté. Croyez-moi, ce n'est jamais agréable d'arriver en retard.

A son grand désarroi, il vit au même instant une grosse voiture noire s'engager dans l'allée. Il installa la maîtresse de maison et regagna la cuisine au pas de course, ouvrit les placards, les tiroirs, le réfrigérateur, repérant tout ce dont il pourrait avoir besoin pour improviser un repas au cas où Cathy n'arriverait pas à temps. Il trouva aussi une bouteille de cognac bon marché et décida d'en verser quelques gouttes dans chaque verre de champagne. Ce serait l'apéritif le plus long dans les annales de la restauration à domicile... Autant que les invitées l'apprécient.

— Je n'y crois pas ! s'écria Cathy lorsque l'agent de police chargé de la circulation lui annonça que les rues étaient fermées. Il y a eu un accident ?

— Oh non, ce sont juste les sans-abri et leurs amis qui ont décidé de paralyser tout le centre-ville, expliqua-t-il en levant les yeux au ciel.

Il était las et éprouvait peu de sympathie pour ceux qui rendaient sa tâche plus difficile encore.

— Et vous, vous êtes une troupe de magiciens ? demanda-t-il, intéressé.

Ils avaient une drôle de camionnette ornée d'une grosse plume rouge ; peut-être allaient-ils donner un spectacle pour enfants.

— Non, monsieur l'agent, répondit Cathy en effectuant un demi-tour périlleux, mais nous serons peut-être obligés de le devenir avant la fin de la journée.

— Qui a bien pu leur demander de fermer les rues ? demanda Conrad, stupéfait.

— Mon mari, murmura Cathy sur un ton lugubre.

La plupart des invitées étaient parfaitement à leur aise chez leur hôte. Toutes signèrent le cahier que Mme Frizzell avait posé sur la table de l'entrée. Ainsi, son mari verrait en rentrant qui était venu au déjeuner qu'elle avait organisé... Tom circula parmi elles, le sourire aux lèvres, assurant que le saumon fumé ne contenait aucune calorie. Il s'efforça de lutter contre la panique qui montait doucement en lui. Elles étaient douze, deux des quatre bouteilles de champagne qu'il avait apportées étaient vides, le plateau de saumon quasiment terminé. Il leur faudrait une heure pour dresser la table et servir le déjeuner. Et la camionnette n'était toujours pas là.

Les caméras de télévision filmèrent le défilé, d'autant plus impressionnant qu'il pleuvait des cordes. Les banderoles se dressaient fièrement au-dessus de la foule, tous âges mélangés.

— Neil, je n'arrive pas à y croire, murmura Sara.

Il serra sa main dans la sienne. Aucun d'entre eux ne s'était attendu à une telle mobilisation. Il aurait aimé que Cathy puisse se libérer, mais il lui raconterait tout ce soir, et le journal télévisé diffuserait peut-être quelques-uns de leurs discours.

Tom ouvrit trois boîtes de sardines, les égoutta, les écrasa soigneusement, ajouta à la mixture un jus de citron et une pincée de poivre fraîchement moulu, puis étala le tout sur des crackers qu'il avait dénichés au fond d'un placard.

— Délicieux, commenta une des convives. Comment appelez-vous ça ?

— Sardines au citron.

— C'est excellent, répéta-t-elle en le gratifiant d'un sourire approbateur.

Le sourire de Tom se crispa un peu et il s'éloigna rapidement. Il continua à ajouter quelques gouttes de cognac dans le champagne, évitant soigneusement le verre de Mme Frizzell ; il n'avait aucune envie qu'elle sache pourquoi ses convives paraissaient si enthousiastes. Il s'efforça également de mémoriser ce qu'il avait pris dans les placards de leur cliente afin de tout lui restituer plus tard, en plus de la bouteille de cognac. Il avait ouvert des bocaux de cornichons, émincé un concombre et préparé une sauce avec plusieurs yaourts trouvés dans le réfrigérateur. « Oh, Mon Dieu, s'il vous plaît, souvenez-vous de Mme Maura Feather, de Fatima, qui prie jour et nuit... Peut-être pourriez-vous utiliser un peu de ce crédit pour faire apparaître la camionnette... ? » implora-t-il, gagné par une angoisse grandissante.

— J'ai peur d'entrer, déclara Cathy lorsqu'ils atteignirent les grilles de la maison. Elles sont toutes là, il y a des voitures partout. Mon Dieu, il y a même des chauffeurs !

— Vas-y, Cathy, ordonna June.

— Dois-je appeler d'abord ?

— Allez-y, intervint Conrad d'un ton pressant.

Cathy se dirigea vers la porte de devant avant de se souvenir qu'ils devaient passer par-derrière. Elle rebroussa chemin. En les voyant arriver, Tom remercia Dieu et sa mère.

— Je l'ai déjà vue quelque part, je la connais, et sa robe aussi me dit quelque chose, observa Cathy.

— Bien sûr que non, tu es simplement victime d'une hallucination, répondit Tom en les invitant à entrer. Sortez-moi tous les canapés froids, pas le temps de les réchauffer. J'ai allumé le four, glisse le plat principal dedans, ajouta-t-il à l'adresse de Cathy. Conrad, débouche d'autres bouteilles de champagne, elles ont bu toute ma réserve. Vite, June, commence à mettre la table.

June entreprit de dresser deux tables de six. Cathy pénétra dans la salle à manger, stupéfaite de constater que Tom avait réussi à faire patienter toutes ces femmes sans leur servir à manger. Elle leur proposa les pointes d'asperge accompagnées de jambon de Parme et insista pour que Mme Frizzell goûte aux mini-blinis garnis de caviar et de crème fraîche... Toutes ses amies semblaient les apprécier. A sa grande surprise, Mme Frizzell déclara qu'elle était désolée pour cette histoire de manifestation. Certaines de ses invitées s'étaient également retrouvées coincées dans des embouteillages interminables. Heureusement, M. Feather lui avait expliqué la situation ; il avait été formidable. Cathy se déclara ravie et entreprit de débarrasser plusieurs assiettes garnies de choses infâmes, éparpillées sur les tables et le piano.

— Doux Jésus, qu'est-ce que c'est que ça ? lança-t-elle en jetant le tout à la poubelle.

— Le fruit de mes efforts, et elles ont adoré, jusqu'à ce que tu débarques avec le reste de la cavalerie, répondit Tom. Bon, je vais pouvoir vous laisser maintenant.

— Non !

— Mais vous êtes trois !

— Tom, nous sommes trois à avoir les nerfs à vif, tu dois rester pour nous donner un coup de main.

— Pas question, je pars dormir pendant tout un mois.

— Tu ne comprends pas, elles t'adorent, elles ne peuvent pas nous voir en peinture, tu dois rester jusqu'au bout, Tom !

Elle vit à son expression qu'il se moquait d'elle.

— Bien sûr que je vais rester, idiote ! De toute façon, je ne me sens pas le courage de rentrer à pied. Vous me déposerez chez moi quand ce sera terminé.

Et ils exécutèrent leur ballet bien rodé, évoluant dans la cuisine, servant, passant les plats, vidant les poubelles, comptabilisant le nombre de bouteilles de vin, couvrant de film étirable plusieurs assiettes de mignardises que Mme Frizzell découvrirait plus tard dans son réfrigérateur. Conrad vint leur annoncer que les invitées commençaient à partir ; la camionnette fut chargée. Sur les onze convives, trois leur avaient demandé une carte de visite. Ils étaient prêts à partir. Tom dressa la liste des choses dont il s'était servi afin d'écarter tout malentendu. Mme Frizzell les remercia de mauvaise grâce. C'était ennuyeux que tout le monde soit arrivé en retard et des précautions supplémentaires auraient dû être prises en prévision de cette journée exceptionnelle. Tout le monde savait que la circulation serait difficile.

— Peut-être n'étaient-elles pas au courant, fit observer Tom.

Dans huit minutes environ, ils seraient partis. Cathy avait promis de leur offrir une bière pour s'excuser de ne pas avoir lu l'adresse correctement.

— Si. En tout cas, elles auraient dû l'être. Une de mes amies me racontait que le fils de Jock et Hannah Mitchell, ce séduisant avocat qui fait toujours de grands laïus pour les causes humanitaires, était à la télévision ce matin pour prévenir tous les habitants de la ville. Vous voyez, vous auriez dû le savoir, vous aussi. Heureusement, tout s'est bien passé. Inutile de me rembourser les choses que vous avez utilisées, considérez cela comme votre pourboire.

— Ainsi, vous connaissez les Mitchell, madame Frizzell ? demanda Tom d'un ton innocent.

— Mon mari joue au golf avec Jock. Nous avons été invités une fois chez eux, à Oaklands. C'est une maison immense, magnifique.

Tout à coup, Cathy se souvint d'elle. Elle l'avait vue dans la même robe au réveillon du jour de l'An. Heureusement, Mme Frizzell ne se souvenait de rien. Ils continuèrent à sourire d'un air crispé jusqu'à ce qu'ils grimpent dans la camionnette. Puis, dès qu'ils eurent franchi les grilles, ils rejouèrent la scène encore et encore pour Conrad et June, pliés de rire.

— Ce séduisant avocat... commença Tom.

— Qui fait toujours de grands laïus pour les causes humanitaires, gloussa Cathy.

Ils racontèrent à Tom que l'agent de police les avait pris pour des magiciens. Tom répondit que, si ce policier l'avait vu en train de tartiner les crackers de Mme Frizzell avec tout ce qui lui tombait sous la main, il aurait su que c'était bien ce qu'ils étaient : des magiciens.

Cathy devait rappeler Nick Ryan, qui souhaitait organiser une fête surprise pour Geraldine.

— Pas question, elle nous massacrerait, répondit Cathy. Que s'est-il passé d'autre pendant que je roulais dans la mauvaise direction ?

— Le séduisant avocat a téléphoné pour dire qu'il avait réservé chez Holly pour le week-end prochain.

— Pas question non plus, pour diverses raisons, décréta Cathy en évitant délibérément de croiser le regard de Tom qui les conduisait au pub.

Neil rentra juste à temps pour le journal télévisé.

— Ce fut un énorme succès, d'après ce que j'ai entendu, lança Cathy.

— Oui, les gens ne pourront plus prétendre qu'ils ne sont pas au courant, c'est déjà bien.

— Allumons la télévision pour écouter ce qu'ils en disent.

Elle lui tendit un verre de vin et posa sur la table une assiette garnie de tartelettes au stilton.

— Délicieux, dit-il. Ce sont des restes ?

Une vague d'irritation envahit Cathy. Elle les avait mises de côté spécialement pour lui.

— Je suppose qu'on peut dire ça, mais ce n'est pas ainsi que je les considérais.

— Ne sois pas susceptible, chérie.

Elle haussa les épaules. Le journal n'avait pas encore commencé.

— Comment ça s'est passé, au fait, de ton côté ?

— Bien. Elle connaissait tes parents...

La musique du générique retentit.

— Chut, ça commence, souffla Neil.

La manifestation avait été filmée sous tous les angles. Il y avait même des vues aériennes des rues congestionnées de Dublin. Quelque part dans ce reportage se débattait comme un beau diable la camionnette de Scarlet Feather. Cathy se prit à espérer qu'elle apparaîtrait à l'écran. Elle serait facilement repérable avec son logo rouge vif. Mais ce fut Neil qui surgit. Pendant une vingtaine de secondes, jeune et enthousiaste, ses cheveux balayés par le vent, son visage ruisselant de pluie, une phrase courte et pertinente aux lèvres, fidèle à ses habitudes.

— Merci à tous d'être descendus dans la rue aujourd'hui pour dire ensemble que, dans un pays d'abondance comme le nôtre, nous avons honte de savoir que des personnes dormiront encore dehors cette nuit.

Il fixait la caméra sans ciller.

— C'est trop facile de prétendre que les sans-abri ont choisi leur mode de vie. Lequel d'entre nous choisirait délibérément de passer cette nuit de novembre sous un pont ou un porche, dans le froid et la pluie ?

Lorsqu'il descendit de l'estrade, des manifestants l'empoignèrent et l'étreignirent en signe de solidarité. Sara faisait partie du groupe. Cathy suivit la scène sans mot dire.

Le reportage donna ensuite la parole à un responsable politique qui décrivit les actions menées en faveur des sans-abri, puis un membre de l'opposition argua que ce n'était pas suffisant. Neil les avait tous surpassés. Ces deux-là n'étaient que de pâles personnages enfermés dans un studio de télévision, dépourvus de la passion qui animait le jeune homme, debout sous la pluie.

— Tu as été formidable, commenta Cathy, sincèrement admirative.

— J'espère que ça fera avancer les choses.

Il parlait de la manifestation, pas seulement de son intervention.

— C'était fabuleux, sur le terrain, reprit-il avec ferveur. J'aurais vraiment aimé que tu sois là, près de moi. Que tu participes à cette marche...

Elle repensa à l'attente interminable qu'ils avaient vécue, avec Conrad et June, bloqués dans la camionnette, quand ils le maudissaient sans scrupule.

— D'une certaine manière, j'y ai participé, murmura-t-elle.

Le téléphone se mit à sonner. Les gens appelaient pour le féliciter, pour mettre au point d'autres actions, la presse et la radio réclamaient d'autres interviews. Neil leur donna les coordonnées d'autres personnes impliquées dans le projet. Il n'était qu'un membre d'une vaste organisation, ses collègues pourraient aussi bien répondre à leurs questions. A l'évidence, il ne voulait pas qu'on le considère comme l'unique porte-parole du groupe. Quand il répondait sur son téléphone portable, Cathy décrochait le poste fixe. Dans le rôle de l'assistante qui plaisait tant à Neil, elle passa une soirée bien remplie.

— Cathy, Sara à l'appareil.

— Oh, Sara, je suis heureuse de vous entendre. Tout s'est bien passé ?

— Oui, très bien... Vous n'êtes pas encore au courant ?

— Je n'ai pas eu le temps d'appeler ma mère mais je sais qu'ils ont préparé un ragoût de mouton pour fêter l'événement.

— Qui donc ? Je ne comprends pas.

— Les jumeaux. Vous savez, toutes leurs affaires sont désormais rangées dans un dépôt fermé à clé, c'est mon père qui m'a tout raconté. La propriété familiale était vidée et fermée aujourd'hui.

— Oh, vous parlez des jumeaux, fit Sara. Désolée, Cathy, je n'y étais pas. Bien sûr, les jumeaux.

— Et vous, vous parliez de la manifestation ?

— Oui, j'ai défilé un petit peu avec Neil. Ne l'avez-vous pas trouvé formidable à la télévision ?

— Si, bien sûr. Voulez-vous que je vous le passe ? demanda-t-elle en tendant le combiné à son mari.

Cathy se sentit soudain épuisée, hors du coup. Elle avait envie d'aller se coucher. Le téléphone pouvait continuer à sonner toute la nuit. Mais son manque d'intérêt blesserait probablement Neil. Cette victoire représentait tant pour lui ! Elle eût été ravie de se lover sur un canapé et de l'écouter lui raconter sa journée par le menu. Mais leurs canapés n'invitaient pas à la détente ; ils étaient trop élégants, trop lisses et, de toute façon, elle n'avait rien d'autre à écouter que les réponses qu'il donnait à ses interlocuteurs. Quelques mois plus tôt, elle lui aurait rapporté les propos de Mme Frizzell et ils auraient ri ensemble de sa description : le « séduisant avocat ». Mais ce soir, son intervention aurait été incongrue. Les choses avaient changé. Ils avaient trop besoin de s'échapper un peu, tous les deux. Elle se souvint alors qu'elle devait lui dire d'annuler sa réservation chez Holly, mais le moment était mal choisi pour se disputer. Elle attendrait le lendemain. Elle resta donc là, à écouter les répliques de Neil, toujours pendu au téléphone. Il refusa de dîner, l'adrénaline suffisait à le nourrir.

— Ce serait un vrai repas, pas des restes, fit-elle remarquer, regrettant aussitôt son ironie.

— Cathy, tu te froisses pour des choses complètement ridicules ces temps-ci. Excuse-moi si je t'ai blessée. Quoi qu'il en soit, je n'ai plus faim, merci quand même.

La sonnerie du téléphone retentit de nouveau et il décrocha avec un soulagement manifeste. Quoi de plus normal ? songea Cathy. Tout le pays le portait aux nues, c'était le héros du jour. Sa femme, elle, faisait la tête à cause d'une brouille. Le choix était simple...

Le lendemain matin, Neil se prépara à la hâte. Il devait se rendre aux studios de la radio pour faire une interview dans *Morning Ireland* avant d'aller travailler. Cathy ne trouva pas le temps de lui parler du week-end.

— On se retrouve à onze heures, cria-t-elle comme il s'apprêtait à partir. Tu vas faire un tabac à la radio.

— A onze heures ?

— Oui, pour le rendez-vous.

— Quel rendez-vous ? demanda-t-il, perplexe.

— Oh, Neil, le rendez-vous chez Scarlet Feather. Les « méchants » viennent aujourd'hui, tu t'en souviens, et il y aura aussi James.

— Mon Dieu, c'est vrai, j'y serai, promit-il.

James Byrne avait organisé une autre réunion avec les experts de la compagnie d'assurances. On ne lui avait pas caché que le dossier était très litigieux ; il semblait que le cousin d'un des deux associés ait pénétré dans les locaux et détruit tout le matériel sans raison apparente. Le prétendu cousin s'était entre-temps volatilisé et on leur demandait à présent de rembourser les dégâts causés comme s'il s'était agi d'un vrai cambriolage avec effraction, commis par des inconnus.

A onze heures, Neil n'était toujours pas arrivé. Ils servirent le café dans la pièce d'accueil, branchèrent le répondeur et James prit la parole. Il invita les experts à regarder autour d'eux : ce simple coup d'œil leur montrerait à quel point les deux associés s'efforçaient de remettre leur entreprise sur pied. Et en attendant l'arrivée de Neil Mitchell, leur avocat, James se proposait de les mettre au courant de l'avancement des choses. Il leur montra les livres de comptes qu'il tenait soigneusement à jour, les factures de location de matériel, le planning des prochaines commandes. Il leur expliqua que leur situation financière ne leur permettait pas d'accepter des commandes avec un investissement de départ trop important, qu'ils refusaient également toute mission qui ne pourrait être payée sous quatre-vingt-dix jours.

Bref, il leur brossa le portrait de deux jeunes gens sérieux et travailleurs, soucieux de rebâtir leur entreprise mise en péril par le cambriolage.

— Les textes juridiques ont besoin d'être interprétés, définis précisément, déclara l'un des représentants.

Si seulement Neil était là... songea Cathy. Pourquoi était-il en retard ce jour-là, alors que ce rendez-vous avait tellement d'importance pour eux ? Au même instant, la sonnerie de son portable retentit.

— Neil ?

— Désolé, chérie, j'ignorais totalement que ce défilé provoquerait tant de réactions, je suis littéralement assiégé...

— Ils t'attendent pour la consultation, Neil, nous avons besoin de toi...

— Je suis vraiment désolé ; présente mes excuses les plus sincères à...

— Non, Neil.

Des larmes lui piquaient les yeux. Combien de fois lui avait-il joué ce tour ? Cela faisait une demi-heure qu'ils jetaient des coups d'œil en direction de la porte et il lui annonçait qu'il ne viendrait pas...

— Si seulement je pouvais...

— Les experts viennent de dire que les textes juridiques avaient besoin d'être interprétés et définis précisément, tu dois venir nous aider.

Au même moment, Tom et James haussèrent légèrement le ton afin de masquer ses propos à la fois irrités et implorants. Mais Cathy avait raccroché.

— Neil ne peut pas se libérer, et, bien que je sois furieuse contre lui, je vous transmets ses excuses les plus sincères.

Tom expira lentement. Elle avait repris le contrôle de ses émotions. Ils firent remarquer que Walter n'était pas le cousin de Cathy, mais seulement celui de son époux, et qu'ils n'avaient aucun contact avec lui. La police le soupçonnait d'être parti se réfugier à Londres mais ils ignoraient encore son adresse exacte. Le fait que les parents de Cathy aient déposé un dossier pour accueillir chez eux le frère et la sœur de Walter Mitchell ne témoignait aucunement de rapports amicaux avec ce dernier. La réunion n'aboutit pas à une décision concrète ; les représentants de la compagnie ne reviendraient que lorsque Tom et Cathy seraient en mesure d'apporter des éléments nouveaux au dossier. En attendant, l'enquête et les négociations suivraient leur cours.

Après leur départ, Tom, James et Cathy observèrent un long moment de silence.

— Je vais le tuer, marmonna la jeune femme.

— Inutile, fit Tom. Nous avons déjà suffisamment de problèmes comme ça.

— Tout à fait exact, renchérit James. Si l'assurance ne paie pas avant Noël, nous ne pourrons plus continuer.

Sandy Keane refusait désormais de laisser entrer les deux gamins dans son échoppe. Simon et Maud furent donc obligés d'attendre Muttie dehors lorsque ce dernier passa voir ses « associés ».

— J'appelle la police s'ils font mine de franchir cette porte, avertit le propriétaire des lieux.

— Tu es trop radical, Sandy, observa Muttie.

— On voit que ce n'est pas toi que le commissariat a bombardé de questions... Ils m'ont dit qu'un homme qui acceptait un pari de la part de gamins de moins de dix ans était capable de tout, même de kidnapping, expliqua Sandy, indigné.

— Dans ce cas, pourquoi as-tu pris leur pari ? Jamais je ne les avais envoyés jouer de ma part.

— Mais tu avais disparu, ça faisait deux jours que personne ne t'avait vu dans le quartier. A propos, où étais-tu passé ?

— J'avais une affaire à régler.

— Enfin, tout le monde sait que tu n'as aucune affaire en cours, si ce n'est venir me harceler tous les jours ! s'écria Sandy.

Un grand coup fut frappé à la porte. Les jumeaux se tenaient sur le trottoir.

— Non ! hurla Sandy.

— Nous ne voulons pas entrer, merci, monsieur Keane ; c'est juste pour dire à Muttie que Cathy est là et qu'elle nous emmène faire un tour dans sa camionnette, comme nous sommes un peu mouillés à attendre là sous la pluie...

— Parfait, parfait, allez-y, au revoir, s'écria Sandy.

— On ne voulait pas que Muttie s'imagine que nous avions encore disparu.

— Non, personne ici ne le supporterait, répliqua Sandy, narquois.

— Merci, monsieur Keane, conclut Maud.

Muttie les rejoignit dehors.

— Ce type est plus têtu qu'une mule. Quel mal pourraient faire deux enfants bien élevés et un labrador pur race dans sa boutique ? Au contraire, ils relèveraient un peu le niveau. Décidément, il ne voit pas plus loin que le bout de son nez.

Cathy gara la camionnette à côté d'eux.

— J'avais besoin d'une compagnie agréable et j'ai tout de suite songé à Galop. Mais, bien sûr, cela m'oblige à emmener aussi Simon et Maud.

— C'est une blague, expliqua la fillette à l'intention de Muttie.

— Cathy adorait blaguer quand elle était plus jeune. Tous les jours, elle rentrait de l'école avec une nouvelle plaisanterie.

— Tu ne blagues plus beaucoup ces temps-ci, Cathy, remarqua Simon.

— Oh, j'ai pourtant des histoires en réserve.

— Quand est-ce que tu les racontes ? Quand est-ce que tu ris ?

Cathy réfléchit. Elle avait ri de bon cœur la veille, dans la camionnette, en sortant de chez Mme Frizzell.

— Je ris à mon travail, à la maison, partout.

— Est-ce que Neil aime les blagues ? voulut savoir Maud.

— Il les adore. Papa, on t'emmène... ?

— Non, j'ai encore une tonne de travail. Je te verrai peut-être au dîner. Il reste de cet excellent ragoût de mouton que les jumeaux ont préparé.

— Nous en avons fait beaucoup trop, je crois, expliqua Simon.

— Non, on n'en fait jamais trop ; à votre avis, pourquoi Dieu a-t-il inventé les congélateurs ?

— Mais ce n'est pas Dieu qui... commença Simon avant de s'interrompre brusquement. Je vois, c'est une blague... termina-t-il dans un murmure.

Ils choisirent d'aller dans un cybercafé et les jumeaux s'installèrent devant un ordinateur pendant que Cathy buvait plusieurs cafés d'affilée tout en songeant à ce qu'elle dirait à Neil en rentrant tout à l'heure. Sa présence à la réunion de ce matin n'aurait pas manqué d'impressionner leurs interlocuteurs ; les choses auraient avancé plus vite, c'était certain. Elle devait à tout prix le lui faire comprendre. Sans se montrer ironique ni geignarde, ni... quel adjectif utilisait-il souvent à son propos depuis quelque temps ? Susceptible. Et, bien que cette idée lui répugnât, elle se croyait obligée de lui livrer les prévisions alarmantes de James. Peut-être se sentirait-il davantage coupable de leur avoir fait faux bond. Et puis elle devait aussi lui annoncer qu'elle n'irait pas chez Holly le week-end suivant. Bref, ce serait une conversation pénible, dénuée d'humour et de bonnes blagues. Elle en était là dans ses réflexions quand Simon la rejoignit.

— On a trouvé un site Internet formidable ! On peut en profiter encore une demi-heure ou est-ce trop demander ?

— Non, pas du tout, répondit-elle en leur redonnant un peu d'argent.

— Ce n'est pas trop cher, hein, parce que, tu comprends, nous savons bien que tu n'as plus d'argent à cause de ce cambriolage.

Jusqu'à présent, les jumeaux ignoraient le rôle joué par Walter dans cette histoire et elle n'avait pas envie de les mettre au courant. Leurs parents venaient de les abandonner pour la deuxième fois, et il eût été inutile et cruel de leur enlever le seul membre de la famille qu'il leur restait, celui qui les avait effectivement soutenus cette fois-ci.

— Ne vous inquiétez pas, on peut encore se permettre une demi-heure supplémentaire. N'oubliez pas que vous allez peut-être recevoir un ordinateur pour Noël. Vous n'aurez plus jamais besoin de mettre les pieds dans ce genre d'établissement.

— Ce serait super d'avoir tout ça à la maison, murmura Simon, les yeux brillants.

Cathy s'était débrouillée pour que Jock et Hannah leur offrent un ordinateur à Noël. Elle choisirait une belle machine, simple d'utilisation, qu'elle ferait directement livrer à St Jarlath's Crescent. Neil avait remarqué que puisque ce cadeau avait un but éducatif, son prix pouvait être prélevé sur le fonds alloué aux enfants. Il en toucherait deux mots à Sara. Un soupir s'était échappé des lèvres de Cathy.

— Laisse au moins tes parents faire quelque chose pour les jumeaux. Ils s'en sont tellement peu occupés jusqu'à présent qu'ils sont tenaillés par la culpabilité. Ce cadeau soulagerait leur conscience.

Surpris sur le coup, il l'avait finalement approuvée.

— Et ça ne te dérange pas de rester assise ici ? s'enquit Maud.

Ça ne la dérangeait pas le moins du monde. Elle n'avait aucune hâte de regagner Waterview.

Une grande nouvelle les attendait quand ils arrivèrent à St Jarlath's. Marian avait téléphoné. C'était encore le début, certes, mais Harry et elle attendaient un bébé. N'était-ce pas merveilleux ? Le baptême aurait lieu à Chicago au mois d'avril, tout le monde était convié.

— Est-ce qu'on danse pendant les baptêmes ? s'enquit Simon.

Cathy et Lizzie tendirent la main au même instant. Leurs doigts s'entremêlèrent ; aucune d'elles ne se risqua à parler.

Cathy retardait encore le moment de rentrer chez elle. Elle pénétra dans une des nouvelles brasseries qui truffaient le quartier de Temple Bar. Neil ne semblait pas éprouver le besoin de s'alimenter ces temps-ci, et ce qu'il appelait les « restes » commençait à s'amonceler dans le congélateur de Waterview. A sa grande surprise, ce fut Marcella qui prit sa commande. Elle était superbe dans un ensemble pantalon noir éclairé d'un collier rouge. Les deux jeunes femmes se dévisagèrent d'un air interdit.

— Tu es ravissante, Marcella, comme d'habitude.

— Ça ne me sert pas à grand-chose, répliqua cette dernière.

Un silence pesant suivit ses paroles.

— Est-ce que tu attends quelqu'un ?

— Non, j'étais... Je désirais simplement prendre un verre de vin et un plat léger.

— Nous avons un excellent assortiment de tapas, suggéra Marcella.

Cathy hocha vaguement la tête.

— Ce sera parfait, murmura-t-elle d'une voix mal assurée.

— Je m'apprêtais justement à prendre ma pause. Cela t'ennuierait si je m'asseyais quelques minutes avec toi ? Ça me ferait tellement plaisir.

— A moi aussi, mentit Cathy, priant in petto pour que Marcella ne s'effondre pas en lui parlant de Tom.

Sa prière fut exaucée. Marcella lui demanda des nouvelles de Scarlet Feather. Que s'était-il passé depuis son départ ? Il y avait tant de choses à raconter ! Cathy évoqua le mariage de Marian, sa grossesse et sa fausse couche ; elle lui raconta la disparition des jumeaux, l'accident de Jimmy, mentionna le nouveau compagnon de Geraldine, expliqua que Conrad travaillait maintenant presque à plein temps et lui confia que Walter était l'auteur du cambriolage. Elle omit délibérément certaines choses. Comme leur avenir financier, très incertain. Elle ne lui dit pas non plus que Tom, semblable à un zombie, les avait tous inquiétés et qu'il commençait seulement à se remettre. Ni qu'elle s'était tellement éloignée de Neil ces derniers temps qu'elle redoutait le moment où elle devrait rentrer chez elle. Ce qui expliquait sa présence ici.

— Je n'ai pas arrêté de parler de moi. Tu peux me dire ou me demander tout ce que tu veux, Marcella, Tom et moi ne parlons jamais de notre vie privée, c'est une règle tacite entre nous.

— Crois-tu qu'il voudra de nouveau de moi, un jour ?

C'était à la fois brut, humble et pathétique.

— Je n'en ai aucune idée, Marcella, sincèrement. Je connais par cœur une de ses facettes, et je ne sais rien de l'autre.

— Est-ce qu'il voit quelqu'un en ce moment... ?

— Non, pas vraiment. Je sais qu'il a de temps en temps des rendez-vous, mais il ne m'en parle jamais.

— Merci, Cathy.

Elle consulta sa montre et se leva.

— Je vais y aller, moi aussi, déclara Cathy en sortant son portefeuille.

— C'est pour moi.

Cathy savait que les salaires étaient maigres dans ce genre d'établissement, et qu'il n'y aurait pas de pourboire. Mais c'était une question de dignité.

— Merci. Je me suis régalée. Je recommanderai l'adresse.

Un groupe de clients venaient de franchir le seuil. Marcella alla les accueillir, grande et belle, avec son sourire assuré aux lèvres.

Elle appela Neil à la maison. Il n'était pas encore rentré. Elle n'avait pas envie d'attendre seule, là-bas. Où pouvait-elle aller ? Il était huit heures, un soir d'hiver. La tentation fut forte de passer une heure à Scarlet Feather ; elle mettrait un peu de musique, s'installerait dans un sofa moelleux et fermerait les yeux. Mais elle risquait de s'endormir. Non, il valait mieux rentrer à Waterview. Bizarre comme elle avait du mal à dire « chez moi » ou bien « à la maison » depuis quelque temps. C'était juste « Waterview ».

Ils arrivèrent au même moment, et garèrent la camionnette et la Volvo côte à côte.

— Quelle synchronisation ! lança Neil d'un ton enjoué.

Il portait un tas de documents sous le bras et une sacoche pendait à son épaule. Il entra avant elle et jeta un coup d'œil au répondeur.

— Trois messages seulement. Parfait.

— Laisse-les, Neil.

Il partit d'un éclat de rire.

— Enfin, chérie, à quoi servirait d'avoir un répondeur si on ne...

— Laisse-les pour le moment. Si tu les écoutes, tu devras t'en occuper tout de suite.

— Enfin, Cathy, qu'est-ce qu'il y a encore ?

— J'aimerais simplement te parler avant que nous tombions tous les deux de fatigue.

— Nous passons le week-end chez Holly. On aura tout le temps de parler là-bas, ajouta-t-il en se dirigeant vers le téléphone.

— Je n'irai pas chez Holly avec toi, déclara-t-elle d'une voix étonnamment forte.

— Tu commences vraiment à me casser les pieds ! Tu as refusé de partir en vacances alors que j'avais tout arrangé avec Tom et que j'avais réussi à me libérer. Crois-moi, ce n'était pas facile. J'ai dû annuler plusieurs rendez-vous que je dois à présent reprogrammer. Ensuite, tu m'as donné ton accord pour partir en week-end chez Holly et voilà que maintenant, tu changes d'avis. Franchement...

— J'ai juste dit que j'étais d'accord pour partir en week-end. Je ne t'ai jamais demandé de réserver quelque part sans que nous en ayons discuté au préalable.

— Mais tu adores cet hôtel.

— Je ne veux pas aller là-bas.

— Pourquoi, bon sang... ?

Il la dévisagea, déconcerté.

— La dernière fois que nous étions là-bas, je t'ai annoncé que nous allions avoir un bébé. Comment peux-tu penser que j'ai envie d'y retourner ?

Elle se sentit coupable en prononçant ces mots. C'était la vérité, mais il y avait aussi une autre raison. Pourtant, il ne s'était rien passé de honteux ni de secret... Elle aurait volontiers raconté à Neil que Tom et elle avaient dormi dans la même chambre, si seulement elle en avait trouvé le temps.

Il posa sur elle un regard penaud.

— J'ai bien peur de ne pas avoir pensé à ça. Je réserverai ailleurs demain.

— Il faut d'abord que nous parlions.

Neil renonça à l'idée d'écouter les messages.

— C'est ça qui te met dans tous tes états ? Tu ne supportes pas que j'entreprenne quelque chose sans t'en parler d'abord ? C'est ça, n'est-ce pas ?

— Non, c'est bien plus important que ça. Tu n'es pas venu aujourd'hui alors que nous avions désespérément besoin de toi.

Il avait oublié cette histoire. Il n'avait pas arrêté de la journée. S'ils allumaient la télévision, ils entendraient forcément son nom aux actualités. Comment aurait-il pu se souvenir d'une réunion avec les représentants d'une compagnie d'assurances ? Cela faisait tellement longtemps qu'ils avaient fixé cette date ! Ils n'en avaient pas reparlé depuis.

— Ecoute, je t'avais prévenue que... commença-t-il.

— Le fait est que tu n'étais pas là.

— Bon sang, Cathy, tu as bien vu que j'étais sollicité de toutes parts à cause de la manifestation, tu étais là hier soir quand le téléphone n'arrêtait pas de sonner.

— Tu aurais dû annuler notre rendez-vous.

— Enfin, ce n'était pas...

Cette fois, elle attendit. Il se tut de lui-même.

— Ce n'était pas quoi, Neil ? demanda-t-elle sur un ton de défi.

— C'était une question de priorités, compléta-t-il enfin. Tous les jours, nous sommes confrontés à des choix. Nous décidons de ce que nous pourrons faire ou non.

Toujours aussi calme, aussi raisonnable.

— Et, au dernier moment, tu as décidé de ne pas assister à une réunion extrêmement importante pour l'entreprise de ta femme, c'est ça ? Tu nous as plantés là comme trois idiots ?

Neil perdit patience.

— Cathy, je t'en prie. Nous avions un tas de choses à faire, une commission mixte doit être créée, ils avaient besoin d'un conseiller pour définir ses compétences...

— Nous avions également besoin de toi, Neil. Tu avais promis de venir. La réunion s'est très mal passée, ils nous ont mis au pied du mur, ils nous traitaient de haut et... et tu ne vas pas en croire tes oreilles, mais, s'ils ne nous dédommagent pas rapidement, nous serons obligés de mettre la clé sous la porte avant la fin de l'année.

Elle guetta sa réaction — l'étonnement, l'incrédulité — mais il n'y en eut aucune.

— Nous déposerons le bilan définitivement. Scarlet Feather n'existera plus, reprit-elle, craignant qu'il n'ait pas compris.

— Cathy, je sais que c'est une grosse déception pour Tom et toi, et je suis désolé pour vous, bien entendu, mais par rapport à ce qui se passe ailleurs... Je ne peux pas me permettre de tout laisser tomber pour courir à votre secours. Ce n'est qu'une entreprise, après tout, une petite entreprise qui propose des plats haut de gamme aux gens aisés.

— Pardon ?

Cathy tombait des nues.

— Tu sais bien que j'ai toujours été fier de toi et que tu as bien réussi. Très bien, même...

— Désolée, je ne comprends pas. Il s'agit de mon travail, Neil, de ce que je fais tous les jours.

— Je sais, chérie, mais tu ne peux tout de même pas comparer ce que tu fais avec... Je veux dire : ces discussions sans fin sur les canapés et les petits fours... avec ce que j'ai accompli aujourd'hui.

— Nous n'avons pas parlé de canapés ni de petits fours aujourd'hui, crois-moi. Aujourd'hui, nous recevions les représentants d'une grosse compagnie d'assurances qui ont pour mission de nous rembourser le plus tard possible. C'est toi qui m'as dit ça juste après le cambriolage.

— Je sais, je sais.

— De quoi s'agit-il alors ? Explique-moi, Neil, explique-moi pourquoi tu nous as fait faux bond alors que nous t'avions engagé pour une consultation juridique ?

— C'est injuste de me...

— Explique-moi.

— Parce que ce n'était pas aussi essentiel que la création d'une commission mixte. Il me semble que tu accordes bien trop d'importance à une simple entreprise. Ça va, ça vient dans le milieu des affaires, tu sais.

— Même lorsque tu as travaillé comme un damné pour la créer et que tu as tout fait dans la légalité, comme nous ?

— Je ne te parle pas de ça... Tu méprises tes clients, tu te fais de l'argent sur leur dos, c'est tout. Combien de fois t'ai-je entendue te plaindre ou les critiquer ? Mais en attendant, tu es bien contente d'encaisser leur argent.

— Est-ce immoral de proposer un service en échange d'une rétribution financière ?

— Non, Cathy, tu le sais bien ; mais tu essaies de me dire que mon sens moral aurait dû me faire lâcher mon travail en faveur des sans-abri pour porter secours à quelque chose de relativement peu important, nous sommes tous d'accord là-dessus.

— Répète ce que tu viens de dire, Neil.

— Arrête ce petit jeu, tu as très bien entendu.

— Tu trouves que Scarlet Feather est sans importance ?

— En soi, oui. Ça te permet de combler un besoin, mais en termes de...

— Etait-ce déjà ce que tu pensais l'an dernier, quand je m'échinais à monter cette boîte ?

Il laissa échapper un long soupir.

— J'ai besoin de savoir, reprit-elle, dangereusement calme.

— Eh bien, je pensais que cela te ferait du bien, tu sais, à cause de ces histoires ridicules entre ma mère et la tienne, des histoires auxquelles personne n'a jamais accordé d'importance.

— Elles étaient importantes pour tout le monde, sauf toi.

— Si tu le dis...

— Ainsi, tu as toujours considéré Scarlet Feather comme une petite entreprise anodine, une boîte qui pourrait très bien mettre la clé sous la porte du jour au lendemain, comme ça ?

— C'est ainsi que ça marche dans les faits, oui.

Il haussa les épaules. Parfaitement détaché.

— Mais alors, pourquoi as-tu fait mine de t'y intéresser au moment du cambriolage ? Un cambriolage qui, je te le rappelle, a été commis par ton propre cousin...

— Ça, je m'y attendais.

— Réponds-moi, Neil. Pourquoi avoir pris les choses en main si tu savais que tu ne pourrais pas aller jusqu'au bout ?

— Je ne le savais pas, et j'ai l'intention de m'en occuper ; ce n'était pas le bon jour. Tout le pays peut témoigner en ma faveur, j'avais d'autres chats à fouetter aujourd'hui, conclut-il, piqué au vif.

— Mais, pour toi, Scarlet Feather n'est qu'une entreprise réservée aux riches, tu l'as reconnu. Alors pourquoi t'es-tu mêlé de nos problèmes... ?

— C'est une question de principe ; les assurances n'ont pas le droit de s'en sortir à si bon compte.

Il y eut un long silence.

— Cathy ?

— Quoi ?

— Crois-tu que... euh... ?

Elle le considéra longuement.

— Que tu peux écouter les messages maintenant ? compléta-t-elle finalement. Oui, c'est une excellente idée.

— Ne te fous pas de moi.

— Je ne me fous pas de toi.

— Tu voulais parler.

— Et nous avons parlé.

— Y aurait-il quelque chose que je puisse faire ou dire pour que tu te sentes mieux ? demanda-t-il.

— Non, Neil, il n'y a rien.

— Je manque tellement de délicatesse, comme pour ce week-end chez Holly.

— Ce n'est pas grave, crois-moi.

— Je t'aime.

— Peut-être, Neil.

— Non, vraiment et sincèrement ; et nous avons toujours été francs l'un envers l'autre.

— Oui, fit Cathy d'un ton laconique.

— Et je ne veux personne d'autre que toi. D'accord, je sais que je t'ai contrariée aujourd'hui, et aussi un peu ces derniers mois à cause de mes absences répétées. Je le reconnais. Mais j'ai pris une grande décision.

— Ah oui ?

Elle chercha son regard.

— Honnêtement, je ne m'étais pas rendu compte à quel point cette histoire de bébé t'avait bouleversée.

Il se pencha vers elle et lui prit les mains.

— Cathy, il faut que je te le dise. Si tu veux que nous essayions d'avoir un autre enfant, ça ne me dérangerait pas... Ça ne me dérangerait pas le moins du monde.

# 12

# DÉCEMBRE

L'un des « associés » de Muttie alla consulter un acupuncteur et son dos se redressa miraculeusement. Comme s'il était allé à Lourdes, plaisantait-il, tant le changement fut flagrant. Cathy en parla à June ; cette technique pourrait peut-être soulager son mari.

— Rien ne peut plus soulager Jimmy, il se prend pour Sherlock Holmes depuis quelques jours. A quelle heure suis-je sortie du travail, pourquoi ai-je mis tant de temps à rentrer à la maison... Il y a de quoi devenir chèvre, je t'assure.

Cathy prit le parti de Jimmy.

— A sa décharge, tu lui as donné toutes les raisons d'être jaloux... Tu traînes sans cesse dans les fêtes et les boîtes de nuit.

— Je n'ai jamais couché avec un autre homme depuis que je l'ai épousé, il y a un siècle. Tout le monde ne peut pas en dire autant, crois-moi, mais va lui faire comprendre ça ! Il a décidé de me serrer la bride, à moi, la seule femme irréprochable de tout Dublin !

Cathy songea à ses paroles. Avait-elle raison ? La plupart des gens étaient-ils infidèles ? Elle ne l'avait jamais été. Et Neil ? C'était difficile à dire, très difficile ces temps-ci. La seule pensée qu'il puisse coucher avec Sara la rousse, par exemple, lui dire les mêmes choses, lui faire les mêmes choses qu'à elle, la bouleversa profondément. C'était inconcevable. Tout comme tant d'autres choses.

— Tu en as mis soixante-dix dans cette boîte, pas soixante...
fit June en lui arrachant la boîte.

Elles étaient en train de préparer les commandes de canapés
surgelés pour Noël. Des boîtes de soixante.

— Tu es dans les nuages, grommela June.

— C'est vrai, admit Cathy en se ressaisissant. Il faut absolument qu'on termine ça très vite, parce qu'on a notre conseil de
guerre après, tu te souviens ?

— D'accord, je veux bien accélérer, à condition que tu te
concentres un peu.

— D'accord, je veux bien me concentrer si tu donnes à Jimmy
le nom de cet acupuncteur. Qu'il tente le coup, au moins.

Elles accélérèrent donc la cadence, riant quand elles se bousculaient, et les boîtes furent vite remplies, étiquetées et rangées
au fond des congélateurs de location. A onze heures, Tom rentra
des courses qu'il était allé faire après sa fournée matinale.
Conrad et Lucy étaient également arrivés et ils s'installèrent tous
dans la pièce d'accueil, avec cinq tasses de café et une assiette
de sablés. Le tout reposait sur la table qui supportait autrefois
le bol à punch chéri de Cathy.

— Il s'agit un peu d'un conseil de guerre. Il nous a semblé juste,
à Cathy et à moi, de vous avertir que nous sommes au bord du
précipice. Notre seul espoir, c'est de travailler comme des dingues ce mois-ci. Il n'y aura presque rien à faire au mois de janvier, donc pas de grosses rentrées. Nous devons engranger un
maximum pendant les quatre semaines à venir. La question est
de savoir qui sera disponible quand ; combien de jours et de soirées chacun de nous pourra travailler. Sinon, nous serons tentés
d'accepter trop de commandes et nous nous retrouverons le bec
dans l'eau.

— Je serai libre tous les soirs sauf le jour de Noël, annonça
Conrad.

— Mais ton travail au pub ? répliqua Tom, étonné.

— J'ai demandé à faire les journées, je préfère. Décembre est
toujours un mois difficile.

— Tu es sûr ?

— Sûr et certain. J'ai prévu d'aller skier avec une minette en
janvier, j'ai besoin d'un maximum d'argent.

— Et toi, Lucy ?

— Tous les soirs sauf celui de Noël, la plupart des après-midi aussi.

— Lucy, aurais-tu quitté l'université, par hasard ?

— Non, mais il n'y a pas grand-chose à faire avant les partiels de février, et puis j'envisage de partir skier avec un copain en janvier, et il faudra bien que je m'équipe.

Conrad et elle échangèrent un rire complice.

— June ? reprit Tom.

— Tous les soirs, même celui de Noël.

— Et Jimmy ? intervint Cathy.

— Jimmy ne rapporte plus d'argent à la maison, il sera bien content de pouvoir compter sur mon salaire.

— Cathy ?

— Tous les soirs, c'est clair, et tous les jours aussi. C'est notre dernier espoir.

— Mais tu ne devras pas... ?

— Non.

— Le jour de Noël... et le week-end ? insista Tom, déconcerté.

— Rien. Je serai totalement disponible.

— Je serai là tout le temps aussi, le conseil de guerre n'avait donc pas lieu d'être.

L'équipe serait sur pied, au grand complet, tous les soirs. Ils y arriveraient, à cinq ; ils feraient tout pour éviter la mort de Scarlet Feather. Il ne leur restait plus qu'à prospecter de nouveaux clients.

A cette fin, ils avaient prévu de déposer leur brochure un peu partout : à l'université de Lucy, au pub de Conrad, au rayon alimentation de Haywards, dans les blanchisseries du nouvel ami de Geraldine. Geraldine et Shona se chargeraient de les distribuer au Glenstar, Lizzie en déposerait dans les résidences où elle faisait le ménage. Stella et Sean, encore émerveillés par leur mariage, en distribueraient dans leur quartier. Tom devait passer chez l'imprimeur en fin de matinée. Pendant ce temps, Cathy irait au marché pour voir si certains producteurs accepteraient de présenter leur brochure. Ils reçurent un coup de téléphone de Geraldine, qui fut ravie de les trouver aussi motivés ; elle avait l'intention de contacter Harry, un ami journaliste, pour lui demander de mentionner Scarlet Feather dans une des rubriques qu'il dirigeait. Ils convinrent de se tenir au courant tout au long de la journée.

Ce fut une journée bien étrange. Tom se rendit chez l'imprimeur, qui se souvint de lui.

— Vous êtes venu me voir il y a un an à peu près ; c'est vous qui avez racheté les locaux de Martin Maguire.

— Exact, fit Tom, surpris.

— Vous avez des nouvelles de ce pauvre diable ? Quelle histoire terrible !

— Je crois qu'il va bien. Cathy, mon associée, l'a rencontré cet été ; il devait passer nous voir mais il s'est excusé au dernier moment.

— Ah, ça ne doit pas être facile pour lui de remettre les pieds là-bas après ce qui s'est passé.

— Je ne suis pas au courant. Que s'est-il passé, au juste ?

— Ne faites pas attention à moi, je parle trop, répondit l'imprimeur.

— Dites-le-moi, je vous en prie, insista Tom en douceur.

— Son fils Frankie s'est pendu dans ces bâtiments. L'endroit a aussitôt été condamné.

Cathy se rendit au marché ; la course aux cadeaux de Noël avait commencé, il y aurait beaucoup de passage. Hélas, aucun des étals ne lui sembla approprié pour promouvoir leurs prestations « spécial Noël ». Peut-être découvrirait-elle un tableau d'affichage dans la halle, là-bas. En chemin, sur un étal de bric-à-brac, elle repéra un bol à punch en argent qui ressemblait étonnamment au sien. Elle le souleva et examina le pied.

C'était le sien. « Remis à Catherine Mary Scarlet, Prix d'Excellence. »

— Combien ? demanda-t-elle dans un murmure.

— Ce n'est pas de l'argent massif, mais c'est une jolie pièce, répondit le brocanteur.

— S'il vous plaît ?

— Trente ? suggéra-t-il sans conviction.

— Vingt ? proposa-t-elle avant de l'emporter pour vingt-cinq livres. Par simple curiosité, auriez-vous une idée de l'endroit d'où il provient ? demanda-t-elle.

— Pas la moindre.

— Ça n'a pas d'importance, déclara Cathy, qui oublia totalement de trouver un endroit pour leurs brochures.

Geraldine passa au journal pour déposer le petit article qu'elle avait rédigé sur Scarlet Feather. Il serait publié bientôt. Harry était un vieil ami. Elle le connaissait depuis toujours et lui avait communiqué récemment les numéros de téléphone de deux hommes politiques. Il lui était donc redevable.

— Tu viens prendre un verre avec moi, Ger ? Ça fait du bien à ma cote de popularité d'être vu en compagnie d'une jolie jeune femme comme toi.

C'était plutôt flatteur de passer pour une « jolie jeune femme », mais Harry était considérablement plus âgé qu'elle. Tout était relatif.

— Désolée, Harry, j'ai une tonne de travail. Merci quand même.

— Dommage, je n'ai pas trop le moral en ce moment. J'avais besoin d'un peu de réconfort.

— Excuse-moi, vraiment. Que se passe-t-il ?

— Tous mes vieux copains tombent comme des mouches. Le pauvre Teddy est le dernier en lice, je suppose que tu es au courant.

Geraldine n'avait reçu aucune nouvelle du seul homme qu'elle eût jamais aimé, l'homme qui avait quitté l'Irlande pour s'installer à Bruxelles avec femme et enfants, vingt-deux ans plus tôt. Une sensation de vertige s'empara d'elle mais elle n'en laissa rien paraître.

— Vaguement, oui, murmura-t-elle. Mais raconte-moi...

— Oh, le truc classique. Il refuse de suivre une nouvelle séance de chimio. Il veut rentrer en Irlande pour mourir. C'est bizarre, il n'est pratiquement jamais revenu dans son pays pendant tout ce temps, et ça doit bien faire quinze ans qu'il est parti.

— Un peu plus longtemps, je crois.

— C'est possible. Tu le connaissais, avant son départ ?

— Un peu, répondit-elle.

Et elle sortit vite avant que ses jambes se dérobent sous elle.

— Tu as assez d'argent pour **nous** faire vivre ici, Muttie ? demanda Simon.

— Cathy nous a dit de ne jamais demander aux gens combien ils gagnaient, le rabroua Maud.

— Je ne demandais pas à Muttie combien il gagnait, je voulais juste m'assurer qu'il avait assez d'argent, corrigea Simon, piqué au vif.

— On a tout ce qu'il nous faut, fiston, on ne manque de rien, répondit Muttie.

— Si, il te faudrait un bon manteau, le tien est tout fin.

— Mais j'ai un bon gros pull-over, répliqua Muttie d'un ton enjoué.

— Papa avait toujours un beau manteau avec un col en velours et je suis sûr qu'ils ont gagné beaucoup d'argent en vendant les Beeches, fit observer Simon, frappé par l'injustice des choses.

— Ah, mais n'oubliez pas que votre pauvre père a perdu sa maison et votre mère la santé, on ne peut pas tout avoir, voilà ce qu'il faut retenir, expliqua Muttie.

— Des gens vont s'installer aux Beeches après Noël, déclara Maud.

— Ça te fait de la peine, ma petite fille ? Ta maison va te manquer ?

— Non, Muttie. Je veux dire : il n'y a plus personne là-bas. Maman va habiter dans une maison de repos, papa voyage avec le vieux Barty et Walter est parti. Qui pourrait nous manquer ?

— Une chose est certaine, vous êtes ici chez vous aussi longtemps que vous le voudrez. Pour toujours, même. Je sais que ce n'est pas une grande et belle maison comme celle où vous avez grandi, mais elle nous paraîtrait tellement vide si vous n'étiez pas là... Vous nous avez beaucoup manqué, vous savez.

— On sait, fit Simon. Vous avez fait tout le trajet jusqu'à Kilkenny pour venir nous chercher.

— Je me demande où est Walter, intervint Maud. Il ne nous envoie jamais de carte postale, rien.

— Je suis sûr que vous en recevrez une un jour, assura Muttie.

— J'espère qu'il a trouvé un bon travail, reprit la fillette. C'était tellement gentil de sa part de venir nous chercher aussi, le même jour que toi ; je n'aurais jamais cru ça de lui.

— Moi non plus. Je m'imaginais qu'il se fichait complètement de nous alors qu'en fait il a dû se faire du souci, ajouta Simon.

— On pensait qu'il était parti, lui aussi, ce soir-là... Je ne m'en souviens pas bien, murmura Maud.

Muttie décida qu'il était temps de changer de sujet.

— On dit qu'il ne faut jamais regarder en arrière. Est-ce que je repense au jour où j'ai voulu miser dix livres sur Earl Grey et où, comme je ne voyais pas très bien, j'ai confondu les noms et joué King Grey à la place ? Ce fut une journée noire, mais est-ce que j'y repense ? Eh bien non.

— Tom, ne raccroche pas, c'est Marcella.

— Je n'ai pas l'intention de raccrocher.

— Ecoute, je ne peux pas parler longtemps ; tu sais, il y a ce jeu télévisé qui remet aux gagnants des prix de rêve comme un baptême de l'air en hélicoptère, un dîner préparé par des chefs...

— Je sais, soupira Tom. Geraldine voulait qu'on s'inscrive mais...

— Je dîne en ce moment avec le réalisateur, chez Quentin. Passe avec Cathy, je vous présenterai. Brenda arrivera au même moment pour chanter vos louanges. C'est l'occasion rêvée de...

— C'est gentil d'y avoir pensé, mais...

— Mais quoi, Tom, il est huit heures du soir. Je serai chez Quentin encore une bonne heure. Allez, appelle Cathy, je suis sûre qu'elle trouvera l'idée géniale.

Et elle raccrocha.

Ils se retrouvèrent devant chez Quentin. Tom portait un costume sombre et une chemise blanche. Cathy l'enveloppa d'un regard admiratif.

— Ça te va drôlement bien !

De son côté, elle avait enfilé son tailleur-pantalon en velours bleu et ses cheveux flottaient librement sur ses épaules.

— Et toi, tu t'es maquillée ! fit Tom, ébahi.

— Prenons seulement une entrée, on ne peut pas se permettre de payer un repas entier, murmura-t-elle en jetant un coup d'œil inquiet au menu.

Tom contemplait Marcella, qui souriait à un homme à lunettes doté d'une mâchoire carrée. C'était lui, le réalisateur qui avait le pouvoir de rendre Scarlet Feather célèbre. En proie à une étrange sensation de vide, Tom se rendit compte qu'il n'était plus du tout amoureux de Marcella.

Brenda s'approcha d'eux.

— Je suis au courant, annonça-t-elle. Ils en sont au café, alors ne commandez rien pour le moment et ils pourront s'asseoir quelques minutes à votre table en sortant.

— Tu es un vrai génie, murmura Cathy.

— Non, il se trouve simplement que j'adore ce genre de mise en scène, cette impression de bouleverser la vie des gens, voilà ce qui me plaît ici. Vous devriez le savoir, vous faites la même chose.

Tout se déroula comme dans un rêve. Marcella feignit la surprise en les apercevant, Tom insista pour qu'ils s'asseyent quelques minutes. Douglas, le réalisateur, leur apparut comme un type sympathique qui se mêla facilement à la conversation, ignorant ce qui se tramait. Personne ne parla du jeu télévisé.

— Que fais-tu en ce moment, Marcella ? s'enquit Tom.

— J'espère la convaincre d'embellir notre émission en lui confiant le rôle d'hôtesse ; elle serait chargée de remettre les prix aux gagnants, répondit Douglas avec un sourire.

Au même instant, Brenda les rejoignit et félicita Douglas d'avoir découvert Scarlet Feather, les meilleurs traiteurs du pays. Bientôt, tout le monde se les arracherait, cela ne faisait aucun doute.

— Patrick et moi tremblons de peur à chaque fois qu'ils viennent manger ici, leur niveau est tellement élevé, expliqua-t-elle.

— Dites-moi un peu, quel genre de menu gastronomique concocteriez-vous pour huit personnes... ?

Le tour était joué. Sous la table, Cathy et Tom s'étreignirent les mains avec ferveur.

Kay Mitchell résidait dans une maison de santé. On craignait qu'elle ne retrouve jamais son autonomie. L'établissement avait été choisi pour sa facilité d'accès : les enfants pouvaient s'y rendre directement en bus depuis l'école ou St Jarlath's Crescent. Il y avait un salon chaleureux où elle les recevait toutes les semaines. C'est également là qu'elle verrait son époux s'il se décidait à rentrer un jour de son escapade avec le vieux Barty. Et aussi

Walter, si seulement quelqu'un pouvait lui dire où il était et quand il reviendrait. Elle interrogeait parfois les jumeaux, mais ces derniers l'ignoraient. Parfois, elle oubliait que la demeure familiale avait été vendue et elle leur posait des questions sur le jardin. Il y avait même des jours où elle ne savait plus très bien qui étaient Maud et Simon. Mais les jumeaux se comportaient de façon admirable.

— Quand ses nerfs sont en mauvais état, les gens s'échappent de son esprit, déclara Simon après une visite où leur mère n'avait pas arrêté de leur demander qui ils étaient venus voir.

— Et ensuite, quand ses nerfs vont mieux, elle les retrouve, convint Maud.

Ils regagnèrent la chaleur de St Jarlath's Crescent, où tout le monde savait qui ils étaient et où on les accueillait toujours avec bonheur pour le dîner.


Geraldine trouva rapidement l'hôpital où Teddy avait été admis et elle apprit qu'il occupait une chambre seule. A deux reprises, elle s'y rendit dans l'intention de le voir, mais à chaque fois, elle repartit sans en avoir eu le courage. Elle avait avancé jusque dans le couloir et constaté qu'il n'y avait effectivement personne d'autre avec lui... Pourtant, quelque chose l'avait arrêtée. Pourquoi était-il rentré en Irlande ? Il ne connaissait plus personne ici, ses enfants avaient grandi à Bruxelles, il n'était proche ni de son frère ni de sa sœur. Avait-elle vraiment envie de le voir dans cet état ? Avait-il envie qu'elle le voie dans cet état ? Etait-il possible qu'il ait eu envie de la revoir une dernière fois, avant de mourir, sans oser la contacter ? La troisième fois, Geraldine avait la ferme intention de ne pas reculer. La porte de sa chambre était entrebâillée ; elle aperçut le pied de son lit et une infirmière qui lui parlait. Elle ne trouva pas la force d'entrer. Elle avait son portable et le numéro de l'hôpital sur elle... Elle s'éloigna au bout du couloir et composa le numéro du standard, qui transféra l'appel dans la chambre. Elle entendit le téléphone sonner, à côté de son lit. Il décrocha.

— Teddy, c'est Geraldine O'Connor.

— Pardon ?

Sa voix était fluette, il paraissait confus.

— Tu sais bien... Geraldine, répéta-t-elle.

— Etes-vous sûre d'avoir fait le bon numéro ?

— Teddy, c'est Geraldine, bon sang, Geraldine !

Elle s'approcha de la chambre. Il ne pouvait tout de même pas l'avoir oubliée. Non, c'était impossible. Elle avait eu une conduite irréprochable pendant plus de la moitié de sa vie ; tout ce qu'elle désirait, maintenant, c'était lui dire adieu, lui avouer qu'elle n'avait jamais cessé de l'aimer.

— Je suis désolé, murmura-t-il. Je suis sous traitement et j'ai bien peur de ne pas me souvenir de tous les noms.

— Alors pourquoi es-tu revenu ici, Teddy, si tu ne te souviens de personne ? lança Geraldine d'une voix dure.

— Excusez-moi, je vous en prie, dit-il avant de raccrocher.

Geraldine vit l'infirmière faire le tour du lit. Elle n'entra pas dans la chambre. Immobile dans le couloir, elle regarda la jolie jeune femme regagner le bureau des infirmières. Elle aurait été incapable de dire combien de temps elle resta là, comme pétrifiée. Une ou deux personnes lui demandèrent si tout allait bien et ses réponses durent les satisfaire. Elle vit des gens entrer dans les autres chambres, mais personne ne pénétra dans celle de Teddy. Finalement, elle pivota sur ses talons et se dirigea vers l'ascenseur. Elle tremblait trop pour reprendre sa voiture. Elle décida d'aller prendre un thé à la cafétéria de l'hôpital. C'était mieux ainsi, songea-t-elle. Qu'aurait-elle bien pu lui raconter, de toute façon ? Qu'il avait détruit sa vie, que son ami médecin avait ruiné tous ses espoirs d'avoir un enfant ? Lui aurait-elle parlé de tous ces hommes qui lui avaient succédé, ces hommes qu'elle n'avait jamais aimés comme elle l'avait aimé lui ? Un homme mourant n'avait probablement aucune envie d'écouter une histoire aussi tragique. Elle essuya les larmes qui tombaient dans sa tasse de thé. Tout compte fait, c'était bien mieux qu'il ne se soit pas souvenu d'elle.

La soirée chez Quentin avait été tellement merveilleuse que Tom n'avait pas voulu refroidir l'ambiance en racontant l'histoire du jeune Frankie Maguire qui s'était suicidé sur leur actuel lieu de travail. Il lui arrivait parfois de regarder autour de lui et de se demander dans quelle pièce c'était arrivé. Mais Cathy n'avait pas besoin de l'apprendre tout de suite ; les autres non plus, d'ailleurs. De toute façon, ils n'avaient pas une minute à eux. Le menu de fête pour le jeu télévisé était prêt... Tom et Cathy seraient présents dans le studio... Leur distribution de brochures commençait à avoir des retombées. Ils travaillèrent tous les cinq d'arrache-pied, cuisinèrent, chargèrent et déchargèrent la camionnette, livrèrent, servirent, débarrassèrent, acceptèrent d'autres commandes. Il se passait tellement de choses que Tom avait du mal à dormir. Ce n'était pas un effort pour lui de se lever pour préparer le pain chez Haywards alors que la ville était encore endormie.

Shona ne dormait pas non plus ; elle entra dans le magasin en même temps que lui.

— Je te prépare le petit déjeuner, proposa-t-il.

— D'accord.

Elle le suivit en cuisine et la pièce s'anima sous ses yeux tandis que Tom pétrissait la pâte à pain et préparait du café et des toasts.

— Que viens-tu faire ici alors qu'il fait encore nuit, Shona ? Ils veulent te tuer à la tâche ou quoi ?

— Non, je suis ici de mon plein gré. J'aimerais passer une heure tranquille sur Internet. Je suis chargée de faire une réservation pour les vacances et je n'ai pas trop l'habitude de naviguer.

— A combien partez-vous ? demanda Tom.

— A deux.

Il leva les yeux et la gratifia d'un sourire entendu.

— C'est super.

— Ce n'est pas ce que tu crois, Tom.

— Ce n'est jamais ce qu'on croit. Plus je vieillis, plus je m'en aperçois.


Cathy pénétra dans le salon de coiffure de Haywards.

— Je veux changer de tête pour une émission de télévision qui a lieu demain, annonça-t-elle.

— Quel genre de tête désirez-vous ? s'enquit Gerard, le responsable du salon.

— Je veux épater tout le monde.

Gerard avait rarement reçu des consignes aussi vagues au cours de sa carrière.

— Que porterez-vous ? demanda-t-il.

— Un T-shirt rouge, un pantalon noir et un tablier blanc. Je devrai sans doute porter une espèce de chapeau ou quelque chose qui empêche mes cheveux de tomber dans les plats.

Gerard lui demanda alors pourquoi elle tenait tant à changer de coiffure si c'était pour dissimuler le résultat sous un chapeau... C'était plutôt un chapeau qu'il lui fallait, un chapeau blanc, chic et seyant.

— Il me faut une nouvelle coupe de cheveux parce que ma belle-mère m'avait offert un bon il y a déjà plusieurs mois, et je ne m'en suis jamais servie, expliqua Cathy comme si cela coulait de source.

— Qu'en avez-vous fait ?

— Je l'ai donné à mon amie June, qui s'est fait faire des mèches violettes.

— Je vois, murmura Gerard.

— Et je ne dispose que de trois quarts d'heure, il faudrait donc que vous songiez rapidement à quelque chose.

Gerard envoya l'une de ses employées chercher un chapeau blanc au rez-de-chaussée du magasin afin d'examiner la situation plus clairement.

— Ça va prendre une éternité ! gémit Cathy.

— Vous êtes une pro et je suis un pro. Jamais vous n'oseriez servir un plat insipide. Moi, je ne vous laisserai pas montrer votre tête à la télévision si la coiffure que je vous ai faite ressemble à un nid d'oiseau après la tempête.

Cathy se rendit à ses arguments ; lui aussi avait une réputation à défendre. Il posa sur ses cheveux une casquette blanche qu'il inclina légèrement sur le côté puis entreprit de couper ses cheveux juste au-dessus des épaules.

— Je ressemble à l'idiot du village, fit Cathy en regardant son reflet.

— Merci du compliment, je suis sûr que votre bouffe est dégueulasse, répliqua Gerard, piqué au vif.

Leurs regards se croisèrent dans le miroir et ils éclatèrent de rire. La clientèle anesthésiée de Haywards fut décontenancée par l'hystérie naissante qui perçait dans les rires de Cathy et Gerard, incapables de se contenir.

— Tom, tu sais bien qu'on ne vous ennuierait pas, affirma Maud au téléphone.

— Je le sais, oui, tout comme vous savez qu'on ne veut pas vous vexer, mais nous sommes vraiment débordés en ce moment.

— Oui, je sais. J'ai entendu Muttie dire à sa femme Lizzie que vous serez tous les deux morts et enterrés avant la Saint-Patrick si vous continuez à ce train là...

— Il a dit ça ? fit Tom en attrapant la queue d'une poêle juste avant que son contenu commence à brûler.

— Oui, et aussi que s'il gagnait beaucoup d'argent un jour, il investirait dans votre entreprise.

— Eh bien, c'est drôlement gentil de sa part, et ça fait du bien de parler un peu de temps en temps mais...

— Il n'y a pas d'école vendredi, alors on se demandait si on pourrait venir nettoyer vos trésors. On a besoin de gagner de l'argent pour acheter un manteau à Muttie.

— Pour être franc, ça m'étonnerait que vous gagniez suffisamment d'argent en une journée.

Le pauvre Tom était à court d'argument.

— On a repéré un manteau à trois livres à la friperie, répliqua Maud.

— Bon, c'est d'accord, nous vous attendons vendredi, capitula Tom avant de raccrocher.


— Je ne te crois pas, déclara Cathy.

— Je n'ai pas pu faire autrement, protesta Tom. Tu aurais agi comme moi si tu avais été là. Bon, allez, enlève ton chapeau. Voyons voir ton nouveau visage...

— Je ressemble à un garçon de ferme avec un brin de paille dans la bouche.

— Je sais, tu as toujours ressemblé à ça, mais montre-nous plutôt tes cheveux.

— Allez, renchérit June, pourquoi crois-tu que je suis encore là ?

— Est-ce que Jimmy est allé chez l'acupuncteur ? demanda Cathy pour gagner du temps.

— On en a déjà parlé, il y est allé et il se sent un peu mieux. Maintenant, montre-nous tes cheveux.

Cathy ôta son chapeau. Peu soucieuse de son apparence, elle ne se précipita pas vers le miroir pour arranger sa coiffure en expliquant que cela manquait un peu de volume.

Tom, June, Lucy et Conrad la dévisagèrent en silence.

— Oh, mon Dieu, c'est si moche que ça ?

— Tu es superbe, déclara simplement June.

— Superbe, répéta Tom.

Conrad et Lucy firent claquer poêles et couvercles.

— Ça suffit, je ne supporterai aucune moquerie, lança Cathy d'un ton faussement menaçant.

Mais son air heureux ne put leur échapper et, dès qu'elle eut un instant, elle fila aux toilettes pour examiner son reflet. Le résultat n'était pas mal du tout, très naturel. Ses cheveux brillants retombaient en vagues souples, dégageant son visage ; ils n'étaient pas simplement tirés en arrière mais réellement coiffés. Elle enverrait une petite carte à Gerard pour le remercier. Maintenant, il ne lui restait plus qu'à préparer un repas devant un demi-million de personnes.

La journée de tournage fut un véritable cauchemar. Les ingrédients fondaient sous la chaleur des projecteurs ; au final, ils furent obligés de reconstituer les plats et de les asperger d'une horrible substance collante pour les faire briller. On ne cessa de leur répéter que cela n'avait aucune importance : le public ne goûterait pas leurs préparations, il souhaitait seulement voir ce que Tom et Cathy avaient concocté pour le gagnant. Les téléspectateurs devaient pouvoir les imaginer dans leur propre cuisine, aux quatre coins du pays, en train de préparer un dîner gastronomique. Douglas, le réalisateur de l'émission, semblait comme un poisson dans l'eau. Tom et Cathy l'observèrent, admiratifs. C'était la première fois qu'ils se sentaient aussi nerveux alors que Douglas, lui, évoluait dans le studio avec un détachement extraordinaire. Bizarrement, il semblait très impressionné de les voir cuisiner dans de telles conditions.

— Vous êtes parfaits, déclara-t-il. Je ne serais pas étonné de vous revoir sur ce plateau. C'est un joli petit créneau, le nouveau couple de chefs, stars de la télé. Vous êtes ensemble depuis longtemps ?

— Nous travaillons sous l'enseigne de Scarlet Feather depuis un petit bout de temps mais ça fait moins d'un an que nous avons des locaux, répondit Cathy.

Comme tant d'autres, il les considérait comme un vrai couple.

— Vos invités doivent se régaler quand ils dînent chez vous.

Ils n'eurent pas le courage de le détromper et se contentèrent de hocher vaguement la tête pendant que la maquilleuse leur repoudrait le visage pour la énième fois.

— Elle est adorable, votre amie Marcella, n'est-ce pas ? reprit Douglas.

— Adorable, fit Tom. Unique.

— C'est une amie de toujours, renchérit Cathy.

Le compte à rebours commença et ils investirent de nouveau le plateau pour la dernière répétition avant la diffusion de l'émission en direct.

Le lendemain, le téléphone n'arrêta pas de sonner. A l'accueil, Lucy passa la matinée à répondre aux appels et à envoyer des brochures. L'effet était exactement celui qu'ils avaient espéré : tous les projecteurs étaient à présent braqués sur Scarlet Feather.

— Vous ne remercierez jamais assez Marcella, observa June.

— Je vais lui envoyer des fleurs de notre part à tous, déclara Cathy. Signons cette petite carte et je ferai livrer chez Ricky.

Tom signa en dernier. « Marcella, ton amitié et ta générosité nous vont droit au cœur », écrivit-il avant de glisser la carte dans l'enveloppe.

Cathy surprit Lucy en train de s'étirer.

— Je prends le relais au téléphone, va te dégourdir les jambes en cuisine, dit-elle à la jeune fille.

Une atmosphère paisible régnait dans la pièce d'accueil. Son saladier trônait à nouveau sur la table, un petit sapin de Noël ornait la fenêtre, les boîtes d'archives multicolores se remplissaient d'adresses, de contacts et de nouveaux clients. Et tout était calme. L'ambiance l'incita à réfléchir entre deux appels. Elle pensa à Neil. Quand elle était rentrée la veille au soir, il travaillait, comme d'habitude. Il lui avait souri, heureux de la voir. Et tout à coup, une expression de pure culpabilité s'était peinte sur son visage.

« Oh, mon Dieu, c'était ce soir, le truc à la télé.

— Tu n'as pas regardé ?

— Je suis navré...

— Ni même enregistré... ?

— Je ne peux pas dire à quel point... »

Elle était allée se coucher. Et le matin, elle était partie avant qu'il se lève. Leur situation devenait désastreuse. Il l'appellerait dans la journée pour lui présenter de nouveau ses excuses ; elle avait besoin de temps pour penser à ce qu'elle lui dirait. Il ne s'agissait pas de faire la tête ni de refuser ses explications. Parce que, au fond, ce n'était pas cela qui comptait. C'était plutôt ce que cela révélait sur leur couple.

— Geraldine, Neil Mitchell à l'appareil. Auriez-vous par hasard enregistré l'émission de Cathy hier soir ?

— Oui, bien sûr, elle a été excellente, n'est-ce pas ? Ils étaient formidables, tous les deux.

— Pourrais-je avoir la cassette ?

— Vous n'en avez pas fait une ? C'est toujours comme ça... dit Geraldine en riant.

— Pourriez-vous me la prêter, Geraldine ?

— Non, désolée, je suis en train de la faire adapter pour l'envoyer en Amérique ; j'ai pensé que Marian serait heureuse de...

— Muttie, avez-vous vu Cathy à la télévision hier soir ?

— La moitié du quartier s'était donné rendez-vous ici pour voir ça.

— Avez-vous une cassette de l'émission ? demanda Neil d'un ton pressant.

— Neil, mon garçon, les enfants l'ont emportée à l'école aujourd'hui.

— Pour quoi faire, grand Dieu ?

Neil sentit sa patience l'abandonner.

— Ils ont un exposé à présenter tous les jeudis. Simon et Maud ont décidé de passer sept minutes de la cassette de Cathy et Tom avant de parler de l'industrie alimentaire. C'est une idée géniale, non ? conclut Muttie avec fierté.

— Géniale, en effet, marmonna Neil avant de raccrocher.

— Maman, as-tu enregistré Cathy à la télévision hier soir ?

— Non, mon chéri, pour quelle raison aurais-je dû l'enregistrer ?

— J'ai pensé que tu aurais pu le faire, c'est tout. Tu as regardé l'émission ?

— Oui, je dois reconnaître qu'ils ont été excellents, n'est-ce pas ?

— Oui, oui, tout à fait, murmura Neil.

— Je suis si heureuse qu'elle se soit enfin décidée à faire quelque chose pour ses cheveux avec le bon que je lui avais offert, ça la change complètement, tu ne trouves pas ?

— Complètement, en effet. Au revoir, maman.

Sara appela Neil pour convenir d'un rendez-vous plus tard dans la journée.

— C'était un coup de pub fabuleux pour Scarlet Feather, hein ?

— Vous l'avez vue ?

— Bien sûr.

— Mais comment est-ce possible, vous étiez au café avec nous quand l'émission est passée...

— Je sais, mais je l'ai enregistrée.

— C'est vrai ? Génial. Pouvez-vous me prêter la cassette ?

— Non, j'ai enregistré un film d'horreur par-dessus.

— Sara, la coiffure de Cathy vous a-t-elle paru différente ?

— C'est le moins qu'on puisse dire, je l'ai à peine reconnue, répondit Sara avec son tact habituel.

— Quoi ?

— Enfin, ce n'est pas ce que je voulais dire mais ça lui va plutôt bien, je l'avoue.

— Je n'ai rien remarqué.

— Vraiment ? fit Sara, folle de joie.

Ils reçurent énormément d'appels de clients qui, très fiers d'eux, tenaient à les féliciter. Les Riordan, Molly Hayes, Stella et Sean, Mme Ryan qui leur avait commandé les strudels quelques mois plus tôt, et même l'Enquiquineuse, tous se manifestèrent. Le mari de June appela pour leur dire qu'ils avaient été grandioses ; il voulait aussi remercier Cathy au sujet de l'acupuncteur. Une espèce de superstition idiote l'avait toujours empêché de croire à ces techniques mais le résultat était là, qui tenait presque du miracle. Puis Neil appela.

— Je suis mort de honte, c'est tout ce que je peux dire.

— Ce n'est pas grave, Neil, répondit Cathy d'un ton las.

Elle était sincère. Ce n'était vraiment pas grave. Comparé à leur situation globale, son oubli n'était qu'un détail.

— Une invitation à déjeuner ne suffirait probablement pas à me faire pardonner... ?

Cathy n'avait aucune envie de bouder. Elle n'allait pas passer sa vie à fulminer. Neil était mortifié, elle le savait.

— Je n'ai pas le temps de déjeuner aujourd'hui, Neil, ne le prends pas comme un refus, c'est la vérité. Le téléphone n'arrête pas de sonner... tu ne peux même pas imaginer.

— Félicitations, je suis très fier de toi. J'essaierai de regarder l'émission aujourd'hui.

— Ne te donne pas tout ce mal, je sais que tu es occupé ; nous demanderons à mes parents de nous faire une copie un peu plus tard. Oublie ça, Neil, ce n'est pas grave, je t'assure.

— Au fait, Cathy, tes cheveux... ?

— Oui ?

— Ça te va très bien.

— Tu me l'as déjà dit.

— Quand ça ?

— Mardi. Je t'ai demandé ce que tu en pensais et tu m'as répondu que ça m'allait bien.

— Et c'est la vérité. A quelle heure seras-tu à la maison ce soir ?

— Vers sept heures, répondit-elle. Mais tu ne seras pas là.

— Je serai là, promit-il. J'annulerai ma réunion.

Shona Burke déjeunait chez James Byrne. Il avait découvert que les soupes étaient très faciles à préparer ; pourquoi personne ne le lui avait-il dit plus tôt ? Ils parlèrent du succès de l'émission. C'était peut-être un tournant décisif pour Scarlet Feather.

— Si seulement l'assurance acceptait de les rembourser ! soupira James. Je ne voudrais surtout pas passer pour le rabat-joie de service, mais la situation reste très préoccupante, tu sais. Par quel moyen ce sale gamin a-t-il bien pu entrer ? Nous avons besoin de le savoir et ce n'est certainement pas lui qui nous le dira.

— Ils travaillent tous les cinq comme des damnés aujourd'hui, je suis passée les féliciter en venant ici...

— Comment ont-ils réagi en apprenant que nous partions au Maroc pour Noël ?

— Je ne leur en ai pas parlé.

— Pourquoi ?

— Parce que tu es quelqu'un d'extrêmement secret, tu ne parles jamais de ta vie privée. Et moi non plus. Je ne savais pas si tu voulais parler de... de nos retrouvailles et de tout le reste, bredouilla-t-elle, mal à l'aise.

— Je n'étais pas comme ça autrefois, tu sais. Avant, je racontais tout à tout le monde, j'apportais même tes rédactions au bureau pour les faire lire à mes collègues. J'étais d'un naturel très ouvert... avant.

— Moi aussi. J'ai appris à devenir secrète avec le temps. Mais je suis sûre qu'on pourrait retrouver notre vraie nature tous les deux. Est-ce moi qui vais leur annoncer la nouvelle ou veux-tu t'en charger ?

— Que dirais-tu si nous le faisions ensemble ? suggéra James.


Cathy rentra à sept heures précises. Elle avait l'air fatiguée, remarqua Neil, et ses cheveux étaient magnifiques, doux, très féminins. Comment avait-il fait pour ne rien remarquer ou pour la complimenter sans même y prêter attention, le mardi soir ?

— J'ai baissé le volume du répondeur, on n'entendra même pas si quelqu'un appelle.

D'ordinaire contagieux, son sourire n'obtint aucune réponse.

— J'ai acheté quelques huîtres, reprit-il. Pour essayer de me faire pardonner... Elles ne sont pas ouvertes et, comme je ne sais pas comment m'y prendre, j'ai pensé que tu pourrais...

— Ouvrir des huîtres après onze heures passées en cuisine ? compléta-t-elle.

— Non, peut-être pas. Non, c'était une mauvaise idée.

— Nous sommes dans l'impasse, n'est-ce pas ?

— Que veux-tu dire... ?

— Nous nous sommes trop éloignés, nous n'avons plus rien en commun. Les week-ends, les fêtes, les surprises, les conversations, les huîtres... tout ça sonne complètement faux.

— Nous traversons une période difficile, c'est vrai... On échange beaucoup moins de choses qu'avant mais je t'ai dit l'autre jour que j'étais prêt à faire un autre enfant.

— C'est justement ça qui nous a encore plus éloignés l'un de l'autre.

— Pourquoi dis-tu ça ?

— Neil, tu ne peux pas faire un enfant et t'en accommoder simplement pour m'amadouer.

— Je n'ai jamais prononcé de telles paroles ; ce n'est pas non plus ce que je ressens. Ne me fais pas dire ce que je n'ai pas dit.

— C'était pourtant ce que tu me proposais en dernier recours.

— Tu affabules.

— Avant, on pouvait parler de tout ensemble. C'était la chose la plus merveilleuse que j'aie jamais connue.

— Crois-tu que nous pouvons retrouver tout ça ?

— Non, je ne crois pas.

— Tu n'es pas sérieuse ?

— Si, au contraire. Ce qu'il te faut, c'est un tout autre genre de femme. Une femme qui t'idolâtrera, qui restera à la maison, qui organisera de bons petits dîners pour tes collègues de travail...

— Je n'ai jamais dit...

— Non, c'est vrai, et je ne dis pas non plus que ce n'est pas bien de vouloir ça, mais tu n'as pas besoin d'une femme indépendante qui mène une carrière de son côté ; au contraire, il te faut quelqu'un qui soit prêt à tout lâcher pour te suivre, où que tu ailles. Je ne suis pas cette femme-là, mais je sais qu'elles seraient nombreuses à vouloir jouer ce rôle auprès de toi. A commencer par Sara.

— Sara ? Que veux-tu dire, au juste ?

— Tu parles avec elle comme nous le faisions autrefois.

— Sara... tu ne penses tout de même pas... ?

— Je dis simplement qu'elle est très jeune, elle te considère comme un héros...

— Elle s'implique énormément...

— Elle a le béguin pour toi, mais là n'est pas la question.

Cathy se sentit lasse tout à coup, en proie à un profond abattement. Mais elle avait exprimé ce qu'elle ressentait et ça semblait à présent moins effrayant. Voilà, c'était dit. Ils avaient admis l'un et l'autre que leur couple allait très mal.

— Tu t'intéresses toujours à ce que je fais, aux actions qu'il faut mener, n'est-ce pas ? demanda Neil.

— Oui, bien sûr... oui. Mais je crois que tu nous as terriblement négligés au milieu de tout ça. Nous ne parlons plus... Non pas que nous n'ayons pas le temps, mais nous ne nous donnons pas la peine de le prendre. Et, bien que j'aie énormément d'admiration pour toi, il me semble que tu compatis à toute la misère du monde, à tous les grandes causes sans pour autant prêter attention aux souffrances, aux espoirs et aux rêves de tes proches.

— Tu es injuste, Cathy. N'est-ce pas toi qui m'avais affirmé que tu soutenais les mêmes valeurs que moi ? Mais voilà que, soudain, tu as pris un autre chemin en décidant de devenir le plus grand traiteur du monde. N'est-ce pas toi qui m'avais affirmé que tu ne voulais pas d'enfant ? Et puis tu es tombée enceinte, et je suis devenu du même coup un monstre sans cœur parce que je n'ai pas bondi de joie en apprenant la nouvelle. Ensuite, tu m'as dit que tu te sentais triste, seule et fatiguée et j'ai répondu d'accord, essayons de faire un autre bébé, mais apparemment j'aurais mieux fait de me taire. Alors je t'en prie, ne m'accable pas de reproches.

Cathy le contempla comme si elle le voyait pour la première fois. Il pensait vraiment, sincèrement qu'elle l'avait mal jugé dans toute cette histoire. Décidément, le fossé qui les séparait était encore plus profond qu'elle ne l'avait cru.

— Je ne te jette pas la pierre, Neil, je dis simplement que tu t'investis tellement dans tes affaires que tu ne vois même pas ce qui se passe dans notre couple. Tu n'hésiterais pas à te battre bec et ongles pour défendre une grande cause et, pendant ce temps-là, nous sommes en train de nous perdre...

— Non, c'est faux. Tu te trompes. J'ai fait tout ce que j'ai pu, tu es en train de me coller une étiquette... Tu n'as pas le droit de me taxer d'opportunisme. Je ne peux pas accepter ça.

— Qu'accepteras-tu, alors ? Admettras-tu au moins que notre vie de couple est un échec ?

— Je n'arrive pas à croire à ce qui nous arrive, murmura Neil en secouant la tête comme pour chasser un bourdonnement insistant.

Cathy ne bougea pas. Elle attendit en silence.

— C'est un gâchis monstrueux, reprit Neil. Tout ça parce que nous travaillons trop tous les deux. Cathy, ne laissons pas filer les choses, c'est à nous de redresser la barre... Tu le sais bien... quand nous voulons quelque chose, nous finissons toujours par l'obtenir. Nous l'avons déjà prouvé.

Elle s'apprêtait à dire qu'il était trop tard, mais les mots refusèrent de franchir ses lèvres.

— Ecoute, Cathy, nous pouvons repartir de zéro, partir d'ici, loin de toutes les pressions, tout recommencer. J'accepte le poste et nous filons loin d'ici, nous oublions tout. Nous aurons de l'espace et de la tranquillité pour tout mettre à plat, pour faire un bébé quand nous le désirerons. Faisons une croix sur cette année malheureuse.

Elle le dévisagea, bouche bée.

— Voilà ce nous allons faire. Ils me tannent tous les jours pour que je prenne ma décision. Nous leur dirons que nous acceptons, nous partirons ensemble.

— Je t'en prie, Neil, non.

Mais elle ne pouvait plus l'arrêter, il était lancé.

— C'est exactement ce qu'il nous faut, partir d'ici... Nous nous sommes enlisés, tu as raison, nous ne nous sommes pas suffisamment occupés l'un de l'autre. Il y a eu cette histoire avec les jumeaux, le cambriolage, tes parents et les miens, le mariage américain, les problèmes avec l'assurance, nos journées de travail interminables qui ne nous laissent jamais le temps de parler...

— Ça n'a rien à voir avec tout ça, intervint Cathy.

— Si, au contraire. Une fois que nous serons loin de tout cela...

— Il est hors de question que...

— Nous travaillons trop, nous n'avons jamais fait de break, pris le temps de réfléchir à...

— Non, Neil, coupa-t-elle d'un ton sec.

— Arrête de secouer la tête et de me parler comme une maîtresse d'école. Même ma mère n'est pas aussi butée. Je te propose une chance de sauver notre mariage, de continuer à nous aimer. Nous avons lutté âprement pour vivre notre amour, fait face à la désapprobation générale. Nous n'allons tout de même pas tout sacrifier à cause d'une mauvaise année, hein ?

Elle demeura silencieuse.

— Réponds-moi, Cathy. Cesse de me regarder de cet air désapprobateur, comme si j'étais Maud ou Simon. C'est grave, tu sais, c'est de notre avenir qu'il s'agit, bon sang !

— De ton avenir.

— Je veux que ce soit le nôtre, je veux que nous le réalisions ensemble...

— Mais...

— Mais j'ignore de quoi tu as envie, toi. Je l'ignore complètement. Si je le savais, j'essaierais de te satisfaire.

— J'ai toujours voulu la même chose, déclara Cathy.

— Non, c'est faux. Ce que tu veux en ce moment, c'est passer toutes tes journées dehors à cuisiner des plats ridicules pour des idiots pleins aux as.

— Je vois.

— Ce n'est pas une vie, ce n'est pas une éthique. Ça n'a jamais fait partie de nos projets. Viens avec moi, je t'en prie, nous réussirons, tu verras.

— Non.

— Ne sois pas bornée. Tu ne penses qu'à me contrarier.

— Faux.

— Nous en avons déjà parlé tant de fois, Cathy, nous tournons en rond ! Si tu veux tout savoir, j'en ai assez de nos disputes interminables qui n'aboutissent à rien. Je partirai sans toi si tu ne veux pas m'accompagner. Je suis sérieux. Ils me harcèlent tous les jours, j'ai réussi à les faire patienter pour toi. Mais, si tu ne viens pas, je n'ai plus aucune raison d'attendre.

— Aucune raison, en effet, fit Cathy d'une voix atone.

— Je ne veux pas partir sans toi.

— Non, je vois ça.

— Pourtant, je le ferai. C'est ce que j'ai toujours voulu. Je croyais que tu le voulais aussi. Je serais frustré, je deviendrais amer si je ne partais pas. Il ne nous resterait vraiment plus rien.

— Tu mènes une carrière brillante ici ; tu fais énormément de bien pour beaucoup de gens, des gens comme Jonathan.

— Je peux en faire davantage à une plus grande échelle.

— Et tu partirais seul ?

— Oui, si j'y suis obligé. Je vais essayer de partir le plus vite possible, peut-être même avant Noël. Je te laisse le choix de venir avec moi.

— Il n'en est pas question. Tu le sais. Je le sais. Tu ne peux pas me forcer à suivre la même voie que toi.

— As-tu jamais songé à me suivre ?

Elle réfléchit un moment.

— Je crois, oui, mais de toute manière je ne serais pas partie tant que Scarlet Feather n'aurait pas remonté la pente, tant que je n'aurais pas remboursé mes dettes et trouvé un successeur.

— Ça compte donc tant que ça pour toi ?

— Que croyais-tu ? Que c'était un simple passe-temps ?

— Je croyais que c'était une façon de prouver à ma mère que tu étais une personne à part entière. Je n'ai jamais pensé que tu avais besoin de le prouver à quiconque, mais, pour être franc, j'imaginais qu'il ne s'agissait que de ça.

— Il va falloir que nous lui disions, tu sais.

— Quoi ?

— Que tes projets ont changé, que tu seras à l'étranger... Nous étions censés passer Noël là-bas.

— Alors oui, il va falloir le lui dire.

— C'est drôle, voilà un truc qui risque de rester coincé en travers de ma gorge, le fait qu'elle ait eu raison, il y a des années, quand elle prétendait que je n'étais pas une femme pour toi.

— Cathy...

— Si cela ne te dérange pas, je ne resterai pas ici ce soir. Inutile que nous nous énervions davantage. Nous y verrons plus clair demain.

— Je t'en prie, Cathy, ne pars pas.

— C'est mieux comme ça.

Elle rassembla quelques affaires et quitta Waterview.

Tom et Conrad s'occupaient d'une fête pour un club de rugby. Le club possédait des cuisines et ils ne repasseraient donc pas par Scarlet Feather ce soir-là. Avant de s'allonger sur le sofa de chintz, elle laissa un message sur le répondeur de Tom : « J'espère que l'entreprise ne verra pas d'inconvénient à ce que je passe quelques nuits sur son sofa. »

Puis elle se coucha. Lorsqu'elle se réveilla dans la nuit pour boire un verre d'eau, elle vit qu'un fax était arrivé. « L'entreprise te souhaite de faire de doux rêves », lut-elle. Tom ne lui poserait pas plus de questions qu'elle ne lui en avait posé après sa rupture. Cette pensée lui réchauffa le cœur.

Elle fit soigneusement disparaître toute trace de sa nuit passée sur place avant l'arrivée de l'équipe. Et, comme elle l'avait prévu, Tom Feather ne fit aucun commentaire. Une ou deux fois, il souleva un faitout à sa place ou lui tendit ses gants de cuisine comme s'il craignait qu'elle se blesse.

— Shona va passer prendre un café ce matin, annonça-t-elle. James doit venir aussi ; ils ne resteront pas longtemps.

— Eh bien, quelle matinée ! On a les renforts qui viennent aussi aujourd'hui.

— Pardon ?

— Aurais-tu oublié ? Notre équipe de nettoyeurs professionnels n'a pas d'école aujourd'hui et, à l'instant où je te parle, ils sont en train de se mettre en route, à l'invitation du type-qui-ne-sait-pas-dire-non.

— Oh, Seigneur, Simon et Maud, murmura Cathy.

— Ce n'est pas grave, dis-toi que la journée touchera à sa fin, à un moment ou à un autre.

Les jumeaux arrivèrent tôt. Ils avaient mis leurs plus vieux habits, expliquèrent-ils, pour pouvoir faire les travaux les plus salissants. La femme de Muttie, Lizzie, leur avait donné des éponges en limaille et des vieilles brosses à dents pour atteindre les petits recoins des objets qui avaient des pieds.

— Je ne sais pas trop ce qu'elle a voulu dire par là, avoua Simon. Elle parlait sans doute de carcasses de poulet.

— Non, elle parlait plutôt de saucières et de poignées, expliqua Cathy.

— Oh, vous avez retrouvé un saladier à punch ! s'écria Maud, ravie.

— C'est le même, en fait ; regarde, il y a mon nom gravé en dessous.

— Comment l'as-tu retrouvé ? demanda Simon. Est-ce qu'il a toujours été là ?

— Non, il a fait un voyage épuisant à travers la ville, emballé dans un sac en plastique qui a d'abord atterri dans un abri de jardin avant de circuler de marché en marché. J'ai été obligée de le racheter.

Cathy se souvint alors que les jumeaux ignoraient tout du rôle tenu par Walter dans le cambriolage. Pourvu qu'ils n'aient pas fait le lien entre l'abri de jardin et l'endroit où leur frère entreposait ses affaires ! Mais ils étaient bien trop heureux et pressés de commencer leur travail pour prêter attention à ce genre de détail. Cathy leur donna des instructions en leur demandant de veiller à ne pas les gêner dans la cuisine, car ils avaient une foule de choses à faire.

— Est-ce qu'on a droit à une boisson chaude et à un scone comme avant ? demanda Simon.

— Pourquoi pas ? fit Cathy. Viens, Tom, prenons cinq minutes de pause avec Maud et Simon.

Ils s'installèrent dans la pièce d'accueil et les jumeaux leur racontèrent que leur projection avait remporté un franc succès à l'école. Tous leurs camarades avaient adoré, et tous étaient très impressionnés d'apprendre que Cathy était leur tante. Leur tante ! Elle ne le resterait plus très longtemps si Neil et elle divorçaient. Cette pensée semblait irréelle. Elle se força pourtant à la garder en tête pendant que les enfants continuaient à bavarder.

— Est-ce que vous avez toujours le même code pour entrer, 19 et 6 ? demanda Maud.

— D'où sortez-vous ce code ? demanda Cathy d'un ton étonnamment posé.

— C'est toi qui nous l'avais dit. Souviens-toi, un jour où tu nous avais raccompagnés aux Beeches avec la camionnette. Vous aviez une soirée à superviser, vous nous avez parlé de la cérémonie des clés. Ce que vous faisiez à chaque fois dans la camionnette et l'endroit où vous les cachiez.

Cathy retint son souffle.

— Vous souvenez-vous d'en avoir parlé à quelqu'un ?

— Je ne crois pas, fit Simon. Je ne vois pas l'intérêt de donner votre code à tous les gens qu'on rencontre, on pourrait tomber sur des voleurs qui essaieraient de vous cambrioler.

— On en avait parlé à Walter, ce soir-là, intervint Maud.

Tom et Cathy expirèrent très lentement.

— Ah bon ? fit Tom d'un ton faussement léger.

— Oui, vous voyez, on lui avait parlé de vos trésors qu'on avait nettoyés, et tout ça, et il nous a répondu qu'on ne savait rien de Scarlet Feather, alors juste pour lui prouver le contraire... expliqua Maud.

— Ce n'est pas grave, n'est-ce pas ? fit Simon, mal à l'aise.

— Non, ce n'est pas grave, répondit Cathy. En fait, c'est même très bien que vous nous disiez ça parce que beaucoup de choses s'expliquent, maintenant.

— Non, Cathy, tu ne peux pas leur demander... commença Tom.

— Si, nous leur expliquerons.

— Ce sera un choc énorme pour eux. On ne peut pas les...

— Vous croyez que c'est Walter qui vous a cambriolés ? demanda soudain Simon.

— Mais alors, c'était vraiment ton saladier que j'ai vu dans l'abri de jardin ? ajouta Maud, horrifiée.

— Muttie nous a dit que tout avait été cassé en mille morceaux, ici ! Pourquoi Walter aurait fait ça ?

— Tu crois que c'est lui le voleur, Cathy ? demanda de nouveau Maud.

— Je le crois, oui, Maud.

— Pourquoi ?

— Je ne sais pas, peut-être avait-il besoin d'argent.

— Il a toujours été si gentil avec nous, sauf quand on se conduisait comme des idiots, déclara Maud.

— Je sais, je sais.

— Et c'est lui qui est venu nous chercher l'autre jour, à l'hippodrome.

— Bien sûr.

Ils devaient au moins leur laisser croire cela.

— Etes-vous très fâchés contre lui ? s'enquit Maud.

— Non, plus maintenant, mais il y a bien quelque chose qui nous aiderait beaucoup sans causer davantage d'ennuis à votre frère.

— Quoi donc ?

Ils la considérèrent d'un air inquiet.

D'une voix douce, Cathy leur expliqua que la police savait déjà que Walter était l'auteur du cambriolage mais qu'elle ignorait par quel moyen il avait trouvé le code et les clés.

— Vous n'avez rien à vous reprocher, assura Tom. Tout est ma faute, j'aurais dû vous dire qu'il s'agissait d'un secret.

— Et de toute façon, comme Walter a quitté l'Irlande, ils ne pourront pas le retrouver. De notre côté, en revanche, ça nous permettrait de toucher l'argent de l'assurance plus rapidement. Acceptez-vous de répéter cette information à d'autres personnes ? Si vous n'en avez pas envie, nous n'insisterons pas, mais cela nous aiderait énormément, croyez-le bien.

Ils se regardèrent.

— Nous sommes d'accord, déclarèrent-ils en chœur.

Ce fut ainsi qu'au beau milieu d'une des matinées les plus chargées de Scarlet Feather, Maud et Simon Mitchell contèrent à James Byrne, puis à la police et enfin à un représentant de la compagnie d'assurances cette fameuse soirée où ils avaient voulu prouver à leur frère qu'ils connaissaient tout de l'entreprise. Tout le monde s'adoucit en entendant l'histoire et en comprenant les sentiments mitigés que les jumeaux portaient à leur grand frère qui avait traversé l'Irlande pour voler à leur secours car il avait senti qu'ils étaient en danger.

— Ça va beaucoup nous aider, croyez-moi, c'est exactement ce qu'il nous fallait, déclara James Byrne.

— Que vouliez-vous nous dire, Shona ? demanda Tom.

— James ?

— Attendez une minute. Simon, Maud, voulez-vous gagner une livre de plus ? Pourriez-vous aller me chercher l'*Irish Times* au kiosque à journaux qui se trouve au bout de la rue ?

— Une livre ? fit Simon, étonné.

— Est-ce que je dois continuer à nettoyer ? voulut savoir Maud.

— Non, accompagne-le, répondit James.

Dès qu'ils furent partis, Shona prit la parole.

— Lorsque j'étais petite, James et sa femme Una m'ont accueillie dans leur maison de Galway, mais, à l'âge de quatorze ans, on m'a forcée à retourner auprès de ma vraie famille. James et moi venons juste de nous retrouver.

Cathy et Tom échangèrent un regard. Quelle surprise leur réservait encore cette journée ?

Quand James prit la parole, sa voix était presque méconnaissable.

— On nous avait dit, à mon épouse et à moi, qu'il était préférable de ne pas donner de nouvelles. J'ai obéi sans poser de question et je m'en veux terriblement de ne pas avoir réagi, d'avoir laissé partir l'enfant que nous aimions sans même essayer de la retenir.

— Alors maintenant, nous essayons de rattraper le temps perdu en enchaînant les dîners gastronomiques, lança Shona à l'adresse des professeurs de son père.

— Et nous partons trois semaines en vacances, annonça fièrement James.

Tom se moucha bruyamment.

— Si je n'avais pas encore dix heures de travail devant moi, je proposerais volontiers que nous allions tous nous saouler pour fêter ça.

— Ce sera pour la nouvelle année, promit James. Vous viendrez dîner chez moi, je vous préparerai un plat marocain.

— Oh, il faudrait que vous apportiez des plats à tajine, et on pourrait faire un poulet aux pruneaux et aux amandes, s'écria Cathy, les yeux pétillants.

— Vous n'aviez pas prévu d'aller là-bas avec Neil ? demanda James.

— Non, ce n'est plus d'actualité.

A cet instant, les enfants reparurent avec le journal.


— Maman, pourrai-je passer Noël ici ? demanda Cathy.

— Evidemment, mais je croyais que vous deviez aller à Oaklands.

— Neil y va, maman, pas moi.

— Oh non, ne me dis pas que tu t'es encore disputée avec Mme Mitchell, c'est ridicule, surtout avant Noël.

— Maman, assieds-toi, il faut que je te parle, fit Cathy.


— Geraldine, seras-tu chez papa et maman, comme d'habitude, le jour de Noël ? demanda Cathy.

— Eh oui, tel est le sort des vilaines filles comme moi : on ne passe jamais Noël avec un homme. Ils ont tous l'habitude de regagner leurs pénates pour déguster la dinde en famille.

— Je passerai Noël avec vous, seule, et je compte sur toi pour prendre les choses en main.

— C'est quoi ? Une grosse dispute ?

— Non, une séparation. Bizarrement, nous nous sommes rarement disputés.

— Mais alors pourquoi, grand Dieu ? Pourquoi tous les hommes que je connais et qui ont une vie de couple désastreuse ne se décident-ils jamais à rompre ? Pourquoi faut-il que ce soit vous, Neil et toi, qui vous sépariez alors que vous vous êtes battus comme des dingues pour être ensemble et que vous êtes si bien assortis... ?

— Nous ne le sommes plus, Geraldine. J'aimerais qu'il s'occupe de nous, de notre couple, qu'il ait envie de fonder une famille, qu'il s'intéresse à Maud et Simon, et à une ou peut-être deux douzaines de personnes. Lui, il aimerait que je m'intéresse à des millions d'individus, à de grands principes... à des problèmes.

— Les deux ne sont pas incompatibles.

— Pour nous, si, Geraldine.

— Tu l'aimes ?

— Je le pensais, oui, mais ce n'est pas vraiment de l'amour. Je l'apprécie énormément, en revanche.

— Tu as quelqu'un d'autre ?

Cathy ne put s'empêcher d'éclater de rire.

— Moi ? Je n'ai déjà pas le temps de m'investir dans mon couple, que ferais-je d'un amant ?

— C'était juste une question.

— Une question qui n'a pas de raison d'être.

— J'avoue que tu me parais dangereusement calme, observa Geraldine. Quand je pense que tu t'es battue comme une tigresse contre Hannah Mitchell et le reste du monde pour pouvoir épouser Neil...

— Je sais, j'y pense souvent, moi aussi. C'est difficile à expliquer, mais j'ai l'impression que je suis tombée amoureuse de l'image que j'avais de lui, plus que de ce qu'il est en réalité. Est-ce que j'arrive un peu à me faire comprendre ?

— Je te comprends parfaitement.

Cathy considéra sa tante d'un air sceptique.

— Tu te souviens de cet homme dont je t'ai parlé, le seul homme que j'aie jamais aimé, il y a bien des années ?

— Oui... ?

— Il ne se souvient pas de moi.

Elle raconta l'épisode de l'hôpital.

— Bien sûr que si, il se souvient de toi, protesta Cathy. Il l'a fait exprès, c'est tout. Comment aurait-il pu t'oublier, toi à dix-huit ans, avec tout ce qui s'est passé entre vous ? Dis-moi où il est. Je vais aller le voir, je vais lui faire dire la vérité.

Une tristesse infinie se lisait sur le visage de Geraldine.

— Non, Cathy chérie, merci de me soutenir, en tout cas. C'est exactement ce que je me suis répété des milliards de fois, mais la vérité est là : il ne se souvient pas de moi. Ce que j'aimais, c'était l'idée que je me faisais de lui, pas le véritable personnage. J'ai pensé à lui pendant vingt-deux ans alors que, de son côté, il m'a complètement oubliée.

— On se serrera les coudes à Noël, promit Cathy.

— Ce ne sera pas trop dur, avec les invités qu'il y aura, répliqua Geraldine.

Ce ne fut guère plus facile de parler à la lumière du jour, mais Cathy s'y était attendue. Malgré tout, ils ne s'en sortirent pas trop mal. Leur discussion dura plusieurs heures dans le calme de leur maison de Waterview. Ils dressèrent une liste de ce que chacun d'eux emporterait.

— Tu peux rester ici, si tu ne veux pas venir avec moi. C'est ta maison, tu es chez toi.

— Je ne me suis jamais sentie chez moi ici. St Jarlath's Crescent est trop ancré en moi pour que j'apprécie ce genre de décor. C'est bien trop minimaliste.

Elle sourit en prononçant ces paroles et Neil l'imita.

Etrangement, cela leur paraissait presque normal d'être assis là, à bavarder devant une tasse de thé. Pourtant, il n'y avait rien de naturel dans leur conversation, c'était comme s'ils lisaient les répliques d'une pièce de théâtre. Ils décidèrent de mettre la maison en vente dès le mois de janvier ; cela leur permettrait de trouver autre chose entre-temps. Neil déclara qu'il pouvait très bien entreposer ce qu'il voulait garder dans un garde-meubles. De son côté, Cathy était sûre de trouver autre chose d'ici là. Ils passèrent en revue les tableaux. Parmi eux se trouvait celui qu'ils avaient acheté en Grèce.

— Prends-le, je t'en prie, proposa Cathy.

— Non, il a été peint pour toi.

— Alors laissons-le, trancha-t-elle en l'ajoutant à la liste des affaires personnelles qu'aucun d'eux ne tenait à conserver.

Neil promit de s'occuper de leur dossier avec l'assurance et Cathy affirma qu'elle n'avait pas besoin de la Volvo : la camionnette lui convenait tout à fait. Chacun doutait parfois de la réalité de leur séparation. Pourtant, ils savaient tous deux qu'il n'y aurait pas de retour en arrière.

— Tu en as parlé à quelqu'un ? demanda Neil.

— Seulement à ma mère et à Geraldine. Et toi ?

— A personne.

— J'aimerais vraiment que nous allions voir tes parents, tous les deux. Nous leur devons bien ça. Allons-y demain soir, vers six heures.

— Pas de problème. J'y serai, promis.


Mais, bien sûr, à cinq heures le lendemain, Cathy reçut un appel. Sa réunion n'était pas encore terminée.

— On ne peut pas les faire attendre davantage, protesta Cathy. Ils se demandent ce qui se passe.

— Tu n'es pas obligée d'y aller aujourd'hui, attends un jour où je pourrai me libérer.

Elle raccrocha et croisa le regard de Tom.

— Merci, dit-elle d'un ton bref.

— Pour quoi... ?

— Tu le sais parfaitement : merci de ne pas me poser de questions.

— Oh, ce n'est pas un problème, dit-il en lui souriant. Tu sais à quel point les hommes sont bêtes, ils ne devinent même pas quand il faut poser des questions.


— Oh, vous êtes venus avec la camionnette, remarqua Hannah en ouvrant la porte.

— C'est Neil qui a la Volvo, il a été retenu, répondit Cathy.

Elle pénétra dans le hall d'entrée, déposa son écharpe et ses gants sur la console, accrocha son manteau. Puis elle se dirigea vers le salon où se trouvait Jock.

— Ah, Cathy. Je vous sers quelque chose à boire ?

— S'il vous plaît, Jock, un petit cognac serait parfait. Comme c'est agréable, un bon feu de bois, il fait un froid de canard dehors !

— Neil n'est pas avec vous ?

— Non, vous le connaissez, lui et ses empêchements. Aujourd'hui, il est retenu par une réunion et il m'a demandé de vous présenter ses excuses.

Hannah s'empressa de prendre la défense de son fils.

— Il a tellement de responsabilités, il ne peut pas tout abandonner pour une visite de courtoisie.

— Ce n'est pas une simple visite de courtoisie, Hannah, nous voulions vous annoncer quelque chose mais, tant pis, je m'en chargerai toute seule.

Jock parut inquiet.

— Rien de grave, j'espère ?

Hannah porta la main à sa gorge.

— Je sais ce que c'est, vous êtes venue nous dire que vous attendez un bébé !

Walter appela Scarlet Feather et tomba sur Tom.

— Euh... en fait, c'était à Cathy que je voulais parler.

— Je suis sûr qu'elle sera ravie d'apprendre que tu as appelé, railla Tom. Hélas, elle n'est pas là pour le moment.

— Ne te fous pas de moi, je ne plaisante pas.

— Je sais bien que tu ne plaisantes pas, répliqua Tom en balayant du regard les locaux qui portaient encore la trace de sa visite.

— Je voulais lui poser quelques questions.

— Vas-y.

— Est-ce que les Beeches ont été vendus ?

— Oui. Quoi d'autre ?

— Les jumeaux, ils vont bien ?

— Bien mieux que lorsque tu étais censé t'occuper d'eux.

— Est-ce qu'ils habitent chez les parents de Cathy ?

— Pourquoi ?

— Je voudrais leur envoyer un cadeau pour Noël et je ne connais pas l'adresse.

— Tu n'as qu'à envoyer le colis à cette adresse, je suis sûr que tu la connais par cœur.

— Tu es un petit malin, hein ?

— Non, je suis un pauvre crétin qui travaille pour vivre et acheter des cadeaux de Noël plutôt que de voler et saccager le bien des autres.

— Dis à Cathy que j'ai appelé.

— Ce sera fait. Tu n'as probablement pas envie de laisser un numéro où elle pourra te joindre ?

— Elle et toute la police irlandaise, ironisa Walter.

— Possible, en effet.

— Bien essayé, répliqua Walter avant de raccrocher.


Cathy considéra ses beaux-parents pendant quelques instants. C'était cruel de prolonger leur attente, surtout pour quelque chose d'aussi important.

— Non, ce n'est pas ça du tout. Je suis venue vous dire que Neil et moi, nous ne passerons pas Noël chez vous. Il a l'intention d'accepter ce poste à l'étranger, dont il vous a parlé, et je ne partirai pas avec lui. Il ne sera donc pas en Irlande à Noël et, vu les circonstances, j'irai chez mes parents, à St Jarlath's Crescent.

Ils la dévisagèrent, bouche bée.

— Vous êtes sérieuse ? demanda finalement Jock.

— Je le crains, oui. Neil avait promis que nous viendrions vous annoncer cela ensemble mais, vous voyez, il n'a pas pu se libérer. Nos aspirations sont bien trop différentes...

— Dieu sait pourtant à quel point vous vous êtes acharnés il y a quelques années, alors que nous nous obstinions tous à vous dire que vous étiez trop différents, que vous n'aviez pas grandi dans le même milieu.

— Je ne pense pas que ce soit une histoire de milieu, c'est l'avenir qui nous sépare. Neil veut voyager et il se trouve qu'on lui propose un poste important en Europe. Quant à moi, je refuse d'abandonner mon entreprise...

— Mais tout de même, votre entreprise est sûrement moins importante que... commença Hannah.

— Figurez-vous que c'est exactement ce que pense Neil, et nous nous sommes disputés à ce sujet.

— C'est un peu extrême, comme décision, non ? intervint Jock. Ça ressemble plus à une petite querelle.

— Non, c'est beaucoup plus que ça.

— Alors, que va-t-il se passer ? demanda Hannah.

Elle n'avait l'air ni triomphante ni arrogante. En fait, elle semblait affolée. Son petit monde était en train de basculer.

— Nous sommes en train de décider doucement.

— Avez-vous quelqu'un d'autre ?

— En ce qui me concerne, il n'y a personne d'autre dans ma vie, Hannah.

— Vous n'êtes tout de même pas en train d'insinuer que Neil aurait quelqu'un d'autre, j'espère ? La pauvre Lizzie est-elle au courant ?

— Oui, Hannah, la *pauvre* Lizzie est au courant.

— Vous êtes tellement susceptible, Cathy ! Vous l'avez toujours été, même quand vous n'aviez aucune raison de vous vexer.

— Vous vous réjouissez probablement de constater que vous aviez vu juste depuis le début.

Jock s'interposa.

— C'est faux, nous sommes tous les deux bouleversés. C'est tellement soudain !

Hannah prit la parole d'une voix lente.

— Malgré ce que vous semblez croire, je ne me réjouis pas du tout. Je crois sincèrement que vous avez rendu Neil heureux. Je n'éprouve aucune satisfaction de vous avoir mis en garde, tous les deux, absolument aucune.

— J'ai préparé votre pudding de Noël et un autre gâteau. Conrad vous livrera le tout quand vous voudrez. N'hésitez pas à me dire si vous avez besoin d'autre chose.

— Savez-vous quand Neil passera nous voir pour nous parler de tout cela ? A quelle heure sa réunion doit-elle se terminer ?

Hannah semblait nager en pleine confusion. Cathy lui répondit d'une voix douce :

— Je n'en sais rien. Vous comprenez, il n'est plus obligé de me tenir au courant de ses horaires ; mais je sais qu'il viendra vous parler, c'est sûr.

— Tout ceci est très triste, conclut Hannah d'une voix atone.

Un silence accueillit ses paroles. Cathy se leva.

— Neil vous expliquera tout. Je dois vous laisser, à présent. Vous pourrez toujours me joindre à mon travail ; je vous ai noté un numéro de téléphone où vous me trouverez aussi durant les trois semaines à venir. Je garde l'appartement de Shona Burke à la résidence Glenstar.

Elle s'immobilisa sur le seuil du salon.

— Ne me raccompagnez pas, je vous en prie. Je ne sais pas trop quoi vous dire, si ce n'est que j'espère que nous resterons en contact. Sincèrement. Même si Neil part pour l'étranger, nous pourrons continuer à nous voir par le biais de Maud et Simon.

Sur ce, elle les laissa digérer la nouvelle qu'ils auraient tant aimé apprendre cinq ans plus tôt. Cathy et leur fils ne passeraient pas leur vie ensemble.

— Ricky organise une fête le jour de Noël ; le buffet sera ouvert tout l'après-midi, annonça Marcella à Tom.

— Je sais, on lui a préparé des plats surgelés.

— Au moins, ils auront de quoi se nourrir. Je crois que ça s'adresse surtout aux célibataires, aux gens qui n'ont pas envie de passer leur après-midi à manger de la dinde.

— Je serai à Fatima ce jour-là, déclara Tom.

— Ça se passera entre amis, Tom, juste des gens sympas qui se retrouvent.

— Je sais, mais je serai à Fatima.

— Qu'est-ce que tu es têtu ! Pourquoi Joe n'irait-il pas à Fatima, pour une fois ?

— Il y sera aussi.

— Et je suppose que...

— Je sais, tu supposes qu'on sera incapables de rester éveillés tout l'après-midi, mais nous avons promis de passer Noël là-bas, tous les quatre, coupa-t-il, désireux de changer de sujet.

Il savait que Marcella avait envie de venir à Fatima. Mais c'était trop tard. Il repensa à toutes les fois où il aurait tant souhaité qu'elle l'accompagne.

La veille de Noël, ils débouchèrent une bouteille de champagne dans les locaux de Scarlet Feather. Et une autre, puis encore une. Ils tenaient à fêter les fruits de leurs efforts.

L'assurance les avait enfin remboursés, on leur avait demandé de faire une nouvelle émission de télévision qui serait suivie, selon toute vraisemblance, d'une série de treize autres. A eux quatre, ils avaient travaillé tous les jours et tous les soirs pendant vingt-quatre jours d'affilée. Même James Byrne s'était mis à sourire avant son départ pour le Maroc. Ils méritaient bien une petite fête pour célébrer tout ça. Jimmy se joignit à eux, son dos ayant été miraculeusement réparé par l'homme aux aiguilles magiques. Geraldine leur envoya ses excuses : elle devait prendre un verre avec Nick Ryan, qui avait prétexté quelques courses de dernière minute. Les parents de Lucy étaient présents ; récalcitrants au début, ils se détendirent rapidement. Conrad avait amené sa mère, qui ne cessa d'observer Lucy pendant les deux premiers verres avant de se détendre à son tour. Muttie et Lizzie arrivèrent avec les jumeaux. Seuls Cathy et Tom n'avaient personne à leur côté.

— Il y a un cadeau pour vous, annonça Tom à l'adresse de Maud et Simon.

— De ta part ? demandèrent-ils en chœur.

— Non, mon cadeau est sous votre sapin de Noël à St Jarlath's Crescent.

Ils demandèrent l'autorisation de l'ouvrir et Lizzie la leur donna volontiers.

Ils ouvrirent le paquet et en sortirent deux montres. Des montres waterproof qui indiquaient même l'heure en Amérique. Ils mémorisèrent aussitôt l'heure de Chicago, réglèrent la petite sonnerie. C'était la première fois qu'ils voyaient des montres comme celles-ci. La carte disait simplement : « Gros baisers de Walter. » Un grand silence suivit sa lecture.

— C'est très gentil de sa part, déclara Cathy d'une voix sonore. Des murmures d'approbation s'élevèrent.

— Furieuse ? lui chuchota Tom à l'oreille.

— A ton avis ?

— Nous en resterons là, d'accord ? fit-il d'un ton implorant.

— Bien sûr que oui, idiot ! répondit Cathy en le rassurant d'un sourire.

— Tu viendras au déjeuner de Noël à St Jarlath's Crescent demain, Tom ? s'enquit poliment Simon.

— Merci, mais j'ai déjà prévu de me battre avec ma mère au sujet de la dinde ; elle serait capable de la farcir avec une préparation toute faite et de la laisser brûler si je ne suis pas derrière elle pour l'en dissuader.

— C'est pourtant la saison de la paix et de la gentillesse, non ? intervint Maud, inquiète.

— Il plaisante, Maud, souligna Cathy.

— Pas complètement.

— Quelle perspicacité, petite Maud ! la taquina Tom.

Ils étaient de congé jusqu'au jour de l'An, où ils se retrouveraient pour organiser et servir un grand déjeuner. Ce qu'ils fêtaient surtout en ce réveillon de Noël, c'étaient les onze commandes qu'ils avaient refusées pour la Saint-Sylvestre. Cette soirée-là leur était réservée... Cela ferait un an pile qu'ils avaient déniché leurs locaux. Tout le monde rentra bientôt chez soi. Tom et Cathy insistèrent pour ranger tous les deux.

— Après tout, il ne s'agit que de remplir une machine et nos bras le font automatiquement, plaisanta Tom.

Les jumeaux s'apprêtaient à passer le plus beau Noël de leur vie.

— Tu as préparé un cadeau pour Galop ? demanda Maud à Cathy.

— Comment aurais-je pu oublier Galop ? répliqua la jeune femme du tac au tac, alors même qu'elle n'y avait absolument pas pensé.

— Je ne l'ai pas vu sous le sapin, remarqua Simon.

— Parce qu'il l'aurait senti si Cathy l'avait placé sous le sapin, intervint Tom.

Leurs regards pétillèrent.

— Elle lui a acheté un os ! s'écria Simon, euphorique.

— Quelque chose dans ce goût-là, fit Cathy.

Ils remontèrent l'allée, accrochés aux bras de Lizzie. Tom et Cathy leur adressèrent un petit signe de la main.

— Trouve-moi vite quelque chose dans le congélateur, pour l'amour du ciel ! s'écria Cathy dès qu'ils furent seuls. On t'avait déjà dit que tu étais absolument génial ?

— Je peux décongeler un filet de bœuf si tu veux, suggéra Tom. On les a conditionnés par trois, rappelle-toi. En fait, je crois bien que je vais en manger un moi aussi, je ne sors pas ce soir.

— Moi non plus.

La journée de Noël se déroula comme dans de nombreux foyers, dans un océan de cadeaux empaquetés et de soucis culinaires.

Maura Feather demanda aux membres de sa famille de s'agenouiller pour recevoir la bénédiction papale et tous s'exécutèrent pour lui faire plaisir, parce qu'elle leur avait accordé de nombreuses concessions de son côté, y compris au sujet de la dinde.

Neil alla déjeuner à Oaklands. Le repas fut une épreuve ; personne n'osa parler de la situation. Amanda les appela de Toronto pour leur souhaiter un joyeux Noël. Même son appel parut artificiel.

Muttie fut enchanté du pardessus rouge que les jumeaux lui avaient trouvé à la friperie. Il décréta qu'il le porterait tous les jours. A commencer par le lendemain, quand ils suivraient les courses à la télévision. Il leur expliqua qu'il avait effectué l'opération la plus extraordinaire de sa vie, un report exceptionnel où la somme qu'il gagnerait sur la première course serait immédiatement réinvestie dans la deuxième et ainsi de suite jusqu'à la fin. Une telle opération pouvait rapporter des millions. Tout ça pour une très petite mise de départ.

Simon et Maud s'imaginaient déjà milliardaires. Ils achèteraient à leur mère une robe de chambre comme celle de la dame qu'ils avaient vue à la maison de repos, l'autre jour. Leur mère ne s'était pas rendu compte que c'était Noël. L'entrevue avait été un peu triste, mais Lizzie leur avait expliqué que la malheureuse était un peu comme dans un rêve, et qu'elle se sentait heureuse ainsi. Leur père leur avait envoyé cinq livres pour qu'ils s'achètent quelque chose ; il disait dans sa lettre qu'il passerait les voir bientôt avec le vieux Barty. Et, bien sûr, Walter leur avait envoyé une montre magnifique. Ils osaient à peine croire qu'oncle Jock et tante Hannah leur avaient offert l'ordinateur de leurs rêves. Ils étaient pourtant persuadés que tante Hannah les détestait. Neil avait également déposé des cadeaux au pied du sapin : des jeux formidables pour leur ordinateur.

Cathy avait offert à Galop un gros steak enveloppé de papier d'argent et surmonté d'un nœud rose, et elle l'avait fait cuire. Elle souriait beaucoup, même quand il n'y avait aucune raison. Tout le monde leur avait demandé de se montrer très gentils avec elle, à cause de cette histoire de séparation. Mais elle semblait d'excellente humeur. Mystère...

Le lendemain, alors que Muttie regardait la télé dans son pardessus rouge, son premier cheval gagna, puis son deuxième. Ils se tenaient derrière son fauteuil, les yeux rivés sur l'écran, encourageant les chevaux qu'il avait donnés gagnants. Quand le troisième cheval remporta la course, tous commencèrent à suffoquer. Même Galop se mit à hurler, sensible à la tension qui régnait dans la pièce. Le visage de Geraldine se crispa quand le cheval de Muttie se détacha du groupe lors de la quatrième course.

— J'ignorais la véritable signification du mot « stress » jusqu'à cet instant, murmura-t-elle d'une voix étranglée.

Lizzie ne cessait de répéter qu'il aurait dû miser course par course ; là, ils auraient déjà été heureux. Pourquoi, grand Dieu, pourquoi avait-il choisi ce fichu report de gains sinon pour les faire tous mourir d'une crise cardiaque ? Les cotes étaient serrées, certains chevaux faisaient même partie des favoris et ses « associés » l'avaient traité de fou, ce à quoi Muttie avait répliqué qu'il avait étudié les pronostics avec la plus grande attention. Cette fois, il savait vraiment ce qu'il faisait. Sandy Keane s'en rendrait compte bien assez vite. Le téléphone sonna à l'instant où le quatrième cheval remportait la course. Tom alla répondre. C'était Marian qui appelait de Chicago. Il s'exprima d'un ton bref.

— Marian, personne dans cette maison n'est capable de te parler pour le moment, moi y compris, alors je t'en prie, sois gentille et raccroche, nous te rappellerons plus tard.

Il laissa le téléphone décroché. Au cours de la cinquième course, il serra le cou de Cathy tellement fort qu'il faillit l'étrangler. Lorsque le cheval de Muttie gagna, tous bondirent de joie en s'étreignant. Il ne restait plus qu'une course.

Lizzie prit la parole.

— Sans cette dernière course, il aurait empoché dix mille livres, Sainte Marie mère de Dieu, vous vous rendez compte ? Remettre en jeu une telle somme alors qu'elle aurait largement suffi à résoudre tous nos soucis ! Muttie, personne ne mise autant d'argent sur un cheval... C'est de la pure folie !

— Assieds-toi, maman, ordonna Cathy en lui présentant un tabouret et une serviette humide qu'elle lui posa sur le front.

Galop, conscient du malaise, posa la tête sur ses genoux.

— Quels sont les rapports pour la suivante ? s'écrièrent Maud et Simon, proches de l'hystérie.

Tom apporta un verre d'eau à Muttie, un whisky à Geraldine puis il rapprocha deux chaises pour Cathy et lui. Ils n'avaient plus la force de tenir debout. Muttie avait le teint cendreux. La victoire était à sa portée. Tom et Cathy se tenaient par la main comme deux naufragés sur un radeau. Le cheval faisait partie du peloton de tête. L'un de ses concurrents tomba.

— C'est trop dur ! hurla Geraldine.

— Allez, Muttie... Allez, Muttie ! crièrent les jumeaux à l'unisson.

Ils avaient encouragé tellement de chevaux cet après-midi qu'ils avaient oublié le nom de celui-ci.

— Je vous en prie, mon Dieu, je promets de vous redonner une seconde chance si vous faites gagner ce cheval, murmura Tom.

— S'il te plaît, s'il te plaît, cheval, gagne cette course pour mon père, je t'en supplie, gagne-la pour lui, il n'a jamais fait de mal à une mouche ! supplia Cathy, le visage baigné de larmes.

— Dix mille livres qui nous auraient assuré une vie sans soucis, gaspillées sur un cheval...

Lizzie avait fermé les yeux ; elle ne vit donc pas le cheval de Muttie franchir le premier la ligne d'arrivée, coté à treize contre un.

— Ça fait treize mille livres, pas mal pour une journée de travail, déclara Muttie, le visage fendu par un sourire béat, satisfait de ses efforts.

— Non, Muttie, ça fait cent trente mille livres ! crièrent comme un seul homme tous les occupants de la pièce, sauf Lizzie et Galop.

Personne ne se souvint avec précision de la suite des événements. Tom leur rappela de téléphoner à Marian et ils lui annoncèrent qu'ils seraient tous là-bas pour le baptême du bébé.

Muttie invita quelques-uns de ses « associés » à prendre un verre et en profita pour leur annoncer d'un ton ferme que Lizzie s'occuperait d'investir l'argent qu'il avait gagné ; elle s'y connaissait bien dans ce domaine, et puis il continuerait à toucher une somme mensuelle, peut-être un peu plus conséquente. Une partie de leurs gains leur paierait le voyage à Chicago, une autre serait investie dans Scarlet Feather et une dernière leur permettrait de s'offrir un monospace d'occasion pour le cas où Lizzie et lui auraient envie de sortir un peu ou pour emmener les enfants visiter des choses intéressantes.

— Et pour toi, Muttie ? demandèrent ses compères.

— N'ai-je pas déjà tout ce qu'un homme peut désirer ? répliqua Muttie avec une telle sincérité que tous les regards brillèrent étrangement.

Tom proposa à Cathy de la raccompagner jusque chez Shona. Geraldine avait décidé de passer la nuit à St Jarlath's Crescent ; elle décréta qu'il fallait absolument que quelqu'un veille sur cette famille qui avait déjà sombré dans la folie.

Elle embrassa Cathy sur les deux joues.

— Quelle année ! chuchota-t-elle.

— Elle nous a réservé de grands moments, c'est vrai, déclara Cathy en s'efforçant de prendre un ton léger.

Au même instant, elle vit l'expression de Geraldine et se souvint que Teddy était mort. Freddie Flynn l'avait quittée et son avenir avec Nick Ryan était plus qu'incertain. Alors qu'elle-même s'était efforcée jusque-là de faire bonne figure, malgré ses propres soucis.

— L'année qui arrive sera meilleure pour nous tous, j'en ai la certitude, déclara-t-elle en grimpant dans la camionnette.

Juste avant de prendre la direction du Glenstar, Tom remarqua :

— Au fait, nous n'avons même pas mangé de gâteau de Noël ce soir.

— Après tout le mal que nous a donné le glaçage ! renchérit Cathy.

— Et si on s'arrêtait un moment chez Scarlet Feather... On boirait une tasse de thé en mangeant une part de gâteau, ça te dit ?

Cathy approuva avec enthousiasme. Aucun d'eux n'avait envie de regagner son appartement vide, mais ils n'avaient pas l'habitude de s'inviter le soir. Leur lieu de travail avait toujours été un terrain neutre.

Ils s'installèrent à l'accueil et sirotèrent leur thé en parlant des gains de Muttie.

— Si tu veux mon avis, c'est plus le fait d'avoir battu Sandy Keane sur son propre terrain que la somme en elle-même qui le remplit de joie, observa Cathy.

— Je sais, il en a fait une affaire personnelle. Nous ne pouvons pas accepter son argent, en revanche, ajouta Tom.

— Laissons-le investir. Au moins, il sait où se trouve son argent, et ce sera toujours mieux que dans la main avide de Sandy.

— Je continue à me demander quel est l'investissement le plus raisonnable.

— Je t'arrête tout de suite, Tom Feather. Nous avons gagné. Certes, nous avons connu une année difficile, mais tout au moins en ce qui concerne les affaires, nous avons gagné, tu ne crois pas ?

— Bien sûr que si. L'année a été plus éprouvante pour toi que pour moi mais nous en sortons victorieux, c'est vrai.

La sonnerie du téléphone retentit.

— A cette heure-ci ?

— Ne réponds pas, murmura Cathy.

— Je n'en avais pas l'intention.

Ils écoutèrent les jumeaux parler dans le répondeur. Maud et Simon les remerciaient pour le plus merveilleux Noël qu'ils aient jamais passé. Un Noël magique, complètement magique, répétèrent-ils. Et la femme de Muttie, Lizzie, ainsi que la sœur de Lizzie, Geraldine, leur avaient donné la permission de rester debout jusqu'à ce qu'ils tombent de sommeil.

Assis côte à côte sur le sofa, Tom et Cathy écoutèrent les jumeaux parler et parler encore. Presque imperceptiblement, ils se rapprochèrent l'un de l'autre et s'aperçurent qu'ils se tenaient par la main. Ce simple geste leur parut tellement naturel qu'aucun d'eux n'eut envie de s'écarter.

— Bonne nuit, Tom. Bonne nuit, Cathy, conclurent les jumeaux quand ils crurent que la cassette arrivait à son terme.

— Ils savaient que nous étions là, murmura Cathy, étonnée.

— Tu penses ! répondit Tom Feather en lui caressant doucement les cheveux.

*Impression réalisée sur CAMERON par*

**BUSSIÈRE CAMEDAN IMPRIMERIES**

GROUPE CPI

*à Saint-Amand-Montrond (Cher)*
*en août 2001*

N° d'édition : 6918. — N° d'impression : 013506/1.
Dépôt légal : août 2001.

*Imprimé en France*